집으로부터 멀리

A Long Way from Home

세계문학전집 447

집으로부터 멀리

A Long Way from Home

피터 케리

황가한 옮김

민음사

차례

배커스마시, 멜버른에서 53킬로미터　9

시드니에서 타운스빌까지, 2,080킬로미터　213

톱엔드 횡단, 2,560킬로미터　255

다윈에서 브룸까지, 1,920킬로미터　309

삼거리　337

감사의 말　518

작품 해설　521

작가 연보　527

프랜시스 코디에게

배커스마시,
멜버른에서 53킬로미터

1

여자에게 한 아버지와의 싸움은 도전이다. 그러나 나와 내가 원하는 것 — 유난 떨려는 건 아니지만 — 티치 봄스라는 이름의 작고 사랑스러운 사내 사이에는 두 아버지가 있었다.

첫 번째는 우리 아버지였다. 아버지는 내가, 막둥이 아이린이, 아버지의 귀여운 새앙쥐 겸 꼬마 아가씨가 그 누구와 상의도 없이 키 160센티의 남자에게 청혼했다는 얘기를 듣자 입에 물고 있던 위티스 시리얼을 접시에 뱉었다.

티치의 아버지가 두 번째였다. 그는 100퍼센트 호의적인 태도로 대문 밖까지 뛰어나왔다. 그에게 나는 천하일색, 절세가인이었다. 내가 현관 코트 걸이 앞에서 그의 따귀를 때리기 전까지는 말이다.

나보다 '경험이 많은' 우리 언니는 내가 왜 그렇게 작은 남자랑 결혼하고 싶어 하는지 이해하지 못했다. 쥐똥만 한 애들을 낳아 기를 작정이니? 하, 하, 하, 지랄. 키 159센티미터인 언니 베벌리는 멀대 같은 러치[1]나 거대한 디노,[2] 여기에서 이름을 밝히기엔 너무 유명한 풋볼[3] 선수와 약혼했다 파혼하길 반복했다. 나 같았으면 약혼은커녕 무서워서 악수도 제대로 못 했을 것이다.

언니는 결국 자업자득으로 우리 모두가 예상하는 결과를 맞았다. 다시 말해 서른 시간의 진통 끝에 머리가 호박만 한 애들을 낳았다는 뜻이다. 반면에 내 자식들은 제 아빠만큼이나 작고 완벽했으며 신체 비율도, 조화로운 팔다리도, 티치에게서 물려받은 사과처럼 빨간 볼도, 나를 닮은 미소도 아주 이상적이었다. 언니는 내가 행복한 걸 견디지 못했다. 그래서 내 행복이 '가짜'라는 증거를 수년간 찾아 헤맸다. 언니의 첫 번째 남편이 뉴질랜드로 도망간 후에는 내가 애들은 뒷전이고 남편에게만 신경 쓴다는 악의적인 편지를 써 보냈다. 자기한테는 아들들이 전부라고 했다. 내가 돈 때문에 티치랑 결혼했다는 걸 알고 있다고도 썼다. 언니는 심사가 뒤틀려 있었다. 왜 안 그렇겠는가? 알고 보니 남편이 후레자식이었는데. 언

---

1) lurch의 뜻이 '휘청이다'임을 이용한 작명. 영화 「아담스 패밀리」의 집사 러치도 신장이 2미터가 훨씬 넘는다.
2) 인명 디노와 다이너소어(공룡)의 애칭인 다이노의 철자가 같음을 이용한 작명.
3) 축구가 아니라 럭비를 약간 변형한 호주식 풋볼을 말한다. 호주에는 풋볼 리그와 럭비 리그가 따로 있다.

니는, 내가 이혼하면서 '땡전 한 푼' 못 받았으니 우리가 공동 상속 받았고 내 덕분에 아직까지 팔지 않은 본가에 가서 살아도 되겠니? 너희 부부는 돈 필요하지 않니? 하고 묻지 않았다. 그 돈이 있었다면 우리 인생이 달라졌을까? 물론이다. 하지만 나는 쥐꼬리만 한 집세를 받는 대신 내 감정을 혼자 삭이기로 했다.

언니는 내가 제멋대로라고 말하길 좋아했는데 그건 어머니의 생각을 그대로 주워섬긴 것이었다. 하지만 어머니는 나의 제멋대로인 면을 좋아했다. 내 고집대로 하는 걸 보면서 대리 만족을 느꼈다. 물론 어머니도 나랑 좀 비슷했다. 어머니는 가지런한 치아와 그린 듯한 광대뼈를 타고나서 그 미소를 보기 위해서라면 무슨 짓이든 하고 싶게 만들었다. 세탁기를 사 주는 것 정도는 유도 아니었다. 그런 어머니가 아버지에게 포드 자동차를 사 달라고 했고 그렇게 해서 티치가 오스트레일리아 빅토리아주(州) 절롱의 우리 집 문 앞까지 오게 됐다. 그날은 유럽 전승 기념일,[4] 1945년 5월 8일이었다.

어머니가 포드를 어디에 쓸 작정이었는지는 영원히 알 수 없을 것이다. 콜랙까지 몰고 가서 예배 후에 이모를 만난다? 아버지조차 믿기 힘든 이야기였다. 그래도 상관없었다. 아버지는 자동차 세일즈맨 댄 봅스에게 가서 수표를 써 줬다. 유럽 전승 기념일에 현관문을 열었을 때에야 비로소 나는 댄 봅스가 '공짜' 운전 교습을 끼워 팔았으며 그것 때문에 그의 아

---

[4] 나치 독일의 항복을 기념하는 날.

들이 우리 집에 왔음을 알게 됐다. 오, 하느님. 화요일 아침에 판지로 만든 여행 가방을 들고 우리 집 현관에 서 있는 그 아들의 모습이라니. 나는 그가 우리 집에 머물 예정임을 알게 됐다.

불쌍한 어머니. 아아, 어머니는 차 키를 한 번 꽂아 보지도 못했다. 다들 슬픔에 잠겨 있었던 데다 장례를 치르느라 바빠서 아무도 젊은이에게 가라는 말을 하지 않았다. 그는 달리 머물 데가 없었으므로 "짐 가방"을 풀고 "지시를 기다렸"다고 훗날 말하길 좋아했다. 포드는, 이젠 고인의 유산이 됐다는 표시 없이, 우리 집 진입로에 주차되어 있었다.

그때 어머니는 마운트더니드 묘지에 있었다. 새 하숙인만이 내가 유품 정리하는 것을 도와줬다. 자동차에 대해서도, 자기가 고인에게 해 주기로 되어 있었던 교습에 대해서도 한마디도 하지 않았다. 그는 내게 운전할 줄 아냐고 물었다. 나는 그가 저녁 6시까지 돌아온다면 우리랑 같이 차를 마실 수 있겠다고 말했다. 한없이 깊은 슬픔의 한가운데에서 볼 빨간 귀여운 남자는 나에게 꼭 필요한 위안이었다. 마음이 설렜다. 그에게 요리를 해 줬더니 접시를 싹싹 긁어 먹고 나서 내가 설거지한 그릇을 마른행주로 닦았다. 그는 깔끔했다. 내가 울자 위로해 줬고 화장실 바닥에 땀띠분 자국을 남겼다.

웨스턴 비치에서 밤마다 코라이오만(灣)에 정박한 낡은 전함들의 쓸쓸한 닻줄 소리가 들려올 때 그는 제 딴에는 재밌는 자기 아버지 얘기를 들려줬다. 이 이야기들은 나중에 알고 보니 당시 내가 생각했던 것보다 더 중요했다. 어쨌든 사랑스러

운 소년이 아버지의 형편없는 단엽기[5] 프로펠러를 돌리다가
팔이 부러진 얘기, 그 늙은 폭군이 착륙하는 법을 가르쳐 준
다며 항공사(航空士)가 앉는 뒷자리에 앉아서 아들이 조종간
을 충분히 앞으로 밀 때까지 가냘픈 등을 계속 주먹으로 때
린 얘기, 그 영감이 벌렁거룩에 사는 늙은 아일랜드인 독신남
둘에게 자동차를 팔아 놓고는 그들이 운전하는 법을 다 배울
때까지 거기서 살라고 그를 버리고 갔던 얘기를 듣자 눈시울
이 뜨거워졌다. 이 아들내미의 이름은 티치였지만 때로는 잭
(Zac)이라고도 불렸다. 6펜스를 다른 말로 잭이라고 하는데
잭은 반 실링 또는 반 봅이고 봅은 그의 아버지 이름이었으니
까. 아니다, 됐다. 누가 뭐라고 하든 그는 늘 티치였다. 내가 그
의 고통받던 몸과 유쾌한 장난꾸러기 같은 영혼을 사랑하기
위해 태어난 것만 같다는 생각이 들었다.

언니, 내 마음이 나를 어디로 이끌지 어떻게 알겠어? 내가
처음 티치에게 눈길을 준 날에는 아버지도 아직 살아 있었다.
우리 애들도 태어나기 전이었다. 나는 운전할 줄도 몰랐다. 홀
든 대 포드의 시대가 도래하기도 전이었다. 레덱스 전국 일주
신뢰성 테스트도 없었다. 하지만 내가 결국 하게 될 이야기
는 바로 그것, 20세기 오스트레일리아 최고의 자동차 경주 얘
기다.

나는 운전면허를 딴 날 결혼했다. 워러걸까지 160킬로미터
를 내가 운전해서 갔다. 그 뒤에 우리는 세일로, 또 베언즈데

---

5) 날개가 좌우로 하나씩 있는 비행기. 두 개씩 있는 것은 복엽기다.

일로 이사했고 티치는 늘 수수료를 빼돌리는 자기 아버지를
위해 포드를 팔았다. 우리 새신랑은 거의 모든 면에서 이상적
이었다. 나는 그의 천재성을 발견하기 전부터 그 사실을 알았
다. 자동차 세일즈맨에게서 천재성을 찾으려는 사람은 아무도
없겠지만. 그는 거짓말을 할 줄 몰랐다. 혹은 그래 보였다. 절
대로 과장하지 않았다. 농담할 때 빼고는. 재밌는 사람이었지
만 상당히 까불거렸는데 상대방한테 얻어맞지 않을 정도로만
이죽거리는 기술에 통달했다고 자부했다. 그가 영업하는 술집
분위기를 생각하면 다행한 일이었다.

우리는 하숙집이나 셋방에 살았고 양고기만 주야장천 먹었
는데도, 믿기 어렵겠지만 행복했다. 심지어 옆방에 그의 아버
지가 살았는데도 말이다. 때로는 일요일 오후에 양탄자 위를
굴러다니며 배가 아프도록 웃었다. 어느 누구든 그걸로 충분
했어야 했다.

시아버지는 늘 호시탐탐하고 있었다. 그가 내게 했던 역겨
운 제안들을 티치에겐 말하지 않았다. 티치가 우연히 들은 적
도 없었다, 다행스럽게도. 남편은 자기 아버지가 자기를 모욕
해도 눈치채지 못하는 것 같았다. 댄 봅스는 원래부터 잘생긴
남자가 아니었지만 하도 머리를 빗어 댄 탓에 대머리가 되고
말았다. 티치는 허영에 둔감해서 그 악당의 끝없는 자화자찬
을 가만히 듣고 있었고 나는 이 모든 것을 수년간 꾹 참았다.
그러던 어느 날 노인네가 마침내 그를 참아 줄 멜버른 여자를
찾아냈다. 그가 《워러걸 익스프레스》에 은퇴를 발표했을 때도
나는 설마설마했다.

댄의 스크랩북에는 그의 일생이 담겨 있었다. 그는 오스트레일리아 최초로 비행기 조종사 자격증을 땄다. 그리고 불시착할 때마다 신문에 실렸다. 멜버른에서 시드니까지 달리는 자동차 경주에도 포드를 몰고 몇 번이나 참가했다. 또 깁스랜드 진흙땅의 낙농가와 선버리의 화산토 평원에 있는 농장을 하나하나 찾아다니며 옛날식으로 차를 팔았다. 즉 운전 가르쳐 주라고 자기 아들을 두고 갔다는 뜻이다. 그랬던 그가 드디어 물러나는 건가? 아니면 이 '은퇴'도 또 한 번 신문에 실리려는 쇼에 불과한가?

이디스는 벌써 일곱 살이었다. 로니는 갓난아기였다. 나는 로니를 유아차에 태워 놓고 그 애 할아버지의 물건을 트레일러에 싣기 시작했다. 로니가 꼬질꼬질하고 배고파져서 잠에서 깼지만 그대로 내버려둔 채 댄의 기름투성이 고물들 위에 방수포를 씌우고 끈으로 묶었다. 그러고 나서도 트레일러의 빨간 미등이 게스트 하우스가 있는 모퉁이를 돌아 사라질 때까지 기다렸다.

얼마 후 우리는 "도널드슨 부인"이라는 여자로부터 엽서를 받았다. 그녀는 노인네의 "가정부"라고 자기소개를 했다. 그다음에는 《모디앨룩 애드버타이저》의 스크랩이 든 봉투가 도착했는데 댄이 고물상이 되어 있었다. 도널드슨 부인은 자신들의 집에 "널찍한" 뒷마당이 있으며 "대니"가 대문 위에 "세계 최고령 비행사"라는 간판을 달았다고 했다. 그는 주로 전쟁 고물을 팔았지만 가끔은 중고차도 팔았다. 그리고 얼마 뒤에 또 새로운 간판을 만들었다. 여기에서 찾을 수 없다면 지구상에 존재하지 않는 것이다. 사진이 배달됐다. 비행기 프로펠러가 앞 베란다를 받치게끔 '개조'한 모습을 찍은 사진이었다.

은퇴한 비행사, 와틀가(街)에 정착하다.

댄은 한 번도 우리에게 직접적으로 돈을 달라고 한 적이 없었다. 그 대신 예를 들면 46년형 포드의 워터 펌프를 가지고 나타났다. 티치는 그 펌프가 필요 없었지만 내가 아무리 설득해도 자기 아버지의 제안을 거절하지 못했다.

언니는 내가 늘 내 맘대로 한다고 말하곤 했지만 사실 자기 맘대로 산 쪽은 언니였다. 취직하라고 해도 거절하고 절롱 집에서 꼼짝도 안 했다. 그 집을 판 돈이 있었으면 자동차 대리점을 내기에 충분했을 텐데도 티치는 한 번도 내게 묻거나 따지거나 고집을 피우지 않았다.

댄이 도널드슨 부인을 괴롭히기 위해 우리를 떠났을 때 나는 티치가 오래전부터 잘 아는 시골 소도시 배커스마시에 나온 임대물을 발견했다. 티치는 중고차 판매로 돈을 모아서 포드 딜러가 되는 것이 꿈이었다. 나는 그 점을 염두에 두고 이 집을 골랐다. 뒷마당도 널찍하고 뒤 울타리만큼 폭이 넓은 헛간도 있었기 때문이다. 티치의 볼이 기쁨으로 빨개졌다.

여기, 우리 사업 부지에서 모든 이야기가 시작된다고 할 수도 있을 것이다. 우리 집을 빤히 쳐다보던 옆집 남자는 금발에 독신으로, 턱이 각지고 엉덩이가 납작했으며, 벨트를 단단히 졸라맸고, 주름 지기 쉬운 얼굴과 깊은 주름이 파인 이마의 소유자였다. 그가 찾아왔을 때 나는 정비복 차림으로 손에 스패너를 쥐고 있었고 그는 선물로 추정되는 뭔가가 담긴 소쿠리를 들고 있었다. 그가 아이들을 대하는 태도에 호감과 슬픔이 섞여 있는 것을 보고 그에게 지나친 친절을 베풀면 안 되겠다고 생각했다. 인생의 모든 것은 친절에서 비롯되기 때문이다.

그를 이용할 생각은 없었다.

2

봅스 부인은 나에 대해 아무것도 몰랐다. 예를 들면 내가 원래는 선생인데 최근에 말썽쟁이 학생을 교실 창밖에 매달 았다가 정직을 당했다는 것, 집행관이 나를 찾아다니고 있다 는 것, 「디지의 라디오 퀴즈 쇼」에 매주 출연해서 우승하고 있 다는 사실도 몰랐다. 내가 육욕과 회한이 뒤범벅된 인간이라 는 것, 나의 작은 미늘판 집이 이제는 법적으로 화재 위험군에 속한다는 것도 몰랐다. 우리 집 바닥과 탁자에는 책과 신문이 빽빽이 쌓여 있어서 누가 방문한다면 현관문에서부터 부엌 개수대까지 게걸음으로 복도를, 즉 불법 책꽂이 사이를 지나 가야만 했다. 식탁 또한 대참사였다. 축축한 세탁물과 계간 학 술지, 퀸즐랜드주(州) 경찰 소속의 나폴리언 보너파트 경위("보 니")[6]가 등장하는 퀴퀴한 통속 소설책이 높이 쌓여 있었기 때문이다.

아, 책벌레였군요. 훗날 봅스 부인은 이렇게 말할 것이다.

나는 내가 엉뚱한 곳에 태어났다고, 내가 태어났어야 할 곳은 독일식 이름을 가진 지도상의 어딘가라고 확신하며 평생을 오스트레일리아에서 살았다. 뭔가 굉장한 일이 나에게 일어날 거라는, 마치 데우스 엑스 마키나[7]처럼 깜짝등장 할 거라는 기대를 늘 품고 있었다. 그런 의미에서, 달리는 기차에 뛰어오르려고 쓸쓸한 플랫폼에 웅크리고 있는 남자와도 같았다. 나는 목사관에 가만있었어야 했을 때 애들레이드에서 도망쳤다. 독신인 편이 더 행복했을 텐데 결혼을 했다. 아내의 불륜으로부터 달아났고, 나에게 맞는 유일한 직업을 버렸으며, 악명 높은 2학년을 가르치기 위해 배커스마시에 왔다. 그리고 아직도 목사의 아들답게 구원을 기다렸다. 바싹 마른 신발 속에서 발가락을 꼼지락거릴 만큼 안절부절못하면서. 내가 새 이웃을 고대했던 건 사실이지만 이런 걸 상상하진 않았다.

이사 전날 밤은 끔찍한 전조로 가득했다. 말 운반용 트레일러가 침실 창밖을 지나간 뒤에 사람 형체 두 개가 나타났다. 나는 창문 쪽으로 돌아누워서 말의 얼굴이 보이길 기다렸지만 트레일러 문이 열렸을 때 모습을 드러낸 것은 식탁 의자뿐

---

6) 호주의 소설가 아서 업필드(Arthur Upfield, 1890~1964)가 만든 캐릭터.

7) '기계에 의한 신'이라는 뜻. 고대 그리스 연극에서 기중기에 매달린 신이 나타나 해결 불가능해 보였던 상황을 초자연적인 힘으로 해결해 버리는 기법.

이었다.

다시 잠에 빠져들어 꿈을 꾸기 시작했다. 저쪽 세상의 트레일러 문은 커버를 씌우고 충전재를 넣어서 테두리를 따라 징을 박은 문이었다. 이 문들이 천천히 열리더니 남자와 소년이 매트리스 하나를 들고 나왔다. 그들은 비틀거리며 경사면을 내려갔다. 시간이 조금 흐르고 나서야 그들이 짐이 무거워서가 아니라 웃느라 비틀거린 것임을 깨달았다. 나는 여전히 깊이 잠든 채 그들이 춤추듯 뒷마당으로 들어가는 모습을 보고 미소 지었다. 그들은 옥외 화장실을 지나치자마자 우스꽝스러운 짐을 호두나무 밑에 떨어뜨렸다. 그제야 그들이 왜 웃었는지 알 수 있었다. 매트리스가 매트리스가 아니었던 것이다. 그것은 커다랗고 뚱뚱한 뱀이었다. 메기처럼 수염이 있고, 운반하기 편하도록 깔끔하게 접혔으며, 빵 반죽처럼 똬리를 튼 뱀. 남자와 소년은, 마치 메인가(街) 한가운데서 소방 호스를 푸는 의용 소방대원처럼, 돌돌 말린 뱀을 풀기 시작했다.

다음 순간 남자가 얌전한 뱀의 머리를 옆구리에 낀 채 집 안으로 뛰어들었다. 그 남자는 라디오 퀴즈 쇼 진행자 디지 씨가 아니었지만 비슷한 군인 콧수염을 기르고 있었다. 소년은 뱀의 몸통을 되는대로 잡고 하릴없이 비척거리며 남자를 따라가다가 털썩 주저앉더니 누가 간질이기라도 한 것처럼 바닥을 데굴데굴 굴렀다.

수년간 내 꿈을 진지하게 관찰해 온 나는 이 꿈이 굉장히 긍정적인 예라고 판단했다. 그리고 여전히 잠든 채로, 뱀에게 깃털이 있던 시절이 있었다는 생각을 했다.

다음 날 잠에서 깬 나는 빛과 행복감에 가득 차 있었다. 암탉들이 문밖에 모여서 투덜대는 소리도 내 기분을 잡치지 않았다. 녀석들을 그렇게 멍청하게 키운 것이 미안했다. 불쌍한 녀석들을 기다리게 만들어서 미안했다. 그래서 특식으로 보상을 해 줬다. 양동이에 밀기울, 겨, 대구 간유를 넣고 우유를 푸짐하게 2볼어치 부은 다음 손으로 휘저었다. 그리고 손을 씻었다. 뒷문을 열어 보니 계단에 수탉이 있었다. 암탉들부터 먹어야 한다는 건 수탉도 알았다. 제가 만든 원칙이었기 때문이다. 그러므로 녀석은 내가 왜 저를 마당 저편으로 걷어차야 하는지도 알았다. 섹스는 도처에 있다. 섹스로부터 도망친 사람에게는 특히 더 그렇다.

암탉들이 먹는 모습을 지켜보다가 옆집의 소란을 알아차렸다. 이제껏 버려져 있었던 집을 살아 있는 아이들이 뛰어다니고 있었다. 그때 나는 잠옷 바람이었다. 발은 맨발이었고 땅바닥은 차가웠다. 말 운반용 트레일러는 온데간데없었다. 지금은 웬 특이한 자동차가 한쪽 벽이 없는, 동굴 같은 헛간에 주차되어 있었다.

나는 미치광이처럼 곧장 새 이웃들에게 돌진하지 않았다. 우선 평범한 옷, 체크무늬 트위드로 만든 원예용 옷으로 갈아입고 고무장화를 신었다. 그리고 외바퀴차를 앞 베란다 밖으로 밀어 낸 다음 도로로 느릿느릿 걸어 나가 짐승들이 경매장으로 이동하는 도중에 흘린 소똥 같은 것들을 주웠다. 집으로 돌아와서 콜리플라워를 따고 암탉들이 나를 위해 낳은 달걀을 거둬들였다. 벨트를 한 칸 더 조였다. 깨끗이 씻은 달걀을 내 결혼 생활의 잔재인, 이 빠진 법랑 소쿠리에 담았다. 나는 이 선물을 생판 남처럼 진입로를 통해 걸어 들어가서 전달할 생각은 없었다. 그 대신 옆 울타리에 난, 덩굴로 뒤덮인 문을 사용했다. 그것은 (우리 집의 소유주인) 이발사와 (옆집을 사들인) 판금공[8]의 오랜 우정의 기념물이었다.

야생 박하 사이에서 놀고 있던 작은 인간 둘과 갑자기 맞부닥뜨리는 바람에 깜짝 놀랐다. 그들은 갓 낳은 달걀을 들고 있었다. 우리 집 닭들에게 무단출입하는 습관이 있다는 증거였다. 애들한테 말을 거는 둥 마는 둥 하고 판금공네 헛간, 실질적으로는 뒷마당을 가로로 꽉 채우게 지은 가건물 쪽으로 돌아섰다. 거기, 그늘에 싸인 차가 있었다. 투톤 색깔의 포드 커스텀라인이었다. 물론 당시에는 아직 이름을 몰랐지만 너무 반짝반짝하는 새 차여서 둥글납작한 흙받기에 하늘 전체가 — 세로로 길쭉한 하얀 적운이 — 담겨 있었다.

그때 남자 목소리와 여자 목소리, 짤그랑짤그랑하는 금속성 소리가 들렸다.

"잠깐만."

"아니, 그거 말고 저거."

설거지를 하는 중인지도 몰랐다. 부엌 개수대에서 여자는 그릇을 씻고 남자는 물기를 닦으면서.

나는 불가항력적으로 자동차가 있는 곳으로 이끌렸다. 우선 안녕하세요, 하고 말한 다음 저기요, 하고 외쳤다. 그리고

8) 자동차의 찌그러진 부분을 망치로 두드려서 펴는 사람.

다음 순간 헛간 안에 서 있었는데 그곳은 기분 나쁘게 날개를 퍼덕이는 비둘기들의 소굴이 되어 있었다. 다음 순간 콘크리트 바닥에 철제 캐비닛을 끄는 듯한 끔찍한 소리가 나더니 포드 밑에서 그들이 쑥 튀어나왔다. 빛바랜 정비복 차림의 보기 드문 한 쌍이 자동차 수리용 작업 침대에 누워 있는데 마치 반짝이는 은색 스패너를 손에 쥔 성상(聖像) 같았다.

남편은 158센티미터가 틀림없었고 아내는 그보다 더 작았다. 부인의 머리카락이 하도 헝클어지고 꼬불꼬불해서, 너무나 여자임을 나타내는 다른 증거들이 없었다면 소년으로 착각했을 것이다. 반대로 남편은 피부가 곱고 발개서 꼭 소녀 같았다. 그러나 지금은 소년 소녀 타령을 하려는 게 아니다. 새 이웃들이 나를 빤히 쳐다봤을 때 나는 왠지 모르게 그들은 환영(幻影)이니까 말을 안 하는 게 당연하다고 생각했다.

윌리 박후버라고 합니다, 내가 말했다. 전쟁이 끝난 지 채 10년도 안 된 상황이라 독일인 아니냐는 둥의 시빗거리를 초장에 짚고 넘어가는 게 최선이었기 때문이다.

3

윌리 박후버라고 합니다, 낯선 사내가 말한다. 그에게 축복이 있기를. 그 말에 왜 내가 감사함을 느꼈을까? 그가 윌리엄 바크나 빌리 휴버트라고 하지 않았기 때문이다. 그러니까 그는 나의 시아버지 헤어[9] 대니얼 봅스트처럼, 나치 새끼로 오해받을까 봐 벌벌 떨면서 사는 사람이 아니었다는 얘기다. 댄은 그래서 봅스트라는 성도 봅스도 바꾸고 자기가 정말 영국군으로 1차 세계 대전에 참전했던 양, 항공병 행세를 했다. 은퇴해서 고물상을 차린 뒤에는 영연방 군수품 처분 위원회[10]

---

9) 독일어로 미스터에 해당한다.
10) 2차 대전 종전 이후 남은 군수품을 처분하기 위해 만들어진 호주 정부 기관.

에서 건진 포탄 약협[11] 같은 군수품으로 가게를 채워서 허풍에 살을 더 붙였다.

그러나 이제는 댄도, 아들이 자기가 시키는 대로 하기 위해 태어났다는 그의 믿음도 우리 인생에서 사라지고 없었다. 내가 한 달째 아스프로 두통약 없이도 괜찮은 이유를 나는 안다. 댄이 더 이상 없기 때문이다. 티치는 마침내 자기 자신의 고용주가 됐다. 그는 지금 헛간의 크기를 걸음짐작으로 재면서 내가 했던 말, 거기에 자동차 세 대를 넣을 수 있다는 말이 사실임을 깨닫고 있었다. 그가 행복해하는 모습을 보니 너무나 기뻤다.

가을 공기는 낙엽 타는 냄새로 달콤했다. 하얀 암탉 한 마리가 벌레를 찾느라 땅을 헤집고 있었지만 녀석이 어디서 나타났는지 궁금하지도 않았다. 하얀 닭, 녹색 풀, 파란 하늘. 우리 이디스는 하숙집에서의 마지막 식사에 작별을 고했다. 세탁실 뒤에 자라난 야생 칸나꽃을 발견하기도 했다. 로니는 땅속에서 축축하고 미끄러운 테니스공을 파내다가 실수로 옆집 사람을 맞혔다. 박후버 씨는 오른손에 소쿠리를 들고 있었는데도 자기 가슴에 맞고 튕겨 나온 공을 잡았다. 소쿠리에 콜리플라워와 불안정하게 흔들리는 달걀이 담겨 있었지만 그는 내 아들이 있던 방향으로 살며시 공을 던졌다. 하지만 로니는 이미 거기에 없었다. 다듬을 때가 한참 지난 풀을 헤치며 갈색 암탉을 뒤쫓고 있었다. 나는 스패너를 주머니에 집어넣었

---

11) 포탄의 껍데기. 총알의 탄피에 해당한다.

다. 이디스가 펄쩍 뛰어서 로니가 뒤쫓던 암탉에게 달려들자 닭이 공중으로 날아올랐다. 이게 무슨 듣도 보도 못한 일이란 말인가. 독수리처럼 힘찬 날개를 가진 갈색 암탉이라니. 녀석은 우리 집 양철 지붕에 올라앉았다. 웃음을 터뜨리지 않을 수 없었다.

"죄송해요."라고 이웃이 말했다. 그래서 그의 암탉임을 알았다.

"박후버입니다." 그가 다시 한번 말해서 내가 아직 내 이름을 말하지 않았음을 상기시켰다.

"우리는 봅스 부부예요." 나는 이렇게 말하며, 벨기에제 깃털 먼지떨이로 자동차를 두들기고 있는 남편을 고갯짓으로 가리켰다.

"차밖에 안 보이는 사람이죠." 내가 말했다. 스스로도 어쩌지를 못했다, 우리 남편 티치는. 그의 자동차는 깨끗해야 했다. 아무리 먼지 날리는 흙길을 달려서 두멧구석의 외딴 농장에 가더라도 반드시 도착하기 전에 개울을 찾아내서 섀미[12]와 양동이를 꺼내고 소매를 걷어 올렸다. 극도로 지저분한 환경에서 영업하는데도 항상 자동차도, 본인도 전시장에 있는 듯한 상태로 선보였다.

옆집 남자는 키가 크고 유연했으며 팔이 가늘었다. 그가 아직 소쿠리에 대해 언급하지 않았기 때문에 우리한테 주려는 것이라고 넘겨짚긴 싫었지만 그는 미남이었고 가는 금발 머리

---

12) 유리창이나 자동차를 닦을 때 사용하는 부드러운 가죽.

카락이 자꾸 앞으로 내려와서 고개를 계속 뒤로 까딱여야만 했다. 그가 얼굴을 찡그리자 어마어마하게 많은 주름이 코 주위로 쫙 뻗어 나갔다. 그걸 보자 어떻게든 그를 위로해 주고 싶어졌다.

그가 말했다. "이거 집 안까지 들어다 드릴까요?"

소쿠리를 말하는 것이었다. 나는 그를 뒤따라 안으로 들어가면서 크래프트 체더치즈가 어느 상자에 들어 있나 생각해 내려 애썼다. 그날은 일요일이었으므로 문을 연 상점이 없었다.

집 안은 난장판이자 돼지우리였다. 이삿짐센터 인부들이 유압잭[13]은 복도에, 식탁은 거실에 놓고 갔다. 계약하기 전에 왔을 때는 못 봤던, 침실 회벽을 발로 차서 생긴 구멍도 있었다. 오븐이 악취 나는 기름으로 뒤덮였다는 것도 지금 알았다. 가스레인지를 켜려 했지만 불이 붙지 않았다. 성냥을 열몇 번 긋고 마지막 성냥에 손가락을 덴 뒤에야 가스가 연결되지 않았다는 사실을 받아들였다.

그새 이웃은 사라지고 없었다. 나 때문에 민망해서 갔겠지만 우리는 결국엔 집 안 꼴을 사람 사는 곳답게 만들 것이었다. 나는 길이 180센티미터에 무게가 1톤이나 나가는 유압잭의 바퀴를 굴려서 뒷문 문지방을 넘은 다음 정원 통로를 따라 나아갔다. 마침내 자갈에 걸려서 더 이상 움직일 수 없게 될 때까지.

---

13) 유압(油壓)으로 물건을 들어 올리는 소형 기중기.

로니는 어느새 옆집 소쿠리를 들고 나와서 칸나꽃 사이에 놓인 달걀을 줍고 있었다. 그리고 이웃집 남자가 또 울타리 너머에 서 있었다. 그가 눈썹을 치켜올렸는데 아마 자기 어깨에 걸친 행주를 쳐다보는 듯했다. 의외로 웃긴 데가 있는 사람이었지만 너무 심하지는 않길 내심 바랐다.

요리하는 데 필요한 불은 없었지만 우리에겐 빵이 있었고 치즈랑 사과 몇 개가 있다는 것도 알았다. 우리 네 식구만 있다는 사실에 마음이 너무 가볍고 행복했다.

그때 타이어가 자갈을 밟는 소리가 들리더니 38년형 플리머스가 우리 집 뒷마당에 들어서는 것이 보였다. 휘발유 배급제가 실시됐던 전시(戰時)에 가스 발생기[14]로 굴러가게끔 개조한 차였다. 이 차에는 거대한 원통형 발생기가 달려 있었고 거기서 나온 관이 차 지붕 위를 구불구불 지나 엔진과 연결됐다. 1953년에 누가 그런 차를 몰고 다닌단 말인가?

운전석 창문이 천천히 내려감과 동시에 자동차가 끼익하며 내 앞에 멈춰 섰고 하얀 기름 연기가 뒷마당에 퍼져 나갔다.

시아버지는 일흔이 훨씬 넘었는데도 평소와 같은 얇은 면 외투 차림으로 의기양양하게 우리 집 뒷마당에 내려섰다. 어떻게 우리를 찾아낸 걸까? 그가 차 문을 열자 모피 코트를 입고 하이힐을 신은 당당한 노파가 내렸다. 도널드슨 부인이 분명했다. 무식하긴, 그녀가 애들한테 검은엿을 나눠 주는 것을 보며 생각했다.

---

14) 나무를 태워서 연료 가스를 만드는 장치.

박후버 씨를 초대한 사람은 아무도 없었지만 그는 이미 플리머스의 발판에 올라서서 지붕 위의 난장판을 관찰하고 있었는데 아마 그 안에서 낡은 비행기 프로펠러를 발견했던 듯하다. "웨스트랜드 월리스[15]군요." 그가 마치 내가 박수라도 쳐야 한다는 듯한 말투로 선언했다.

애들이, 우리 아가들이 와서 내 손을 잡았다.

그리고 옆집 남자가 눈을 감더니 아무도 청하지 않았는데 말하기 시작했다. "댄 봅스트 씨는 웨스트랜드 월리스의 엔진에 문제가 생기자 재라먼드 역 옆에 솜씨 좋게 불시착시킨 다음 맬번 스타 자전거로 갈아타고 6.5킬로미터를 달려 오보스트에서 긴급 보급품을 조달받았다." 꼭 시를 암송하는 신동 같았다.

시아버지의 얼굴이 간사한 표정으로 일그러졌다. 그가 바지 주머니를 뒤적거리더니 명함을 꺼냈다. 그는 늘 그것을 목적한 바에 따라 사용한 뒤에 도로 뺏곤 했다. 그 빛바랜 녹색 명함에는 부에노스아이레스에서 열린 대영 제국 무역 전시회에서 선보였던 웨스트랜드 월리스 비스름한 그림이 인쇄되어 있을 것이다. 그리고 그 그림 위에는 물 빠진 색 하늘을 배경으로, 가죽 헬멧과 고글을 쓰고 콧수염을 기른 비행사의 얼굴이 있을 것이다. *위험한 댄 봅스, 세계 최고령 비행사.*

"감사합니다, 봅스 씨." 박후버 씨가 말했다. 그가 숭배하듯 명함을 든 품이 마음에 안 들었다. "하지만 봅스 씨가 누구신

---

15) 2차 대전 당시 사용됐던 영국군의 2인승 범용 복엽기.

지는 정확히 아는걸요."

그러나 그 누가 댄 봅스의 자존감의 크기를 상상할 수 있겠는가? 나는 갑자기 기분이 나빠졌다.

"재라먼드 역 옆에 솜씨 좋게 불시착시킨 다음 항상 휴대하는 맬번 스타 자전거로 갈아타고 오보스트까지 6.5킬로미터를 달렸다. 그곳에서 ── 그때 로니가 내 손을 꼭 쥐면서 나를 올려다봤다. 입은 활짝 웃고 있었지만 눈에는 걱정이 가득했다. ── 새는 연료 관을 고치는 데 필요한 비누 한 개를 구입했다."

어떻게 생판 남이 이 기사를 달달 외고 있는지 댄이 궁금해할 것 같겠지만 호기심은 그의 장점이 아니었다. 그는 코브라처럼 가슴을 한껏 부풀리더니 우리 중에서 자기가 지금부터 지갑을 털려는 사람을 기세등등하게 노려봤다.

"내 동료인 도널드슨 부인을 소개하겠네." 그가 말했다.

가정부가 한 발짝 앞으로 나오자 티치는 포드 트렁크에서 상자를 꺼내 들고 집을 향해 가 버렸다.

그러나 댄과 여성 "동료"는 그 사실을 눈치채지 못했다. 박후버가 스테이크와 콩팥 푸딩으로 차린 진수성찬인 양 온통 그에게만 정신이 팔려 있었기 때문이다.

"자동차 경주 관련 일을 하나?" 댄이 물었다.

"아뇨 아뇨, 그렇게 흥미로운 직업은 아닙니다."

그때 내가 대화에 끼어들자 시아버지는 어디서 개가 짖나 하는 표정으로 나를 쳐다봤다. "프로펠러가 아주 멋있네요." 내가 말했다.

"네 남편한테 그렇게 말해."라고 그가 말했지만 이 '선물'을 거절해야 할 사람은 나였다. 나는 미소를 띤 채 납작 엎드려서 꼬리를 흔들었다. 우리가 살 형편이 됐다면 좋았겠지만 그걸 놓을 자리도 없다고 말했다. 스스로도 말하면서 구역질이 났다. "이렇게 훌륭한 물건을 바깥에 놓을 수는 없잖아요."

댄이 박후버에게 고개를 돌렸다. "자네는 무슨 차를 갖고 있나?"

"자전거뿐입니다." 박후버가 말했다. "맬번 스타요."

그러자 위험한 댄이 자기가 휴버트 오퍼먼 경과 개인적으로 아는 사이라고 선언했다. '오피'는 맬번 스타로 그 유명한 파리-브레스트-파리 경주를 우승했지.

"1931년이었죠." 옆집 남자가 덧붙였다.

이 말에 댄이 동요했다. "톰 피니건이 내 친구였다네. 누군지 아나?"

"물론이죠." 박후버가 말했다. "맬번 스타의 창업주잖아요."

"첫 대리점을 글렌페리 길에 열었지."

"58번지였죠."

댄이 다급하게 자기 지갑을 뒤지다가 마음을 바꿨다. "자네 자전거를 가져오게." 그가 명령했다. "어디 보세나."

"그냥 오래된 고물인데요."

"후회하지 않을 걸세, 박후버."

그래서 순진한 남자는 여전히 행주를 어깨에 걸친 채 낙엽을 밟으면서 진입로를 지나 도로로 나갔다. 지붕 꼭대기에는 망할 암탉들이 줄지어 앉아 있었다.

"아버님." 내가 말했다.

"진정해라, 진정해. 거참."

"저희는 돈 없어요, 아버님."

그러자 도널드슨 부인이 다급하게 단것을 더 꺼냈다. 비싼 대럴 리 초콜릿이었다. 나는 그걸 받아야만 했다.

"여기에 가게를 차릴 생각은 아니지?" 댄이 말했다. 그는 발판 위에 올라서서 나를 등진 채 무용지물을 묶은 밧줄을 풀고 있었다. "리프트도 없고, 심지어 주유기도 없잖냐. 나한테 말을 했어야지."

"아버님한테 돈 빌려 달라고 하지는 않을 거예요." 내가 말했다. "아버님 문제만으로도 충분히 힘드시잖아요."

이 말에 그가 온 관심을 나에게 돌렸다. "무슨 문제?" 그가 몸을 홱 틀어서 나를 쳐다봤다. "빌어먹을 문제 따윈 전혀 없어. 나는 다른 인간들과 달라. 경험도 없이 사업에 뛰어들지 않는단 말이다. 아버지 몰래 경쟁업체를 차리지도 않지."

"은퇴하셨다면서요."

"그런 걸 비밀로 하면 안 되는 거야." 그가 말했다.

"아버님 댁 전화번호도 몰랐는걸요."

"그 녀석은 자기가 포드 딜러가 될 수 있을 거라고 생각하나 보지? 이런 곳에서? 은행 잔고라고는 5파운드[16]밖에 없는 주제에? 물색없는 것도 정도껏이지. 내가 포드에 있는 친구들하고 연락이 끊겼을 것 같냐?"

---

16) 호주의 화폐가 파운드에서 달러로 바뀐 것은 1966년이다.

"지금 신청서를 심사 중이에요. 저희가 제출했거든요."

"그 사람들만 민망하게 만든 거야." 댄이 말했다. "자네 개를 도로 물리게, 댄. 그러더구나."

"자기 아들을 개라고 하지 마세요."

댄에게 그런 식으로 말하면 안 됐지만 마침맞게 박후버가 자전거를 갖고 돌아온 덕에 댄의 관심이 전부 그쪽으로 쏠렸다.

"나는 자전거를 좋아해." 그가 밧줄을 팔에 감으며 선언했다. "아무렴 그렇고말고. 예전에 한 대 있었지."

"네." 불쌍한 사내가 아까 했던 말을 반복했다. "맬번 스타를 비행기에 싣고 다니셨잖아요."

"아니, 내 말 잘 듣게."

이웃집 남자가 기분 좋은 미소를 지었다.

"이 자전거를 40파운드 쳐 주겠네. 자네가 저기 있는 것과 똑같은 포드 커스텀라인을 산다면 말이야. 어떤가? 우리 집은 여기서 그리 멀지 않아. 문제가 생기면 즉시 달려올 수 있다네."

"네, 그런데 제가 가져온 것 좀 보세요, 봅스 씨."

그의 자전거 바구니에는 낡았지만 아름다운 책이 담겨 있었다. 표지에는 금색으로 그린 옛날 비행기 그림이 있었고 『항공학』 비슷한 제목이 외국어로 적혀 있었다. 물론 댄은 그 책을 원했지만 두 손을 들며 뒷걸음쳤다. "그렇다면 50파운드까지 쳐 주지." 그가 말했다.

옆집 남자가 성경을 끌어안듯 책을 품에 안았다. "저는 운전할 줄 몰라요."

"내가 가르쳐 주겠네."

"괜찮습니다."

"정말인가?" 댄이 이렇게 물을 때 나는 그 안에 숨은 기분 나쁜 어조를 눈치챘다. "자네 직업이 어떻게 되나?"

"교사입니다."

그 순간 댄은 흥미를 잃었다. 지금껏 너무나 많이 봐 온 모습이었다. 그는 다시 발판에 올라서서 밧줄을 마저 풀었다. 그리고 프로펠러를 들어 올리더니 툴툴거리며 방향을 돌린 다음 불쌍한 사내에게 받으라고 강요했다. "직업이 뭐라고?"

"교사요."

박후버 씨는 프로펠러를 풀밭에 내려놓느라 무릎을 꿇어야 했다. 그는 원래 이 프로펠러의 겉면에는 구리 판이 나사나 납땜한 대갈못으로 고정되어 있었다고 말하면서 전문가처럼 어루만졌다. "훌륭하네요."

댄이 손으로 입을 가린 채 씩 웃었다. 누가 봐도 모욕적인 행동이었다.

"학교 선생이라고."

"그렇습니다."

"지붕 위에 있는 건 자네 닭들이고?"

"네, 아무래도 그런 것 같네요."

"저렇게 멋대로 돌아다니게 두면 안 되지. 이제는 어린애들도 있는데 말이야. 애들 엄마도 이렇게 말할 걸세. 안 그러니, 며늘애야? 위생적이지 않잖나. 전에도 닭을 키웠나? 아니라고? 해결책은 말이지, 날개 깃털을 자르면 된다네."

"네, 거기까지는 생각을 못 했네요."

"얼간이도 할 수 있어. 가위만 있으면 되는데 마침 내가 갖고 있다네."

내가 항의하자 그는 경멸의 대상을 나로 바꿨다. "너, 애들 엄마 맞냐?"

그때 쾅 하고 뒷문이 열리는 소리가 들렸다. 내가 이미 싸움의 불씨를 댕겨 버린 줄 모르는 티치가 돌아왔던 것이다. 댄과 다시는 싸우지 않겠다고 티치와 약속했지만 지금은 아무래도 상관없었다. "박후버 씨에게 도움이 필요하다면 — 내가 말했다. — 제가 기꺼이 도울게요."

"네가 날개깃을 자를 수 있다고?"

나는 그의 역겨운 면상에 대고 미소를 지어 보였다.

"아버지." 티치가 말했다. "죄송하지만 저희는 프로펠러가 필요 없어요." 처음이었다. 눈물이 날 것만 같았다.

"너한테는 간판 같은 게 필요해, 아들아. 네가 포드 딜러가 되고 싶다면 얼마든지 그래도 되지만 아무도 모를 거다. 이 프로펠러는 말하자면 홍보 수단이라는 거야."

"돈 없어요." 티치가 말했다.

"15파운드 어떠냐? 그 정도야 당연히 낼 수 있겠지. 여기가 판매점이라는 걸 알리고 싶지? 장안의 화제가 되고 싶지 않냐? 나중에 관청에서 철거 명령을 내리더라도 말이다. 잔디밭에 구멍 하나만 파면 돼."

"아버님 친구들이 우리 신청서를 반려했대."

"나 몰래 포드에 찾아가지 말았어야지." 댄이 말했다. "너는 망신거리야. 네가 대리점을 낼 수 있을 줄 알았냐? 이런 데서?"

티치는 얼굴이 빨개졌지만 미소만은 산뜻하고 깔끔했다. "다시 싣는 걸 도와드릴게요." 그리고 그가 프로펠러를 들어 올리자 나는 생각했다. 이 사랑스러운 남자 같으니라고.

그때 댄이 도널드슨 부인에게 고갯짓을 했다. 그녀는 그 즉시 돌아서면서 나에게 살짝 미안해하는 미소를 지어 보이고는 자갈밭을 뒤뚱뒤뚱 걸어서 차로 향했다. 잠시 후 플리머스는 급가속을 해서 진입로로 나가 버렸다.

프로펠러 때문에 남편이 더 작고 짓눌린 것처럼 보였지만, 천만에, 티치는 그것을 역기처럼 들어 올려서 울타리를 향해 던졌다. "15파운드는 무슨!" 그가 소리쳤다.

이웃집 남자는 입을 쩍 벌리고 있었다.

"내가 워낙에 힘이 세지 않아서 다행이야." 남편이 말했다. "안 그랬으면 벌써 누구 하나 죽였을걸."

4

페이넘의 목사관에 사는 아기였을 때 나는 부엌 개수대에 기어올랐다가 창밖으로 굴러떨어졌지만 천운으로 어깨뼈 바로 밑만 움푹 파이고 자그마한 머리는 무사했다. 나중에 가끔씩, 예를 들면 샤워하다가, 파인 부분을 만지작거리면서 그 상처가 예언한 것 — 내가 평생을 따분한 천성으로부터 벗어나려 애쓰면서, 안전하게 가만있어야 할 때 스릴을 느끼려고 일부러 경솔한 짓을 하면서 보내리라는 — 에 대해 생각하며 혼자 재밌어하곤 했다. 지금은 확신한다. 내가 육체적으로 애덜리나 케이니그에게 끌린 이유가 바로 이 욕망 때문이었음을. 나는 그때까지만 해도 아직 페이넘이라 불리던 곳에서 그 키크고 까무잡잡한 미녀와 함께 중등학교 수업을 땡땡이치고, 부루퉁하고 뚱하게 흐르는 토런스강 가에서 퀴퀴한 냄새를 풍기는 진흙땅과 풀밭을 돌아다녔다. 나는 돈에 관심 없는, 목사의 아들이었다. 그래서 케이니그가의 재산이나 독일인 클럽에서의 지위에는 흥분하지 않았지만 애덜리나와 함께한다는 것은 마치 선풍기나 전동 드릴이 콘센트에 연결될 수밖에 없듯이 그녀에게 종속된다는 의미였다.

봅시[17] 부인도 똑같았다.

그녀의 남편은 볼이 빨갰고, 머리가 새까맸으며, 서커스를 떠올리게 하는 독특한 활기의 소유자였다. 그런 삶을 사는 그가 얼마나 부러웠던지.

봅시 부인이 연거푸 성냥을 긋고 또 실패하는 모습은 너무나 재밌었다. 내 냉장고 안에서는 그들에게 줄 수 있는 일주일분의 스튜, 피할 수 없는 매일 밤 먹으려고 일인분씩 소분해 둔 그릇 일곱 개가 기다리고 있었다. 이런 생각을 남들이 들으면 분명 미쳤다고 할 것이다.

집으로 돌아온 나는 저녁 식사를 스토브에 올려놓은 다음, 식탁 위의 책들을 치우고 다른 책으로 바꿨다. 저 가족이 내가 무슨 책을 소장하고 있는지에 딱히 관심 있을 것 같지는 않지만 누구나 좋아할 만한 책이 있다는 것도 알았기 때문이다. 그 책들은 대부분 프랑스 책으로, 기계 시대의 아름다움, 즉 방직기, 자동인형, 날개에 깃털이 달린 비행기 등의 세밀한 판화 삽화가 들어 있었다. 이 단일 언어 국가에 프랑스어 책 시장이 없다는 사실은 나에게 유리한 점이었다.

---

17) 봅스의 애칭.

봅시 부인은 자기 시아버지를 좋아하지 않았다. 하지만 나는 하루 종일 그의 얘기를 듣고 있을 수도 있었다. 그가 내게 차를 팔려 했던들 내가 왜 마다하겠는가? 기회만 주어졌다면 프로펠러 값도 치렀을 것이다. 그래서 우리 집 천장에 비스듬하게 피아노 줄로 매달 수도 있었을 것이다. 그러나 다른 한편으로는 작고 빛나는 봅시 씨가 그 귀중한 물건을 울타리에 집어 던지는 광경을 보고 짜릿했다. 그들의 삶은 나와 얼마나 다른가. 닭 날개깃을 자르고, 비누로 비행기를 고치고, 포드 딜러가 되기로 결심하고, 누구의 허락도 구하지 않고, 줄꾼처럼 혼자서, 피해야 할 소환장 따위 없이. 그들처럼 될 수만 있다면 내 모든 걸 다 줬을 것이다.

위험한 댄이라면 소환장을 어떻게 했을까? 남의 자식 양육비를 댔을까? 오쟁이 진 남자라는 비웃음과 간통의 결과에 계속해서 돈을 지불하는 형벌이라는 이중의 모욕을 견뎠을까? 애덜리나의 세계에서 나를 지운 것은 후회하지 않지만 지렁이처럼 도망친 것은 부끄러웠던. 나는 (내 집처럼 편안했던) 빅토리아 주립 도서관에서 꾸물꾸물 기어 나와, 최악의 학년을 나에게 배정하려고 혈안이 된 중등학교가 있는 배커스마시에 숨어들었다.

나에게 오는 법적 서류가 디지 씨의 퀴즈 쇼 앞으로 송달됐지만 디지는 나에게 투자한 게 많았기 때문에 늘 불규칙적인 시간에 사전 녹음을 했다. 그래서 프로그램이 방송 중일 때 집행관이 와 보면 나는 그곳에 없었다. 퀴즈 쇼 상금이, 디지가 대중에게 보여 주는 대문짝만한 수표가 기만이라는 사실을 알고 나면 누구나 디지 본인이 집행관을 한두 번 따돌려 봤음에 틀림없다고 생각할 것이다.

우편물 뜯어보지 않기와 초인종에 대답 않기라는 단순한 방편만으로도 나는 안전했다. 베넷 애시의 발목을 잡고 교실 창밖에 거꾸로 매달기 전까지는.

이제 어떻게 될까? 징계 위원회는 나를 처벌할까? 우리 아버지의 교회가 임신한 소녀들을 신도들 앞에 세웠던 것처럼?

애덜리나 케이니그는 하느님 앞에 명백한 죄를 지었으며 신도들 사이에 물의를 일으켰음을 고백합니까?

하느님께 제발 용서해 달라고 기도하고 신도들에게도 용서를 구하는 바입니까?

앞으로 자신의 잘못을 회개하고 성령의 도우심으로 하느님의 뜻에 따라 살겠습니까?

아니면 그냥 도망쳐서 평생 비밀을 지키며 살겠습니까?

배커스마시 중등학교는 에드워드 양식 비슷한 스타일로 지은 2층짜리 빨간 벽돌 건물로, 이 건물과 매딩리 풋볼 경기장 사이로 난 왕복 2차선 도로는 5톤 탄광 트럭들이 철도 건널목에서 화물을 조금 흘린 뒤에 속도를 높여서 아무도 정확히 어딘지 모르는 곳으로 가 버리는 길이었다.

나는 이미 선량한 아버지의 마음을 아프게 했다. 그런데 만약 1953년 초가을의 어느 날 오후에 아버지가 이 복잡한 도로 건너편에 서 있었다면, 울부짖는 열세 살 소년을 2층 창밖에 매단 사람이 사랑하는 아들인 나라는 사실을 알고 또다시 억장이 무너졌을 것이다.

미안했다. 지금도 늘 미안하다. 나는 4년 3개월 전에 배커스마시에 왔다. 아내도, 여자 친구도 없는 것처럼 보였다. 내 성은 명백히 독일계였지만 나는, 적어도 남들 눈에는, 쪼다가 아니었다. 첫해에 배커스마시 풋볼 팀에서 윙으로 뛰었더니 《배커스마시 익스프레스》는 나를 "미꾸라지처럼 잽싸고 잘 빠져나간다."라고 표현했다.

그리고 부치 데일리가 나를 나치 새끼라고 불렀다.

내 이름은 박후버야. 농담이야, 그들은 말했다.

나는 미소 지었고 내가 원했던 만큼 오해받았다. 그리고 얼마 뒤에 햄스트링 근육을 다쳤다. 그것이 유일하게 안전한 대처법인 듯했다. 그런 인간이 되기 위해 평생 노력해 왔다. 분쟁을 피하는 데는 워낙 전문가였으므로 내가 어린애 하나 때문에 파멸했다는 사실이 지금도 믿기지 않는다.

내가 오기 전까지 이 중등학교의 2학년은 분노와 폭력으로 악명 높은 갈등의 용광로였고 유급해서 3학년으로 올라가지 못하고 법적으로 학교를 그만둘 수 있는 나이가 될 날만 기다리는 소년들이 군림하고 있었다. "나 이제 열네 살이니까 당신도 나 못 건드려."

나는 교사 자격증은 있었지만 실제로 일해 본 경험은 없었다. 그런데 의외로 문제아들을 통솔하는 데 탁월한 것으로 드러났다. 교장은 내게 감사했지만 친절한 동료 교사들이 속으로 어떻게 생각했는지는 영원히 알 수 없을 것이다. 그러나 교육부 장학사들은 나를 대단히 좋아했다. *어려운 환경에서 성실하고 열정적으로 일하는, 대단히 훌륭한 교사.*

그래서 오래전 무릎 꿇린 베넷 애시 때문에 내가 이성을 잃으리라고는 생각도 못 했다. 베넷은 바싹 마른 손목에 때가 배고, 부러진 손톱 밑에 틀림없이 서캐가 끼어 있을 아이였다. 그런 베넷이 내가 지정해 준 맨 앞줄에 앉아서 우리 반에 "발트"가 있다고 항의했다.

도대체 어디서부터 설명해야 하나?

나는 그에게 발트가 뭐라고 생각하냐고 물었다.

불체자라고 생각합니다, 선생님. 그는 난민, 전쟁으로 살 곳을 잃은 사람이라는 뜻으로 말한 것이었다.

나는 그를 분홍색 대영 제국과 그 밖의 조각들로 이루어진 세계 지도 앞으로 데려갈 수도 있었다. 발트는 발트족[18]의 준말이거나 발트 삼국[19] 출신인 사람을 뜻한다고 말해 줄 수도 있었다. 하지만 베넷이 발트해가 어딘지 구분할 수나 있었을까?

내가 어떻게 그에게 '가르칠' 수 있었겠는가? 오스트레일리아 정부가 고의적으로 난민에게 발트라는 오칭을 갖다 붙였다고. 그것이 베넷이 이 단어를 알게 된 경로였다. 오스트레일리아 정부가 피부가 하얀 '북방 인종'만을 국민으로 받아들일 계획이며, 그 사실을 감추기 위해 발트라 부른 것임을 그가 이해하게 만들려면 과연 몇 주가 걸릴까?

물론 나에게는 내 나름의 오랜 상처와 두려움, 깊은 실향감,

---

18) 리투아니아와 라트비아의 주민 대부분을 구성하는 민족.
19) 발트해 동쪽에 있는 에스토니아, 라트비아, 리투아니아. 그러나 에스토니아의 주민은 발트족이 아니라 핀란드와 같은 핀인이다.

나는 이곳 사람이 아니라는, 이것은 내 조국의 풍경이 아니라는, 카스파르 다비트 프리드리히[20]가 정확하게 묘사한 고국의 자연이 내게 주어지지 않았다는 인식이 있었다.

나는 베넷에게 물었다. 너는 '북방 인종'이 뭔지 아니?

"선생님이 안 가르쳐 주셨는데요."

"그럼 자리에 앉아. 손수건은 도로 주머니에 넣고."

그러자 느린 구식 드릴을 사용하는 치과 의사의 딸인 수지 윈스피어가, 시퍼 판한라트가 북방 인종이라고 말했다.

둘째 줄에 앉은 시퍼는 사실 네덜란드인이었다. 그는 키가 크고 머리카락이 가는 금발이었으며 수업 진도를 빠르게 따라잡고 있었다.

"맞아요." 베넷 애시가 무사마귀투성이 손을 들며 말했다. "시퍼는 발트잖아요, 선생님. 선생님이랑 닮았죠."

그의 요점은 시퍼의 머리가 나랑 비슷하다는 것이었다.

"그래, 베넷. 그럼 발트가 뭐지?"

"선생님이 말씀해 보시는 게 어때요? 우리 나라는 왜 선생님을 받아 준 거죠?"

나는 차분한 사람이다. 평생을 그랬다. 그런데 그런 내가 밑창에 징이 박힌 녀석의 부츠 발꿈치를 잡고 확 잡아당겨서 그가 무게 중심을 잃은 순간 창밖으로 밀어 넘어뜨린 다음, 녀석이 울부짖고 소리치는 동안 거꾸로 들고 있었다.

베넷은 키가 크진 않았지만 덩치가 있었다. 그가 꿈틀대고

---

20) 독일의 화가.

펄떡거리자 나는 어떤 꿈을 꿀 때마다 느끼는 공포를 느꼈다. 그 꿈속에는 뱀뿐만 아니라 주머니쥐 같은 동물들이 우글우글했는데 내가 죽이지 않으면 녀석들이 사람으로 태어나는 것이었다. 꿈속의 강은 젖은 판지처럼 쪼개지는 물고기로 가득했다. 나는 평소에 잠든 채로 돌아다닐 때가 많았지만 교실에서 학생을 창밖에 매달았을 때는 말똥말똥하게 깨어 있었다. 전례 없는 일이었다. 내가 뜻밖에 욱해서 결혼 생활로부터 달아났을 때를 제외하곤.

나중에는 내가 베넷 애시에게, 번식하지 않겠다고 약속하지 않으면 교실 안으로 끌어당겨 주지 않겠다고 말했다는 소문이 돌았다. 이는 사실이 아니다. 베넷을 안전한 상태로 되돌려 놓고 나서 나는 상황을 진정시키기 위해 학생들에게 받아쓰기를 시켰다. 이제 와서 내가 귀중한 교훈을 가르칠 순간을 놓쳤다는 말은 누구나 할 수 있지만 베넷이 사는 세상은 진실이 말라 죽는 곳이었다.

나는 온화하고 사랑을 많이 받고 자란, 지도책을 대단히 좋아하는 아이였지만 베넷 애시가 사는 연유 공장의 그늘 속에는 퀴퀴한 싸구려 판본조차 없었을 것이다. 그 어두운 곳에 사는 어느 누구도, 단일 문화권인 오스트레일리아에 비영국계 이민자를 받아들이는 것에 관한 정부 방침에 대해 칭찬이든 욕이든 할 리가 없었다. 아무도 북방 인종이나 발트가 무엇을 의미하는지 신경 쓰지 않을 것이었고, 정부의 '북방 인종' 모집 정책과 피부가 비교적 하얀 원주민 아이들을 엄마한테서 빼앗아 백인 가족에게 입양시키는 관습 사이의 유사성을 눈치채지도 못할 것이었다. 정부는 튀기에게서 절대로 까만 아이가 나오지 않을 거라는 자신감에 가득 차 있었으나 그것은 전혀 유전학에 근거하지 않은 희망 사항이었다.

교장은 마지막 종이 울리고 난 뒤에야 나를 찾아왔다. 출구를 막고 선 그는, 내가 보기엔 포즈를 취하고 있었는데, 옅은 색 달걀처럼 생긴 머리에 걱정스럽게 불뚝 튀어나온 핏줄을 커다란 집게손가락으로 쓰다듬는 그 모습을 나는 먼 훗날 조지 그로스의 그림에서 다시 보게 된다.

"자네가 한 짓을 듣고 기뻐할 얼간이가 많으리라는 건 알지?"

내가 그때 한숨을 쉬었나 보다. 아니면 다른 뭔가로 그를 화나게 했음에 틀림없다.

"자네도 아는 거지, 윌리? 지금 온 동네가 이 얘기를 하고 있을 걸세."

"네."

"다들 신나 있겠지." 해리 허스낸스는 미소를 잃지 않은 채 단어를 잘근잘근 씹으면서 말했다. "베넷 녀석은 그래도 싸다고들 할 거야. 나랑은 입장이 다르니까."

"죄송합니다."

"애시네 가족을 담당하는 사회 복지사가 있어. 알고 있었나? 그 여자가 자기 의뢰인을 변호하고 싶어 할 걸세."

"의뢰인요?"

"웃을 일이 아니야. 그래, 베넷이 그 여자의 의뢰인이지. 우리 징계 위원회에서 발언하길 원할 거라고."

"하, 저한테 이러지 마세요."

"윌리, 나도 선택의 여지가 없네. 자네가 남겨 주질 않았어."

"제가 베넷의 아버지와 얘기해 볼게요."

"자네는 그 가족 근처에도 가면 안 돼. 다행히 내가 징계 위원회에 영향력이 좀 있다네."

그의 말이 사실인지 알 길은 없었다. 그러나 허스낸스가 2학년 문제아들을 다룰 수 있는 교사를 잃고 싶지 않으리라는 건 확실했다. 내 전임자는 그의 코에 주먹을 한 방 먹이고 떠났다.

"자네를 정직할 수밖에 없네, 윌리. 그렇게 찌푸리지 말게."

"유급 정직인가요?"

그가 나를 날카롭게 쳐다봤을 때 나는 그가 무슨 생각을 하는지 알았다. 박후버는 부자다. 저 녀석은 퀴즈 쇼에서 엄청난 상금을 받고 있다.

"징계 위원회에 제출해야 하는 서류가 얼마나 많은지 자네는 상상도 못할 걸세."

"그래서 유급인가요, 무급인가요?"

"쉬는 동안 양모 과목의 교수요목에 대해 생각해 보는 건 어떤가?"

그가 나와 거래를 하고 싶어 하리란 것은 불 보듯 뻔한 일이었다. 양모 과목의 교수요목 작성은 그의 잡무였지 내 일이 아니었다. 행정 업무였지 실무와 관련된 일이 아니었으니까. 그는 중등학생들이 양털과 우리 주(州) 역사에서 양털이 갖는 핵심적 역할에 완전히 무지한 현 상황을 바로잡으라는 지시를 받았다. 그

서신의 출처는 멜버른에 있는 빅토리아주 정부의 교육부였지만 이 이례적인 지시 뒤에 어떤 정치 세력이 숨어 있을까? 그 누가 알겠는가?

"그건 완전 헛짓거리잖아요." 내가 말했다. "교장 선생님도 지난번에 그렇게 말씀하셨고요. 그리고 이런 일은 교장 선생님이 더 잘하시잖아요."

"봉급을 계속 받으려면 뭐라도 해야지. 잘 활용해 보게. 자네가 할 수 있다는 거 알아. 우리 학교의 누구보다, 특히 나보다는 자네가 더 잘할 걸세."

"나중에 선생님이 다 고치시겠죠."

"그럴 시간은 없을 걸세. 약속하지. 내가 징계 위원회에 집중할 시간을 벌어 주는 거라고 생각하게. 여보게, 나 좀 봐주게나. 그 대신 봉급을 전액 지급하지, 됐나?"

그가 나를 탐욕스러운 인간이라고 생각하고는 넌더리를 쳤다. 하지만 그를 비난할 순 없었다. 그는 디지의 가짜 수표의 실제 가치를 알지 못했기 때문이다. 그가 허리를 쭉 펴고 광택 나는 정장 재킷의 단추를 채우더니 내게 축축한 손을 내밀었다.

"자네 자리는 내가 보전해 줌세. 믿어도 돼."

아무 힘도 없는 그의 말은 무의미했으므로 나는 단 1초도 믿지 않았다. 그런데 왜 집에 돌아가는 동안 이상하게 마음이 가벼웠을까? 서배스천 래스키가 말했던 상태에 결국 접어든 건가? 안이 텅 비어서 물처럼 형태 없는 인간이 됐나? 내가 또 나를 둘러싼 비계(飛階)를 부수고 또 다른 창문, 내 진짜 인생의 끄트머리에 매달려서 두려움에 떨게 됐음을 기뻐했다는 게 과연 가능한 일인가?

5

애들을 또다시 낯선 학교에 맡기고 돌아오면서도 내 머릿속에는 온통 빌어먹을 프로펠러 생각뿐이었다. 확실히 정상적인 엄마라고 볼 수는 없었다. 하지만 그 프로펠러는 우리 모두에게 위험했다. 특히 누군가가 한밤중에 일어나서 그 빌어먹을 물건을 헛간 안까지 끌어다 놨기 때문에 더욱 그랬다. 그게 스스로 거기까지 걸어왔다고 생각했어야 했나? 아니면 요정들이 옮겨다 놨나? 아니면 내 남편은 아직도 자기 아버지의 노예인 걸까?

"비바람은 피해야지." 티치가 말했다. 그러고는 입을 오물거리면서 나를 쳐다봤다.

비바람은 피해야지이이? 우리가 왜 애들을 원래 살던 동네에서 100킬로미터 떨어진 곳까지 데려왔는데? 아빠가 할아버지의 프로펠러를 십자가처럼 나르는 꼴을 안 보게 하려고 그런 것 아닌가. 나는 티치를 사랑했다. 물론 사랑했지만 노예살이로 돌아갈 순 없었다.

"쓰레기장에 갖다 버릴까 생각 중이야." 내가 말했다.

티치는 대답 대신 내 손에 입을 맞췄다. 내 화가 저절로 사그라지길 기다릴 심산이었다. 길가의 들불처럼 말이지, 그러면 이렇게 말했을 것이다. 정말 더럽게 웃기네. 하, 하. 하지만 알다시피 모든 들불이 가장자리에 머물진 않는다. 수십 킬로미터, 수천 제곱미터 밖까지 번져서 도중에 있는 모든 울타리를 파괴하고 배커스마시에서 모디앨록까지 확산되어 어떤 고물상을 불태울지도 모른다.

시아버지가 한때 마방과 택시 회사를 소유했었고 포드를 많이 팔았는지는 몰라도 프랜차이즈로 말하자면 근처에도 간 적이 없었다. 포드에 있는 친구들이 술도 같이 마셔 주고 항공병 시절 얘기도 들어 줬지만 그는 교묘한 협잡꾼답게 그 어떤 업체의 공식 딜러도 되지 않은 채 무덤까지 갈 것이 분명했다. 일흔다섯의 나이에도 그는 여전히 자기 아들과 경쟁했다.

댄은 헨리 포드를 극도로 숭배했다. 티치도 같은 병을 앓고 있었다. 그래서 그는 포드 모터 컴퍼니가 우리의 계좌 내역, 채무 현황, 신용 기록을 사찰하는 것을 기꺼이 허락했고 지금, 우리에게 공식 딜러가 될 자격이 있는지 없는지 그들이 심사하는 동안, 그래서 우리가 판매할 수 있는 새 차가 없는 동안, 기차를 타고 밸러랫에 가서 조 새커로부터 중고차를 매입해 오기로 했다. 조 새커가 "내 사무실"이라고 부르는 술집에 티치가 들어가는 걸 보면 걱정이 되지 않을 수 없을 것이다. 그 술집에는 흘린 맥주 냄새와 간밤의 담배 냄새를 먹고사는, 거친 바람에 상한 얼굴들, 카우보이들, 경마 정보꾼들, 마권업자들, 바퀴벌레들이 우글우글했기 때문이다. 나는 그곳을 딱 한 번 보고 나서 나의 티치가 거기서 살해당할 거라고 생각했다. 그는 너무 작고, 너무 깔끔하고, 구두도 너무 앙증맞았지만 나는 결국 티치가 크레이그스 호텔에서 제집처럼 편안하다는 것을 인정하고 받아들일 수밖에 없었다. 그는 우리가 상상할 수 있는 그 무엇과도 다른, 예상 밖의 이상한 생물이어서 침착하고 옷을 잘 차려입었는데도 불이 꺼지면 미친 짐승처럼 돌변했다. 평소의 티치를 아는 사람은 알거나 듣게 되더라도 아무도 믿지 않을 것이다. 맙소사, 그의 입에서 그런 말이 나왔다는 사실을.

그래서 나는 티치를 태우고 기차역으로 가서 주차한 다음 그와 손잡고 플랫폼 위까지 걸어가 타탄체크 목도리를 그의 목에 감고 단추를 채워서 낙타색 외투 속에 집어넣었다. 그런 다음 그에게 키스했다. 그도 내게 키스했다. 그리고 그때가 이 말을 하기에 가장 좋은 시점은 아니었을지 모르지만 어쨌든 그에게 말했다. 포드에서 승인이 날 때까지 기다리면 안돼. 여태껏 포드 없이도 잘 살았잖아. 이제는 '국산 차', 제너럴 모터스 홀든의 시대야. 홀든 대 포드의 대결에서 포드는 지게 돼 있어. 우리는 포드한테 꺼지라고 하고 아직 기회가 있을 때 얼른 홀든의 배커스마시 대리점을 따내야 돼.

티치는 나의 신성 모독을 가만히 듣고만 있었다. 우리가 홀든 딜러가 될 수 있을 거라고 왜 그렇게 자신하냐고 묻지 않았다. 그는 생각해 보겠다고 말했지만 그 자리를 피하고 싶은 게 분명했다. 내 눈에 입 맞추면서 사랑한다고 말했지만 내가 "겁쟁이"라고 불러서 상처받은 얼굴이었다.

그는 기차에 올라타 떠났다. 나는 생협에 먼저 들렀다가 정육점에 갔다. 그들은 내가 누군지 알아내려고 열심이었다. 배달까지 해 주겠다고 제안했지만 나는 주소를 가르쳐 주지 않았다. 다들 남의 사생활을 캐고 싶어 했다.

집에 도착하자마자 곧장 헛간으로 갔다. 끄트머리에 구리판을 덧댄 프로펠러가 무슨 징그러운 가톨릭 성자처럼 빛나고 있었다. 오늘이든 언제든 그걸 정말로 쓰레기장에 갖다 버릴 생각은 없었지만 일단 집 안으로 뛰어 들어가 안방 침대에 있던 깃이불을 잡아채서 헛간으로 돌아와서는 커스텀라인 지붕 위에 얹고 노끈을 열린 차창 틈으로 한 바퀴 돌려서 묶었다. 아버지가 농장 중개인[21]이었기 때문에 나는 어린 시절을 추수기마다 농장에서 농장으로 떠돌아다니며 보냈다. 그래서 짚단만큼이나 이불을 단단히 묶을 수 있었다.

티치가 차 지붕에 묶인 분홍색 이불을 봤다면 흰 캡에 진흙이 튄 걸 봤을 때보다 더 괴로워했겠지만 일단 지금으로서는 아내만의 비밀이었다.

프로펠러는 남편이 공중으로 던지는 걸 보고 예상했던 것

---

21) 호주나 뉴질랜드는 각 농장이 외딴곳에 위치했으므로 중개인이 가가호호 방문하여 양털이나 가축의 판매를 중개하고 농장에 필요한 물품을 조달했다.

보다 무거웠다. 하지만 나는 1센티, 1센티씩 콘크리트 바닥 위에서 옮길 작정이었다. 물론 어떻게 지붕까지 들어 올릴 것인가에 대해서는 아무 생각이 없었다. 그러나 내가 그렇게 쉽게 포기하는 사람이었다면 아직도 숫처녀에, 결혼도 못했을 것이다. 시작부터 패배를 선언하는 것은 내 스타일이 아니었다. 그로부터 채 반 시간도 지나지 않아 프로펠러를 다 옮겨서 살짝 차에 기대 놓았다.

박후버 씨가 집에 있을 거라고 정말 기대하진 않았지만 — 그는 교사였고 그날은 평일이었기 때문에 — 정원 옆 울타리에 난 문을 지나 그의 집 뒷문으로 가서 두드렸다. 아무 대답도 없었다. 나보다 고상한 여자였다면 아마 포기했겠지만 나는 집 옆으로 돌아가서 기웃거렸고 침실 창문에서 밖을 내다보고 있는 그를 발견했을 때 얼마나 놀랐는지 모른다.

그렇게 점잖고 잘생긴 남자가 법망을 피해 숨어 있을 거라는 생각은 꿈에도 하지 않았다. 내 생각은 오직 한 가지였다. 하느님, 감사합니다.

부엌문으로 나온 그는 면도까지 한 깔끔한 모습이었는데 나는 그의 도움을 얻을 생각에 마음이 너무 급했던 나머지 본의 아니게 사고라도 일어난 듯한 인상을 주고 말았다. 내가 그에게 노끈을 건네줬을 때, 그가 나중에 말하길, 지혈대로 쓰라는 뜻인 줄 알고 내가 그를 헛간으로 데려갔을 때도 프로펠러를 쳐다볼 생각조차 안 했다고 한다.

"이것 좀 들어 주실 수 있어요?" 내가 그에게 물었다.

"이거요?"

달리 뭐가 있단 말인가? 나는 생각했다. "지붕 위에 올려
주실 수 있어요?"

그는 할 수 있다고 말했지만 움직이진 않았다.

나는 그에게 도움이 필요하냐고 물었다.

아니, 필요치 않았다. 그는 프로펠러를 안아서 휙 던져 올
려 수평으로 든 다음, 이불 위에 놓았고 그때 나 때문에 그의
옷에 기름 얼룩이 생긴 걸 봤지만 양심에 찔려서 차마 말할
수가 없었다.

"부탁하실 건 그게 다인가요?"

"묶는 건 제가 할 수 있어요."

하지만 그는 자기가 그 프로펠러를 직접 사포질한 사람인
양, 긴 손가락으로 어루만지고 있었다. "이 목재가 뭔지 아세
요, 봅스 부인?"

"전혀 모르겠는데요." 내가 말했다.

"떡갈나무 합판이에요. 나뭇결이 얼마나 촘촘한지 보이죠?"

나는 그 이상한 독일인의 눈을 들여다봤다. "그런 걸 어떻
게 아는 거예요?" 내가 물었다.

물론 나는 그때 내 이웃이 퀴즈 쇼로 유명하다는 사실을
전혀 알지 못했다. 나중에 알고 보니 그는 (이집트인들의 역사
에서부터 화산에 이르기까지) 모르는 게 없었고 내가 프로펠러
를 고정하고 싶어 한다는 걸 알자 노끈은 치우라고 했다. 그
가 자기 밧줄을 가져오게 내버려뒀더니 — 왜 반대하겠는
가? — 밧줄은 마, 면, 코코넛 껍질, 삼 또는 짚으로 만든다는
걸 알게 됐다. 솔직히 그가 애정 어린 말투로 능숙하게 밧줄

이야기를 하는 것이 마음에 들었다. 나는 뒤로 물러서서 그가 프로펠러를 단단히 묶도록 내버려뒀다.

그리고 그가 일을 끝마쳤을 때 쓰레기장으로 가는 길을 알려 줄 수 있냐고 물었다.

"쓰레기장요?" 그가 눈썹을 치켜세웠다. 나를 빤히 쳐다봤다. 내 두 볼이 화끈 달아올랐다.

나는 그의 좋은 흰색 셔츠에 얼룩이 생겼다고 말했다. 미안했다.

그는 얼룩을 쳐다보지도 않았다. "이걸 쓰레기장에 가져가면 안 돼요." 그가 말했다.

내 성격을 모르는 것은 그의 잘못이 아니었다. 나는 그걸 버려야 한다고 말했다. 선택의 여지는 없었다.

"그럼 제가 보관할게요." 그가 말했다. "그러고 싶어요."

"안 돼요. 없애야 해요."

그러자 그가 팔짱을 끼고는 마치 프로펠러가 성모상인 양 감탄스럽게 쳐다봤다. 나는 미안하다고, 그럴 수밖에 없다고 말했다.

"봅스 씨는 어떻게 생각하시는데요?"

나는 그에게 쓰레기장이 어디냐고 물었다.

"거기에 버리면 누군가가 가져갈 거예요." 그가 말했다.

무슨 말인지 알아들었다. 나는 커다란 녹색 상자에서 쇠톱을 찾아내어 자동차 트렁크에 집어넣었다. "쓰레기장이 어딘지 가르쳐 주실래요?"

"프로펠러 안 자르실 거예요?"

그는 이제 살짝 싱글거리고 있었다. 그의 코는 약간 넓적했지만 턱과 완벽한 비례를 이뤘다. 고개는 마침내 내가 어떤 사람인지 조금 알게 된 것처럼 삐딱하게 기울어 있었다.

"지붕에서는 어떻게 내리실 거예요?"

"알아서 할게요."

그는 내가 못할 거라고 확신하고는 조수석에 올라탔다. 내가 왜 그를 믿었는지 모르겠다. 그냥 믿었다. 나는 차를 몰고 진입로를 거슬러 올라가 도로에 진입하기 직전에 멈춰 섰다. "왼쪽이에요, 오른쪽이에요?"

"왼쪽요."

나는 가톨릭 학교 방향으로 꺾었다가 기즈번 길에서 우회전하면서 도로에 타이어 자국을 남겼다. 그는 당황하지 않았다.

"봅스 씨는 차를 안 쓰세요?"

우리 이웃이 우리에 대해 아무것도 몰랐으므로 나는 그에게 티치는 열두 살 때부터 헨리 포드의 차를 팔아 왔다고, 빅토리아주 시골 최고의 세일즈맨이라고 말했다. 포드 모터 컴퍼니를 설득해서 낙농민의 트럭에 진흙 언덕 꼭대기까지 올라갈 수 있게 해 주는 차동 장치를 탑재하게끔 한 사람도 그였다. 티치는 포드가 자신을 딜러로 지명할 거라는 자신감에 가득 차서 배커스마시에 왔다. 나 또한 걱정하지 않았다. 설사 우리가 탈락하더라도 자동차 회사가 포드밖에 없는 것은 아니었기 때문이다.

그의 지시에 따라 달리 풋볼 경기장을 끼고 돌 때 나는 그가 뭐라고 하나 보려고 일부러 자갈밭으로 들어가 저단 기어로 바뀌어서 차가 덜컹이게 했다. 우리는 곧 민둥한 언덕의 등마루를 따라 난 좁은 흙길을 올라가기 시작했다. 갈색 잔디밭 너머로 보이는 엄청나게 넓은 채소밭과 구불구불한 러더더그강둑이 장관을 이뤘다.

그리고 그 한가운데에 까마귀들과 검정파리들과 두 남자의 집인, 울타리를 두른 구덩이가 있었다.

"바로 여기예요." 그가 말했다.

6

침실 창문에서 나를 발견했을 때 봅스 부인이 입고 있던 정
비복은 깜짝 놀랄 만큼 잘 어울렸다. 그녀의 어깨에서 유아복
아닌가 싶은, 코바늘뜨기한 하얀 탱크톱이 살짝 엿보였다.

기도와 음란한 생각만을 벗 삼아 자기 안에 갇힌 자가 되
는 것은 누구일까? 선량한 사내들이 리틀버크가(街)의 모자
가게 위층에서 남부끄러운 사진을 사게 하는 것이 하느님의
계획인가?

그녀는 뒷문에서 기다리고 있다가 나에게 부탁하고 싶은
것을 말했다. 본디 몸매를 가려야 할 정비복이 정반대의 효과
를 내는 것을 보고 놀랐다. 나는 바람둥이였던 적도, 불륜남
이었던 적도 없었으므로 출근해야 한다고 말했지만 그녀는
내 거짓말을 듣지도 않았다. 그리고 선량한 자라면 역사를 위

해 보존했을 아름다운 프로펠러를 부숴 달라고 부탁했다. 그 것은 멜버른 박물관 진열장에 있어야 마땅한 물건이었다. 내 가 직접 명판도 쓸 수 있었다. 웨스트랜드 월리스의 프로펠러. 웨스 트랜드 월리스는 1933년 휴스턴 에베레스트산 원정의 일환으로 에베레 스트산을 넘은 최초의 항공기다. 세계가 내려다보이는 그렇게 높 은 곳의 공기를 가른다는 것은 너무나 멋진 일이었다.

그 정도 지각이 있었음에도 나는 그녀의 부탁이라면 뭐든 했을 것이다. 프랑스의 미치광이 발명가 클레망 아데르가 깃 털을 달았던 증기 기관 비행기 아데르 에올의 프로펠러 날개 조차 불태웠을 것이다.

그녀의 말에 따라 차에 올라탔다. 이 가족에게선 페어스 비누 향이 났다. 그리고 나서, 오 하느님, 그녀가 자그마한 발—220 아니면 210밀리일지도 모르는—로 액셀을 밟자 뒤로 흩뿌려진 자갈이 날아가서 울타리에 맞았다. 나는 어린 애를 창밖에 매단 사람이었지만 그 사실을 모르는 그녀는 나 를 향해 미소 지었다.

자동차에 타 본 적이 거의 없었기 때문에 나에게는 그녀와 비교할 대상이 없었다. 봅스 부인은 코가 핸들 위에 닿을락 말락 하는 자세로 운전하면서 왼쪽, 오른쪽 사이드 미러와 백 미러를 확인했다. 밥 먹는 참새가 떠올랐다.

"모자 꽉 잡아요." 그녀가 말하더니 기즈번 길에서 끼익 소 리를 내며 방향을 틀었다. 남편이 탄 기차가 벌써 벌랜을 지 났겠네요, 그녀가 말했다. 남편 얘기를 다소 강조하는 듯했다. 그녀가 귀여운 코를 찡그리면서 기어를 내리더니 달리 벽돌

공장으로 가는 5톤 트럭을 추월했다. 그리고 자신 있게, 남편이 포드가 아니라 홀든을 팔았으면 좋겠다고 말했다. 미국 회사 제너럴 모터스가 최근 생산하기 시작한 홀든은 "오스트레일리아 국산 차"라는 것이었다. 나는 티치 봅시가 평생 포드를 위해 싸워 온 병사임을 알게 됐다. 그러나 봅시 부인은 그의 마음을 바꿀 만한 정보를 막 입수했다고 말했다.

"두 분 다 참 정력가시라고 해야겠네요."

"비누 하나 가지고 우리를 알 순 없죠." 그녀가 (아주 행복하게) 말했고 우리는 달리의 쓰레기장에 다다랐다. 그곳은 범죄에나 어울릴 만큼 살풍경했다. 입구가 있고 바로 안에 옥외 화장실보다 별로 크지 않은 작은 오두막이 있었다. 거기, 연기 나는 200리터 드럼통 옆에 두 남자가 서 있었다. 거대한 똥배를 가죽 앞치마로 꽉 쥔 관리자 켈빈과 해진 모자, 소매 없는 줄어든 스웨터에 로프 벨트를 매고 먼지투성이 안전화를 뽐내는 작고 비쩍 마른 사내였다.

봅스 부인은 차를 세워 허락을 구하지도 않은 채 그대로 안으로 진입해서는 힘차게 핸드 브레이크를 당겼다. 그리고 곧바로 차에서 내려 밧줄을 풀려고 깡충거렸지만 손이 닿지 않았다. 어차피 할 거라면 빨리 하는 게 최선이었다.

나는 저주받은 프로펠러를 이불 위에서 들어 올려 봅스 부인의 인도에 따라 마지막 안식처 — 엉클어진 녹슨 철사, 깨진 테라 코타 타일, 새것 같은 단면 5센티×10센티의 자투리 목재 사이 — 까지 운반했다.

끝났다, 하고 생각했다. 돌아서서 밧줄을 감아 정리한 다음, 노끈을 풀어서 이불과 함께 뒷좌석에 가지런히 넣었다. 예전에는 이 쓰레기장을 낙관주의적 장소, 배커스마시의 위대한 민주주의적 시설 중 하나라고 생각했었다. 입장료를 낼 필요도 없고 원하는 것은 무엇이든 가져갈 수 있었기 때문이다. 주말이면 한 가족의 4대가 함께 와서 병, 깎은 잔디, 유아차를 버리거나 반대로 보물찾기를 하다가 버터 교반기,[22] 라발 원심 분리기,[23] 출처나 용도를 알 수 없는 그 밖의 물건들 — 엄마, 엄마, 이게 뭐야? — 을 발견하는 모습을 볼 수 있었다. 달리 읍사무소의 자산 관리사는 쓰레기장에서 가져온 식기 세트로 귀빈들을 접대하면서도 그 출처를 비밀로 하지 않았다. 그는 이 횡재를 발견했을 때, 자기 아들을 무동력 자동차 경주에서 우승하게 해 준 지름 20센티짜리 유아차 바퀴를 발견했을 때만큼이나 기뻐했다.

돌아보니 그녀가 프로펠러를 톱질하고 있었다. 켈빈과 동료는 소시지를 구울 뿐, 옆에서 일어나는 일에 아무런 관심도 없어 보였다. 나는 봅스 부인이 프로펠러 끝을 잘라 내려 시도하는 현장의 증인이었다. 그녀는 구리 덮개가 끝나는 약한 곳을 공략했다.

그러나 연장이 그 일에 적합하지가 않았다. 내가 할 수 있는 일이라고는 내 얼굴에 달려드는 검정파리를 쫓는 것밖에 없었다. 결국 그녀는 반쯤 잘랐을 때 톱을 내려놓더니 프로펠

---

22) 크림을 휘저어서 버터로 만드는 기구.
23) 우유를 크림과 탈지유로 분리하는 기구.

러를 공격할 다음 도구로 벽돌을 골랐다. 흥분해서 목과 뺨이 새빨갰다. 마침내 그녀가 잔인하게 한 조각을 분리해 냈을 때 나는 라부아지에[24]의 잘린 머리통이 기요틴에서 굴러떨어질 때 눈을 스무 번 깜빡여서 하인한테 신호를 보냈다는 이야기를 떠올렸다. 그리고 그 이야기가 사실이 아니길 기도했다.

"당신이 우리 시아버지를 몰라서 그래요." 그녀가 말했다. "알았으면 나를 그런 눈으로 쳐다보지 않았을 거예요."

그때 나는 아마 라부아지에 얘기를 하기에는 너무 감정적이었을 것이므로 폐기물 위생 감독관과 그의 동료가 말을 걸었을 때 다행이라고 생각했다. 켈빈이 절단된 끄트머리를 집어 들길래 잠시 그것이 구제됐다고 생각했지만 다음 순간 그는 그것을 심연 속으로 던져 버렸다.

봅시 부인이 쇠톱을 다시 자동차에 가져다 놓을 때 켈빈의 친구가 나를 적대적인 시선으로 쳐다보는 것을 느꼈다. 방금의 사건에 대해 나를 비난하는 거라고 추측했다. 나는 서둘러 나의 공범을 쫓아갔다. 그가 뒤따라오는 줄은 몰랐다.

"바크험퍼."[25] 그는 내가 화들짝 놀라는 모습에 확연히 즐거워했다. "당신, 내가 누군지 모르지?"

"알았다면 참으로 기뻤을 텐데요."

"기쁠 리가 없지." 그때 나는 그 익숙한 성난 눈빛에서 그가 베닛 애시의 아버지임을 알아봤다.

---

24) 질량 보존의 법칙을 발표한 프랑스의 화학자.
25) 박후버와 비슷한 발음의 단어로 말장난한 것이다. 뜻은 '나무껍질과 섹스 하는 사람'.

놉스 부인이 시동을 걸었다.

"난 당신이 어디 사는지 알아." 애시가 조수석 문을 열었다. "어서 타." 그가 말했다. 그의 뼈에서 살점이란 살점은 다 긁어내고 로프 벨트와 줄어든 스웨터만 남긴 잔인한 삶의 흔적을 그의 목소리에서 느낄 수 있었다.

"내가 네놈을 창밖에 매달 거야, 이 빌어먹을 발트 새끼야."

놉스 부인이 1단 기어를 넣었다. 나는 차 문을 쾅 하고 닫았다. 포드가 난폭하게 물웅덩이를 공격하고는 평평한 땅 위로 미끄러지더니 쓰레기장 입구를 빠져나갔다.

"대체 왜 저러는 거예요?" 그녀가 물었다.

나는 차분한 목소리로 대답할 수 있을 것 같지가 않았다.

"세상에, 별 후레자식 다 보겠네."

놉시 부인은 아까보다 조심스럽게 운전했다. 속도를 한 번 낮추더니 잠시 후에 조금 더 낮췄다. 그러고는 달리 경기장 근처에 다다르자 길가에 차를 세웠다. "자요." 그녀가 말했다. 그 것은 손수건이었다.

그녀가 내가 우는 줄 알았다면 그건 아니었지만 그렇다고 그녀의 눈을 똑바로 쳐다볼 수도 없었다. 결국 나는 절대 말하지 않겠다고 결심했던 이야기를 털어놓았다. "그 사람은 당신 같은 평범한 학부모예요." 내가 말했다. "제가 한 짓을 그 사람이 했으면 감옥에 갔을 거예요."

"아주 끔찍한 아들을 뒀나 보네요."

"그냥 어린애일 뿐이에요."

내가 손수건을 조심스럽게 접어서 그녀에게 돌려주자 그녀가 내 손을 잡았다. 그리고 다음 순간 그녀가 한 행동에 우리 둘 다 깜짝 놀랐다. 내 손에 입을 맞췄던 것이다.

7

나는 예전에 슬로컴 신부의 벗어진 정수리에 입 맞춘 적이
있다.

또 한번은 청혼받았을 때 전보 배달부에게 뽀뽀했다. 그 일
이 어떤 결실을 맺진 못했지만. 얼음 장수에게도 뽀뽀했다. 그
리고 모델 T[26]의 스페어타이어 속에 숨어서 절롱에서 바원헤
즈까지 갔다가 혼난 적도 있다. 내가 하마터면 차에서 떨어져
죽을 뻔했는데도 부모님은 그 후로 손님이 올 때마다 그 얘기
를 했다. 아버지가 농장 중개인이었을 때 우리는 로빈슨가 소
유의 키펀로스에 자주 갔다. 어느 해 추수기에 로빈슨 부인은

---

26) 1908~1927년에 생산됐던 포드 자동차. 스페어타이어가 지프차처럼 뒷
면 밖에 붙어 있다.

일꾼들에게 줄 홍차가 담긴 양철통과 스콘을 내게 들려서 방목장에 내보냈다. 나는 수십만 제곱미터의 벌판 한가운데서 그들을 발견했다. 사방에 밀짚 가리 천지였다. 날씨가 너무 덥길래 나는 그늘을 찾아 짚가리 안으로 기어들었다. 푹 잠든 나를 마침내 찾아낸 사람은 아버지였다. 내 발의 일부가 짚가리 밖으로 삐져나와 있었던 것이다. 그들은 몇 시간 동안이나 나를 찾아 헤맸다고 한다.

어머니는 뽀뽀 귀신이었다. 내가 기도하고 있으면 내 정수리에 뽀뽀하곤 했다.

어쨌든 그의 손보다는 손목이라고 하는 편이 더 정확하다. 내 입술은 가는 금털을 스쳤을 뿐이다. 나는 그의 손마디가, 마치 손가락도 얼굴처럼 찌푸린 양, 깊게 골이 졌다고 말했다. 그 손은 가늘고 고왔고 손마디와 손톱 밑이 거뭇했지만 그가 굳이 기즈번 길에서 고백하지 않았더라도 나는 그를 동정했을 것이다. 침실 창밖을 내다보는 그의 옅은 파란색 눈동자를 봤기 때문이다. 그 장면을 생각하며 그의 딱하고 처량한 손에 입 맞췄다. 당신이 무슨 짓을 했든 당신은 좋은 사람이에요, 라는 뜻이었다. 말을 키워도 된다고 허락받았던 적은 없었지만 그가 귀를 뒤로 젖힌 채 마구간에 갇혀 있는 말 같다고 생각했다.

쓰레기장에서 돌아온 나에게는 풀어야 할 수많은 이삿짐 상자와 각각 제 몫의 사랑을 필요로 하는 두 아이, 불쌍한 아가들이 있었다. 이디스는 괜찮겠지만 로니는 오늘 특히 더 그러리라는 걸 이미 알고 있었다. 수업이 끝난 뒤 로니가 반바지 밑에 반스타킹 한 짝만 신은 채 학교 정문으로 나오는 모습을 보기 전부터. 어떻게 신발은 안 잃어버렸는데 양말만 잃어버릴 수가 있단 말인가?

이디스는 로니 뒤에 서서 나를 향해 고개를 저어 보였다.

나는 로니에게 누가 괴롭히더냐고 물었다.

그 애는 대답 대신 길거리에서, 오만 사람 앞에서 실없는 춤을 췄다. 혀를 쭉 빼물고 자기 머리를 가리켰다 엉덩이를 가리켰다 하면서 춤추는 품이 꼭 미친 사람 같았다. 그럴 때는 남들이 나를 어떻게 생각할지까지 신경 쓸 여유가 없다. 내가 로니의 손을 잡고 집을 향해 질질 끌고 가자 이디스가 헐레벌떡 뒤따라오며 물었다. 엄마, 어쩌려고?

나는 두 아이를 앉혀 놓고 비스킷도 구워 주고 우유도 따라 줬어야 했지만 그보다는 티치가 집에 오기 전에 제너럴 모터스 홀든(GMH)에 전화를 해야만 했다. 티치에게 들키는 날엔 주홍 글자를 가슴에 달거나 바보 모자[27]를 쓰게 될 터였기 때문이다.

GMH처럼 큰 회사가 경쟁사의 세일즈맨을 다 알지는 못할 거라고들 생각하겠지만 그들은 우리 티치의 명성을 익히 들어서 알고 있었다. "그들"이라 함은 던스턴 씨를 뜻한다. 던스턴은 내 남편이 "총알"이라고 말했다. 하루에 양 400마리의 털을 깎는 사람을 총알 깎쇠라고 부르는 것처럼 말이다.(물론 메리노 양의 경우에는 또 숫자가 다르다.) 어쨌든 던스턴 씨는 크리켓 스

---

27) 옛날에 학교에서 말썽 피우는 아이에게 씌웠던 고깔모자.

코어 외우듯 티치의 판매 수치를 다 알았다. 워러걸에서는 몇 대 팔았고, 세일에서는 몇 대 팔았고 등등. 처음 연락했을 때 티치도 "함께하길" 바란다는 던스턴 씨의 말에 흐뭇했다. 나처럼 그 역시 홀든에 미래가 있다고 믿었다.

그는 내게 대단히 솔직했다. 적어도 나는 그렇게 생각했다. 그는 돈 문제를 숨기지 않았다. 딜러가 되려면 건물, 정비소, 정비공, 부품 재고가 있어야 한다. 그는 대리점 재고에 필요한 자금을 조달할 방법의 "설계도" 샘플들을 보여 줬다.

포드와는 이미 비슷한 대화를 나눴고 그 결과 탁자에 둘러앉아 서류를 작성하고 은행 명세서와 소득 신고서를 제출하기까지 했다. 티치는 우리가 포드 대리점을 내게 되리라는 걸 한 치도 의심하지 않았다. 티치 같은 실적을 가진 세일즈맨을 누가 거부하겠는가?

나는 그의 자신감이, 반려당할 경우 그가 겪을 상처가 두려웠다. 내가 언니를 몰아붙여서 공동 유산인 절롱 집을 드디어 팔면 우리의 대차 대조표가 나아질 거라는 생각도 들었다. 언니는 단물을 충분히 빨아먹었으니까. 이 얘기를 티치에게 했지만 그는 어쩌면 여자한테서 돈을 받으면 안 된다고 생각했는지도 모르겠다. 어쨌든 언니를 상대하는 일이 즐거울 리 없었으므로 나는 그냥 포기했다.

그러나 이 자산 얘기를 던스턴 씨에게 했더니 그는 심하게 긍정적인 반응을 보였다. 그리고 이후에 그 낡은 집을 감정 평가 받은 것이 분명했다. 다음 통화 때 그 집이 코라이오만 바로 앞에 있고 전망이 "굉장하"다는 것을 알고 있었기 때문이다. 우스웠다. 코라이오만은 늘 나를 우울하게 만들었으므로.

던스턴의 사무실을 실제로 본 적은 없었지만 그는 문이 활짝 열려 있음을 늘 강조했다. 우리는 GMH의 할부 금융 회사인 GMAC로부터 90일의 상환 기한을 받아 낼 수 있었다. 한편 포드는 점점 더 많은 정보를 요구했다. 던스턴에게 최신 정보를 알려 줘야 할 시간이었으므로 나는 로니에게 라디오 드라마 「슈퍼맨」을 틀어 줬다. 이디스는 학교에서 내 준 미술 숙제를 하고 있었다. 나는 부엌으로 들어가서 문을 닫았다.

"네?" 교환원이 말했다.

나는 멜버른으로 장거리 전화를 걸어야 한다고 말했다. 그것은 HP, 험버그포인트 전화번호였다.

"배커스마시 29번지인가요?"

나는 그렇다고 답했다.

"그러면 봅스 부인이시군요."

그때는 내가 아직 호어 양을 몰랐을 때였지만 작은 동네라면 어디에나 반드시 그런 인물, 하루 종일 남의 이야기를 엿듣는 유형이 있기 마련이다. 던스턴의 GMH 사무실로 신호가 가는 동안 그녀의 숨소리가 들려왔다. 티치가 알면 날 죽일게 분명했다.

"여보세요?" 던스턴이 말했다.

그러자 호어 양이 "장거리 전화입니다."라고 말했다.

나는 전화를 끊었다.

우리 세 식구는 다 같이 스크램블드에그랑 토스트랑 콩 수프를 먹었다.

이제는 가스가 들어왔지만 낭비하고 싶지 않았다. 아이들을 침대에 뉘고 제 아빠가 지어낸 말썽꾸러기 웜뱃 이야기를 들려줬다. 말썽꾸러기 웜뱃의 커다란 엉덩이 이야기를 하면 아이들은 깔깔대고 웃었다. 정말로 엉덩이가 컸어? 얼마나 컸는데? 말썽꾸러기 웜뱃은 늘 위험한 곳에서 잠들었다. 늘 배가 고팠다. 말썽꾸러기 웜뱃은 어느 날 아침 잠에서 깨어 베이컨 굽는 냄새를 맡았다. 혹은 크리스마스 날 굴뚝 위에 앉아서 어떻게 하면 산타클로스 몫으로 남겨 둔 비스킷을 훔칠 수 있을까 궁리했다.

나는 예의 입맞춤에 대해 전혀 생각하고 있지 않았다. 내가 걱정한 것은 프로펠러였다. 프로펠러를 망가뜨리지 말았어야 했다. 주정뱅이가 된다는 게 이런 건가? 잠에서 깨어서 '오 하느님, 내가 무슨 짓을 한 거지? 사람들이 나를 어떻게 생각할까? 이런 일을 저지른 후에도 나를 좋아할까?'라고 생각하는 게?

나는 가만히 앉아서 남편을 기다렸다. 여자가 밤에, 어디 있는지도 모르는 세일즈맨 남편을 기다리는 것은 끔찍한 일이다. 물론 술집들은 이미 6시에 문을 닫았지만 전시 등화관제하듯 영업하는 술집도 있었다. 나방도 그 술집들이 영업 중인 줄 모를 것이다. 차를 타고 밸리앵이나 미어니옹 한가운데를 지나가도 그곳에서 어떤 불법 행위가 일어나고 있는지 절대 모를 것이다. 만약 경찰을 불러야 할 상황이 생긴다면 운이 좋아야 할 것이다. 경찰관도 다른 사람들과 함께 술집에 숨어 있기 때문이다. 그 밖에 내가 또 두려워하는 것은 너무 당연한 것들이기에 굳이 언급하지 않겠다. 라디오를 틀었지만 집중할 수가 없었다. 퀴즈 쇼가 방송 중이었지만 자기가 스스로 생각했던 것보다 더 멍청하다는 사실을 깨닫고 싶은 사람이 어디 있단 말인가?

그때 이디스가 방에서 나와 "말썽꾸러기 웜뱃이 방금 오줌을 쌌어."라고 알렸다.

뭐, 차라리 몸이 바쁜 게 나았다. 나는 불쌍한 꼬맹이를 씻기고 침대보를 새것으로 간 다음 이디스가 불평을 멈추고 로니와 함께 잠들 때까지 『곰돌이 푸 2: 푸 모퉁이에 있는 집』을 읽어 줬다.

더러워진 침대보를 세탁실로 가져가 한 번 헹궈서 빨래 삶는 솥에 집어넣었다. 9시, 10시가 됐다. 침대보를 빨래 짜는 기계[28]에 통과시킨 다음, 빨래집게 몇 개를 찾아서 빨랫줄에 널었다.

헛간에 네온등을 켜고 부엌에 도로 들어와 앉아서 밖을 내다봤다. 불빛이 텅 빈 뒷마당까지 흘러넘쳤고 라디오에서는 「빙 크로즈비 쇼」가 방송 중이었다. 나는 외투를 찾아 걸치고는 덜덜 떨면서 식탁에 앉아 있었다.

프로펠러에 그런 짓을 하지 말았어야 했다. 나는 지금 그 프로펠러를 원했다.

---

28) 탈수기가 발명되기 이전의 빨래 짜는 기계는 파스타 반죽을 얇게 펴는 기구와 흡사하게 생겼다.

8

남자가 천성적으로 불안정한 여자에게 끌리는 데는 그만한 이유가 있다. 얼굴만 바라봐도 더 재미있고 눈빛이 예측 불가능하기 때문이다. 그들은 늘 더 복잡하고, 정력적이고, 위험하다. 이렇게 보면 내 개인사에도 어느 정도 명분이 생긴다.

나는 1953년 3월에 발간된 인류학지 《오세아니아》 3호를 펼쳐 든 채 홀로 침대에 누워 있었지만 번트, 엘킨 등의 이름이 적힌 색인에서 자꾸 벗어나 (디지의 퀴즈 쇼에 내 경쟁자로 출연 중인) 클로버데일 생각에 빠져들었다. 디지 씨는 그녀를 클로버 양이라고 불렀다.

"청취자 여러분, 우리는 지금 클로버 안에 있습니다." 이 '안에 있다'는 성희롱을 들을 때마다 그녀의 잠자던 잿빛 눈동자가 흔들렸지만 그녀도 나도, 퀴즈 쇼를 시작하기 오래전에 로

스먼스 담배 외판원이었던 디지 씨의 권위에 도전하진 못했다. 우리는 여러 면에서 그에게 매여 있었다.

클로버는 내 또래였고 물속에 잠긴 유칼립투스 나무처럼 키 크고 날씬했다. 맨다리는 피부가 아주 매끈했고, 길고 곧게 뻗었으며, 종아리 살집이 딱 적당했다. 때때로 스튜디오 안에서 그녀가 신발을 벗어 던질 때면 해변의 조개껍질 같은 발톱을 볼 수 있었다.

그녀와 나는 매주 바람막이 털을 씌운 커다란 마이크 앞에 섰고 디지는 청취자들에게 그녀가 "왕관을 차지"하거나 "왕을 쓰러뜨릴" 것 같다는 말을 흘리곤 했다. 나는 그에게 그럴 돈이 없음을 알고 있었다. 하지만 클로버는 청취자들과 마찬가지로 내가 매달 수천 파운드를 받아 간다고 믿었다.

클로버는 내가 수표를 받는 모습을 봤다. 그녀는 내가 그 수표를 찢어야 한다는 사실도 몰랐고, 큰 상금은 청취자 그리고 궁극적으로는 ─ 부정 타지 않게 나무를 두드린다. ─ 실제 상금을 광고비로 충당할 수 있는 전국 규모의 광고주를 끌어들이기 위한 미끼라는 사실도 알지 못했다. 지금 우리 광고주는 기껏해야 기독교도 이스라엘인 자동차 딜러, 남성복 아웃렛 체인, 교외 지역 일곱 군데에 지점을 둔 세탁소뿐이었다. 디지는 더 큰 광고주가 들어오는 대로 그들 모두와 계약을 해지할 작정이었다. 그는 청취율 조사 기관인 닐슨의 소식지를 구독하면서 우리 프로의 청취율이 서서히 올라가는 것을 지켜봤다. 그와 동시에 자신의 "종잣돈"을 콜게이트, 제너럴 모터스, 던롭, 낙농업 협회의 홍보부장들을 접대하는 데 썼다.

그는 내가 만선의 기쁨을 누리는 날이 반드시 올 거라고 약속했다. 하지만 지금은 "땅 위"에 있다는 것으로 보아 배가 아직 부두를 떠나지도 않았다는 말인 듯했다.

"방송국이 절대로 여자가 우승하게 두지 않을 거예요." 지난주에 디지가 물 빼러 간 사이에 클로버가 말했다. "나는 이 프로에 지러 나오는 거라고요."

우리는 어떤 의미에서는 늘 '생방'이나 다름없었다. 말인즉슨 디지의 딸이 절대 헤드폰을 벗지 않았기 때문에 만약 내가 클로버에게 같이 영화 보러 가자고 했다가 거절당한다면 그 일이 비밀로 남는 것은 불가능했다는 뜻이다. 하지만 설사 완벽한 보안이 보장되었더라도 나에게는 내가 클로버의 20파운드짜리 수표, 매주 그녀의 계좌에 현금으로 입금되는 진짜 수표를 부러워한다는 사실을 밝힐 용기가 없었다.

"그렇지는 않을 거예요." 내가 말했다.

"당신은 좋은 사람이에요, 윌리. 하지만 당신이 어떻게 생각하는지는 정말 중요치 않아요."

이 말이 매혹적으로 들리지 않을 것 같겠지만 그녀의 진짜 대답은 목소리에, 순전히 목소리에 있었다. 표정은 거의 변화가 없었다. 이 무표정이 왜 그토록 매력적이었을까?

"대중이 그걸 원하니까요." 그녀는 평소와 같이, 스피노자를 밤새워 읽느라 정말 피곤한 사람처럼 말했다.

"한 문제만 내가 맞히게 해 줘요." 그녀가 애원했다. "그러면 내 인생이 바뀔 거예요."

그런다고 그녀의 인생이 바뀔 리는 없었지만 그녀는 너무나 매력적이었고, 머리가 짧고 지저분하다는 면에서는 약간 비트족[29] 같으면서도 부드럽게 곱슬거린다는 면에서는 영화 「밤의 미녀들」에 나오는 지나 롤로브리지다 같았다. 이 무슨 『욕망이 초래하는 문제 21권』 같은 상황이란 말인가.

"당신이 정말로 나를 좋아한다면 ― 그녀가 말했다. ― 한 문제는 내가 맞히게 해 주겠죠."

나는 그녀를 원했다. 아주 강렬하게. 그녀는 굉장히 날씬해서 자기가 입고 있는 치마를 뒤로 반 바퀴 돌렸다가 다시 앞으로 돌릴 수도 있었다. 가끔은 의기양양해하며 그 행동을 했다. 대놓고 하든 몰래 하든 라디오에서만 할 수 있는, 장난스럽고 과장된 동작이었다. 클로버 양에게 5점. 이렇게 그녀가 앞서 나갑니다.

"다음 문제를 당신이 맞히면 ― 내가 물었다. ― 나랑 댄스홀에 갈래요?"

"다음 문제를 내가 맞힌다면 뭐든 하겠어요."

꼬마 디지가 이 말을 들었을지도 몰랐다. 들었는지 못 들었는지는 곧 알게 되리라. 지금, 《오세아니아》를 들고 침대에 누운 채 나는 그 매혹적인 입을 떠올렸다. "뭐든 하겠어요."라고 그녀는 약속했다.

어떤 사람이 독신남이 되는 걸까? 나는 생각했다. 전조등 불빛이 침실 천장을 훑고 지나가자 나방 한 마리가 보였고 힘

---

29) 1950~1960년대에 활발했던 비트 운동의 추종자. 기성세대의 권위주의와 획일주의에 반대했으며 마약, 재즈, 섹스, 선불교를 통한 개인적 해방, 정화, 계시를 주장했다.

좋은 차가 그르렁대는 소리가 들렸다. 자동차는 천천히 이동하여 원래 제가 허락받은 자리인 차고 안에서 계속 부릉부릉 윙윙 소리를 냈다.

한 여인의 고통스러운 절규가 밤을 갈랐다.

그때 미안하지만 어두운 부엌에서 옆집을 엿보고 있던 나는 팔과 목의 털이 감전된 듯 쭈뼛 섰다. 이웃집 뒤뜰은 네온등 불빛으로 가득했다. 공기는 잔디 같은 녹색이었다. 그리고 거기, 차고 한가운데에, 나중에 내가 재규어 XK120임을 알게 되는 자동차가 있었다. 진주색 차체는 길쭉하고 날씬했으며 꼭대기에 방향 지시 등이 달린, 불룩 솟은 흙받기가 부드럽게 전조등과 기다란 보닛으로 연결됐다. 너무 아름다워서 꼭 외계에서 온 물건 같았다. 그때 조종사가 차에서 내리자 그의 전신이 드러났다. 지붕을 연 채로 운전하고 왔으니 추위에 떨고 있을 터였다. 그는 분명 낙타색 코트를 입고 노란 목도리를 두르고 있었지만 펜틀랜드힐스에서는 그것만으론 부족했을 것이다. 저 차가 팔렸을까 안 팔렸을까라는 의문은 머릿속에 떠오르지 않았다. 내 생각은 여전히 아까의 공포스러운 비명에 지배당한 채였다.

볼시 부인이 환한 무대에 오르듯 차고 안으로 들어왔다. 뛰어서, 두 팔을 마구 흔들며, 드레싱 가운을 혜성 꼬리처럼 뒤로 늘어뜨린 채.

저런. 그녀는 그를 때리고 있었다. 머리를. 가슴을. 그는 그녀의 손목을 잡으려 했다.

네 일이나 신경 써. 그래, 난 내 일이나 신경 써야겠다고 생각했고 봅시 씨가 스위치를 내려서 무대가 어두워지자 안심했다.

"야, 이 천하의 등신아." 그녀가 외쳤다. 한참 떨어진 가축 경매장에서도, 28번 초등학교 맞은편 성당까지도 그 목소리가 들렸을 것이다.

나는 1953년 3월에 나온 《오세아니아》 3호 속으로 되돌아갔다. 그리고 거기서, 배커스마시에서 겨우 15킬로미터 떨어진 멜턴 시 동부에 있는 고고학적 유물에 대한 조사 계획을 발견했다.

부엉이가 부엉부엉 울었다.

그리스나 메소포타미아라면 몰라도 황량한 멜턴의 벌판에 유적이 있을지도 모른다는 생각은 한 번도 해 본 적이 없었다. 그러나 여기에는 (내가 내일 기차를 타고 건너갈) 평범하기 그지없는 코로로이트천(川)을 조사하면 "다량의 원주민 유물"이 발견될 거라고 적혀 있었다. 그래서 이 지식인 겸 교사는 깜짝 놀라고 말았다.

나는 우유나 한 잔 마시러 부엌에 돌아갔다가 우연히 봤다. 아주 말쑥한 봅시 씨, 환한 뒷문 조명을 받은 배우가 아내와 침대에 눕기 위해 집 안으로 들어가는 모습이었다.

독서는 나의 진통제였다.

《오세아니아》에는 록뱅크와 딘사이드에서 발굴 작업을 할 예정이라는 고고학자의 계획이 실려 있었다. 그곳은 과거 오스트레일리아 최고의 부자였던 윌리엄 존 터너 클라크 소유의 거대한 목초지로 유명한 곳이었다. 클라크가 소유했던 멜턴 땅에서 털을 깎은 양만 해도 매년 2만 마리에 달했다.《오세아니아》는 그 근처, 지금은 화약 공장들이 있는 곳 뒤에 원주민 무덤, 유물, 패총, 원주민들이 카누나 방패를 만드느라 벤 흔적이 있는 유칼립투스 나무가 있을 거라고 예상했다.

"머저리."라는 소리가 들렸다.

나는 싱글 침대에서 일어앉았다가 ─ 절대 내 잘못은 아니었다. ─ 부엌 창가에서 싸우는 듯한 봅시 부부를 봤다. 다음 순간 옆집 부엌이 어두워졌다. 그리고 방충 문이 쾅 하고 열리더니 누군가의 등에 업힌 여자로 추정되는 형체가 보였다. 그녀가 웃는지 우는지는 알 수 없었지만 남편 머리를 철썩철썩 때리고 있었다. 그 장면은 전혀 에로틱하지 않았다. 그래도 그들이 잔디밭에서 비틀거렸다 똑바로 섰다 하는 것이 보일 만큼 환하기는 했다. 다음 순간 그들은 차고의 전등이 내리비춰서 생긴 평행사변형 모양의 빛 속을 이리저리 뛰어다녔다. 이제 남자는 바보, 바보, 바보 하고 비웃으며 약 올렸고 여자는 의심할 여지 없이 웃고 있었다.《오세아니아》는 더 이상 경쟁 상대가 안 됐다.

그때 옆집에서 명백히 괴로워하는 울음소리가 들리더니 방충 문이 쾅, 연이어 또 쾅 하고 열린 후에 두 아이가 빛 속으로 뛰어들었다. 남자애가 앞서고 여자애가 뒤서서, 하얀 잠옷을 엘 그레코의 그림처럼 펄럭이며, 울고불고하면서 부모를 찾았다. 이윽고 부모는 매달리는 자식들의 무게를 이기지 못하고 달 밝은 잔디밭 위로 쓰러졌다. 나는 밤공기 속에서, 파자마와 수면 양말 차림으로, 알 수 없는 두려움을 느꼈다.

그들이 한 말을 나는 듣지 못했다. 그들이 알게 된 것을 나는 추측할 수 없었다. 이제 키 큰 금발의 딸은 아빠에게 업혔는데 발이 땅에 닿을락 말락 했고, 키 작은 아들은 엄마의 어깨 위로 기어올라 목말을 탔다. 나는 한동안 벙쪄 있다가 어쩌면 봅시 가족이 행복할지도 모른다는 생각을 했다.

"이 멍청이." 아이린 봅스가 외쳤다.

그리고 남편의 손과 입에 키스했다.

아이들이 꺅꺅대며 웃더니 실내화를 신은 채 콘크리트 바닥이 깔린 성전으로 들어갔다. 티치가 열린 차고 문 한 짝을, 그의 아내가 나머지 한 짝을 잡고 동시에 천천히 당겨 내리자 환한 조명이 완전히 가려졌다.

밤새도록 나는 책을 읽었다. 마음이 진정됐다. 일주일에 한 번 오는, 똥 치는 사람이 "꿀단지"를 수거하기 위해 창밖을 지나갈 때에도 나는 여전히 독서 중이었다.

잠이 들자 또다시 애들레이드에 있는 아버지의 교회가 보였다. 경찰이 신도석 밑에서 수상한 배선을 발견한 탓에 어머니가 대단히 괴로워하고 있었다.

어젯밤의 스포츠카가 아르렁대면서 진입로를 거슬러 오르는 소리에 잠에서 깼다. 드레싱 가운 차림의 봅시 부인이 그 옆에서 폴짝거리는 모습이 보였다.

수탉이 암탉들과 함께 뒷문에서 기다리고 있었다. 나는 기차에서 먹을 달걀샌드위치를 만들었다.

9

우리 티치는 정직했다. 비록 감정이 너무 풍부해서 진실을 왜곡하는 경향이 있고 자신의 행동에 대한 설명이, 재규어 XK120 구입의 경우에서처럼, 다소 듬성듬성할 수도 있긴 했지만.

그는 문제의 재규어를 밸러랫 역 밖의 리디아드가(街)에서 처음 봤다고 증언했다. "우연히" 맞닥뜨렸다고 말했다. 뭐 그렇다 치자. 하지만 그는 XK120이 자신에게 특별한 의미가 있음을 인정하지 않았다. 마치 다른 여자의 다리를 쳐다보긴 했지만 별 뜻 없었다고 우기는 남편 같았다.

내 남편이 세계에서 제일 빠른 양산차를 그냥 지나쳤다고?

그럴 리가. 그는 다른 사람들과 함께 넋 놓고 쳐다봤다. 곱슬곱슬하고 자그맣고 티치스러운 그의 머리는 이렇게 생각했을 것이다. 밸러랫의 어느 후레자식이 XK120을 수입해서 여기에다 주차해 놔 가지고 면허도 없는 운전자들, 포목상 점원들, 푸줏간 직원들을 침 흘리게 만든 거야? 동경의 대상인 재규어가 커버도 안 쓰고 지붕이 열린 채로 무방비하게 버려져 있어서, 지나가던 견습 배관공도 빨간 가죽 시트를 만지거나 호두나무 재질의 글러브 박스를 열어 안에 뭐가 들었나 볼 수 있었다. 물론 내 남편은 그 차를 원했다. 포드 대리점을 원하듯. 그것이 현명한 행동인지 아닌지, 가능하기는 한지와 상관없이. 대체 누가 그가 원하는 모든 것을 갖지 못하길 바라겠는가? 그리고 지금 누가 티치가 딜러가 될 수 있도록 공동 유산을 팔아야 한다고 자기 언니를 설득하고 있는가?

티치가 기차역에서 크레이그스 호텔까지 가는 길에 재규어 앞을 지나가게끔 조 새커가 미끼로 그곳에 둔 것이 틀림없다고 나는 말했다. 티치가 그렇게 멍청한 짓을 한 데 대한 핑계를 만들어 주려고 한 말이었다.

그러나 아니, 천만의 말씀. 남편은 내가 만들어 준 핑계에 화를 냈다. 그리고 그가 개자식 조 새커의 피해자라고 생각한다면, 티치가 말하길, 나는 자기 남편이 어떤 사람인지 모르는 것이었다.

뭐 그렇다 치자. 나는 크레이그스 호텔에 딱 한 번밖에 안 가 봤고 거기에서도 라운지 바 말고 싸구려 선술집에는 들어가 보지도 못했다. 선술집은 남자들이 아무런 방해 없이 상스러운 욕설을 할 수 있도록 여성의 출입이 금지되어 있었기 때문이다. 라운지 바에서 나는 그 유명한 개자식 조 새커를, 껍질 벗긴 감자 같은 턱을 가졌고 지저분한 코트를 입은 사내를 만났다. 그는 나를 주머니에 넣어서 가지고 다니고 싶다는 둥 추파를 던졌다. 티치와 내가 오페레타 「장난감 나라」에 나오는 꼬맹이들인 줄 알았다고 말했다. 그에게는 우리가 정말로 그렇게 보였을지도 모른다. 그러나 진흙투성이 감자 농부들과 경마 정보꾼들에 비하면 우리는 마치 우승컵을 타러 가는 뛰어난 기수(騎手)처럼 빛났다.

이것이 바로 티치가 헤엄치는 법을 배운 더러운 물이었고, 그가 어릴 적에 마시며 자란 퀴퀴하고 시큼한 공기였다. 독물로 가득한 이 웅덩이에서 조 새커가 그를 기다렸다.

새커는 크고 쓸 만한 주먹을 가진 거친 사내였다. 티치는 빅토리아주 시골에서 가장 성공한 포드 세일즈맨이었다. 그는 더러운 카펫을 가로질러 조 새커가 앉은 구석으로 향했다. 티치는 날카로운 눈, 높은 주의력, 발그레한 볼, 기름으로 빗어 넘긴 머리, 앙증맞은 신발의 소유자였다. 그가 구석에 앉은 덩치 큰 사기꾼에게서 포드 커스텀라인을 사 오는 것이 우리가 합의한 바였다.

새커의 술친구는 나중에 알고 보니 마권업자였으나 겉으로는, 티치의 말에 따르면, 누군가를 두들겨 팰 때 사람을 쓸 만큼 돈이 많아 보였다. 그는 새커보다도 덩치가 컸고, 바에 기대서 있는데 배가 하도 나와서 조끼가 터질 듯했으며, 회중시계가 제법 좋은 금줄로 제자리에 매달려 있었다. 넥타이는 회색 실크 재질이었고 와이셔츠는 목둘레가 딱 맞는다기보다는 약간 헐렁했다.

그 사람, 그린 씨는 악수할 때 손이 으스러져라 하고 쥐는 사내였다.

새커는 무슨 까닭에선지 토마토주스를 섞은 맥주를 마시고 있었다. 그가 선언하길, 고객이 선택할 수 있는 차는 총 세 대가 있는데 전부 포드 커스텀라인이며 이 블록에 주차되어 있다고 했다. 그중 한 대는 투톤이었다. 투톤은 안 할 거예요, 티치가 말했다. 이렇게 사업 얘기를 하는 동안 티치는 마권업자가 자신을 무례하리만치 뚫어져라 쳐다보고 있음을 느꼈다.

"자네가 봅스지? 별명이 티치인가?"

이 그린 씨라는 사내는 머리가 컸고, 모발은 성겼으며, 입은 거칠고 새빨갰다. 한쪽만 치켜세운 눈썹은 지나치게 단정해서 이발사가 다듬는 데만 한 시간은 걸렸을 듯했다.

"자네가 그 유명한 '위험한 댄'의 아들이지? 내가 자네 아버지를 상대로 승소하게 해 준 똘똘한 친구 말일세."

그가 말하는 불명예스러운 사건이 정확히 무엇인지는 나조차도 알았다. 여전히 얼마나 고통스러울지 또한 충분히 인지하고 있지만 그래도 내 의견을 말해 보라고 한다면 아들 잘못이 아닌 일까지도 그의 탓으로 돌리는 것이 전형적인 댄의 행동이었다. 무례한 그린조차도 당시 상황이 우스꽝스러웠음을 알고 있었다. 댄이 티치에게 피고 측 증인으로 나서라고 하면서 정작 거짓말하라는 언질은 주지 않았던 것이다.

오래전 댄은 바로 이 그린 씨를 밸러랫에서 열리는 경마에 데려다주는 일을 맡은 적이 있었다. 나는 이 이야기를 몇 번이나 들었다. 티치는 험버그포인트 비행장에서 그린이 모리스 파르만 비행기에 올라타는 모습을 봤다. 승객의 체구, 맞춤 양복 속의 볼록 나온 배, 크고 붉은 입술, 못해도 100킬로그램은 되는 체중 때문에 그 일이 기억에 남았다. 티치는 비행기가 활주로 끝에 위치한 울타리를 가까스로 넘는 모습을 지켜봤다. 보다 덜 절박한 조종사였다면 기수를 돌렸겠지만 이미 선금을 받은 댄을 포기하게 만들 수 있는 것은 아무것도 없었다.

조종사와 마권업자는 부슬비와 예상 밖의 추위를 뚫고 힘겹게 나아갔다. 서서히 상승해서 밸러랫에 비하면 터무니없이 낮은 멜버른의 첨탑 높이도 넘어섰다.[30] 마침내 해발 600미터에 다다랐지만 그래 봤자 빌딩 옥상 높이 정도밖에 안 됐다. 당연히 마권업자는 경기를 놓쳤다. 두 시간을 지각했던 것이다.

그러자 그린은 댄에게 손해 배상을 청구했다.

법정에서 댄의 변호사는 티치를 증언대로 불러 이렇게 물었다. "그러니까 증인의 아버지는 이런 사태가 일어나리란 걸 예상할 수 없었던 거죠?"

하지만 티치는 말했다. 당연히 예상했을 거라고. 아버지가 승객을, 그의 몸집을 본 순간에.

"자네는 사실대로 말했지." 그린이 말했다. 그는 여전히, 수년이 지나 크레이그스 호텔에 서 있는 지금까지도, 그런 행동을 하는 사람이 존재할 수도 있음을 믿지 못했다.

그때 앨프리드턴 가축 경매장 특유의 냄새가 대화에 끼어

---

30) 멜버른의 해발 고도는 31미터, 밸러랫은 435미터다.

들었다. 조 새커가 발을 꼼지락거린 탓이었다. 이 야만스러운 인간이 웬더리 호수 가의 대저택과 벤틀리 자동차와 한때 리즈 커피 팰리스[31]에 걸려 있던 모든 그림을 소유한 부자로 생을 마감하리라고 그 누가 예상이나 했겠는가? (혹은 그런이 엽총에 맞아서 죽으리라고 상상이나 했겠는가?)

"바로 그겁니다." 새커가 말했다. "그래서 제가 티치를 소개해 드리고 싶었던 겁니다, 그린 씨."

티치가 자신은 오직 커스텀라인만을 보러 왔노라고 말했다. 그는 포드 맨이므로 포드를 사러 왔다는 것이었다. 티치는 속으로 생각했다. 새커가 왜 나한테 윙크를 하는 거지?

"그린 씨가 — 새커가 말했다. — 오늘 팔아야 하는 차가 있으시대."

티치의 주머니에는 유망 고객 명단이 있었다. 그의 목표는 오늘 밤 잠자리에 들기 전에 차를 파는 것이었다. 그는 다시한번 자신은 주행 거리가 짧은 포드 커스텀라인에만 관심이 있다고 말했다.

그린 씨는 티치의 생각을 알아차리곤 웃기 시작했다. 티치는 재규어가 그의 것이리라곤 생각지도 못하고 있었던 것이다. 그린이 윈저 노트[32]를 매만진 다음, 고급 양복의 단추를 풀었다 잠갔다 했다. 그는 대단히 자기만족이 강한 사람이었다.

---

31) 커피 팰리스란 영국의 금주 호텔을 본떠 19세기 말 호주에 우후죽순으로 생겨난 고급 주거 호텔을 가리킨다.
32) 넥타이를 매는 방식의 한 가지. 영국의 윈저 공에 의해 유명해졌다.

"하지만 당신 차는 커스텀라인이 아니죠?" 티치가 따져 물었다.

그린이 그렇다고 했다.

"저는 포드 맨이에요." 티치가 말했다.

"자네는 방금 황금 같은 기회를 지나온 것 같군." 그린이 말했다.

"마음대로 생각하세요."

"그럴 걸세."

"아니 아니, 이해를 못 하시네요." 조 새커가 외쳤다. "이 친구가 바로 그 티치예요. 당신의 유일한 희망이라고요."

"XK120이 당신 차인가요?" 티치가 물었다.

물론 그의 차였다.

나는 내 남편을 안다. 그때 그가 무슨 생각을 했는지 안다. 그에게는 재규어를 살 권한이 없었다. 그래서 시운전만 해 볼 작정이었다. 순전히 욕망 때문이었다. 그가 배커스마시에서 이 차를 팔 가능성은 전혀 없었다.

새커는 여러 부류의 자동차 세일즈맨 중 '어서요' 파에 속했다. 어서요, 한번 타 보세요. 어서요, 운전석에 앉아 보세요. "어서 타 봐. 자네는 할 수 있어." 이 말과 함께 새커가 무거운 황동 키를 바 위에 던졌다. 티치는 차 키에 손대지 않았다. 남이 봤을 때는 그의 심장이 두방망이질 치고 있음을 절대 알 수 없었다.

"가격을 불러 봐요." 그가 그린에게 말하자 마권업자가 옳다구나 하고 턱을 삐죽 내밀었다.

그린이 말했다. 시장 가격이 얼마인지는 자네도 알잖나. 하지만 티치는 이미 이 두 남자가 자신보다 30센티미터는 크다는 사실을 잊어버리는 영역에 들어서 있었다. 그리고 시장 가격은 대략적으로밖에 몰랐다. 그런데 그 사실이 신경 쓰이지 않는다는 점이 짜릿했다.

"오늘 현금을 받고 싶다면, 그린 씨, 현실적인 값을 불러야 할 겁니다."

800파운드는 받아야겠다고 말하는 그린은 더 이상 웃고 있지 않았다.

티치는 대리점에 필요한 현금 흐름이나 자본금과 관련된 숫자에서는 굉장히 부주의할 수 있었지만 이런 쪽에서는 인간 계산기였다. 게다가 정확한 시장 가격은 몰라도 전국에 XK120이 몇 대 없다는 사실은 알고 있었다. 따라서 그가 이 차를 700파운드에 넘겨받는다면 커스텀라인 한 대 파는 것의 세 배를 벌 수 있었다. 물론 그것은 분수에 안 맞는 사랑이었지만 이렇게 들뜬 와중에도 연산은 간단히 끝났다.

"저한테 돈을 빌려줄 건가요?" 그가 조 새커에게 물었다.

"지금 현금 얼마 있는데, 티치?"

XK120을 운전해 보기도 전에 그는 내가 준 150파운드를 전부 걸었다. 새커가 내일 밤까지 나머지 550파운드를 빌려주겠다고 제안했다. 만약 재규어가 그때까지 팔리지 않으면 티치는 자동차를 돌려주고 빌린 돈에 대한 이자를 지불하면 되었다. 그들은 이자율을 상의하고 담배 마는 종이에 계산을 했다.

이것은 우리가 절대 하지 않기로 합의했던 도박이었다.

도박은 아니야, 티치가 나중에 우겼다. 그는 협상하는 동안에 심안으로 이 차의 유망 고객, 즉 건축업자 핼러랜을 보았다. 그는 매일 늦은 오후면 돌런스 벌랜 호텔 바의 별실에 그 바의 사장인 모린 해거티 부인과 함께 앉아 있었다. 핼러랜은 바람둥이였고 시트로앵 트락시옹 아방을 몰았는데 이것도 괜찮은 자동차이긴 했지만 재규어 같은 과시 효과는 없었다.

"그 사람한테 팔 수 있을지 당신이 어떻게 알아?" 나는 그날 밤 티치에게 따졌다.

"재능이지." 그가 말했다. "내가 타고난 재능."

그 말이 사실인 날도 있을지 모른다. 그러나 이번에는 아니었다. 그는 벌랜에 늦게 도착할 것이고 XK120을 지붕을 연 채로 변압기 건물 앞에 주차할 것이다. 그 건물이 아무리 흉하게 생겼을지언정 기막힌 조명을 제공했기 때문이다. 전시장 수준의 조명이지, 그는 생각했다.

그의 생각은 틀린 것으로 드러나겠지만 나는 그때 크레이그스 호텔에 있지 않았으므로 우리의 미래를 구할 수 없었다. 내 남편은 즐거운 시간을 보내고 있었다. 그는 새커와 그린이 자신을 쳐다보는 시선을 봤다. 그리고 그들의 탐욕을 감탄으로 착각했다. 그들 역시 그를 오해했다. 내가 할 수만 있었다면 그들에게 말해 줬을 것이다. 중요한 것은 빅토리아주 배커스마시 주민인 그, 티치 봅스가 재규어를 몰고 펜틀랜드힐스를 질주할 것이라는 사실이었다. 때때로 그가 말하듯 "담요에 묻은 똥처럼" 꼬부랑길에 필사적으로 달라붙어서. 자기가 원하는 것은 뭐든 가질 수 있다고 믿는 것, 그것이 티치의 유일한 단

점이었다. 새들이 유리창에 부딪히는 이유, 여자들이 임신하는 이유와 같았다. 거기에 논리 따윈 없다. 단지 자신에게 허락되지 않은 뭔가를 원하는 것일 뿐이다.

10

내가 중등학교 앞을 지나가는데 교장이 뻐꾸기시계의 뻐꾸기처럼 불쑥 튀어나왔다. 손을 흔들면서, 장미 사이를 뛰어서, 석탄 트럭이 다니는 길로 나왔다.

나는 생각했다. 지금 나를 해고하겠구나. "징계 위원회는 어떻게 되어 가나요?"

그는 숨을 헐떡였다. 넓은 이마에 땀이 송골송골 맺힌 모습이 마치 냉장고에서 꺼낸 멜론 같았다. "내 교수요목은 다 썼나?"

"저 지금 멜버른 가요."

"기차에서 쓰면 되지 않나." 그가 말했다. "왕복 두 시간이니까. 식은 죽 먹기지."

그는 내 운명을 이미 알고 있는 걸까? 그래서 내가 해고되기 전에 피를 빨려고 하는 건가? 일리 있는 얘기였다. 내가 쓸 법한 유의 교수요목은 절대 교장이 사용할 리 없다는 사실만 제외한다면 말이다. 이 점을 내가 지적했다.

"당연히 *자네가* 가르칠 거지." 그가 말했다.

그래서 나는 감히 희망을 품었다. 그리고 징계 위원회 날짜를 물었다.

"윌리, 나를 믿게." 그가 말하자 나는 생각했다. 아니, 이 인간은 악당이야. "때가 되면 자네한테 서면 통보가 갈 걸세." 그가 말했다. "자네가 내 교수요목을 잘 처리해 주면 내가 자네 일을 잘 처리해 주겠네."

"그쪽에서 어떻게 저한테 편지를 보내죠? 저는 우편함도 없는데요."

그러자 허스낸스가 옅은 주황색 눈썹을 치켜세웠다. 그렇다, 내가 하는 말은 당연히 헛소리였다. 집배원이 문제의 봉투를 다른 협박장들과 함께 베란다에 던지면 바람에 날려 온 낙엽들 사이에서 쭈글쭈글하게 낡아 갈 것이었다.

"내 교수요목을 쓰겠다고 약속하나?"

기차가 벌써 로즐리 묘지를 지나는 소리가 들렸다. 나는 약속한다고 말하면서 얼른 다시 자전거에 올라탔다.

기차에서 생각했다. 내가 왜 약속했지? 나는 너무 전형적인 목사 아들이라 벌써부터 약속을 지키려고 메리노 양에 대한 생각에 잠겨서 오스트레일리아 최초의 양 떼가 에스파냐 왕으로부터 훔친 것이었나 궁리하고 있었다. 나중에 알고 보니 아니었지만 만약 그랬다면 흥미로운 교수요목의 토대가 됐을 것이다.

퀴즈 쇼 녹음 시간이 쉴 새 없이 바뀌었기 때문에 ─ 디지가 전국 광고를 따내는 즉시 중단될 편의였다. ─ 도시에 가는 시간은 매번 달랐지만 그때가 몇 시든, 햇빛이나 날씨가 어떻든, 바싹 마른 갈색 여름이든, 습한 녹색 겨울이든, 철로 옆 풍경은 늘 우울하고 헐벗어 있었다. 토끼 굴, 침식 평야, 인적 없는 벌판 한구석에 침엽수가 방풍림을 이룬 L 자형 식재(植栽) 농장, 적토를 가로지르는 노란 자갈길, 회갈색 목양촌이 마지막에는 웨스트멜버른의 진부한 교외 풍경으로 대체되었다.

내 기억에 《오세아니아》 3호의 표지는 평소처럼 따분하기만 했을 뿐 그 안에 담긴 폭발적인 내용에 대한 어떤 힌트도 찾아 볼 수 없었다. 내가 멜턴 동부에서 예정된 고고학적 유물 발굴 작업에 대해 읽기 시작했을 때는 예견하지 못했지만 늘 창밖으로 봐 왔던 바로 그 풍경이 이제 곧 눈앞에 나타날 것이었다. 처음부터 줄곧, 잊힌 식민기 전쟁터이자 흑인 원주민과 백인 제국군 사이의 폭력적인 '접촉'에 의한 유혈의 현장이었던 그곳이. 만약 그 사실이 현재 국가 기밀이 아니라면 진작에 기밀로 했더라면 좋았을 것이다.

지금으로부터 121년 전, 그러니까 양 떼가 도착하기 전이자 공장이 생기기도 전에, 이 용암 대지는 ─ 나도 지금에서야 알았다. ─ "사람 어깨까지 올라오고 귀리만큼 굵은" "무성한 목초"와 "출렁이는 자갈색 솔새"로 뒤덮여 있었다. 검은 피부의 사냥채집꾼들은 백인들이 영원히 눌러앉을 작정이라는 사실을 몰랐다. 그들 중 어느 누구도 인간이 동물을, 특히 양처럼 맛있는 짐승을 '소유'할 수도 있음을 믿지 않았다. 그리고 양이 캥거루와 왈라비가 좋아하는 모든 것을 먹으리라는 사실도 몰랐다. 기타 등등.

그래 좋아, 나는 생각했다. 양모업에 대한 망할 교수요목을 써 주지. 약속을 지키면 분명 기분이 좋을 거야.

사냥채집꾼들은 백인들의 양을 잡아먹었다. 이 얼마나 빅토리아주 교육부에게 멋진 선물인가.

베넷 애시, 주목.

그리고 여기, 철길 바로 옆, 매시 해리스 사(社)의 트랙터 공장과 달링 사의 밀가루 저장탑과 먼지투성이 쇄석기와 위협적인 폭발물 공장 단지 근처에서, 살인의 고리가 시작되었다.

디어파크, 그들은 이곳을 그렇게 불렀다.

선생님, 선생님, 저 여기 와 봤어요, 선생님.

그래, 디어파크 호텔 말이지. 그런데 사슴은 어디 있니?

모르겠어요, 선생님.

그곳에 사슴이 있었던 적은 없다. 사슴은 살인의 예쁜 동의어였다. 지금의 디어파크 호텔은 코로로이트천 둑에 위치한, 떠돌이 세일즈맨들을 위한 '술집'이었다.

내가 계획한 현장 체험 학습에서는 화약 공장 뒤의 개천을 따라가다가 여기에서, 줄기에 발 디딜 홈이 파여 있는 유칼립투스 나무(그림 1)를 살펴볼 것이다. 젊은 박사는 이 홈이 꿀 따러 올라가는 데 사용되었을지도 모른다고 말했다. 그렇다면 꿀은 지금 어디에 있나?

양모 수업에서 고고학을, 그림 1뿐만 아니라 그림 3(위쪽에 카누 모양 상처가 있는 레드검 나무)을 공부할 수도 있을 것이다. 베넷 애시도 양모가 초래한 결과를 무사마귀투성이 손가락으로 직접 만져 볼 수도 있을 것이다.

기차가 선샤인 역을 지났을 때 나는 따분해 보이는 동시에 성실해 보였을 것이 틀림없다. 연필과 종이를 꺼내어 나란히 이어진 네모 칸 열세 개를 그렸는데 그 각각이 한 시간 십 분짜리 역사 수업을 뜻했다. 내가 유리창에 계속 부딪히는 검정파리만큼 불안정하리라고 누가 상상이나 할까? 이걸 클로버양 탓으로 돌려야 하나?

클로버는 디지에게서 받은 수표로 피렌체에 가서, 우피치미술관이나 피티 궁전에서 매일 세 시간씩 보내겠다는 비현실적인 야망을 갖고 있었다. 비현실적? 하지만 남자들은 하늘을 날거나 시속 210킬로미터로 차를 몰거나 하지 않나? 그렇다면 여자도 그럴 수 있지 않을까? 마침내 디지가 광고주를 구할 수도 있지 않을까? 당장 오늘이라도 내 수표를 입금해도 된다는 허락을 받는 것도 가능하지 않을까? 만약 그렇게 된다면 클로버가 나와 함께 이탈리아에 가서 새로운 인생을 시작하려 할까? 어쨌든 내가 3UZ 라디오 방송국의 탕비실 안으로 자전거를 끌고 들어갈 때는 클로버도 있었고 피티 궁전도 있었다.

이미 스튜디오에 들어가 있는 그녀의 모습이 보였다. 검은색 터틀넥과 페데리코 펠리니 영화의 여주인공 같은 곱슬머리가 얼굴 윤곽을 돋보이게 했다. 이것이 페르메이르의 그림이었다면 그녀의 눈에 반사된 빛을 강조하기 위한 창문이 있었을 것이다. 그녀가 눈을 가늘게 뜨고 입꼬리를 1밀리 움직였다. 그때 만약 그녀가 뭔가를 달라고 했다면 전부 다 내줬을 것이다.

이런 생각도 했다. 너는 천하의 등신이야. 네 머릿속의 그녀는 완전한 상상의 산물이라고. 그게 네가 항상 하는 짓이야.

늘 그랬듯이, 그녀가 나를 바라보자 마음이 한없이 편안해졌다. 빗으로 머리를 빗어 내릴 때처럼 기분이 들떴다.

내가 그녀에게 요즘 무슨 책 읽냐고 묻자 그녀가 똑같은 질문을 내게 던졌고 나는 겉으로는 《오세아니아》 이야기를 하면서 속으로는 내내 이런 생각을 했다. 오늘이 드디어 내가 역사적인 한 걸음을 내딛는 날인가? 나도 내가 어떤 행동을 할지 몰랐다.

디지와 꼬마 디지는 조정실에 있었다. 내가 지금 해야만 하는 말을 그들이 듣는다면 어떻게 될까? 내가 고꾸라져 죽을까? 하지만 나는 이렇게 말했다. "이제 당신과 내가 춤추러 갈 때가 됐는지도 모르겠네요."

그때 내게는 클로버의 눈에서 빛과 에너지가 뿜어져 나온 것처럼 보였지만 논리적으로는 스튜디오 안의 조명이 그녀의 눈에 반사된 거라고 해석할 수도 있다. 그녀는 문제가 적힌 노란 카드를 쌓아 놓고 있는 디지에게 고개를 끄덕이고는 그가 늘 하던 대로 발을 질질 끌며 걸어가는 모습을 지켜보았다. 그가 조정실에서 나왔다. 클로버가 내게 미소 지었을 때 나는 그 얼굴을 우피치 미술관에서, 피티 궁전에서, 또는 배커스마시에 있는 '조지의 그리스 식당'에서 영원히 바라볼 수도 있겠다고 생각했다. 디지가 부스 안으로 들어오면서 외쳤다. "자, 출발합니다." 대답을 요구하는 말은 아니었다. "자, 출발합니다."는 그의 트레이드마크이자 콜 사인[33]이자 자기 자신이었고, 녹색 펠트가 깔린 탁자 위에 카드를 엎어 놨다는 것은 그가 여기 일하러 왔음을 뜻했다. 무거운 반지를 낀 그의 손가락이 신호를 보내자 꼬마 디지가 사전 녹음을 시작했다.

디지는 시그널 뮤직을 틀라는 신호를 한 후에 자기소개를 하고는 오늘까지 8주 연속으로, 클로버 양이 어쩌면 이번에는 왕을 왕좌에서 끌어내릴지도 모른다고 바람을 잡았다. 한순간 잔인한 말로 들렸지만 잠시 후에 무슨 일이 일어날지 누가 알겠는가?

"이기든 지든." 그가 외쳤다. "숙녀 먼저."

그는 커프스단추를 번득이며 '무작위로' 카드를 골랐다. 문제가 정말로 우연히 선택된 건지 아닌지 나는 영원히 알지 못할 것이다. 물론 디지는 부정직한 사내였지만 내가 정답을 알 거라고 늘 확신했기 때문에 사람들이 생각하는 유의 속임수는 한 번도 없었다.

"첫 번째 문제는 도전자 클로버 씨에게 갑니다. 최초의 원형 톱을 설계한 사람은 누구죠?"

그녀는 즉시 '생각하는' 척을 했는데 이 행위는 — 그녀는 마지막까지도 이해를 못하는 것 같았다. — 아무런 소리도 나

---

33) 아마추어 무선사가 자신의 신원을 밝히기 위해 사용하는 어구.

지 않았다. 그래서 디지가 청취자들에게 그녀가 "블러드하운드처럼" 얼굴을 찌푸리고 있다고 말했다. 실제 그녀의 이마는 대리석처럼 매끈했지만 말이다. 그는 시끄러운 주방 타이머를 마이크에 갖다 댔다. "최초의…… 원형 톱." 디지가 「빙 크로즈비 쇼」를 진행할 때 사용하는 '나지막한' 목소리로 이렇게 말하고 나서 카운트다운을 하기 시작하자 클로버가 아무런 예고 없이 어깨를 축 늘어뜨리더니 보티첼리가 그린 듯한 자신의 목 앞에서 손가락으로 선을 쭉 그었다.

하지만 당연히 알 텐데, 나는 생각했다. 그녀는 알아야만 했다. 원형 톱은 *여자*가 설계했기 때문이다. 그녀가 늘 그런 것을 잘 알았으므로 이 특별한 경우에 내가 그녀를 이기는 것은 용서받을 수 없는 일이었다. 그냥 넘어가지 못할 게 분명했다. 그러나 나는 나 자신의 최대의 적이자 관심받기 좋아하는 인간이었으므로 첫 번째 문제의 답을, 훈련받은 대로 단계적으로 내놓았다.

"그것을 설계한 사람은 셰이커교도였습니다." 내가 말했다.

"오, 이런." 디지가 탄식했다.

"여성이었고요."

"이렇게 왕이 앞서 나갑니다."

내 적수의 눈은 이제 환하게 빛나고 있었다. 나를 향해 미소 띤 채 격려하듯 고개를 끄덕이고 있었다. 그러나 방송이 끝난 뒤에 그것은 무엇을 의미할까? 그녀는 내가 얼마나 지고 싶어 하는지 몰랐다.

디지는 이해한 것을 나는 알지 못했다. 디지가 자기 머리를 찰싹 때리면서 "가자!" 하고 외쳤다.

이제 내 관심은 오직 클로버에게만 쏠려 있었다. 저 털북숭이 마이크 뒤에서 무슨 일이 벌어지고 있는 걸까? 알 수 없었다.

디지가 내게 짜증이 났다는 건 의심의 여지가 없었다. "자, 자, 출발합니다." 그가 외쳤다.

이번에는 그가 먹지에 관한 문제를 냈다. 클로버가 고개를 끄덕이는 듯해서 기대를 걸었다. 먹지는 시각 장애인의 글쓰기를 돕기 위한 발명품이었다.

"왕이 앞서 나갑니다."

하지만 나는 승자가 되고 싶지 않았다.

"오 천재여, 왜 그렇게 침울한가?"

방송이 끝나자 나는 가짜 수표를 받았고, 클로버는 진짜 수표를 받고 나서 화장실 써도 되냐고 물었다.

나는 시간이 좀 흐른 뒤에야 오늘 그녀에게 영화관 데이트를 신청할 수 없음을 깨달았다. 그녀는 화장실 문에 열쇠를 꽂아 둔 채로 계단을 내려가 거리로 사라지고 없었다. 그리고 나는 물론 디지 씨로부터 윈저 호텔에서 함께 샌드위치를 먹자는 요청을 받았다. 돌이켜 보니 그는 예전에 감정이 북받쳐서 내 입에 키스한 적이 있었다.

우리는 둘 다 기분이 가라앉아 있었다. 디지 씨가 평소와 달리 미주알고주알 보고를 늘어놓지 않았음에도 나는 코카콜라 사가 입질을 멈추고 '미끼 도둑'이 되었나 보다고 추측했다. 심지어 큰아들이 당에서 국회 의원 후보로 공천받았다고 말할 때도 그는 쓸쓸해 보였다.

나는 그날의 두 번째 달걀샌드위치를 허겁지겁 집어 먹고 4시 58분에 또다시 북적이는 기차에 올라타서 소위 '비틀대는 시간'에 배커스마시에 도착했다.

11

비틀대는 시간은 정확히 6시에 시작되었다. 6시부터는 술집에서 맥주 한 잔을 파는 것도 불법이었기 때문이다. 국회가 이 법을 만든 의도는 술꾼들이 저녁 식사와 가족이 기다리는 집으로 돌아갈 수밖에 없게 만드는 것이었는데 그로 인해 생겨난 부산물이 '6시 털기'였다. 술을 구입하는 것이 아직 합법인 시간에 맥주를 주문해서 거품 넘치는 잔을 일렬로 늘어놓은 다음 하나씩 차례로 입에 털어 넣는 것이었다. 이 시간은 '은혜시(時)'로 알려져 있었다. *죄가 너희를 지배하지 못하리니 이는 너희가 율법 아래 있지 아니하고 은혜 아래 있기 때문이라.*[34]

이 은혜시가 만료되면 그때부터 비틀대는 시간이 시작됐다.

---

34) 로마서 6장 14절.

고로 베넷 애시가 나에게 이렇게 말할 수도 있을 것이다. 어쩔 수 없었어요, 선생님. 아버지가 비틀거릴 정도로 취하셨거든요.

어쨌든 나는 비틀대는 시간에 자전거를 타고 어두운 도로를 지나 집으로 향하고 있었다. 곳곳에 쌓인 낙엽 더미가 불타고 있었는데 흩뿌리는 비 때문에 젖은 탄가루와 재와 곰팡이 냄새가 뒤섞인 쓸쓸한 냄새가 풍겼다. 가랑비가 적시는 내 웅크린 등을 위험한 전조등 불빛이 따갑게 비췄다. 웨리비강 다리를 건너 변색된 차가운 수영장을 지날 때 나는 머릿속으로 《오세아니아》의 책장을 휙휙 넘기고 있었다.

판화 몇 장과 우표 속 1파운드 지미[35]를 제외하곤 나는 한 번도 원주민을 본 적이 없었다. 그들은 멀리, 따분한 역사 속에 존재하거나 더운 동네에서 지나가는 차를 향해 돌을 던졌다. 하지만 한때 그들이 코로로이트천 가에 살았다면 바로 저기, 텅 빈 염소수 수영장 아래쪽 탈의실 뒤를 흐르는 웨리비강 가에도 살았을 것이다. 예수가 십자가에 매달릴 때 그들은 내가 지금 달리고 있는 곳을 걸었다.

에릭 레드롭의 외딴 이발소 앞에서 과속하는 트럭의 앞 범퍼를 아슬아슬하게 피해 불법으로 인도 위를 달려서 사이먼의 주유소가 있는 모퉁이에 다다랐을 때, 가로등 불빛 아래 홀로 정육점 베란다 밑에서 비를 피하고 있는 소년 혹은 내가 소년이라고 생각한 사람이 보였다. 혹시 이 아이도 티타임[36]

---

35) 호주 우표에 등장한 최초의 원주민인 귀야 정가라이의 별명.

에 술에 취해 있는 아버지의 피해자인가?

"박후버 씨."

이런, 그것은 봅스 씨였다. 세미트레일러가 에어 브레이크로 방귀 소리를 내면서, 기어를 바꾸면서, 돌진하듯 스탬퍼드 힐을 내려와 내게 달려들 때 나는 큰길을 건넜다. 내가 안전한 곳에 도착했을 때 상향등 불빛에 드러난 봅시의 모습은, 만화에 나오는 충격받은 인물처럼, 포마드를 바른 머리카락이 뻣뻣하게 서 있었다. 그에게 대체 무슨 일이 있었던 걸까?

"나는 차가 없는 사람이에요." 그가 외쳤다.

"그렇다면 우리 둘 다 똑같은 곤경에 처했네요." 나는 가볍게 농을 던졌지만 그에게서는 술 냄새가 났다. 맙소사, 이건 바다에 빠진 이카로스잖아.

"그건 불가능한 일이었어요, 박후버 씨. 전문가들이 그랬죠."

"타요." 나는 앞바퀴를 그에게로 틀어서 집까지 태워다 줄 수 있음을 암시했다. 그의 옆에 붙어 있던 포대는 너무 늦게 눈에 들어왔다. 봅스가 포대를 자기 몸과 함께 들어 올리면서 내 앞에 폴짝 올라타는 바람에 하마터면 둘이 같이 배수로에 빠질 뻔했다.

"꽉 잡아요, 봅스 씨."

그는 절대 몸무게가 많이 나갈 리 없었으나 포대 안에 든게 뭔지 몰라도 그것 때문에 중심 잡기가 어려웠다. 하지만 그

---

36) 오후 3시 반~7시경.

럼에도 불구하고 나는 출발했다.

"감자 농부들의 땅에서는 절대 재규어 XK를 팔 수 없어요."
그가 고개를 돌려 나를 똑바로 보면서 말했다. "하지만 나한
테 물어봐요, 재규어는 어디 있습니까?"

그는 다 큰 성인이자 자식들을 둔 아버지였다. 그런 그에게
가만히 좀 앉아 있으라고 지시하는 것은 분명 무례한 행동일
터였다.

"나한테 물어봐요. 내 소매 속에 있을까요? 아니요. 하지만
중고차가 있긴 있을 것 아니에요. 그렇다면 내가 중고차를 어
디에 주차했을까요?"

"가만있어요, 봅스 씨. 뒤에서 차가 온다고요."

"중고차는 없어요." 그가 외쳤다. "하지만 그건 말이 안 되
죠."

타이어가 쉭쉭대고 와이퍼가 뿌드득거리는 소리가 들렸다.
그러고 나서 차가 우리 옆으로 다가오자 그가 그쪽을 향해
발길질을 했다. "그런데 여기 어디 중고차가 보입니까? 만약
에 당신이 찾아낸다면 거기가 바로 내가 계약금을 날릴 곳이
에요."

우리는 읍사무소 맞은편, 로열 호텔 앞의 북적이는 인도 옆
에 있었다. 나는 왼쪽으로 휘청하면서 영가(街)로 비틀비틀 접
어들었다가 안전하게 베넷가에 도착했는데 거기서 봅스가 갑
자기 포대를 번쩍 들어 올렸다.

"나는 누구도 할 수 없는 일을 했어요." 그는 아마 마술사
가 짜잔 할 때의 동작을 할 작정이었던 듯했으나 그 결과 맬

번 스타가 깊은 콘크리트 배수로에 걸리면서 우리 모두가, 살과 쇠를 가릴 것 없이, 공중으로 날아올랐다가 다 함께 뒤엉킨 채 쾅 하고 착지하고 말았다.

구정물이 신발 속을 가득 채웠다. 이때는 아직 새 플레처 존스 바지가 찢어진 건 몰랐지만 정강이와 손바닥이 까진 건 느낄 수 있었다. 내 이웃은 포대를 뒤로 질질 끌면서 배수로 속을 더 기어갔다. 그가 거기, 가로등 밑에 다리를 꼬고 앉았을 때 포마드 바른 머리에서는 피가 흘러내리고 있었다.

"일어나요." 내가 말했다. "집에 데려다줄게요."

"집에 안 가요." 그가 말했다. "잘 들어요. 처음에는 핼러랜에게 팔 생각이었어요. 그게 어젯밤이었죠."

그는 내가 무슨 짓을 하든 꼼짝하려 들지 않았다. 결국 우리는 배수로 안에 다리를 꼬고 같이 앉아 있었다. 비가 계속 내렸다. 나는 핼러랜이 모든 면에서 완벽한 유망 고객이었음을 알게 되었다. 충분한 수입을 갖고 있었을 뿐 아니라 최신 자동차를 향한 열정도 잘 알려져 있었기 때문이다. 그러나 이 과시적인 건축업자는 키가 183센티가 넘어서 운전석에 몸을 욱여넣자 "커다란 돌대가리"가 앞 유리 위로 삐죽 튀어나왔다.

술집의 어둑한 문가에서 그의 친구들이 자비 없는 환호를 보냈다.

"머리 집어넣어." 그들이 외쳤다. "팔꿈치도 집어넣어."

그러나 머리도, 팔꿈치도 차 안으로 집어넣을 수 없었고 유망 고객의 무릎은 대시 보드에 짓눌리는 동시에 핸들 밑에 닿았다.("나는 빌어먹을 곡예사가 아니야." 그가 말했다.) 클러치도 자유자재로 밟을 수 없었지만 자동차 잡지인 《휠스》와 《모던 모터》의 애독자였기에 그는 이 전설적인 차를 도로 위에 자유롭게 풀어 줄 기회를 거절할 수 없었다. 그런데 이런, 실제로 시운전을 해 봤더니 그에게는 동기 물림 변속 기어 없이 운전할 수 있는 귀도, 예민함도 없었으므로 그가 끼기긱 소리를 내며 기어를 바꿀 때마다 술친구들은 환호했다. 결국 거래도, 판매도, 운도 없었다. 봅스는 이제 쉽게 해명할 수 없는 자동차를 가지고 부인이 있는 집으로 돌아가야 했다.

"그게 어젯밤이었죠." 그가 말했다. "나는 처참하게 실패했어요."

멍청하게도 나는 그에게 설명해 달라고 했다. 그래서 그는 하루 종일 있었던 일을 계속해서 이야기했고 마침내는 나조차도 인내심을 잃고 그를 일으켜 세워서 가축 경매장 울타리에 기대어 놓았다. 나는 피를 닦으라고 그에게 손수건을 줬다.

그때 그는 포대에서 쏟아진 내용물을 주워 담느라 바빴다. "솔방울이에요." 그가 설명했다. "불 피울 때 이만한 게 없죠."

내가 앞바퀴를 세웠고 우리는 함께 출발했다. 둘 다 흠뻑 젖은 상태로, 나는 자전거를 끌고, 그는 솔방울 자루를 질질 끌면서.

봅스 부인이 대문 열리는 소리를 들었음에 틀림없다. 그녀는 실내복 차림으로 엉엉 울면서 새빨간 눈으로 우리를 맞이했다. 아이들도 굉장히 괴로워했다. 작은아들은 울부짖었고 창백한 딸은 엄마를 위로했는데 그 엄마는, 모든 반대 증거에도 불구하고, 자기가 이제 아비 없는 두 아이의 엄마라고 믿는 듯했다.

내 존재도 과부의 슬픔을 멎게 하진 못했다. 그녀는 자기 남편을 억지로 부엌 의자에 앉혔다.

"불가능했어." 그가 말했다.

"그래." 그녀는 그의 상처를 깨끗이 닦고 빨간 연고와 노란 물약을 바른 다음 그의 옆에 무릎 꿇고 앉았다. "사랑하는 우리 티치, 그들이 무슨 짓을 한 거야? 자동차는 어떻게 됐어?"

그제야 포대를 발견한 그녀가 실내화 신은 작은 발로 그것을 톡 찼다. "이게 뭐야?"

"솔방울." 그가 말했다. "불 피울 때 쓰려고. 이걸 할 수 있으면 나는 뭐든 할 수 있어."

"우리 집은 가스 난방이야." 그녀가 말했다.

그때 나는 이 사적인 장면에서 빠져야 한다고 느꼈지만 이 집 아들에게 징발당하고 말았다. 그 아이는 내가 자기한테 아빠의 연고 또는 성유를 발라 줄 수 있도록 잠옷 바지를 걷어 올린 채 기다리고 있었다.

그리고 딸은 차를 끓였다.

세일즈맨의 머리카락은 이제 그의 완벽한 머리통에 찰싹 달라붙게끔 매만져져 있었고 그의 이마는 빨간색과 노란색으로 칠해져 있었다. 그가 갑자기 리놀륨 바닥에 털퍼덕 앉더니 콧물 범벅인 아들을 끌어당겨서 자기 무릎에 앉히고 얼굴을 닦아 줬다. 그 애는 솔방울을 원했으나 아빠는 재킷 안에서 두툼한 하얀 봉투를 꺼내 아이에게 건네줬다.

"누나한테 이거 세는 거 도와 달라고 해."

이 집 아들딸이 내가 태어나서 본 것 중 가장 많은 양의 현금을 세는 동안 나는 계속 식탁에, 두 아이 사이에 앉아 있었다. 10파운드짜리 지폐들과 두툼한 5파운드 지폐 뭉치가 식탁에 쌓였다.

"나는 절대 그걸 팔 수 없었어." 티치가 여전히 바닥에 앉아서 말했다. "불가능했지."

봅시 부인이 봅시 씨 곁에 무릎 꿇고 앉아서 그의 머리를 토닥이다가 그의 손에 입 맞추기를 반복했다.

"난 당신이 그 끔찍한 걸 몰고 가다 죽은 줄 알았어."

"내가 오늘 뭘 할 거라고 했지? 오늘 아침에?"

"차를 돌려주고 이자를 지불할 거라고 했지. 그리고 포드에 전화해서 우리 대리점 얘기를 하겠다고 했고."

"그런데 내가 그 대신 뭘 했지?"

"물론 굉장한 계약을 따냈지."

"이게 계약이야?" 아들이 물었다. 아이가 계속 똑같은 질문을 했지만 아무도 대답해 주지 않았다.

"그런데 누구야?" 아내가 말했다. "핼러랜이 아니면 누구냐고."

가족이 명백히 자신을 숭앙하고 있음에도 불구하고 돌아온 영웅은 — 나는 천천히 깨달았다. — 이제 액면가에 따라 세 뭉치로 분류되어 쌓여 있는 지폐를 제공한 사람이 누구인지 말하기를 주저했다.

봅시 부인이 그의 어깨를 밀쳤다. "누구야?"

"차 한 잔 마셔도 돼?"

"마커스 부인이야?"

"일단 차부터 마시고."

하지만 봅시 부인의 얼굴은 이미 굳어 있었다. "그 여자가 그런 차로 뭘 하겠어? 운전이나 할 수 있대?"

남편이 어깨를 으쓱했다.

"운전 교습을 또 받고 싶나 보네."

"운전면허는 있어."

"지난번에도 면허는 있었잖아."

"아이린." 그가 애원했다.

"거기서 술 마신 거야? 그 여자랑? 마운트에저턴에서? 솔방울?" 그녀가 소리쳤다. "우리 집은 가스 난방이야."

"나는 세일즈맨이야."

"그 여자네 집에 차를 놓고 왔어? 자동차 등록이랑 보험은? 그 여자가 배커스마시까지 당신을 태워다 주지도 않았어?"

무슨 일인가가 일어났다. 모든 것이 달라졌다. 갑자기 아이들은 자러 가야 했다. 부인이 아이들을 침실로 보내면서 등 뒤로 문을 닫았다가 다시 열고 나왔다.

"이 개자식." 그녀가 말했다. "그 여자가 불 피우라고 솔방울을 줬어? 당신은 포드에 전화하기로 했었잖아."

네 일이나 신경 써, 나는 생각했다.

12

봅시 가족이 이사 오면서 나의 정상적인 습관과 비정상적인 습관 모두에 가해지는 스트레스가 한층 더 커졌다. 예를 들어 예전 같았으면 집행관이 앞 베란다에 숨어서 아무리 노크를 하거나 문을 쾅쾅 두들겼어도 현관에 나가 보지 않았을 것이다. 그런데 지금은 나무로 만든 트럭을 갖고 노는 봅시네 아들 때문에 은신처에서 끌려 나와 있었다.

"보비." 내가 큰 소리로 불렀다.

베란다에서 뛰어내린 꼬맹이는 옆 울타리 문 밖까지 도망칠까 말까 고민했다. 나는 완전히 모습을 드러내고는 마른 수국 꽃잎이 붙은 바지를 입은 채로 서 있었다.

"경주하는 거예요." 꼬맹이가 마침내 말했다.

"누구랑?"

"트럭 100대랑요." 꼬맹이가 얼굴을 찌푸렸다. "저 의자를 돌아오는 거예요. 그리고 제 이름은 보비가 아니라 로니예요."

"나도 같이 해도 되니?"

꼬맹이는 그것이 가능할 것 같다고 생각했고 그래서 나는 베란다를 기어다니며 내가 가진 것 중에서 두 번째로 좋은 바지의 무릎을 더럽혔다.

며칠 후 현관문에서 엄청나게 가벼운 소리, 뭔가로 긁는 듯한 소리가 났다. 집행관은 확실히 아니었다. 그보다는 트럭 경주를 하는 꼬마일 가능성이 높았다. 나는 문 밑으로 편지가 밀어 넣어지는 것을 보고 미소 지었다.

그러나 막상 문 앞에 도착하자 밖에 있는 누군가가 낡은 봉투를 확 낚아챘다. 로니가 나에게 낚시질을 하고 있었다. 마치 내가 끈에 매단 양 비계로 개천에서 꾀어낼 수 있는 민물 가재인 것처럼 말이다. 망할 녀석, 난 생각했다. 그리고 봉투가 다시 나타나길 기다렸다가 덥석 잡았다.

"잡았다, 요 녀석." 하고 외치며 문을 벌컥 열었다.

오, 맙소사. 거기에는 클로버데일 양이 있었다. 그날 자 멜버른 《선 뉴스픽토리얼》 위에 맨무릎을 꿇은 자세로.

그녀가 이곳에 있는 것은 전적으로 완벽하게 상상 불가능한 일이었다. 여기에서 65킬로미터 떨어진 감리교 여학교에서 역사를 가르치고 있었어야 했으니까. 그러나 지금 그 사람은 이 거리에 있는, 이 집에서, 끔찍한 실내화를 신은 나를 보고 있었다.

"당신은 우편물을 안 갖고 들어가요?" 《선 뉴스픽토리얼》

1면에는 버섯구름 사진이 실려 있었다. 우머라에서 원자 폭탄 실험. 그것은 매럴링가에서 있었던 끔찍한 실험이었지만 지금 그보다 더 내 관심 밖인 주제도 없었다. 척추 꼭대기가 흥분감으로 찡하고 울렸다.

그리고 그녀, 클로버가 내 현관 안으로, 그다음에 전실 안까지 들어와서는 마치 경매장에 온 고객처럼 책을 뒤적거리기 시작했다. 어둑한 빛 속에서 그녀의 종아리가 광채를 띠었다.

"그래." 그녀가 말했다. 눈동자가 사납고 거무스름했다. "나한테 원하는 게 뭐예요?" 그녀가 강압적으로 물었다. 그러고는 아까 집어 든 모리스 뷔세의 『비행기를 타고, 비행과 전투』[37]의 표지화를 자세히 들여다보는 듯하더니 이내 내려놓았다.

그녀가 다른 책을 골랐다가 또다시 내려놓았을 때 나는 그녀가 알 수 없는 이유로 화나 있음을, 혹은 어쩌면 겁먹었음을 알아차렸다. 우리 사이에 지금껏 한 번도 없었던, 친밀한 강렬함이 느껴졌다.

"춤추러 간다느니 하는 건 무슨 헛소리예요?"

"당신이 도망쳤잖아요." 내가 말했다.

"난 기다렸어요."

"아니에요."

"맞아요, 당신은 윈저 호텔에서 허겁지겁 나왔을 때 나를

---

37) 프랑스 공군의 종군 화가였던 저자가 1차 대전 참전 경험을 바탕으로 쓴 책. 많은 비행기 삽화가 실려 있다.

똑바로 쳐다보고는 다음 순간 못 본 척했죠."

"맙소사, 어두워서 못 봤어요."

그녀가 서늘한 손을 내 뺨에 갖다 댔다가 곧바로 뗐다. 그리고 다시 내 책으로 관심을 돌렸다. 나는 우리 집 전실은 쥐소굴이고, 바닥은 깨끗한 것과는 거리가 멂을 깨달았다.

이 누추한 곳에서 그녀의 호리호리한 몸을 끌어안는 꿈을 꾸고, 내게 친숙한 바닥에 그녀의 치마가 꽃잎처럼 떨어지는 것을 상상했었다. "사랑해요."라고 말하는 상상도 했었는데 막상 그녀가 오고 나니 더 이상 그녀를 사랑한다는 확신이 서지 않았고 사랑하는 이에 대한 친밀감 대신 이질감의 단단한 껍데기를 느꼈다. 그녀는《선 뉴스픽토리얼》과 버섯구름을 버리고 탁자에서 책꽂이로 이동하여 내 책들을 자세히 살펴봤는데 어쩌면 그 책들의 외로운 주인이 구멍 난 양말을 신은 채로 노점이나 경매장에 있는 모습을 상상하고 있는지도 몰랐다. 이제는 내가 그녀가 기대했던 사람이 아니라 공허한 삶이라는 심연을 마주하고 있는 한심한 수집광임을 알게 되었으므로.

"당신은 서점을 차려야겠어요."

"언젠가 차릴지도 모르죠."

"이건 빅토리아 주립 도서관 책인데요."

그랬다. 그것은 지도(地圖) 담당 사서의 '선물'이었으니까.

"그럼 당신은 도둑인 건가요?" 그녀가 스튜디오에서 자주 하던 것처럼 신발을 벗었고 나는 그 멋지고 완벽한 발이 나의 더러운 바닥에 닿는 것을 보고 충격받았다.

"윈저 호텔 밖에서는 정말로 당신을 못 봤어요. 당신이 도망친 줄 알았다고요."

"집 구경 좀 시켜 줘요." 그녀가 결정하더니 자기 신발을 들고 복도를 걸어갔다.

"부엌에는 들어가지 마요."

그러자 당연히 그녀는 곧장 부엌으로 걸어 들어갔는데 그곳의 리놀륨 바닥은 파리 끈끈이처럼 끈적끈적했다.

"설탕이에요." 내가 설명했다.

그녀는 자신의 완벽한 발을 나의 끈적이는 바닥으로부터 분리하면서, 붙였다 뗐다 하면서 나의 작은 정원을 내다보고 있었다.

"저건 날개깃을 잘라야 돼요."

나는 감자에서 흙을 씻어 낼 때 주로 쓰는, 이 빠진 법랑 대야를 가져다가 수도꼭지 밑에 놓고 온수로 가득 채웠다. 그리고 발을 질질 끌며 설탕이 쏟아진 곳의 경계를 따라 돌아서 대야를 식탁에 내려놓고 수건과 비누를 가져왔다.

"오, 윌리." 그녀의 윗입술이 살짝 부어 보였다. "나를 목욕시킬 거예요?"

그녀는 나를 보고 웃고 있었지만 나는 피가 쏠려서 그녀를 제대로 쳐다볼 수 없었다. 그녀가 개중 제일 멀쩡한 부엌 의자에 앉았다. 나는 과감하게 물이 담긴 대야를 그녀의 발 옆에 놓았고, 그녀는 호기심 가득한 눈으로 유심히 들여다보았다. 그녀가 내게 비누를 건넬 때의 눈빛을 이해할 수 없었지만 그녀는 맨발을 물속에 넣을 때에도 눈을 돌릴 생각이 없어 보였다.

이렇게 닳고 오래된 비누가 아니라 새 비누였더라면 좋았겠다고 생각했다. 무릎을 꿇었다. 그녀의 왼발을 들어 올렸다. 그녀는 내게 이 친밀한 행위를 허락했다. 그녀의 분홍빛 발바닥과 발가락 사이의 부드럽고 어두운 부분을 씻었다. 동그랗고 날씬한 뒤꿈치에 이어 종아리까지 비누칠하고 마침내 고개를 들었을 때 그녀의 사려 깊은 눈과 마주쳤다. 그녀가 손을 뻗어 내 뺨을 만진 뒤에 내가 일어나자 그녀도 일어났고 그녀의 마른 손을 내 젖은 손 안에 쥐었을 때 나는 내가 정확히 이 세상에 있지 않음을 깨달았다.

"나 보여요, 윌리?"

나는 그녀를 다시 복도로 이끌었다.

"우리 춤추는 거예요?"

"바닥이 여기가 더 깨끗해요."

내가 자기를 어디로 데려가는지에 호기심만 보이는 그녀를 정리되지 않은 남아용 침대 — 폭이 80센티미터 정도 되고 이불 속 여기저기에 책이 자리 잡고 있는 — 로 안내했다.

"책 읽어 줘요." 그녀의 말에 실질적인 이유로 안도한 나는 곧 페르시아 시집을 발견했고 우리가 함께 헝클어진 시트 위에 누워 그녀가 내 가슴에 머리를 기댔을 때 나는 왼손으로는 그녀의 머리카락을 쓰다듬고 오른손으로는 한번 젖었다 말라서 살짝 부푼 책을 들었다. 그것은 페르시아의 시인 하피즈의 가잘 열두 편이었다.

시를 낭송하는 내 뺨에 그녀가 입을 맞추자 내 몸은 솔직한 욕망으로 활처럼 구부러졌다.

"계속해요." 그녀가 말했다.

나는 그렇게 했다.

내가 쫓아가면 그녀는 호들갑을 피운다.
하지만 뒤에 남으면 분노에 휩싸인다.

그리고 도중에 한순간, 내가 욕망에 휩싸여,
먼지가 되어 발밑에 떨어지면 바람처럼 도망친다.

어설픈 키스라도 하려 하면 100가지 피하는 방법이
자개함 같은 그녀의 입에서 설탕처럼 쏟아져 나온다.

"설탕이라." 그녀가 말했다. 하피즈가 끝나자 나는 네루다를, 그다음에는 크리스티나 로세티를, 그다음에는 e e 커밍스를, 그다음에는 월트 휘트먼을, 그다음에는 존 던을, 그다음에는 윌리엄 셰익스피어를 읽어야 했고 우리가 버터 바른 토스트를 먹기 위해 일어나서 버터가 바닥날 때까지 먹고 나자 날이 어두워지기 시작했다. 배 속에서는 계속 우렁찬 꼬르륵 소리가 났다. 내가 닭에게 모이를 주러 갔다가 달걀을 가지고 돌아왔지만 양계장에서 자란 그녀는 달걀의 맛을 참을 수 없을 만큼 싫어했다. 저물녘에 우리는 몰래 젤가(街)를 걸어서 꼽추의 환한 피시앤칩스 가게를 지나 거기에서 중심가로 접어들었다. 아까는 딱히 그녀에게 들이대지 않았지만 나도 남자였으므로 머릿속에 계산이 넘쳐흘렀고 시간이 늦었음을 알면서도 프랭크 베닐랙이 아직 약국 문을 닫지 않았기를 바랐다. 문은 닫혀 있었다. 우리는 서로 떨어져 서서 큰길을 따라 천천히 걸었다. 그때 클로버가 혼자 팔짱을 끼더니 13세기 이탈리아의 화가 조토 디본도네와 관련된 어떤 이야기를 생각해 냈다. 우리는 우리 둘 다 벤베누토 첼리니의 도가 지나친 자서전[38]의 팬임을 알고 흥분했다. 법원 앞에서 그녀의 팔꿈치가 내 팔에 부딪쳤다. 그녀는 조르조 바사리가 파올로 우첼로를 그토록 시혜적으로 평가한 데 대해[39] 멋지게 분개했다.

이제 완전히 어둠이 내려앉았는데도 대장장이는 여전히 일하고 있었다. 쩽하는 그의 망치 소리가 내 귀에는 늘 까치와 굴뚝새와 숲제비의 노랫소리처럼, 이 소도시가 평화롭다는 거짓 인상을 주는 소리로 들렸다. 차 한 대가 천천히 우리 옆을 지나갔다. 두 번째 약국도 닫혀 있었다. 나를 독신남으로 아는 사람들에게 내가 원하는 것을 요구했다면 크나큰 시험에 들었을 테니 오히려 다행이었는지도 모른다. 약국 다음에는 윈스피어의 무서운 치과, 치과 다음에는 핼러웰 부인의 사탕 가게, 그다음에는 사이먼의 주유소가 있었는데 숲처럼 빽빽한 이곳의 주유기들은 넵튠, 칼텍스, 골든 플리스, 플룸, 앰폴 등 브랜드가 모두 달랐고 그중 일부에는 유리 기름통[40]과 수

---

38) 16세기 이탈리아의 금 세공사 첼리니는 살인을 비롯한 자신의 각종 범죄를 자서전에 솔직하게 기록했는데 이를 훗날 괴테가 번역함으로써 유명해졌다.
39) 16세기 이탈리아의 미술사가 바사리는 『르네상스 미술가 평전』에서 화가 우첼로가 원근법에 미쳐 있었다고 표현했다.
40) 옛날에는 지금 내 차에 기름이 얼마나 들어가는지 눈으로 볼 수 있도록 주유기 위의 유리 기둥 속에 기름이 들어 있었다.

동 펌프가 달려 있었으나 지금은 임대 또는 매매로 나와 있는 쓸쓸하고 빛바랜 모퉁이 건물이었다.

그 맞은편 모퉁이에는 오래된 메리무 카페가 있었는데 세간에는 그리스인의 가게로 알려져 있었지만 사실 주인인 벤 캘보는 그리스 테살로니키에서 있었던 독일군의 학살에서 살아남은 유대인이었다. 에릭 레드롭의 작품인 벤의 헤어스타일은 그의 못난 귀를 가려 주지 않았을 뿐 아니라 목과 머리통에 깊이 파인 주름을 감추려는 시도조차 하지 않았다. 카페에 들어설 때 보니 캘보는 우리가 다가오는 것을 봤음이 분명했다. 전체적으로는 미소가 거무스름한 얼굴을 장악했지만 미간의 주름이 거대한 코의 콧등을 향해 급히 내려와 있었다. 나는 그가 자기를 클로버에게 소개해 달라고 요구하기 전부터 이미 당황한 상태였는데 그 후에 그가 상황을 더 악화시켰다.

클로버가 인사를 하자 벤이 "그 목소리네."라고 외쳤다. 그는 그녀에게 허락도 구하지 않은 채 손을 잡고 데려가서는 동네 전설들의 사진을 들여다보게 했다. 유명 자전거 선수 카, 스톨 기프트[41] 우승자 잭슨, 배커스마시 경마장에 불시착한 위험한 댄, 홍수가 난 중심가, 코브 앤드 코 사(社) 역마차의 말을 교체하는 곳이었던 울 팩 여관, 그리고 거기에서 그는 내 사진이 있던 자리, 벽이 허옇게 탈색된 곳을 가리켰다.

"저 친구한테 사진 좀 다시 걸게 허락해 주라고 해요." 그가 클로버에게 말했다. "왜 우리가 자기 업적을 기리지 못하게 하

---

41) 호주에서 가장 오래된 단거리 경주.

는 걸까요?"

"제 생각에는 누군가에게 쫓기고 있는 것 같아요." 그녀가 약간 추파를 던지듯 말했다. 나는 생각했다. 제발 부추기지 마요, 우리랑 합석하고 싶어 할 거라고요. 하지만 그는 그것보단 나은 사람이었다. 그는 내가 술을 안 마신다는 것을 알았지만 아마 나의 구애를 돕기 위해 불법 와인을 찻잔에 담아서 줬다. 우리는 그랜트가(街) 쪽 창가의 칸막이석에 앉아서, 집에서 담근 이 싸구려 와인은 키안티[42]고 우리는 사이먼의 주유소가 아니라 두오모 성당이 내다보이는 피렌체에 있다고, 그리고 밖에서 보면 인도 위에 걸린 창문 액자 속 우리는 위풍당당한 옆모습의 우르비노공(公) 부처 페데리코 다몬테펠트로와 바티스타 스포르차[43]라고 믿는 척했다.

우리는 우리 과거의 가장자리를 따라 가볍게 걸었다. 애들레이드의 분리주의 루터교단이나 댄디농의 양계장 얘기는 하지 않았지만 둘이 함께 있는 것만으로도 너무 행복해서 봅시 부인이 길 건너에 차를 주차하는 것을 보지 못한 거라고 나는 믿는다. 그래서 사이먼의 주유소 위층에 불이 켜지길래 고개를 들었다가 높고 환한 창문 속에서 사뭇 다른 그림을, 봅시 부인이 낯선 남자의 품에 안겨 있는 장면을 보았을 때 나는 몹시 충격받았다.

---

42) 이탈리아 토스카나산(産) 레드와인.
43) 피에로 델라프란체스카가 그린 초상화. 두 사람이 마주 보는 옆모습이 그려져 있다.

13

언니는 첫 번째 결혼 때부터 생활비를 속여서 꿍친 돈을 '비상금' 계좌에 모았고 그 계좌들을 절롱에서만이 아니라 콜 랙과 윈철시에서도 계속 가지고 있었다. 전에 받았던 약혼반 지들도 여전히 간직했고 되팔이 가격도 알았다. 언니는 결혼 했다가 버림받길 반복했는데 내가 그게 언니 탓이라고 말했다 면 화냈을 것이다. 그러니까 솔직히 언니한테는 이렇게 말하고 싶었다. 남편이 진국이면 아내가 잘 *지켜야* 하는 거야. 그게 사 실일수록 남편을 쫓아다니는 여자가 많을 테니까. 다른 여자 들은 '쫓아 보내'야지.

따라서 마커스 부인에게 운전 교습을 하고 솔방울을 돌려 주는 것은 내가 해야 할 일이었다. 나는 그녀의 면전에 대고 말했다. 우리 집은 불 피우는 데 아무런 문제도 없다고.

점심시간에 집에 와 보니 묵직한 검은 전화기가 울리고 있었다. 그 밑의 바닥에는 온통 티치의 걱정 메모들이 떨어져 있었다. 티치 같은 필체는 어디 가도 없었다. 돈 계산한 것, 대문자와 소문자로 적은 유망 고객들의 이름이 자기만의 언어로 전부 뒤섞여 있었다.

　전화한 사람은 던스턴 씨였다.

　"당신 남편은 절대로 배커스마시에서 포드 딜러가 될 수 없어요."

　나는 생각했다. 내가 무슨 짓을 한 거지?

　"대리점은 다른 곳으로 정해졌어요." 그가 너무 의기양양해서 속이 메슥거릴 정도였다.

　"그걸 당신이 어떻게 알죠?"

　"티치가 지금 뛰어들 거면 GMH랑 함께해야 해요. 봅스 부인, 당신이 원했던 게 바로 이거잖아요. 우리가 바란 것이기도 하고요. 입소 팍토[44]. QED.[45] 티치는 오늘부터 홀든 맨이에요."

　나는 생각했다. 불쌍한 우리 티치. 끔찍한 아버지한테 배신당하더니 이제는 아내한테까지 배신당했네.

　"우리는 빅토리아주 시골 최고의 세일즈맨을 손에 넣었어요. 땅꼬마 녀석을 손에 넣었다고요."

　"그렇게 부르지 마세요."

---

44) 라틴어로 '그 사실 때문에'.
45) 라틴어 quod erat demonstrandum의 약자로 '증명 끝'을 뜻한다. 수학 정리나 문제의 증명 끝에 쓴다.

"농담입니다, 농담."

"그리고 당신은 티치를 손에 넣지 않았어요. 티치는 홀든을 좋아하지도 않는다고요. 당신은 티치를 몰라요."

"사적인 감정은 없지만요, 봅스 부인, 이게 바로 체크메이트란 거예요. 당신은 우리 팀의 핵심 멤버였다고요."

이때가 실제로 내가 우리 인생을 망친 시점이었다. 던스턴도 중요한 역할을 할 것이고 새커와 그린 씨도 그렇겠지만 그들에게 문을 열어 준 사람은 바로 나였다.

그뿐 아니라 자본금을 가진 사람도 나였다. 나는 언니를 상대로 마음을 다잡았다. 그러는 것이 내 권리라고 생각했고, 그집의 절반은 내 소유였으며, 언니가 내 관대함을 남용해 멜버른까지 가서 마이어스 백화점과 조지스 백화점에서 돈을 있는 대로 써 재꼈기 때문이다.

"당신 가족의 미래가 홀든에 있다는 건 당신도 알잖아요." 던스턴은 낮고 느린 목소리를 갖고 있었다. 사납게 짖어 대던 개도 그 목소리를 들었다면 진정했을 것이다. "우리는 매일매일 가까워져 가고 있어요, 아이린." 그가 나를 아이린이라고 부른 것은 처음이었지만 그렇게 거슬리진 않았다. 그는 자기가 오늘 밤에 밸러랫에 갈 건데 6시에 배커스마시를 지나갈 거라고 말했다. "내가 당신에게 보여 줄 게 뭔지 당신은 상상도 못할 거예요." 그가 말했다. "모든 게 착착 맞아 들어가고 있어요."

우아, 나는 생각했다.

"내 사촌이 앤더슨가 사람이에요." 그가 말했다.

앤더슨 가문은 배커스마시의 유지였다. 물론 나도 그 이름을 알았다.

"조지 핼러랜의 아내죠."

물론 나는 핼러랜도 알았다. 그는 마커스 부인을 위해 악명 높은 '증축'을 한 적이 있었다.

"핼러랜이 사이먼의 주유소를 리모델링할 거예요."

그는 사이먼의 주유소가 대리점을 하기에 완벽한 장소라고 말했다. 모퉁이 건물인 데다, 휘발유 저장 탱크가 이미 매설되어 있고, 자동차 리프트도 있으며, 폐업한 자전거 공장이 카 센터로 개조되기만을 기다리고 있었기 때문이다. 게다가 위층에 있는 방은, 그의 사촌 말에 따르면, '소유주와 그 가족'을 위한 아늑한 살림집으로 바꿀 수도 있었다.

"이사 들어오기 전까지는 임차료도 한 푼도 안 내도 돼요."

"그럴 만한 돈이 없어요."

"아니에요. 대리점을 하면 현금이 들어올 거고 GMAC가 자본금을 대출해 줄 거니까요."

자기 변명을 하자면, 이것이 바로 티치와 내가 아직 베언즈 데일의 하숙집에 살 때 얘기했던 거였다. 밤새도록 조명을 켜 놓고 차 네 대를 전시할 공간이 있는 우리의 봅스 모터스 말이다.

"남편이 돌아 버릴 거예요." 내가 말했다. "빚을 못 견딜 거라고요."

"아니, 아니. 걱정 마세요. 일단 와서 한번 보세요."

"티치를 과소평가하지 마세요, 던스턴 씨. 남편은 소심한 사람이 아니에요, 정말로."

"오늘 저녁 6시에 배커스마시에 갈 거예요. 혼자 오세요. 보면 알아요."

오 맙소사, 나는 생각했다. 나는 티치가 어디 있는지 몰랐다. 오늘 아침에 포드에 전화해 보기로 했었는데 집에 없었다.

"남편이 포드에서 소식을 들었을 것 같진 않아요."

"아니, 들었을 거예요."

그럼 왜 여기 없는 거지? 지금 어느 술집에 있는 거야?

"봅스 부인." 던스턴이 말했다. "당신이 내 아내였다면 나는 아주아주 고마워했을 거예요. 당신이 내 목숨을 구했다는 걸 알 테니까요."

나는 티치가 같이 갈 거라 생각하며 초저녁에 던스턴을 만나기로 했다. 그런데 저물녘이 됐는데도 티치는 여전히 집에 없었다. 길 건너 사는 윌슨 부인은 딱히 친절하진 않았지만 우리 애들을 자기 부엌 의자에 앉혀도 된다고 말했다. 그래서 나는 혼자 던스턴을 만나러 갔다.

그의 목소리에서는 키 크고 느린 사내가 연상되었으나 사이먼네 주유소 건물의 컴컴한 입구에 선 던스턴은 박하 향과 위스키 냄새를 풍기는 마른 근육질의 대머리였고 폭 5센티미터의 콧수염을 기르고 있었다. 그가 갑자기 발을 구르면서 손뼉을 치는 바람에 화들짝 놀랐다.

그의 손전등 불빛이 육중한 강철 기둥과 콘크리트 바닥을 훑었다. 이걸 보고 무슨 생각을 하라는 거지? 천장까지 쌓여 있는 어둑한 의자 더미는 알아볼 수 있었다. 불이 들어왔다.

홍차 상자가 있었고 누군가가 선반기[46]로 북엔드를 깎다 만 작업대가 보였다. 던스턴에게 이건 내가 판단할 일이 아니라고 말했다. 차라리 소라면 더 잘 알겠지만.

계단을 올라가면 이 건물의 가치를 알 수 있을 거라고 해서 위층에 다다르자 그가 마침내 뒤돌아서 나를 마주 봤다. 하느님 맙소사. 이 남자 나에게 청혼하려는 건가? 그가 작은 벨벳 케이스를 내게 내밀고 있었다.

"감사의 표시예요." 그가 말했다.

나는 생각했다. 진주구나. 그러나 그것은 내 이름이 새겨진 고급 펜이었다.

"아니, 받을 수 없어요."

"받아야 돼요."

"아무도 알아선 안 돼요." 내가 말했다. 그리고 그것은 사실이었다.

"아무도 알 필요 없어요." 그가 동의하며 내 손을 잡길래 그만하라고 했지만 두툼한 콧수염 밑의 입은 버릇없고 샐쭉해 보였다. 그는 유부남이었다. 반지를 끼고 있었다. 그 얼간이는 끔찍한 맛이 나는 입으로 키스를 하면서 자기 물건을 내 배에 들이밀었다. 나는 그를 밀어 냈지만 그는 여전히 내 뺨에 침을 흘렸고 그때 그랜트가를 내려다봤더니 그리스인네 카페 창문에서 나를 똑바로 쳐다보고 있는 박후버 씨와 눈이 마주쳤다.

"이제 우리 집에 가요." 내가 말했다. "이 얘기를 당신이 우

---

46) 회전축에 나무나 금속 등을 꽂아 돌리면서 깎는 기계.

리 남편한테 말하도록 해요."

던스턴이 나를 위아래로 훑어보려는 것처럼, 혹은 내가 어떤 인간인지, 자기가 마지막에 나한테 무슨 짓을 할 건지 또는 내가 그에게 무슨 짓을 할 건지 생각하려는 것처럼 한 걸음 뒤로 물러났다. 내 스타킹은 올이 나가 있었다. 그거나 쳐다보라지.

"당신은 나를 배신자로 생각했어요." 내가 말했다. "당신한테 비밀을 털어놓았다는 이유로 내가 남편을 속이고 있다고 생각했죠. 내가 잘못 생각했어요. 그러지 말았어야 했어요."

"아니, 그건 그냥 GMH의 모두의 마음을 담은 만년필일 뿐이에요."

나는 굳이 그를 거짓말쟁이라고 부르거나 지금보다 더 내게 적대적으로 만들지는 않았다. 그런데 그의 차로 내 차를 따라오라고 한 후에 모퉁이를 돌아 기즈번 길에 접어들었을 때 문득 이런 생각이 들었다. 티치가 아직도 집에 안 왔으면 어떡하지? 아니면 술에 취해 있으면 어떡하지?

나는 길가에 차를 대고 변태가 내게 와서 말을 걸 때까지 기다렸다.

"당신은 다음에 다시 와야겠어요." 내가 말했다. "오늘은 언니하고 있었던 일을 남편한테 얘기해야 되거든요."

그는 거기 어둠 속에 서서 나를 빤히 쳐다보고 있었다. 그것이 던스턴이었다. 제일 처음부터 그는 내가 골칫거리라고 생각했다.

14

나는 남편을 기다렸다. 바보 같은 퀴즈 쇼가 끝나고 「빙 크로즈비 쇼」가 시작되면서 한 쌍의 전조등 불빛이 진입로를 훑어 내릴 때 뒷문에 서서 나의 티치가 살아 있음을 보았다. 환한 차고 조명 아래서 그가 습관적으로 타이어와 도장을 체크하는 것을 지켜보았다.

그는 문간에서 나를 만났고 나는 그가 거절에 얼마나 상심했을까 생각하며 껴안았다.

"포드는 안 됐어." 그는 이렇게만 말했다.

"차라리 잘됐어." 내가 말했다. "그보다 더 좋은 걸 할 거니까."

나는 그의 완벽한 귀 뒤에 코를 비볐고 그가 코트를 채 벗기도 전에 부모님 집을 어떻게 했는지 말했다. 내 몫은 다 당신 거야, 나는 그렇게 말했다.

그는 내가 놀라운 여자라고 말했다. 당신이 판도를 완전히 바꿔 놨어.

내가 우려했던 망가진 남자가 아닌 내가 결혼한 남자, 내가 사랑하는 남자를 보니 기뻤다. 그는 병뚜껑을 땄다. 씩 웃었다. 내게 장난을 쳤다. 구석진 데서 1페니짜리 동전을 찾아냈다. 나는 그가 마음대로 하게 내버려두었다.

우리가 맥주를 다 마시고 내가 유리잔을 씻은 뒤에 주위에서 바람이 으르렁대는 동안 우리는 남편과 아내로서 침대에 따뜻하게 누워 있었지만 그는 내가 뭘 바꿔 놨는지 말하려 들지 않았다. 하지만 나는 크게 걱정하지 않았다. 그가 조 새커에게서 중고차를 더 살 거라고 예상했기 때문이다. 그게 티치의 사고방식이었다.

이른 아침에 전화벨이 울리자 나는 새커일 거라고 생각했다. 그러나 그것은 던스턴이 마치 나와 모르는 사이처럼 봅스 씨를 찾는 전화였다.

로니가 벌써 일어났길래 얼른 차고로 데리고 나가서 타이어를 검게 칠하는 것을 돕게 했다. 한참 후에 티치가 줄무늬 잠옷 차림으로 나타났다. 나는 로니를 다시 집 안으로 들여보냈다.

"GMH였어." 그가 말했다.

"왜 전화했대?"

"타이밍이 이상하지 않아? 포드한테 거절당한 다음 날에?" 그가 묘한 표정으로 나를 쳐다봤다. "그리고 나에 대해 다 알고 있더라고."

나는 긴장한 채 기다렸다.

"자기 이름이 던스턴이래."

"그게 당신의 판도를 바꿀 아이디어야? GMH로 가는 게?"

"아이린." 그가 말했다. "나 레덱스 테스트 참가 신청서 받아 왔어."

레덱스 테스트는 상금이 거의 없었다. 그래서 참가자가 죄 잘난 척하고 자랑하기 좋아하는 인간들, 윤전기 잉크와 신문 헤드라인에 취하는 남자들, 명성이라는 사치를 누릴 능력이 되는 국민 영웅들뿐이었다. 위험한 댄서처럼 대중의 관심에 굶주린 사람들 말이다. 그것은 평범한 양산차를 혹사하고 본래 목적에 안 맞는 용도로 사용하는 '신뢰성 테스트'였다. 물론 소위 '대중'에게는 크나큰 즐거움이었다. 200명의 미치광이가 오스트레일리아 대륙을 일주하며 2,000킬로미터가 좀 안 되는 오지 도로를, 길이 너무 안 좋아서 차대가 깨끗하게 두 동강 날 수도 있는 도로를 달리는 것이었으니까. 나는 남편에게 내 생각을 말했다.

"당신이 이럴 줄 알았어." 그가 말했다. "하지만 우리한테 이름을 가져다줄 거야."

"우리한테는 이미 봅스라는 이름이 있어. 그게 아니라 이제는 홀든으로 갈아탈 때라고."

"하지만 당신 부모님 집 판 돈 있잖아."

나는 생각했다. 내가 지금껏 준비한 모든 걸 이 남자가 망치는구나.

"어제 신청서를 받으러 갔었어. 포드에서 나오자마자 멜버른으로 갔지. 제발 좀 들어 봐. 포드가 나를 등신으로 만들었다고. 난 기대할 게 필요해."

"포드 일은 유감이야." 내가 말했다. "하지만 우리는 도박은 안 해. 그러기로 했잖아. 먹고살아야지."

"진정해."

"아니, 그건 내 돈이야."

"내 맘대로 쓰라며."

"우린 애가 둘이야. 그건 18일 동안 전국 일주를 하는 경주고. 끝나고 남는 건 고물 차뿐이라고."

"모르겠어? 우리가 유명해질 수 있단 말이야. 그게 그 경주의 가치지. 그 친구는 좋은 생각이라고 하던걸."

"친구 누구?"

"던스턴. 그 사람은 사업적 가치가 있다고 하더라고. 우리가 홀든 딜러가 될 경우에 말이지."

"그럴 수가."

그는 웃고 있었다. "이건 기회야." 그가 나를 안아 올리더니 맨발로 자갈 위를 걸어갔다. "불가능하다고 말해 봐. 홀든 대리점. 레덱스 테스트. 당신은 끝내주는 여자야, 아이린. 당신이 우리를 구했어."

그가 내게 키스하는 동안 나는 내가 아는 것들과 모르는 것들로 혼란스러웠다. 우리가 어떻게 애들을 두고 레덱스에 참가한단 말인가? 도대체 무슨 근거로 티치는 우리가 우승할 거라고 생각하는 건가?

"던스턴이라는 친구랑 얘기해 봐." 그가 말했다. "그 사람 말을 들어 보라고."

"대리점을 열기로 해 놓고 도망칠 순 없어."

"준비하는 데만 몇 달은 걸려. 게다가 건물 리모델링도 해야 하고. 테스트를 끝내고 돌아와서 대리점을 열면 돼."

나는 당연히 알고 있었으므로 무슨 '건물'이냐고 묻지 않았다. "그래, 이 던스턴이라는 사람. 그 사람이 로니랑 이디스를 돌봐 준대? 밤에 재우고 기도도 들어 주고?"

"그건 내가 해결할게. 아직 몇 달이나 남았으니까."

"당신은 날 두고 가 버릴 거잖아."

"우리 둘이 같이 운전할 거야." 그가 밝게 빛나는 눈을 한 채 얇은 잠옷 차림으로 말했고 나는 그가 나를 얼마나 원하는지 느낄 수 있었다. "두고 봐." 그가 말했다. "우리는 유명인이 될 거야."

우리의 이런 모습, 이 사적인 순간이 타인에게 어떤 영향을 끼칠지 누가 생각이나 했을까? 고등 교육을 받은 학교 선생님이 이 혼란의 현장을 현대인의 이상적인 삶으로 보리라고 누가 상상이나 했을까?

15

그때가 내가 던스턴을 처음 본 순간이었다. 물론 그때는 아직 그의 이름을 몰랐지만 봅시 부인이 그 후레자식의 품에 안겨 있는 모습은 못 봤더라면 좋았을 것이다. 티치가 오쟁이 진 남편이라는 생각만으로도 속이 뒤틀렸다. 그래서 나는, 한때 그의 아내를 탐했던 남자로서, 세차든 뭐든 뜻밖의 친절을 그에게 베풀고 싶었다.

클로버는 내가 왜 언짢아하는지 이해하지 못했다. "저 여자한테 반했어요?"

어떻게 설명하겠는가? 내가 티치 봅시, 그의 재규어, 그의 아내, 한밤중에 잔디밭을 굴러다니는 그의 아이들이라는 이미지와 사랑에 빠져 있다는 것을. "남편이 내 친구예요."

클로버의 윗입술이 움츠러들자 나는 갑작스러운 충동이 들어 한 손가락을 거기, 나를 황홀하게 만드는 점에 갖다 댔다. 그녀는 내가 그러지 않길 바랐다.

"당신 애교점."이라고 내가 말했고 그녀는 내 손을 밀어 냈다.

"죄악의 표시래요, 우리 어머니 말로는."

"그럴듯하네요."

"아니, 웃을 일이 아니에요."

"당신 죄가요?"

"어머니한테 말했죠. 내 죄가 아니라면 어머니 죄가 분명하다고. 그랬더니 내 따귀를 때렸어요."

"하."

"그러니까요."

나는 생각했다. 어떤 미지의 바람이 우리 영혼을 몸까지 실어 날랐을까?

"가요." 그녀가 말했다. "시간 다 됐어요."

무슨 시간이 다 됐다는 걸까? 칸막이석에서 일어나며 나는 생각했다. 너는 그녀를 몰라. 분명 아름다운 쇄골 같은 멍청한 이유로 그녀를 사랑한다고 하겠지.

뼈라, 나는 생각했다. 우리가 기즈번 길의 어둠 속으로 들어서서 언덕을 올라갈 때 그곳의 공기는 축축하고 서늘했고 낙엽 썩는 냄새, 최근에 그 길을 지나간 소 떼와 소몰이 말들의 배설물 냄새가 났다. 수말에게 암말의 소변은 최음제라고 벤 캘보는 말한다. 그는 경마장 관련 지식 덕에 카페를 운영하고 있으므로 이 얘기도 사실로 밝혀질지 모른다.

모든 약국 문이 닫혀 있지만 마치 우리의 욕망을 향해서는 열려 있는 양, 우리는 서로 팔짱을 끼고 걷다가 성공회 성당 묘지 옆에서 걸음을 멈추고 키스했다. 잘 알려져 있듯이, 섹스는 남자가 스스로에게 거짓말하게 만든다. 나는 가짜 감정과 편의와 정확한 사실이 아닌 것의 난해한 모호함이 두려웠다.

우리는 우리 집 대문을 통과해서 집 옆벽과 수국 덤불 사이를 비집고 지나갔고 나는 내 삶 너머의 방들과 장소들을 상상하며 그녀의 부드러운 목의 내음을 맡았다.

그리고 부연 어둠 속에서 자고 있는 닭들을, 지붕 위의 하얀 덩어리들을 흘끗 쳐다봤다.

"날개깃 잘라 줄게요." 그녀가 말했다. "내가 가기 전에."

집 안에 들어서자 약국과 내 흉한 어깨에 대한 걱정 때문에 귀에 아무 소리도 들어오지 않았다. 내가 모든 블라인드와 커튼을 닫는 동안 그녀는 내게 미소 지었고 나는 그녀가 내 끔찍한 흉터를 보지 못하길 바랐다. 그녀가 신발을 벗어 던졌다. 나는 그녀가 무슨 생각을 하고 있는지 짐작할 수 없었다.

우리가 이탈리아에 있다 치자, 그다음엔?

우리는 부엌에서 포옹했고 그녀가 나를 끌어안고 내 숨을 들이마시면서 이것이, 상대방이 바로 내가 찾던 사람임을 아는 방법이라고 말했다. 그녀는 너무 나긋나긋하고 유난히 아름다우면서도 온화했으며 내 어깨뼈 위에서 두 손을 맞잡은 채로 폴짝 뛰어올라 내 삶 속으로 들어왔다.

나는 우리 둘 다 원하는 것을 오늘은 할 수 없다고 말했다.

"그건 여자가 할 말인데요."

"'그것' 없이는 안 돼요."

"내가 보기엔 당신은 아주 훌륭한 그것을 갖고 있는걸요."

정맥과 동맥이 터질 것 같았지만 그래도 이 게임을 하느니 차라리 죽고 싶었다. 우리는 10대 아이들처럼 침실 바닥에, 책 사이에 누웠고 나는 대놓고 솔직하게, 문제는 피임구가 없다는 거라고 말했다.

그녀는 고양이 가죽을 벗기는 방법은 여러 가지가 있다[47]고 말했지만 내가 '지금의 나'가 된 이유는 내가 오래전에 소년이었기 때문임을 이해하지 못했다. 당시 나는 참새처럼 1초만에 사정했다. 내 씨를 뿌렸으나 땅바닥에 뿌리진 않았다.

나는 그 반짝이는 날카로운 눈에 내 비밀을 맡겼다. 나는 고백했다. 애덜리나 케이니그가 임신해서 우리 둘이 멜버른으로 달아났을 때 그녀와 나는 겨우 스무 살이었다. 원래 나는 그곳에서 아기를 낳을 생각이었다. 낙태 시술자를 찾아낸 사람은 간호사인 애덜리나였다. 나는 그런 직업이 존재한다는 것도 몰랐다.

"불쌍해라, 어린 나이에." 클로버가 말했다. "끔찍하네요. 돈이 많이 필요했겠어요."

나는 내 추악한 비밀을 받아들여 준 그녀에게 감동받았다. 그리고 서배스천 래스키에게서 돈을 빌렸다고 털어놓았다. 그렇게 큰돈을 부탁할 정도로 잘 아는 사이가 아니었는데도 그는 한 번 넘게 내가 빠진 구렁텅이 속으로 내려와서 나를 구해 줬다.

---

47) 문제를 해결하는 방법은 하나가 아니라는 뜻의 관용적 표현.

"당신은 매력적인 남자예요." 그녀가 말했다. "그래서 언제까지나 용서받겠죠."

내가 셔츠 벗는 것을 그녀가 도왔기 때문에 흉터를, 콘크리트판의 갈라진 틈처럼 끔찍한 상처를 드러내는 것 외에는 선택지가 없었다. 그녀가 최대한 깊이 그것을 핥았다. 그녀는 나를 사랑했다. 자기가 그렇게 말했다. 그녀는 내가 여자인 양, 내 젖꼭지를 빨았다. 나는 신음하며 생각했다. 섹스의 힘은 부인할 수도, 멈출 수도, 막을 수도 없고 마치 자동차 지붕으로 새어 들어와서 어둠 속에서도 제 길을 잘 찾아내어 뒷좌석에 다다르고야 마는 물처럼 끈질기다고. 두려워할 건 아무것도 없어요, 그녀가 말했다. 아니, 나는 생각했다. 섹스 때문에 하게 되는 행동이 두려운 거지, 수고양이처럼 나무를 할퀴거나 나무껍질을 쪼개면서. 그 맹목적이고 폭력적인 갈망, 그리고 기쁨. 하지만 어느 누가 섹스로부터 해방되는 것을 원치 않겠는가. 나는 섹스를 참아야 하는 가톨릭 신부들을 동정한다. 욕망의 흐름이란 선악과 관계없이 바다로 가는 길을 찾아내기 마련인데 만약 악으로 귀착된다면 그것은 아마 욕망의 가차없는 본성 때문이리라. 고양이의 가죽은 산 채로 벗겨졌다.

몇 시간 후에도 우리는 여전히 바닥에 누워 이야기하고 또 이야기했고, 키스하고 울었으며, 내 상처를 분명 자세히 들여다봤고, 내가 부엌 창문에서 떨어졌던 일을 되새겼으며, 애덜리나 케이니그(Koenig)에 대해서도 확실히 묘사했다.

"쾨니히(Koenig)는 독일어로 왕이라는 뜻이에요." 그녀가 말했다.

"알아요."

"하지만 당신한테는 자식이 또 있는 거죠. 그래서 지금 소환장을 피하는 거잖아요."

"그 애는 내 자식이 아니더라고요." 이제 당장이라도 ─ 나는 생각했다. ─ 그녀는 나를 더 이상 사랑하지 않게 되겠지.

"그 애가 당신 아들이 아니라고 어떻게 확신해요?"

"그냥, 그 애는 빨간 머리인데 아내는 빨간 머리가 아니라고 해 두죠." 그녀가 반론하려는 것이 느껴졌지만 나는 참을 생각이 없었다. "그리고 우리 집에 늘 머물던 빨간 머리 남자가 있었고요."

"애덜리나는 뭐래요?"

나는 그녀가 그 이름을 언급하지 않길 바랐다.

"당신이 아내를 떠난 거죠?"

"당신은 몰라요."라고 나는 말했지만 그녀의 얼굴을 보니 이해했음이 분명했다.

"불쌍한 윌리."

"아내도 괴로워했고 그 불쌍한 녀석도 분명 괴로워했을 거예요."

"당신 몇 살이에요, 윌리?"

"스물여섯이요."

"죄책감을 떠안고 살기엔 당신은 너무 젊어요. 보여요? 봐봐요. 또 섰잖아요."

나는 자기방어를 위해 황급히 할머니의 신성 로마 제국 컬러 지도책으로 관심을 돌렸다. 그것을 앞에 내려놓자 그녀는 감탄하며 바라봤고 '나는 어머니가 나를 낳은 곳에 속하지 않는다'는 나의 굳건한 믿음을 경청했다. 나는 전시(戰時)의 애들레이드의 뜨거운 거리에 있을 이유가 없었다. 내 진짜 고향은 합스부르크 제국과 헝가리 땅을 그린 지도책 안에 있음이 확실했으므로. 묵직한 섬유질로 이루어진 세계인 그 지도책이 불러일으키는 갈망을 낳을 수 있는 애들레이드 지도는 없었다. 그 지도책은 괴상하다고까지 할 정도는 아니더라도 약간 색다르게 수작업으로 색칠되었고 촘촘하게 짠 페르시아 양탄자 같은 부드러운 색감을 가졌는데 우리 헝가리의 붉은색은 회갈색으로 바래 있었고, 잘츠부르크는 마른 밀짚 색, 크로아티아는 연분홍색이었다. 보헤미아는 다른 나라들처럼 황갈색 점으로 얼룩덜룩했다. 남쪽 달마티아의 허물어지는 해안[48]은 내 생각에 스펙트럼 바이올렛이라는 색깔이었다.

"물론 그렇긴 하죠." 이렇게 말하는 그녀야말로 댄디농에 속하지 않았다.

저쪽에는 이슬이 반짝이는 짙은 음모 밑에 접혀 있는, 실크처럼 매끈한 그녀의 멋진 다리가 있었고, 이쪽에는 어린 시절 내 상상력의 놀라운 원천이었던, 다양한 민족 — 게르만족, 마자르족,[49] 세파르디,[50] 집시, 무슬림 — 으로 이루어진 이 모

---

48) 크로아티아의 남부 지방인 달마티아는 아드리아해에 면해 있는데 해안선과 평행한 산맥이 해저로 가라앉으면서 형성된 이 지역의 특징적 형태를 달마티아식 해안이라고 부른다.
49) 헝가리 국민의 대다수를 차지하는 민족.
50) 에스파냐와 포르투갈 지역에 사는 유대인.

든 나라들이 있었다. 할머니는 베네치아 귀족이었던 우리 선조가 오스트리아 빈의 제국 의회에 자문으로 불려 갔다고 내게 말했다. 그가 그곳에서 무엇을 했고 결국 어떻게 되었는지 우리는 영원히 알 수 없겠지만 그는 내가 호기심에서 내 "이탈리아적인 발가락"을 쫙 벌렸던 이유이자, 비록 내 머리카락은 목사 아버지처럼 금발이어도 피부는 오스트레일리아의 햇볕에 "지중해 연안에서 나는 베리 같은 갈색"으로 탄 이유이기도 했다.

마찬가지로 클로버의 피부는 올리브색이었지만 그녀는 자기가 어디에서 왔는지 모른다고 내게 말했다. 그녀는 자신의 할아버지가 윌리엄 워즈워스의 시, 아마 「트라우트벡[51]」에 나온다고 생각하고는 미친 듯이 워즈워스의 시를 읽었지만 문제의 시도, 소년도 찾지 못했다. 그녀의 할머니는 보[52] 출신의 "진짜 코크니[53]"였지만 출생증명서에 적혀 있던 주소는 2차 세계 대전 때 폭격으로 먼지가 되어 사라졌다. 올리브색 피부를 가진 스코틀랜드인과 아일랜드인도 있을 거예요, 그녀는 추측했다. 그녀의 증조할머니는 에이먼 데벌레라[54]가 영국 왕세자 앞에서 모자를 벗지 않았다는 이유로 싫어했다. 그녀의 가족사는 확고한 기반암 없이 반짝이는 조약돌만 모아 놓

---

51) 영국 레이크 지방의 지명. 워즈워스가 레이크 지방에 관한 시를 많이 썼다.
52) 런던 이스트 엔드의 지명.
53) 런던 이스트 엔드 출신의 노동자 계급.
54) Éamon de Valera(1882~1975). 아일랜드의 정치인. 훗날 대통령을 역임했다.

은 것처럼 뒤죽박죽이었다. "우리는 아무것도 몰라요. 그게 *레타 오스트랄리앙*[55])이죠." 그녀가 말했다. "그 빨간 머리 아이를 생각해 봐요. 그 애가 자기가 태어나게 된 경위에 대해 뭘 알 수 있겠어요?"

나는 그녀에게, 아이의 아버지는 왕립 멜버른 병원의 미국인 간호사이고 우리 부부의 친구였다고 말했다. 좋은 간호사지, 라고 나는 생각했다. 좋은 친구, 라고 생각했었는데.

"그리고 당신 아내와 잤죠." 그녀가 말했다.

하느님 맙소사, 내가 어떻게 저 잔인함으로부터 나를 보호할 수 있겠는가?

"그자를 죽여 버렸어야 했어요." 그녀가 내 발가락으로 장난을 치면서, 지도를 구기면서 말했다. "우리 조상이 어떤 살인자였을지 누가 알겠어요?"

내가 이 말에 혐오감을 느꼈을 것 같겠지만 도리어 이 가상의 살인은 열정의 표현, 지지와 사랑의 표현, 갈 곳 잃었던 욕망의 부활이었고, 하느님, 아무럼 어떤가, 그녀는 나의 섹스에서 가늘고 축축한 실을 뽑아냈고, 고양이의 가죽을 벗기는 방법은 하나가 아니었으며, 우리 집 벽이 얇았음에도 나는 그녀가 코 먹는 소리를 내든, 하느님을 향해 소리치든 개의치 않았다.

마침내 우리가 바닥에서 일어났을 때 신성 로마 제국은 갈기갈기 찢어져 있었지만 어쨌거나 그 순간만큼은 나는 정말로 개의치 않았다.

---

55) 프랑스어로 '오스트레일리아라는 나라'.

16

남편이 "볼일 좀 보러" 나간다고 했을 때 나는 어떤 식으로든 레넥스 테스트와 상관된 일이겠거니 했다. 내가 그렇게까지 말했는데, 자기가 그렇게까지 말한 뒤에, 그가 다시 한번 시도해 보려고 포드에 갈 거라는 생각은 꿈에도 안 했다. 하지만 사실은 예상 가능한 일이긴 했다. 자기 아버지를 대할 때도, 그렇게 당하고도 또 당하러 돌아가곤 했으니까.

때는 아침이었다. 이디스는 모든 아이를 보라색으로 칠한 그림을 제출하는 문제로 갈등 중이었다. 보라색을 입는 사람은 없어, 선생님은 말했다. 이디스의 말에 따르면 늙고 괴팍한 선생님이라고 했다. 그리고 이디스는 이디스였다. 그 애는 바버라 래드퍼드의 스웨터에 보라색 줄무늬가 있다는 점을 '지적했다'. 선생님은 바버라 래드퍼드의 얼굴이 보라색은 아니라고 말했다. 이디스는 학교에 가고 싶지 않았다.

로니는 쿵쾅거리며 집 안을 돌아다니고 있었다. 그 애의 말버릇처럼 "둥글게 둥글게". 진짜 장화를 처음 가져 본 터라 좋아서 미칠 지경이 돼서는 밖으로 뛰어나가 웅덩이의 얼음을 발로 깨더니 카펫에 진흙 발자국을 찍으며 걸어 다니고 있었다.

나는 아이들의 손을 잡고 학교에 데려다줬다. 그리고 장거리 전화를 걸 생각으로, 던스턴이 티치에게 무슨 말을 했고 티치가 그에게 무슨 말을 했는지 알아낼 심산으로 돌아왔다.

그런데 집에 도착해 보니 옆집에 닭 학살이 일어나 있었다. 죽어서 축 늘어진 커다랗고 하얀 꽃들, 먼지떨이 더미들, 그리고 그의 텃밭에서 일어난 이 갑작스러운 죽음 한가운데에 배커스마시 색깔 비니를 쓴 박후버 씨가 죽은 동물을 품에 안은 채 서 있었다.

"우리가 날개깃을 잘랐거든요." 그가 말했다.

날지 못하게 된 첫날 아침에 닭들은 옆집 코커스패니얼의 방문을 받았다. 지금은 이 일이 내 잘못이었다고 생각하지 않지만 그때는 내 잘못이라고 느꼈다. 그에게 "우리"가 누구냐고 묻지는 않았다.

한편 티치는 시속 150킬로미터로 새로운 모욕을 향해 달려가고 있었다.

나는 집에서 던스턴과 통화하느라 바빴다. 왜 레넥스 테스트 참가에 찬성했냐고 물었다. 티치에게도 뭔가 희망이 필요하잖아요, 던스턴이 말했다. 홀든 대리점으로 충분하지 않나요? 내가 물었다. 그가 웃었다.

절롱에서는 거물들이 내 남편에게, 약속도 없이 또 어쩐 일이냐고 물었다.

"나는 자본금이 있어요." 그가 말했다.

"그거 잘됐네요."

"그리고 레덱스 테스트에서 우승할 거예요."

"그래요, 하지만 우리는 이미 대리점을 정했고 계약서에 서명도 마쳤어요."

"취소해요."

"티치……."

"나만큼 팔 수 있는 사람은 아무도 없어요."

세일즈맨들은 왜 — 그들이 그에게 물었다. — 항상 자기가 우주의 중심이라고 생각할까요? 사실은 그렇지 않은데 말이에요. 포드 모터 컴퍼니는, 그들의 표현에 따르면, 사업 감각이 있고 거기에 추가로 상당한 자본금과 마케팅 노하우와 홍보 능력과 부동산 관련 경험이 있는 배커스마시 딜러를 원했다. 세일즈맨은 발에 차일 정도로 많았다.

나는 기분 나쁘지 않았어, 티치는 그렇게 말했다. 예전에도 전문가들에게 모욕당했던 적이 있었기 때문이다. 대리점이 불가능하다면 가능하게 만들면 됐다. 그는 분명 자신이 가진 힘이 예전만큼 가치 있지 않다는 사실을 모른 채 고래고래 소리치며 그들을 짜증 나게 했을 것이다.

"기회를 줘요." 그가 말했다. "나는 자본금이 있어요."

솔직히 말하면 그의 자본금은 충분치 않았다. 게다가 봅스 모터스라는 이름과 관련하여 혼란의 여지가 있다는 사실은 아마 그들에게서 듣는 편이 나았을 것이다.

"무슨 혼란이요?"

"당신 아버지가 멜턴 외곽에 개업을 했거든요."

"그럴 리 없어요."

"했다니까요."

"뭘 개업했는데요?"

"자동차 판매점이요."

입이 벌어진 그의 모습이 눈앞에 보이는 듯하다. 불쌍한 남편. "그게 어쨌는데요?"

"브랜딩이죠." 그들이 말했다. 설명이 필요한 신조어였다. "봅스 모터스가 두 개면 안 돼요. 있어선 안 된다고요. 거기 가 보면 무슨 뜻인지 알 겁니다."

물론 댄이 멜버른 길에 중고차 가게를 개업했다는 사실은 중요치 않았다. 하지만 내 남편에게는 중요했다. 사실 그는 숨이 막혔다.

"유감이에요, 티치."

그는 내가 있는 집으로 돌아왔어야 했다. 그러나 그는 그러는 대신 자신의 고문자와 대화하기 위해 쌩하고 출발했다. 43분 후, 그는 형광 주황색으로 포드는 봅스에게라고 쓰여 있는, 리프트가 한 개 있는 카센터를 발견했다.

물론 댄에게는 포드 판매권이 없었다. 가졌던 적도 없고 영원히 불가능했다. 그는 차도 한 대밖에 없고 그 앞 유리에 하얀 페인트로 계약금을 적어 놓은, 형편없는 중고차 딜러였다.

"나한테 왜 이러는 거예요?" 티치가 물었다.

대답은 이랬다. 그 후레자식도 자기가 자기를 컨트롤할 수 없다는 거였다. 그는 잘 차려입은 아들을 뒷마당으로 데려가서, 자동차 배터리를 넣어 두는 헛간 옆에 있는, 달리 쓰레기장에서 구조해 온 프로펠러를 보여 줬다.

"배은망덕한 놈." 그가 말했다.

17

그렇다, 나는 감정적이었다. 그러나 봅시 부인이 추측하는 이유에서는 아니었다. 내가 어떻게 그녀에게, 닭 무덤을 파는 동안에도 행복했다고 말할 수 있었겠는가? 나는 사랑받았고 사랑했다. 내 평생 원했던 것은 오직 그뿐이라는 사실, 그것이 누구에게도 말할 수 없었던 부도덕한 진실이었다. 나는 삽을 땅속 깊숙이 박아 내 감자들을 산산조각 내면서도 내내 클로버를, 속눈썹 뒤에서도 환히 빛나는 그 미동도 없는 눈을 생각했다. 테니스 치는 사람다운 그녀의 늘씬한 다리가 나를 더욱 깊이 끌어당겼다.

나는 집 옆벽에 삽을 기대 세웠다. 손을 씻었다. 마룻바닥을 솔로 박박 문지르고 침대를 정리했다. 앞 베란다를 걸레로 닦고 양육비 청구 서류를 불태웠다. "빅토리아주 교육부" 마

크가 있는 봉투만 남겨 뒀다. 그리고 그것을, 라디오 녹음에
가기 위해 옷을 입으면서 읽었다.

"수신인 박후버. 어쩌구저쩌구 어쩌구저쩌구. 심의 대상자가
징계 위원회 개최일에 불출석하였기에 본 위원회는 심의 대
상자에게 해당 사건 발생일부터 무급 정직 처분을 내리지 않
을 수 없다. 심의 대상자가 본 징계에 불복할 시에는 1953년
12월 10일에 분리 변론을 수행할 수 있다."

분리 변론이 뭐지? 상관없었다. 나는 그저 클로버에게로,
스튜디오로 돌아가고 싶을 뿐이었다.

그날 우리가 얼마나 대단한 퀴즈 쇼를 녹음했던지. 그것은
사실 재스민꽃과 오렌지꽃의 밭을 떠다니는 춤이었다. 그날도
분명 디지가 노란 카드를 담당했겠지만 나는 그의 존재를 거
의 알아차리지 못했다. 몇 분을 남기고서야 비로소 그의 매서
운 눈길을 알아차렸다. 내내 저렇게 쳐다보고 있었던 건가? 아
마도. 그러나 특이한 과거의 소유자이자 커다란 손가락에 굵
은 반지를 주렁주렁 낀 이상한 사내인 그를 내가 진심으로 '이
해'하려 해 본 적은 없었다. 꼬마 디지가 테이프를 되감기 시
작하자 디지는 나와 함께 차를 마시러 갔다. 말인즉슨, 그가
두 손가락으로 내 재킷 소매를 잡고는 얼굴을 찌푸린 클로버
에게 작별 인사도 없이 나를 잡아끌며 계단을 내려가서 콜린
스가(街)를 성큼성큼, 느리지도 않은 속도로 지나 스프링가
를 따라 올라가서는 윈저 호텔의 거대한 문을 통과했다는 것
이다.

웨이트리스가 디지에게 스콘과 클로티드 크림[56]을 드시겠

냐고 물었다.

"스콘은 됐어요." 그가 말했다. "차만 주세요."

"손님은요?"

"이 친구도 차 마실 거예요." 디지는 이렇게 말한 뒤 웨이트 리스가 가기 전까지 자기 콧수염을 질겅질겅 씹어 댔다. "클로 버랑 떡 쳤나?" 그가 물었다.

"뭐라고요?"

"떡 쳤다, 섹스했다, 따먹었다. 그 여자랑 잤냐고." 그가 커다란 이를 드러내며 맹렬하게 고개를 끄덕였다. "잤지, 안 그래?"

나는 생각했다. 당신이 무슨 권리로 나한테 그 따위로 말하는 건데?

"세상에 맙소사." 그가 말했다. "자네들처럼 떡 친 티를 내는 사람들은 처음 보네. 클로버는 열의를 잃었어. 자네도 마찬가지고. 내가 광고주였으면 예산을 다른 데로 돌렸을 거야. 제기랄, 윌리. 공사를 뒤섞지 말게. 지금은 안 돼."

나는 생각했다. 나는 당신 개가 아니야.

"이건 시합이어야 해." 그가 쓰읍 하고 숨을 들이쉬었다. "우리는 문제를 미리 가르쳐 주지 않아. 그게 핵심이지. 자네들 둘 다 다음에 무슨 일이 일어날지 모른다고. 자네는 클로버를 뭉개 버리고 싶어, 잊었나? 클로버는 자네를 죽여 버리고 싶고. 그게 핵심이야. 그래서 클로버를 기용한 거란 말일세."

---

56) 우유를 저온 살균 없이 아주 낮은 온도에서 가열해 만든 크림. 주로 스콘에 발라 먹는다.

솔직히 나는 그가 돌아 버렸다고 생각했다. 그가 얇은 담뱃 갑을 거대한 양손으로 감싸 쥔 탓에 필터 없는 담배 개비가 바스라져서 윈저 호텔의 하얀 테이블보 위로 담배 가루가 새 어 나오고 있었다.

"뭘 보고 있나? 이거?" 그가 엄지와 검지로 담뱃갑을 집어 들어 보였다. "이게 뭔가?"

"필립 모리스 담배요."

"이 회사 광고 카피 아나?" 그가 물었다. 눈동자가 지나치게 반짝였다.

"'애연가의 기침 외에는 잃을 게 없다.'[57]요?"

"그래." 그가 과장스럽게 눈썹을 치켜올리며 나를 응시했다. "전국 방송 퀴즈 쇼 「잃을 게 없다」에 대해서 어떻게 생각하 나?"

"필립 모리스가 계약한대요?"

"계약 성사가 코앞이야. 「잃을 게 없다」, 필립 모리스 제공으 로 보내 드립니다. 오늘 쇼는 다시 녹음할 걸세. 이런 알콩달 콩 사랑 놀음을 그들에게 들려줄 순 없어."

"그럼 진짜 상금도 있나요?"

"진짜 수표. 자네가 은행에 입금할 수 있는 진짜 돈이지. 재 녹음은 수요일이야. 알겠나? 자네는 클로버를 죽이고 싶은 거

---

57) 이 브랜드가 다른 브랜드들보다 건강에 덜 나쁘기 때문에 '당신이 피우 는 담배를 이 제품으로 바꿨을 때 잃을 것은 애연가 특유의 기침뿐'이라는 뜻이다.

라고. *콩프러네 부?*[58] 일자리를 원해?"

"네."라고 대답했지만 솔직히 더 이상 확신이 서지 않았다.

"그럼 이만 꺼지게."

나는 생각했다. 탐욕에 찌든 불쌍한 괴물 같으니.

스프링가는 보슬비가 내리고 추웠지만 거기에 내 사랑, 새빨간 외투 차림으로 어둑한 출입구에 몸을 숨긴 그녀가 있었다.

"기다리고 있었네요."

"당연하죠."

나는 생각했다. 디지가 뭐라고 했는지 클로버가 궁금해할 텐데. 하지만 그녀가 아무것도 묻지 않자 나는 안도했다. 그녀의 코는 차가웠고 입은 따뜻했으며 우리는 15번 전차에 2페니씩을 지불하고 곧, 몇 분 뒤, 퀸스 길에 위치한 아파트 건물에 들어섰다. 어쩌면 당신도 이런 유의 건물을 알지도 모르겠다. 항상 정원 한가운데에 가늘고 긴 통로가 나 있고 그 길 중간중간에 새하얀 조각상과 인공적인 모양으로 다듬은 우울한 나무가 있는, 예전의 내게는 그토록 무의미하고 멋없어 보였던 '에스파냐 스타일' 건물 말이다. 우리는 누가 봐도 남매처럼 순결하게 그곳으로 들어갔다.

그리고 문이 닫히고 잠겼다. 나머지는 아무래도 상관없었다. 나중에 클로버가 닭 날개깃을 자르고 나니 좋으냐고 물었을 때 나는 학살에 대해 아무 말도 하지 않았다. 그리고 그녀

---

58) 프랑스어로 "알겠나?".

에게 사랑한다 말하고 그 사실을 다시 한번 증명했다. 우리가 재스민과 머스크 향을 가득 머금은 시트에 누워 있는 동안 그녀의 머리카락은 내 가슴 위에서 돌돌 말려 있었다. 그녀가 내 코에 입을 맞추고는 애덜리나가 프러랜에 산다는 사실을 알아냈다고 했다. 애덜리나를 봤어요, 그녀가 말했다. 당신 아들도요.

다른 남자였다면 놀랐을지도 모르지만 나는 질투의 신봉자였다.

"전화번호부에 있더라고요. 당신의 빨간 머리 소년도요." 그녀가 말했다. "아, 불쌍한 윌리."

이렇게 그녀가 암호로 이야기했기에 나는 이제 그녀를 완전히 믿을 수 있었다. 그녀는 이제 확실히 내 진짜 과거를 알았고 자신이 내 비참한 과거를 받아들였음을 보여 줬다. 나는 향기로운 침대에 누워 졸면서 저게 내 거라는 자부심과 허영심을 느끼며, 자그마한 부엌에서 왔다 갔다 하는 그녀의 날씬하고 탄력 있는 몸을 바라봤다. 내게 버섯 토스트를 가져온 그녀에게 키스했을 때 느낀 흙 맛과 버터 맛은 너무 낯선 동시에 너무 익숙했다.

내가 왜 그녀를 죽이고 싶겠는가? 차라리 퀴즈 쇼에서 지고 말지.

우리는 버섯에서 스파클링 라인골드 와인으로 넘어갔다. 취중 진담까지는, 어이쿠, 겨우 반 잔밖에 필요하지 않았다. 우리는 저금에 대해, 이탈리아에서의 생활비에 대해 이야기했다. 나는 열기구에서 밸러스트[59]를 하나씩 떨어뜨리면서 조금씩 위로 올라가다가 결국에는 자기가 원하는 건 뭐든 될 수 있을지도 모르는 10대 소년으로 되돌아가고 말았다.

나는 그녀에게, 우리한테 광고주가 생겼다고 말했다. 어째선지 그녀는 이미 알고 있었다. 매주 주말을 함께 보내기로 하고 배커스마시로 돌아왔지만 내게 시간을 어떻게 보내라고 말해줄 사람은 없었다. 더 이상 교육부가 내게 어떤 지배력도 행사할 수 없음에도, 갑자기 일자리를 잃은 많은 남자들이 그렇듯, 나는 빈둥댈 수 없었다.

이제 나는 매일 정오 직후에 멜버른에 도착해서 서배스천 래스키가 점심 먹으러 가고 없을 때 빅토리아 주립 도서관에 들어갔다. 말인즉 내가 아직 지도 담당 사서와 대면하거나 설명 불가능한 내 직업을 정당화할 생각이 없었다는 뜻이다. 래스키는 절대 접수대에 있지 않고 리틀론즈데일가(街)가 내려다보이는 자기 사무실에 있었으므로 나는 원주민들의 땅을 끔찍한 패치워크처럼 조각낸 시골 부동산 지도를 요청할 수 있었다. 그리고 여기, 노먼 G. 피블스가 설계한 멋진 돔 밑에서, 딘사이드와 록뱅크의 유명 부동산들의 좌표를 평화롭게 옮겨 적었다. 물론 그것은 살육의 지도였지만 달리 내가 무얼 하겠는가?

배커스마시에서는 벽 하나를 가득 채웠던 책을 다 치우고 석고 보드에 미농지를 압정으로 고정했다. 식당은 갈 곳 잃은 책들의 투하지, 미래의 존재를 허락하는 폐허가 되었다.

---

59) 무게 중심을 잡기 위해 열기구 밖에 매다는 주머니.

우리는 재녹음을 했다. 얼마나 대단한 쇼였던지. 클로버가 나를 공격하자 디지는 흥분해서 제정신이 아니었다. 그는 경매사이자, 교향악단 지휘자이자, 망토를 두르고 활보하는 악당이었다. 그가 약속했던 대로 우리는 진짜 계약서에 사인을 했다. 서명을 마치고 클로버가 첫 광고를 녹음하는 동안 나는 조정실에 앉아 있었다. "애연가의 기침 외에는 잃을 게 없어요." 아, 그녀의 목소리는 광고에 안성맞춤이었다. 내가 클로버랑 자는 사이냐고? 암, 자다마다.

이제 우리는 진짜 상금이 걸린 쇼를 했다. 수표도 모두 결제되었다. 주말은 달콤한 발기 상태로 보냈고, 평일 오후에는 도서관에 있거나 코로로이트천에 갔다. 처음에는 어쩔 줄 모르던 ICI 공장의 수위들도 이제는 상부의 허가를 받아서 원주민들이 카누를 만들 때 껍질을 사용했을 것으로 추정되는 나무로 나를 안내했다.

내 행복에 너무 취해서 봅시 가족을 거의 보지 못한 탓에 봅시 부인이 찾아왔을 때에야 비로소 그들의 모험에 대해 알게 되었다.

"으흠 으흠." 그녀가 내 부엌문을 두드리면서 헛기침을 했다. 「잃을 게 없다」, 라디오에 당신 나오는 거 들었어요, 그녀가 말했다. 그들은 유명인과 아는 사이라는 사실을 대단히 자랑스러워했다.

그녀의 흥분은 내 성공만의 산물은 아니었다. 그녀와 남편이 이제 홀든 딜러가 됐, 아니, 거의 됐기 때문이었다. 그들은 무모한 레덱스 테스트의 영웅이 될 계획이었다. 상상해 보라.

뉴스릴 카메라와 사진 기자들이 뒤따라오는 가운데 대륙을 일주하는 것을.

내가 레넥스에 무지하다고 고백하자 그녀는 기꺼이 내게 가르쳐 줬다. 이를테면 포드, 홀든, 플리머스 같은 양산차들이 황소와 캥거루를 상대로 무장한 검투사로 분한다는 것이었다. 그들은 갓 뽑은 새 차를 캐스트럴 오일, SPC 베어링스, 루커스 배터리의 흉한 광고로 도배하고 한쪽 옆면을 따라 봅스 모터스라고 쓸 예정이었다. 그녀는 변호사를 만나러 가야 했다. 으흠 으흠, 그녀가 헛기침을 했다. 그럼 나중에 봐요.

나는 공책을 챙겨 자전거를 타고 코로로이트천으로 출발했다.

그리고 고속 도로를 나아갈 때 등 뒤에서 순풍이 불어오자 그 상징성에 온전히 몸을 맡겼다. 그렇게 15킬로미터 이상을 날아가다시피 하다가 엑스퍼드 근처의 길쭉한 평원에서, 생뚱맞은 이국의 선인장이 자라는 양 방목장 한구석에서 내 빌어먹을 타이어에 펑크가 났고 나는 넘어지면서 무릎이 까졌다. 하지만 심지어 그때도 운이 좋았다. 마치 내 도착을 위해 새로 단장한 것처럼 보이는 카센터 바로 맞은편에서 넘어졌기 때문이다. 칼텍스 주유기 딱 한 개, 투톤 포드 커스텀라인 한 대, 강렬한 노란색 페인트가 사방에 흩뿌려진 콘크리트 앞마당이 눈에 들어왔다. 포드 앞 유리에는 대담한 흰색 페인트로 신나게 갈겨쓴 문구가 있었다. *계약금 대폭 할인 가능.*

내가 다가가자 한 노인이 둥근 머리 망치를 들고 사무실에서 나왔다. 발에는 기름 얼룩이 심한 작업화를 신었고 위는 연회색 정비복으로 위장한 모습이었다. 성긴 백발이 바람에 뒤로 날리자 내가 아는 유명 비행사임을 알아볼 수 있었다.

"지미, 자네군." 그가 말했다. 모퉁이를 도는 그를 내가 따라가지 않았더니 그가 뒤돌아보며 말했다. "부축이 필요한가?"

그리하여 나는 아까는 보이지 않았던 것을 보게 됐다. 형광색으로 칠한 동쪽 벽에 사람 키보다 큰 빨간 글씨로 봅스 모터스라고 적혀 있었던 것이다. 그곳에는 수도꼭지와 호스, 바람 새는 곳을 찾을 때 사용하는 커다란 강철 수조, 공기 압축기, 배터리 창고, 그리고 거기에 기대 세워 둔, 봅시 부인이 그토록 잔인하게 절단한 프로펠러가 있었다.

"이리 오게, 지미. 이걸 잡게."

내 자전거 앞바퀴는 이미 떼어 낸 후였다. 타이어를 분리하는 것도 그만큼 빨랐다. 그는 에어 호스를 가져오라고 하더니 튜브를 부풀렸고 끙 소리와 함께 무릎을 꿇으며 물속에 담갔다. 서풍이 흙먼지로 우리 얼굴을 때리는 동안 우리는 구멍에서 기포가 나오는 것을 지켜봤다. 그의 심각한 표정을 보면서 나는 북풍의 신 보레아스, 부풀어 오른 망토를 두르고 다니는, 때때로 흉폭한 노인을 떠올렸다. 보레아스의 경우에는 발 대신 뱀이 달려 있었다고 한다.

"자, 여기 있네." 그가 말했다. "수리 도구는 가지고 다니지?"

"죄송합니다."

그가 나를 비난하진 않았지만 그가 배터리 창고 안으로 사라졌을 때 신랄하게 비난당하는 느낌을 받았다. 그는 아무 말 없이 돌아와서 작업에 착수했다. 튜브를 말리고 휘발유로 씻고 구멍 난 곳에 흰색으로 가위표를 한 다음 작고 검은 물체를 그곳에 붙였다. 그리고 내게 성냥갑을 던졌다.

"놀지 말고 그거라도 하게." 그가 말했다.

성냥불을 당겨서 검은 물체에 갖다 댄 나는 그것이 일으킨 대화재에 화들짝 놀랐다. 그것은 마치 불붙은 퓨즈처럼 쉭쉭대고 푸드덕거리며 둥글게 춤을 췄다.

"그게 바로 자전거 펑크 패치라네. 알고 있었나?"

"아뇨."

"지미, 자네 학교 선생님 아니었나?"

"제 이름은 윌리예요."

"자네가 누군진 알아." 그가 말했다. "내가 자네를 잊었을 거라고 생각하는 건가?"

그는 뱀 같은 튜브를 안장에 걸쳐 놨고 우리는 패치가 식는 동안 용암 평야를 건너다보는 거대한 간판을 등지고 서 있었다. 트럭이 지나갈 때마다 짐칸에 씌운 방수포가 폭풍우 속의 돛처럼 시끄럽게 펄럭였지만 시야 일부가 배터리 창고에 가려서 다 보이진 않았고 창고에 기대선 절단된 프로펠러는 계속 불행함을 자아냈다.

물론 그것은 한때는 아름다운 디자인의 물건이었지만 지금은 악의적으로 훼손돼 있었고 그 과정에 나도 한몫했다는 죄책감을 느끼지 않을 수 없었다.

"내 아들은 어떻게 지내나?" 마침내 그가 물었다. 눈곱이 잔뜩 낀 회색 눈이 나를 붙들었다. "그 꼬마 녀석이 그립군."

"잘 지내는 것 같습니다." 내가 말했다.

"녀석이 GM으로 쪼르르 달려갔다고 들었네. 홀든을 팔 거라며."

"행복해 보이던데요."

"그런가? 자네는 홀든을 몰아 본 적이 없지."

"저는 운전을 할 줄 몰라서요. 예, 없습니다."

"그래, 나도 알고 있네. 어제 짐 우돌이라는 친구가 여기 왔었어. 저어기 롱포레스트 길에서부터 온 사내였지. 내가 그 친구한테 물었네. 홀든은 핸들링이 어떤가? (지미, 자네는 아마 모르겠지만 홀든처럼 후미가 가벼운 차는 핸들링이 좀 힘들 수 있다네.) 짐이 이 차는 핸들링이 유독 마음에 안 든다고 하더니 뒤차축 바로 위에 시멘트 더스트[60] 두어 포대를 올려놓더군. 효과가 있는 것 같았어. 그러자 그는 생각했다네. 안 될 거 없지, 라고. 그러고는 차 뒷좌석을 들어내더니 움푹한 곳을 시멘트, 자갈, 물로 채웠다네. 마치 정원에 길을 내는 것처럼 말이야. 시멘트가 완전히 굳자 그는 뒷좌석을 도로 집어넣었네. 식은 죽 먹기였지. 이 얘기를 꼬마 티치에게 전해 줘도 좋네." 위험한 댄이 금방이라도 미소 지으려는 사람처럼 말했다. "녀석이 벌어먹고 살고 싶다면 이 이야기를 GM에 전할 수도 있을걸세. 우돌은 결국 지난주에 포드를 구입했지. 그래서 묻는 건데……" 그가 말했다. "그 녀석은 어떻게 벌어먹고 살 건지 뭐 기똥찬 아이디어라도 있다던가?"

"그런 것 같습니다. 행복해 보이더라고요."

---

60) 시멘트 제조 시에 발생하는 분진을 모은 것.

"행복하다고? '미스 우리잘지내봐요'랑? 내 며느리 옷차림 봤나?"

"무슨 경주에 참가한대요. 엄청 흥분했더라고요."

"무슨 경주 말인가? 설마 레덱스는 아니겠지."

"그건 것 같아요."

"코미디가 따로 없군." 댄이 담배를 땅바닥에 비벼 껐다. "그럴 돈이 없을 텐데?"

"제가 잘못 알았는지도 몰라요."

"홀든으로 참가한다던가?"

"그런 것 같아요."

"그런 것 같다고?"

"거의 확실해요, 네."

댄이 말없이 튜브를 집어 들었다. "그 녀석은 그럴 깜냥이 쥐똥만큼도 없는데." 그가 내 쪽을 쳐다봤지만 나는 아무 말도 하지 않았다. 그가 타이어를 부풀려서 수조 속으로 던졌다.

"자네 혼자 조립할 수 있을 것 같나?"

"타이어 레버 두어 개 빌릴 수 있을까요?"

"빌린다고?" 그가 나를 빤히 쳐다봤다.

"죄송합니다."

"그건 쓰레기야." 그가 정비복 주머니에서 타이어 레버를 꺼내며 말했다. "홀든 FJ 말일세."

"감사합니다, 뵙스 씨."

"GM이 자금 지원을 해 준다던가?"

"모르겠습니다."

"도대체 누구 아이디언가? 누가 내 프로펠러에 이런 짓을 했어? 자네는 처음 봤을 때 저게 어떤 물건인지 알았지. 가치를 알았어. 그랬다는 걸 알고 있네. 그러니 말해 보게, 지미. 아비가 어떤 기분일지 상상이 가나? 그 녀석은 내가 키웠다네. 어미 얘기는 꺼내지도 마. 얼마나 힘들었는지 묻지 말라고. 그렇게 수십 년을 희생했는데 은혜를 원수로 갚아도 유분수지. 내가 프로펠러를 여기 두는 이유는 내가 어떤 수모를 참고 견디는지 모두가 볼 수 있게 하기 위해서라네. 사람들은 충격받았어. 티치를 잘 안다고 생각했던 사람들, 티치가 괜찮은 녀석이라고 생각했던 사람들에게 이걸 보여 줬거든. 어디 잘해 보라지."라고 댄이 말했고 나는 마지막 말이 봅시 부부에 대한 것임을 깨달았다. "애가 둘이나 있는데 어떻게 레렉스 테스트에 참가한다는 건가? 설마 미스 우리잘지내봐요가 집에 남는 건 아니지?"

"모르겠습니다."

"자, 그 망할 바퀴 이리 줘 보게."

나는 생각했다. 왜 갑자기 모든 사람들이 나한테 이 따위로 말하는 거지?

그는 튜브를 바퀴에 끼운 다음 에어 호스로 공기압을 적절하게 맞췄다.

"잘 들어 보게. 저 소리 들리나? 저게 공기 압축기라네. 사람들은 '공짜 공기'라고 부르지." 그가 불쾌한 투로 말했다. "사람들이 여기 와. 휘발유를 살 생각은 없어. 공짜 공기 좀 쓸 수 있을까요? 저 압축기 소리 좀 들어 보게. 저게 공짜처럼 들리나?"

지랄하고 자빠졌네, 나는 생각했다. 하지만 미소를 지으며 이렇게 말했다. "얼마 드리면 될까요, 봅스 씨?"

"나는 포드 딜러일세." 그가 말했다. 사실은 아니었지만.

"네."

"다음에 또 오게." 그가 말했다. "친구들한테 소문 좀 내 줘."

나는 억지로 그와 악수한 뒤에 원래 목적지를 향해 출발했다. 돌풍에 등 떠밀려 날아가고 있었지만 멀리 가면 갈수록 이 은혜가 집에 돌아갈 때는 형벌로 변할 거라는 사실이 자꾸 떠올랐다. 방향을 돌려 다시 한번 봅스 모터스 앞을 지나갔다. 고개를 푹 숙이고, 엉덩이는 높이 들고, 다리는 이미 고통스러웠다. 거기, 칼텍스 주유기 옆에 겨울을 가져오는 자, 망토를 펄럭이며 모든 것을 집어삼키는 자 보레아스가 있었다. 저 힘에 맞서 분연히 일어나다니 티치는 정말이지 기적이라고 나는 생각했다.

18

매주 금요일 티타임마다 우리 봅스 가족은 라디오 주위에 모여 앉아 퀴즈 쇼를 들으면서 치즈토스트를 먹고, 멍청한 중등학교가 유명인인 우리 이웃을 해고했다는 사실을 기분 좋게 **성토하곤** 했다. 로니의 말에 따르면 그는 "쩐재"였다. 하지만 그가 사는 모습에서 그 사실을 짐작한 사람이 누가 있었겠는가? 비막이 판자로 지은 그의 좁다란 집은 자살하고 싶을 만큼 우울했다. 지붕은 녹슬고 페인트는 벗겨졌다. 도로에서 건너다봐도 유명세의 흔적은 보이지 않았고, 본인을 직접 만나봐도 자전거 체인에 바지가 걸릴까 봐 구식 자전거 바지 클립을 차고 다니는 독신남일 뿐이었다. 생협에서 버터를 사거나, 맬번 스타 자전거를 밀고 젤가의 언덕을 올라가거나, 가축 경매장에서 모은 분뇨를 가득 실은 외바퀴차를 몰고 가는 모습을 쉽게 볼 수 있었다. 가슴과 어깨 근육이 너무 발달해서, 반바지 밑으로 소년처럼 가는 다리가 보였음에도 불구하고, 평상복 차림이었다면 벽돌공으로 보였을 것이다. 그러나 티치가 수고스럽게 그의 우승 횟수를 다 더해 본 결과, 우리의 이웃은 부자임에 틀림없었다.

그가 주말을 우리와 떨어져서 "약혼녀"라는 여자와 멜버른에서 보내기 시작하자 나는 내심 서운했다. 그녀는 누굴까? 밥 디지가 ("너희 둘, 그만 좀 해!"라고) 말하는 것을 듣고 우리는 약혼녀가 클로버데일 양일 거라고 추측했다.

박후버가 우리 이웃이긴 했지만 라디오에 나오는 모습이 더 익숙했고 「잃을 게 없다」는 우리의 가족 오락이자 교육 수단이었다. 그것은 우리가 사전을 돈 주고 산 이유이자 서로 갖겠다고 싸운 이유이기도 했다.

"로니가 사전 안 줘, 엄마. '고양이' 철자도 모르면서." 기타 등등.

티치 정도의 교육밖에 안 받은 사람이 "그건 저 사람 불찰이지."라는 말을 할 수 있는 이유가 궁금하다면 그것은 티치가 그 사전을 가지고 공부했기 때문이다. '편재(遍在)'도 거기서 배운 단어였다. 티치가 잠자리에까지 사전을 가져온 탓에 그것이 손에서 미끄러져 쾅 하고 바닥에 떨어지는 소리에 내가 잠에서 깬 적도 많았다.

그럼에도 불구하고 나는 사전을 사랑했고 퀴즈 쇼의 남녀 대결 구도에 *매혹*되었다. 디지는 확실히 박후버를 편애했다. 박후버는 왕이었다. 나는 그가 왕관을 잃었으면 하는 사람들 중 한 명은 절대 아니었지만 — 경쟁은 경쟁이지. — 미스 꿀성대가 한 번만 이기기를 간절히 바랐다. 밥 디지가 그녀를 조롱했다고까지 말하진 않겠지만 그녀의 라이벌에게서 뭔가를 — 박후버가 좋은 사람임에도 불구하고 — 이기는 것이 그의 당연한 권리라는 듯한 뭔가를 확실히 끌어냈다.

당신은 그 약혼녀랑 결혼하는 게 좋겠어, 나는 생각했다. 그녀는 어느 모로 보나 당신만큼 똑똑하니까.

나는 식구들에게 놀림을 당할 정도로 시끄럽게 클로버데일 양을 응원했다. 그녀에게 출제되는 문제가 박후버의 문제보다 어려워지고 있음을 알아차렸을 때도 식구들에게 그 사실을 알렸다. 예를 들면 오스트레일리아에 내해가 있었던 것은 몇 년도입니까? 같은 문제가 그랬다.

클로버데일 양의 답은 뉴기니 쪽에서 온 인간들이 이 땅을 침략하기 전인 6만 년 전이었다. 저 두 사람의 자식은 얼마나 똑똑할까, 나는 생각했다. 하지만 저런. 그녀의 대답은 무시무시한 음향 효과를 낳았다. 천천히 끼익 끼익 소리가 나다가 펑 하고 나무가 쓰러지는 것 같은 소리가 났다.

"엄마?" 이디스가 항의했다. "엄마! 저 사람들이 클로버데일 양 괴롭혀."

"오답이네." 티치가 외쳤다. 나는 티치가 왜 즐거워하는지 이해할 수 없었다.

"왕의 답은 뭔가요?" 디지가 외쳤다.

"정답은 1827년입니다."

밥 디지의 목소리가 너무 행복하게 들려서 얄미웠다. "청취자 여러분은 어떻게 생각하십니까? 정답일까요, 오답일까요? 오스트레일리아에 과연 내해가 있었을까요? 전화 주세요. 전화 주세요. 여러분은 잃을 게 없잖아요."

"전화하자." 이디스가 나에게 애원했다. 하지만 우리는 부자가 아니라서 절대 재미로 장거리 전화를 걸지 않았다. 우리는 빛나는 라디오 다이얼 주위에 모여 50킬로미터 밖에서 울리는 전화벨 소리를 들었다. 대다수가 클로버의 답을 골랐는데 그것이 순전한 무지의 소산이었음을 우리는 알게 되었다.

"왕이 유감스러워하고 있습니다." 디지가 낮고 부드러운 목소리로 말했다. "여러분에게 왕의 지금 표정을 보여 드릴 수 있다면 얼마나 좋을까요. 자기가 정답을 맞혀서, 아름다운 여성을 이겨서 슬퍼하고 있습니다. 500파운드의 상금을 알리는 소리에 씁쓸해하고 있습니다."

그는 박후버로 하여금 우리를 가르치게 했다. 매슬린 지도[61]라는 것이 1827년에 제작되었다. 거기에는 내해가 그려져 있지만 실제 그곳에는 흑인[62]들과 사막밖에 없었다. 내해는 한 번도 존재했던 적이 없다. 그러나 그 미치광이의 지도가 빅토리아 주립 도서관에 소장되어 있으므로 내해는 존재했고 우리 이웃이 정답을 맞힌 것으로 판명 났다. 이런 말도 안 되는 일이.

---

61) 동인도 회사의 관리였던 토머스 J. 매슬린의 저서 『호주의 친구』에 이 지도가 수록되어 있는데 이 책은 실제로는 뉴사우스웨일스 주립 도서관에 있다.
62) 호주 원주민.

그리고 초여름에 벌렁거룩과 매서딘산(山)에서 심각한 화재가 있었다. 하루 종일 사이렌이 울렸고 북쪽에서 뜨거운 바람이 불어왔다. 그 몇 주 동안, 미용실 안에서도 냇내를 맡을 수 있었던 시간 동안, 지역 여론이 우리 이웃에게 불리한 쪽으로 돌아섰다. 새로운 비난이 생협과 우체국에서 자유롭게 오갔다. 박후버는 좋은 친구다. 멋진 경기를 펼쳤다. 그러니 이제는 숙녀가 이기게 해 줘라.

던스턴 씨는 확실히 퀴즈 쇼를 듣지 않았다. 그래서 금요일의 중요성에 대해서도 전혀 몰랐다. 우리 집 저녁 식탁에 자기 자리가 있을 거라고 추측했다. 그가 계획서와 계약서와 현금 흐름 차트와 부품 재고 내역을 가지고 다른 요일에 도착했다면 그랬겠지만 그날은 아니었다. 또 그는 내가 새앙쥐처럼 가만히 앉아서 그의 말을 경청하고, 맥주잔을 채워 주고, 두툼한 콧수염에 묻은 거품을 역겨워하지 않을 거라고 예상했다.

그런데 내가 「잃을 게 없다」 듣게 조용히 좀 하라고 해서 그는 기분이 상했다. 나중에 마침내 라디오로 관심을 돌렸을 때도 그가 알아차린 것은 상금뿐이었다.

"저한테 얘기를 했어야죠." 그가 말했다. "은행 옆집에 살고 있다고."

"저 사람을 이용할 생각은 절대 없어요."

"맞아요." 남편이 말했다.

"저런." 던스턴이 네 마누라 간수 좀 하라는 듯이 티치를 쳐다봤다. "저는 순전히 현금 흐름 관점에서 얘기하는 거예요. 우리가 조금이라도 더 투자를 받는 게 좋으니까요."

우리? 라고 나는 생각했지만 남편은 내 시선을 눈치채지 못했다.

공정하게 말하자면, 던스턴이 우리에게 도움을 주긴 했다. 레덱스 테스트 참가에 필요한 스폰서도 찾아 줬고, 판매권 승인이 정식으로 나기 전에 홀든 FJ의 시제품을 넘겨주기도 했다. 티치는 그 차를 가지고 무려 열일곱 대를 판매하는 신기록을 세웠다. 그래서 고마워요, 던스턴 씨, 라고 해야 할 것 같긴 하나 우리 가족이 이 성공 때문에 잠 못 이룰 정도로 스트레스를 받은 것 또한 사실이었다. 그 시절 우리는 제너럴 모터스까지 65킬로미터를 직접 운전해 가서 차를 가져와야 했다. 그나마 가져올 차가 한 대뿐일 때는 괜찮았다. 임시 번호판을 가지고 내가 티치를 태워다 주면 우리 둘이 각자 한 대씩 몰고 돌아오면 됐다. 그러나 두 대를 가져와야 한다는 건 멜버른까지 기차를 타고 간 다음에 거기서 다시 비싼 택시를 타고 GM까지 가야 함을 뜻했다. 가족 중에 운전자가 한 명 더 있었다면 얼마나 좋았을까.

이것 때문에 우리는 두 번이나 퀴즈 쇼를 못 들었다. 불쌍한 윌리 박후버가 왕좌에서 내려왔을 때 우리는 웨스트멜버른 경기장을 지나 다이넌 길의 삭막한 어둠 속 어딘가에 있었을 것이다. 그 후에도 그 일이 일어났다는 사실조차 알지 못했고 그저 그가 갑자기 뒷마당에서 닭장을 부수더니 거기서 나온 철사와 부러진 목재를 집 앞에 쌓고 있는 것만 봤다. 신문이라도 읽었다면 그에게 무슨 일이 있었는지 알았겠지만 우리에게는 또 우리 나름의 고민이 있었다. 특히 언니가 나 때문에 억지로 절롱 집을 팔아서 거지가 됐다고 주장하는 게 문제였다. 언니는 자기가 이제 바원헤즈의 트레일러에서 살 수밖에 없게 됐다고 했다.

한편 클로버데일 양은 우승자가 됐고 윌리 박후버는 새로운 도전자로 교체되었다. 어떻게 그의 옆집에 살면서 몰랐을까? 그는 상심해 있었다. 그의 인생이 망가졌지만 나의 주된 관심사는 로니가 호두나무에서 떨어져 팔이 부러졌다는 사실이었다. 게다가 이디스는 헤럴드 수영 수강 증명서[63]를 따려고 노력 중이었다.

가끔 새 홀든을 몰고 집으로 돌아오는 도중에 금방 타르를 뿌린 길을 지나야 할 때가 있었는데 새 차의 가치와 이 일이 차체에 어떤 손상을 가져올 수 있는지 이해 못하는 사람에게는 아마 사소한 문제처럼 보일 것이다. 그러나 젖은 타르 위를 지나갈 때 시속 8킬로미터로 기어가도 앤서니스커팅 길을 질주하는 동안 차체 아래쪽에 붙은 작은 역청 조각들이 굳어가는 것을 막을 수는 없었다. 악몽 그 자체였다. 다 같이 팔을 걷어붙이고, 각자 걸레와 유칼립투스 오일을 들고 달려들어야 하는 일이었기에 나는 주저 않고 옆집 천재를 깨웠다. 으흠 으흠, 내가 큰 소리를 냈다. 그것이 박후버에게 얼마나 큰 상처인지도 모르고.

그가 몰락한 모습이었을지언정 나는 알아차리지 못했다.

---

63) 1929년 빅토리아주 정부가 어린이 익사를 방지하고자 《헤럴드》 신문의 후원으로 캠페인을 시작했는데, 초등학생이 25야드(약 23미터)를 헤엄치는 데 성공하면 증명서를 발급해 주는 것이었다.

나는 그에게 줄 걸레와 유칼립투스 오일 병을 들고 있다가 지레짐작으로 이렇게 말했다. 미안해요, 남편이 일당 줄 거예요. 우리는 휠 하우스와 휠 캡과 림과 차 문 밑에 붙은 타르가 굳기 전에 제거해야 했다.

내가 앞 흙받기에서 작업하는 동안 박후버는 차 문을 맡았다.

"제 '으흠!' 일 말인데요." 그가 말했다.

"우리는 당신이 정말 자랑스러워요." 내가 말했다.

"완전히 망했어요, 봅스 부인."

그때 이디스와 로니가 도착했다. 로니는 내가 데리러 가지 않은 탓에 깁스를 한 채로 울고 있었다. 그 애는 아직 혼자 귀가하는 게 허락되지 않아서 이디스와 함께 왔는데 로니가 천주교도들과 가축 경매장과 빨갱이들로 가득 찬 집 앞을 지나가지 않으려 하자 이디스가 빨리 지나가라며 그 애의 멀쩡한 팔을 비틀었기 때문이었다.

나는 아들의 눈물을 닦아 주고, 차를 끓이고, 긴 나눗셈 문제를 푸는 이디스를 도와주려고 했다. 그러고 나서 돌아와 보니 박후버가 잔디밭에 쪼그려 앉은 채 심혈을 기울여서 역청 알갱이를 제거하고 있었다.

"이대로 그 여자한테 진 채로 끝낼 건 아니죠, 박후버 씨."

"다 끝났어요, 봅스 부인."

나는 생각했다. 그래도 약혼녀한테 진 거니까 그리 나쁜 건 아니잖아. "이제 가족 아닌 남한테만 안 뺏기면 되겠네요." 그 순간 그의 표정을 보고 나서야 깨달았다. 맙소사, 나는 생각했다. 인생은 왜 불공평한 걸까? 그를 위로할 사람은 내가 아니었다. 그래서 티치를 끌어들였다.

차를 다 마셨을 무렵 아이들은 깨끗하고 차분하고 행복해져 있었고 통화를 마친 티치가 책을 읽어 주자 둘 다 로니의 작은 침대에서 제 아빠 품에 파고들었다. 우리 이웃은 집에 있었다. 불 켜진 게 보였다. 설거지를 마치고 와 보니 우리 식구들은 굴에 사는 동물처럼 서로 부둥켜안고 깊이 잠들어 있었다. 나는 티치를 깨워서 5파운드와 맥주 한 병을 들려 가지고 이웃집으로 보낸 뒤에 살금살금 밖으로 나가 어둠 속 진입로에 서서 그들의 목소리를 계속 듣고 있었다. 그때 로니가 엄마, 엄마, 엄마 하고 불렀다. 또 자다가 오줌을 싼 것이었다, 불쌍한 내 새끼. 다시 뽀송뽀송해진 로니가 잠들고 나자 나는 빨래 삶는 솥에 불을 때고 여유롭게 로니의 침대보와 잠옷을 빨아서 기계로 짜고 빨랫줄에 넌 다음 이슬 없이 해가 쨍쨍하길 기도했다.

그러고 나서 얼굴에 크림까지 다 바르고 침대에 누워 있을 때 티치가 내 곁에 와서 누웠다.

"정말 멋진 친구야." 티치가 말했다. 그러나 박후버의 상심에 대해서는 여전히 전혀 모르고 있었다.

19

누가 정말로 문을 두드리네! 똑, 똑, 똑! 바알세불[64]의 이름
으로 묻는다, 거기 누구냐? 똑, 똑! 거기, 뒷문에 누구야? "저
예요." 봅시 씨가 외쳤다.

왜 앞문으로 안 왔지?

나의 '우울한 독신남의 부엌'에는 죽은 접시들과 죽어 가는
접시들, 그리고 구운 양 다리가 쌓여 있었다. 근데 저 푸르뎅
뎅한 색은 뭐지?

똑, 똑. "박후버 씨."

그림자가 보였다. 새구나, 나는 생각했다. 위에서 쏟아져 내
리는 새 공연단이구나. 그러나 아니, 하느님 맙소사, 나를 찾

---

64) 신약 성경에서 사탄을 가리키는 이름.

아온 것은 마법사였다.

"저 혼자예요."

혼자라고? 그것은 작은 무릎 사이에 맥주병을 끼고 오렌지 세 개로 저글링을 하고 있는 놀라운 난쟁이였다.

"봅스 씨." 내가 말했다. "들어오세요."

"장화 신은 고양이입니다."라고 선언한 뒤에 그는 잠시 동작을 멈추고 나에게 오렌지 하나를 건네준 다음 정중하게 현관을 지나 전실로 향했고 거기에서 나의 사적인 지도 앞에 맥주병을 내려놓았다. 이 거리의 끝에서 끝까지 집집마다 모든 창문이 바람 좀 들어오라고 열려 있었지만 우리 집 창문은 꼭꼭 닫혀 있어서 전실이 닭장 안처럼 습했다. 그러나 티치 봅스는 신사라서 코를 씰룩거리지도 않았다. 그는 예전에 집안일 할 시간이 없는 아일랜드 독신남들에게 차를 판 적이 있다고 했다. 즉 자기는 남을 멋대로 재단하는 사람이 아니라는 거였다. 그는 천사 같은 존재로 내게 다가왔다. 레몬색 스웨터를 입어서 얼굴에서는 빛이 났고, 존슨즈 베이비 파우더처럼 뽀송뽀송하고 달콤했다. 방금 면도한 넓적한 뺨, 부드럽고 까만 머리카락, 장난기 가득한 눈. 나는 생각했다. 참 소녀 같네, 뽀얗고 예쁘장한 얼굴이나 내가 나의 실패에 대해 입을 열기 전부터 경청하는 모습이.

"일단 맥주부터 드시고 — 그가 말했다. — 오렌지는 디저트예요."

술을 마시고 나서 후회하지 않았던 적이 없지만 티치 덕에 이미 기분이 좋아진 내가 깨끗한 잔 두 개와 병따개를 찾으러

가자 그는 즉시 지갑을 뒤적거리기 시작했다. 그가 5파운드 지폐를 내밀기에 거절했더니 그가 다시 불가사의한 방식으로 손을 움직인 결과 마치 생일 파티에 간 아이처럼 내 귀 뒤에 5파운드 지폐가 꽂혀 있는 것을 발견했다.

"행운의 지폐라고 쳐요." 그가 말했다. "안 좋은 일이 있었다고 들었어요."

무슨 얘기를 들은 걸까? 뭘 알고 있는 거지? 클로버의 집에 갔더니 어떤 나이 든 여자랑 같이 있었고 그 여자가 내 참치 캐서롤을 먹고 있었다는 거? 아무도 움직이지도, 말을 하지도 않았다. 그 상황을 완전히 이해하는 것은 불가능했지만 그녀가 나를 좋아하지도, 원하지도 않는다는 사실만은 알 수 있었다.

나중에 클로버가 교사가 아니라 점원이었음을 알게 됐지만 당시에 그 사실을 알았더라도 나는 그녀를 똑같이 사랑했을 것이다. 티치가 찾아온 날, 나는 여전히 스위스의 역사학자 야코프 부르크하르트와 그의 저서 『이탈리아 르네상스의 문화』의 잔해 속에서 살고 있었다. 그리고 나의 상상 속 가슴 위에는 그녀의 아름다운 머리의 환영이 놓여 있었다.

나는 시간이 어느 정도 흐른 뒤에야 티치가, 대공황 시대에 노숙자에게 돈을 주기 위해 장작을 패 달라고 부탁하는 상냥한 아이와 다름없는 동기에서 우리 집에 왔음을 깨달았다. 그는 편안한 친구처럼 우리 집 바닥에 다리를 꼬고 앉아 맥주 두 잔을 따랐다. 장화 신은 고양이는 왜 언급한 걸까? 그도 모르는 듯했다. 내가 장화 신은 고양이의 유명한 대사를 인용했지만 알아차린 기색이 없었다. "코스탄티노, 풀 죽지 마세요. 제가 편안한 생활과 일용할 양식을, 당신은 물론이고 제 몫까지 준비할 테니까요."

그러나 그는 분명 원하는 게 있었다. 뭔가 욕망을 가진 사람이 조용할 때처럼 말이 없었기 때문이다. 만약 그가 여자였다면 이유를 의심하지 않았겠지만 그는 여자가 아니었음에도 집에 가고 싶어 하지 않았다. 그러다 마침내 나는 그가 내 미완성 지도를 봤고 그것이 무엇인지 내가 설명해 주길 기다리고 있음을 깨달았다.

내가 내 맥주잔에 손도 대지 않았음을 그도, 자기 잔만 두 번 더 채운 것으로 보아, 봤음이 분명했지만 그러기 전에 나더러 오렌지 좀 먹으라고 종용했다. 그래서 그가 지켜보는 가운데 나는 우리 목사님이 항상 하던 것처럼 나선형 뱀 모양으로 오렌지 껍질을 벗겼다. 특유의 달콤한 향수를 불러일으키는 행동이었다.

"누구나 운이 나쁠 때가 있죠." 그가 말했다. 하지만 정신은 딴 데 팔려 있었다. 그는 나의 후덥지근한 전실을 둘러보고 있었는데 결백한 벽에 흥미로운 표어나 생각이나 인용구가 압정으로 덕지덕지 꽂혀 있어 정신 병원처럼 보였을 것이 틀림없었다. 그중 하나인 광막한 미지의 나라는 소설가 알레산드로 스피나가 자신의 피 흘리는 조국 리비아를 이탈리아인의 관점에서 봤을 때를 표현한 문구였지만 물론 나는 다른 의미로 사용한 것이었다. 티치 봅스가 자신의 잔을 쳐다보지도 않은 채로 다시 채운 다음 고양이처럼 살금살금 내 지도에 다가갔다. 내

지도에는, 평평한 종이에는 일반적으로 표시되지 않는 차원이 포함되었다. 내 말은, 카누 모양 상처가 있는 나무와 폐수 방류가 서로 연관된 방식 같은, 시간의 더께가 포함되었다는 뜻이다. 티치가 열네 살 생일에 학교를 영영 그만뒀다는 사실을 알고 있었으므로 나는 그가 그런 학구적인 주석을 궁금해할 거라고 기대하지 않았다. 그러니 내가 어떻게 그가 지도 속으로 빨려 들어가다시피 해서, 세심하게 그린 디어파크 호텔의 주차장을 가로질러 밸러랫 길을 따라 내려간 다음 디거스레스트와 선버리로 가는 울퉁불퉁한 자갈길을 지나 멜턴 근교의 농장인 키펀로스 — 로빈슨 쌍둥이가 환자를 바꿔치기하는 장난을 치는 바람에 의사가 자신이 지난주에 집도한 맹장수술 흉터를 찾지 못해 당황했던 곳 — 의 진입로를 올라가고 있으리라고 생각했겠는가?

"박후버, 당신은 측량사인가요?"

"아뇨, 그럴 리가요."

그는 마시던 잔을 비우고는 내 벽에 대한 흥미를 잃지 않은 채 잔을 다시 채웠다. "이제 뭘로 먹고살 생각이에요?"

"저금이 좀 있어요."

"부탁 하나 좀 들어줄래요? 이상하게 들리긴 하겠지만. 집에 체중계 있나요?"

"있어요."

"옷 벗고 몸무게 좀 재 줄래요?"

나는 웃었다. 내 앞에 있는 사람이 세일즈맨이라는 사실을 제대로 이해하지 못했기 때문이다. 그래서 잠시 후에 내가 그

앞에 나체로 서 있게 되리라는 것을 믿지 못하는 상태로 티치와 함께 복도를 걸어갔다. 그는 자기 목적에만 철저히 집중해 있어서 내 몸, 성기, 깡마른 다리, 흉터에는 아무런 관심도 없었다. 그가 몽당연필을 꺼내서 내 몸무게를 적었다.

"그러니까 중요한 건……" 그가 먼저 가 있던 전실로 내가 돌아가자 그가 말했다. "중요한 건, 박후버, 우리 셋 몸무게를 합쳐도 남자 둘로 이루어진 팀보다 가벼울 거라는 거예요."

나중에 나는 티치가 사고 과정에서 몇 단계를 건너뛰는 것은 아주 흔한 일임을 알게 될 것이다. 그의 머릿속에서는 이미 내게 내비게이터로서 레덱스에 함께 참가하자고 제안한 상태였다. 그래서 내가 이게 다 무슨 소리냐고 물었을 때 그는 이미 나보다 한 단계 앞서 있었던 것이다.

"휘발유요." 그가 말했다. "연비 면에서 그렇다는 거죠."

내가 이것 때문에 옷을 벗었단 말인가?

"나, 집사람, 당신. 우리 셋이 같이. 드라이버 둘, 내비게이터 하나.[65] 그래도 렉스 데이비슨[66]과 토미 폭스를 합친 것보다 무게가 덜 나갈 거라고요, 알겠어요?"

나도 "우리"에 포함되는 거였나?

"학교에서 당신을 다시 부르지는 않을 거잖아요."

"네."

"당신을 원하는 퀴즈 쇼가 또 있나요?"

---

65) 일반적으로는 조수석에 탄 사람이 보조 운전자와 지도 읽는 역할을 겸한다.
66) Lex Davison(1923~1965). 호주의 전설적인 카레이서.

"아무도 날 원하지 않아요."

"나는 당신을 원해요." 그가 말했다. "우리는 당신을 원해요. 당신이야말로 적임자예요."

맙소사, 나는 생각했다.

"GM에서 차 가져올 때도 당신이 필요할 거예요."

"저는 운전할 줄도 몰라요."

"내가 면허 따게 해 줄게요. 걱정 마요. 중요한 건, 당신이 우리에게 필요한 부문의 전문가라는 거예요. 당신은 지도를 읽을 수 있으니까요."

"아내분도 동의한 거예요?"

지금이 그가 두 번째 병을 꺼내야 할 때였다. "집사람이 들었으면 내 불알을 베이컨이랑 같이 구워 버렸을 거예요. 내 말은, 쉽게 수긍하진 않을 거라는 거죠. 이거 나한테서 들었다고 집사람한테 말하면 절대 안 돼요. 아이린은 지도를 읽을 줄 몰라요. 당신도 여자 운전자[67]라는 말 들어 봤죠?"

들어 봤다.

"사실 운전은 순전히 엉덩이로 하는 건데 집사람 엉덩이는 그 일에 안성맞춤이에요."

내 얼굴이 빨개졌나? 혹시 티치가 눈치챘나?

"운전은 예술과 비슷해요." 그가 말했다. "잘할 수 있는 신체적, 정신적 조건을 누구나 갖고 태어나는 게 아니에요. 우리 집사람은 내가 본 어떤 남자보다도 운전을 잘해요."

---

67) 우리나라의 '김여사'에 해당한다.

나는 그녀의 엉덩이를 생각하고 싶지 않았다.

"이 말은 절대 옮기면 안 돼요. 우리는 집사람이 내비게이터가 되길 원하지 않아요."

이 생각이 자신을 계속 괴롭혀 왔다고 그는 털어놓았다. 레덱스 참가 신청서를 받아 온 그날부터. 그것은 직면해야 할 문제였지만 감히 여성 파트를 화나게 할 수는 없었다.

"그런데 당신을 발견한 거죠." 그가 잔을 들어 올리며 말했다. 그것은 노란 수선화 그림이 인쇄된 잼 병이었다. "당신은 빌어먹을 기적이에요. 지도를 읽을 수 있고 또…… 또 뭘 할 수 있죠? 말해 봐요."

"뭘요?"

"**또박또박** 말하는 사람."

"어머니가 귀가 안 좋으셨거든요."

"바로 그거예요. 세상 모든 것에는 이유가 있죠. 지도 읽는 재능으로 말하자면, 당신은 물려받은 게 틀림없어요."

나는 우리 어머니도 아버지도 방향 감각이라곤 전혀 없었고, 나치 당원이었던 형은 바로사 계곡에서 동료 아리아인들을 만나러 가던 중에 영원히 길을 잃었다는 사실을 밝히지 않았다. 그 대신 스스로에게 맥주 한 잔을 허락했는데 끔찍한 숙취가 다음 날 오후까지 지속되었다. 내가 홀든 FJ의 내비게이터로 다시 태어난 그날 오후에 티치 봅시는 울퉁불퉁한 브리즈번산맥의 비포장도로를 미치광이처럼 운전했고, 돌이 차바닥의 기름통에 맞아 튕겨 나왔으며, 그가 위험한 코너를 미끄러지듯이 돌 때 커다란 나무들이 내 시야의 양옆을 가렸다.

우리는 긴 직선 도로를 전속력으로 달리다가 숨겨진 커브나, 아찔한 낭떠러지가 우리를 기다리는 U 자형 커브를 맞닥뜨리곤 했다. 그가 벼랑 앞에서 핸드 브레이크 턴으로 차를 세우면 내 머리가 보블헤드 인형처럼 끄덕거렸다.

이 모든 '훈련'을 하는 동안 나는 그가 준 메모 한 움큼을 들고 있다가 엔진 소음보다 더 큰 소리로 읽어 달라는 요구를 받았다.

"그거 봐요." 티치가 말했다. "다 유전이라니까요."

20

언니는 자기는 절대로 배커스마시에서 살 수 없다고 말했다. 지루해서 죽어 버릴 거라는 거였다. 하지만 나한테는 딱맞을 거라고 언명했다. 왜냐하면 내 인생은 일직선이었기 때문이다. 나는 '미시즈 평균'이었다. 반면에 언니의 인생은 곡구, 커브 볼, 훅 — 어떤 방향으로 휠 것처럼 보이지만 실제로는 반대로 휘는 크리켓 공 — 과 같았다. 언니는 지금까지 자기 인생이 그랬던 건 사실이지만 결국 미시즈 커브 볼이 될 사람은 나라고 생각했다. 부디 그것이 사실이 아니길 바란다.

배커스마시에 와서 정말 예쁜 동네라고 생각하지 않는 사람은 없다. 앤서니스커팅의 끄트머리에 숨어 있어서 거의 비밀에 가까웠지만 말이다. 우리 '명예의 거리'보다 예쁜 전쟁 기념지가 설사 있다 한들 나는 들어 본 적이 없다. 이 길의 모든 나무는 전사한 동네 청년을 위해 심겼다. 모든 줄기에 이름이 붙어 있다. 죽은 청년들은 이제 아름드리 느릅나무가 되었고 도로 위에서 아치를 이뤄 아주 차분한 인상을 준다. 배커스마시에 들어오는 방식은 이러하다. 차를 타고 느릅나무 터널을 통과해서 사과 과수원과 읍사무소와 론볼스[68] 경기들을 지나치는 것이다.

널찍한 거리를 어슬렁거리며 우리의 지루한 삶을 엿볼 수도 있겠지만 대장장이의 땅땅거리는 망치 소리보다 흥미로운 소리는 찾지 못할 것이다. 또 한편으로는 초등학교의 망할 거스리 부인이 우리 애들을 제 할아버지가 데려가게 내버려둘 가능성에 대해 경고해 주는 것도 없다.

언니가 도착하던 날, 경찰은 유괴당한 우리 애들을 찾으러 다녔다. 우리 집 부엌이 너무 조용하고 짜증 나서 조그만 웨스트클록스 시계가 똑딱거리는 소리도 신경에 거슬렸다. 그런데 그때, 헉, 모든 고요가 말살됐다. 금속이 찢어지고 나무가 쪼개졌고 나는 마치 어떤 필수적인 부분이 치과 기구에 의해 제거된 것처럼 발밑이 흔들리는 것을 느꼈다.

밖을 내다보니 뒷문에서 1미터쯤 떨어진 곳에 차 한 대가 있고 거기에 연결된 길쭉한 알루미늄 트레일러의 옆면이 개봉된 정어리 통조림처럼 돌돌 말려 올라가 있었다.

샐쭉한 남자애 둘이 차에서 내렸다. 그 아이들이 언니의 아

---

68) 약간 납작한 형태의 공을 잔디밭에서 굴려서 상대 팀보다 목표물에 더 가까운 곳에서 멈추면 득점하는 경기.

들들임을 깨닫고 깜짝 놀랐다. 폰지와 시어는 우리 집이 마음에 안 든다는 듯한 얼굴로 둘러봤다. 그 애들은 까맣게 탄 피부에 수영복 차림이었는데 그것은 운전자인 언니도 마찬가지로, 하이힐 외에는 아무런 액세서리 없이 환한 분홍색 원피스 수영복을 입고 있었다.

그러니까 언니가 우리 집 옆면을 끝에서 끝까지 트레일러로 긁어 놓은 거였다.

한편 울타리 너머에 서 있던 박후버는 언니를 향해 낡은 모자를 들어 인사했다. 남자들은 바보다. 언니는 미소 지으며 고개를 끄덕이고는 옛날부터 지나치게 자주 칭찬받았던 작은 코를 쳐들었다.

"어이." 언니가 나를 불렀다.

어이? 나는 사과나 해명을 기다렸다. 그런데 언니가 와서 처음 한 말이 뭐였는지 아나?

"저 남자 잘생겼네." 언니가 말했다.

내가 파손된 부분을 지적했을 때도 언니는 자기에 비하면 운이 좋은 거라고 선언했다. 자기 트레일러는 심각하게 망가진 반면에 우리 집은 페인트칠만 다시 하면 됐기 때문이다. 전화벨이 울리기 시작했다. 나는 생각했다. 경찰이다. 전화가 끊어졌다. 박후버는, 내 생각에, 언니의 멋진 엉덩이를 빤히 쳐다보고 있었다. 그는 트레일러가 의미하는 바를 눈치채지 못했던 걸까? 언니 이마에 적힌 경고문이, 언니가 온몸을 나에게로 기울이고 있는 모습이 보이지 않았던 걸까? 언니는 요깃거리를 찾는 동물처럼 몸을 앞으로 숙이고 있다가 지독한 모욕을 당할 낌새를 알아채고는 뒷걸음쳤다.(깜짝 놀라 앞다리를 들며 뒤로 물러났다.) 퀴즈 쇼의 애청자라면 자기한테 독이 있음을 새에게 미리 알려 주는 열매가 존재한다는 사실을 알 것이다. 그러니까 퀴즈 왕도 우리 언니의 의중을 읽을 수 있을 것 같겠지만 그렇지 않았다. 그는 모자를 벗고 미소 지었다. 클로버 양도 이 방법으로 그에게서 퀴즈 쇼를 훔쳤던 건가?

이렇게 왕이 앞서 나갑니다, 나는 생각했다. 미스터 재주꾼이 백마 탄 왕자님처럼 고쳐 주고 구해 주려고 자신의 접이식 사다리를 우리 쪽 뒷마당에 내려놓았다.

나는 언니가 더 이상 분란을 일으키지 못하게 부엌으로 끌고 들어갔다. 언니는 우리 애들이 어디 있는지 물었어야 했지만 묻지 않았다. 그리고 내 말이 안 들리는 척하다가 라디오를 발견하자마자 재떨이와 담배를 들고 식탁으로 가서 아예 자리를 잡고 앉았다. 그러고는 내가 다시 이야기를 시작하려고 하자 조용히 하라고 했다. 꼭 들어야 하는 경마 중계가 있었던 것이다.

언니의 아들들은 방금 전에 구석구석 세차한 홀든 FJ가 그 애들의 더러운 손가락을 기다리고 있는 차고로 사라졌다.

나는 차를 끓이면서 언니가 돈 잃는 소리를 들었다. 내가 남들 반만큼만 똑똑했어도 언니가 왜 돈이 없는지를 진작에 알았을 텐데.

"저 남자 독신이니?" 언니가 궁금해했다.

나는 우리 이웃이 교사라고 말했다. 그의 월급이 언니의 성에 차지 않을 거라는 뜻이었다.

"그리고 저 집에는 여자들이 들락거려." 내가 말했다.

그때 망할 박후버가 나타나 방충 문을 두드렸다. 사다리와 연장통을 든 그는 나의 망가진 벽에 친절을 베풀 준비가 되어 있었다. 나는 그를 집 안에 들이고 싶지 않았지만 우리의 미스 절롱이 자그마한 구두를 신은 발로 리놀륨 바닥을 또각또각 걸어갔다.

"베벌리 글리슨이에요." 언니가 말했다.

언니는 서른다섯 살이었고 수영복 차림이었다.

"월리 박후버입니다." 그가 말했다.

"음악적인 이름이네요."

"바흐랑 비슷하다는 말씀인가요?"

언니는 미소를 짓는 동시에 얼굴을 찌푸렸다. 나는 박후버에게 글리슨 부인과 처리해야 할 일이 있다고 말하고는 그 헤픈 여자를 거실로 질질 끌고 갔다.

"뭐 하는 거야?" 언니가 쓰읍 하고 숨을 들이쉬었다.

나는 언니한테 박후버에게 접근하지 말라고 했다. 그는 충분히 힘들었으니까.

그때 나는 분명 그에게 반해 있었으므로 언니의 따귀를 때릴 수도 있었지만 전화벨이 울려서 받아 보니 '러치' 매킨타이어 순경이 말하길, 론 더럼이 전화해서 위험한 댄 봅스가 러더더그강에서 소란을 피우고 있다고 했다는 것이었다.

"우리 애들은 무사해요?"

"걱정 마세요." 그가 말했다. "애들 할아버지랑 같이 있으니까요."

그는 머저리였다. 아무것도 몰랐다. 나는 언니와 언니의 음흉한 미소를 처리하기 위해 전화를 끊었다. 설사 내 얼굴이 시뻘겠다 한들, 언니가 생각하는 일과는 아무런 상관도 없었다.

나는 단도직입적으로 물었다. "어디로 갈 거야?"

바꿔 말하면, 제발 가.

"트레일러 주차비가 네 생각만큼 싸지 않아."

"언니, 언니랑 나랑 돈 똑같이 받았잖아. 그걸 벌써 다 썼을 수는 없어."

"난 네 충고대로 했어." 언니는 이렇게 말하고는 그 상황에서 응당 그럴 법하게 얼굴을 붉혔다. "돈이 다 묶였어. 그러니 내가 도대체 어디서 살아야겠니? 말해 봐."

그리고 물론 언니는 내 혈육이었다. 나는 언니가 그 빌어먹을 트레일러와 함께 여기에 머무는 것을 허락할 수밖에 없었다. 말썽 안 일으킬게, 정말로. 하지만 언니는 내 전기를 쓰고 내 음식을 먹을 것이었으며, 언니의 자식들은 내 자식들과 싸울 것이었고, 언니는 일단 지금은 우리의 전시장인 뒷마당을 어지를 것이었다.

러치 순경이 다시 전화했다.

"시어도어 글리슨과 앨폰스 글리슨을 아시나요?"

"이따가 여기 오셨을 때 — 내가 말했다. — 걔들 엄마한테 직접 얘기하세요."

이 대화를 하는 동안 언니는 내내 자신의 가난을 과장했고 지갑 속 동전을 하나씩 꺼내면서 셌다. 티치가 여기 있어서 언니를 호되게 꾸짖었다면 좋았겠지만 지금은 홀든 FJ의 트렁크에 딱 맞게 주문 제작 한 보조 연료 탱크를 확인하러 푸츠크레이에 가고 없었다.

그래서 그는 자기 아버지가 우리 집 부엌에 침입하는 장면을 놓쳤다. 댄 봅스와 함께 머리끝부터 발끝까지 진흙투성이인 우리 애들이 들어왔다. 그다음으로 차 한잔하라는 제안을 절대 거절하지 않는 러치 순경이, 그다음으로 더러운 윗입술과 10대 특유의 더러운 눈을 한 시어와 폰지가, 마지막으로 박후버 본인이 들어왔다.

그들은 하나같이 초대하지도 않았는데 우리 집에 비집고 들어왔고 그다음에는 허락 없이, 마치 자기 자신이 기적인 것처럼, 후레자식 댄이 생선이 가득 든 포대를 거꾸로 들고 탈탈 털었다.

나는 그의 아들이 이 행위를 목격했더라면 좋았을 거라고 생각했다.

21

봅시 부인은 나를 매섭게 노려보고 있었다.

바람의 신은 자신의 어획물 위로 두 팔을 쭉 뻗고 있었다.

그것은, 맙소사, 퍼치였다. 스무 마리, 서른 마리. 베벌리 글리슨이 큰 놈 하나를 잡았는데 무게가 적어도 4킬로는 넘어 보였고, 몸통은 올리브색으로 빛났으며, 넓은 암회색 줄무늬가 등부터 배까지 세로로 길게 나 있고, 밝은 적황색 배지느러미와 뒷지느러미가 달려 있었다. 베벌리가 아가미에 손가락을 집어넣어 생선을 들어 올렸을 때 나는 까맣게 탄 그녀의 팔 뒷면의 부드럽고 하얀 피부를 봤다.

"무게를 느껴 보실래요, 박후버 씨? 퍼치가 이 정도까지 자라는 줄은 몰랐네요."

이 물고기가, 폭발할 것 같았던 사춘기에 줄곧 나의 동무였다는 사실이 중요했을까? 물론이다. 그렇지 않았다면 내 의식이 왜 갑자기 눈에 잘 띄지 않는 토런스강의 잡초 무성한 둑으로 날아갔겠는가? 페이넘의 경계선을 따라 구불구불 흐르는 이 강은 주위에 엉겅퀴와 녹슬어 가는 골함석과 따가운 쐐기풀과 수액이 많고 통통한 물참새피가 있었고 우리의 유치한 욕망 때문에 퀴퀴한 냄새를 풍겼다.

당시 나는 약국에서 'CD'를 사기엔 너무 어렸지만 — 사려고 했다면 비웃음을 샀을 것이다. — 킹윌리엄가(街)에서 신문을 파는 버트가 우리 같은 남자애들한테, 꼭 지저분한 농담과 함께 한두 개씩 팔았다. 그는 빨간 머리카락이 성글고 머리에서 땀을 많이 흘리는 사내였다. 바나나에 양말을 씌운다고 생각해, 그가 말했다.

지금 봅시가의 리놀륨 바닥을 뒤덮은 퍼치, 즉 유라시아민물농어는 내가 어린 시절을 보낸 강에 바글바글하던 바로 그 물고기였다. 우리 목사 아버지는 낚싯대와 지렁이 한 캔으로 퍼치 잡는 법을 가르쳐 줬는데 그때 우리가 간음의 현장에 얼마나 가까이 서 있었는지는 미처 알지 못했다. 아버지는 내게 퍼치 껍질 벗기는 법을 보여 줬다.(껍질을 벗기기 전에 반드시 죽일 필요는 없다고 생각했다.) 생선이 경련하며 펄떡이는 모습에는 마음을 대단히 불편하게 만드는 뭔가가 있었다.

"내려놔." 봅시 부인이 자기 언니에게 지시했다. "가서 씻어." 그녀가 자기 아들에게 말했다. 그러고는 경찰관 쪽으로 돌아섰는데 그의 새끼손가락은 찻잔 손잡이 주위로 섬세하게 구부러져 있었다. "과수원에서 항의 전화를 했어요?" 그녀가 그에게 물었다.

"그 사람들이 부추겼어." 이디스가 말했다. "우리는 그냥 낚시하고 있었는데."

"이건 낚시가 아니야. 학살이지."

이디스가 깡마른 진흙투성이 팔로 팔짱을 꼈다. "더럼 씨네 가족도 거기 있었어, 엄마."

"그랬겠지. 강이 그 집 사유지를 지나가니까."

"우리는 그냥 물속의 물고기를 보면서 놀고 있었는데 할아버지가 말했어. 우리가 저 생선을 잡으면 먹어도 됩니까. 그랬더니 더럼 씨가 말했어. 행운을 빕니다. 이제껏 잡은 사람이 아무도 없거든요. 녀석들은 우리한테 잡히기엔 너무 똑똑해요. 돌 틈에 숨더라고요."

"도와줘." 퍼치가 손아귀를 벗어나 리놀륨 바닥을 미끄러져 도망치자 베벌리가 외쳤다.

"그만둬." 봅시 부인이 말했다. "나잇값 좀 해."

베벌리 글리슨이 생선 앞에 무릎을 꿇었다. 생선이 냉장고 밑으로 사라지지 않은 유일한 이유는 두툼한 두께 때문이었다.

"아까 하던 말을 — 이디스가 말했다. — 계속하자면, 그 사람들이 허락해 줬어. 할아버지가 뽀글거리는 걸로 물고기를 꾈 수 있다고 했거든……."

바람의 신은 글리슨 부인의 무릎 꿇은 자세에 잠시 정신이 팔렸다가 자기 이름이 언급되자 다시 주의를 집중했다.

"할아버지." 봅시 부인이 말했다. "이제 가 주셔야겠어요."

"할아버지가 물고기들이 뽀글거리는 걸 보러 올 거라고 했어."

"할아버지가 개울에 폭죽을 던졌어." 로니가 외쳤다.

그들이 다이너마이트 얘기를 하고 있음을 몰랐던 건 나뿐이었나?

"누구나 폭죽을 좋아해." 위험한 댄은 나중에 《시드니 모닝 헤럴드》와의 인터뷰에서도 똑같이 말했다.

"폭파는 낚시 면허가 허용하는 활동이 아니에요." 순경이 말했다. "그게 이번 경우에 해당된다는 뜻은 아닙니다만, 봅스 씨, 무슨 말인지 아시죠."

"너는 가서 씻어." 봅시 부인이 이디스에게 말했다. "언니도." 자기 언니에게도 말했다.

"할아버지가 개울을 터뜨렸어." 로니가 외쳤다. 그리고 두 손을 가랑이 사이에 끼운 채 한 다리를 들어 올렸다.

"어서 가." 봅시 부인이 말했다. "오줌이 마려우면 어서 가라고."

"펑." 로니가 외쳤다. "펑." 그러고는 정원 통로를 따라 달려서 옥외 화장실로 들어가더니 문을 쾅 하고 닫았다.

물고기 학살자는 영광에 흠뻑 취해 있었다. 그는 자신의 포획물 한가운데에 서 있다가 뭔가에 대한 생각에 골똘히 잠기더니 양손을 외투 주머니 깊숙이 집어넣었다. 그리고 베벌리에게 추파를 던지듯 눈썹을 씰룩인 다음 외투 주머니에서 갈색 기름종이에 싼 소시지, 정확히 말하면 우리 어머니의 *란트예거*[69]처럼 보이는 것을 꺼냈다. 그를 향한 적대감이 있었지만 알아차리지 못한 듯했다.

"누구나 폭죽을 좋아해."

"하느님, 맙소사." 봅시 부인이 말했다. "이디스, 욕실로 가. 지금 당장. 가. 아버님, 밖에서 얘기 좀 할까요?"

"뭐, 이 정도 가지고." 댄이 *란트예거*를 손녀에게 던졌다. "위험하지 않아."

"나가요."

글리슨 부인이 나를 빤히 쳐다봤지만 나는 시선을 피했다.

"장난이야." 댄이 말했다. "박후버, 자네는 아무 말이 없군."

"박후버 씨는 내버려둬요, 다들." 봅시 부인은 이렇게 외치면서 동시에 자기 딸에게서 *란트예거*를 뺏으려 했다.

"이건 그냥 젤리그나이트[70]야." 이디스가 말했다. "안 위험해, 엄마. 할아버지는 로니가 변기에 앉아 있는 채로 화장실을 날려 버릴 수도 있어."

"그렇구나, 그러세요, 아버님?"

"그런 장난을 몇 번 쳤지. 다친 사람은 아무도 없어."

공기마저 불안정했고 봅시 부인의 입술은 분노로 얇고 딱딱하게 굳어 있었다.

"아버님." 그녀가 말했다. "밖이요. 지금. 얘기 좀 해요."

바람의 신이 두 주먹을 들어 올렸다. "남자처럼 싸우자고?"

봅시 부인이 방충 문을 활짝 열었다. "제발요, 아버님, 부탁

---

69) 독일어 사용 지역의 전통 음식인 반건조 소시지. 육포 같은 간식이다.
70) 젤라틴 다이너마이트. 주로 암석 폭파용으로 쓴다.

이에요."

"레넥스에 나가면, 평소에 젤리그나이트 좀 다뤄 볼걸, 할 거다."

뷥시 부인이 손을 놓자 방충 문이 다시 닫혔다. "무슨 뜻이에요? 레넥스가 무슨 상관이죠?"

"내가 네 경쟁자가 될지도 몰라."

"설마 그럴 리가요."

"난 네가 태어나기도 전부터 자동차 경주에 나갔어."

뷥시 부인이 의자에 앉았다. "정말 레넥스에 나가실 생각은 아니죠."

노인이 억지 미소를 활짝 지어 보였다. "우리는 우호적인 경쟁자가 될 거다."

"티치 좀 내버려두실 수 없어요?"

"내가 내 친구 머리랑 얘기를 했는데, 작년에 레넥스에 나갔던 친구거든. 내가 준 젤리그나이트에 대고 맹세를 하더라."

"저희 좀 내버려두세요, 아버님."

"클론커리 지나서 길이가 130킬로미터쯤 되는 구간이 있을 거래. 거기가 더럽게 좁은 길이라 앞차가 고장 났는데 젤리그나이트가 없으면 옴짝달싹 못 하게 된다는 거야. 그러니까 한 상자 가져가. 도로 정리하는 법을 배워. 네가 걱정하는 거 다 안다." 그가 뷥시 부인에게 말했다.

"티치한테서 떨어지세요."

"아무도 다치지 않을 거다."

"아버님 때문에 다치겠죠."

"나는 수십 년 동안 이걸 다뤄 왔다. 불 속에 던져 넣고 그 위에서 뛰어도 돼. 기폭 장치가 없으면 소용없거든. 그러니까 젤리그나이트 가운데에 연필 크기의 심지를 꽂고 기폭 장치를 사는 거야. 그게 정말 위험한 물건이지." 그가 문을 열고 들어오는 로니에게 말했다. "뇌관이라고도 하지. 두 개를 따로 놓기만 하면 괜찮아."

바람의 신이 두 번째 젤리그나이트를 식탁에 놓았다. "갖고 놀아 봐." 그가 글리슨 부인에게 말했다. "어서. 뱅글뱅글 돌려 보라고."

그러자 로니가 곧바로 젤리그나이트를 집어 들더니 자기 머리를 때리면서 부엌을 춤추며 돌기 시작했지만 제 엄마에게 다리를 한 대 맞자 젤리그나이트를 떨어뜨리고는 울면서 도망쳤다.

"제가 생선을 손질할게요." 내가 말했다.

"제가 도울게요." 베벌리가 말했다. "칼이 어디 있을 거예요."

그리고 그녀가 부엌 서랍을 뒤지기 시작했으므로 나는 그녀 옆에 서 있을 수밖에 없었다. 그녀의 어깨에서는 코코넛 냄새가 났고 내가 나무 손잡이가 달린 식칼을 가리키자 그녀가 칼을 내 손바닥에 놓은 다음 자기 손으로 내 손가락을 오므렸다.

아이들을 내보낸 뒤에 나는 식탁 앞에 서서 생선을 손질하기 시작했다. 봅시 부인은 정원에 있었다. 댄이 젤리그나이트에 대해 설명하는 동안 베벌리는 매 단계마다 자기가 잘 알아듣고 있다는 티를 냈다. 마찬가지로, 생선에 묻힐 밀가루를 찾으러 간 것도 그녀였다. 나는 생선의 등뼈 앞뒤로 예리한 칼집을 낸 후에 엄지손가락과 칼날로 등지느러미를 잡고는 신앙 요법사처럼 가만히 공중에 들고 있었다. 그다음에는 뼈를 잘 발라서 살덩어리만 떼어 낸 뒤에 발에서 양말을 벗기듯 껍질을 벗겼는데 글리슨 부인이 갑자기 실례한다며 위험한 댄에게 가 버려서 잠시 멍하니 있었다. 그녀는 살코기를 가져가서 그 달콤한 흰 살에 밀가루를 묻혔다. 무게를 느껴 봐요, 나는 생각했다. 지금 무슨 일이 일어나고 있는지는 잘 몰랐다. 그것을 알기란 불가능했다.

22

 그 후로 몇 날 며칠 동안은 어수선하고 번잡스러웠다. 박후버는 배커스마시 경찰서에서 운전면허 시험을 통과했는데 시험관이 오렌지는 무슨 색이냐고 묻더라고 했다. 그는 새 차를 고객에게 배송하는 것을 도왔고, 우리가 원할 때 항상 시간이 나진 않았지만, 여러 면에서 유용했다.

 마침내 밝혀진 바에 따르면, 그는 지금껏 멜버른의 도서관에서 레덱스 경로, 특히 록햄프턴을 지난 이후의 길을 조사하고 있었다. 왜냐하면, 그가 말하길, 우리 중에 거길 달려 본 사람이 아무도 없었기 때문이다. 추측이었지만 정확했다.

 그가 저녁 식사 후에 지도와 공책을 꺼냈다. 언니는 체면도 불고할 만큼 흥분했다. 이제 빌어먹을 건수까지 잡았기 때문이었다.

"이건 학구적 관심의 차원을 넘어선 거예요." 그가 말했다.

티치는 "학구적"이라는 단어에 꽂혔다.

"학구적 관심의 차원에서 묻는 건데……." 티치가 이렇게 시작하는 질문을 자꾸 던져도 박후버는 자기가 놀림당하고 있음을 절대 알지 못했다.

레덱스가 남편한테 기대할 거리를 준 건 맞지만 "학구적 관심의 차원에서" 말하자면 나도 운전을 하고 싶었다. 때로는 레덱스에 나를 안 데려갈까 봐 조바심치기도 했다. 잠 못 이루는 밤이면 내가 박후버가 묘사한 범람원을 질주하는 모습, 아카시아 덤불, 다른 차에서 튀어 오르는 돌을 상상했다. 그것이 나의 모험이었고 장소는 '크리스털 고속 도로'였는데 자동차 앞 유리 파편이 길가에 하도 많이 흩어져 있어서 그런 별명이 붙었다. 그 길은 울퉁불퉁하고 홈이 파이고 수시로 개천을 건너야 했다. 그래서 '공포의 구간'으로도 알려져 있다는 이야기를 들었을 때 우리는 당연히 도로 상태 때문에 그렇게 불릴 거라고 추측했다. 박후버는 아무런 반박도 않고 기다렸다가 아이들이 다 잠들고 난 후에야 우리에게 아무런 숨김 없이 말했다.

이 끔찍한 이야기를 듣는 동안 티치는 맥주에 손도 대지 않았다.

"그게 정말 사실이에요?" 티치가 물었다.

그러자 언니가 격렬하게 고개를 끄덕였다. 나는 생각했다. 자기가 뭘 안다고?

수많은 가족이 강요에 의해 절벽 꼭대기에서 뛰어내리거나 총에 맞아 죽었고 아기들은 곤봉에 머리를 맞아 죽었다고 박후버는 말했다. 걸불바에서는 300명 이상이 총에 맞거나 물에 빠져 죽었는데 이것은 '해산'이라고 불렸다.

"이런 일이 정말로 있었다고?"

아니, 흑인들에게만 그랬다. 수백 년 전에 일어난 일이다. 나에게 그것은 성경에 나오는 끔찍한 이야기 같았다. 현대에 일어난 일 같지 않았다. *그러므로 아이들 가운데 남자는 다 죽이고 남자와 동침하여 남자를 아는 여자도 다 죽여라.*[71]

"하느님, 맙소사." 고난과 관련된 이야기를 들으면 언짢아하는 티치가 외쳤다. "그런데 이게 우리한테 무슨 소용이죠?"

박후버는 킴벌리 군을 지나는, 마도와라에서 홀스크리크까지 290킬로미터에 달하는 길에 완전히 몰두해 있었다. 그것은 요도(要圖)로 여덟 쪽이나 됐는데 각 장에 검은 뱀처럼 구불구불하게 수직으로 그려진 도로의 중간중간이 중사(重沙)와 도하점과 길을 가로막는 문을 나타내는 경고 표시나 가는 직선에 의해 끊겨 있었다.

"우리는 문이 어느 쪽으로 열리는지 알아."라고 언니가 외쳤다. 마치 자기가 지도를 만든 것처럼, 자기가 빗자루를 타고 붉은 사막을 지나 킴벌리 군까지 3,200킬로미터를 날아간 것처럼, 이렇게 시간을 뺏는 장애물이 드라이버에게 얼마나 중요한지를 자기가 이해하는 것처럼. 그렇긴 했지만 만약 우리가 문이 어느 쪽으로 열리는지 안다면 어디서 멈춰야 할지, 되돌

---

71) 민수기 31장 17절.

아가야 할지, 계속 가야 할지도 정확히 알 수 있을 터였다.

"아이고, 깜짝이야." 남편이 말했다. "박후버, 이 영리한 친구 같으니. 당신은 어떻게 이걸 다 아는 거예요? 집배원인가?"

박후버가 남편에게 눈웃음 짓는 것을 보고 나는 생각했다. 박후버가 내비게이터이고 나는 집에서 애나 보겠네. 그리고 티치에게 배신감마저 느꼈음을 고백한다. 당시에는 모두가 박후버와 사랑에 빠져 있었는데 유감스럽게도 우리 언니도 그중 한 명이었다. 밤이면 석면 시멘트 벽 너머에서, 진입로 저편에서 그들의 소리가 들려왔다. 물론 그것 자체는 우리와 상관없는 일이었지만 우리는 부부였던 데다 레덱스로 인한 스트레스와 긴장감 때문에 애정이 사그라진 후였다. 서로 몸이 맞닿지 않게 반듯이 누워 있는 것이 얼마나 슬프던지. 티치가 나를 배신했다고 생각했다.

남편이 반대쪽으로 돌아눕자 나는 우리가 밤새도록 서로를 끌어안던 시절을, 레덱스를 침실로 끌어들이는 바람에 망쳐 버린 행복한 삶을 떠올리며 슬퍼했다. 내 옆의 티치가 말똥말똥 깨어 있고, 나를 좋아하진 않지만 원하고 있음을 느낄 수 있었다.

언니와 박후버가 내는 소리에 잠에서 깼다. 시간은 새벽 4시였고 나는 부엌으로 가서 차를 끓였다. 곧 언니가 소리 없이 자기 트레일러로 숨어들 것이었다. 나는 뒷문을 열고 기다렸다. 부엉이가 울었다. 구름 뒤에서는 달이 슬금슬금 기어 나왔다. 꼬질꼬질한 고양이가 칸나꽃 사이에서 쥐들의 뒤를 밟았다. 마침내 박후버네 집의 방충 문이 부드럽게 탁 하고 닫히고 옆 울타리 문의 녹슨 경첩이 돌아가는 소리가 들렸다. 내가 통로를 따라 세탁실로 걸어가서 빨래 삶는 솥 옆에서 기다리는 것을 언니가 볼 수 있도록 뒤뜰 조명을 켰다.

언니는 더러워진 스타킹을 돌돌 말아 손에 들고 맨발로 나타났다. 화장은 번지고 머리는 까치집이었다. 나는 언니에게서 스타킹을 받아 말없이 콘크리트 수조에 넣었다.

"굉장히 연약한 사람이야." 내가 언니에게 경고했다. "누가 봐도 알겠지만."

"연약하다고?" 언니가 히죽거렸다. "윌리는 스물여섯 살 먹은 남자야."

"상처받았다는 소리야."

"불쌍한 아이린." 언니가 말했다. "난 네가 참 안됐다."

그때 내가 언니와 항상 싸우는 이유가 떠올랐다. 어렸을 때 나는 나를 돌봐 줄 언니를 원했는데 우리 언니는 그러기는커녕 늘 자기가 가질 수 있는 것을 갖고 나를 깔아뭉갰다. 나는 언니에게, 사교 활동은 집에서 좀 떨어진 곳에서 하는 게 낫지 않겠냐고 제안했다.

언니가 나를 노려봤다. 나도 마주 노려봤다. 옛날 같았으면 내가 머리끄덩이를 잡아당겼을 것이다.

"알았어." 마침내 언니가 이렇게 말하고는 자갈밭을 날쌔게 가로질러 트레일러로 돌아갔고 나는 언니의 더러운 스타킹과 함께 남겨졌다.

바로 다음 날부터 언니는 집안일에 기여하기 시작했다. 장을 보고, 요리를 했다. 새 홀든 대리점 바닥에 쌓인 톱밥을 쓸고 판유리에 붙은 '필킹턴' 스티커를 떼었다. 난 결국 박후버랑 잘될 거야, 라는 생각이 바탕에 깔린 게 틀림없었다.

물론 언니는 여전히 짜증 났지만 이제는 아이들 학교 숙제도 도와줬다. 멜버른《아거스》에서 왕실 방문 특집 컬러 증보판이 나오자[72] 언니는 도화지와 직접 쑨 풀을 가지고 와서 거실 바닥에 무릎을 꿇고는 '왕관'과 '홀(笏)'과 '보주(寶珠)' 사진을 오려 냈다.

그리고 왕실 사람을 닮았다는 말을 유도하려고 헤어스타일도 바꿨다. 언니와 조카들은 내 허락도 없이 잔디밭 한가운데에 구덩이를 파고는《오스트레일리언 위민스 위클리》잡지에 나온 "마오리 스타일"대로 뜨거운 돌 위에 양고기를 놓고 구웠다. 결국 고기는 속까지 안 익었지만 말은 바로 해야겠지. 언니는 밥값을 하고 있었다.

그리고 박후버는 언니 스스로 지도 전문가라고 믿게끔 부추겼다. 언니가 우리한테 『오스트레일리아 지도 개요서』 강의를 하는 것도 허락했다. 흥미로운 내용이 있었던 것은 인정한다. 특히 오스트레일리아가 맨 위에 있고 유럽이 맨 밑에 있는 지도, 배스 해협이 없고 태즈메이니아섬이 본토에 붙어 있는 탐험가의 지도, 내해가 있는 매슬린 지도, 전국이 임대 목초지를 이어붙인 조각보처럼 표현된 지도 같은 것들 말이다.

"사전만큼 교육적이네." 티치가 말했다. 하지만 그는 교육을

---

72) 엘리자베스 2세는 1953년 즉위한 뒤 영연방 순방에 나섰는데 재위 중에 호주를 방문한 최초의 군주이다.

좋아했던 적이 없었다.

게다가 우리는 그 두 사람의 소리를 침실에서 들어야만 했다. 그래서 나는 슬퍼졌고 티치에게 내가 얼마나 그를 사랑하고 그가 언제나, 영원히 내 남편이라는 것을 알려 주려고 했지만 어째선지 잠자리에 실패했다.

어둠 속에서 그의 말소리가 들렸다. "당신이 그 친구 보는 눈빛 봤어."

나는 그 말에 신빙성을 부여하지 않기 위해 대꾸하지 않았다. 밤새도록 내 머릿속은 온통 레넥스로 가득했다. 홀든의 공기 청정기가 아웃백[73]의 먼지에 막힐 거라는 생각이 들었다. 애들을 기숙 학교에 보내기로 결심했지만 아침이 되자 부끄러움이 밀려왔다. 언니의 더러운 스타킹을 핸드백에 넣고 우리 대리점으로 개조 중인 사이먼의 주유소로 차를 몰고 갔다. 보닛을 열자 거기에 빌어먹을 공기 청정기가 있었는데 뚜껑이 나비너트로 잠긴, 크고 까만 원통이었다. 나는 정비복 차림이 아니라 회색 주름치마와 파란 카디건 차림이었고, 수습사원이 이 바보 같은 여자가 뭘 하는 건가 생각하면서 나를 쳐다보고 있음을 느낄 수 있었다. 그러나 사실을 말하자면 그 여자는 천재적인 일을 하고 있었다. 그녀는 나비너트를 풀고 뚜껑을 열어서 원통형 필터를 꺼낸 다음 밸브 커버와 청정기 본체를 분리해서 청정기 안에 있던 더러운 엔진 오일을 따라 버리는 동시에 기화기를 예쁜 리넨 손수건으로 틀어막아 놓고는 필터와

---

73) 호주 내륙의 오지.

본체를 휘발유로 세척했다.[74] 그리고 모든 것이 반짝반짝할 정도로 깨끗해지자 손수건을 다시 빼고 언니의 더러운 스타킹을 필터에 씌운 다음 — 여기부터는 식은 죽 먹기지. — 이제 제 역할을 하게 된 공기 청정기를 재조립했다.

그때 나는 수습사원이 말없이 옆에 서 있음을 깨달았다.

그가 물었다. "사모님이 지금 뭘 하고 있는지 사장님이 아시나요?"

그는 남자이므로 지금쯤 그 일을 까맣게 잊었을 것이다.

---

74) 클래식 자동차에 사용되던 유욕조식 공기 청정기는 철 수세미 같은 형태의 필터가 늘 엔진 오일에 젖어 있어서 공기가 필터를 통과할 때 불순물이 쇠그물에 들러붙음으로써 정화되는 원리였다.

23

봅스네 아들이 뒷마당 잔디밭에 누워 하늘을 바라보고 있
었다. 구름 한 점 없는 맑은 하늘을 수송기가 천천히 지나가
는 것을 보고 있던 나는 그 애가 정확히 어떤 기분일지 알았
다. 혹은 안다고 생각했다. 그것이 어린 시절 나의 오후를 지
배했던 순전한 고적함이었기 때문이다. 그 슬픔은 늘 어딘가
에서 도사리고 있다가 나의 존재를 아는 것이 절대 불가능한,
누구도 알 수 없는 목적으로 콘크리트판을 허둥지둥 가로지
르는 작고 까만 개미들처럼 하찮은 무언가에 의해 불쑥 튀어
나오곤 했다. 나는 이와 비슷한 슬픔을, 퀴퀴한 냄새가 나는
할머니의 지도책을 넘겨 보다 느꼈다. 색색의 조각보 같은 유
럽 국가들 가운데 사랑스러운 빨간색과 보라색 조각들은 나
의 진짜 고향이었다.

그런데 독일이 내게 선전 포고를 했다. 우리 루터교도들은 대영 제국의 충성스러운 신하였지만 우리 형은 자신에게 흐르는 독일 피에 흥분했다. 형의 근육들이 서로 싸우는 것이 눈에 보일 정도였다. 형은 아버지처럼 호리호리했지만 훨씬 키가 크고 힘이 셌으며 늘 화가 나서 목을 앞으로 쭉 빼고 있었다. 그러던 어느 날 형이 오토바이를 사더니 그걸 타고 집회에 나가기 시작했고, 한도프[75] 중심가를 왔다 갔다 행진하며 히틀러의 생일을 축하했다. 우리 집에 있는 대영 제국 황제의 초상화에 시커멓고 부글거리는 커다란 뭔가를 뱉었을 때는, 도자기처럼 약하고 창백한 할머니가 형이 저지른 범죄의 흔적을 닦아 내려는 것을 아버지가 말리는 동안 감히 얼굴에 미소를 띠고 있었다.

나는 밤에 오줌을 쌌다. 학교에서는 싸움에 휘말렸다. 아버지는 내게 마음의 평온을 가져다줄지 모른다는 생각에 우편으로 1943년 《내셔널지오그래픽》세계 지도를 주문했다. 하지만 그것이 도착할 때쯤 전쟁은 끝났고 칼 형은 마침내, 본인 입장에서는 그토록 많은 노력을 기울인 끝에, 억류된 사우스오스트레일리아주(州) 현지인 두 명 중 한 명이 되었다.

나는 작별 인사나 설명 한마디 없이 집을 떠나서, 안 그래도 형 때문에 힘든 부모님에게 더 큰 고통을 안겨 줬다.(거의 매일 이 생각을 한다.) 내 삶은 두려움과 혼돈이었지만 멜버른에 도착했을 때 내가 부모에게 의지하듯 의지한 대상은 지도

---

75) 애들레이드 근교에 있는, 호주 최초의 독일인 정착지 중 하나.

였다.

서배스천 래스키의 사무실에 들어갈 때 내가 문을 벌컥 열었다가 너무 힘차게 닫은 탓에 귀중한 틴데일의 지도[76] 스케치들이 공중으로 떠올라서 열린 창문에 위험하리만치 가까이까지 날아갔다.

"윌리윌리.[77]" 내 이름을 들은 서배스천이 나를 이렇게 불렀다. 그 후에 내가 또다시 그런 박력을 보여 준 적은 한 번도 없는 듯하다.

서배스천은 빅토리아 주립 도서관의 지도 담당 사서였다. 그 시절 도서관에는 제대로 된 목록 작성 지침도, 귀한 소장본을 놓을 선반도 몇 개 없었으므로 이 거창한 직함은 서배스천 본인이 붙인 것이었을 가능성이 높다. 그는 떡 벌어진 가슴과 울타리 말뚝 같은 다리를 가진 사내여서 날씨에 관계없이, 심지어 교외 잔디밭에 서리가 내렸을 때도 늘 반바지를 입었다. 턱은 길쭉했고, 광대뼈는 넓적하게 튀어나와 있었으며, 은발 머리는 바짝 깎았고, 얼굴에 흉터가 입가에서 눈 근처까지 흉하게 나 있었다. 나는 그가 어떤 과오나 불미스러운 일 때문에 이런 사무직으로 좌천된 전사라고 상상했다.

서배스천은 나를 조수로 고용했다. 만약 내가 또다시, 이번

---

76) 인류학자 노먼 틴데일(Norman Tindale, 1900~1993)이 제작한, 현재로부터 4만~6만 년 전 호주의 원주민 부족 및 언어 분포도. 유럽 정착민이 상륙하기 전까지 오스트레일리아 대륙이 무주지(無主地)였다는 주장을 반증하는 귀중한 자료다.
77) 회오리바람.

에는 (애초에 나를 애들레이드에서 달아나게 했던 원인인) 애덜리나로부터 도망치지 않았다면 그가 내게 무엇을 가르쳐 줬을지는 하느님만이 아시리라.

나는 스물한 살이었다. 서배스천은 자식 없는 남자들이 으레 그러듯 잠시 나를 사랑했다고 생각한다. 그는 예를 들면 16세기 네덜란드의 유명 지도 제작자 빌럼 블라외의 「과거에 약속의 성지 팔레스타인이었던 성지」 같은 지도에 대한 자신의 해석을 나에게 들려줬는데, 워낙 박식해서 그의 눈에는 그 지도가 인구 이동 지도 — 호모 사피엔스가 훗날 기독교도, 유대교도, 회교도가 서로 차지하기 위해 싸우게 되는 땅으로 잔인하게 침공한 과정을 요약한 — 같은 다른 지도들의 환영과 겹쳐 보였다. 그 빛바랜 세피아 지도들에서 나는 세계를 탐험하고 싶은 끝없는 욕망 때문이 아니라 무자비한 적으로부터 달아나기 위해 이동할 수밖에 없었던 네안데르탈인의 멸종을 봤다.

그를 알게 된 지 일주일 만에 나는 그에게, 우리를 사우스오스트레일리아주에서 달아나게 만든 위기를 해결하게 도와달라고 부탁했다. 내가 달리 누구에게 의지할 수 있었겠는가? 달리 어떤 무모한 길을 선택할 수 있었겠는가? 나는 불법 낙태술을 받을 수 있도록 50파운드를 빌려 달라고 했다.

서배스천은 애덜리나와 나를 자기 집에 데려가 아내에게 소개했다. 우리는 그들에게 고아처럼 보였음에 틀림없었고 실제로도 고아나 다름없었다. 그 집에서 수프를 먹는데 스푼이 어찌나 큰지 입안에 넣기가 힘들 정도였다.

나는 서배스천에게 죄책감과 괴로움뿐 아니라 지도를 볼

때마다 느끼는 술렁이는 감정까지 털어놓았다. 그건 뭔가를 여읜 슬픔이야, 그가 말했다. 그리고 카를 구스타프 융의 글[78]을 인용했다. 나는 내가 부모와 조부모와 더 먼 조상들이 대답하지 않고 불완전하게 남겨 둔 것 혹은 질문의 영향하에 있음을 강하게 느낀다.

가족 안에는 부모에게서 자식으로 대물림되는, 개인적이지 않은 업보가 있는 것만 같다는 생각이 자주 든다.

운명이 내 선조들에게 던졌지만 아직까지 아무도 대답하지 않은 질문에 내가 대답해야 한다는 생각, 또는 지난 세대들이 끝내지 않고 놔둔 것을 내가 끝마치거나 어쩌면 계속해야 하는 것 같다는 생각을 늘 해 왔다.

아버지는 아직도 내가 어디로 사라졌는지 알지 못했다. 그밖에도 아버지에게 빚진 것이 너무나 많았다.

서배스천은 자신의 녹슨 힐먼 밍크스로 우리를 낙태 시술자에게 태우고 갔다가 다시 집까지 태워다 줬다. 그리고 그때 만두 스튜가 담긴 냄비를 주고 갔다. 그 행복했던 시간 동안 나는 그의 제자였고 그는 나에게 맥주를, 그리고 프로이트와 융의 '상대적 선(善)'이라는 개념에 대한 자신의 의견을 소개했다. 나는 그것을 칼턴에 있는 앨비언 호텔에서 우리가 나눴던 대화의 주제로 기억한다. 그곳에서, 매주 금요일 오후에, 내가 아직 행복한 유부남이었을 때, 그는 토끼 덫만큼이나 매섭게 내 발목 위로 닫힐 수도 있는 재 배출구[79] 위에 서는 잘못을

---

78) 융의 자서전 『카를 융, 기억 꿈 사상』에서 발췌.

포함하여 가치에 대한 많은 것을 가르쳐 줬다. 그가 "세계 대전 참전 용사를 열받게 하지 마."라고 말했던 곳도 앨비언 호텔이었다.(그러지 않았다면 이 특이한 외국인이 전쟁에서 오스트레일리아를 위해 싸웠다는 걸 누가 알았겠는가?)

나는 술에 영 젬병이라 한 잔에서 끝내야 하는 것으로 밝혀졌다. 오죽하면 겨우 12밀리리터 마셨다고 경계를 완전히 풀고는 그때까지 누구에게도 한 적 없던 이야기를 서배스천에게 털어놓았겠는가. 내가 종종 꿈속에서 강이 된다는 이야기를 들은 그는 깜짝 놀란 듯했고 메모를 해도 되냐며 나의 허락을 구했다. 다른 어느 누가 나에게 이토록 정중하게 말했겠는가? 서배스천을 통해 나는 무의식이 (질병과 정신 질환을 일으키는) 억눌린 성욕을 넣어 두는 캐비닛이라는 프로이트의 주장이 틀렸음을 알게 되었다. 그리고 그의 후계자는 융이었다. 그게 나한테는 행운이었지, 서배스천이 말했다. 나의 뱀 꿈을 프로이트 신봉자에게 고백했다면 틀림없이 내게 트라우마를 남길 말을 했겠지만 융 신봉자는 그것을 축복으로 해석하는 것이 가능했다. 나의 거대한 뱀은 모든 인간 안에 사는 *전지/전능한 '하느님'의 힘*의 반영이었다.[80] 나의 뱀에게 수염이 있을 때가 많다고 하자 서배스천은 나를 품에 꼭 끌어안았는데, 그의 완력과 덩치가 워낙에 어마어마했던지라 그토록 동성애자에게 적대적인 앨비언 호텔에서도 감히 뭐라 하는 사람이 없었다.

---

79) 재를 쓸어 버리게끔 벽난로 바닥에 나 있는 구멍. 평소에는 닫혀 있고 누르면 열린다.

80) 뱀이 신의 전지전능함을 상징한다는 것은 융의 주장이다.

프로이트는 종교를 도피이자 허위라고 생각했어, 서배스천이 말했다. 그러나 올바른 견해는 정반대였다. 종교는 모든 사람, 즉 흑인들 그리고 '야만인'으로 알려진 사람들과 우리를 연결하는 '직선'이었다. 모든 종교는 각각 다르지만 ─ 그가 말했다. ─ 원형과 상징은 똑같아. "네 뱀은 네 음경이 아니야." 그가 말했다. "그건 신이란다."

돌이켜 보면 그는 폴란드 귀족이 아니었나 싶다. 내가 한 번도 묻지 않았다는 게 놀라울 정도다. 나는 어리석게도 그의 상처가 전쟁에서 입은 부상이라고 생각했다. 사실은 누가 봐도 하이델베르크나 본에서 있었던 결투의 상처임이 분명했는데 말이다. 내 생각에 그는 유서 깊은 가문 출신이었고 내가 알 수 없는 모종의 이유로 그 커다란 수프 스푼을 지구 반대편으로부터 가져온 것이 틀림없었다.

그는 융이 전쟁 발발 전인 1913년 11월에 1차 세계 대전의 꿈을 꾸었다고 내게 말했다. 그 위대한 사내는 지도의 꿈을, 사실은 대홍수가 일어나고 수천 명이 죽는 꿈을 꿨다. 그는 북해와 알프스산맥 사이에 위치한, 해발 고도가 낮은 북방의 땅들이 피로 뒤덮이는 것을 봤다. 강력한 노란색 파도, 둥둥 떠다니는 문명의 잔해, 피바다 속의 수없는 익사체도 보았다.

나는 어느 노란 겨울 저녁에 앨비언 호텔에서 나오던 것을 기억한다. 라이건가(街)와 패러데이가가 만나는 교차로가 아직도 눈에 선하고, 서배스천이 암송했던 문장 전체를 아직도 기억한다. 그 문장을 찾으려고 온갖 책을 뒤졌지만 찾지 못했다. 혹시 그가 지어냈던 걸까? 내 멘토가 어쩌면 미쳤던 걸까?

그 일은 1950년 6월의 어느 날 오후에 일어났다. 멜버른에서 만난 우리의 좋은 친구 셋 가운데 둘은 서배스천과 그의 아담한 아내였고 나머지 한 명은 내가 난생처음 알게 된 남자 간호사이자 난생처음 알게 된 흑인인 매디슨 리였다. 백호주의가 한창이던 그해에 매디슨은 그야말로 희귀종이었다. 몇 해 전 미군 흑인 병사들에게는 상륙 허가를 내주길 망설였던 정부가 매디슨에게는 '공로자'라는 이유로 거주를 허락했기 때문이다. 그는 그것이 오해라고 주장했지만 애덜리나 말에 따르면 사실은 그가 어느 오스트레일리아 장군의 아들을 구해 줬다는 것이었다. 어쨌든 그는 애덜리나와 같은 시간에 근무했고 그녀의 친구이자 내 친구였다. 메리천(川)에서 잡은 민물 가재로 매콤한 케이준 요리를 만들기도 했는데 그것이 바로 에투페[81]였음에 틀림없다. 우리는 한 번도 못 들어 본 요리이긴 했지만. 그는 저녁 식사 후에 이스트멜버른의 아파트에서 노래도 했다. 그가 부르는 「모나리자」는 냇 킹 콜이 부른 버전보다 나았다. 한두 번 여자를 데려온 적도 있었지만 그의 태도는 독신 생활을 마음껏 즐기는 사람의 것이었다. 이를테면 그의 우아함, 섬세함, 극도의 청결함, 벨벳처럼 부드러운 목소리에 담긴 고통과 갈망 같은 것들 말이다.

　　애덜리나의 양수가 터졌을 때 나는 그가 함께 있어서 안도했고, 병원에 갈 때도 그가 같이 가 줘서 안심했다. 그는 대기실에서 내 말동무가 되어 주었고 우리는 그곳에서 어린애들처

---

81) 프랑스어로 '찜' 요리.

럼 태평하고 천진하게 고기파이를 먹고 환타를 마셨다.

그런데 가운 차림의 산부인과 의사가 나타났을 때 나는 즉시 뭔가가 잘못됐음을 직감했다. 의사의 좁다란 얼굴에서 어떤 예상 밖의 상황, 일종의 분노를 보고 이렇게 생각했다. 저들이 사고를 쳤구나. 애덜리나가 죽은 거야. 매디슨의 얼굴을 보니 그도 내가 본 것을 봤음을 알 수 있었다. 의사가 내게 할 말이 있다고 했다.

"아뇨." 그가 말했다. "보호자분만 오세요."

나는 의사의 눈치 없는 신발이 내는 끽끽 소리에 속으로 짜증을 내며 그를 따라 어떤 복도를 걸어갔다. 우리가 갔던 곳이 어딘지는 모른다. '검사실'이었나? 아기 침대와 부루퉁한 얼굴의 간호사가 기억난다. 그 두 사람이 굉장히 딱하다는 표정으로 나를 쳐다봤다. 나는 생각했다. 나는 애를 혼자 키울 거야. 영원히 내가 돌볼 거야.

그러나 그때 그 아기가 우리 애가 아님을 알았다. 머리칼이 새까맣고 북실북실한 흑인 아기였기 때문이다.

의사가 유감이라고 말했다.

내 머릿속은 폭풍과 모래로 가득 찼다. 나는 그 방을 나와 병원 안에서 길을 잃었다. 한순간은 주방에 있었다가 다음 순간에는 눈앞의 길거리와 잔인한 전차 선로가 여름비에 젖어 있었다. 나는 분노와 슬픔의 움직이는 폭풍이자 스물한 살의 회오리바람이었고 1초밖에 안 걸리지만 평생 동안 지속될 행동을 이제 막 하려는 참이었다.

시드니에서 타운스빌까지,
2,080킬로미터

1

　이제 2주 후면 차들이 시드니에서 출발할 예정이었으므로 우리는 남몰래 복작복작하던 것을 대놓고 펄펄 끓이기로 했다. 그래서 우리 대리점도 레덱스 92번 차를 위한 성전으로 탈바꿈하기 시작했다. 한때 얌전한 교외용 자동차였던 우리의 시제품은 눈이 네 개 달리고 헤드라이트 앞에 보호 철망까지 씌운 무시무시한 짐승이 되었다. 우리는 거대한 그릴 가드도 달고 칼텍스와 SPC 베어링의 광고도 붙였다. 티치는 말쑥한 쥐색 정장을 차려입고 대리점에서 주문받느라 바빴다. 나도 드라이버일지 모른다는 생각은 아무도 못 하는 듯했다.

　자동차가 스프링 한두 개는 반드시 고장 날 수밖에 없는데 경주 중에 새것으로 바꾸면 감점이 된다. 그래서 밤에는 다시 정비복과 드릴로 돌아가서 타이어를 갈고 판스프링을 교체했다.

밤에 남편이 팬티 바람으로 해병대 체조를 하는 동안 나는 침대에 누워 남편을 바라보면서, 얼마를 줘야 언니가 우리 애들을 봐 줄까 궁리했다. 어둠 속에 누워서 언니의 표정을, 내 제안을 거절할 때 언니가 느낄 기쁨을 상상했다.

그래, 내가 기다리고 있었던 게 바로 이런 거야. 내가 말을 꺼내자 언니는 이렇게 주장했다. 함정이 있을 줄 알았지, 라고 말했다. 내가 박후버를 이용해 자기를 배커스마시에 주저앉혀서 이제는 자기가 우리 집 보모가 되는 것 외에는 다른 도리가 없다는 것이었다. 그런데 나는 박후버한테 질렸거든. 그 점에 대해서는 어떻게 생각해?

물론 안됐다고 생각하지, 내가 말했다.

너 바보야? 언니는 알고 싶어 했다.

맞아, 나는 생각했다. 나는 바보야. 나는 집에 남게 될 테니까.

"박후버는 뭐가 다른데?" 언니가 내게 물었다. "가." 언니가 말했다. "가서 전국을 돌아다니라고. 내가 달리 어디서 살겠니."

하느님, 감사합니다. 자비로운 예수님의 축복으로 저를 구하셨나이다.

날씨가 쌀쌀해졌는데도 박후버가 여전히 반바지를 입자 언니는 그의 다리를 가지고 면박을 줬다. 티치는 박후버에게 판스프링에서 섀클 볼트 빼는 법을 가르쳤다. 스프링 아이와 바닥 사이에 나무토막을 놓고 잭으로 판스프링을 들어 올려서 스프링 아이가 나무토막을 타고 미끄러져 섀클이 고정된 곳까지 가게 하면 됐다. 나는 운전을 할 것이었다. 정말로 갈 작정이었다. 나는 우리가 둔덕이나 울퉁불퉁한 길을 지날 때 반동을 흡수하고 뒷바퀴 차축의 무게를 견딜 수 있도록 두 번째 판스프링에 여분의 클립이 끼워져 있음을 확인했다.

소련 스파이가 오스트레일리아로 전향했고 모스크바에서 온 깡패들이 그의 아내를 억지로 비행기에 태우는 사진이 신문을 도배했다.[82] 그런데 벤 캘보가 최신 뉴스를 가지고 길 건너 우리 전시장으로 와서 자, 자, 자, 하고 외치며 이렇게 말했다. "소련 놈들 걱정할 게 아니라 이걸 봐요."

그것은 가슴을 한껏 내민 매력적인 여자의 사진이었다. 다름 아닌 「잃을 게 없다」의 우승자 글렌다 클로버데일이었다. 나였다면 단 한순간도 그녀를 믿지 않았겠지만.

사과 철이 끝났고 내가 전시장에 붙이려고 커다란 전국 지도를 만들었더니 언니가 훔쳐 갔다. "미안." 언니가 말했다. "그냥 내가 더 잘할 것 같아서." 그러고는 내 자식들을 데려가서 색칠을 돕게 했다. 처음에는 나도 기분이 좋았다.

로니와 이디스의 사촌들도 마침내 우리 애들에게 관심을 보이더니 넷이 같이 형광 주황색으로 레덱스 테스트 1954라고 써서 쇼윈도에 붙였다. 92번 차가 어떤 홀든 자동차도 횡단한 적 없는 흑인 고장을 지나갈 때의 이동 경로를 표시하기 위해

---

82) 1954년에 블라디미르 페트로프(Vladimir Petrov, 1907~1991)가 홀로 전향하자 소련은 외교부 직원이었던 그의 아내를 강제 소환 하려 했으나 호주 정보부가 구조했다.

작은 녹색 깃발도 만들었다. 나는 우리 애들이 제 이모와 부둥켜안는 것을 좋아하지 않았고 물론 언니도 그 사실을 알았다. 하지만 그 대신 정확히 내가 원했던 것을 얻지 않았던가?

티타임 후에 아이들이 그리드,[83] 수로, 도하점, 먼지 다발 지역 등등을 지도에 추가하는 동안 동네 사람들은 가족 단위로 어두운 거리에 서서 쇼윈도 너머를 구경했다.

나는 경주 중에 공중전화에서 쓸 동전을 모았다. 그리고 내가 없는 동안 아이들이 매일 보물찾기를 할 수 있도록 선물을 숨겨 두었다. 예를 들면 이디스를 위해서는 리본이나 작고 예쁜 반지를, 로니를 위해서는 보안관 배지를 샀다. 또 거금을 투자해서 「요술 피아노」라는 진짜 '앨범'을 샀는데 그것은 10인치 LP 세 장, 즉 여섯 면으로 이루어졌고 총 재생 시간이 20분에 달했다.

티치는 스페어타이어를 지붕 위에 싣고 싶지 않았지만 달리 방법이 없었다. 보조 연료 탱크가 자리를 너무 많이 차지하는 것도 어쩔 수가 없었다. 티치는 자투리 공간을 전혀 남기지 않았다. 우리는 박후버가 할머니의 지도책과 『욥에의 응답』[84]이라는 책을 챙기는 것을 보고 비웃었다. 그가 가진 주름 방지 셔츠는 내가 난생처음 보는 물건이었다.

던스턴은 여전히 짜증을 불러일으켰지만 나는 우리가 곧 그에게서 해방될 거라고 생각했다. 박후버는 긴바지는 싸지

---

83) 자동차는 지나가고 가축은 지나갈 수 없도록 얕은 구덩이를 파고 그 위에 격자판을 친 것.
84) 카를 융의 저서.

않고 셔츠와 반바지만 썼다. 그는 땀에 젖은 신발보다 맨발을 선호했다.

오스트레일리아는 감히 그것을 가로지르려는 백인들, 불쌍한 로버트 오하라 버크와 윌리엄 존 윌스와 루트비히 라이히하르트를 죽인 나라였다. 그리고 이제 우리가 이 살인적인 나라와 맞설 차례였다. 우리는 두께 60센티미터의 먼지가 쌓인 길을 달리고, 평범한 시민이 출근할 때 타는 자동차로 이 살인적인 대륙을 일주할 것이었다. 박후버가 우리를 오줌으로 영역 표시 하는 개에 비유했을 때는 기분이 썩 좋지 않았다.

우리는 《배커스마시 익스프레스》 1면에 실렸다. 티치와 내가 지금껏 판 모든 홀든과 함께 찍은 사진이었다. 솔직히 짜릿했다. 그건 인정한다. 이것이 유명인이 된 기분이라고 생각했다. 멜버른 《아거스》도 나에게 전화해서는 그래니 콘웨이로 알려진 여성 참가자의 발언을 인용했다. "제 좌우명은 '엔진은 절대 만지지 않는다.'예요." 그녀는 말했다. "보닛을 열기 시작하면 항상 문제가 생기거든요."

자, 그렇다면 나는 이 헛소리에 공식적인 답변을 할 것인가 말 것인가?

나는 답변을 거부했고 티치는 화가 났다. "정신 차려, 아이린." 이건 어디까지나 비즈니스라는 거였다. 시드니에 가면 내가 여성 드라이버임을 부인할 수 없을 테니 마음의 준비를 해야 했다. 그리고 언론 플레이로 말하자면 티치는 당연히 자기 아버지를 닮았으므로 우리가 마침내 배커스마시에서 시드니를 향해 출발할 때 홀든 소유자들로 구성된 호송대가, 명예의 거리를 지나 도시를 빠져나가는 우리를 뒤따라오게 했다. 그것이 "기삿거리"가 될 거라고 예상했다.

첫 몇 킬로미터는 애들과 함께 가고 싶었지만 이디스는 앨리스 터드볼과 걸 스카우트 유니폼을 만들고 있었고 로니와 사촌들은 어디에 있는지 찾을 수가 없었다. 그래도 나는 그 사실이 기분을 잡치게 두지 않았다. 우리 내비게이터가 뒷좌석에 올라타서 마치 레텍스 규정집에 우리의 우승이 달려 있기라도 한 것처럼 탐독할 때도 전혀 기분이 상하지 않았다.

"그러다 나중에 멀미 나요." 남편이 말했다.

"아뇨, 안 그럴 거예요." 박후버가 대꾸했다.

이렇게 김빠지게, 일요일 드라이브처럼 재미없고 평범하게 레텍스 테스트가 시작되었다. 티치가 무슨 꿍꿍이인지는 몰랐다. 우리가 아름답고 비옥한 계곡으로부터 점점 위로 올라갈 때 나는 내가 곧 미시즈 커브 볼이 될 거라는 사실을 알 수 없었다. 우리 앞에는 평지에서 프리티샐리 언덕으로 올라가는 오르막길이 놓여 있었는데 프리티샐리가 화구구(火口丘)였기 때문에 그 길은 산마루 근처에 급커브로 인한 교통사고 '다발 지점'이 있는 라디에이터 겸 보일러나 다름없었다. 우리 차 엔진이 '봉' 할 때 느껴지는 진동이 짜릿했다.

그곳의 유일한 고속 도로인 훔 고속 도로는 길가에 노란 자갈이 깔려 있었고, 끊어진 팬 벨트와 세미트레일러의 스키드 마크가 여기저기 산재했으며, 2차선 도로였지만 차 두 대가 다리를 동시에 지나가기엔 비좁았다. 이 고속 도로를 따라 유로아, 바이올렛타운, 버널라, 글렌로언, 왱거래타 같은 부유한 소도시들의 길거리를 지났다. 마침내 도착한 뉴사우스웨일스 주 얘스의 중심가에는 트럭 운전사를 위한 24시간 카페, 부품 교체 전문 카센터, 판금 정비소가 꽉 들어차 있었다.

"저기 봐요." 박후버가 오랜 침묵 끝에 말했다.

그는 어떤 팻말을 가리키고 있었다.

우리는 아무런 대꾸도 하지 않았다.

"여기에서 영까지 101킬로미터래요. 래밍플랫 말이에요."

"그게 정말이에요?"

나는 래밍플랫에서 있었던 '폭동'이라는 것에 대해 전혀 알지 못했다. 내가 왜 알아야 하는가? 듣자 하니, 100년 전에 있었던 일 아닌가. 말인즉슨, 이 길을 따라가면 나오는 래밍플랫에 한때 중국인 광부 수천 명이 살았다는 것이었다.

"불쌍한 자식들." 박후버가 감정이 담긴 목소리로 말했다. 못된 백인 광부들이 중국인들의 텐트를 부수고 그 안에 있던 모든 것을 훔쳤다. 총격과 경찰의 군도(軍刀) 공격이 있었고 결국 한 명이 사망했다.

나는 생각했다. 오, 저런. 남편의 손을 꼭 쥐었지만 그럼에도 그는 차를 세웠다.

"내려요." 티치가 우리 내비게이터에게 말했다. "그래요, 당신 말이에요. 당신이 날 위해 해 줬으면 하는 게 있어요."

"그러죠."

"그냥 좀 돌아다녀요. 그리고 뭐가 보이는지 말해 줘요."

나는 생각했다. 티치는 그냥 갈 작정이야. 박후버를 얘스에 버리고 갈 생각인 거야.

"여보, 그러지 마." 내가 말했다.

티치는 가만히 운전대를 잡은 채로 기다리고 있었다.

"부탁이야." 내가 말했다.

그동안 박후버는 인도에 서서 빵집 쇼윈도를 들여다봤다. 그러고 나서는 양옆으로 차가 쌩쌩 지나가는 차도 한가운데에 서 있었다.

"예쁜 동네네요." 그가 돌아와서 말했다.

"자!" 티치가 물었다. "뭐가 있던가요?"

"골드러시 시대의 멋진 건물들요." 그가 말을 시작했다. "법원과 술집에 돈을 쏟아부었더군요."

"중국인도 있던가요?"

"한 명도 없던데요." 그는 활짝 웃고 있었는데 얼굴이 까맣게 타서 이가 더 하얘 보였다.

"피는요?"

"한 방울도 없었어요, 다행스럽게도."

"당신은 내비게이터예요." 티치가 말했다. "당신은 **지금** 일어나고 있는 일만 우리한테 말하면 돼요. 빌어먹을 100년 전에 있었던 일은 눈곱만큼도 궁금하지 않다고요."

나는 당황했다. 나는 불쌍한 우리 내비게이터에게 미소를 지어 보여서 내가 그를 좋아한다는 사실을 알렸다.

티치가 다시 도로에 접어들었다. "예전에 중국인 한약사의 운전사로 일했던 적이 있어요." 그가 말했다. "아버지가 그에게 모델 A를 팔았고 그 후에 내가 리틀버크가에서 그 가족과 함께 살았죠. 그의 이름은 군 씨였어요."

나는 생각했다. 아, 티치가 나한테 말하지 않은 고통스러운 얘기 중 하나구나.

"똑똑한 사람이었어요, 그 한약사는." 남편이 말했다. "그에게는 작은 벨벳 쿠션이 있었는데 그 위에 환자의 손을 놓고 아주 조심스럽게 만졌죠. 군 씨 가족은 중국에 돌아갈 때 나와 함께 가고 싶어 했어요. 아버지가 나를 필요로 하지만 않았어도 따라갔을 거예요. 그러니까 당신이 저기에서 있었던 모든 일에 대해 이야기할 때 내가 무슨 생각을 하는지 당신은 전혀 몰라요. 내 평생 애들을 그렇게 다정하게 대하는 사람들은 본 적이 없어요."

그리고 나는 그를 사랑했다. 내가 생각했던 것보다 훨씬 더 사랑했다. 그는 어머니 없이, 모진 아버지 밑에서 자랐다. 똥에서 사랑을 분리해 낸 본인 자체가 기적이었다. 그리고 지금 그는 레덱스 테스트에 참가 중이었다. 믿기 힘든 일이지만. 도로 표시가 흰색에서 노란색으로 바뀌면서 우리는 또 다른 세계에 들어섰다. 기름에 젖은 양털 같은 구름 밑에서 비에 젖어 미끄러운 좁은 고속 도로를 따라, 흠뻑 젖은 방대한 겨울 목장과 끊김 없는 푸른 목초지를 지나, 저 멀리 보이는 그레이트디바이딩산맥을 뒤로한 채 우리 셋은 출발선을 향해 달렸다.

(시드니에서 110킬로미터 떨어진) 미터공에서 나는 햇볕을 오래 쬔 사암, 코끼리 피부 같은 껍질을 가진 유칼립투스 나무를 봤다. 나는 운전자의 천국에 있었다. 바로 이 지점에서 우리는 처음으로 엔진 굉음을 들었다. 트럭은 아니고 뭔가 큰 것이었다. 그것은 마치 시속 160킬로미터로 달리는 트랙터 같은

소리를 냈다.

　바로 그때 그 후레자식, 악마가 땅속에서 나온 말벌처럼 지나가는 것을 봤다. 댄 봅스, 내 남편의 행복의 적. 그 뒤로 경찰차가 파란색 경광등을 번쩍이며 나타났다. 망할 자식, 망할 자식. 할 수만 있었다면 그를 죽였을 것이다.

2

나는 내 역할을 제대로 준비하기 위해 레덱스 규정집을 따로 우편 주문 하고 값비싼 쿠르타 계산기도 구입했다. 봅시 부부는 규정이 뻔하다고 생각했기 때문에 내가 책을 산 것을 두고 놀렸다. 그리고 쿠르타 계산기로 말하자면, 한 번도 들어본 적이 없다고 했다.

쿠르타는 마치 자이스 렌즈가 아름답듯 아름다웠고 보통은 그 구입을 정당화할 어떠한 핑계도 있을 수 없는 물건이었지만 다행히 레덱스는 평균 속도가 전부인 대회였다. 관계자들이 계속 말했듯이 그것은 경주가 아니라 '아웃백이라는 가혹한 조건'에서 기계를 혹사하는 테스트였다.

즉 우리의 차를 신뢰할 수 있음을 증명해야 했다. 1분 일찍 도착해도 감점, 늦게 도착해도 마찬가지였다. 쿠르타 계산기의

시드니에서 타운스빌까지, 2,080킬로미터

용도는 제시간에 도착하는 데 필요한 속도를 끊임없이 재계산하는 것이었다. 나는 규정 평균 속도, 공식 주행 거리, 주행계의 눈금값, 분속으로 보정한 속도를 입력했다. 결국에는 아무도 그것을 가지고 농담하지 않게 되었다.

규정집은 오직 신뢰성만이 중요하다고 규정했다. 따라서 엔진, 변속기, 차대나 서스펜션의 대대적인 재건은 금지되었다. 각 부품에는 수은등을 비춰야만 보이는 특수 페인트가 뿌려졌다. 그리고 곳곳에서 우리를 기다리는, 경찰만큼이나 짜증스러운 검사관이 있었다.

경찰로 말하자면, 그들은 우리를 싫어했다. 그들은 규정집이 인정하지 않는 것이 무엇인지 알았다. 즉 드라이버들이란 다들 경주하려고, 상대방을 나가떨어지게 하려고, 시속 150킬로미터로 달리려고, 남보다 앞서려고, 더 빨리 가려고, 때로는 조정이나 수리를 위한 짬을 만들려고, (사전 인터뷰에서 뭐라고 했건 간에) 항상 다른 참가자를 '압도적으로 능가'하려고 모인 미치광이들임을 알았다.

우리는 시속 50킬로미터로 시드니에 입성했다.

3

    티치도 나도 시드니에는 한 번도 가 본 적이 없었다. 웃지 마라. 우리는 시드니 하버, 시드니 하버 브리지, 본다이비치로 가는 전차, 페리호를 본 적도 없었고 새우 단 500그램조차 사 본 적이 없었다. 남편이 거리 사진가에게 말했듯이 우리는 배커스마시에서 온 지질한 장사꾼이었다.

    오이스터스 킬패트릭[85]도 처음 먹어 봤는데 하마터면 우리가 여기에 온 목적을 잊어버릴 뻔했다. 오후 늦게 시드니 쇼그라운드로 차를 몰고 들어가서 우리가 맞설 상대를 봤을 때는 충격을 받았다. 267명의 냉혹한 경쟁자들이 거대한 그릴 가드로 무장하고 출진 분장을 한 채 흙바닥이 깔린 아레나 안

---

85) 굴에 우스터소스, 케첩, 베이컨 조각을 얹어 구운 음식.

의 경주로에 늘어서 있었기 때문이다. 유명 카레이서 렉스 데이비슨과 잭 브래범도 있었다. *모든 꾼들이 결투를 위해 모였다.*[86] 보도진도 이미 와 있어서 카메라 플래시가 마치 전쟁터의 폭약처럼 다발로 뭉쳐서 터졌다. 우리 같은 미천한 것들도 용안을 볼 수는 있는지라 방송인 잭 데이비의 팀에 들렀더니 그는 라디오 진행할 때처럼 "여어, 안녕하세요, 여러분."이라고 외쳤다. 다음다음 차 앞에는 명성에 굶주린 플래시들이 우글대고 있어서 봤더니 그것은 여전히 경주에 참가 중인 댄 봅스로, 가짜 치아와 가짜 미소를 탑재한 채 《오스트레일리언 위민스 위클리》에서 나온 예쁜 여자 둘과 어깨동무를 하고 있었다.

"아버지에게 넘겨줄 수밖에 없어." 그의 아들이 말했다. "아버지는 포기하지 않으니까."

포기? 토가 나온다. 나는 쓰레기통에서 그날 아침 신문을 발견했다.

출발선을 향한 광란의 질주

봅스 씨가 돌을 들이받는 바람에 차동 장치 뒤판이 망가지면서 기름이 새어 나왔다. 그는 버넬라에서 차동 장치에 중유를 채우고 전력 질주 한 끝에 미터공에서 차동 장치를 새것으로 교체했다. 허비한 시간은 고속 도로 순찰대의 코디 경사와 위더스 순경이 전직 비행사를 쇼그라운드까지 호위한 덕분에 벌충했는데 그곳에서는 숭배자들이 그를 도우려고 기다리고

---

86) 호주의 시인 A. B. 패터슨의 시 「스노이강에서 온 남자」에서 발췌.

있었다.

댄 봅스는, 기사에 따르면, "레이서 형제들 사이에서 잘 알려져" 있었다. 나는 이 이야기가 사실이라고 생각하지 않는다. 또한 그는 "교활한 장난꾼"이자 멍청이이자 별종이며 이전 자동차 경주들에서, 그에게 위험한 댄이라는 별명을 붙여 준 습관인 젤리그나이트 장난을 친 혐의를 받고 있었다.

기자는 설리번 씨라는 (댄 봅스가 "나의 꼬마 영국인"이라고 부르는) 코드라이버의 존재를 알고 있었고 전직 비행사의 며느리가 92번 홀든에 탄다는 사실 또한 공개했다.

"여자들이 정비복을 입는 건 상관없어요." 봅스가 말했다. "하지만 전문가인 시아버지를 가르치려 들면 안 되죠." 그는 "대회를 어지럽히는" 여자들을 잘 참지 못하는 것으로 알려졌다.

"걱정 마." 남편이 말했다. "잊어버려."

늘 그렇듯 그는 자기 아버지가 어떠한 방법을 동원해서든 우리를 부숴 버리려 한다는 것을 이해하지 못했다.

박후버가 출발선에서 10분 거리에 있는 민박집을 찾았는데 집주인 부부 가운데 남편이 뇌졸중 환자라서 라디오 옆의 제일 좋은 자리를 포기하지 않았다. 우리가 ABC 뉴스를 들을 수 없었으므로 집주인 아내는 다음 날 아침에 신문 한 부당 1실링씩 받고 우리에게 넘기기로 약속했다. 마찬가지로 전화기도 사용하지 못하게 해서 화장실 옆에 빨간 공중전화 부스가 쭉 늘어선 쇼그라운드로 돌아갈 수밖에 없었는데, 그 위치에서는 내가 유일하게 보고 싶지 않은 사람이 정면으로 보였다.

신하들에게 둘러싸인 댄이 모자를 벗고 내게 절을 했다.

공중전화 부스 주위에 바글바글 모여 선 드라이버 무리가 주머니 속의 동전을 짤랑거리고 있어서 마치 그들의 은밀한 부위가 은으로 만들어진 것만 같았다. 바로 그들이 내가 정비복 입는 것을 재밌어하는 멍청이들이었다. 상관없었다. 기다렸다. 공중전화 부스 안에 들어간 후에야 비로소 옆 부스에서 시아버지가 내게 과장스레 손 인사를 하고 있음을 알았다. 그에게 등을 돌리고 이디스에게서, 로니는 레모네이드를 사러 갔고 언니는 미용실에서 아직 안 돌아왔다는 이야기를 들었다. 그때 댄은 무릎을 꿇은 채 신발 끈을 묶고 있었다. 밖에서 누군가가 아내에게 전화하기 위해 기다리고 있을지도 모른다는 사실은 안중에도 없었다. 나는 그를 무시했다. 이디스가 당밀 경단을 만드는 데 도움이 필요했기 때문이다. 우리가 볼에 버터를 막 넣었을 때 엄청나게 큰 펑 소리가 들렸다.

내가 지금 있는 곳이 어느 세계인지 알 수가 없었다.

댄의 공중전화 부스가 공중으로 솟아올랐다가 떨어지면서 옆으로 쓰러졌다. 풀밭에 놓인 수화기가 보였다.

내 전화는 끊겨 있었다. 불쌍한 이디스, 나는 생각했다. 불쌍한 것. 앞이 안 보일 정도로 퍼붓는 플래시 세례 속으로 뛰어들었다. 티치에게 돌아왔을 때는 눈물을 흘리고 있었다.

나는 그의 아버지가 나를 죽이려고 했다고 말했다.

그는 내게 진정하라고 했다. 화장실을 폭파하는 건 아버지가 제일 좋아하는 장난이야. 아버지가 당신을 죽였어? 아니잖아. 아버지가 원했다면 벌써 그렇게 했을 거야.

나는 몇 시간 동안 뜬눈으로 누워서 남편이 내 편을 들어야 한다는 생각을 했다. 다음 날 아침 일어나 보니 신문 1면에 내 사진이 실려 있었다. 정비복 차림의 못생긴 여자, 찢어진 걸레 같은 입.

레덱스가 펑 소리와 함께 시작된다.

나는 아이린 봅스, 92번 홀든의 코드라이버였다. 나는 '순전히 우연하게' 위험한 댄 봅스의 며느리이기도 했다. 어제의 폭발 사건 당시 댄 봅스 씨는 뉴사우스웨일스주 경찰의 '딕' 워딩턴 경사와 '진지한 대화' 중이었다. 두 사람은 문제의 공중전화 부스로부터 상당한 거리에 있었다.

남자 참가자들에 대해서는 더 이상 쓸 기사가 없었던 기자들이 그래니 콘웨이(28번 차)에게 가자 그녀는 사양 않고 나에 대한 의견을 말했다. 내가 장난을 멈춰야 하고, 치마를 입어야 하며, 신중하게 운전하기만 한다면 체크 포인트 전에 차를 수리하기 위해 나를 앞서간 모든 남자 드라이버들을 따라 할 필요가 없으리라는 것이었다.

기자들이 우리 자동차를 정비하고 있는 나를 찾아왔다. 한마디 하시겠어요?

아뇨.

시아버지가 여성 드라이버들을 낮게 평가하시던데요. 거기에 대해서는 어떻게 생각하세요?

저를 날려 버리시려던 걸로 봐선 — 나는 말했다. — 좀 걱정하시는 게 틀림없어요.

시아버지를 이길 계획입니까? 그들은 알고 싶어 했다.

나는 그를 부숴 버릴 거라고 대답했다. 만약 내가 풋볼 선수였다면 아무 문제 없었겠지만 내 덕에 이제 우리에게는 불화한 봅스 가족이라는 수식어가 붙었다.

티치는 이 이야기를 전혀 듣지 못한 듯했다. 그는 사진사들이 찾아올 경우를 대비해 내게 예쁜 원피스를 사 주고 싶어 했지만 교통안전 공단과 경찰 교통과가 제공하는 도로 안전 수업에 참석해야 했다. 우리는 공기압, 타이어, 냉각수, 오일을 점검하고 느슨해질 수도 있는 것은 모두 꽉 조였다. 나는 사진사들이 올까 봐 립스틱을 발랐지만 아무도 오지 않았다.

앞좌석은 드라이버의 다리 길이에 맞게 조정해야 했으므로 내비게이터인 박후버의 무릎은 한껏 접혀서 대시 보드에 눌린 채로 18일간 그 자리에 갇혀 있어야 했다. 그는 평균 규정 속도인 시속 35킬로미터를 유지하는 방법을 계산하기 위해 까다로운 기계로 열심히 일했다.

우리는 지시에 따라 앞차와 1분 간격으로 출발했고 그때부터 뉴사우스웨일스주 경찰의 히스테리에 시달렸다. 그리고 규정상 기어갈 수밖에 없었으므로 일요 운전자들[87]과 4분의 3 연삭 캠축을 장착하고[88] 차고(車高)를 낮춘 홀든을 모는 폭주족들에게 추월당했다. 더 어린 폭주족들은 신호등을 조작

---

87) 도로가 한산한 일요일에만 운전하는 사람처럼 미숙하고 느린 운전자.
88) 양산차의 캠축을 개조하여 출력을 끌어올렸다는 뜻이다.

해서 우리를 멈춰 세우고 사인첩에 사인을 받아 냈다.

박후버는 쿠르타 계산기를 근거로 지시 사항을 업데이트하기 시작했고 우리는 뉴캐슬에서 바다를 보고 나서 덤불을 피해 지그재그로 달리며 세미트레일러를 추월했다. 그다음에는 풍광이 바뀌더니 느리게 흐르는 갈색 강들이 시푸른 들판을 고리 모양 또는 갈지자로 가로질렀다. 타리와 코프스하버 사이에서 폭우가 쏟아진 뒤에는 마치 외국 시골처럼 파인애플과 바나나가 자라는 밝은 녹색 언덕들이 나왔고 고속 도로는 돼지 목장 같은 진흙탕으로 변했다. 짜증 난 지역민들이 도로 표지판을 바꿔 놨지만 우리는 끄떡없었다. 쿠르타가 예술이었기 때문이다. 티치는 운전했다. 나도 운전했다. 내비게이터는 침착하고 차분했다.

960킬로미터를 일요 운전자처럼 달린 끝에 브리즈번에 진입할 때는 내가 운전대를 잡고 있었다. 다행히 티치는 내가 시드니 언론에 한 말을 보지 못했다. 그날 밤 꿈에 내가 아기를 낳았는데 법원이 나에게서 아기를 뺏으라는 판결을 내렸다. 그들은 내 죄가 무엇인지는 말해 주지 않았다.

4

하나부터 열까지 열대 지방 같았다. 땀에 젖어 수백 킬로미터를 달리는 동안 나는 봅시 부인의 목에서 자매의 익숙한 살냄새를 들이마셨다. 그 가혹한 길에서 바위, 마른 개천, 흐르는 개천, 바큇자국, 깊은 구덩이, 덤불 많은 범람원, 언덕 몇 개를 만났지만 그중에서도 가장 힘든 장애물은 서로 일치하지 않는 두 개의 공식 지도로 인한 혼란을 해결하는 것이었다. 이 혼돈 속에서 자동차 50대는 부당한 처분을 받았고 그 팀들은 주최 측의 처사가 불공정하고 부당하다고 항의하다가 열두 시간의 휴식 시간을 잃었다. 반면에 나의 두 드라이버는 자유롭게 민박집을 찾고 아이들에게 전화했다. 내비게이터는 굉장한 찬사를 받았다.

이제 식어 가는 차 밑에서 정숙하게 잘 시간이었다. 아무도 내가 무슨 꿈을 꾸는지 알지 못했다. 아침이 되자 매끈하게 면도한 봅시 남편이 올드스파이스와 베이비파우더 향기를 풍기면서 까만 머리를 완벽한 머리통에 납작 붙인 모습으로 나타났다. 잘 잤어요? 미친놈처럼 잘 잤죠, 라고 대답하진 않았다.

"잘했어요." 그가 말했다. 오늘 달릴 길은 끔찍할 것으로 예상됐다. 그는 오늘은 평균 속도가 필요 없다고 했다.

"비밀 체크 포인트는요?"

"비밀 체크 포인트는 무슨 얼어죽을." 그가 노란 섀미 장갑을 끼면서 외쳤다. 차가 이제 작살날 텐데요 뭐, 그가 말했다.

공식 지도에는 이 길이 "오르락내리락"한다고 설명되어 있었는데, 말인즉슨 자동차가 공중에 떠 있는 시간이 절반인 경사로가 연속된다는 뜻이었다. 그것은 '오르락내리락'하면서 을씨년스러운 아열대 아카시아 나무, 누리끼리한 풀, 느릿한 개천들을 지났는데 이 개천들의 무시무시한 또 다른 자아가 예전에 냇둑을 산산조각 내서, 나라면 절대 차로 지나갈 엄두도 내지 않을 삐죽빼죽한 내리막길과 돌투성이 냇바닥을 남겼다. 티치는 키가 작아서 눈이 핸들에서 겨우 몇 센티미터 위에 있었지만 나는 그의 운전 실력에 무한한 믿음을 갖고 있었다. 지도에 도하점과 급경사가 나오고 운전자의 완벽한 노란 장갑 밑에서 핸들이 정신없이 돌아감에 따라 우리도 함께 미끄러지거나 드리프트 하는 동안에도 나는 침착을 유지했다.

4킬로미터 길이의 직선 구간에서 우리는 푸조 203을 모는 프랭크 클라이니그에게 추월당했다. 그다음으로 우리를 추월한 험버 슈퍼스나이프 팀은 친절하게 손을 흔들기까지 했다.

그때 봅시 부인이 강제로 차를 세우게 했다. 더위에 공기압이 올라가서 타이어가 터질까 봐 걱정됐기 때문이다. 그들은 18킬로그램짜리 타이어를 교체했다. 두 개는 남편이, 나머지는 아내가. 우리는 또다시 켄 터브먼의 팀에게 추월당했다.

이번에는 봅시 부인이 운전석에 앉았다. 그녀는 귀엽게 볼록 솟은 콧부리를 가지고 있었다. 그녀가 "늙은 놈"이 우리 뒤에 따라붙었다고 알렸다.

"그냥 먼저 보내."

하지만 그녀의 코는 굴복할 코가 아니었다.

"이건 경주가 아니야." 그녀의 남편이 말했다.

우리는 터브먼이 일으킨 먼지 속을 달리고 있었고 댄, 즉 늙은 회색 상어는 우리 뒤를 향해 돌격 중이었다. 길은 좁고 울퉁불퉁했고 깨진 앞 유리 파편으로 장식되어 있었다. 게다가 가장자리는 또 물컹물컹해서 이러다가 차가 전복되는 것은 아닌지 두려웠다. 티치는 앞좌석 등받이를 꽉 붙든 채 한쪽 눈으로는 캥거루가 튀어나오지 않나 주시했다.

봅시 부인의 눈은 먼지 때문인지 가정사 때문인지 촉촉하게 젖어 있었다.

티치가 말했다. 그냥 먼저 보내, 먼저 보내.

"깊은 배수로로 커브." 내가 말했다.

그녀가 그 말을 완벽히 이해하고 우아하게 옆으로 미끄러지자 회색 플리머스가 우리 옆을 천천히 지나갔다. 봅시 부인은 얼굴의 홍조가 셔츠 단추 밑까지 내려와 있었다. 누가 예상했으랴, 그것이 우리 두 사람의 춤처럼 느껴지리라는 것을. 먼지와 위험과 내 귓가에서 들리는 그녀 남편의 숨소리에도 불구하고.

"험로. 15킬로미터." 내가 말했다.

나는 생각했다. 바로 이거야, 드디어 내 삶을 찾았어.

그때 엄청난 진동과 함께 난폭한 타격이 느껴졌고 나는 그것이 젤리그나이트임을 알아차렸다. 내장이 목구멍으로 튀어나올 만큼 강력한 힘이 우리 차 뒤를 후려치면서 차가 옆으로 90도 돌아갔다.

"통제된 폭발이야." 티치가 말했다. "농담을 받아들여."

"2킬로미터 후에 그리드."

이제 우리는 플리머스의 먼지 속에서 울퉁불퉁한 길을 달렸다. 우리가 흔들흔들 덜거덕덜거덕하면서 시속 100킬로미터로 달리고 봅시 부인이 애 낳는 여자처럼 씨○○, 쌍○○, 개○○, 좆○○라고 외치는 동안 나는 두 번째 폭발을 기다렸다.

오 맙소사, 그녀는 나를 흥분시켰다. 이건 내가 무슨 일이 있어도 놓치지 않았을 만한 것이었다.

5

지금쯤이면 ── 나는 생각했다. ── 내가 시드니 기자들에게 한 발언이 실린 신문은 피시앤칩스 포장지로나 쓰이고 있을 것이 분명했다. 그렇다 한들 내가 벌을 면하기엔 역부족이었지만. 남편은 이미 브리즈번에서 시드니 신문을 읽었지만 그에 대해 한마디도 하지 않았다. 640킬로미터를 달리는 동안 홀로 생각에 잠겨 있었다. 과열된 타이어를 교체하기 전까지는 아직 이야기할 때가 아니라고 판단했던 것이다.

실망이야, 그가 말했다.

내가 그의 아버지에 대해 한 말은 별로 중요치 않았다. 내가 우리 이름의 가치에 끼친 피해가 문제였다. 우리가 레덱스에 참가한 명목상의 이유는 이것이었다. 레덱스가 남편에게 기대할 거리를 줄 거라고. 적어도 나는 그렇게 믿었건만 내 생

238

각이 틀렸던 모양이다. 알고 보니 우리는 우리 브랜드를 '홍보' 하기 위해 레넥스에 참가하고 있었다.

남편에게서 던스턴의 악취가 났다.

그는 기자들에게 이야기할 때 요령이 있다고 말했다. 자기 아버지를 비판하는 것과는 별개로 내가 댄에게서, 댄이 신문을 이용하는 방식에서 배울 점이 있을지도 모른다는 것이었다. 거기에는 확실히 기술이 있다고 했다.

기술? 등신. 그는 내 계획을 망쳐 버렸지만 자기가 무슨 짓을 했는지 전혀 알지 못했다.

우리는 툴루아 아니면 그 비슷한 이름의 어떤 장소에서 멈췄다. 난생처음 보는 아름다운 해변에서 내륙으로 몇 킬로미터 들어간 곳이었다. 그곳에는 버려진 주유소와 작동하는 공중전화가 있었다. 바로 이곳에서 나는 로니가 홍역에 걸렸음을 알게 되었다. 언니는 지금 의사의 전화를 기다리는 중이니 빨리 끊으라고 말했다.

남편에게 이제 어떡하냐고 묻자 그는 시간을 벌어야 한다고 대답했다.

일반적으로 글래드스턴은 그레이트배리어리프의 놀라운 산호초로 가는 길목으로 간주된다. 하지만 나는 의사가 아직도 배커스마시에 도착하지 않았다는 사실을 알았을 때의 절망감과 공장 굴뚝밖에 기억나지 않는다. 우리는 지금 로니에게서 2,000킬로미터 떨어져 있었다. 그날은 내가 이른바 '공포의 구간'이라 불리는 길을 운전한 날이었는데 그때부터 맞이하게 될 매 순간에 참으로 적절한 작명이었다. 예기치 못한 위안은 박후버에게서 왔다. 우리가 차를 개천에 꼬라박아서 장갑 두른 차동 장치를 바위에 내리쩍었을 때 나를 안심시키려던 그의 손길이 너무 고마웠다.

"잘했어요." 그가 말했다.

그다음부터는 티치가 운전대를 잡고 속도를 높였는데 커브에서 크게 드리프트를 하다가 하마터면 댄의 플리머스를, 사탕수수 사이에 있던 플리머스의 지붕을 칠 뻔했다. 멈추지 마, 나는 생각했다. 우리에겐 그런 사치를 누릴 여유가 없었다. 남편이 브레이크 밟는 것을 느꼈을 때 어찌나 슬프던지. 그는 여전히 자기 아버지의 개였다.

6

내가 태어나서 처음 본 원주민들은 댄의 전복된 플리머스를 앞뒤로 흔들고 있었다. 내가 길을 건너는 동안 플리머스는 사탕수수 밭에서 옆으로 한 바퀴 굴러 똑바로 서더니 끈덕끈덕하면서 증기를 내뿜었다. 빨간 머리의 코드라이버는 벌써 운전석에 앉아 있었다.

차창 상태를 일일이 확인하고 있는 댄을 새로운 친구들이 열심히 죄어들기 시작했다.

그들 사이에 무슨 대화가 오갔는지는 알기 어렵지만 구조자들의 언성이 점점 높아졌다.

개중에는 조용한 편인 사람도 있었는데 나이는 예순쯤 되어 보였고 젊은 동료들처럼 키가 크진 않았지만 어깨가 넓고 가슴이 떡 벌어졌으며 이마에는 깊은 주름이 파였고 눈은 눈

꺼풀이 처지고 충혈되었으며 짧은 회색 수염에 장난꾼 기질이 있어 보였다. 중심 인물이 계속 이동하며 저항하는 가운데 젊은이들은 무리 지어 끈질기게 협상 중이었다. 나, 이 사람은 ― 그가 말했다. ― 백시시[89]가 없는 댄이올시다.

노인은 이 실랑이에 관심이 없었다. 그의 관심은 오로지 나에게만 쏠려 있었다.

내가 손을 내밀자 그가 맞잡았다.

"당신 어디서 자라다, 했나?"

"멜버른 근처요. 여기서 멀어요."

"망할 야라강(江)이군." 그는 내 손을 놓아줄 생각이 없었다. 별안간 그가 내 금발을 확 잡아당겼는데 그때는 그 행동이 이상하다고 생각했다. 지금은 더 이상하다고 생각한다.

"진짜 백인이네." 그가 말했다.

"저는 윌리라고 합니다. 윌리 박후버예요."

"박후버 말도 안 돼." 그가 말했다.

나는 두피가 쓰라렸지만 그는 미소를 짓고 있었다. 나는 갖고 있던 운전면허증을 그에게 보여 줬다.

"진짜 백인이야." 그가 활짝 웃었다. 나는 며칠 뒤에야 그가 나보다 많은 것을 알고 있었음을 깨닫게 된다. 그러나 당시에 내가 알았다 해도 그의 말이 반어법일 가능성은 꿈에도 용납하지 않았을 것이다.

나는 생각했다, 맙소사. 어쩌면 그의 조부모가 백인에게 살

---

89) 팁, 품삯.

해당했는지도 몰랐다. "걸볼바죠?" 내가 물었다. 내 머릿속 지도에서 여기가 걸볼바였기 때문이다.

"박후버." 노인이 말했다.

어쩌면 내가 걸볼바를 잘못 발음했는지도 모른다. "안녕히 계세요." 내가 말했다. 플리머스의 엔진이 부르릉거렸다. 공기에 지독한 먼지가 가득했다. 자갈 세례에 정강이가 아팠다. 젊은이들은 도망치는 플리머스를 향해 돌을 한두 개 던지더니 이미 주머니에 손을 넣고 있던 티치에게로 관심을 돌렸다.

노인이 한 번 더 내 머리카락을 잡아당기려 했지만 이번에는 내가 예상하고 있다가 그의 손목을 꽉 붙잡자 웃음을 터뜨렸다.

나는 차로 돌아와서 클립보드와 지도를 챙겼다. 티치가 "토인(土人)"이라고 부르는 이 사람들의 비극적인 역사에 대해서는 아무 말도 하지 않았다.

16.3킬로미터. 개천에서 좌우 커브.

힘든 길이었다. 꼬박 18분 걸려서 도착한 곳에서 상류 쪽을 흘끗 봤더니 서쪽에, 홍수에 떠내려와 엉킨 나무줄기들 사이에 또 다른 레덱스 차량이, 레이싱 카처럼 광고로 야단스럽게 치장하고 번호는 내가 언급하지 않는 편이 신상에 좋을 홀든 한 대가 있었다. 그 자동차는 졸졸 흐르는 개천에 정면으로 꼬라박아서 거의 수직으로 서 있었다. 전복된 자동차는 곧 흔한 광경이 될 것이었지만 이 두 번째 차는 가히 믿기 어려운 형상이었다. 뒷바퀴가 허공에 떠서 판스프링이 시체의 은밀한 부위처럼 적나라하게 드러나 있었다. 티치가 조용히 브레이크를 밟고 시동을 끄더니 자동차와 봅시 부인을 두고 우리 둘이 가야 한다는 손짓을 했다.

우리는 "어이!" 하고 외쳤다. 그 밖에는 개천은 고요했다. 새 소리도 늘 길 잃은 아이처럼 애절하게 우는 피리까마귀 소리 뿐이었다. 물에 잠긴 부목을 기어올라 열린 운전석 창문으로 들여다보니 앞뒤에 요도가 흩어져 있고 차 키도 그대로 꽂혀 있었다. 그리고 으깨진 바나나 냄새가 심하게 났다.

그 사고 차는 너무 위태위태하게 서 있는 것처럼 보여서 나라면 라디에이터 근처에도 안 갔을 텐데 티치는 깔려 죽을 수도 있는 곳으로 들어가더니 라디에이터가 거의 다 식었다고 단언했다.

뭔가 엉큼한 표정으로 다시 나타난 그는 곰팡이 핀 나무줄기를 타고 홍수 때 생긴 냇둑 위로 올라가서 마치 노란 장갑을 낀 나무의 정령처럼, 왼손으로는 오른쪽 팔꿈치를 받치고 오른손은 자신의 새빨간 입에 대고 서 있었다.

"집사람한테 차를 여기로 가져오라고 해요." 한참 후에 그가 말했다.

"어떻게요?"

"우리가 걸어온 길로요."

"못 올 거예요."

"그냥 가서 말해요, 윌리."

그가 나를 윌리라고 부른 건 처음이었다.

차가 멈췄고 남편이 사라졌다. 박후버가 열린 내 문 앞에서, 잠을 깨워서 미안하다고 사과했다. 사고가 있었어요. 개천 옆으로 난 길을 따라서 차를 몰고 와 주실 수 있나요? 나는 우리가 구호 활동 중이라고 생각하며 그렇게 했다.

그런데 티치는 우리가 뒷바퀴 판스프링 두 개를 빼러 온 거라고 선언했다. 나는 물었다. 당신 마누라를 도굴꾼으로 만들 거야? 그러자 그는 윙크했고 나는 그가 어떻게든 속임수를 쓸 작정임을 알았다.

박후버와 나는 배커스마시에서 연습했던 것과 똑같이, 불안정하게 서 있는 사체에 작업을 했다. 이 사고 현장에서는 나뭇잎 썩는 냄새가 났는데 훔친 스프링과 클립을 나중에 뒷좌석 밑에 숨길 때도 악취가 여전히 옷에 남아 있었다.

시드니에서 타운스빌까지, 2,080킬로미터

우리가 페널티 없이 이 스프링을 재사용할 수 있다는 사실을 아무도 나에게 말해 주지 않았다. 남편이 그 사실을 내게 비밀로 했다. 레덱스 검사관들이 원 부품에 방사성 페인트를 뿌려 놨지만 훔친 스프링을 재사용하면 가이거 계수기[90]가 알 도리가 없다. 이 속임수를 목격한 나는 마커스 부인을 떠올렸다.

타운스빌까지 아직 여섯 시간을 더 가야 했기 때문에 스프링 신는 것을 마쳤을 때는 완전 '제발, 서둘러, 제발, 액셀을 끝까지 밟아.'였다. 그때 내가 볼일을 보러 가야겠다고 말했다. 남편이 내게 장난하냐고 물었다. 나는 생각했다. 아까 당신 아버지 돕느라 시간 낭비했으니 지금은 나한테 좀 낭비해도 되잖아. 나는 밑 닦는 용도로 일부러 내 인터뷰가 1면에 실린 신문을 가져갔다. 티치는 알아챘는지 어떤지 몰라도 아무 말도 하지 않았다.

내비게이터도 다른 모든 남자처럼 내가 길을 따라 조금 내려가다가 정비복을 벗고 이브처럼 알몸이 될 거라 생각하고 있음이 틀림없었다. 그래서 나는 개천을 따라, 홍수에 부러진 나뭇가지와 나뭇잎과 나무줄기 사이를 한참 거슬러 올라갔다. 원래는 땅을 파려고 작은 모종삽을 가져갔는데 도중에 커다란 나무가 뿌리째 뽑혀 생긴, 2미터 깊이의 구덩이를 발견했다. 덕분에 힘들게 땅 파는 수고를 덜었다. 나는 갓난아이처럼 발가벗은 채로 진흙 더께가 앉은 나무뿌리에 매달려 불안정

---

90) 방사선 검출기.

하게 구덩이 안으로 향했다.

내 볼일은 작은 것이었다. 그때 구덩이 벽을 보니 지표에서 30센티미터 정도 깊이에 뼈가 있고 그 주위로 나무뿌리가 마구 자라 있는 것이 보였다. 첫 번째 뼈는 내 손안에서 바스라졌는데 다른 뼈가 너무 많았다. 묘지였다. 소름이 끼쳤다. 즉, 그것은 짐승의 뼈가 아니었다. 그토록 많은 뼈는 흑인의 것임이 분명했다.

사람의 턱뼈 하나를 끄집어냈다. 그리고 철수했다. 서둘러 정비복을 다시 입었다. 나는 참견하기 좋아하는 여자였으므로 다시 발굴지로 내려갔다. 울퉁불퉁한 흙 속에서 사람 두개골 하나를 꺼낼 수 있었다.

그것은 아주 작았고 에뮤의 알처럼 쉬이 부서지는 재질이었다. 엄마는 연약한 아이를 안는 것이 어떤 느낌인지 알기 때문에 나는 이 아이가 어린 남자애고 그 주위의 모든 뼈가 그 아이의 가족임을 알았다. 아이의 뼈는 꽤 깔끔하고 아주 가벼웠으며 내가 덤벙댔다가는 가루가 되어 버릴 것 같았다. 그래서 나는 삽을 뒷주머니에 넣고 마치 물이 담긴 그릇을 옮기듯 조심스럽게 양손으로 아이를 들고 황량한 덤불과 풀 사이를 지나 돌아왔다.

차에 도착해서 내가 가져온 것을 그들에게 보여 줬다.

"괜찮아." 티치가 말했다. "내가 운전할게."

하지만 그 뒤에 덧붙인 말은 없었다.

내비게이터는 나를 위해 뒷문을 열어 준 뒤에 내 앞에 서서 오래전에 죽은 나의 작은 친구를 빤히 내려다보았다. 박후버가 늘 귀 뒤에 꽂고 다니는 연필을 갑자기 빼기에 나는 그의 손이 작은 머리에 닿지 않게끔 몸을 틀었다. 아니에요, 그가 말했다. 저는 단지 한때 냇물 소리에 귀 기울였을 작은 귀가 있었던 자리인 동그란 구멍을 가리키려고 했을 뿐이에요.

내가 왜 그렇게 오래전 일에 울었는지는 하느님만이 아실 거다. 남편은 이해하려고 최선을 다했지만 이것은 우리 잘못이 아니었다. 우리는 이 흑인 아이를 한 번도 만난 적이 없으니까.

나는 그때부터 여섯 시간 동안 운전하지 않았지만 철도 침목만큼 굵고 위협적인 도로의 요철을 느꼈다. 강둑의 나뭇잎 냄새는 어린 시절 도살장이나 무두질 공장에서 맡았던 냄새와 비슷했다. 불쌍한 녀석, 나는 엄마처럼 손바닥으로 그 아이의 뒤통수를 받치고 있었다. 그때 도로가 출렁이는 사탕수수밭 한가운데로 접어들었다. 사탕수수의 키가 3.5미터도 더 돼 보여서 우리가 비밀스러운 풀밭 속을 달리는 곤충이 된 것만 같았다. 어떤 때는 지평선이 보였고, 어떤 때는 안 보였다. 우리가 새벽의 어둠 속을 한가로이 달리는데 농부들이 사탕수수를 태우기 시작했다. 창문으로 재가 날아 들어왔다. 그들은 그 재를 "버디킨의 눈"이라고 불렀다. 나는 아이의 작은 흙투성이 머리를 든 채로 불타는 사탕수수가 목청껏 울부짖는 소리를 들었다.

우리가 끝없는 사탕수수 밭을 통과하는 동안 나는 아이를 보살폈다. 열대 지방 소도시들에는 산업용 굴뚝과 얼기설기한 공장과 기둥 위의 낡은 회색 집이 있었다. 마구잡이로 자라난 부겐빌레아는 너무 크고 오래돼서 덩굴이 매달린 철망이 기울어질 지경이었다.

어둠 속에서 마침내 타운스빌 전람회장에 도착했다. 머리 위의 거대한 무화과 나무에서는 잉꼬 떼가 누가 누구와 어디에서 잘 건지를 놓고 옥신각신하고 있었다. 나에게는 완전히 외국 같았다.

내가 이 두개골을 경찰서에 가져갈 생각이라고 말하자 남편은 박후버에게 같이 가라고 지시했다.

당신이 직접 같이 가 주면 좋겠는데.

아니, 나는 개 문제로 누구 좀 만나야 해서.[91]

엉덩이 물리지 않게 조심해, 라는 말은 하지 않았다.

전람회장은 타운스빌의 웨스트엔드에 있고 경찰서는 거기에서 최소한 3킬로미터는 떨어진 곳에 있어서 지역민들이 충분한 시간 동안 얼빠진 표정으로 나를 구경할 수 있었다. 저기 정비복을 입은 여자가 있어. 하, 놀랄 노 자네. 경찰서는 공장만큼이나 컸는데 우리가 찾아낸 경사가 술 취한 흑인과 씨름 중이어서 그를 '수면 공간'으로 데려갈 때까지 기다린 후에야 우리의 용건을 말할 수 있었다.

경사가 껄껄 웃거나 히죽거렸다고까지 말하진 않겠지만 확실히 어딘가 불편해 보였고 이 레덱스 팀을 도울 수 있는 방법이 뭔지 도통 모르겠다는 표정이었다.

내가 그에게 뭐라고 말해야 했던 걸까? 내 말이 그렇게 알

---

91) 용건을 구체적으로 밝히지 않고 둘러댈 때 쓰는 관용구.

아듣기 어려웠나? 누군가가 범죄를 저질렀다는 말이.

박후버가 총알구멍을 가리켰다.

"당신 남자 친구가 법의학을 알아요?" 경찰이 내게 묻고는 다시 박후버에게. "당신은 거무스름한 인종한테 개인적인 관심이 있을 것 같군요."

"그래요?"

"보기만 해도 알죠. 뻔하잖아요."

"뭐가 보이는데요?"

"당신이 살던 곳에서는 뻔하지 않은지 몰라도 여기 북쪽 사람들은 '배운 눈'이라는 걸 갖고 있거든요."

그게 거무스름한 인종과 무슨 관련이 있냐고 물었다.

"당신은 남쪽에서 왔죠, 부인? 남쪽에서 당신 남자 친구는 백인인가요?"

나는 생각했다. 오늘 밤은 이 얘기 가지고 한참 웃겠네.

"그럼 잘됐네요. 두 사람 모두 행운을 빕니다. 그리고 이 문제로 말하자면." 그가 작은 머리를 내 쪽으로 밀었다. "기념품이라고 생각해요. 남쪽에서는 1~2봅은 받을 수 있을지도 몰라요. 뭐가 그렇게 우습죠, 지미[92]?" 그리고 그는 박후버를 빤히 쳐다보다가 시선을 돌렸다. "자." 그가 나를 보며 말했다. "당신이 가져온 분실물에 대해서는 이렇게 할 겁니다."

그가 서랍 깊숙한 데서 먼지가 잔뜩 달린 커다란 수령 대장을 꺼냈다. 그리고 우체국에서나 볼 수 있는 유의 철필을 가

---

92) 1파운드 지미.

져오더니 서류 양식에 이렇게 적었다. *퍼널천(川)/핀치해턴 근처에서 발견된 원주민 유아 두개골.*

그 아이가 원주민이라는 것은 어떻게 알았는지, 지명은 어떻게 추측했는지 묻지 않은 채 종이 한 장과 두개골을 받아들 수밖에 없었다. 보관할 자리가 없어요, 라고 그는 주장했다.

작은 보드상자를 들고 열대야 속으로 걸어 나왔다. 우리 둘 다 경찰이 미친놈이 분명하다고 생각 중이었으리라. 나는 당황해서 입을 다물었다. 날여우박쥐가 허공을 가득 메우고 있었다. 녀석들이 마치 공습에 나선 폭격기처럼 전람회장 위의 하늘을 뒤덮은 것이 보였다.

레덱스 참가자들은 작은 박쥐들이 조명 주위에서 벌레를 포식하고 있는 웨스트엔드 호텔에 모여 있었다. 호텔 바는 지나간 시절의 화려한 스타일로 장식된 빛나는 웨딩 케이크 같았다. 선술집은 1층이었지만 참가자들은 모두 2층의 넓은 베란다에 바글바글 모여서 꽃무늬 주철 난간 위로 몸을 기대고 있었다. 한껏 들뜬 남편이 이리 오라고 우리를 외쳐 불렀다.

문득 내가 든 보드상자가 바보같이 느껴져서 계단 밑에 숨겼다. 이제 남은 유일한 장애물은 퉁방울눈을 하고 층계참에 앉아 있는, 정찬용 접시만큼 커다란 녹색 개구리였다. 나는 공손하게 개구리를 피해서 올라갔다. 2층에서 만난 여자 바텐더가 뭘 주문하겠냐고 묻기에 맥주를 마시겠다고 대답하고는 박후버에게 뭘 마시겠냐고 물었다.

"당신, 증명서[93] 있어요?" 바텐더가 박후버에게 물었다.

"우리는 다른 주에서 왔어요." 그가 말했다.

나도 증명서가 없다고 말했다.

"당신은 필요 없어요, 부인. 하지만 이 사람은 내 말이 무슨 뜻인지 알아요."

물론 나는 그녀의 헛소리를 무시했다. 그리고 내 것으로는 맥주를, 내비게이터의 것으로는 레모네이드를 주문했다.

"뭐, 그건 확실히 줄 수 있죠." 아까 요구한 증명서가 뭔지 몰라도 그녀는 더 이상 그것을 원하지 않았다. 유명 카레이서들이 우리를 얼마나 열렬히 환영하는지 봤음에 틀림없었다. 그들은 힐먼 사의 자동차가 공중제비를 세 번 돌고 나서 미끄러지다가 헐렁한 자갈밭에서 멈췄다는 등, 뱅가드 한 대가 둔덕에서 날아올랐다가 너무 세게 착지하는 바람에 뒤 유리가 빠졌다는 등 무용담을 늘어놨다. 우리는 단 1점도 실점하지 않은 엘리트 팀이었다. 그로부터 채 1분도 지나기 전에 나는 렉스 데이비슨과 잭 브래범 바로 옆에 앉아서 그들과 친구가 될 것이었다.

그리고 거기, 위대한 영웅들 사이에, 내가 결혼한 아주 복잡한 사내가 있었다. 1954 레렉스 테스트의 선두인 잘생긴 티치 몹스가 다시 한번 내면의 빛으로 광채를 발하며 잭 데이비의 가슴을 손가락으로 찌르고 있었다.

배커스마시 출신 "지질한 장사꾼" 특유의 미소를 띤 그는 이해받고 찬양받았으며 타운스빌 전람회장 위에 높이 떠 있었

___

93) 면제 증명서. 당시 호주 원주민은 원주민 보호법에 의해 거주, 투표, 구직, 결혼 등의 자유를 제한받아서 술을 구입하려면 이 법의 적용을 면제받는다는 증명서가 필요했다.

다. 나는 훔친 스프링이라는 그의 속임수를 계속 곱씹어야 할 이유를 찾지 못했다.

톱엔드 횡단,
2,560킬로미터

1

봅시 부부는 호텔에 자기들 방을 미리 예약해 놨고 나는 버려진 전시(戰時) 막사 안의 간이침대 하나를 배정받았다. 바닥의 개구리 똥을 치우고 내 귀와 발가락에 레몬즙을 뿌린 다음 시트를 머리끝까지 덮어쓰고 마침내 다리를 쭉 뻗었다. 술취한 사람들이 돌아왔을 무렵 내 정신은 이미 머나먼 곳에 있었고 끝없이 뱅글뱅글 도는 길로 가득했다.

모기에 물린 귀가 가려웠다. 꿈속에서 나는 법정에 선 흑인이 되어 있었다. 아까 경찰서에서 만난, 히스테릭한 백인 순혈주의자 때문이리라. 꿈속에서 나는 스파이 혐의로 이른바 "인종 전문가"라는 판사 앞에 끌려 나갔다. 이 끔찍한 용어는 내 기억에 남았다. 그는 내가 모든 큰길과 곁길과 경로, 고대와 현대의 도로를 정맥과 동맥과 새우의 내장처럼 빠삭하게 안다고 생각했다. 쿠르타는 부서졌다. 나사를 찾으려고 법원 바닥을 미친 듯이 뒤졌지만 손가락으로 집을 수 없을 만큼 작아서 찾지 못했다.

막사 안에서는 방귀 대회가 벌어졌다.

한편 나는 꿈속에서 수백 개의 지도를 갖고 있었지만 어느 것이 공식 경로인지 더 이상 확신이 서지 않았다. 그리고 어째선지 베벌리가 거기에 있었다. 그녀는 경로(route)와 섹스 파트너(root)와 콘돔(rubber)을 가지고 지저분한 농담을 했다. 그녀가 내게 지우개를 줬는데 내가 배큐엄 오일 컴퍼니와 쉘과 에소의 경로를 모두 지우지 않았다가는 망신을 당할 것이었다. 옆에 있던 봅시 부인은 우승을 위해서라면 살인도 불사하겠다고 속삭였다. 그리고 내게만 몰래, 특이한 나사돌리개를 보여 줬다. 바스러지는 지우개가 찌부러진 검푸른 개미들로 그려진 강렬한 선을 망가뜨렸다. 나는 커브를 외국어로 이렇게 불렀다. *아헤 플룹와.* 나는 생각했다. 이걸 꼭 기억해야지.

면도 거울에 비친 내 얼굴은 어느 때보다도 새하얬다.

막사 안에서 셀프서비스로 아침 식사를 하는 남자들의 의견은 봅시 부인의 자신감이 근거 없다는 것이었다. 그녀가 어젯밤에 너무 술에 취해서 자기가 우승할 거라고 떠벌린 탓이었다. 내가 막사에서 우리 차로 도망쳐 뒷좌석의 잡동사니 속에서 잠깐 자고 있는데 티치가 충혈된 눈으로 알카셀처[94]를 마시며 나타났다. 봅시 부인과 함께 신문 가판대에 갔더니 우

---

94) 진통제 겸 제산제. 숙취 해소 기능도 있다.

리가 우리의 영웅들과 함께 신문에 실려 있었다. 그리고 봅시 부인과 내 앞으로 각각 전보가 한 통씩 와 있었다.

거대 웜뱃[95]을 보면 꼭 말해. 베벌리.

그 말은 내 야간 시력 문제를 자기 동생에게 고자질하겠다는 협박이었다. 봅시 부부에게 진작 밝혔어야 하는 이야기인 건 맞지만 어느 세미트레일러 운전자에게 물어보거나 고속 도로의 긴 직선 구간에 있는 스키드 마크만 봐도 뇌가 지치면 선잠에 빠져 전방에서 환각을 본다는 것을 알 수 있다. 내가 훌륭한 내비게이터라는 사실은 증명되었다. 하지만 나는 밤에 가끔씩 거기에 없는 것을 봤다.

전람회장에 돌아와 보니 자동차들은 1분 간격으로 출발하고 있었고, 오토바이 경찰들은 자기 트라이엄프 500의 rpm을 높이고 있었다. 우리에게 배정된 출발 시간은 20분 후였다.

"내가 달리는 거 잘 봐요." 아름답고, 눈이 충혈되고, 머리가 헝클어진 봅시 부인이 말했다.

---

95) 멸종 동물.

2

대륙을 동쪽에서 서쪽으로 가로지르는 동안 꼬마 소년은 우리 사이에 놓인 보드상자 속에 안전하게 있었다. 박후버는 마른 모래땅, 언덕과 평지, 불그스름한 솔새가 자라난 건조한 평원으로 나를 안내했다. 생각보다 나무가 많았다. 저기에 어떤 시체가 묻혀 있는지, 나무뿌리 속에 웅크리고 있는지는 하느님만이 아실 거다.

철도 건널목 두 개.

47.2킬로미터에 속도랑[96]과 긴 1차선 도로.

그다음에는 땀띠분 건조 지대. 그다음에는 지질 전환. 우리는 회색 제방 사이로 끼어들고 바싹 마른 진흙땅을 쿵 하고

---

96) 지하 배수로.

뛰어넘어 돌과 나무뿌리가 삐죽빼죽 튀어나온 긴 바큇자국을 따라 달렸다. 진짜 오스트레일리아는 아름답다고들 하는데 내 생각에는 아니다.

시아버지는 완전히 작살나고 끝장났다. 그런데 이미 100점을 잃고서도 지금 내 백미러를 가득 채우고 있었다. 하지만 설사 내가 양보하고 싶었더라도 그럴 공간이 없었다. 양쪽 길가에 모래가 높이 쌓여 있었기 때문이다.

그가 나를 향해 돌격했다. 나는 브레이크를 밟았다. 그가 경적을 울렸다. 남편은 나에게 진정하라고, 빤스 벗지 말라고 명령했다.

"나한테 그런 식으로 말하지 마." 내가 말했다.

박후버가 내 무릎을 툭 치며 말했다. "좌회전."

나는 그렇게 했다.

이런 덜거덕덜거덕 소리 속에서 뭘 들을 수 있겠냐만 배기 밸브에서 걱정스러운 소리가 났다.

티치가 내게 자기 아버지를 지나가게 해 주라고 지시했다. "그냥 장난치시는 거야."

하, 얼어죽을, 하. 나는 생각했다.

"차를 갓길로 빼. 지나가게 해 드려."

"싫어."

"이건 경주가 아니야, 부인."

길이 넓어지면서 플리머스가 우리 옆으로 왔을 때 나는 코크니 조수가 운전대를 잡고 있는 것을 봤다. 그쪽 보스가 먼지 속에서 창문을 내렸다. 그가 입을 벙긋거리면서 내게 창문을 내리라고 신호하는 것이 보였다.

"우리한테 하고 싶은 말이 있나 봐."

박후버가 나를 쿡 찔렀다.

"속도랑 위로 하강." 그가 말했다.

"계집애처럼 운전하네." 위험한 댄이 외쳤다. 우리가 동시에 속도랑에 부딪히는 바람에 내가 핸들을 확 꺾어서 두 차 사이에 면도날을 끼워 넣을 틈도 없을 만큼 가까워졌을 때였다.

"죽여 버릴 거야." 내가 말했다. "다음 정차지에서 죽여 버릴 거야."

"여보." 남편이 자기 아버지 대신 애원했다. 나는 생각했다. 그건 아니야. 지금은 안 돼. 나는 너무나 오랫동안 당신을 위해 싸웠어. "당신은 빌어먹을 내 편을 들어야 해." 내가 말했다. "나는 당신 아내야." 그가 내 어깨를 톡톡 두드릴 때 나는 생각했다. 당신은 내가 지금 어떤 기분인지 전혀 몰라.

박후버가 외쳤다. "그리드."

지도에는 도로가 표시되어 있었지만 현실에서는 그렇게 명확한 것이 하나도 없었다. 덤불 사이로 난 공인된 도로 곳곳에는 유실된 곳, 긴 모래 구간, 갑작스러운 둔덕, 보이지 않는 산마루, 그리드, 갑자기 튀어나오는 소가 있었다. 우리가 던롭 온·오프로드용 타이어를 끼고 있는 것은 티치 덕분이었고, 마커스 부인도 티치 덕분이었다. 그는 모든 것이 간과되길 기대했지만 포트 홀, 죽은 캥거루, 불더스트[97]라 불리는 먼지는 피

_____

97) 아주 고운 먼지.

할 수 없었다. 우리는 셀 수 없을 정도로 많은 고장 차를 지나쳤다. 먼지가 먹었을 때 살찌는 것이었다면 내 몸무게가 1톤은 나갔을 것이다.

주유소는 130킬로미터 떨어진 차터스타워스에 있었는데 이 마을은 알고 보니 아까 그 버려진 차들만큼이나 망가지고 형편없는 곳이었다. 녹슬고 오래된 대형 상점들, 잡초와 큰꽃 고무나무로 뒤덮인 쓰레기 더미, 페인트칠을 하지 않은 기둥 위 낡은 집들이 중심가를 차지하고 있었다. 주유소는 끔찍하게 불타서 무너진 옛 공장 터에 남아 있는 쓸쓸한 주유기 한 대에 불과했다.

주유소로 진입하다가 좁은 도로 건너편에 늙은 말똥가리의 플리머스가 서 있는 것을 봤다. 늘 그렇듯 인도에 구경꾼이 있었지만 나는 손에 타이어 레버를 쥐고 있었다. 응당한 대가를 치르게 할 작정이었다.

이제부터 그에게 내려질 벌에 주목하게 하려고 더러운 조수석 창문을 두드렸다. 거기에 있는 것은 꼬마 영국인이었다. 시아버지는 운전석에 앉아 있었다.

그 순간에는 그의 심장 마비에 대해 알지 못했다. 내가 어떻게 알 수 있었겠는가? 앞 유리를 깨부쉈을 때는 그가 살아 있는 줄 알았다. 이러면 잠에서 깨겠지, 라고 생각했다.

구경꾼들이 나를 덮쳤다. 어떤 얼간이는 두 손으로 내 어깨를 잡았다. 몸을 비틀어 빠져나왔지만 목우 마을의 소몰이꾼들과 농장 중개인들이 여자 손에서 타이어 레버를 뺏기란 식은 죽 먹기였다.

마침내 상황이 이해됐다. 그가 죽었던 것이다. 나는 나 때문에 죽었다고 생각했다. 앞 유리가 산산조각으로 부서져 있었다. 사람들이 그를 땅바닥에 눕힐 때 헐벗은 머리통이 인도에 부딪히는 소리가 들렸다. 틀니는 온데간데없었다.

반바지와 하얀 반스타킹 차림의 덩치 크고 어설픈 경찰관이 코드라이버와 함께 나타났다. 가발이 분명해, 나는 꼬마 영국인에 대해 생각했다. 하고많은 것 중에 그런 생각이 그 순간에 떠올랐다.

남편이 자기 아버지의 가슴에 얼굴을 대고 있는 것을 봤다. 노인은 눈을 크게 뜬 채 앞을 쳐다보고 있었고 입은 벌어져 있었다. 죽음도 그의 외모를 더 낫게 만들어 주지는 못했다.

결혼 생활 내내 나는 티치를 자기 아버지의 악의로부터 보호하려 애썼고, 그의 아버지는 아들을 새장에 가둬 두기 위해 자기가 할 수 있는 모든 일을 했다. 지금껏 내 삶의 목표는 남편에게 사랑이 주는 안락함을 확실히 가르쳐 주는 것이었다. 그런데 이제 보니 그 모든 것이 헛수고였다. 그는 사람들 앞에서 시신 위로 몸을 던졌다. 그의 끈질기고 은밀한 사랑은 더이상 숨길 곳이 없었다.

댄이 남편의 애도를 받을 자격이 없다고 생각하진 않았지만 나는 전혀 슬픔을 느끼지 않았다. 나는 경주에 참가하기위해 유산을 바친 드라이버였다. 길을 건너서 우리 차로 돌아왔을 때 애도하는 데 쓸 수 있는 여유 시간이 한 시간임을 알았다. 그런데 그때 갑자기 차에 시동이 걸리지 않는다는 사실을 알았다. 배터리가 나갔고 전압 조정기가 작동하지 않았다.

나는 꼬마 영국인에게 장의사를 찾으라고 말했다. 그러나 그는 푸르디푸른 눈동자로 나를 쳐다보려 하지도 않았다. 어느새 인파가 모여들었는데 그들이 어디서 왔는지는 하느님만이 아시리라. 박후버에게 장의사를 찾아 달라고 부탁했더니 그가 어딘가에 갔다가 돌아와서는 나를 모자와 부츠를 파는 먼지투성이 가게로 데려갔다. 사방이 단철 발코니로 둘러싸인 위층으로 올라가자 이 바느질 도구 판매점의 점장이 장의사도 겸한다는 사실을 알게 되었다.

나는 어머니와 아버지의 장례를 한 달 간격으로 치렀다. 그래서 댄을 위해 해야 할 일이 뭔지 알았다. 관과 관 손잡이를 고르고 방부 처리 비용을 위한 수표까지 써 주고 나니 45분이 남았다. 박후버는 점프 시동을 도와줄 차를 수배하러 갔다.

점장은 굉장히 하얀 피부를 가졌지만 장의사 중에서는 제일 까맣게 탄 사람이었다. 그녀에게 모디앨록의 도널드슨 부인에게 관을 운구할 비용으로 수표를 써 줬다. 방부 처리를 한 덕분에 얼음 추가 요금은 없었다. 멜버른에 전보 보내는 비용은 현금으로 지불했는데 내가 그 소식을 전화로 알리고 싶지 않아서 그랬음을 인정한다. 잘못된 행동이었다, 나도 안다. 나도 제정신이 아니었다.

한겨울인데도 더운 차터스타워스의 쓰레기 더미 그림자 속에서 노란색 고급 스웨터 차림에 운전 장갑까지 끼고 세상이 안중에도 없을 만큼 넋 나가 있는 남편을 발견했다.

나는 그를 끌어안았지만 그는 포옹을 원하지 않았다.

내가 처리한 모든 일과 댄이 곧 도널드슨 부인 곁으로 갈 거라는 사실을 그에게 말했다.

"당신은 대체 나를 어떤 인간이라고 생각하는 거야?" 그가
물었다.

나는 그에게 사랑한다고 말했다. 당신과 당신의 야망을 위
해서라면 내 인생도 바칠 거야. 처음 만난 날부터 그래 왔어.

"아버지를 두고 떠날 순 없어."

나보다 좋은 여자라면 허락했을 것이다. 나보다 제정신인
여자라면 아마도. 하지만 나는 댄 봅스가 바랐던 대로 그가
이기게 놔둘 수 없었다.

"당신은 포기하면 안 돼." 내가 말했다.

"이건 내 의무야."

나는 그가 의무를 다해야 할 사람은 그 자신과 그가 우승
할 수 있도록 모든 것을 희생한 가족이라고 말했다.

사람들이 우리 이야기를 듣고 있었으리라. 하지만 차터스타
워스에서 누가 내 얘기를 듣건 내가 왜 신경 써야 하는가? 나
는 남편에게, 당신은 대체 나를 어떤 인간이라고 생각하는 거
냐고 물었다. 내가 뭣 때문에 애들을 두고 왔는데? 내가 뭣 때
문에 유산을 다 써 버렸는데? 중도에 포기하려고 그런 건 아
니야.

"알았어." 그가 말했다. "그럼 가."

그의 눈빛이 낯설었다. 나는 이제껏 한 번도 이해하지 못했
던 언니를 떠올렸다. 자기가 결혼한 남자가 어떤 사람인지 모
를 수도 있는 거구나.

"그만 꺼져." 그가 그의 인생에서 처음이자 마지막으로 말

했다.

"그래, 그럴 거야."

"전압 조정기가 이상하더라." 그가 마치 이 말이 사과라도 되는 양 말했다.

나는 내가 해결할 테니 걱정 말라고 했고 우리가 정말로 헤어질 것임을 알았다. 15년 동안 단 하룻밤도 그와 떨어져 자본 적이 없었고, 늘 부엌에서 그를, 그가 모리슨스나 벌랜이나 윌리스나 버니니옹에서 돌아오기를 기다렸고, 그 오랜 세월 동안 그를 품에 안았었다. 그런데 지금 나는 한밤중에 불길에 휩싸여 울부짖는 사탕수수 밭이었다.

시아버지가 죽었다. 남편은 내게 꺼지라고 했다. 회오리바람이 차터스타워스 중심가 한가운데를 따라 내려왔다. 큰 건 아니고 높이가 3미터 정도 되는 붉은 회오리바람이 춤추면서 휘청거리다가 마치 그 중심에서 목부(牧夫) 한 명을 뱉어 낸 것처럼 보였지만 실제로는 분명 그가 절뚝이며 길을 건너고 있는데 회오리바람이 그 위를 지나간 것에 불과했으리라. 그는 인도 위로 올라와 우리 옆에 섰다. 키는 박후버 정도에, 깔끔한 타탄체크 셔츠와 하얀 몰스킨[98] 바지 차림의 이 흑인은 한 다리가 다른 다리보다 짧았다. 나는 그가 우리 내비게이터에게 흥미가 있음을 알아챘고 그들이 서로 대화하는 모습을 봤는데 그 흑인은 멀쩡한 한 눈으로 박후버의 어깨를 넘겨다보면서도 뭔가 굉장히 끈질겼다.

---

98) 스웨이드 같은 촉감의 면 능직물.

나는 그것을 대수롭게 여기지 않았다. 하지만 끔찍한 순간이 왔을 때, 내가 남편을 길에 버렸을 때, 그가 내 이름도 부르지 않으려 했을 때, 내가 경주 아닌 경주에서 우승하기 위해 우리 차로 돌아왔을 때, 한참 후에야 흑인이 차에 타고 있음을 깨달았다.

그가 술을 마셨다는 것을 냄새로 확실히 알았으므로 나는 그가 무서웠지만 박후버가 그에게 내리라는 말을 하지 않으려 들어서 목구멍으로 상실의 아픔을 느끼며 굉장히 빨리 차터스타워스를 떠났다. 나는 한번 하기로 정한 것은 해야만 하는 고집 센 인간이었으니까.

내가 잘못했다. 내가 쌍년이었다. 나는 시속 80킬로미터로 달리면서 눈알이 빠지도록 울었다. 좌회전, 우회전, 좌회전 그리고 철도 건널목. 개천 두 개 그리고 회전하면서 철로 건너기. 내 내비게이터는 이제 나를 보호해야만 했다.

3

하느님, 제게 무슨 일이 일어난 건가요, 나는 생각했다. 뒤에는 절름발이 흑인이 있고, 앞에는 규정 위반 속도로 운전하면서 엉엉 우는 백인 여자가 있었다.

서던크로스와 홈스테드 사이에서 그녀가 차를 두 번 돌렸을 때 나는 두 번 다 이렇게 생각했다. 하느님, 감사합니다. 이제 돌아가서 키스하고 화해하고, 장례식도 제대로 치르고, 아이들은 부모와 헤어지지 않겠구나. 하지만 아니, 아니, 아니, 그녀는 우승해야만 했다. 결국 그녀는 다시 핸들을 돌렸고 우리는 레덱스로 복귀해 먼지구름을 뚫고 마운트아이자를 향해 달렸으며 나는 똑같은 끔찍한 그리드와 배수로가 나올 때마다 또 주행계의 숫자를 외치지 않을 수 없었다. 우리는 방금 뽑은 신차에서 폐차가 되어 버린 자동차들을 지나쳤다. 우리 차는 약병 속의 아스프로 두통약처럼 흔들리고 덜거덕댔지만 문 손잡이 외에는 망가진 게 없었다. 속도계 케이블도 망가지긴 했지만 드라이버가 평균 속도에 전혀 관심이 없어서 상관없었다. 내 뼈는 엉덩이에 내리꽂혔고, 머리는 정수리에서 쪼개졌다. 둔덕에서 여러 번 날아올랐지만 아직은 판스프링이 버텨 주고 있었다. 펜틀랜드에서는 끈적끈적한 토피 같은 흙탕길 때문에 참가자 열몇 명이 창문으로 상체를 내밀고, 트랙터를 가진 날강도 두 명이 그들을 구해 주겠다고 제안하고 있었다. 소풍 나온 지역민 가운데 있는, 차대가 낮은 한 자동차에는 이런 팻말이 달려 있었다. 어떤 땅도 팔 준비가 된 장의사.

흑인이 기대감에 차서 몸을 앞으로 기울였을 때 나는 그의 충혈된 누리끼리한 눈을 보고 생각했다. 저 사람 눈에 내가 어떻게 보일지 상상이 안 가네. 어쩌면 아이린 봅스에 대해서도 같은 말을 할 수 있을지도 몰랐다. 그녀가 저단 기어에 높은 알피엠(rpm)으로 울부짖으며 전쟁터로 돌진할 때 우리는 숨은 돌을 피해 으르렁대면서 급회전하느라 어젯밤 술친구였던 뱅가드 스페이스마스터 53 팀을 포함한, 우리 뒤의 모든 것에 젖은 진흙을 투척했다. 아직까지는 순조로웠다.

베츠크리크에는 1884년에 개국한 우체국이 있었는데 그 주변에는 개미 새끼 한 마리 보이지 않았다. 전압 조정기 상태가 불안정했기 때문에 봅시 부인은 엔진을 켜 놓은 채로 베벌리에게 전화하러 우체국에 뛰어 들어갔다. 나는 엔진에서 간헐적으로 나는 기침 소리를 듣고 생각했다. 만약에 시동이 꺼지면 차를 세우고 우리를 도와줄 사람은 아무도 없겠군. 그리고 에어 필터에 새 스타킹을 씌웠다.

핸들 앞에 웅크리고 앉은 봅시 부인은 계속 기침하고 침을 뱉었다. 마운트아이자까지 640킬로미터를 더 가야 했는데 중간에 도하점이 여러 개 있었고 (더 큰 문제는) 뒤차의 사고를 유발하려고 일부러 자기 후미등을 끄는 참가자들이 있다는 것이었다. 이 구간에서는 어떤 참가자도 모든 표면을 뒤덮는 먼지와 차 밑을 대형 해머로 두들기는 악령 같은 폭력적인 자갈을 잊지 못할 것이다. 타운스빌 사람들은 나를 흑인이라고 생각하는 것 같았다. 그들이 혼혈의 기미에 극도로 민감한 건가? 내 평생 이 '경험'을 마주했을 때보다 더 황당했던 적은 없었다.

우리 뒷좌석 승객이 자기도 얼마든지 운전해도 좋다는 의사를 비추자 봅시 부인의 일장 연설이 시작되고 말았다. 그녀는 그의 몸무게, 그 때문에 소비되는 연료의 양, 그가 하는 일이 거의 없다는 점, 그가 "당신 친구들"과 함께 먼지 속을 걸어가는 편이 나은 이유에 대해 주절주절 강의를 늘어놓았다. "데드 웨이트"[99]라는 용어도 사용했던 것 같다.

그다음에 그를 돌아봤을 때는 그가 모든 스위치를 끈 후여서 내가 감지할 수 있는 인간의 징후가 없었다. "다른 모든 조건이 동일할 때 우리가 특정 인종에 속하는 개인들을 서로 구분할 수 있는 능력은 그 인종 전체에 대한 익숙함이나 접촉의 정도에 비례한다."라고 오래전 누군가가 말했다. 이 말이 절

---

99) 선박에 적재할 수 있는 최대 중량.

대 사실이 아니길 바라지만, 이 시점에 우리 승객은 내게 단지 흑인으로만 보였고 그가 혀에 어떤 외과적 절개를 했을 가능성[100]이 가끔 보인다는 것 외에는 아무런 특징도 구분해 낼 수가 없었다.

우리는 황량한 풍경 한가운데를 계속 나아가면서 구릿빛 언덕 사이를 지그재그로 달렸다. 이곳이 우리 나라의 중심인지는 모르겠지만 나는 하늘을 맴도는 포식자 솔개 외에는 아무런 생명체도 없는, 이렇게 돌투성이에 공허하고 끝없는 뭔가를 본 적이 없었다. 그렇게 달리는 동안 우리는 얽히고설킨 고통과 역사를 서로에게 감춘 채 각자 담담하게 앉아 있었다. 우리가 마운트아이자에서 142.9킬로미터 떨어진 지점에 도착했을 때는 길옆에서 물속 그림자 같은 소 떼가 쏟아져 나오고, 하늘의 검보라색이 광석에 스며들고, 가장 이성적인 사람도 헛것을 보는 위험한 시간대였다. 우리는 79.7킬로미터 개천 위에서 좌우 회전, 81킬로미터 도하에 다다랐다.

봅시 부인이 물에 걸어 들어가 보지 않고는 절대로 도하하지 않기 때문에 정비복을 반바지로 갈아입어서, 흐릿한 노란색 전조등 불빛 아래서 그녀의 아름다운 종아리를 봤는데 다른 상황에서 봤던 그녀 언니의 다리와 너무 비슷했다. 이 개천은 물이 거의 그녀의 무릎까지 올라왔다.

전압 조정기가 정상적으로 작동하는 평범한 상황이었다면 우리가 냉각 팬에서 벨트를 뺐을 거라는 사실은 누가 내게 가

---

100) 호주 원주민의 성인식 풍습 가운데 혀 절개, 발치, 할례 등이 있다.

르처 주지 않아도 알았다. 하지만 벨트를 뺄 수 없으니 이제 냉각 팬이 전기 장치에 온통 물을 흩뿌릴 것이었다. 차터스타워스를 떠난 후로 지금까지 많은 개천을 건넜고 그중 일부는 위험했지만 그녀는 매번 개천에 걸어 들어갔다 나와서 가장 안전한 경로를 짰다. 그리고 엔진에 물이 들어가더라도 티치가 전기 장치에 해 둔 처치만으로 충분했었다.

그런데 지금 우리가 한쪽으로 기운 상태로 휘청거리며 냇둑을 내려갈 때 불현듯 물이 발등 위로 올라오는 것을 느꼈다. 그래도 헤쳐 나갈 수 있을 것 같았지만 차가 한 번, 두 번 튀어 오르더니 시동이 꺼졌다.

"아, 안 돼." 그녀가 외쳤다. "이런 씨발, 빌어먹을."

바닥에 둥둥 떠다니고 있는 요도를 구출하는 것은 의미가 없어 보였다. 우리는 배를 버리고 냇둑 위로 올라갔고 나는 나의 자그마한 드라이버 옆에 앉아 엔진이 물속에서 쉭쉭대는 소리를 듣고 있었다. 어디선가 나무 타는 냄새가 났지만 그것이 산불이라 한들 아무런 빛도 보이지 않았던 데다 우리는 수동적인 피해자였으므로 황혼이 우리의 승리를 집어삼키는 것을 가만히 지켜봤다. 봅시 부인이 맨다리에 앉은 모기를 때려잡으면서 흑인은 어디에 숨었냐고 물었다.

나는 그가 가 버렸으리라고 추측했다. 왜 안 그러겠는가? 이곳은 그의 고장이었다. 내가 읽은 바에 따르면 그는 갈증이나 굶주림으로 죽지는 않을 것이었다. 마치 이 적토가 슈퍼마켓인 양 먹을 것을 구할 수 있을 터였다.

잠시 후 레덱스 경쟁자들이 우리 차를 향해 돌진하면서 우리는 또 다른 위험에 직면했다. 나는 그들이 우리 차를 들이받지 않게끔 수신호를 하느라 귀중한 손전등 배터리를 거의 다 써 버렸다. 물론 차를 세우고 우리를 도와주는 이는 없었다. 우리는 밤중에 버림받은 아이들처럼 공포심을 마음속에 감춘 채 그들의 빨간 후미등을 쳐다봤다. 그들은 산등성이를 넘어 우리에게서 달아났고 전조등 불빛도 강물에 떠내려가듯 덤불 사이로 사라졌다.

나중에는 달이 떠올랐지만 등 뒤에서 인기척이 들렸을 때는 사위가 칠흑같이 어두웠다. 아까 뒷좌석에서 나던 입냄새가 났다. 그에게 일행이 있음을 깨닫자 목덜미의 털이 곤두섰다. 우리의 전(前) 승객이 단호하게 내 손에서 손전등을 낚아채어 보닛을 열고 배터리를 쳐다보는 동안 나는 가만히 앉아 있었다. 봅시 부인이 다급하게 내 팔을 움켜잡았다. 그 절체절명의 순간에도 내게는 아직 내 위팔을 누르는 그녀의 가슴을 느낄 여유가 있었다.

"연장." 우리의 사내가 요구했다.

"주지 마요." 봅시 부인이 말했다. "팔아먹을 거예요."

그녀를 배신하고 싶진 않았지만 우리가 가진 연장 두 세트 가운데 작은 쪽을 넘겨줬다. 그리고 그가 그중에서 멍키 스패너를 골라 배터리에서 케이블을 분리하는 것을 지켜봤다.

"저 사람 뭐 하는 거예요?" 그녀는 바짝 다가서 있어서 답을 이미 알면서도 이렇게 외쳤다. 그가 우리 배터리를 차에서 꺼내고 있었다.

"납 팔아먹으려고 저러는 거예요."

"부인." 우리의 전 승객이 말했다. "우리 그를 데워."

"박후버." 그녀가 소리쳤다.

내가 남자로서 나서야 할 때라는 건 알았지만 지금 뭘 어쩌겠는가? 내가 손전등을 '강도'에게 넘겨준 뒤에 우리는 개천을 따라 걷다가 아마 우기에는 빌라봉[101]일 것 같지만 지금은 바람을 피하기에 좋은 피난처로 들어갔다. 그곳에는 흑인 무리가 있었는데 모닥불 주위에서 야영하는 사람이 아이들까지 열몇 명, 그리고 늦은 점심을 거의 다 먹은 앙상한 회갈색 개 두 마리가 있었다.

우리 승객이 모닥불 옆에 짐을 내려놓았다.

"배터리 그는 안 좋아." 그가 말했다. "그를 더 좋게 만들어야 해."

설사 내가 그를 힘으로 제압할 수 있었더라도 아무 의미 없었을 것이다. 그의 공범 둘 — 한 명은 기껏해야 10대였고, 나머지 한 명은 건장하고 수염을 기른 노인 — 은 확실히 나를 두려워하지 않았기 때문이다. 그들은 덤불 속에서 웬 이상한 철사 같은 통나무를 끌고 나오더니 모닥불 양쪽에 평행하게 놓고는 그 위에 녹슨 골함석 조각을 올렸다.

"저 사람들 못하게 해요." 봅시 부인이 내 팔을 잡아당기며 말했다.

나는 생각했다. 뭘 못하게 하라는 거야?

우리 승객이 배터리를 집어 들더니 제물처럼 불 위로 내밀

---

101) 홍수 때만 물이 차는 냇바닥.

었다.

"저 사람 말려요. 윌리."

윌리라고 불리는 것은 기분 좋았지만 비실용적인 요구였으므로 나는 호기심 어린 표정으로 사내 옆에 서 있는 것보다 더 남자다운 일은 할 수 없었다.

"부시[102] 발전기." 그가 내게 말했다. "우리 그를 멈추고 고쳐, 부시 의사." 그가 미소를 지은 것은 이때가 처음이었다.

봅시 부인이 모닥불로 더 가까이 다가오자 클로버라면 카라바조[103]를 언급했을 법한 방식으로 그녀의 얼굴에 빛이 비쳤다. 나중에 그녀는 이때 배터리가 위험하다는 사실뿐 아니라 어둠 속에서 자신을 빤히 쳐다보는 주위의 적대적인 시선도 두려웠다고 말할 것이다.

루커스 배터리 — 어둠의 왕자라 불리는 바로 그 조지프 루커스[104] — 그러니까 루커스 12볼트 배터리가 골함석 위에 놓였을 때 그녀의 어깨가 축 처지면서 엄청나게 지친 기색의 지저분한 얼굴이 모닥불 빛에 드러났다. 그때 각각 다섯 살, 열 살 정도 된 두 아이, 두 소녀가 엄마 심부름으로 봅시 부인의 어깨에 담요를 둘러 주러 왔는데 더러울까 봐 그녀가 꺼리는

---

102) 호주 오지 또는 그곳에 사는 원주민.

103) 17세기 이탈리아의 바로크 화가. 전체적으로 어두운 가운데 조명이 비치는 곳만 환하게 표현하여 명암 대비를 극대화하는 화풍이 특징이다.

104) 전조등을 비롯한 자동차 전기 부품 제조사인 루커스 인더스트리스의 제품은 갑자기 고장 나서 운전자들을 어둠에 빠뜨리는 것으로 악명 높아 창립자인 조지프 루커스(Joseph Lucas, 1834~1902)에게 이런 별명이 붙었다.

게 확연히 보였다. 어쨌거나 아이들은 동정심을 강요하지 않고 중간 거리에 두 팔로 무릎을 끌어안고 쪼그려 앉아 그녀를 관찰했다. 나중에 달이 떠서 가지가 마구 헝클어진 머리카락 같은 티트리의 그림자가 아이들 얼굴에 드리웠을 때에야 비로소 그들의 선의를 볼 수 있었다.

사내가 마침내 배터리를 불 위에서 들어 올려 우리 앞의 땅바닥에 놓았다. "그"(배터리)가 이제 힘세다는 말을 듣고 그들이 열을 이용해서 전자를 활성화했음을 알았다.

우리의 '강도'가 배터리를 돌려줬을 때 그것은 거의 손댈 수 없을 만큼 뜨거웠다. 하지만 나는 달빛 속을 뛰어서 그것을 우리 자동차로 가져갔고 봅시 부인은 내 뒤를 바짝 따라오면서 속삭였다.

"저 사람 뭐예요? 주술사인가?" 그녀가 말했다. "다음은 뭐죠? 저 사람들 뭘 원하는 거예요?"

아까와 마찬가지로 보스는 그녀였다. 우리 승객이 마술을 알지는 몰라도 케이블을 다시 연결해야 하는 사람은 봅스 부인이었다. 배터리에서 스파크가 엄청나게 튀자 그녀는 갑자기 화가 났다.

"당신은 가요, 안 가요?" 그녀가 자신의 은인에게 물었다.

"우리 이곳에 앉아." 그가 이렇게 말했다, 라고 생각한다.

"기다림 없어요." 그녀가 말했다. "다음은 마운트아이자예요. 엄청 급해요."

"그를 걸어." 우리 승객이 엔진 크랭크를 돌리는 시늉을 하며 명령했다.

당연히 시동이 걸렸고, 당연히 전조등이 들어왔다.

"로치 피터슨." 그가 그녀에게 악수를 청했다.

"아이린 봅시예요." 그녀가 말했다.

엔진이 꺼진 지 한 시간 만에 우리는 다시 출발했다. 나와 아이린 봅시와 그녀의 작고 하얀 무릎, 이렇게 셋이서만.

4

경주 차의 냄새, 고약한 냄새, 훅 끼치는 냄새, 구린내, 이 악취의 제조법은 《오스트레일리언 위민스 위클리》에서 절대 찾을 수 없겠지만 그 재료에는 휘발유, 고무, 꽃가루, 먼지, 오렌지 껍질, 뭉개진 바나나, 겨드랑이, 양말, 남자의 몸이 포함된다. 나는 망가진 전압 조정기로 밤들도록 계속 달렸다. 내 전조등은 엔진의 알피엠(rpm)에 따라 밝아졌다 어두워졌다 했다. 우리 밑에는 60센티미터 두께의 불더스트가 깔려 있었다. 그것은 늘 부드럽고 푹신해 보였지만 홀든은 알루미늄 보트가 바위에 부딪힐 때처럼 쿵쾅거렸다. 서스펜션이 녹아 버리지 않은 게 기적이다. 때로는 앞차의 충격 흡수기가 열을 받아서 엑스레이처럼 하얗게 빛나는 것을 보기도 했다. 어둠 속에서 갑자기 소 떼가 나타날 때도 있었다. 만약 내 차가 전복

되거나 캥거루를 친다면, 내가 사고를 내서 우리가 다 죽는다면 어떻게 될까? 우리 아들딸은 나에 대해 뭐라고 할까? 엄마는 대체 자기가 뭘 하고 있다고 생각한 거야? 엄마는 정말 이기적이고 과대망상이었던 게 틀림없어.

그때 문득 뇌리에 던스턴이 떠올랐다. 그도 나를 생각할 것 같진 않았다.

내 생각은 때때로 도로를 벗어나 아까 그 흑인 소녀들과 그들의 소중한 담요 주위를 맴돌았다. 나는 담요를 개지도 않았고 고맙다는 인사도 안 했다. 그래서 내가 예의 바르게 행동하는 것을 상상했다. 딱딱한 맨땅을 걸어가서 깔끔하게 갠 담요를 그들의 발치에 놓는 것이다. 나는 카페인 알약과 건포도를 먹었다.

홀든 FJ의 좌석은 벤치 시트[105]라서 내 내비게이터가 가끔 보드상자에 세게 부딪히곤 했다. 나는 꼬마 소년에 대해, 우리가 그 애를 어떻게 해야 할지에 대해 생각했다. 그리고 또 생각했다. 박후버는 나를 원해. 난 확신했다. 이렇게 남자와 가까이 있으면서 이런 것들에 대해 생각하지 않기란 불가능하다. 예전에 침대에 누워서 박후버와 언니의 소리를 들었을 때도 상상해선 안 되는 것을 상상했었다.

그도 카페인 알약을 먹고 있어서인지 드럼통만큼 굵은 거대한 뱀이 나왔다고 허위 경보를 울렸다. 헛것을 보고는 긴 흰색 셔츠를 입은 원주민들이 길옆에서 뛰고 있다고 말하기도

---

105) 운전석과 조수석이 하나로 연결된 것.

했다. 하마터면 속도랑을 그냥 지나칠 뻔한 적도 있었다. 하얀 개쑥갓 씨[106])가 마치 깃털 베개가 찢어졌을 때처럼 어둠 속을 날아다녔다. 우리 애들을 만든 씨도 날아서 내 문 앞에 왔는데 후회한 적도 없지만 더 원하지도 않았다. 나는 내가 그렇게 많이 웃을 거라고, 혹은 그렇게 많이 느낄 거라고 생각했던 적이 없었다. 우리는 우리 몸으로 상상 불가능한 일들을 했다. 티치는 아래쪽에서 입을 사용한 최초의 남자였다. 나는 그가 그것을 창안했다고 생각했다.

나랑 결혼했을 때 티치의 계획은 뭐였을까? 그는 내게 운전을 가르쳤다. 그는 인기 많고 재밌는 남자였지만 한 길 사람 속에서 무슨 일이 일어나는지 누가 알겠는가? 그는 흉터를 숨기기 위해 늘 긴팔옷을 입고 단추를 잠갔다. 담뱃불 흉터. 나는 우리 결혼식 날 밤에 그걸 보고 울었다. 이래서 그가 빛나는 거구나, 그때 깨달았다. 이래서 그가 농담하는 거구나. 나는 그의 완벽한 머리통을 품에 안았을 뿐 그가 입은 피해에 대해서는 전혀 몰랐다.

그가 정확히 무슨 일을 당했는지 대화를 나눈 적도 없었고, 그도 자기 어머니에 대해서만큼이나 자기 몸의 상처에 대해서는 이야기하지 않았다. 가해자는 줄담배를 피우는 댄 아니면 아들을 성직자나 독신남과 단둘이 남기고 간 댄이었다. 흉터에 대해 말하자면, 고객 한 명에게 운전을 가르치는 데 몇 개의 흉터가 필요했을까? 이것 때문에 그가 교활해진 걸까?

---

106) 민들레 씨처럼 갓털이 달려 있다.

나는 통제 불가능한 아들 바보로부터 남편을 구하는 것이 내 임무라고 생각했다. 나는 그의 아내, 그의 보호자였고 항상 그 신성한 맹세를 지켰다. 하지만 그가 그 잔인한 허풍선이 때문에 레렉스를 포기하고 싶어 했을 때 그건 아니, 아니, 절대 안 됐다.

클론커리로부터 62.2킬로미터 지점에서 노두(露頭)에 부딪혀 판스프링이 망가지고 확실한 자국이 남았다. 왜 경고를 듣지 못했냐고? 박후버가 카페인에 취해서 '메가포나'[107]를 봤기 때문이다. 그게 뭔지는 모르겠지만.

판스프링을 고치기 위해서는 둘이 같이 차 밑에 누워 티치에게 훈련받은 것을 실천에 옮겨야 했다. 우리는 필요에 의해 어깨를 맞대고 누워 기름투성이 판스프링에서 섀클 볼트를 뺐다. 예의고 나발이고 있을 수가 없었다. 그가 스프링 아이와 바닥 사이에 나무토막을 밀어 넣고, 그의 거친 팔이 내 뺨에 닿고, 우리가 잭으로 판스프링을 들어 올려서 섀클 볼트를 끼울 수 있는 지점까지 나무토막을 따라 스프링 아이를 미끄러뜨리고, 내 입이 그의 입을 덮쳤을 때는. 하느님 맙소사, 이제 됐어, 내 인생에서 30초도 안 되는 시간이었어.

"이 얘기는 다시는 입에 담지 마요."

그는 다시 그리드와 커브와 개천 외치기로 되돌아갔고 두 시간 후 우리는 마운트아이자 검사소에 도착했다. 박후버가 내 엉덩이 위를 잡고 나를 바짝 끌어당겼던 몇 분 동안의 이야기

---

107) 거대 동물.

를 말해 주는 것은 내 가슴에 남은 기름 얼룩뿐이었다. 도착 등록을 했다. 그리고 나는 보스가 되어 연료를 채우라는 지시를 내리고 압축 압력 점검을 했는데 후자는 돈 낭비였다. 허리가 가늘고 소매를 걷어 올린 레덱스 드라이버들은 지난번에 봤을 때보다 훨씬 덜 멋있었다. 그들이 우리를 보고 손을 흔들어 인사했다. 우리는 그들에게 티치가 뒷좌석에서 자고 있는 척했다. 나는 드라이버들을 위해 특별히 야근 중이던 길버트 씨라는 전보 기사를 찾아내서 이렇게 썼다. 차터스타워스 마슨 장의사의 티치 봅스에게. 사랑해 미안해 내일 다윈 도착.

내비게이터는 차 밑에서 자고 나는 뒷좌석에서 잤다. 모두가 보았다시피.

아침이 되자 우체국에 가서 애들한테 전화했다. 언니가 나를 위로해 줬다. 카운터 뒤에서 길버트 씨가 나오더니 티치에게서 온 전보를 건넸다. 다윈 검사소 들어가지 마 베리크리크 급수장에서 기다려 요도 T-D 14에서 289.8킬로미터. T. 봅스.

나는 생각했다. 하느님 감사합니다. 티치가 나를 잡으러 오고 있네. 그런데 비행기표 값은 어떻게 낼 거지? 나는 실점 없음이라고 전보를 쳤다. 사랑이라는 단어에 돈을 내기는 싫었다.

트레일러 주차장에 실외 샤워기가 있었는데 거기서 박후버의 벗은 상반신을 봤다. 살이 움푹 파인 끔찍한 흉터, 멜론 볼러[108] 같은 것에 의해 만들어진 상처가 있었다.

검사소에서 우리 팀 세 번째 멤버가 푹 자고 있다고 생각하

---

108) 멜론을 동그란 모양으로 떠내는 스푼.

게끔 코트와 담요를 둘둘 말아서 뒷좌석에 났다. 시동을 걸기 위해 흑인 몇 명에게 차를 밀게 하고 10봅을 줬는데 그들은 그 돈이 충분치 않다고 생각했다.

마운트아이자를 벗어날 때 내비게이터가 넓적한 손등을 내 뺨에 갖다 댔다.

"꿈도 꾸지 마요." 내가 말했다.

재규어 한 대가 시속 140킬로미터로 우리를 추월했다. 요도 에서 289.8킬로미터까지는 액셀을 힘껏 밟아야 할 터였다. 거기 에서 무슨 일이 일어날지는 모르지만.

5

박후버는 운전할 때 긴장하는 사람이었다. 마운트아이자와 다윈 사이에서 자기가 운전하겠다고 제안했던 것도 친절함의 발로에 불과했다. 그가 언급했듯 이 길은 아스팔트 포장도로였으므로 어제 개천에 빠지지만 않았어도 그에게 운전을 맡겼을 것이다. 맡겼어야 했다. 그런데도 내가 한숨도 못 잔 채 연속 몇 시간을 운전한 이유는 시간을 허비한 것이 내 탓이기 때문이었다. 그리고 나는 몇 번이나 소 떼에 발이 묶였다. 녀석들은 한 번에 400마리씩 배를 타러 다윈으로, 그다음에는 죽음을 향해 이동 중이었다. 우리의 평균 속도는 시속 70.4킬로미터여야 했지만 거세우들 사이를 뚫고 달릴 수는 없었고 원주민 목부들은 소들이 원하는 만큼 천천히 가도록 내버려두었다.

톱엔드 횡단, 2,560킬로미터

밤이 되자 소 떼는 도로를 벗어났지만 여전히 길 잃은 거세우와 캥거루와 내 내비게이터에게만 보이는 유령이 있었다. 그는 한때 키 6미터의 왈라비들이 이 고장을 점령한 적이 있다고 말했다.

다윈 근처에서 다시 한번 소 떼로 인해 지체되었다. 그리고 거기에 딸려 온 검정파리들이 땀에 젖은 내 얼굴 위에서 잔치를 벌였다. 녀석들과 함께, 전보에서 지시한 약속 장소에 도착했다. 베리크리크 급수장 요도 T-D 14에서 289.8킬로미터. 여기에 차를 세웠다.

전압 조정기가 망가져서 엔진을 공회전시킬 수밖에 없었다. 나는 기다렸다. 눈앞에는 적토와 쓸쓸한 가시철망 울타리와 오래된 팻말들밖에 안 보였다. 리빙스턴 활주로, 험프티두 이쪽 아님은 무슨 말인지 이해하지 못했다. 조종사 식당도 있었는데 그것은 연두색과 노란색 꽃이 핀 알라만다 덩굴이 옥죄는, 한쪽 벽이 없는 헛간이었다. 젊은이들이, 일본인 또는 오스트레일리아인 또는 양쪽 다가 이곳에서 죽었을 텐데 지금 이 조종사 식당이라는 곳은 흑인들과 그 아이들 무리에게 침범당해 있었다. 거세우들과 소몰이꾼들은 계속 전진했다.

그렇게 나는 남편을 기다렸다. 거세우들이 우리 차에 부딪힐 때 따뜻한 녀석들의 몸이 부드럽게 미는 것을 느꼈다. 지나가는 원주민 목부들은 이 땀투성이 백인 여자에게 거세우를 꽤 정확하게 판정하는 능력이 있을 거라고는 생각하지 못했을 것이다.

우리가 파리를 쫓거나 때려잡는 동안 몇 분이 흘렀다. 마침내 차 한 대가 먼지 너머에서 전조등을 환하게 빛내며 우리를 향해 다가왔다. 혹시 폭스바겐을 탄 저 사람이 우리 남편인가? 그는 우리 앞에, 우리 차와 마주 보게 차를 세웠다.

그가 아니었다. 그는 어디에 있지? 이 운전자는 얼간이였다. 새로 산 어쿠브라 모자,[109] 꽉 째는 반바지, 살찐 다리, 옆면에 고무 밴드가 달린 새 목부용 부츠. 이것이 '남쪽의 기적'이라 불리는 사람이었다.

"문 열어요." 그가 외쳤다.

그가 연장 세트와 연료 통 사이에 앉은 뒤에야 나는 그가 누군지 알아봤다.

"던스턴 씨."

"아니, 아니에요." 그가 내 백미러를 향해 윙크했다. "저는 밸러랫에서 온 시어러 씨예요."

하지만 두툼한 콧수염이 윗입술을 완전히 덮고 있고 장의사만큼이나 낯빛이 창백한 그 사람은 던스턴이었다. 그가 보라색 주름지로 싼 작은 꾸러미로 내 어깨를 꾹꾹 눌렀다. 나는 당연히 지난번에 그가 '감사' 표시를 하려 했을 때 있었던 일을 떠올렸다.

"새 조정기로 교체할 수 있겠어요?"

"GMH 직원으로 여기 오신 거예요?" 나는 물었다. 그가 원래 있어야 할 곳에서 이렇게 멀리까지 왔다는 사실에 진심으

---

109) 토끼털 펠트로 만든 부시 해트의 상표명. 부시 해트는 챙이 넓고 크라운이 깊은 호주 군모를 가리킨다.

로 놀랐기 때문이다.

"GMH에서 이 일을 알았다간 저는 죽은 목숨이에요."

나는 그에게 내 남편이랑 대화했냐고 물었다.

"곧 알게 될 거예요."라는 그의 대답에 나는 생각했다. 이건
또 무슨 수작이지?

"대화했어요?"

"저는 누구를 만난 적도, 대화한 적도 없어요. 알겠어요? 당
신을 포함해서요. 새 조정기로 교체할 수 있겠어요? 거기에는
요정 가루도 제대로 칠해져 있어요. 무슨 말인지 알죠?"

"이게 조정기예요?"

"아뇨, 그건 망할 진주 목걸이예요."

"이따가 점프 시동을 걸어야 해요. 네, 교체할 수 있어요."

"혼자서 할 수 있다고요?"

"제 남편은 어디 있어요?"

"드라이버를 길에 버리고 가는 참가자는 당신뿐일 거예요."

"어디 있어요?"

"사소한 일에 흥분하지 마요. 오는 중이니까. 지금. 그 조정
기로 교체할 수 있겠어요? 연장은 있어요?"

던스턴이 이 모욕적인 마지막 질문을 던지자 박후버가 차
뒤에 실린 짐 속에서 작은 연장 세트를 꺼내기 위해 앉은 자
리에서 몸을 틀었다.

"그리고 당신 내비게이터 말인데 — 남쪽의 기적이 말했
다. — 이 사람 지명 수배자예요."

윌리가 잡동사니 속에서 연장 세트를 쑥 잡아 빼어 자기 무

룬 위에 놓았다. "그건 좀 잘못된 표현이네요." 그가 차분하게 말했다. 그는 마치 쇼트브레드쿠키나 초콜릿 비스킷이 든 통을 열듯 그 빨간 통의 뚜껑을 열고 내가 고를 수 있는 연장을 보여 줬다. 나는 지금부터 할 작업에 필요한 연장을 골랐다.

"우승하면 어떡할 건가요, 박후버 씨?" 던스턴이 물었다. "신문은 당신의 상황을 방금 내가 말한 것처럼 보도할 거예요. 그게 어떤 피해를 초래할지 생각해 봤어요? 이 팀의 멤버로서 자신의 입장에 대해 생각해 봤냐고요."

나는 그에게, 우리는 이미 드라이버 한 명을 잃었다고 말했다. 우리가 내비게이터도 해고해야 한다는 거예요?

"당신은 드라이버를 잃지 않았어요, 봅스 부인."

"마지막으로 봤을 때 남편은 차터스타워스에 있었어요."

"그래요, 그러니까 다음번에 만났을 때는 남편한테 더럽게 잘해 주도록 해요. 장소는 브룸이 될 거요. 누가 물으면 봅스 씨는 한 번도 차를 떠난 적이 없는 거예요. 우리가 결승선을 통과할 때는 봅스 씨도 같이 있을 거요."

우리? 나는 그에게 제너럴 모터스 직원이 왜 폭스바겐을 타고 있으며, 왜 자기가 있어야 할 곳에서 4,800킬로미터 떨어진 곳에 있냐고 물었다.

"나는 지원 팀이에요."

"아니, 당신은 지원 팀이 아니에요."

"남편을 만나거든 물어봐요."

나는 생각했다. 내가 사기당했네. 바보 등신이 됐어. 내가 속았다는 걸 모두가 아는구나.

"누가 당신들에게 스폰서를 소개해 줬죠? 알기나 해요?"

아니, 나는 몰랐다. 울 수도 있었지만 자기 똥구멍과 전압 조정기도 구분 못하는 이 인간 앞에서는 울지 않을 것이었다. 시동을 껐다. 보닛을 여는 버튼을 누르고 연장과 조정기를 챙겼다. 물론 내 내비게이터는 뜨거운 전기 장치를 다룰 때 나를 보조할 것이었다. 나는 그의 존재가, 그의 상냥한 익숙함과 자제력이 기꺼웠다. 나는 나를 향한 그의 감정을 믿었다. 그의 도의심과 침착함을 믿었다.

"당신!" 하고 뒷좌석의 원한에 찬 비실무자가 외쳤다. 그것이 그가 나의 친애하는 고상한 친구를 부르는 방식이었다. "당신 이름이 윌럼 오거스트 박후버요?"

나는 던스턴에게 우리가 스물네 시간 연속으로 운전해서 왔으니 불쌍한 사람을 괴롭히지 말라고 했다. 그가 잠깐만 입을 다문다면, 우리가 점프 시동을 걸 수 있다면, 제때 검사소에 도착도 하고 배터리도 충전할 수 있을 터였다.

"당신은 팀을 위험에 빠뜨렸소." 그가 말했다. "양육비를 체납한 상태라고?"

나는 그에게 지금도 GMH 직원이냐고 물었다.

"지금 이 차에는 그보다 더 중대한 이해관계가 달려 있어요."

"당신 이름은 던스턴이지 시어러가 아니에요."

"시끄러워요." 그는 이렇게 말하곤 박후버 쪽으로 몸을 돌렸다. "당신 인생은 개판이오. 우리가 우승하면 기자들이 당신 아내와 아들을 찾아낼 거요. 봅스 부부에게 정말 그런 짓을 하고 싶소? 당신이 모든 걸 망치고 있다니까."

"사람 잘못 봤어요, 던스턴 씨." 그가 대답했다. 나는 그가 차에서 내려서, 그리고 길을 따라 저쪽으로 걸어가 버려서 기뻤다. 그가 돌멩이 하나를 집어서 멀리 던졌다. 지금껏 그가 화내는 것을 한 번도 본 적이 없었는데 만약에 내게 된다 해도 정당한 폭발일 거라는 판단이 들었다. 나는 던스턴에게 우리를 내버려두고 꺼지라고 했다. 그런 말을 해 본 것은 처음이었다.

6

나는 절대 술을 요구하는 사람이 아니었지만 봅시 부부에
게는 맥주가 만병통치약이었던 데다 아이린이 던스턴은 '불편
하다'며 술집에 같이 가 줄 수 없다고 부탁했다.

나는 그녀에게 모사꾼은 멀리하라고 했다.

불가능한 일이에요, 라고 그녀는 표현했다. 하지만 우리는
여기서 마실 수 있잖아요. 여기란 그녀가 방금 전에 엄청나게
혹평한 — 이렇게 더러운 곳은 본 적이 없다. 차에서 자는 당
신이 행운아다. — 오래된 라러핀타 호텔을 가리켰는데 사실
이었다. 길고 굵은 기둥 위에 올라앉은 이 조악하고 더러운 호
텔은 조차장[110] 맞은편에 위치했고 도축장과 플래건[111] 와인

---

110) 철도에서 열차를 잇거나 떼어 내는 곳.

의 시큼한 악취에 잠겨 있었다. 광고 속 "바다 전망"은 실제로 존재했다. 전혀 다듬어지지 않은 덤불과 풀밭 너머에 황혼 속으로 사라져 가는 안개 낀 티모르해(海)가 있었다. 그 앞이자 호텔 맞은편에는 음주 금지, 도박 금지, 사기 금지를 알리는 팻말이 있었는데, 사실 그것은 팻말 앞이 아니라 뒤쪽에 사는 사람들, 여기저기 점점이 연기가 지독한 모닥불을 피우고 둘러앉은 흑인 무리가 대상임이 명백했다.

봅시 부인 때문에 남자 동행들은 이른바 '처녀들의 라운지'라 불리는 별실에서 술을 마실 수밖에 없었다. 천만다행이네. 나는 시비 걸기 좋아하는 무례한 백인들이 빽빽이 들어찬 선술집을 보고 생각했다. 그런데 그들 사이에 끼어 있는 흑인 한 명이 내 시선을 끌었다. 우리를 구해 준 배터리 의사와 똑같이 생겼기 때문이었다. 그가 맞았다. 틀림없었다. 그가 맞은편에서 나를 빤히 쳐다보고 있었다. 여길 나가는 게 낫겠어, 나는 생각했다.

그때 땀에 전 불쾌한 던스턴이 봅시 부인에게 차 문을 잠갔길 바란다고 말했다. 안 그랬다가는 길 위의 죽은 닭처럼 다 뺏기고 뼈만 남을 거라고 했다. 그래서 내가 확인하겠다고 그에게 말했다.

그 빌어먹을 시선이 내가 돌아오길 기다리고 있었다. 문제의 흑인은 이제 선술집이 아니라 처녀들의 라운지에서 긴 등

---

111) 약 1.1리터들이 병으로 대개 손잡이와 주둥이가 있으며 뚜껑이 달린 경우도 있다.

톱엔드 횡단, 2,560킬로미터

을 벽에 기대서 있었다. 그가 나에게 맥주잔을 들어 보였다.

"배터리 의사?"

"미스터 레렉스."

물론 나는 그와 악수했다.

그때 저쪽에서 1페니짜리 동전이 날아와 바에 맞고 튀어올랐다. 그 원인이 나였음을 알게 된 것은 나중 일이었다.

"굉장히 빨리 따라오셨네요. 성함이 로치? 로치 피터슨이었나요?"

"로치 맞아. 나랑 한잔해."

물론 나는 술을 마시지 않았지만 그의 기분을 상하게 하고 싶진 않았다. 옆을 돌아보니 벽창호 같은 바텐더가 이미 나를 주시하고 있었다.

"개 이름표." 그가 요구했다.

"우리 일행이에요." 던스턴이 외쳤다. "내가 살 거요."

"이자가 빌어먹을 영국 왕세자랑 함께 왔어도 상관없소. 나는 면제 증명서를 봐야 해요."

"이해가 안 가는데요." 던스턴이 말했다.

"당연히 그렇겠지." 바텐더가 못 아니면 돗바늘로 자기 몸에 직접 문신을 한 젊은 여자에게 줄 술잔을 채우면서 어깨너머로 말했다.

"멍 멍!" 젊은 여자가 이렇게 짖더니 웃었다.

"이봐요." 던스턴이 말했다.

"이해해요." 바텐더가 말했다. "당신들이 남쪽에서 왔다는 건 알겠으니까. 내가 알고 싶은 건 단지 이 친구가 개 이름표를 갖고 있냐 하는 거요."

뒤돌아보니 로치 피터슨의 충혈된 누리끼리한 눈이 여전히 나를 쳐다보고 있었다.

"가는 게 좋아." 그가 말했다.

"나한테는 술 팔았잖아요." 봅시 부인이 말했다. "그러니까 내 내비게이터한테도 팔아요."

"이 사람들한테 보여 줘, 로치."라고 바텐더가 말했다. 흑인은 잠시 가만있다가 나를 쳐다봤다가 마침내 바지 주머니 깊숙한 곳에서 꾸깃꾸깃한 종잇조각을 꺼냈다. 그러자 백인 바텐더가, 바가 젖어 있음에도 불구하고, 내가 읽을 수 있게끔 바 위에 종이를 손으로 쫙 펼쳤다. 일반 면제 증명서. 이 문서는 그 소유자, 즉 로치 피터슨으로 알려진 튀기 원주민에게 (1) 쾀비 다운스 농장 밖으로 나갈 권리, (2) 체포되지 않고 시내를 자유롭게 걸어 다닐 권리, (3) 배에 타거나 호텔에 들어갈 권리를 부여한다.(그러나 주인의 재량에 따라 서빙을 거부당할 수 있다.) 주의: 원주민 언어로 말하는 것은 금지된다.

"다른 데 마셔." 흑인이 말했다. 그리고 모든 주름이 이마와 코가 만나는 곳을 향해 나 있는, 빛바랜 잘생긴 머리통으로 고갯짓을 했다. "다른 데 마셔 나아. 나 따라와."

아이린은 어안이 벙벙해서 입을 벌리고 있었다. 던스턴은 하고 싶은 말을 참느라 몸을 부들부들 떨었다. 내 드라이버가 바텐더에게 내가 원하는 것은 뭐든지 주라고 명령했다.

두 배우를 차례로 쳐다봤던 이 순간을 나는 분명 잊지 못할 것이다. 처음에는 그들이 이런 어처구니없는 실수를 했다는 사실이 재미있었다. 문신한 여자는 동전이 날아왔을 때 개처럼 짖었다. 왜? 바텐더는 은근히 나를 주시하면서 맥주 건(gun)을 작동하느라 바쁜 척했다.

"나랑 같이 가." 닥터 배터리가 속삭였다. 그러나 이것은 대략적인 인용일 뿐, 그때 그리고 그 후에도 여러 번, 그가 정확히 뭐라고 말했는지는 확실치 않다. 그의 발음이 부드럽고 불분명해서 내 언어보다는 그의 노래하는 듯한 언어에 더 가깝게 들렸기 때문이다. 그가 다시 말을 했는데 술집 안에 악의가 가득하고 분위기가 너무 안 좋아서 한마디도 알아들을 필요가 없었고 가볍게 넘길 상황이 아니라는 것만 알았다.

호텔이 끝에 주석을 씌운 그루터기 위에 높이 지어져 있긴 했지만 계단을 내려와 컴컴하고 시큼한 흙바닥에 도착하기까지 걸린 시간만으로는 내가 처한 상황을 이해하기에 불충분했다. 단지 내가 공격을 당했는데 누가 왜 그랬는지 모른다는 것만 알 수 있었다. 이번에는 다윈 바텐더의 짓이었으니 전문가에게 공격당했다고 할 수 있을지도 모르겠다. 가장 고상한 방식의 차별을 보여 준 사람이 타운스빌 경찰이었던 것처럼 말이다. 추측건대 그는, 내게 레모네이드는 팔 수 있다고 말했던 여자 바텐더만큼이나 자신 있게 내 골상을 '읽은' 듯했다. 이 모든 상황이 너무나 언짢았다.

"당신 나 5파운드 줘." 닥터 배터리가 내게 말했다. "우리 캠프에서 마셔."

이 악당, 나는 생각했다. 그리고 지갑을 열었지만, 나는 절대 돈을 지갑에 넣고 다니지 않았으므로, 예상대로 그것은 비어 있었다.

아이린도 같이 계단 밑에 내려와 있었다. "다시 올라가요."

"저 위 그에게 좋지 않아." 로치가 말했다. "거기 흑인 안 좋아해."

"실없는 소리 마요." 작고 깔끔하고 겁먹은 그녀가 말했다. "돌아가요, 윌리. 던스턴과 단둘이 있긴 싫어요."

"나 두 친구 여기 멈춰, 부인. 당신 나 5파운드 줘. 플래전 하나 맥주 여섯. 불쌍한 친구 나랑 캠프 와서 마셔."

"당신은 술도 안 마시잖아요." 그녀가 내게 말했다.

"그는 돌아와, 그는 나랑 멈춰, 한 개 봐."

"윌리?"

위층의 술꾼들이 철도 작업화를 바닥에 질질 끌면서 우레 같은 확실한 경고의 소리를 냈다. 아이린의 다정한 얼굴과 촉촉이 젖은 큰 눈을 보니 그녀가 던스턴보다 로치를 더 겁내고 있음을 알 수 있었다.

"당신이 원하는 대로 할게요." 그녀가 말했다. "나는 당신 편이에요."

허옇게 탈색된 정비복 차림의 그녀는 너무 작았다. "내가 정말로 플래건 값을 내 줬으면 좋겠어요?"

"플래전 포트와인." 닥터 배터리가 말했다. "맥주 여섯. 27실링."

"자기가 지금 무슨 짓 하는지 알고 있어요?" 그녀가 돈을 세서 커다란 분홍색 손바닥에 넘겨주며 물었다.

사실 나는 이제 곧, 오늘 오후에 울퉁불퉁한 배것 길에서 조금 위쪽의 바닷가 캠프파이어 주위에 모여 있던 다윈 시민들의 특별 손님이 될 참이었다.

닥터 배터리가 모래밭을 절뚝이며 걸어가면서, 오늘이 방문하기에 제일 좋은 날은 아니지만 신경 쓰지 말라고 했다. 이노인들은 "그 늙은이"를 시체 안치소에서 데려오려고 하루 종일 기다렸는데 거기서 그들을 기다리고 있던 경찰 무리를 만났다. 경찰은 대단히 존경받는 율법의 우두머리인 친척의 시신을 그들이 가져가게 내버려두지 않았다. 털북숭이 다리에 하얀 반스타킹을 신은 경찰관들은 고인이 여전히 정부의 피후견인이라고 말했다. 그는 "정부 소속의 원주민"이었고 생전에 "불온한 행동"으로 정부 관리하에 있었으므로 죽은 뒤에도 정부 관리하에 있다는 것이었다.

그들은 플래건과 맥주를 꺼내서 밀봉 여부를 모두 확인했다. 고무 밴드 부츠와 몰스킨 바지로 깔끔하게 차려입은 닥터 배터리는 더러운 캔버스화와 먼지투성이 바지 차림으로 다리를 꼬고 앉아 있는, 나이 많은 산발의 친구 옆자리를 골랐다. 그 친구는 내게 정중했지만 살갑지는 않았다. 하지만 닥터 배터리와는 즉시 바짝 다가앉아서 서로 귓속말을 하기 시작했다. 반면에 나머지 사람들은 남의 이야기는 절대 엿듣고 싶지 않은 것처럼 아주 눈에 띄게 시선을 돌렸다. 마침내 플래건이 다음 사람에게 건네졌는데 그가 그것을 여전히 열지 않은 채로 또 다음 사람에게 넘겨서 도통 그 이유를 알 수가 없었다.

하지만 맥주병 여섯 개는 전혀 달랐다. 그것은 확실히 노인의 소유물이 되었고 그는 자기 자신에겐 아주 명확한 체계에 따라 그것을 나눠 주기로 했다. 일단 첫 번째 병을 따서 커다란 법랑 컵에 맥주를 따랐다. 나는 이 술꾼들이 심각한 이유가 전부 그 슬픈 '시신 문제' 때문이라고 생각했으므로 그것을 존중해서 혼자 따로 떨어져 불편하게 웅크리고 모래파리에 물리면서 앉아 있었다. 이 모든 찡그림과 걱정의 대상이 바로나, 윌리 박후버라는 걸 몰랐다. 내 얼굴에 빛을 비추라는, 내얼굴을 불 가까이 가져오라는 지시를 받았을 때 나는 마치 자기가 지금 물에 빠져 죽어 가고 있다는 사실을 전혀 실감하지 못하고 있었음을 불현듯 깨닫고 화들짝 놀란 사람 같았다.

나는 대양의 부드러운 파도 소리를 들으며 저 멀리, 연기 너머에 있는 인도네시아를 생각했다. 그때 유리 깨지는 소리가 들렸다. 두 남자가 외떨어진 모닥불 옆에서 싸우다가 불 속으로 굴러 들어갔다. 로치는 끊임없이 조용히 홀짝이면서 계속 내 옆에 앉아 있었다. 그가 말하면 상대방이 경청했는데 그는 굉장히 할 말이 많았다. 레멕스라는 단어가 들리길래 자기가 치료한 아픈 배터리 이야기를 하고 있나 생각했다. 내가 조사 대상이 될 준비는 되어 있지 않았으므로 갑자기 예상치 못하게 사람들이 내 얼굴을 막 만져 대는 것은 고통스러웠다. 그무리는 나를 더 잘 보기 위해 불붙인 막대기를 들고 왔다. 나도 그들을 봤는데 정말로 몇몇은 나만큼 하얬다. 한 여자가 울음을 터뜨렸다. 닥터 배터리를 불렀더니 이제는 그가 나를 공격하며 내 셔츠를 잡아당겼다. 나는 시공간에서 떨어져 나온 듯한 기분을 느꼈고 몸을 동그랗게 말아서 모래밭으로 굴러갔다. 그곳에서 손전등 불빛이 나를 발견했다. 나를 찾기 위

해 막막한 어둠 속으로 나온, 작지만 용감한 아이린 봅스가
나를 비추고 있었다.

7

말하는 방식으로 봐선 던스턴이 내 남편과 결혼한 것 아닌가 하는 생각이 들 것이다. 그는 티치의 모든 비밀을, 나보다 더 많이 알고 있었다. 지금은 내가 보스예요, 알았어요? 월리가 밤 속으로 사라졌을 때 그는 내가 따라가지 못하게 했다. 그러다 강간당해요. 그가 내 손목을 낚아채며 말했다. 토막 살해 당한다니까요. 하지만 그렇게 달려와 놓고는 다시 도망쳤다. "거기서 기다려요." 그가 말했다.

방금 무슨 일이 일어났는지는 몰라도 술집 전체가 단합해서 내 소중한 친구이자 팀 멤버를 쫓아냈다는 것은 알았다. 그들은 절롱 중등학교 패거리처럼 무지하고 악랄했다. 너는 통과. 너는 탈락. 너는 우리 친구가 아니야. 술집이 문 닫을 시간이 다 됐다. 나는 던스턴이 경찰관 둘과 상의하는 동안 기다렸지만 이야기가 끝나자 그 후레자식은 술잔을 들어 올렸다. 내가 혼자임이 확실해졌다. 나는 길거리로 쏟아져 나오는 6시 술꾼들 사이를 비집고 지나갔다. 그들은 호텔 침대를 향해 천천히 전진 중인, 녹초가 된 레넥스 드라이버들의 전조등 불빛 속으로 곧장 뛰어들었다. 나는 잘 관리된 공공 잔디밭을 가로질러서 바다 쪽으로 달려가 새까만 티트리 덤불 사이로 구불구불 내려가는 노란 모랫길에 들어섰다.

"아이린." 던스턴이 나를 불렀다.

됐다, 나는 안심했다. 그가 내 뒤에 있어서. 안 오는 것보다는 나으니까. 그가 나를 돌봐 주겠구나, 나는 생각했지만, 아니, 그는 내게 빌어먹을 손전등을 건넸다.

"발밑 조심해요." 그가 말했다. "깨진 유리가 있으니까."

그렇다, 나는 흑인이 두려웠다. 그리고 흑인들에게, 그들을 비추는 경찰 손전등의 하얀 빛줄기가 무엇을 의미하는지 알지 못했다. 나는 티트리를 더듬거리며 나아가다가 마침내 원주민들을 발견했다. 《라이프》에서 봤을 법한, 다른 인종이 생각에 잠긴 순간을 포착한 사진 같았다. 하지만 월리를 봤을 때는 알아보지 못했다. 어떻게 알아보겠는가? 맨가슴을 드러낸 백인 남자가 말라 죽은 해마처럼 모래 위에 몸을 웅크리고 있는데.

나는 생각했다. 윌리가 죽었어. 어쩌면 소리 내어 외쳤는지도 모른다. 그러자 즉시 수많은 속삭임이 나를 둘러쌌다. "울지 마. 울지 마. 그들 저 친구 돌봤어." 다들 별로 정확하진 않지만 아주 심각한 말투로 나한테 설명하면서 백인 남자를 일으켜 세우려고 열심이었다. "저 친구 미쳐. 그는 술 마셨어."

달리 가능한 시나리오가 있나?

그동안 파도는 내내 약하게 철썩였다. 연기는 달콤했고, 부드러운 공기에서는 싸구려 와인의 역한 냄새가 났다. 그들이 '저 백인 여자를 돌봤다'는 말은 나중에 생각해 보니 나를 가리키는 것이었다. 그리하여 우리는 도로가 나올 때까지 한참을 올라간 다음에 호텔까지 정중하고 안전하게 호위를 받으면서, 밀려 가면서, 응원도 받았다. 정확히 말하면, 호텔 맞은편의 콘크리트 배수로까지였다. 아스팔트 도로는 무인 지대였기 때문이다. 멀리 바닷가에, 오래전 누군가로부터 반바지 입지 말라는 말을 들었어야 했던, 콧수염 달린 백인 남자가 서 있었다.

"새벽 4시에 출발이에요." 던스턴이 말했다.

내 일을 나에게 알려 줘서 고맙네요.

그리고 그는 내가 그러라고 하지도 않았는데 나를 따라왔다. 말은 없었지만 쯧쯧 소리가 밤 벌레 소리처럼 바로 뒤에서 들렸다. 어떻게 자기가 보스라고 생각할 수가 있지?

나는 그의 도움 없이도 길을 알았으므로 비상계단을 올라가서 바닥이 철망으로 된 보행로를 따라 쭉 걸어갔다. 이 보행로에서 내려다보이는, 저 밑의 나무가 우거진 마당에서는 진흙 더께가 앉은 레덱스 자동차들 사이에서 구토자 한 명이 바쁘게 일하고 있었다. 던스턴은 방 안까지 따라 들어오더니 침대 하나를 골랐다.

나는 그에게 나가라고, 침대는 우리 팀을 위한 거라고 말했다.

"아이린, 합리적으로 생각해요."

화장실에 들어가자 변기 안에 또 커다란 녹색 개구리가 있었는데 물을 내려도 꿈쩍도 안 했다. 다시 방으로 돌아와 보니 던스턴이 내 침대에 옮겨 앉아서 감자처럼 생긴 무릎에 양손을 올려놓고는 자기 맞은편에 누운 남자를 빤히 쳐다보고 있었다.

"당신은 감점이 전혀 없어요." 그가 화난 듯이 말했다. "알고 있었어요? 다른 사람들은 다 실점했다고요."

"내가 왜 모르겠어요?"

"당신 혼자 또 스물여덟 시간을 운전할 수는 없어요. 허락 못 해요."

"그건 내가 결정할 일이에요."

"아니, 그렇지 않아요. 검사소를 통과해서 나온 후에 옛 비행장 옆에서 나랑 만나요. 베리크리크에서. 우리가 번갈아서 브룸까지 운전하면 돼요."

"실격당할 거예요."

"주최 측에서 알면 그렇겠죠. 하지만 모를 거예요. 티치는 우리가 브룸에 다다르기 한 시간 전에 도착할 거고 아무런 피해도 없을 거예요."

"안 돼요."

"그러고 나서 당신 내비게이터는 경주에서 빠지고요."

"그건 당신이 결정할 일이 아니에요."

윌리는 별다른 표정 없이 던스턴을 응시하고 있었다.

"제발." 던스턴이 그에게 말했다. "알아서 좀 빠져 줘요. 아이린, 내가 하는 말 들려요?"

"뵵스 부인이라고 불러요."

"당신이 망치지만 않으면 우승할 수 있어요. 그러면 가게도 유명해지겠죠. 인생이 완전히 바뀔 거라고요. 나는 당신이 브룸까지 운전하는 걸 도울 거예요. 티치가 도착하고 나서 검사소에 같이 들어가면 돼요. 그러고 나면, 뵵스 부인, 나는 이 친구를 뺄 것을 요구합니다."

"이 사람은 내비게이터인데요."

"빌어먹을 골칫거리죠."

나는 생각했다. 우리 팀에서 가장 재능 있는 멤버를 해고하고 싶어 하는 비실무자가 여기 있네.

"던스턴 씨, 당신 상사들은 당신이 이런 제안을 하는 걸 알고 있나요?"

"상사요? 어느 빌어먹을 상사요? 이 차에는 제너럴 모터스보다 더 중대한 이해관계가 달려 있어요. 당신이 1등을 한다면 거기에 관련된 이해관계자가 여럿 있죠." 그의 콧수염과 벌어진 입이 히죽거리는 말미잘처럼 보였다. "아이린." 그가 말했다. "시드니를 떠날 때 당신이 우승할 확률은 굉장히 낮았어요. 그러니까 아주 좋은 투자였던 셈이죠."

"티치가 내 돈을 내기에 걸었어요?"

"내가 말해 줬다는 건 티치한테 말하지 않는 게 좋겠네요. 우리는 지금 더 큰 문제를 안고 있어요. 빌어먹을 셔츠 좀 입어, 이 친구야."

윌리가 입을 크게 벌리면서 손톱으로 양쪽 눈 밑을 잡아당겼다.

"이 친구는 흑인 아들을 버렸어요. 아마 본인도 흑인일 거예요."

내 내비게이터가 크게 신음하며 두 번 구르더니 일어앉아 나를 응시했다.

"아이린." 던스턴이 말했다. "아까 술집에서 있었던 일이 뭔지 알아요?"

"볽스 부인이라니까요." 내가 말했다.

"이 친구는 튀기예요, 볽스 부인, 모르겠어요? 양육비 체납으로 수배 중이고, 알다시피 간통자이기도 하죠."

"하, 하." 내 내비게이터가 외치더니 맨발로 리놀륨 바닥을 쿵쿵 굴렀다.

"이 친구는 다윈 최악의 불량분자들과 어울리는 것이 목격됐어요. 경찰도 이 친구를 알죠. 게다가 2분의 1 혼혈인지, 4분의 1 혼혈인지, 8분의 1 혼혈인지 그렇다고요, 내 알 바 아니지만. 당신이 레덱스 스폰서라면 이 친구가 당신 광고를 하길 원하겠어요?"

"2봅짜리 우표에는 흑인이 그려져 있어요. 그의 이름은 1파운드 지미죠."

"아 젠장, 정신 차려요, 아이린. 잘 수 있는 시간이 일곱 시간 남았어요."

"홀든은 '오스트레일리아 국산 차' 아니었나요? 이보다 더 오스트레일리아다울 순 없잖아요. 어쨌든 당신은 가는 게 좋겠어요."

"당신이 지금 하려는 일을 내가 당신 남편한테 말했으면 좋겠어요?"

나는 생각했다. 던스턴은 내 부정(不貞)에 대한 벌로 주어진 수치스러운 병이야. "그래요." 내가 말했다. "그렇게 해요."

그는 나가면서 문을 쾅 닫았다. 새로 산 부츠의 뒷굽이 보행로를 따라 쿵쾅거리며 멀어져 갔다.

"나는 흑인이 아니에요." 내 내비게이터가 조용히 말했다. "흑인일 수가 없어요."

그는 어깨에 시트를 두르고 앉아 있었는데 굵은 금발이 마치 감전된 것처럼 곤두서 있었다. 나는 생각했다. 다윈 인간들이 어떻게 생각하든 알 게 뭐야?

"나는 아버지가 누군지, 어머니, 조부모님도 알아요. 얼굴도 아버지를 닮았죠. 나는 우리 아버지 아들이라고요. 왜 다들 나를 미치게 만들려고 하는 거예요?"

"당연히 당신은 흑인이 아니죠. 어쨌든 나한테는 중요치 않아요."

"나한테도 안 중요한 것 같아요?"

지금 그를 보니 그의 이마에서 깊고 검은 걱정이, 해변의 술꾼들에게서 봤던 우글쭈글한 찌푸림이 보였다. "당신이 흑인이라고 해도 당신은 여전히 레텍스 테스트 최고의 내비게이터예요."

그가 아까부터 천천히, 조용히 울기 시작해서 여행으로 얼룩덜룩해진 뺨에 지저분한 눈물 자국이 생겼다. 그 뒤에는 솔직히, 불을 끄고 그를 안아 주는 것 외에는 할 수 있는 게 없었다. "윌리." 내가 말했다. "옆으로 좀 가 봐요."

"다윈에서 크리스마스크리크까지." 그가 말했다. 내일 펼쳐질 악몽 얘기였다.

"알아요."

"1,395킬로미터. 그다음에 마도와라, 브룸, 포트헤들랜드."

"당신한테 내 목숨을 맡길게요."

"실망시키지 않을게요." 그가 말했다. 나도 그를 실망시키지 않을 것이었다. 나는 그의 등에 바싹 달라붙어서 그의 머리와 목과 뭉친 어깨를 주물렀다. 그리고 그를 재웠다.

살금살금 다시 화장실로 가서 샤워 커튼을 떼어 내서는 어찌어찌 마침내 개구리를 감싸는 데 성공했다. 녀석은 틀림없이 자기가 죽게 되었다고 생각했겠지만 나는 녀석을 밖으로 들고 나가서 자유를 찾아 떠나도록 내버려두었다.

문을 이중으로 잠그고 오랜 벗인 내비게이터 옆에 누웠다. 마음이 싱숭생숭했다.

다윈에서 브룸까지,
1,920킬로미터

1

　바싹 마른 물웅덩이처럼 진흙 더께가 앉고 금이 간, 현재 1954 레덱스 테스트 1위인 자동차에 누군가가 침입했다. 내가 이 사실을 알아차린 새벽 4시에, 반짝이는 별빛 아래서, 봅시 부인은 샤워 중이었다. 차 뒷문이 활짝 열려 있고, 깔끔한 고무 밴드 부츠 한 쌍이 오른쪽 뒷바퀴 옆에 가지런히 놓여 있었다. 누군가가 안에서 자고 있었는데 코를 크게 골고 있진 않았다.

　12볼트짜리 실내등 불빛에, 가는 발목을 꼬고 뒷좌석에 평화로이 잠들어 있는 닥터 배터리의 모습이 드러났다. 이제 무례하지 않게 그에게 침대를 떠나 달라고 말하는, 누구도 부러워하지 않을 임무가 내게 주어졌다. 그가 이걸 어떻게 받아들일지는 — 나는 생각했다. — 하느님만이 아시리라.

그러나 그는 자기 때문에 평범한 경주 차의 냄새가 선술집의 악취로 변했다는 사실에 민망해하는 기색도 없이 상쾌하게 기상했다. 그리고 아무렇지 않게, 의외로 고운 발에 부츠를 신고는 수염이 얼마나 자랐나 보려고 자신의 긴 턱을 어루만졌다. 아니, 그는 떠날 계획이 없었다. 나 너희 두 친구랑 가.

나는 우리가 레렉스 테스트에서 우승해야 한다고 말했다.

"그래그래."

"자리 없어요." 내가 말했다.

그러나 그가 하얀 목부 모자를 다시 머리에 썼을 때 나는 그의 의지력에서 벗어날 도리가 없음을 깨달았다. 그의 안 좋은 눈은 부드럽고 연약해 보였지만 멀쩡한 눈은 단호해 보여서 승객의 무게와 연료 소모에 관한 아이린의 우려를 이유로 따지기가 어려웠다.

나의 사랑스러운 드라이버는 긴긴 밤 내내 꼼지락대면서 내 등에 대고 속삭이거나 사과했다. 그렇게 느끼면서 아무것도 안 하기가 얼마나 힘들었던지. 3시쯤이 되어서야 나는 충분한 용기를 끌어모아 옆 침대로 자리를 옮겼다. 그녀는 이것을 거절로 느꼈을지도 모르지만 부디 그러지 않길 바랐다.

몇 시간이 지난 지금 여기 그 사랑하는 얼굴이 미안해하듯, 반항하듯 나를 삐딱하게 올려다봤다. 그리고 지치고 부은 눈, 파랗게 멍 든 입술, 일그러진 미소와 함께 고개를 돌려 버렸다.

"아무려면 어때요." 그녀가 말했다. "같이 가요. 저 사람이 티치 역할을 하면 되죠."

그녀는 닥터 배터리에게, 남부 백인들이 이런 상황에서 사용하는 영어로 말했다. "당신 담요 밑에 숨어요." 그녀의 말에 신기하게 그가 복종했다.

그녀는 창문을 다 열고 자신의 깨끗한 몸을 내비게이터 자리에 안착시켰다. 그녀에게 휴식이 필요했기 때문에 이제부터는 내가 그녀 대신 운전할 것이었다. 남쪽으로 가는 첫 번째 구간은 ─ 그녀가 말했다. ─ 식은 죽 먹기예요. 배커스마시에서 멜버른으로 가는 길처럼 긴 직선 도로거든요. 나는 그 높고 가는 핸들 앞에, 비상시에 먹을 에젤 휴대 식량과 또 다른 상자(아드모나 배 통조림 상자) 옆에 자리 잡았다. 말인즉슨, 시동 모터가 돌 때 내 곁에 닥터 배터리뿐 아니라 무지와 살인적인 기술의 희생자인 아이의 두개골도 있었다는 뜻이다. 우리가 주차장을 지나 도로로 나갈 때 나는 그 물체가 상자 안에서 움직이는 것을 인식했고, 다윈 검사소를 통과할 때는 '나쁜 짓'을 하는 사람처럼 그것의 역사적 본질을 느끼면서 그 존재를 지나치게 의식했다. 배터리는 다행스럽게도 우리가 깬 금기에 대해 여전히 몰랐다. 그는 자고 있는 코드라이버 역할을 하면서 담요 밑에 조용히 있었다.

잠시 후 나는 깔때기 모양의 전조등 불빛을 따라 텅 빈 아스팔트 도로 위를 달리고 있었다. 동쪽에서 지평선이 찢어진 곳이 나타날 때까지 어둠의 장막을 밀어 내면서. 매혹적인 봅시 부인은 잠꼬대를 했고 닥터 배터리는 부드럽게 노래를 불렀다. 마치 그에게 모래 속에서 태양을 끄집어 올리고, 벌판 저편으로 그림자를 쫓아 버릴 권한이 충분히 있는 것만 같았다. 사막의 정의 ─ 왕이 앞서 나갑니다. ─ 가 연평균 강수량이

250밀리미터 미만인 지역이라면 이곳은 사막이 아니었지만, 땅은 빨갛고 덤불은 드물고 지평선은 아주아주 멀었다. 나중에 울퉁불퉁한 길, 불더스트, 뼈 부러뜨리는 돌 같은 힘든 조건들이 나오겠지만 지금 나의 유일한 적은 최면 걸듯 구불거리는 아스팔트 도로와 길 잃은 거세우가 구름 그림자 속에 매복해 있을 가능성이었다. 집중력이 흐트러지는 것이 가장 위험했지만 나는 당연히 불가피하게 그럴 수밖에 없었다. 내 자아를 그늘처럼 물러가게 한, 일종의 존재론적 가벼움과 수면 부족으로 이미 어지러웠기 때문이다.

물론 나는 무식쟁이에게 내가 독일인임을 증명하기 위한 서류가 필요하진 않았다. 내 인생의 토대가 그렇게 쉽게 위태로워지지는 않았지만 비 온 후에 흠뻑 젖은 산비탈처럼 산사태가 일어날 것 같은 위험을 느끼긴 했다. 하지만 다 괜찮아질 거야, 나는 생각했다. 우리는 캐서린을 거쳐서 브룸으로 갈 것이었다. 1킬로미터 전진할 때마다 여기가 아닌 안정적인 곳에 점점 더 가까워졌다. 이 풍경은 절대 내 것일 리 없었고 그러기를 바라지도 않았다. 내 어린 시절의 소중한 지도에는 3밀리미터마다 독일인 마을이 있었는데 여기서는 300킬로미터를 가도 사람 그림자 하나 보이지 않았다. 인간이 어디에서 쉬고 자고 먹을지 상상이 안 갔다. 사랑하는 우리 할머니가 자주 그랬듯, 흑인들은 캥거루를 사냥하고 씨앗을 먹고 산다고 말하기는 쉽지만 캥거루 보기가 어디 그리 쉬우며, 가지는 회색이고 잎사귀는 고무 같은 뒤틀린 나무나 마른 풀을 대체 누가 먹겠는가?

닥터 배터리의 노래는 내게 평안을 가져다주지 않았다. 이제 잠들었구나 생각할 때마다 다시 노래를 부르기 시작했기 때문이다. 사실 그는 차가 심하게 흔들릴 때만 노래를 멈췄던 것인데 평형이 안 맞는 바퀴가 있어서 그렇게 흔들리나 했더니 그게 아니라 다른 차의 '바 트레드'[112] 타이어 자국 때문에 흔들렸던 것이었다. 그는 마지막으로 시원하게 내지른 후에 몸을 앞으로 기울여서 상처투성이 아래팔을 앞좌석 등받이에 얹었다.

그는 알고 싶어 했다. 우리 큄비 다운스에 가는 건가?

큄비 다운스는 마도와라에서 50킬로미터 떨어진 목장용 차지(借地)였다. 내 지도에 있긴 했지만 우리 경로를 벗어났다. 내가 요도를 넘겼더니 그는 지도를 읽는 것 같았다.

"내 고장."

아스팔트 도로가 끝나고 흙길에 접어든 후로는 계속 길이 두 갈래로 나뉘었다. 여기서 지도는 쓸모가 없었기에 시행착오를 겪으면서, 불쑥불쑥 솟아 있는 낮은 돌 언덕들을 통과하면서 길을 찾아야 했다. 나는 생각했다. 이러다간 타이어가 걸레짝이 되겠어.

"아마 당신 큄비 다운스 가." 그가 말했다.

그를 절대 차에 태우지 말았어야 했다.

백미러로 그 반쯤 감긴 눈을, 생각에 잠긴 이마를 흘끗 봤다. 차 밑이 돌부리 같은 데 걸려서 기름통이 장갑판에 쾅 부

---

112) 주로 트랙터 같은 농기구에 사용되는 타이어 패턴.

닞히자 '아드모나 배' 상자가 공중으로 날아올랐다가 바닥에 떨어졌다. 그 즉시 아이린이 눈을 떴고 닥터 배터리가 그녀를 채근하기 시작했다. 우리 내 집, 퀌비 다운스 가. 그러고 나서도 뭐라 뭐라 계속 떠들어 대자 그녀가 외쳤다. "맙소사."

나는 백미러로 배터리의 수그러들 줄 모르는 눈을 봤다. "금방." 그가 말했다.

절대 어림없지, 나는 생각했다.

2

캐서린으로부터 19킬로미터 전에 차축까지 냇바닥에 빠진 차가 쉰네 대나 됐지만 내 자식들이 고아가 된다면 진흙이 아니라 피로 때문일 거라고, 캐서린 우체국에서 배커스마시로 장거리 전화가 연결되길 기다리는 동안 나는 생각했다. 조금 전에, 모리스 마이너를 몰던 (뉴사우스웨일스주 출신 팀인) 드라이버(E. 로버츠)와 내비게이터(R. 깁슨)가 나무를 들이받아 다쳤다는 소식을 들었다. 의식이 없는 깁슨을 포드 팀이 발견해서 웨이브 힐 농장으로 데려갔고 거기서 그는 노던주(州) 의료 서비스 소속의 엘런 케틀 간호사[113]에게 치료를 받았다. 로

---

113) Ellen Kettle(1922~1999). 노던주에 상주하며 원주민 보건 의료에 혁신을 일으킨 공로로 서훈까지 받은 간호사.

버츠는 갈비뼈가 부러졌다. 그게 나(I. 뷥스)였을 수도 있었다. 거의 그럴 뻔했다. 내 경우에는 졸다가 시동이 꺼져서 화들짝 놀라 깨어 보니 운전대를 잡은 내가 흑인 캠프 한가운데에 있었는데 도처에 개들이 있고 사방에서 검은 얼굴들이 눈을 가늘게 뜬 채 전조등 불빛을 들여다보고 있었다. 아이린, 너는 너 자신과 다른 사람들에게 위험한 존재야.

"배커스마시 연결됐습니다." 교환원이 말했다.

"로니?" 내가 불렀다. 로니의 목소리가, 크게 상처받아 훌쩍이는 소리가 들렸다. "무슨 일이니, 아가?"

로니의 대답은 호스가 꺾여서 띄엄띄엄 나오는 물 같았다. "돌려줘."

그때 이디스가 수화기를 가로챘다. 이디스는 사촌 오빠들이 로니에게서 뭔가를 훔쳐 갔다고 말했다. 얘가 가진 것 중에서 제일 좋은 구슬일지도 몰라.

"**톰볼러**[114]였단 말이야." 로니가 외쳤다. 처음에는 멀리서, 그 다음에는 내 귓가에 대고 큰 소리로 울면서. "형들이 망할 망치로 깨부쉈어."

"욕하면 안 돼."

"엄마, 형들이 일부러 부쉈다고."

"베벌리 이모는 뭐래?"

"이모는 케빈 아저씨 만나러 가고 없어."

"케빈 아저씨가 누군데?"

---

114) 일반 구슬보다 두 배 이상 큰 구슬로, 구슬치기에서 유리하다.

"그냥 어떤 아저씨. 얘가 어떻게 알아?"라고 이디스가 말했다. 그런데 말투가 평소와 달랐다. "엄마, 이제 집에 와야 돼. 제발 돌아와. 아빠한테 잘해 줘야지. 불쌍한 아빠. 아빠 울었어."

"오 아가, 아빠가 뭐라디?"

"난 바보가 아니야, 엄마. 무슨 일이 있었는지 엄마도 알면서. 할아버지 돌아가셨잖아."

"그래, 정말 슬픈 일이지."

"엄마는 할아버지 안 좋아하잖아."

나는 생각했다. 망할 티치 자식, 죽여 버릴 거야. "이디스, 엄마 아빠 금방 돌아갈 거야. 8일만 더 있으면 돼."

이디스는 전화를 먼저 끊지 않았다. 절대 안 끊을 작정이었다. "8일."이라고 그 애가 외쳤을 때 뭔가가 쾅 하면서 전화가 끊겼다. 방광이 터지기 직전이었지만 교환원이 다시 연결하려고 애쓰는 동안 나는 푸조 팀을 기다리게 했다. 하지만 교환원의 온갖 노력에도 불구하고 내가 (매일 5리터씩이나 되는 그 많은 물 때문에) 화장실에 갈 수밖에 없었을 때 그녀의 기분이 상했나 보다. 화장실에서 돌아와 보니 푸조 팀이 전화를 차지하고 있었고 나는 우리 차에 휘발유를 가득 채웠다는 이야기를 들었다.(나중에 알고 보니 실제로는 그렇지 않았지만.)

캐서린을 벗어나는 좋은 자갈길부터는 윌리가 운전했기 때문에 나는 자야 했지만 티치가 아이들에게 뭐라고 말했는지 추리하느라 잠을 이룰 수 없었다. 브룸까지 아직 320킬로미터나 남았는데 닥터 배터리라 불리는 사람은 우리 통조림 따개로 에젤 비상식량을 공격하고 있었다. 나도 배가 고팠지만 핸들이 끈적끈적해지는 것은 참을 수 없었다. 그리고 박후버가 직경 0.95센티미터의 와이어로프를 밟고 지나갔을 때 나는 닥터 배터리가 쿰비 다운스의 자동차 수리공이라는 사실을 알게 됐다. 남자들이 뒤 차축과 판스프링에 엉킨 와이어로프를 푸는 동안 나는 뜨거운 땅바닥에 누워 잠들었다.

잠에서 깨어 브레이크와 판스프링이 멀쩡하다는 소식을 듣고 속도를 내며 출발했다. 내가 사고로 죽어서 아이들이 이기적인 나를 미워하고, 저희 아빠가 슬픔에 잠겨 있을 때 아빠를 버렸다고 믿으며 자랄 가능성은 개의치 않았다.

쿰비 다운스로 빠지는 갈림길을 그냥 지나쳤지만 차에서 내려 달라는 사람은 없었다. 그로부터 잠시 후에 딱 1초간 졸았다가 소스라치며 깼다. 나는 박후버에게 운전하라고 명령했다.

그다음에 깼을 때는 닥터 배터리가 운전 중이었지만 너무 지쳐서 놀랄 기운도 없었다.

그 다음번에는 엔진은 꺼져 있고 까마귀들이 깍깍댔다. 그리고 휘발유가 떨어져서 닥터 배터리가 방금 지나가는 차한테 5리터를 빌렸다는 이야기를 들었다.

박후버는 말똥말똥한 정신으로 계산하더니 우리가 비행기보다 먼저 공항에 도착할 거라는 결론을 내렸다. 나는 생각했다. 내가 운전해야겠어. 하지만 다시 잠에서 깼을 때는 여전히 내비게이터 자리에 있었다. 이번에 우리가 멈춘 곳은 브룸의 들쭉날쭉한 변두리였다.

닥터 배터리가 에젤을 다 해치우고는 아드모나 배 통조림 상자를 열었다. 그리고 거기서 불쌍한 죽은 남자아이의 두개골을 발견했다. 그가 이것을 사적으로 받아들일 줄 누가 알았으랴? 하지만 나는 규율을 어겼다. 잘못 생각했다. 미친 카티야[115]였다. 그의 요구에 차가 멈춰 섰다. 그가 차에서 내렸다. 나는 운전석으로 자리를 옮겼고 백미러로 그가 악령에게서 달아나는 것을, 고무 밴드 부츠를 손에 들고 먼지 속을 걸어서 우리가 지나온 길을 되돌아가는 것을 봤다.

지금 내 문제는 악령이 아니었다. 하마터면 활주로를 지나칠 뻔했던 것이다. 제일 큰 팻말이 화장실이었음을 감안하면 놀랍지 않았다. 그 팻말 뒤에 퀀셋[116] 한 채와 짧은 아스팔트 도로가 있었는데 거기에서 (꽉 쩨는 반바지 위로 배가 불룩 나온) 한 인물이 왔다 갔다 하고 있었다. 그가 어떻게 우리보다 먼저 도착했는지는 하느님만이 아시겠지만 어쨌든 그것은 던스턴이었다.

"금방 갔다 올게요."라고 윌리가 말한 뒤에 화장실 팻말을 향해 걸어갔다. 던스턴이 그를 따라 들어갔는데 무슨 의도인지는 내 알 바 아니었다. 나는 던스턴이 상상할 수 있는 것보다 더 다양한 방식으로 그에게 복수할 예정이었지만 지금은 차가 우선이었을 뿐이다. 차가 더럽다고 티치에게 핀잔 듣기 싫었던 데다 화장실 바깥벽에 수도꼭지와 호스가 있었으므로

---

115) 원주민식 영어로 '백인'.
116) 비닐하우스와 형태는 같으나 금속으로 만들어진 간이 건물.

곧장 일에 착수했다. 덕지덕지 앉은 먼지와 흙, 나방이나 말벌이나 꿀벌 같은 죽은 벌레들의 더러운 껍질을 물로 쏴서 날려버리는 데는, 흙받기 밑에서 쏟아져 나오는 엄청난 양의 쓰레기를 보는 데는 확실히 쾌감이 있었다. 브룸이 물 부족 지역이었나? 그럴지도 몰랐지만 내가 이 차를 씻다 말고 자리를 비우게 만들 수 있는 것은 아무것도 없었다. 유일한 예외는 당연히 항공 발동기, 즉 아연 철판으로 만든 상자가 힘겹게 해풍을 거스르며 날아오는 모습뿐이었다. 던스턴이 이리저리 부딪히며 나를 지나쳐서 으스대는 엉덩이를 활주로 끄트머리까지 가져가더니 거기에 가만히 서서 충직한 개처럼 기다렸다. 그러자 비행기가 가시철망 울타리 위를 지나 공중에서 잠시 맴돌다가 아스팔트 위에 착륙했는데 너무 세차게 내려앉는 바람에 착륙 장치가 구부러졌다. 그것은 땅에 꼬라박은 분뇨차만큼이나 사랑스러웠다.

단열 성형 엔진이 지상 주행으로 우리를 향해 똑바로 와서 우리는 퀸셋 쪽으로 뒷걸음칠 수밖에 없었다. 프로펠러가 멈추기도 전에 문이 열렸다. 아직 계단도 사다리도 내리지 않았지만 승객은 기다릴 생각이 없었다. 그는 여행 가방을 손에 든 채로 뛰어내려 휘청하더니 (뭘 생각이었으나) 절뚝이면서 우리를 향해 맹렬히 다가왔다.

그것은 티치였다.

나는 막상 그를 보면 기분이 어떨지 예상하지 못했다. 그가 아름답다는 사실, 고통이나 상처로도 파괴할 수 없는 우아함을 지녔다는 사실도 잊고 있었다. 그가 내게 다가올 때 나는 생각했다. 오 티치, 사랑하는 티치. 나는 피곤하고 더럽고 냄새났지만 지난 모든 일에도 불구하고 우리가 이제 서로에게 다정하리라고 믿어 의심치 않았다. 그런데 그는 나를 지나쳐서, 던스턴도 지나쳐서, 손을 어떻게 말릴까 하는 생각만 하며 퀸셋 밖으로 나오고 있던 윌리 박후버에게 몸을 던졌다.

티치가 그에게 덤벼든다. 공중으로 날아오른 것처럼 보인다. 곧 그들은 함께 땅바닥을 뒹군다. 티치가 윌리의 머리에 주먹질하려고 하지만 윌리가 그의 손목을 잡고 있다. 던스턴이 끼어들었다가 자기 손을 빨면서 뒤로 펄쩍 뛰어 물러난다. 결국 개싸움 말리듯 그들에게 호스로 물을 뿌릴 사람은 더럽고 땀내 나는 여자뿐이다.

자기 자신의 유치함으로부터 구해 줬다는 이유로 나한테 고맙다고 하지는 마. 아니, 당연히 안 하겠지.

박후버가 입은 흰 셔츠가 흠뻑 젖어서 보통 때 같았으면 보이지 않았을 신체적 특징이 세세히 드러났다. 그가 마치 심판을 부르듯 나를 부르며 명백한 불의에 항의하는 소년처럼 두 팔을 내밀었다. 그렇게 성스러운 상처를 입은 채 그는 퀸셋 안으로 사라졌다. 나는 기다렸다. 연두색 홀든 FJ 택시가 반만 사용 중인 쓸쓸한 방목장을 가로질러 주황색 먼지기둥을 일으키며 떠났다. 택시가 고속 도로에 접어들 때까지도 나는 미처 생각하지 못했다. 나의 유일한 진짜 친구인 내비게이터가 그 택시에 타고 있을지도 모르고, 이제 나는 도와줄 사람 하나 없이 혼자서 티치 봅스와의 결혼에 직면하게 되었음을.

3

티치 봅스는 내가 좋아했던 사람이었지만 내가 하지도 않은 일로 비난하는 공격적인 작은 페럿과 한 차 안에 갇힐 생각은 없었다. 택시 운전사는 1~2층짜리 판잣집이 늘어선 뜨거운 거리에 나를 내려 줬는데 이 건물들은 하나같이 깊은 베란다 안에 진짜 업종을 감추고 있었다. 브룸은 내게 외국 같았다. 인도는 붉은 땅바닥이었고, 건물은 한 세기 동안 소금과 모래에 삭은 은색이었다. 가게와 창고와 잡화점은 킹 타이드[117]에 대비해 1미터 높이 철탑 위에 불안하게 올라앉아 있는 동시에 사이클론 때문에 쇠줄로 땅바닥에 고정되어 있었다. 이곳에서 나는 레덱스 지도를 버렸다.

---

117) 초승달 또는 보름달 직후에 발생하는 최대 만조로, 홍수를 일으킨다.

택시가 먼 모퉁이를 돌아 사라진 후에 빵 하는 트럭 경적 소리가 들렸다. 그런데 아니, 그것은 공작새였다. 공작새는 으스대며 거리를 걸어오다가 소리를 꽥 지르더니 로벅만(灣) 호텔 앞에서 꽁지깃을 뽐내며 성기를 격렬하게 흔들었다.

이 호텔 — 옆으로 길고 높이는 낮으면서 베란다가 깊은, 드라이스데일 지역을 그린 그림에서 볼 법한 낭만적인 아웃백 술집 — 은 라라핀타 호텔 바의 불쾌함을 연상시켰다. 숨어 있는 술꾼들의 눈이 나를 노려보고 있음을 느꼈다. 나는 생각했다. 아니, 당신은 나한테 개 이름표를 보여 달라고 하지 못할 거야. 나는 갑자기 옆길에서 처리해야 할 긴급한 업무가 있는 배우가 돼서 어떤 곳인지도 모른 채 시바 골목으로 도망쳤다. 하지만 그곳의 아시아어 팻말도, 내가 다가가면 피하는 이곳 특유의 혼혈 얼굴들이 무슨 생각을 하는지도 읽을 수 없었다.

청룡 민박. 선불.

등나무 안락의자에 누워 있지 않았다면 주인도 나에게서 달아났겠지만 그는 무기력한 노인이었던 데다 낮은 의자가 한껏 뒤로 기울어 있어서 그냥 중력이 요구하는 대로 가만있었다.

나는 그의 팻말을 가리켰다.

"로벅 나아." 그가 말했다.

의외였지만 그의 말이 믿기진 않았다.

"당신 거기 가는 거 나아." 청 룽 씨가 말했다.

하지만 나는 새우 말리는 냄새에도 불구하고 물러날 생각이 없었으므로 청 씨가 있는 베란다까지 계단을 올라갔다. 그의 얼굴은 호두 껍데기보다도 주름이 많았다.

"당신 일 뭐?" 그의 눈은 작고 까맣고 아주 생기가 넘쳤다.

"일 안 해요. 방 주세요."

"좋아, 방 많아."

이 키 작은 사내에게는 희한한 부속지가 있었는데 그것은 바로 전복만큼이나 크고 살집 있는 귀였다.

"무슨 일?" 내가 그의 큰 발을 따라가고 있을 때 그가 물었다. "고기 일?"

"아니요."

"진주조개잡이 없어." 그가 말했다. "진주조개 다 망했어."

이때 우리는 복도의 반질반질한 그림자 속을 걷고 있었는데 나는 그의 말을, 예전에는 손님 대부분이 다양한 국적의 진주조개잡이나 갑판원이나 요리사였다는 뜻으로 이해했다. "푸라스틱 탄추." 그가 말했다. 플라스틱 단추가 진주조개 사업을 죽였다는 소리였다. 그래서 지금 방이 텅텅 비었지만 걱정할 필요는 없었다.

"당신 지금 내." 그가 말했다. 그의 손도 귀나 발만큼 컸다. 꽤 많은 액수를 건넸는데도 그는 모기장 대여료로 2붑을 더 내라고 했다. 하지만 나는 바가지 쓰기 싫었다.

"모기장은 됐어요." 내가 말했다.

"좋아. 밤에 노크 안 돼."

나는 누키[118] 하지 말라는 뜻으로 이해하고 동의했다.

---

118) 섹스.

그에게서 무거운 철 열쇠를 받아 내 '깨끗한 방'에서 담배와 싸구려 술에 전 악취가 난다는 사실을 발견했다. 열린 창문에서는 아찔한 높이의 잔교가 보였고 새우 말리는 냄새뿐 아니라 달콤한 나무 연기와 생강 냄새도 들이마실 수 있었다. 맙소사, 나는 생각했다. 이번에는 내가 또 나한테 무슨 짓을 저지른 거지?

간이침대 하나 외에는 아무런 가구도 없었으므로 거기에 누워 내 통장을 보면서, 다음에는 내게 무슨 일이 일어날까 상상하며, 포트헤들랜드를 향해 남쪽으로 가고 있을 사랑스러운 아이린 봅시를 생각했다. 전조등 뒤에 단둘이 앉아 있을 때 그녀가 남편에게 뭐라고 말할지는 하느님만이 아시리라.

몇 시간을 내리 자서 밤이 되었다. 갑판과 오두막집 꼭대기에 있는 노란색 허리케인 램프들과 밤처럼 검푸른 사구가 보였다.

다시 잠에 빠져들었다가 깬 뒤에는 내가 스스로의 인생을 점점 더 망치고 있다는 사실을 직시하게 됐다. 나는 스물일곱 살을 눈앞에 둔 상황에서 또다시 외줄에서 떨어졌다. 이런 직업, 이런 일, 이런 믿음, 이런 아내, 자식, 미래를 가지고 "내가 이런 사람이다."라고 말하기에는 내가 매달릴 것도, 나를 붙잡아 줄 닻도 없었다. 나는 이도 저도 아니었다. 예를 들면 운전에 열정도 없었다. 애덜리나와의 인생을 상상했을 때는 교외의 집, 어떻게든 책과 함께하는 삶이 그려졌다. 그런 면에서 도서관은 완벽한 직장이었고 서배스천과 함께 일하는 동안에는 바로 이거라고 생각했다. 그와 내가 함께 합리적인 분류 시스템을 만들고 — 안 될 것 없지 않나? 영국에서도 제대로 해낸 이가 아무도 없었는데. — 궁극적으로는, 필요하다면 우리 손으로 직접, 현재의 지배적인 기준에 맞지 않는 지도실(地圖室)을 만드는 것을 상상했다.

부드럽게 달그락대는 마작 패 소리, 축음기에서 나는 음악 소리, 콘서티나[119] 소리, 맥주에 취한 노랫소리가 들렸다. 지금도 엘비스 프레슬리의 「하트브레이크 호텔」을 들으면 이 광경이 떠오른다. 너무 외로워서 죽을 것 같았다.

나는 한때 퀴즈 쇼의 왕이었다. 책으로 가득 찬 집의 주인이기도 했다. 하지만 지금은 다 잃었다. 나는 침대에서 뒤척이며, 봅시 부부가 돌아오기 전에 배커스마시에서 내 변변찮은 보물 — 할머니의 지도책, 애덜리나가 보낸 고통스러운 편지 — 을 되찾을 방법을 궁리했다.

누군가가 향을 피우고 있었다. 모기가 시트를 뚫고 물었다. 내 불행의 목록이 뇌리를 떠나지 않았지만 그중에 내가 절대 생각하지 않는 것이 하나 있었다.

자정이 되자 모기장을 얻기 위해서라면 얼마든 지불할 준비가 된 나는 청 노인의 방문을 두드렸지만 그는 문을 열어 주지 않았다.

"당신 노크 안 돼." 그가 말했다. "나 자."

나는 방으로 돌아와 모기와 정면 대결에 들어갔다. 녀석들은 피를 잔뜩 먹어서 통통해져 있었다. 나는 녀석들을 죽였

---

119) 아코디언과 비슷한 악기.

다. 내일 첫 번째로 할 일은 퍼스로 날아가는 것이었다. 나의 진짜 정체에 대해 내 말에 반박하는 사람들이 있는 곳에 왜 머물겠는가? 누가 공간을 순간 이동 하는 데 드는 비용이나 수고를 신경 썼나? 해안을 따라 1,600킬로미터를 내려가서 퍼스까지. 그런 다음에 대륙의 밑부분을, 널라버 평원을 면도칼처럼 일자로 가로지르기. 하루가 걸릴까, 이틀이 걸릴까? 어쨌든 그러고 나면 내가 다시 백인으로 받아들여질, 푸르고 정상적인 배커스마시에 도착할 것이었다.

꿈속에서 똑같은 말을 반복하는 불안스러운 편지를 썼다.

다음 날 아침 청 씨는 브룸에 항공사 사무실이 없다고 단언했다. 그가 나의 놀라는 얼굴을 보고 즐거워한다는 생각이 들었다. 그가 말했다. 하지만 물론 나는 그의 친구인 독일인 진주 상인에게서 표를 살 수 있다고.

그가 나를 진주상들이 있는 곳에 데려갔지만 아직 나와 있는 가게 주인이 없었다. 그 대신 나는 한 점원을, 영국인 '젊은이'라기보다는 사실 소년에 가까운 사람을 만났는데 말 한마디 한마디가 완벽하게 논리적인 친구였다. 그의 명쾌함이 어찌나 반갑던지. 그가 내게 필요한 장수만큼 표를 팔 권한이 자기에게 있다고 말했을 때 나는 손을 내밀어 그와 악수했다.

그의 이름은 토비로, 키가 크고 눈이 파랗고 윗입술이 길고 곱슬머리에 미소를 지닌 청년이었다. 얼마나 다정하고 가정적이던지. 그가 항공 운임이 모두 적힌 두꺼운 책을 꺼내어 페이지 위에 자를 놓고 각각의 운임을 찾아서 종이봉투에 숫자를 옮겨 적더니 (곧 옥스퍼드 대학교에 진학 예정이라는 친구가)

다윈에서 브룸까지, 1,920킬로미터

방금 적은 것을 박박 지우고 처음부터 다시 시작하길 반복했다.

잘생겼지만 불쌍한 녀석, 나는 생각했다. 이 녀석 정박아네.

내가 머릿속으로 암산한 뒤에 너무 비싸다고 말하자 토비는 안심하며 봉투를 구겨서 쓰레기통에 던졌다.

"솔직히 ― 그가 말했다. ― 순 날강도예요. 이 돈을 내는 사람이 있기는 한지 모르겠어요." 그는 내게, 길 건너 쉘 주유소에 가면 남쪽으로 가려고 기름을 넣고 있는 사람이 많을 거라고 했다. "누구든 백인은 기꺼이 태워 줄 거예요." 그가 말했다. (아, 나는 생각했다.) "말동무를 할 수 있으니까요. 저도 그렇게 널라버 평원을 건너왔거든요."

잠시 후 그는 항공사에서 받은 비닐 봉투에 사무실 쓰레기통의 내용물을 바삐 욱여넣기 시작했다. "신사는 늘 짐을 가지고 다니는 법이죠." 그가 아까까지 자기 책상에 쇠쇠로 고정되어 있던 무거운 연필깎이를 봉투에 던져 넣으며 말했다.

"행운을 빌어요." 그가 말했다. 나는 그가 마음에 들었다. 그가 누군지도 몰랐고 영원히 모르겠지만 토비는 존재론적 핀볼 게임의 플리퍼[120], 운명을 향해 땡 하고 나를 날려 보낸 신이었다. 괜찮을 거야, 나는 생각했다.

그리고 카나번가(街)를 가로질러 쉘 주유소로 갔으나 시작은 좋지 못했다. 말인즉슨, 내가 기름을 넣고 있는 남자들, 냉각수를 채우고 있는 남자들, 막 출발하려고 창문을 열고 있

---

120) 핀볼 게임에서 구슬을 쳐 올리는 막대기.

는 남자들에게 다가가서 내 제안을 말했더니 그들이 나를 찬찬히 뜯어본 후에 거절했다는 뜻이다. 그래, 나는 면도를 안한 상태였다. 그래, 내 눈은 충혈돼 있었다. 하지만 나처럼 숫기 없는 남자가 이런 유의 품평회에 자원하기란 힘든 일이다. 나는 견인차가 간밤에 끌고 온 것이 분명한, 레덱스 번호를 단포드 자동차를 보고 동질감을 느꼈다. 벽에 기대어 있는 그차는 창문이 깨지고 그릴에 피가 묻은 것으로 보아 밤에 캥거루나 거세우를 치었음이 분명했다.

그때 한 나이 든 신사가, 키가 크고 피부는 카키색이며 큰코와 넓적하고 빨간 입술을 가진 남자가 내게 다가왔다.

"내가 태워다 주겠네." 그가 말했다. "로벅 로드하우스까지는 데려다줄 수 있다네. 그렇게 시작하는 거지." 나중에 그는 내가 미리 귀띔해 줬어야 했다고 주장했다. 차를 세우는 것, 자기가 한 말을 기억하는 것은 자기 책임이 아니라는 것이었다.

"아 참, 내 이름은 개릿 행어라네."

"저는 윌리 박후버입니다."

우리는 그의 모리스 마이너를 타고 출발했다. 지붕 위 루프 랙에는 타이어가 가득 실려 있었고 뒷자리에는 보드상자가 꽉꽉 들어차 있었다. 나는 공무원일세, 그는 금방 고백했다. 웨스턴오스트레일리아주(州) 정부에서 지루한 일을 맡고있다고 했다. 이렇게 "사람이 많이 모이는 곳을 돌면서 — 그가 말했다. — 사무용품을 배달하며" 외로운 나날을 보내고있지.

개릿의 코에서는 오랜 세월 햇볕에 탄 흔적이 보였지만 그의 파란 눈은 앳되고 굉장히 호기심이 넘쳤다. "그래, 말해 보게, 윌리 박후버 젊은이." 그가 말했다. "어쩌다 브룸에 가게 됐는지."

다행이다, 나는 생각했다. 그가 궁금해해서. 이 여행은 괜찮겠구나. 그가 길보다 나에게 더 관심이 많지만 않았다면 그도 내게 순수한 기쁨을 안겨 주었을 텐데.

나는 다른 누구에게도 털어놓지 않았을 이야기들을 기꺼이 그에게 말했다. 우선 베넷 애시와 있었던 일 전부와 학교에서 해고당한 것을 말했는데 그 이야기를 듣고 그는 큰 소리로 박수를 쳤다. "잘했네, 박후버." 그가 말했다. "자네 같은 사람이 많으면 좋을 텐데."

이렇게 그는 나의 무모함을 부추겼다.

나는 늘 교사들을 존경해 왔다네, 그가 말했다. 하지만 우리가 천재를 허용하지 않는다면 절대 훌륭한 교사를 가질 수 없을 걸세. 그는 내게 분명 그런 자질이 있다고 주장했는데 그 사탕발림을 듣고 기분이 좋았음을 고백한다. 그리고 우리는 울퉁불퉁한 길을 덜거덕거리며 달렸고 나는 도로에 충분한 주의를 기울이지 못했다.

나는 내가 어제까지 레덱스 테스트의 내비게이터였다고 밝혔다. 그러자 그는 자기가 나처럼 될 수만 있었다면 무슨 짓이든 했을 거라고 말했다.

나는 팀원들과 다툼이 있었다고 고백했다.

그는 놀랍지 않다고 했다. 자신도 참가할 생각을 했던 적이 있었지만 주행 중에 싸우지 않을 만한 사람을 한 명도 찾지 못했다는 것이었다. 그 뒤에 그가 방귀 농담을 몇 번 했지만 나는 정말로 불쾌하지 않았다.

그는 레넥스 이야기를 더 듣고 싶어 했다. 그래서 젤리그나이트, 배터리, 관 포장용 얼음, 브레이크에 엉킨 와이어로프 이야기를 들려줬더니 다 좋아했다. 그는 자신과 내가 내년 레넥스에 함께 출전하는 것을 고려해 봐야 한다고 말했고 나는 기분이 좋아서 생각 없이 그의 말에 동의했다. 안 될 것 없지 않은가.

그렇게 대화가 흘러 흘러 우리 아버지의 직업에 다다르자 그는 또다시 기뻐했다.

"루터교 선교사라." 그가 말했다.

그래서 나는 숙부들은 선교사지만 아버지는 도시에만 있었다고 말했다.

"그건 자네가 잘못 알았을 걸세, 박후버." 그가 말했다.

"아니었다면 제가 알았을 거예요."

"하긴 당연히 알았겠지, 빌어먹을." 그가 말했다. "맞는 말이야." 그러더니 그는 짐작건대 그가 코드라이버를 찾기 어려운 이유로 보이는 성질을 드러냈다. 그가 하도 우리 아버지 이야기를 붙잡고 늘어져서 결국은 내가 그만하자고 할 수밖에 없었다.

그가 오렌지 맛 라이프세이버 사탕을 건네길래 순순히 받았다.

이때쯤에는 도로 상태가 이미 나빠져 있었다. 그가 어떤 특정한 개천을 건널 때 나는 그 길이 기분 나쁠 만큼 마도와라에서 브룸으로 가는 길과 비슷함을 깨달았다. 완벽한 데자뷔네요, 내가 말했다. 저기 있는 짐승 사체랑 망가진 울타리가 말이에요.

그가 웃음을 터뜨리자 나는 짜증이 났다. "그건 데자뷔가 아닐세." 그가 말했다. "똑같은 길이지."

"아니, 이 길은 퍼스로 가는 길이잖아요."

"퍼스로 가는 길은 로벅 로드하우스에서 지나쳤다네."

"하지만 거기서 저를 내려 주기로 했잖아요."

"아, 자네가 말했어야지."

"저는 못 봤어요."

그가 또다시 나를 비웃었다. "이 친구야. 그걸 못 봤다고? 브룸과 마도와라 사이에는 로벅 로드하우스 말고는 아무것도 없는데 그걸 못 봤다고."

"거기서 저를 내려 줘야 한다고 하셨잖아요."

"뭐, 깜빡했네." 개릿 행어가 말했다.

"어떻게 그럴 수가 있어요?"

"어떻게 그럴 수가 있어요?" 그는 나를 조롱하더니 더 부드러운 목소리로 말했다. "메아 쿨파[121]일세. 라 콩디시옹 위멘[122]이지. 기타 등등."

"그럼 저는 어떡하라고요?"

나는 그가 다시 데려다주겠다고 대답할 줄 알았으나 그는

---

121) 라틴어로 '내 잘못'.
122) 프랑스어로 '인간의 조건'.

속도를 낮추지 않았다. "다 잘될 거야." 그가 말하고는 짜증
나는 빨간 입술로 웃었다. 적막하고 평평한 불모지가 멀리까
지 뻗어 있었다.

삼거리

1

아무도 내게 널라버 평원이 이렇게 추울 거라고 말해 주지
않았다. 그런데 잠깐, 그럼 내 결혼은 어떤가? 누가 이런 커브
길을 예상했겠는가?

퍼스에서 동쪽으로 800킬로미터 간 지점에서 나는 뒷바
퀴 옆에서 오줌을 누며 남편이 '자동차 청소하는' 소리를 들었
다. 번역하면, 그는 윌리 박후버가 손댔던 모든 것을 퇴출했다.
다른 수컷의 그림자를 쪼아 대며 무슨 부스러기, 감자칩 봉
투, 카페인 알약 등등을 남김없이 골라냈다. 내비게이터와 나
사이에는 아무 일도 없었지만 남편은 달리 생각하는 게 분명
했다.

이 행동은 킴벌리의 따뜻한 적토에서 시작됐는데 퍼스를
향해 남쪽으로 가는 동안에도 계속됐다. 그다음에는 왼쪽으

로 꺾어서 대륙의 밑부분을 가로지르고 지금 우리가 있는, 나무 한 그루 없는 회색 석회암 평원까지 이어졌다. 바다가 보이지 않는 곳에서 오줌을 누고 있는데도 으스스한 대양이 신음하는 소리가 들렸다. 때로는 발밑의 동굴을 통해 유령들이 밀려오는 것이 느껴졌다.

티치가 기름 얼룩이 있는 월리의 반바지를 발굴했다. 나는 내가 잘못한 게 없다고 말했다. 그는 그 물건을 먼지 속으로 던졌다. 이것이 끝이 아닐 터였다. 예를 들면 말라비틀어진 오렌지 껍질 비축분이 늘 있었기 때문이다. 티치가 남자아이의 두개골도 버리려 했지만 내가 허락하지 않았다.

좋아, 그럼 원주민들에게 줘, 그가 말했다. 하지만 흑인들은 뼈 속에 잠들어 있는 악령을 두려워했다. 나는 이 정보를 남편에게 전달했다. 그러자 그는 주술과 부두교에 관한 농담을 늘어놓고 계속해서 무자비한 소리를 했다. 퍼스에서는 바보 같은 히트곡 메들리를 들었는데 그중에 어떤 여자가 상자를 없애고 싶은데 없애지 못하는 노래가 있었다. 그는 그렇게 웃긴 노래는 한 번도 들어 본 적이 없었다. 특히 자기가 개사를 하고 나더니 더 좋아했다.

어느 날 아침 본다이비치의 열대 해변을 산책하다가
난생처음 보는 커다란 아드모나 상자를 봤어
집까지 질질 끌고 와서 뭐가 보이나 보려고 안을 들여다봤지
거기에는 엄청나게 큰 삐이이가 나를 노려보고 있었어
오, 거기에는 엄청나게 큰 삐이이가 있었어, 수수께끼 같은 일이

었지.

티치는 외모만 보면 초롱초롱한 눈과 사과 같은 뺨과 깔끔한 까만 머리 때문에 노래를 잘할 것처럼 보였다. 사람들은 그가 프랭크 시나트라 같은 발라드 가수일 거라 생각하겠지만 그는 음정을 못 맞췄다. 한 번도 맞춘 적이 없었다. 내가 아무런 거리낌 없이 그를 사랑하던 시절에도 그의 목소리는 거칠고 갈라졌다. 그런데 지금, 이 음산한 평원에서, 머플러에 난 구멍 때문에 대화조차 어려운 상황에, 그의 쉿소리 나는 목소리는 잔인하고 조롱하는 것처럼 들렸다.

"장난이잖아, 아이린." 그가 말했다.

> 나는 상자를 들고 전당포에 맡기려고 시내로 달려갔어
> 전당포 주인은 내가 오는 걸 보더니 멈추라고 소리쳤지
> 열쇠를 꺼내서 문을 잠그더니 문 뒤에서 외쳤어
> 오, 경찰 부르기 전에 그 삐이이를 가지고 썩 꺼져
> 오, 경찰 부르기 전에 그 삐이이를 가지고 썩 꺼져.

가사는 1절, 2절을 넘어 한없이 계속됐다. 결국 화자는 천국의 문까지 갔지만 베드로가 당연히 들여보내 주지 않았다.

나는 널라버 평원이 찌는 듯이 더운 사막일 거라고 예상했다. 퍼스 우체국에서 반바지 차림으로 덜덜 떨고 있을 때도 여전히 그렇게 생각했다. 그때 나는 티치가 전화로 아이들에게 말썽꾸러기 웜뱃이 나오는 새로운 이야기를 들려주는 동안 옆

에서 듣고 있었다. 그는 자기가 웜뱃을 차로 치어서 길 밖으로 끌어내야 했다는 이야기는 하지 않았다. 그 불쌍한 녀석은 죽었을 때 지저분했고 눈에 고름이 가득했다. 이 아이들은 우리 아가들이었기에 그가 애들에게 줄 것은 오직 사랑과 응원밖에 없었다. 내게 느끼는 감정과는 아주 대조적이었다. 나는 그가 애들에게 엄마를 위한 변명을 지어낼 수 있도록 그 자리를 떠날 수밖에 없었다. 나였다면 행복을 가장할 수 없었을 것이다. 아이들의 사랑스러운 목소리를 듣고 울었을 것이다. 그래서 나는 돌아서서 전국 안내 책자에서 전화번호를 찾는 사람들 사이에 숨어들었다. 설사 내가 애들레이드 부분을 펼쳤다 한들 그것은 순전히 우연이었다. 하지만 물론 나는 우연인 척했을 뿐이고 내가 애들레이드에서 아는 유일한 이름을 찾았더니 거기에 그가, 박후버 목사가 있었다. 펜이 없었으므로 그냥 그 페이지를 찢어서 핸드백에 욱여넣었다.

우리 차가 퍼스 《웨스트 오스트레일리언》 1면에 실렸지만 이번에도 나는 이기고 있다는 기분이 들지 않았다. 우리는 캘굴리의 작은 마을인 쿨가디에 첫 번째로 도착한 그룹은 아니었지만 여전히 점수에서 앞섰다. 새벽 4시에 외딴 마을인 노스먼에 도착했을 때는 유일한 도로가 사람들로 붐볐고 모든 가게에 불이 켜져 있었다. 나는 사람들이 우리에게 미소 지으면서 손 흔드는 게 싫었다. 우리를 보려고 밤새워 기다린 것이다. 그러나 붕괴된 가족을 보고 활짝 웃는다는 이유로 그들을 미워하는 것은 잘못된 일이었다.

"익숙해져." 남편이 말했다. "이게 우리의 미래야." 나는 더 이상 그를 믿지 않았다. 난 생각했다. 우리가 집에 돌아가면 티치는 나랑 이혼할 거야. 뭣 때문에? 아무 이유 없이.

플래시가 터질 때는 마치 그의 얼굴이 마주 번쩍이는 것 같았다. 시드니까지 가는 동안 그는 인기로 빛을 발하겠지만 나는 거기에 익숙해지지 않을 것이다. 그리고 나는 티치가 그의 머리를 거짓말로 가득 채운 불쾌한 던스턴을 믿는다는 사실에 화가 났다. 차라리 불륜을 저지를 걸 그랬다고 생각했다. 그랬다면 재미라도 봤을 테니까.

인적이라고는 없는 황량한 널라버 평원에서 오줌을 눌 때 구름 위로 높이 날아가는 제트기 소리를 들었다. 윌리가 거기 타고 있다고 상상했다. 윌리라면 내가 느낀 감정을 비웃지 않을 텐데.

우리는 가고 또 갔다. 티치와 나는 부르릉거리는 배기 소음 위로 서로에게 소리 질렀다. 우리가 원한 것은 스스로 판 구덩이에서 기어 나오는 것뿐이었지만 우리는 더욱더 깊이 파고 들어갔다. 환한 달빛 속을 달리는 동안 석회암 먼지가 들어오지 않도록 창문을 닫았지만 소용없었다. 그것은 뒤틀린 덤불 사이를 연기처럼 떠다니면서 우리의 눈과 콧구멍을 아프게 했다. 우리의 감정은 예전에는 몰랐던 것, 이 길 밑에서 신음하는 것들 같았다.

나는 또 오줌을 누고 나서 운전대를 잡았다.

"나, 당신 파트너야?" 남편에게 물었다. 부츠에 내 오줌이 묻어 있어서 스스로가 역겹고 싫었다.

"당신은 내 아내였어야 했어." 그가 대답했다. 였어야 했어,

에 나는 주목했다.

"그래, 하지만 파트너는 아니라고?"

"빙빙 둘러말하지 마, 아이린. 우리는 카르텔에 돈을 좀 투자했어, 됐어?"

"누구 돈을?"

"배당률이 높았거든." 그가 말했다.

"그 카르텔에 또 누가 있는데? 밸러랫 인간들이지? 조 새커? 그리고 그 마권업자라는 남자?"

그냥 찍어 본 거였는데 그게 들어맞자 소름이 끼쳤다.

"내가 당신한테 아무것도 안 묻고 있는 거 알지?"

"그냥 물어봐."

"그렇게 바닥까지 내려가진 않을 거야."

"아니, 그래야 될지도 몰라."

우리는 그리드 옆의 말뚝을 들이받고 전조등 불빛 속에 쓸쓸히 버려져 있는 뱅가드 스페이스마스터를 지나쳤다. 2킬로미터쯤 더 갔을 때 타이어가 세 번째로 펑크 나서 둘이 힘을 합쳐 갈았다. 바람이 모래로 눈을 후려칠 때 나는 생각했다. 만약 오스트레일리아에 엉덩이가 있다면 여기가 용변 보는 곳일 거야.

물론 티치는 그런 생각은 절대 하지 않았다.

"이걸 어떻게 할 방법이 분명히 있을 거야." 그는 아까 그렇게 말했더랬다. 널라버 평원의 이 모래, 이 뒤틀리고 못 자란 덤불, 아카시아와 유칼립투스와 멀가 나무를 가지고 할 수 있는 유용한 일이 분명 있을 거라는 뜻이었다. "세심하고 동정적인 기관이 나선다면 말이지." 그가 말했다.

내가 짜증이 났는지는 모르지만 티는 안 내려고 애썼다. 이것이 그가 모든 것을 바라보는 방식이었고 내가 그를 사랑했던 이유였기 때문이다.

서듀나는 브룸에서 3,700킬로미터, 퍼스에서 1,900킬로미터, 애들레이드에서 800킬로미터 떨어진 작은 어촌 마을이다. 몇 개 없는 카센터는 전부 레넥스 사고 차로 가득 차 있었다. 그중에는 2위였던 윌리 비숍의 플리머스도 있었다. 우리 머플러를 고칠 수 있는 사람은 아무도 없었다.

서듀나를 떠날 때 비가 내리기 시작하자 나는 생각했다. 다행이다, 이제 먼지가 가라앉겠구나. 하지만 도로는 곧 미끄러운 진흙탕으로 변했고 비는 돌풍과 함께 차를 마구 두들기기 시작했다.

새벽에 우리는 가련한 흑인 무리를, 시멘트색 누더기를 걸친 가족들을 지나쳤다. 너무 피곤해서 30분 자고 30분 운전하길 반복했다. "이건 망치지 마." 그가 말했다. 나는 생각했다. 이 남자는 우리한테 무슨 일이 일어났다고 생각하는 걸까? 이제 배커스마시에서는 옆집에 누가 살까?

애들레이드 시는 너무 완벽해서 마치 드라이클리닝 한 것처럼 보였다. 두 시간 일찍 도착한 우리는 클렘지그에서 머플러를 고치고 그리스와 오일을 교환할 카센터를 찾아냈다. 뒷좌석에서 아드모나 상자를 꺼낼 때 나는 남편이 나를 주시하고 있음을 느꼈다.

"지금 어딜 가는 거야?"

아, 나는 생각했다. 당신 겁먹었구나.

"개 문제로 누구 좀 만나려고." 내가 말했다. 그는 주유기 옆에 입을 헤벌리고 서서 내가 택시 잡는 모습을 바라봤다.

빰, 나는 생각했다. 한 방 먹었지?

택시 운전사는 레텍스 드라이버를 태워서, 게다가 나를 알아보기까지 해서 몹시 흥분했다. 티치 부인, 하고 나를 불렀지만 다행히 호기심은 별로 없었다. 단지 자기가 집에서 쓰는 차에 장착하려는 4분의 3 연삭 캠축에 대해 이야기하고 싶었던 것뿐이었다.

그렇게 도착한 페이넘에서 나는 곧 알게 된다. 이곳에서 윌리가 소녀를 사랑했음을. 이 소박한 교외의 오두막집들 뒤에서, 이탈리아식 시판용 채소 밭[123]들과 전화번호부에 나온 이 목사관 사이에서. 이 집에는 사방에 방충망을 두른 슬립아웃[124]과 꽃밭과 두 개의 긴 콘크리트 진입로가 있었고 그 진입로 끝에는 낡은 포드 프리펙트가 평화롭게 주차되어 있었다.

내가 왜 그렇게 기뻤는지는 정확히 말할 수 없지만 나의 꼬마 소년을 여기에 데려와도 됨을, 여기에서 그 애를 잘 돌봐줄 것임을 알았다. 그것이 내게 무슨 의미인지는 몰랐지만 마침내 수국 옆에 두 줄로 난 콘크리트 진입로를 걸어가서 뻣뻣

---

123) 호주, 미국, 캐나다 등의 이탈리아 이민자들 사이에는 작은 텃밭에 다양한 이탈리아 채소를 키워서 시장에 내다 파는 관습이 있었다.
124) 호주 같은 따뜻한 지역에서 베란다를 가벽이나 방충망으로 외부와 차단하여 침실로 사용하는 것.

하게 선 백발과 둥근 금속 테 안경과 길고 근엄한 턱을 가진 노목사를 봤을 때, 그가 손에 든 모자에 만다린이 담겨 있는 것을 봤을 때 나는 그를 전적으로 신뢰하게 되었다.

2

햇볕에 그을린 나의 운전사는 자기 앞을 지나가는 모든 애벌레나 딱정벌레를 쉴 새 없이 쪼아 대는, 다리 긴 새 같았다. 그는 결국 '별종'이었던 것으로 드러나거나 지루한 인물이었던 것으로 판명될 수도 있겠지만 로드하우스를 지나치기 전까지는 그저 호기심 많고 수다스럽고 순진하고 시골스럽고 친근한 사람처럼 보였기에 그를 두려워해야 한다는 생각은 전혀 들지 않았다.

"나는 내비게이터감이 아니야." 그가 말했다. "그건 자네가 맡아야 할 일이었지."

"제발 저 좀 다시 데려다주시면 안 될까요?"

그가 입술을 핥자 긴장해서 싸움에서 한발 물러나는 개가 떠올랐다. "나는 지금, 여기에 살고 있네." 그가 말했다. "그런데 자네는 어디에 있나?"

"저는 퍼스에서 해야 할 일이 있어요."

"진정하게. 자네는 비즈니스를 하기엔 너무 어려. 자네는 지금, 여기에 있지. 저기 있는 저건 뭔가?"

"저 언덕 말인가요? 속도 좀 낮춰 주시겠어요?"

"자네가 '저 언덕'이라고 부르는 건 고대 산호초라네. 그게 자네가 제대로 보고 있지도 않은 자네의 '지금'일세. 이것과 비교하면 — 개릿 행어가 진실하고 불안한 눈을 드러내며 말했다. — 퍼스는 아무것도 아니야. 하루 만에 지루해졌을 걸세. 이게 자네한테 맞는 거지." 그가 더 부드러운 투로 말했다. "여기, 라이프세이버 하나 더 먹게. 남쪽에는 이런 곳이 없어. 브룸에 있는 동안 대화를 나눈 사람이 한 명이라도 있나?"

아이린 봅스였다면 이 사내를 참지 않았을 것이다. 클로버도 마찬가지였다. "중국인 노인 한 명이요." 내가 말했다.

"그 전까지 중국인을 몇 명이나 만나 봤나?" 그가 속도를 높여서 뒤쪽의 음울한 덤불을 향해 거대한 노란색 먼지기둥을 일으켰다. 그는 인도네시아인들이 수백 년 동안 프라후[125]를 타고 브룸에 왔다고 내게 말했다. 그들은 해삼을 잡아서 해변에서 훈연했다. 그곳에는 진주와 진주조개가 있었고 일본인들과 말레이인[126]들이 진주조개를 땄다. 중국인들이 그것을 팔았다. 모든 통상적인 사업은 백인들이 했는데 거기에는 피

---

125) 인도네시아의 전통 쾌속선.
126) 말레이 제도 및 그 부근의 토착민.

부색이 어두운 사람은 받아 주지 않는 클럽이 포함되었다. 그 래서 선샤인 클럽이라는 것이 생겨났다. 나는 시먼 댄의 노래를 들어야 했다. 개릿이 속도를 약간 낮췄다가 다시 높였다.

"토요일 밤 선샤인 클럽에서/왈츠와 지터버그를 추면서." 그는 노래했다. "그런 곳은 다른 어디에도 없다네. 힌두교도, 무슬림, 기독교도가 때로는 한집에 같이 살기도 하지. 남자들, 여자들, 아이들, 모두가 예의 바르게 라마단도 지키고 크리스마스도 축하한다네. 브룸 사람들은 자네의 코와 귓불을 보고 자네의 가계도를 알 수 있지. 아니, 뭐 얼굴을 붉힐 것까지야. 여자 친구는 있었나? 물론 백인들은 자네에게 과민 반응을 보일 수도 있네만."

"뭐라고요?"

"격세 유전을 원하는 사람은 아무도 없지 않나?"

"흑인 아이를 말하는 건가요?" 나는 직설적으로 물었다.

"물론 예쁜 물라토도 있지." 그가 다급히 말했다. "그들은 자네를 보자마자 좋아할 걸세. 자네도 금발 머리 등등에 있어서 브룸이 고향처럼 편안할 테고. 자네는 매력적인 젊은이니까 그들도 자네를 좋아할 걸세. 금발은 매력적이거든. 아무튼. 아무튼. 이제 곧 퀌비 다운스의 관리인을 만나게 될 걸세. 그 친구는 금발에, 순수한 메리노[127]이자, 남쪽에서 온 지 얼마 안 된 사람이라네. 자네 크리켓 할 줄 아나? 투수 할 수 있어?"

"변화구를 잘 던지죠." 내가 말했다. 내 마음은 더 이상 차

---

127) 자유 정착민. 수형자의 후손이 아닌, 호주의 유서 깊은 가문 출신.

속에 있지 않고 오래전 애덜리나의 산부인과 의사의 눈 속에서 동정심을 보았던 순간의 멜버른에 있었다.

"그 친구는 자네를 좋아할 걸세." 개릿이 말했다.

"누가요?"

"물론 오래가진 않겠지. 그런 타입은 원래 그래. 하지만 유능한 관리인이니까 모두가 행복하지. 자네도 행복할 걸세. 수천 제곱킬로미터의 땅에 소가 5만 두나 된다네."

"지금 어디 가는 건가요?" 내가 이렇게 묻자 그는 어째선지 내가 굴복했다고 생각했다.

"며칠을 걸어도 절대 농장을 벗어날 수 없다네." 그가 말했다. "흑인들은 자네를 낚시와 사냥에 데려갈 걸세. 사랑스러운 사람들이지. 자네가 그들이 부시 터커[128]를 채취하는 걸 도와주면 그들은 자네의 영원한 친구가 되어 줄 걸세. 카메라 있나? 카메라가 있어야겠군. 그리고 그들에게 올바른 영어를 가르쳐야 하네. 교실에서 피진 잉글리시[129]는 금지해야겠지만 자네는 그 애들을 사랑하게 될 걸세. 멋진 아이들이지. 아마 보고도 믿지 못할 거야. 그들에게 게이키 협곡을 보여 달라고 하게."

그는 큄비 다운스 농장의 교사가 신경 쇠약에 걸렸다는 이야기는 하지 않았다.

우리가 농장 입구를 나타내는 붉은 절벽 사이로 난 구불

---

128) 원주민 전통 음식. 일반적인 식재료 외에도 야생 식물, 곤충, 파충류, 캥거루, 악어, 에뮤 고기 등을 사용한다.
129) 원주민 토착어와 혼합된 영어.

거리는 길을 달릴 때 태양은 이제 우리 등 뒤에 있었고 나는 방금 남쪽에서 온, 통통하게 잘 익은 교사이자 퍼스의 사히브[130]들이 즉각 환영할 사람이었다.

"이곳은 세계에서 가장 큰 소 농장 가운데 하나라네."

"사무용품을 어디에 배달하는 겁니까?"

"자, 거기까지."

우리는 적철광 노두 사이를 조심스럽게 지나 군데군데 개미총이 있고 잔인한 한 줄의 울타리로 나누어진, 광대하고 거의 황폐화된 들판에 도달했다. 저 앞에 커다랗고 배가 불룩한 항아리처럼 생긴 쓸쓸한 나무 한 그루가 있고 그 밑에 자동차 한 대가 세워져 있었다. 한때 내게 익숙했던 레덱스 참가 번호 62번 푸조의 검게 탄 시체였다. 우리가 다가가자 뒷문이 홱 열리더니 잔해 속에서 승객이 모습을 드러냈다.

빌어먹을 닥터 배터리였다. 이런 빌어먹을. 그가 다리를 절뚝이며 개릿의 열린 창문으로 다가와서 엉터리 거수경례를 했다.

"자네 방랑 생활[131] 떠났었다며." 나의 운전자가 말했다.

닥터 배터리가 손으로는 파리를 쫓고 눈으로는 먼 곳을 멍하니 바라보며 차창 앞에서 허리를 숙였다. "돌아왔어요, 보스."

"크리켓 봤나?"

---

130) 식민지 시대 인도에서 백인 남자를 부를 때 사용하던 경칭.
131) 원주민이 백인 사회(닥터 배터리의 경우 농장)를 벗어나 성스러운 장소를 방문하거나 부족 의식에 참여함으로써 자신의 영적 뿌리를 찾는 여행.

흑인의 찡그린 표정을 보니 그것이 그가 바라는 바가 아님을 알 수 있었다. "네 곧 그 사람 봐요."

"자네가 내 브레이크 고치는 걸 그 친구가 허락해 줄까?"

"다음에 저 쏜다고 했어요."

"으르렁거릴지도 모르겠군."

캡틴 배터리가 모자를 살짝 들어 내게 인사했을 때 나는 생각했다. 다리를 저는 사람이 어떻게 그렇게 빨리 여기 올 수 있지? 그리고 인류학자 A. P. 엘킨이 "영리한 자들"이라고 부른, 땅 위로 30센티미터 이상 떠서 달릴 수 있는 사람들에 대해 생각했다.

"이쪽은 박후버 씨야." 운전자가 말했다.

배터리는 우리가 아는 사이라는 티를 내지 않았다.

"그는 미쳤어요, 그 짧은 선생." 닥터 배터리가 말했다. "그는 병원에."

개릿이 큰 코를 까딱하자 배터리가 그 동작을 정확하게 이해하고는 씩 웃었다.

"여기 이 사람? 그는 가르쳤어요?"

"올라타게." 개릿이 말했다.

"어쩌면 크리켓 다음에 봐요."

"내리고 싶을 때 내리게나."

노인이 시야에서 사라졌다. 우리가 버려진 트럭, 지저분한 헛간, 불도저, 텅 빈 가축 수용소[132]를 지날 때 그가 뒤 범퍼

---

132) 가축을 출하하기 전에 일시적으로 가두어 두는 곳.

위에 서서 루프 랙을 잡고 있었음을 몰랐다. 붉은 먼지구름 속을, 초라한 양철집들 사이를, 울퉁불퉁한 석회암 절벽을 파고 들어간 작업장 앞을, 흑인 캠프의 판잣집들 사이를, 머리에 등유 드럼통을 이고 일렬로 걸어가는 여자들 옆을 지나가는 동안 그는 장군처럼 당당하게 서 있었다. 우리는 5만 마리라는 소는 한 마리도 보지 못한 채 불탄 헛간의 폐허 위를 그대로 통과해서 '큰 집'에 도착했다. 그것은 벽을 골함석으로 만들고 주위에 가시철조망을 두른, 높이가 낮고 지붕이 넓적한 건축물이었다. 그 철조망 뒤에 쾀비 다운스의 관리인이 서 있었는데 햇볕에 탄 이 금발 농부는 잘생긴 얼굴이 앵무새 코 때문에 많이 망가진 인상이었다.

"이 후레자식아, 너 어디 갔었어?" 그가 우리 승객에게 말했다. 물론 그의 진짜 이름은 카터였고 크리켓은 별명이었다. 그가 파리채로 자기 다리를 찰싹찰싹 치며 말했다. "지금 집합[133] 중인데 망할 쉐보레는 빌어먹을 3주째 고장 나 있고 말이야. 로치, 너 이러면 안 돼. 내가 경찰한테 너 찾아 달라고 했어. 면제 증명서가 있든 없든, 운 좋아서 유치장이 아닌 줄 알아."

내가 토비가 준 항공사 비닐 봉투를 들고 차에서 내렸지만 관리인은 가시철조망 밖으로 나왔음에도 아직 나를 맞이할 준비가 되어 있지 않았다.

"이봐, 네 마음대로 막 나가면 안 돼."

---

133) 털을 깎거나 낙인을 찍기 위해 양이나 소를 모으는 것.

"죄송합니다, 보스."

"이제 뭐 할 거야?"

"부품 필요해요, 보스. 그 쉐보레 고쳐요."

"빌어먹을 부품은 이미 가져다 놨어. 비행기로 가져왔다고. 10주 전부터 여기 있었지. 도대체 어디 가는 거야?"

"쉐보레 가지러요."

"쉐보레 거기 없어."

"아니요, 보스. 이쪽이에요."

그렇게 말하면서 그는 바큇자국이 깊이 파인 길을 절뚝이 며 돌아갔고 관리인은 이제 주의를 흩뜨릴 게 사라지자 정식 으로 나를 만나기 위해 돌아섰다.

"씨발, 당신은 누구요?"

"이쪽은 박후버 씨예요." 개릿 행어가 말했다. "방금 멜버른 에서 온 선생님이죠."

카터의 얼굴이 환해졌다. 그는 나와 악수를 하더니 내 '짐' 을 들고 철조망 안으로 나를 안내하고는 널찍한 베란다에서 공중에 매달린 화분에 물을 주고 있던, 약간 소녀 같고 그와 마찬가지로 금발인 여자에게 나를 소개했다.

"멜버른이래." 그는 나를 이렇게 소개했다.

"카터 부인이에요." 그녀가 말했다.

우리는 희미한 등유 냄새와 최근에 젖은 대걸레로 닦은 냄 새가 나는 널찍하고 어두운 방에 모였다. 방 한가운데에는 다 리 끝이 발톱 모양으로 된 식탁이 있고 그 상석에 자개로 장 식된 커다란 검은색 의자가 있었다. 식탁 위에 매달린, 커다란 직사각형 모양의 더러운 옥양목(펑카)은 계속 앞뒤로 왔다 갔다 하면서 입맛 떨어지는 소고기 냄새와 지방 냄새를 사방으로 퍼뜨렸다. 그리고 그늘 속에는 이 펑카의 엔진, 즉 줄을 당기는 새까맣고 잘생긴 남자가 서 있었다. 이 사람의 반짝이는 눈으로부터 나는 시선을 돌렸다.

앉으라고 해서 앉았다. 장학사가 — 그것이 악당 개릿의 정체였다. — 글래드스턴[134]에서 '작은 뭔가'를 꺼내자 보스가 마치 그것이 희귀하고 귀중한 우표인 양 술병을 한참 들여다봤다. "앨리스." 그가 고함쳤다. "앨리스." 이에 응답하듯 굉장히 백인화되었지만 철옹성 같은 얼굴을 가진 원주민 여자가 나타났다. 그녀가 내 앞에 내려놓은 유리잔을 나는 밀어 낼 수밖에 없었다.

"취향이 아닌가요, 박후버? 당신은 오페라 때문에 향수병에 걸리진 않겠죠? 그렇겠지. 전임자는 오페라를 그리워했어요." 카터가 말했다. 나는 펑카 왈라[135]가 우리 이야기를 경청하는 것을 보고 그에게 청력이 있음을 알았다. 영국 식민기 인도에서 펑카 왈라는 농인 중에서 선발하는 것으로 유명했다.

"불쌍한 자식." 카터가 말했다. "당신 전임자는 말하자면 이상주의자였어요. 당신은 이상주의자인가요, 박후버 씨? 아니, 그래도 괜찮아요. 나는 괴물이 아니니까요. 물론 그 교과 과정인지 뭔지는 웨스턴오스트레일리아주 정부 탓이라고 생각해

---

134) 좌우로 열리고 안이 이등분되어 있는 작은 여행 가방.
135) 인도식 영어로 '담당자'.

요. 아무도 이 녀석들한테 실용적인 것을 가르치고 싶어 하지 않는다니까요. 개릿이 보는 걸 교육부도 볼 수 있었다면 교과 과정을 바꿨겠죠. 개릿은 내가 원하는 것을 알아요. 그렇지 않나요, 개릿? 나한테 열두 살짜리 애를 맡긴다면 2년 만에 제 몫을 하는 목동으로 만들 수 있어요. 걱정 마요, 애를 납치하진 않을 테니. 우리는 잘 지낼 거예요. 나는 누구하고든 잘 지낼 수 있어요. 물론 여기는 술이 문제예요. 이 녀석들한테는 백인 같은 자제력이 없거든요."

"그러니까 — 내가 말했다. — 여기에 빈자리가 있나 보군요."

"걱정 마요." 그가 말했다. "내가 하나하나 다 가르쳐 줄 테니까. 그보다 당신은 이 인간들, 공산주의자들을 알아 놔야돼요. 예전에는 다섯 명이 있었는데 내가 그 자식들 라디에이터를 매일같이 총으로 쏴 줬죠. 그중에 직업을 가진 놈은 단한 명도 없는데 내 일꾼들한테 너희도 급료를 받아야 한다고속살거리고 다니는 거예요. 내가 몇 명을 먹여 살리는지 알아요? 100명하고도 빌어먹을 50명이라고요. 내가 이놈들한테돈을 줘야 하는 날이 온다면 죄다 농장에서 쫓아내고 말겠어요."

나는 펑카 왈라만이 유일하게 나의 저항감을 느꼈음을 알았다. 그때 나는 그의 코가 뾰족하고 날렵한 것으로 보아 타밀족[136]인 것 같다고 생각했다.

---

136) 인도 남부 및 스리랑카 북동부에 사는 민족.

어둠 속에서 카터의 식탁에 앉아 있는데 등유 램프가 들어
왔고 연기 나는 노란 불빛 옆에서 그는 커다란 로스트비프 덩
어리를 썰었다. 조용한 금발 아이 둘이 들어와서 식탁에 같이
앉았지만 아무도 내게 그 애들의 이름을 말해 주지 않았다.

개릿이 마음껏 럼주를 홀짝이더니 자기 역할에 맞게 냉큼
교육부를 옹호했다.

"보셨죠, 박후버 씨." 카터가 말했다. "나는 누구하고나 잘
지낼 수 있다니까요. 우리 집사람한테 물어봐요. 말해 봐, 재
닛. 내가 겉보기만큼 거칠지 않다고."

그러자 카터 부인이 내게 지친 미소를 보여 줬고 나는 어떤
힘도 나를 이 지옥에 붙잡아 둘 수는 없음을 알았다. 그리고
내일 아침 일찍 일어나서 브레이크를 다 고칠 때까지 모리스
마이너 옆에 있기로 결심했다.

3

나는 무너진 결혼 생활 때문에 울었을 수도 있고, 끝나지 않는 레텍스 테스트의 긴장감 때문에 울었을 수도 있다. 하지만 그보다는, 예전에 그의 아들이 환영 선물로 달걀을 건넸을 때와 똑같은 방식으로 만다린을 들고 있는 노쇠한 목사 때문에 울었을 가능성이 더 높다. 그는 윌리의 아버지였으므로 당연히, 나뭇잎만큼 가벼운 손을 내 팔에 얹으며, 나를 위로했다.

"부인." 그가 내게서 보드상자를 받아 들며 말했다. "지금 당신에게는 차 한잔이 필요해 보이네요."

그는 내가 누군지 모른 채로 뒤돌아섰고 나는 따라갔다. 그의 허리는 꼿꼿했고, 어깨는 좁았으며, 걸음걸이는 조금 삐거덕거렸다. 나는 뒤에서 코를 훌쩍이며 콘크리트 진입로를 걸어갔다. 우리는 햇볕에 삭은 먼지투성이 포드 프리펙트와 퇴비 더미를 지나 몇 년째 자동차를 집어넣은 적이 없는 차고 안으로 들어갔다. 그곳은 목공구, 화분, 부화기, 서까래에 수탉 꽁지깃처럼 매달아 말리는 중인 식물에 자리를 내준, 전형적인 '맨 케이브'가 되어 있었다.

그는 팔꿈치로 커다란 나무 비행기를 옆으로 밀고 작업대 위에 아드모나 상자를 놓았다. 내가 도대체 무슨 말을 해야 하지?

거기에는 기우뚱한 카드 테이블과 스툴과 식탁 의자가 있었다. 그는 내게 의자를 주고 자신은 스툴에 앉은 다음, 뚜껑을 돌려서 닫는 보온병 컵에 홍차를 따랐다. 설탕도 우유도 없었다.

"자, 그래서요?" 그가 물었다.

내가 상자를 열고 싶어 하는 것을 보고 그는 낡아서 누레진 뼈 손잡이가 달린 주머니칼을 꺼내서 남편이 상자에 칭칭 감아 놓은 절연 테이프를 잘랐다. 그때 내가 얼른 말해야 함을 깨달았다.

"저는 봅스 부인이라고 해요." 내가 말했다. "배커스마시에서 왔죠. 멜버른 근처의."

하지만 상자는 이미 열려 있었고 그도 보았다.

"장례를 제대로 치러 주려는 거죠?"

그가 턱에 힘을 주면서 입술을 앙다물었다. 나는 사과했다.

"멜버른에서 왔다고요?"

"네, 이 아이의 동포들은 손대려 하지 않을 거라서요."

그가 주근깨투성이 손으로 입과 턱을 감쌌다. "동포요?"

"원주민 말이에요."

"그리고 당신은 멜버른에 산단 말이죠. 그런데 여기로 왔어요?"

"죄송합니다, 박후버 씨. 달리 부탁할 사람이 없었어요. 그게, 우리는 레덱스 테스트에 참가 중이거든요."(마지막 말은 실수였다. 괜히 혼란만 가중해서 그걸 푸는 데 시간이 더 걸렸다.) "저는 박후버 씨 아들을 알아요." 마침내 내가 말했다.

그가 날카롭게 물었다. "어느 아들요?"

"윌리요."

"당신이 윌리를 어떻게 알죠?"

"며칠 전까지 같이 있었어요. 브룸에요."

그는 충격받은 표정이었다.

"함께 자동차 경주에 참가 중이라서요."

그는 보드상자를 향해 몸을 돌려, 구겨진 신문지 위에서 두개골을 집어 들었다. "하지만 이건." 그가 조심스럽게 말했다. "이건 어린아이잖아요."

"우리가 묻어 줄 수 없나요?"

그는 즉시 대답하지 않았다. "우리 윌리를 안다고요?"

나이가 몇 살이든 어느 누가 혼란스럽지 않으랴? 그는 내가 누구인지 전혀 몰랐다. 배커스마시를 들어 본 적도 없었고 자기 아들이 거기 산다는 것도 몰랐다. 윌리가 교사가 되었다는 사실이나 알았을까?

"불쌍한 윌리." 그는 달걀 껍데기만큼 매끄러운 두개골을 어루만지다가 총알구멍 앞에서 손을 머뭇거렸다. "내가 너를 제대로 섬기지 못했구나, 얘야."

그의 옅은 색 눈이, 정확히 뭔지는 모르지만 아무튼 뭔가를 내게 원했다.

"기독교인으로서 끔찍한 짓을 했어요. 매일 그 생각을 한답니다."

"정말 유감이에요."

"네." 그가 조급하게 말했다.(그는 동정을 원한 것이 아니었다.) "하지만 그 애는 여기서 정말 잘 지냈어요. 아주 만족했다고요, 정말로. 그런데 도망쳤죠, 도망치고 말았어요. ……부인, 윌리 방 좀 구경할래요?"

시간이 없었지만, 그래, 나는 방을 봐야 했다. 두개골을 다시 상자에 내려놓는 목사의 태도는 아까와 달리 단호했다. 그는 상자를 닫고 그 위에 나무 비행기를 올려놓았다. 그리고 전혀 초조하지 않게 내 팔을 잡고 햇빛 속으로 데리고 나왔다. 비가 그친 지 얼마 안 돼서 텃밭의 근대에 맺힌 물방울은 수정처럼 맑았고, 오두막집의 새로 만든 뒷계단은 밝은 노란색이었다.

그는 아내가 세상을 떠났다는 말을 하지 않아도 될 걸 그랬다. 부엌의 통탄할 만한 상태, 쓰레기통 대용으로 문손잡이마다 걸려 있는 작은 비닐봉지만으로도 "나는 요즘 혼자 지내요."라고 말하는 것이나 다름없었기 때문이다. 그는 서둘러 나를 데리고 복도를 지나 퀴퀴한 방으로 향했다. 진갈색 삼베 블라인드를 걷어 올리자 마치 컬러 사진 시대 이전에 찍은 빛바

랜 사진 같은 썰렁하고 작은 침실과 작은 책상 위의 긴 선반
에 가지런히 놓인 변색된 낭심 보호대, 마구 긁힌 크리켓 공,
아동용 백과사전 세 권이 모습을 드러냈다. 베개 위에는 다 해
어진 테디 베어가 놓여 있었고 그 위의 벽에는 어떤 성의 흑
백 그림이 녹슨 압정으로 고정돼 있었다. 동화 속에 나오는 것
이리라는 생각은 들었지만 솔직히 좀 소름 끼쳤다.

"독일인가요?" 내가 물었다.

"라인강(江)에 있는 그 애의 성이죠."

나는 생각했다. 장난감은 다 어디 있는 거야?

노인은 이미 블라인드를 내리고 있었다. "진실을 털어놓을
수 있을 만큼 그 애를 믿지 않았던 거죠." 그가 말했다. "그리
고 그 애가 그걸 어떻게든 느꼈던 게 틀림없어요, 그렇지 않은
가요? 그 애는 상냥하고 다정했지만 우리의 사랑에 의지할 수
없었던 거예요. 분명해요, 그렇죠? 아니면 왜 여자애랑 야반도
주를 하겠어요? 우리는 그 여자애도 사랑했을 거예요. 그리고
그 애가 낳은 아기들도요, 전부 다."

방이 어두웠지만 그는 아직 나갈 생각이 전혀 없어 보였다.

"나는 그 애가 우리 친아들이 아니라고 말할 수 없었어요."

"알아요."

"아니, 당신은 몰라요. 그 애는 원주민이라고요. 뭐가 문제
인지 알겠어요? 당신 이름이……."

"뵙스요."

"뵙스 부인, 그렇게 잘 적응한 애를 왜 굳이 혼란스럽게 하
겠어요? 그것도 애들레이드에서. 내가 그 애를 보호하고 있다

고 생각했어요. 그런데 그 불쌍한 여자애가 까만 아기를 낳은 거죠. 그 애가 어떻게 생각했겠어요? 어디로 갔겠어요? 그 여자애는 나중에 만났지만 그 애는 못 만났어요. 그 오랜 세월 동안 그 애를 사랑하고 돌봤지만 동시에 우리는 그 애 인생의 토대를 갉아 먹는 흰개미였던 거예요. 우리가 그 애를 망가뜨리고 있었던 거죠."

그의 눈은 놀라고 겁먹고 비난하는 빛을 띠었다.

"윌리를 데려올 걸 그랬네요." 내가 말했다. 그가 여전히 우리의 사랑하는 내비게이터였다면 어땠을까, 티치와의 재회 장면이 얼마나 달랐을까 생각했다.

"그러면 상자 안의 그건 대체 뭐며 당신은 왜 와서 나를 조롱하는 거요? 내가 말했어야 했소. 그 애의 동포를 찾아 줬어야 했단 말이오. 사실은 마도와라에서 그 애를 찾는 편지가 왔었소. 솔직히 그런 편지를 왜 보냈는지 모르겠더군. 그 애는 심한 학대를 당한 아기였소. 우리에게 왔을 때 끔찍한 병균에 감염되어 있었지. 죽을 뻔했다오. 정말로. 나는 생각했소, 애가 기억도 못 하는 걸로 뭐 하러 애를 괴롭히나?"

"어깨에 있는 상처 말인가요?"

"아, 알고 있소? 그 애는 상처가 왜 생겼는지 몰라요. 우리가 웃긴 얘기를 지어냈지."

"그런데 아기가 생긴 거군요."

"그 애들이 도망치지만 않았더라면. 내가 거기 있었다면, 내가 거기에 있기만 했더라면. 내가 도대체 무슨 짓을 저지른 건지."

그는 다시 집 밖으로 나를 안내했다. 시간이 촉박했다.

"박후버 씨, 전화 좀 써도 되나요?"

"나는 목사직에서 은퇴했소. 사람들이 내게 상담할 일이 있을 때는 직접 찾아온다오." 그리고 그가 미소를 지었을 때 나는 택시를 부를 수 없음을 깨달았다.

차고로 돌아온 그가 보드상자 위에 있던 나무 비행기를 치웠다. "적어도 이건 내게 남겨 주고 가구려."

나는 생각했다. 오 맙소사, 이 노인 정신 나갔나 보네.

"박후버 씨, 이건 윌리가 아니에요."

"이게 어떻게 윌리겠소? 이건 어린아이인데."

"그렇죠."

"확실히 말해 두자면, 배커스마시에서 온 봅스 부인, 내가 이 불쌍한 아이를 위해 법적으로 해 줄 수 있는 일은 아무것도 없소. 일단 검시 보고서도 없고, 추측건대 사망 진단서도 없을 테니까. 길가에서 이 아이를 발견한 거나 마찬가지인 거요."

"네."

"우리는 끔찍한 짓을 많이 했소, 알고 있어요?"

"네."

"독일인들만 그런 짓을 한 게 아니란 말이오."

"네."

"알지 모르겠소만, 봅스 부인, 교구민이 내게 편지나 작은 사진 같은 물건을 맡아 달라고 부탁하는 일이 자주 있었소. 차마 버리지는 못하지만 그들이 죽었을 때 가족이 발견하는 것은 원치 않는 물건 말이지. 나는 그런 짐을 여러 번 맡았소."

"네."

"그러니 당신 것도 맡아 주겠소."

"하지만 그건 옳은 행동이 아니잖아요."

"옳은 행동이란 건 없어요." 노인이 말했다. "그저 아주아주 많은 잘못된 행동이 있을 뿐이고 때로는 우리가 할 수 있는 일이 용서해 달라고 기도하는 것밖에 없을 때도 있다오."

차고에서 그는 차를 마셨다. 그것이 아까 나를 위해 따른 차라는 사실을 잊은 채.

"그러니까, 그 애 아들한테는 그 애가 필요해요." 그가 말했다. "지금은 아빠랑 완전히 단절돼 있으니까. 애 엄마가 어떤 미국인하고 재혼을 했는데 아마 흑인이고, 그 뭐라고 하나, 공언된 독신주의자[137]인 것으로 아오. 그건 옳은 행동이오? 아니면 최선의 행동이오?"

"박후버 씨, 죄송한데 저는 가야 해요."

그는 나를 꾸짖지는 않았지만 고개를 뒤로 젖히면서 얼굴을 찌푸렸다. "우리 집에는 전화가 없소." 그가 말했다.

"알아요."

"아, 잠깐 기다려요. 번호를 적어 줄 테니까."

나는 기다렸다. 지각할 순 없었다. 그가 작업대 위를, 대팻밥과 못 통과 자투리 목재 사이를 마구 헤집더니 마침내 목수용 연필을 집어 들고 은촉붙임[138] 세공이 된 나뭇조각에

---

137) 여기서는 게이라는 뜻.
138) 예를 들어 마루를 깔 때 널의 오목한 곳과 볼록한 곳을 조립하여 이어 붙이는 방법.

뭐라고 적었다.

"윌리 소식이 있으면 — 그가 말했다. — 아들이나 그 애 엄마가 알아야 하오. 이 번호로 연락하면 돼요."

나는 그것을 원치 않았다. 하지만 받아야 했다. 나는 여기 더 머물렀어야 했다. 하지만 가야 했다. 내가 노인의 뺨에 입 맞췄을 때 그의 몸이 뻣뻣해지는 걸 느꼈다.

"죄송해요." 내가 말했다. 원치 않은 입맞춤을 비롯한 모든 것, 내 무례함과 더 머물지 못함에 대한 사과의 뜻이었다. 이 것이 내가 다시 콘크리트 진입로를 지나 페이넘의 텅 빈 거리로 돌아갈 때 지니고 있던 무거운 죄책감이었다. 그 길을 공황 상태에 빠져서 숨을 헉헉대며 뛰어가다가 마침내 한 주유소에 들어갔는데 거기, 기름 손자국으로 얼룩진 문이 달린 지저분한 사무실에서, 벽에 붙은 내 사진과 기꺼이 나를 출발선까지 데려다주겠다는 덩치 큰 기름투성이 여자를 발견했다. 그녀가 내 볼에 입 맞췄을 때 나는 전혀 불쾌하지 않았다.

4

대서양, 북태평양, 베링해 어디에 있건 산란을 위해 대양을 떠나 고향으로 돌아갈 때가 되면 연어는 자신이 태어난 강으로 돌아가는 길을 찾을 수 있는 능력을 가지고 있다. 녀석들은 강의 대략적인 위치를 찾기 위해 자기감각(磁氣感覺) — *왕이 앞서 나갑니다.* — 을 사용하는 것으로 추정되며 그 근처에 다다르면 강의 입구를, 그리고 거기서부터 자신들이 잉태된 — *청취자 여러분, 귀 막으세요.* — 산란장을 찾기 위해 후각을 사용한다. 심지어 일부 세균도 자기 자신을 살아 움직이는 지도로 바꾸는 이 신기한 능력을 갖고 있다. 이 경우 세균은 주자기성(走磁氣性)으로 알려진, 지구의 자기장 선을 따라 이동하는 행동 현상을 보인다.(그리고 *당신은 애연가의 기침 외에는 잃을 게 없다.*)

내비게이터 박후버가 약간의 주자기성을 가지고 있을지도 모른다는 추측은 합리적이지만 내 경험은 반대 가능성을 시사한다. 우연히 자신의 산란장으로 이송되었음에도 내가 그 사실을 눈이나 코나 느낌으로도 알지 못했기 때문이다. 나는 전혀 몰랐다. 오히려 사람들이 내 인종을 너무 자신 있게 말해서 짜증 나고 불안했다. 카터와 그의 럼주가 두려웠고 외로움, 먼지와 흙, 스피니펙스[139]와 아카시아에서 시작되는 바큇자국이 파인 적토 길, 더위에 익은 땅이 무서웠다. 커다란 경유 발전기가 첫날 밤 내내 웅웅거렸고 개들도 한시도 조용히 하질 않았다. 나는 엎치락뒤치락했고, 모기에 물렸으며, 배 속이 부글거렸고, 내일 늦잠 자서 장학사의 모리스 마이너를 못 타게 될까 봐 전전긍긍했다. 의문의 여지가 없었다. 늘 도망치는 것, 그것이 나라는 인간을 빚은 진흙의 결점이었다.

하지만 나는 다시 선생이 될 생각은 없었다. 적어도 점토질 벽돌로 지은 먼지투성이 '교사 숙소' 혹은 풍화된 벽 위에 골함석 지붕을 얹은 개척자의 유적에서 나를 재우는 곳에서는. 구역질 나는 통풍 장치가 많이 있었지만 어느 것도 이미 죽었거나 죽어 가는 뭔가 — 내 생각엔 뱀 같았다. — 의 악취를 날려 버리기엔 충분치 않았다. 밤이 되자 성난 고함 소리 다음에는 야생 동물이 벽을 박박 긁는 소리가 들려왔다. 물론 나는 도망치고 싶었다.

아침이 되자 내 '침실'은 낡은 모터와 온갖 쓰레기가 뒤죽

---

139) 볏과의 풀.

박죽 쌓인 창고였음이 밝혀졌다. 나는 밤새 찾지 못했던 옥외 화장실을 마침내 발견했고 내 '짐'과 그 안에 든 가짜 소지품 — 구겨진 신문과 연필깎이 — 을 들고 지친 공기 속으로 걸어 나와 악몽 같은 4억 년 세월의 생존자인 유일한 석회암 절벽을 마주했다.

안다, 안다. 사실은 생명이 나를 온통 둘러싸고 있는데 내가 백인, 즉 카티야라서 죽음밖에 보지 못한다는 것을. 나는 알 수 없는 작물이 말라 죽은 플랜테이션 농장을 서둘러 통과한 다음 독창적인 형태의 출입문을 겨우 열고 카터의 앞 베란다에 도착했다. 처음 봤을 때는 깨끗하고 젖어 있던 콘크리트판이 지금은 맥주 캔과 깨진 유리로 어질러져 있었고 이 무질서로부터 카터가 천천히 일어나는 것이 보였다. 그는 당연히 면도를 안 했고 노란 머리는 부러진 지푸라기로 만든 까치집이었지만 그가 바지를 엉덩이 위로 추켜올리면서 앵무새 코로 나를 내려다본 순간 나는 쿰비 다운스에서 교사의 위치를 이해했다.

나는 크리켓 공을 보지 못했고 그도 나에게 보일 의도가 없었다.

"받아요." 그가 외치면서 공을 있는 힘껏 던졌다. "어때요?"

오 하느님, 나는 손이 아팠지만 아무렇지 않은 척, 나 같은 남자에게 폭행은 아무것도 아닌 양 공을 돌려줬다.

"행어 씨랑 할 얘기가 있는데요."

"벌써 갔어요." 그가 아까보다 친근한 태도로 나를 쳐다보며 말했다.

"아니 — 내가 말했다. — 떠나기 전에 브레이크를 고칠 거라고 했는데요."

"나한테도 똑같은 말을 했죠." 그가 이 '우연'에 대한 반응을 과장스럽게 연기하며 말했다. "얘기가 나와서 말인데, 그게 우리 언쟁의 요점이었어요. 더럽게 놀라운 얘기죠. 나는 행어에게 말했어요. 당신은 여기를 뭘로 생각하는 거냐, 카센터? 물론 그 사람은 여왕님의 종복이니 밥 좀 주고 술 맘껏 마시게 해 주는 것까지야 상관없지만 나는 사업가예요. 그런데 공짜 정비를 해 달라고? 지금 브룸으로 가는 소 떼가 두 팀이 있어요. 총 500마리죠. 하루에 13킬로미터를 가야 해요. 한 팀에 일꾼이 다섯 명씩이죠. 지난번 폭우 때 풍차를 몇 개 잃었는지 알아요? 내가 하루 종일 하는 일이 그거예요, 풍차에 기름 치기. 쓸 만한 일꾼은 한 명도 남아 있지 않거든."

"행어 씨는 어디 있습니까?"

"더 이상 붙들 이유가 없었어요. 당신에게 이걸 남기더군요. 퍼스로 부치라던데요. 행운을 빌어요."

그것은 나와 웨스턴오스트레일리아주 교육부 간의 계약서였다. 서명하든 안 하든 상관없었다. 적어도 나한테는.

"오늘은 일요일이에요. 시는 날히라고요.[140]" 그가 조롱하듯 말했다. 그가 원주민 말을 사용한 것은 전후를 통틀어 그때 한 번뿐이었다.

"네?"

---

140) 쉬는 날이라고요.

"아마 집 청소를 하고 싶겠죠. 가게에 가서 원하는 건 장부에 기입하고 가져가되 가격에 대해서는 불평하지 마요, 멜버른에서 정한 거니까. 모기향도 좀 가져가요. 집을 잘 꾸며 봐요. 학교가 어디 있는지는 하녀들한테 물어보고. 아까 공 잘 받던데요." 그가 말했다. "내가 예상하건대, 당신은 여기 잘 적응할 거예요."

내가 그렇게 만만해 보였나? 그 실수를 하는 사람이 그가 처음은 아닐 터였다.

쿰비 다운스의 교사 숙소는 불탄 레덱스 차처럼, 다른 수많은 기계나 풍차, 발전기, 우물 같은 수많은 백인의 실패한 노력처럼 내 안에 어마어마한 우울감을 불러일으켰고 그것은 전임자의 더 사적인 잔류물에 의해 고조되었다. 현관 앞의 먼지투성이 신발 한 짝, 포식 중인 개미가 열린 입구 테두리를 따라 새까맣게 앉아 있는 '투 프루츠' 통조림, 보물처럼 서랍장 안에 숨겨져 있는 위스키 병들, 레코드판은 없고 바늘은 바닥에 쏟아져 있는 태엽식 축음기. 2층 침대 밑에서 발견한 『위대한 오페라 줄거리 전집』은 전임자의 더러운 엽서와 마찬가지로 검은곰팡이에 뒤덮인, 우기의 피해자였다.

빗자루가 있길래 먼지를 재분배했다. 물탱크에서 물을 가져와 더러운 개수대를 박박 닦았다. 냉장고를 열어 보니 구역질나는 냄새의 근원인 썩은 고기가 있었고 나는 헛구역질하며 도망쳤다.

불평하러 카터의 집에 갔지만 그가 없었기 때문에 그 대신 하녀로 불리는 앨리스 톰슨에게 신문을 당했다. 그녀는 쉰 살은 족히 되어 보였고 날카롭고 기민한 눈과 꼬챙이처럼 가는 다리를 가지고 있었다. 신발은 없었지만 아주 깨끗한 꽃무늬 원피스와 나들이 모자와 핀으로 차려입고 있었다.

"등유 끝났어요." 내가 썩은 고기에 대해 설명하자 그녀가 말했다.

"아니, 그건 냉장고예요." 내가 말했다. "고장 났어요. 상한 고기."

그녀는 자기가 그것을 고칠 거라고 내가 믿게 만들었다.

"교회에 가던 길 아니었나요."

하지만 교회는 백인한테 진 듯했다. 교사 숙소에서 다시 만났을 때 모자는 없었고 그녀는 김 나는 물이 담긴 무거운 양동이와 솔을 들고 있었다.

"교회는요?" 나는 물었다. 물론 교회는 없을 것이고 그녀는 악취 풍기는 고깃덩어리를 끄집어내어 물을 뚝뚝 흘리면서 옥외 화장실로 가져갈 것이었지만 말이다.

그것은 당연히 연료가 떨어진 등유 냉장고였으므로 이를 해결하는 데 필요한 조치를 취하라고 닥터 배터리를 이미 호출했지만 그는 닥터 배터리답게 그 작업 중에서 자기가 하기엔 너무 하찮다고 생각하는 부분은 전부 교묘하게 피할 작정이었다.

"당신 힘센 사람?"이 그가 내게 던진 첫 번째 질문이었고 나는 그가 힘들게 일하는 하녀와 나태한 나를 대조하고 있다고 생각했다.

"알아요." 내가 말했다. "창피해해야 한다는 거."

닥터는 특유의 게걸음으로 걸어서 식탁 의자를 방 한가운데로 가져왔다. "이 늙은 다리 쓸모없어." 그가 의자에 앉으면서 얼굴을 찡그렸다.

"젊은 마누라 너무 많아 저 인간." 앨리스가 말했다.

노인이 그녀에게 악동 같은 미소를 지어 보였다. "나 많이 힘세." 닥터 배터리가 말했다. "마누라 셋." 그가 내게 말했다.

"불쌍한 늙은이." 앨리스가 말했다. "젊은 올리브가 젊은 남자 데려와서 일 시키는 거 낫다 생각했지."

그들이 한동안 이렇게 농을 주고받은 후에야 나는 그들이 야한 얘기를 하고 있음을 알았다. 냉장고에 연료를 다시 채우는 것은 쉬운 일이 아니었다. 우선 누군가가 그것을 방 가운데로 가져와야 했는데 그 사람이 닥터 배터리는 아닌 듯했다.

"당신 힘센 사람 윌리." 그가 내게 말했다.

연한 분홍색 비누 거품 속을 박박 닦고 있던 앨리스가 웃으면서 고개를 저었다.

하지만 나는 이용당하는 거라 해도 상관없었다. 얼마나 무겁든 간에 이것을 옮길 작정이었다. 지시에 따라 램프 부분의 그을음도 긁어내고 깨끗이 닦을 것이었다. 그리고 그다음에는 심지 다듬는 법, 불붙이는 법, 이 무지막지한 녀석을 넘어뜨리지 않고 제자리에 갖다 놓는 법을 배웠다.

"다음에 나 당신 위해 호스 끼워 줘." 닥터 배터리가 말했다.

물론 다음번은 없을 것이었다. 그때쯤이면 나는 멀리 가 있을 테니까.

"그에게 탱크에 기름 넣어." 그가 말했다. "내일 이쪽에서 그에게 밥 줘."

앨리스가 밖으로 나갔다가 합판에 빵과 마멀레이드와 영롱한 버터를 얹어서 돌아오더니 크롬 다리가 달린 식탁이 넘어지지 않게 균형을 잘 잡아서 그 전부를 올려놓았다. 그리고 진한 홍차를 따르고 달콤한 연유를 넣어서 내게 줬다. 그녀는 나한테 의자를 끌고 와서 먹으라고 단호히 말하고는 내가 정말로 가져올 때까지 기다렸다.

한편 침실에서는 배터리가 서랍장 속 빈 병을 뒤적거리는 소리가 들렸다. 나는 앨리스에게 내 시중까지 들 필요 없다고 했지만 그녀는 고개를 젓더니 나이프를 쥐고 캔에 든 버터를 내 빵에 발랐다. 그녀의 손가락은 아주 까맣고 건조하고 거칠었다. 내가 자기를 쳐다보고 있음을 알아차린 그녀가 갑자기 미소를 짓더니 잠시 후에는 얼굴이 무너지면서 입을 벌리고 울부짖기 시작했다.

그러자 닥터 배터리가 후다닥 돌아왔고 앨리스는 갑자기 울음을 뚝 그쳤다. 아주 이상한 뭔가가 두 사람 사이에서 일어나고 있었다. 배터리가 내게 나가 있으라고 요구했지만 나는 저항했다.

"우리 따라와요." 그들이 말했다. 둘이 따로, 또 같이.

"왜요?"

"보면 알아요." 앨리스가 이렇게 말하면서 젖은 손을 내 뺨에 갖다 댔다.

그녀의 미소는 이해가 가지 않았다.

그늘이 없어 휴식도 없었다. 정원에조차 나무 한 그루 없었고 새까만 눈동자를 가진 펑카 왈라가 세탁실 문에서 나를 주시하고 있었다.

깨진 돌 조각 몇 개가 우리가 갈 길을 나타냈는데 그게 없었다면 주위의 맨땅과 전혀 다르지 않았을 것이다.

"이게 어디로 가는 길이에요?" 내가 물었다. 나는 생각했다. 이 사람들 나한테 뭘 하고 싶어 하는 거야?

"보면 알아요."

그들의 강렬한 목적의식은 지금 이 상황에 맞지 않았다. 나는 치통이 있다고 하는 게 편리하겠다고 판단했다. 그러면 카터는 나를 치과에 데려다줘야 할 테니 읍내에 가야 할 것이고 거기서 버스를 타거나 차를 얻어 타면 될 것이었다. 괜찮을 거야, 나는 생각했다. 그리고 이가 나길 기대하며 턱에 손을 갖다 댔다.

5

당신이 내 뒤통수 쳤잖아, 라고 티치에게 직접적으로 말하진 않았다. 또 이렇게 묻지도 않았다. 내가 그 사람이랑, 박후버랑 뭘 했다고 생각해? 던스턴이 당신한테 무슨 거짓말 했어? 당신 친구라는 그 후레자식이 어두운 데서 내 몸에 자기 물건 들이댔던 건 알아?

나는 당신 아내였어, 죽을 때까지 함께하기로 약속한.

당신은 내 남편이었어. 그런데 내 돈을 크레이그스 호텔의 마권업자들에게 가져갔지.

마지막에는 우리 언니가 있었다. 이해할 사람은 언니뿐이었다. 남편은 내가 애들이랑 통화 중이라고 생각하며 차에서 기다렸지만 사실은 나와 언니뿐이었다. 앞일은 절대 알 수 없는 법이다.

6

남쪽에서 나는 대단한 권위를 가진 사람이었다. 거냐를 실제로 본 적은 한 번도 없었지만 ─ *왕이 앞서 나갑니다.* ─ 그것이 원주민 말로, 대개 살아 있는 나무를 지주 삼아 나무껍질과 나뭇가지로 지은 자그마한 임시 거처를 가리킨다는 것은 알았다. 큄비 다운스에서 거냐는 **험피**라 불렸고 나무껍질이 아니라 녹슨 골함석과 판지로 지어졌다. 험피 안에서는 허리를 펴고 설 수가 없었다. 욕실이 없어서 씻을 수도 없었다. 캠프 전체에 옥외 수도 한 개밖에 없었는데 절그럭거리는 서던 크로스 풍차가 퍼 올린 유황수가 나왔다. 우기에는 험피에서 비가 샜지만 그때는 개천이나 깊은 연못에서 씻을 수 있었다. 지금은 아이들이 냇둑을 굴러 내려오면 마른 모래 위에서 저절로 멈췄다.

내가 이가 아프다고 말했지만 아무도 듣지 못한 것 같았다. 풍향이 바뀌더니 이 농장에서 생산되는 소고기 가운데 유일하게 캠프에 제공되는 부위인 뼈와 내장이 구워지면서 나는 악취와 연기를 실어 왔다. 나는 스스로의 청결함을 부끄러워하며 뜨거운 흙바닥에 앉아서 지금 석탄 위에서 구워지고 있는 배 불룩한 왕도마뱀의 질감을 영영 모를 수 있길 속으로 기도했다. 앨리스가 손등을 내 손목에 갖다 대길래 나는 생각했다. 돈이 아니라면 나한테서 뭘 원하는 거지? 그녀가 내 손을 쓰다듬고 있는데 아이들이 박살 난 62번 푸조에서 가져온 요도를 내밀었다. 그들은 내 사인을 원했다. 아, 나는 생각했다. 이거였구나.

"당신 레덱스 아저씨 써요."라고 그녀가 요구해서 나는 사인했다. 이 꼬마들에게, 그들의 매끈하고 맑은 피부와 흐르는 콧물과 희망과 쑥스러움에 감동받지 않을 사람이 누가 있겠는가?

캠프 전체 무비톤 뉴스 릴에서 자동차 봤어, 닥터 배터리가 말했다. 예수 뭐뭐라는 데서 영화를 틀어 줬다고 했다. 예수 뭐뭐란 굵은 나뭇가지로 얼기설기 지은 헛간에 주석 지붕을 얹고 벽 대신 두른 육각망에 스피니펙스를 주렁주렁 매단 건물을 말했다. 영사기를 가져온 사람은 맥스 형제였는데 그가 예수에 관한 영화뿐 아니라 뉴스 릴도 보여 줘서 레덱스 차들이 구르고 날아오르고 부르릉거리며 질주하는 것을 보고 모두가 웃고 박수 쳤다. 그래서 내 가치가 올라갔음이 틀림없었다.

"진짜 영화 스타." 닥터 배터리가 대강 그렇게 말했다. 사실 그는 "그는 진짜 영화 스타" 아니면 "으는 진짜 영화 스타" 비슷하게 말했지만 나의 혼란스러움을 다른 사람에게까지 전가하진 않겠다.

그때 앨리스가 "두 번째 교회"에 다녀오겠다고 했다. 내가 이가 아프다고 하자 빨간 수액을 씹으라고 줬다. 앨리스가 돌아왔을 때 닥터 배터리는 그녀의 성경을 가지고 놀렸다. "불쌍한 흑인 책이 없어. 예수 전부 밀리밀리, 종이, 책. 그렇게, 앨리스? 그가 흑인 후레자식보다 나아?"

"로치 이 불라만 화장실." 그녀가 말했다. 물론 그들은 평생 서로를 알아 온 사이다.

앨리스가 성경을 자기 무릎 위에 놓고 내 뺨을 어루만지더니 내 팔을 한 번 꼬집고는 살갗에서 핏기가 빠져나갔다가 다시 돌아오는 것을 지켜봤다. 그리고 그녀의 검은 피부는 그렇게 반응하지 않는다는 것을 내게 보여 줬다. 즉, 우리는 달랐다. 분명히. 많은 사람이 이 사실을 보여 주러 왔다.

시간이 흘렀다. 때로는 평화롭게, 때로는 그렇지 않게. 시계 태엽 엔진 같은 펑카 왈라가 잠깐 걸음을 멈추고 나를 내려다보다가 지나갔다. 나는 치통을 미루기로 했다. 아이들이 노는 모습을 보며 기쁨을 느꼈다. 풍향이 바뀌면서 내장 냄새를 우리 쪽으로 실어 오자 우리는 버드나무처럼 가지가 늘어진 유칼립투스 나무 밑에서 게걸음으로 자리를 옮겼다.

나는 불편함과 지루함을 받아들일 준비는 되어 있었지만 이다음에 일어난 일을 받아들일 준비는 되어 있지 않았다.

당신이 면도 거울을 보고 있는 남자라고 가정해 보자. 당신은 거울 속에서 무엇을 보게 될지 알고 있다. 그런데 그때 당신의 눈에 보이는 것은 익숙한 자신의 얼굴이 아니라 당신의 어깨 위에 있는 낯선 사람의 얼굴이다. 당신이 자신의 입술을 만지자 무섭게도 당신의 손가락이 낯선 얼굴 위에서 움직인다.

혹은 다른 방법을 시도해 보자. 당신이 낯선 사람의 얼굴을 들여다보는데 당신 자신의 거울상이 보인다. 당신은 백인이고 그는 흑인이라는 점만 제외한다면 말이다. 당신이라면 자기 손을 깨물거나 칼로 찌르지 않겠는가?

이렇게 도플갱어의 눈에서 가장 부담스러운 감정을 본다면, 우리 아버지의 입버릇처럼, 자신의 세계가 소금 후추 통처럼 뒤흔들리지 않겠는가?

"그는 오랫동안 당신 기다렸어." 닥터 배터리가 말했다.

내 팔의 털이 곤두섰다.

"네." 내가 말했다.

"그는 당신 위해 꿈꿔."(정확히 말하면 "으는 당신 위해 꿈꿔."였다.)

앨리스는 펑펑 울었다. 닥터 배터리는 한쪽 눈에서 눈물을 훔쳤다.

그때 도플갱어가 내게 말을 걸었다. 만약 내가 그의 말을 정확히 듣지 못했다면 그것은 내가 겁먹었기 때문에, 그리고 그의 이름 같은 이름이 존재할 수 있음을 몰랐기 때문이었다. 튀기 아이의 이름은 제 아버지의 이름이 아니라 땅바닥에 놓인 물건의 이름을 따서 짓는 관습이 있음을 나는 알지 못했다.

"쇠지레." 그가 다시 한번 말했다.

"윌리." 내가 말했고 우리는 서로 악수했다.

나중에 나는 그가 캠프의 싸움꾼이자 투자할 돈이 있는, 편집증적인 카드 노름꾼임을 알게 된다. 지금 그의 두려움 없는 미소가 내게 첫 번째 요구를 해 왔을 때 나는 그 으스스한 존재에게서 벗어나고 싶었다. 그의 미소는 흔들리지 않았지만 눈에는 눈물이 차올랐다. 그가 내 팔에 손을 얹었다가 날씬한 손가락을 내 어깨뼈까지 가져갔을 때도 나는 저항하거나 몸을 뺄 수 없었다. 그리고 마침내 그의 손이 내 흉터에 닿았을 때…… 얼마나 의기양양한 탄성이 그의 입술에서 새어 나왔던지.

줄기가 하얀 나무의 밑동 껍질은 마치 금 간 진흙, 악어 가죽 같았다. 쇠지레가 나를 껴안았다. 앨리스가 울부짖으면서 자기 머리를 계속 때리자 배터리가 그녀의 손아귀에서 돌을 빼앗았다. 나는 생각했다. 내가 무슨 짓을 한 거지? 쇠지레가 내 뺨을 툭툭 쳤다. 여자들은 자기 몸을 마구 때리면서 입속에 모래를 넣고 문질렀다. 그들의 얼굴은 강렬하게 구겨져 있었고, 몸은 옆으로 벌어지고 가슴이 컸다. 그들은 마른 앨리스와 함께 섬뜩한 슬픔의 합창을 하면서 마치 소의 이분체(二分體)를 찌르듯 내 어깨의 상처를 쿡쿡 찔렀다.

닥터 배터리는 앨리스가 내 어머니라고 주장했지만 물론 나는 우리 어머니가 누군지 알았다.

나는 이가 아프다고 말했다.

그리고 내게 세 어머니가 있음을 알게 되었다. 그들이 여기 있었다.

하지만 나는 애들레이드 출신이었다. 그들에게 그렇게 말했다.

아니, 나는 애들레이드 출신이 아니었다. 그곳은 내 고장이 아니고, 여기가 내 고장이었다. 나는 저 도금양 나무 옆의 강에서 태어났다. 나는 물론 그 나무를 봤지만 모래와 버려진 옷, 보잘것없는 골함석 더미, 자기 상처를 핥고 있는 굶주린 누런 개도 보았다.

여자들이 나를 놔주자 닥터 배터리가 자신의 멋진 모자를 내 머리에 씌워 줬는데 어째선지 마음이 편안해졌다. 쇠지레가 아이들한테는 꺼지라고 하고, 여자들한테는 조용히 하라고 했다. 그리고 닥터가 나를 달랬다. 마치 내가 제대로 다루지 않으면 도망치다 다리를 부러뜨릴 야생마인 것처럼.

"앨리스는 네 엄마의 언니야. 그러니까 흑인 식으로는 네 엄마이기도 하단다." 내가 말이었다면 그 낮게 웅얼거리는 목소리를, 하나같이 강가의 조약돌처럼 반질반질한 단어들을 믿었을 것이다. 그렇게 나는 어머니의 이름을 알게 됐다. 그녀의 이름은 폴리였다. 그녀는 닥터 배터리의 동생과 결혼하기로 약속되어 있었고 "아주 쾌활하고 어린아이처럼 장난기가 많았다."

당시 큄비 다운스의 보스는 빅 케브 리틀이었다. 그는 폴리를 하녀로 선택했다. 급료는 주지 않고 밀가루, 홍차, 설탕, 옷을 지어 입는 데 필요한 옥양목만 줬다. 그 애는 꽤 행복했어, 닥터 배터리는 생각했다. 그녀는 정식 '집 안 하인'이었다. 처음에는 별채 조리실에 있다가 '큰 집'으로 옮겨서 침대 정리와 빗자루질을 했고 세탁실에서도 일했다. 한번은 사모님이 그녀에게 나들이 모자를 준 적도 있어서 폴리는 사모님을 좋아했다. 나쁜 일은 하나도 일어나지 않았을 것이다. 사모님이 우기를 싫어해서 휴가 때 자기 동포들에게 돌아가지만 않았더라면.

닥터 배터리는 빅 케브가 옳고 그름에 관심이 없었다고 했다. 그는 성 안의 왕이었으므로 정확히 자기가 원하는 것을 했다. '실수로' 노조 조직자를 쐈지만 아무런 처벌도 받지 않았다. 이와 마찬가지로 그가 우리 어머니를 유혹했거나 강간한 듯하다. "그들이 늘 그러듯이."라고 닥터 배터리가 말했다.

배 속이 요동쳤다.

"어디서나, 선교사, 학교 선생, 상관없어. 백인들 우리 여자들 너무 욕심내."

"네 압빠"가 닥터 배터리가 자기 동생을 부르는 호칭이었다.(그는 '흑인 식으로' 치면 내 큰아버지였으므로 내 압빠이기도 했다.) 내 압빠는 '큰 집'에 가서 카티야에게 자기 아내를 훔치면 안 된다고 말했다.

"나는 그를 키웠어요." 그가 보스에게 말했다.

"그?"

"네 엄마. 네 압빠가 그를 키웠어." 닥터가 말했다.

"그녀를 아니에요? 그가 그녀를 키웠다는 거죠?"

"그래그래, 네 아버지가 그를 키웠어. 그가 형제들에게 율법 가르쳤지. 그러니까 으는 내 것이야."

"폴리가 아버지의 것이었다고요?"

"그래. 네 압빠가 카티야에게 말해. 으는 내 것, 으는 약속된 사람이에요."

여기서 카티야 독자가 원주민식 영어의 관습을 배우는 수고를 덜어 주도록 하겠다. 원주민식 영어에서 여자는 그(으)라고 불리고 그를(으를)이라고 지칭된다. 마찬가지로 이야기의 요지는 외부인이 이해하기에도 어렵지 않았다. 케브 리틀은 자개 왕좌에 앉은 왕이었다. 강간범이자 학대범이었다. 그는 오해해서 미안하다고 말했다. 그 여자가 약속되어 있다는 걸 몰랐다. 얼마나 창피한 일인가. 그녀에게 시킬 일이 하나 더 있으니 아침에 폴리를 돌려보낼 것이고 행운을 빈다, 기타 등등.

다음 날 — 닥터 배터리가 내게 말했다. — 빅 케브가 내 압빠, 즉 내 어머니와 약속된 남자를 불러냈다. 그리고 60번 우물 근처에 아픈 거세우가 있는데 조수가 필요하다고 말했다. 먼 하늘에서 매들이 맴도는 모습이 보였으므로 내 압빠는 이 말이 사실임을 알았다. 그들은 서너 시간을 달려 우물에 도착했다. 거기에는 이미 죽은 소가 있었고 매들이 사체를 찢어발기고 있었다.

보스는 내 압빠에게 자기 말에서 내리라고 명령하더니 감히 입도 뻥긋 못 할 증인들 앞에서 그를 총으로 쏴 죽였다. 그리고 말에서 내리지도 않은 채로 한 아저씨에게 죽은 짐승의 배를 가르고 내 압빠의 시체를 그 안에 숨기라고 지시했다. 한참 후 집합 중에 내 친척들이 그를 데려왔을 때에는 소뼈에서 사람 뼈를 분리해야 했다.

닥터 배터리의 얼굴은 돌처럼 굳어 있었다. "얼마 뒤에 — 그가 말했다. — 네가 땅 위에 태어났지."

내가 태어났을 때 — 나는 알게 됐다. — 내 어머니는 땅에 구덩이를 파고 나를 그 안에 넣었다. 그리고 재를 갠 것과 흰 개미 언덕으로 나를 덮었다.

"그들은 그렇게 했어, 이 율법에 따라, 이곳에서. 너는 이 고장에 속해. 하얀 피부 아기, 그녀는 너를 석탄처럼 까맣게 만들어. 하지만 조심하는 게 좋아. 복지부가 와서 그 아기를 훔쳐 갈지 몰라. 남쪽으로 데려가 백인으로 키울지 몰라. 너무 많은 아기들 여기서 훔쳐 갔어." 닥터 배터리가 말했다. "이 캠프에 항상 울음 있었어. 밤에 엄마들이 자기 아기 때문에 울어. 그러면 케브 리틀이 베란다에 나와 총을 쏘면서 닥치라고 말해.

네 엄마는 남편 잃었어, 너는 잃지 않아." 배터리는 대강 이렇게 말했다. 자기가 내 어머니라고 생각하는 그녀의 자매들이 나를 온통 둘러쌌다. 그들은 불결하게 살았다. 욕실도, 샤워도, 나이프도, 포크도, 의자도, 식탁도 없이. 그들은 내가 땅 위에 도착하는 것을 봤고 — 그들이 말했다. — 미끌미끌한 몸으로 울부짖으며 세상 속으로 나오는 것을 목격했다. 그들을 의심하는 것은 아니었지만 나는 여전히 백발의 자그마한 백인 여자인 어머니를, 유리컵에 담긴 옅은 차를 홀짝이고 락스로 부엌 바닥을 닦는 어머니를 사랑했다.

"네 엄마는 너를 항상 자기와 자매들, 앨리스, 베티, 주니 가까이에 뒀어. 그가 긴 골풀과 작은 달래를 캐러 샘 — 저기, 나무 보이지. — 으로 내려갔을 때는 너를 쿨러만[141] 안에 두고 갔지.

같은 날, 케브 리틀은 늙은 에릭 포터에게 먹을 수 있는 짐승을 사냥해 오라고 시켰어. 우리는 그들을 킬러라 불러. 에릭은 백내장이 있었어. 거세우를 쏘는 데는 문제없었지만 그 이상은 거의 보이지 않았지.

너는 아기였고, 너는 울었고, 그녀는 엄마였고, 계속 땅을 파야 했고, 바구니를 채우고 있었고, 우리가 윌리윌리라고 부르는 빌어먹을 큰 바람이 있었어.

기독교도 무리는 그것이 악마였다고 말하지만 우리는 그 독수리를 알아. 우리는 그녀의 이름을 알지. 와물루, 쐐기꼬리수리. 그녀가 너를 먹으려고 날카로운 발톱으로 집어서 날아갔어.

오, 우리 아기한테 무슨 일이 일어난 거야? 엄마는 뛰어갔어. 그들은 네가 하늘에서 우는 소리를 들어. 우리 아기를 돌려줘.

에릭은 케브 리틀의 303구경[142]을 갖고 있었어. 내가 그 수리 죽일 거야. 안 돼, 당신이 아기를 죽일 거야.

멍청한 여자들, 소리 지르지 마. 그는 쏘고 총알 아기에 안

---

141) 양푼 모양의 원주민 전통 목기.
142) 리엔필드 소총.

맞아. 좋아, 수리 잡았어.

와물루가 너를 떨어뜨려. 너는 덤불에 떨어졌어. 작은 놈들, 애들, 뱀 사냥했어. 아기 그들에게 맞을 뻔했어. 애들이 너를 캠프에 데리고 돌아왔어. 그는 특별한 사람이야, 이 아이.

너는 특별했어. 하지만 조심해. 아직 복지부 사람들 있어, 어떤 수리보다도 나빠. 그들이 캠프에 들어와. 우리는 애들을 숨겨. 너 부들 속의 모세 알아? 파라오의 딸이 아기를 발견하지. 그래, 이번에는 딸은 없고 경찰 둘이 말과 수레로 여행한다는 게 달라. 그들은 너를 폴리에게서 빼앗고 네 어깨가 다쳤다고 폴리를 꾸짖었어. 네 몸에서 좋은 약을 씻어 내고 너를 수레에 실었지. 튀기 아이 없애기. 그들은 너를 의사에게 데려간다고 했어. 네 엄마는 수레를 뒤따라 더비까지 걸어갔어. 잔인한 놈들. 결국 네 엄마가 너를 안고 가게 했지만 자기들이 편하게 가려고 그런 거야. 300킬로미터를 걷는 동안 그녀는 자기가 아기를 계속 키울 수 있길 바랐지만 더비에 다다르자 그들은 너를 제대로 훔쳐 갔지.

네가 배에 탔다는 걸 알았을 때 네 엄마는 미쳐 버렸어. 곧 경찰서 세탁실에 불 지르려 했고 그들이 그녀를 잡아서 감옥에 넣었지. 우리에게 돌아올 때는 아주 말라 있었어. 주술사도 도울 수 없었지. 그녀는 점점 더 말라 갔어. 그리고 백인에게서 또 아기를 낳았고, 또 불 지르려 했고, 감옥에 들어갔어. 그녀는 지쳤고 감옥에서 죽었어. 우리는 이 캠프에서 엄청나게 울었지."

세 남자아이, 피터, 레니, 올리버 에뮤가 나를 교사 숙소에 데려다줬다. 우리가 '큰 집'을 지나칠 때 카터는 가시철망 울타리 안에서 아들딸과 크리켓을 하고 있었다. 그가 나에게 좀 씻는 게 좋겠다고 외쳤다. 나는 생각했다. 저 사람, 살인자 케브 리틀이 서 있던 곳에 서 있군. 하느님, 이 기억을 제게서 가져가 주세요. 내가 어떤 인간일지 알게 되자 속이 메슥거렸다. 나 자신에 대해 아는 것을 적어 내려가기 시작했지만 문장들이 고칠 수 없을 정도로 엉키고 꼬였다. 옥외 화장실로 달려가서 내장까지 다 토해 냈을 때도 나는 여전히 손에 연필을 쥐고 있었다.

7

우리 봅스 부부의 차는 시드니 쇼그라운드를 떠난 이래 14,500킬로미터를 달렸다. 완주까지는 1,100킬로미터를 남겨 두고 있었다. 새벽 4시인 지금 우리는 배커스마시로부터 겨우 30킬로미터 떨어진 펜틀랜드힐스를 내려가고 있었는데 우리가 너무나 여러 번 달렸던 지역이었다. 버니니옹산을 통과하고 에저턴산을 지나, 로니가 퍼치의 엉덩이에 낚싯바늘을 걸어서 낚았던 파이크스크리크 저수지를 건너서, 아이들과 함께 현수교를 흔들고 탄산 광천수를 마셨던 블랙우드로 빠지는 갈림길을 지나, 핼러랜이 재규어를 몰지 못했던 미어니옹의 술집을 지났다. 그때는 지금과는 완전히 다른 세상이었다.

우리 애들이 자지 않고 스탬퍼드힐 밑에서 우리를 기다리고 있을 텐데 나는 애들을 만났을 때 내 기분이 어떨지 예상하지 못했고 나중에 실제로 애들을 만났을 때도 알지 못했다. 일출 전의 가로등이 눈부시게 빛나는 가운데 한껏 차려입은 언니가 추위 속에서 덜덜 떨고 있었다. 언니는 자기한테 남은 돈으로 화가를 고용해서 캔버스 간판에 거대한 내 초상화를 그렸다. 물론 티치도 넣었지만 나보다 작게 그렸다. 미시즈 레덱스와 미스터 레덱스의 가게에 어서 오세요. 그림 속 내 미소는 인형의 미소처럼 환했다. 나는 진지한 꼬마 이디스를 안아 줬고 로니가 내게 돌격하는 바람에 잠시 호흡 곤란이 왔다. 자기 엄마한테 무슨 일이 있었는지 아이들이 알아차렸을까? 애들도 그게 잘못된 일이라고 느꼈을까? 로니가 나를 꼭 잡고 놓지 않아서 억지로 떼어 낸 후에야 언니의 포옹을 받을 수 있었다.

아이들의 초등학교 친구들이 들꽃을 땅콩버터 병에 넣어서 내게 선물로 줬다.

이디스는 내게 문제가 뭐냐고 물었다. 나는 그곳에 더 있고 싶지 않았다. 아직 여유 시간이 15분 있었지만 엄마 아빠는 갑자기 떠나야 했다. 우리는 심지어 새 전시장에 딸린 카센터의 건축 상태도 점검하지 않은 채로 떠났다. 나는 익숙한 중심가를 달렸다. 경찰서, 법원, 베널랙의 약국은 어둠에 잠겼고 조니 버드의 빵집에만 불이 켜져 있었다. 그리고 나는 어두운 나무로 이루어진 터널, 각각의 나무가 한 명의 아들인 우리의 전쟁 기념지, 명예의 거리에 접어들었다.

우리 앞에 명예가 놓여 있었지만 이때도 나는 그것을 원하지 않았다. 그래서 배커스마시에서 받은 뭔지 모를 탄복으로 여전히 빛나고 있는 남편과 나 사이에 차이가 생겼다.

삼거리

내 핸드백 안에는 박후버 부인의 멜버른 전화번호가 목수용 연필로 적혀 있는 은촉붙임 나뭇조각이 있었다. 나는 그것의 존재를 언급할 필요성을 못 느꼈고, 티치도 마찬가지로 자신의 헨리 벅스[143] 쇼핑 리스트 — 레몬색 램스울 민소매 스웨터, 해리스 트위드로 지은 양복, 포크파이 해트[144], 마술할 때 사용할 빨간 실크 스카프 — 에 대해 한마디도 하지 않았다.

티치와 방목장은 어두웠고 숨겨져 있었다. 우리가 코로로이트 다리를 건널 때 멜버른은 지평선 위에서 환하게 빛났고 오른편에는 쓸쓸한 폭발물 공장들이 있었다. 나는 박후버 부인의 마음에 평안을 주기 위해 내가 그녀와 대화해야 한다고 생각했다. 하지만 그게 무슨 헛소리란 말인가? 왜 정부(情婦)라는 혐의를 받는 여자가 버림받은 아내와 얘기를 한단 말인가? 나는 왜 매번 남의 일에 엮이는 것일까?

교외가 암울한 어둠으로부터 모습을 드러냈을 때 우리는 푸츠크레이에 있었다. 길 한편에는 도살장, 반대편에는 플레밍턴 경마장이, 위쪽에는 사악한 노란 조명이 비추는 가파르고 어두컴컴한 공원이 있었다.

공중전화 부스를 보고 차를 세웠다. 평소 이 공원을 살인자들이 도사리고 있는 곳이라고 생각해 왔음에도 말이다. 아직 시간이 남아 있었기 때문에 티치는 따질 수 없었다. 그 시

---

143) 멜버른에서 창립된 고급 남성복 회사.
144) 높이가 낮고 꼭대기가 평평하고 챙 끝이 말려 올라간 모자.

간을 애들하고 보낼 수도 있었겠지만 지금은 새로운 태양이 진흙 강을 비추고 내가 동전을 전화기 속에 떨어뜨린 다음에 A 또는 B 버튼을 누르는 동안[145] 여기서 기다리는 편이 나았다.

나는 그 냉소적인 전시(戰時) 기도를 속으로 중얼거렸다. 당황하지 마, 텍스[146], 진주만을 기억해.

"여보세요." 그녀가 말했다. 아직 잠기가 덜 가신 여자였다.

나는 윌럼 박후버와 관련해서 전화했다고 그녀에게 말했다.

"무슨 일이에요?" 그녀의 불안한 말투 때문에 내가 더 놀랐다.

"윌럼 박후버가 어디 있는지 알아요." 내가 말했다.

"그러는 당신은 누구시죠?"

"저는 배커스마시의 봅스 부인이에요."

"그렇군요. 당신은 제가 어쩌길 바라는 건가요?"

"저는 당신과 대화하고 싶어요."

"아직 새벽 6시도 안 됐어요."

"우리는 레텍스 테스트에 참가 중이에요. 내일 아침 일찍 멜버른을 떠나요."

티치는 차에서 내려 오일과 냉각수를 확인하고 있었다. 내 통화 상대와 이유를 잘못 추측하고 있음에 틀림없었다.

그녀는 수녀회 부설 학교를 나온 여자처럼 말투가 고상했

---

145) 구식 공중 전화기에서는 전화번호를 누른 다음 A 버튼을 누르면 통화가 계속 연결되고 B 버튼을 누르면 전화가 끊기면서 동전이 도로 나왔다.
146) 텍사스 사람을 가리키는 '텍선'의 준말로, 미국인을 부르는 애칭.

다. "그래야 할 이유를 모르겠는데요." 그녀가 말했다.

애덜리나, 나는 생각했다. "당신 아들이 아빠에 대해 알고 싶어 하지 않을까요?"

"그건 애 아빠한테 달렸죠, 그렇지 않나요? 그 사람이 원했다면 언제든 우리에게 전화할 수 있었어요."

"맞는 말이에요. 당연하죠. 그런데 혹시……."

"네?"

"우리 만날 수 없을까요? 아이의 사진을 저에게 건네주시면 안 되나요?"

"제가 왜 당신에게 줘야 하죠?"

"저도 자식 가진 엄마예요." 내가 말했다. 말이 안 되는 소리인 건 알았지만.

"그 사람한테는 6년이라는 시간이 있었어요. 그런데 우리는 단 한 번도 연락받지 못했죠."

"박후버 부인, 무슨 일이 있었는지 알아요."

"아, 그러시겠죠." 그녀가 말했다. 나는 그녀가 상상할 만한 모든 것을 상상했다. "그 사람은 자기 자식한테 끔찍한 짓을 했어요."

"오해해서 그랬던 거죠."

"네, 그 사람이 무슨 생각 했는지 알아요. 자기 친구를 그런 식으로 생각하다니 눈멀고 멍청한 거죠."

"간호사 친구 말인가요?"

"지금은 의사예요. 닥터 매디슨 리죠. 우리의 친구요. 그 사람은 매디슨한테 빚을 졌어요. 우리 모두 매디슨에게 빚을 졌죠."

"저를 만나 주시겠어요?"

"왜요?"

"박후버 씨는 배커스마시에서 저희 이웃이었어요. 그리고
레덱스에서는 저희 내비게이터였죠. 우리 차는 92번이에요.
우리는 그 친구를 좋아하게 됐어요, 남편과 제가요."

"그것참 잘된 일이네요, 두 분 모두에게요."

"정차하는 곳이 세인트킬다에 있어요. 디에스플러나드에 있
는 왕립 빅토리아주 자동차 클럽(RACV)의 차고지예요."

"네, 어디 말하는지 알아요."

"지금도 차들이 거기 있을 거예요."

"네. 있어요."

"눈앞에 보이는 것처럼 말씀하시네요."

"이봐요, 우리 중에 이 일에 또다시 엮이고 싶은 사람은 없
어요. 우리는 윌리 박후버에게서 손 뗐다고요."

"우리 차 번호는 92번이에요. 홀든이고요. 저는 봅스 부인이
에요."

"이만 끊을게요, 봅스 부인."

차로 돌아와 보니 남편이 운전석에 앉아 있었다. 나는 그
사실에 대해 아무 생각이 없다가 12분 후 검사소에서 사진사
들이 그에게 몰려들었을 때에야 비로소 그 이유를 알았다. 그
들은 남편을 선두 드라이버라고 불렀다. 나는 개의치 않았다.

피츠로이가(街)의 프린스 오브 웨일스 호텔에 예약을 해 두
었는데 어째선지 예약 기록이 사라지고 없었다. 결국 우리가

갈 곳은 RACV 차고지뿐이었다. 나는 차 앞좌석에 누웠다. 머저리들이 두드려 대는 펫 숍 쇼윈도 안의 강아지가 된 기분이었다. 깜빡 잠들었다가 깨어 보니 남편은 새 옷을 쪽 빼입고 있었다. 그의 상징이 된 포크파이 해트를 제대로 본 것은 그때가 처음이었다. 일행과 함께 있는 그의 모습을 본 사람은 초록은 동색이라고 생각했을 것이다. 아서 던스턴, 존 새커, 마권업자 그린은 카메라를 위해 포즈를 취한 범죄자와 경마 정보꾼 같았다. 그리고 내 남편은 그들의 마스코트가 틀림없어 보였다. 치아가 홀든의 그릴과 똑 닮아 있었다.

그때까지 비밀이었던 멜버른-시드니 간의 최종 경로 카드[147]를 그들이 가지고 있다고 내게 말해 준 사람은 아무도 없었다. 그들은 아내를 제쳐 버리기로 했음이 분명했다. 무슨 자격으로 그랬는지는 몰랐지만. 날씨는 음산하고 윌리엄스타운으로부터 만(灣)을 건너온 커다란 회색 구름이 드리운 가운데 나는 나를 주시하는 일반 대중과 함께 이 자갈의 바다 위에 고립되어 있었다. 끔찍한 머리와 충혈된 눈을 한 채로. 그런데 거기에, 색깔 없는 속눈썹과 찡그림 때문에 망가졌지만 예쁜 얼굴을 가진 날씬한 여자가 있었다. 나는 생각했다. 날 쳐다보지 마요. 그녀 옆에는 한 아이가 있었다. 타탄체크 셔츠와 턴업 진[148] 차림의 멋있게 생긴 흑인 소년이었다. 그리고 그녀 뒤에는 한 남자가 있었는데 처음에는 그 남자가 아이의

---

147) 출발지, 경유지, 도착지, 거리, 고도, 비상 연락처 등을 적은 표.
148) 밑단을 접어 올린 청바지.

아버지임에 틀림없다고 추측했다. 그의 피부는 이보다 더 까
말 수 없을 정도로 까맸고 그가 지닌 일종의 우아함은 RACV
순찰대 차고지에서, 아니, 그 문제에 있어서는 애클런드가(街)
에서도 절대 기대할 수 없는 것이었다. 그 세 사람이 나를 빤
히 쳐다보는데 그들이 누구인지 깨달은 순간 갑자기 속이 울
렁거렸다. 내 얼굴은 더러웠고 손톱에는 기름때가 끼어 있었
다. 내가 그들을 향해 걸어가는 동안 그들은 상냥하지도 않고
매혹적이지도 않고 철벽같은 얼굴로 제자리에서 꼼짝 않고
기다렸다.

"봅스 부인이에요."

"닥터 리입니다." 흑인 남자가 말했다. 미국인이었다. 그의
손이 친절하게 느껴졌다고 말하면 너무 감상적인가?

"리 부인이에요." 박후버 부인의 말에 나는 깜짝 놀랐다. 그
의사가 철저하게 공언된 독신주의자라고 알고 있었기 때문이
다. 그러나 아이의 어깨에 얹은 그의 손을 보니 의심의 여지가
없었다. 내게 다가가라고 아이를 격려한 사람 역시 그였다.

"제가 그 아이예요." 아이의 말투가 너무 진지해서 절로 미
소가 지어졌다. 나이는 로니 또래였다. 체형은 윌리처럼 호리
호리했고 피부는 아주 건강해 보이는 암갈색으로, 거의 푸른
색에 가까운 검은색인 의사와는 전혀 달랐다. "제 이름은 닐
이에요."

그러고 나자 내가 뭘 어떡해야 할지 알 수가 없었다.

만에서 불어온 바람은 차갑고 해초 냄새가 났다. 제 아빠처
럼 가는 다리를 가진 아이가 덜덜 떠는 것을 보니 이런 생각

이 들었다. 내가 무슨 짓을 한 거지?

"레넥스 차 본 적 있니?"

아이가 고개를 저었다.

"운전석에 앉아 볼래?"

아이가 제 엄마에게 묻자 엄마가 아이의 손을 잡았고 나는 차 문을 전부 열어서 아이를 운전석에 앉힌 다음 그들 모두에게 차에 타라고 권했다. 의사는 자신의 멋진 옷이 더러워질까 봐 주저하는 듯했지만 결국은 그도 어쩔 수 없는 남자라 레넥스의 전설에 매혹되었다. 나는 그들을 드라이브시켜 주기로 결심했다. 안 될 것 없지 않은가.

물론 내 몰골은 지저분했지만 창피해하기에는 너무 늦었다. 나는 아이와 엄마를 앞에 태우고 의사를 위해 담요를 털어 준 다음 부르릉 하고 굉음을 내며 시동을 걸었다. 보닛에 걸터앉아 기자들 앞에서 우쭐대던 던스턴이 놀라서 펄쩍 뛰어올랐다. 티치가 믿기지 않는다는 표정으로 쳐다봤지만 아내가 차를 몰고 나갈 때는 그에게 설명해야 할 필요가 없었다. 던스턴은 그의 비밀이었고, 나의 비밀은 이것이었다. 나는 그들을 태우고 포트필립만(灣) 옆의 해안 도로를 따라 브라이턴까지 갔다가 돌아왔다. 이 자동차에 대해, 이 차가 얼마나 빨리 달렸는지, 우리가 우승할 수 있을지, 시드니까지 몇 킬로미터가 남았는지 이외에는 그 무엇에 대해서도 이야기할 필요가 없었다. 나는 아이에게, 네가 지금 앉은 자리에 네 아빠가 앉아 있었다고 말하고 싶었지만 내가 결정할 문제는 아니었다. 애클런드가에서 아이스크림을 사 주고 RACV에 돌아왔을 때 그 애에게 기념품을 줘야 한다는 생각에 남편 몰래 숨겨 놨던 요도와 내비게이터의 공책을 꺼냈다. 나는 우리가 우승할 거고, 그러면 이 지도가 역사적인 물건이 될 거라고 말했다. 우리 내비게이터가 그것을 만들었는데 너에게 주고 싶어 했다는 말도 덧붙였다. 그 애가 예쁜 손으로 물건을 받을 때 뭔가 밝은 감정을 느끼고 있다는 게 보였지만 정확히 어떤 감정인지는 알 수 없었다.

"이제 가야겠어요." 그 애가 말했다. "드라이브시켜 주셔서 감사합니다."

그 애는 예의 바르고 굉장히 잘생긴 아이였다. 그 이상은, 그리고 내가 또 뭘 할 수 있는지는 알 수 없었다. 나는 그 세 사람, 아름다운 검푸른색 남자와 색깔 없는 속눈썹을 가진 금발 여자와 윌리 박후버의 진지한 아들이 인파와 차들 사이를 이리저리 피하면서 나아가는 모습을 가만히 바라봤다.

8

차편이 없어서 나는 전쟁 때 군수품을 보관하는 데 사용됐던 석회암 동굴, 즉 책도 칠판도 심지어 대영 제국이 어디까지 뻗어 있는지를 보여 주기 위한 통상적인 지도조차 없는 먼지 쌓인 교사(校舍)에 갇혀 선생이 될 수밖에 없었다.

우연찮게도 내 학생들은 레덱스 차에서 주운 요도를 가지고 있었고 그것을 상품권처럼 사고팔았다. 이 점에서 그들은 연유 공장에서 나온 아시아 수출용 레이블에 그토록 큰 가치를 부여했던 배커스마시 아이들과 똑같았다. 그리고 배커스마시 학생들이 한자를 쓰지 못했듯 쾀비 다운스 학생들은 지도를 읽지 못했다. 땅바닥에 오스트레일리아 지도를 그리지도 못하는 수준이었다. 그래서 나는 이것을 그들에게 주는 선물로 결정했다. 도망치기 전에 그들에게 쓸모 있는 뭔가를 가르치기로 한 것이다.

나는 불친절한 카터의 딸에게서 지도책을 빌린 다음, 어느 날 저녁 티(라고 그들이 부르는 것)[149] 이후에 가장 매끈한 동굴 벽을 하얗게 칠했다. 전임자가 쟁여 둔 다양한 상표의 가루 잉크가 있었으므로 벽이 마르는 동안 가루 잉크를 물과 섞었다. 그다음에 숙소 베란다에서 앵글 붓[150]을 찾아냈고, 그다음에 동굴로 돌아가서 내 발치의 태즈메이니아부터 내 머리쯤의 케이프요크반도까지 뻗어 있는 파란색 오스트레일리아 지도를 그렸다.

등유 불빛을 따라 짜증 나는 날벌레와 능글맞게 웃는 카터가 들어오더니 시답잖은 논평을 하기 시작했다. 그가 어쩌다 그렇게 유해한 인간이 됐는지는 하느님만이 아시리라.

빅토리아주 웨스턴 디스트릭트에서는 그가 미남 대우를 받았던 건가? 그곳의 매력적인 목축업자들은 다들 금발에 앵무새 코를 가졌나? 무엇이 — 나는 궁금했다. — 그로 하여금 자신의 무식한 의견에 그런 자신감을 갖게 만들었는가?

"얘들은 가르칠 수 없어요." 그가 말했다.

"그건 저한테 맡겨 두세요." 내가 말했다.

"당신은 이 짐승들에게 익숙지 않잖아요, 박후버. 흑인은 방향 감각에 있어서는 빌어먹을 천재라고요."

나는 생각했다. 무엇이 빅토리아주 출신의 목축업자를 킴

---

149) 일부 지역에서는 저녁 식사를 티(tea)라고 부른다.
150) 모서리나 경계를 칠할 때 사용하는, 털이 사선으로 잘린 페인트 붓.

벌리 주민 전문가로 만들었는가?

"세상이 자기 풋볼 경기장 같아요." 그가 말했다. "자기 뒤에 누가 있는지, 앞에 누가 있는지 다 알죠. 360도에 있는 모든 것을 완벽하게 감지해요. 부시에서는 그런데, 빌어먹을 지도를 주면 아무것도 몰라요."

혐오스러운 인간이 틀렸음을 증명하는 것은 얼마나 즐거울까.

앵글 붓은 글씨를 쓰기에 완벽했다. 특히 모든 글자가 깔끔한 직선인 *멜버른*에 적합했다. *시드니*는 괜찮았고, *브리즈번*은 더 훌륭했다. *타운스빌*을 다 썼을 때쯤 고문자는 한잔 더 하러 동굴을 떠났고 나는 *쿡 선장 1770*[151]을 쓴 뒤에 붓을 씻었다.

내가 지리 수업에 할애한 2주가 끝나기 전에 펑카 왈라가 메시지를 가지고 도착했다. 그는 큰 소 떼, 거세우 500마리가 조만간 내 동굴 앞을 지나갈 거라고 알려 주러 온 것이었다. 따라서 나는 꼬마 녀석들이 아빠나 형, 목부 모자를 쓴 왕과 왕자를 만나러 가도록 보내 줘야 했다.

펑카 왈라의 이름은 톰 테일러(또는 재단사 톰)였고 그의 팔은 평소 그가 당기는 줄처럼 가늘지만 단단했다. 나는 그에게 목부들을 따라가는 요리사가 있냐고 물었다.

그들도 먹어야죠.

요리사는 어떻게 이동하나요?

빌어먹을 수레가 있을 겁니다.

---

151) 영국의 탐험가 제임스 쿡이 1770년에 처음으로 호주에 상륙했다.

탈출이다, 나는 분필을 내려놓으면서 생각했다.

그리하여 나는 한낮에 웃긴 장면을 연출했다. 이미 하루 먼저 가서 캠프를 설치하고 있는 요리사를 여기서 찾겠다고 거세우 사이를 이리저리 뛰어다녔던 것이다. 그런 나를 쇠지레가 구해 내서 안전한 캠프로 데려가더니 잠시 후에는 나를 속여서 카드를 치게 만들었다.

나중에 '큰 집'에서 보스가 나를 꾸짖었다. "당신이 캠프를 기웃거리고 다니는 건 상관없는데 내 집에 옴을 달고 들어오는 건 안 돼요."

나는 고통스러웠다. 그래서 치과에 가야 한다고 말했다.

"진정해요." 그가 말했다. "손 씻어요."

얼마 전 캠프에서 옴이 유행한 듯했다. 그래서 지금은 라이프부이 살균 비누로 박박 씻기 전에는 누구도 보스의 식탁에 함께 앉을 수 없었다. 카터는 자신이 설파한 것을 실천하는 사람이라 식사 중에 음식이 하나 나올 때마다 자리를 비웠다. 그리고 그때 드러나는 의자란. 그것이 나를 낳은 강간범의 넓적한 엉덩이가 닿았던 왕좌라고 생각하자 닭살이 돋았다. 나는 생각했다. 내가 튀기라는 걸 카터가 알면 나를 해고할지도 몰라.

나는 그 의자가 빅 케브 리틀 때부터 있던 거냐고 물었다.

"빅 케브에 대해서 아는 거 있어요?"

아무것도 없어요. 그러기로 정했다. "그가 당신 전임자였나요?"

"그 사람은 킴벌리의 전설이었어요. 밀가루 얘기 알아요?"

카터 부인이 굳은 얼굴로 그를 쳐다봤다.

"괜찮아, 여보. 이 얘기는 교회에서 해도 될 정도라고."

아들딸은 머리카락과 부드러운 분홍색 두피가 제 아빠와 똑같았다. 나는 음식을 그렇게 잘게 써는 아이들을 본 적이 없었다.

"이건 30년 전, 전전 관리인 때 일이에요." 카터가 말했다. "아니, 들어 봐. 빅 케브는 털 깎기가 끝난 다음에 일꾼들을 트럭 가득 싣고 마도와라에 갔어요. 그는 말했어요. 술집에 와. 나를 만나면 내가 네놈들 전부한테 한잔 사지."

카터 부인이 혀를 찼다. 나는 그다음에 이어질 이야기를 듣고 싶지 않았다.

"네놈들 전부. 그들은 자정 너머까지 크로싱 여관에 머물렀지만 단 한 명도 그와 술을 마시러 오지 않았어요. 흑인은 술집에 들어갈 수 없다는 단순한 이유에서였죠. 하지만 그들은 케브의 일꾼이었기 때문에 케브는 자기가 가라고 명령하는 곳이라면 그들이 갈 거라고 생각했어요. 이 경우에는 순 억지였지만 그는 감정적인 사람이었죠. 술을 다 마시고 나서 평소처럼 돈을 냈지만 감정이 상했고 그 사실이 뇌리를 떠나지 않았어요.

그는 트럭에 시동을 걸고 경적을 울리다가 일꾼들이 모두 돌아오자 아무 말 없이 출발했어요. 하지만 집까지는 굉장히 멀었고 나인마일의 도하점에 다다랐을 때쯤 그는 자제력을 잃고 말았죠.

'좋아, 네놈들.' 그는 트럭을 세웠어요.

404

시동은 여전히 걸려 있었고 전조등도 켜져 있었죠. 그는 일꾼들을 일렬로 세워 놓고 빌어먹을 부사관처럼 꾸짖었어요. 이 짜증 나는 놈들. 이 배은망덕한 놈들아. 빅 케브는 쉽게 상처받는 사람이었어요. 그는 말했어요. 내가 술을 사 준다고 했는데 한 놈도 안 나타났단 말이지. 그러자 그들이 말했어요. 아, 보스, 아시잖아요, 저희는 백인이 아니에요. 저희는 그곳에서 술을 마실 수 없어요.

아, 그가 말했어요. 그게 이유야?

네, 보스, 저희는 흑인들과 함께 있었어요.

그러자 케브는 트럭 뒤로 걸어갔어요. 그리고 한 일꾼에게 소리쳤죠. 저 밀가루를 이리 가져와, 헥터. 환한 데로 가져와. 케브는 늘 벨트에 칼을 차고 다녔는데 그 칼로 밀가루 포대를 푹 찌르더니 1헌드레드웨이트[152]짜리 포대를 들어 올려서는 일렬로 서 있는 일꾼들 앞을 걸어가면서 한 명 한 명 위로 밀가루를 뿌렸어요.

좋아, 그가 말했어요. 이제 나랑 술 마실 수 있겠지.

그러고는 다시 트럭에 올라타고 출발했죠. 별종이에요, 빅 케브 리틀은. 요즘은 그런 사람 없죠."

앨리스는 내 어머니의 언니였다. 그녀는 보스의 접시를 회색 소고기와 하얀 감자로 채웠다. 그녀의 거친 검은 손을 보고 나서 내 손, 나이프와 포크를 쥔 케브 리틀의 손을 봤다. 나는 생각했다. 「오를라크의 손」이네.

---

152) 약 51킬로그램.

나는 책을 너무 많이 읽었다. 그래서 입을 닥쳐야 했다. 내가 아는 것 때문에 지루한 인간이 될 수 있어서였다. 하지만 「오를라크의 손」은 로베르트 비네가 1924년에 오스트리아에서 연출한 영화다. 오를라크는 뛰어난 피아니스트다. 그는 기차 사고로 두 손을 잃는다. 그의 아내가 의사에게 애원하자 의사는 최근에 처형된 살인자의 손을 이식하는데 물론 그 손에게는 별개의 의지가 있다. 사실 나는 그 영화를 전혀 좋아하지 않았지만 지금은 케브 리틀의 손을 갖고 있었으므로 밖으로 뛰쳐나가야 했다.

스스로 독일인이라고 믿었을 때 나는 허상의 향수병을 앓았는데 그것은 내 영혼에 뚜렷한 색채를 부여했다. 그런데 이제 진짜 출생지에서 마침내 아버지의 이름을 알고 나니 그 끈질긴 감정은 타는 듯한 고통이 되었다. 나는 제대로 자지 못했고 소스라치며 잠에서 깼다. 극심한 공포가 막전[153]처럼 밤낮으로 계속돼서 곧 내가 누군지 생각하는 것보다 카터와 식사하는 편이 나은 지경에 이르렀다. 그리고 이보다는 학생들과 함께 있는 것이 나았다. 학생들은 매일 아침 나를 데리러 왔고, 마치 나를 사랑하고 필요로 하는 것처럼 내 하얀 손을 잡았으며, 나를 레덱스 아저씨라고 불렀고, 나에게 수다를 떨거나 풀뱀 같은 것을 가져다주고 그 이름을 가르쳐 주었으며, 그것이 붉은 먼지 위에서 꿈틀대다가 필기체 글씨를 남기고 사

---

153) 번개는 구름에 가려서 보이지 않고 구름이 전체적으로 환하게 보이는 현상.

라지는 모습을 보여 줬다.

1교시에는 샤워와 빨래를 하고 '교복'으로 갈아입었다. 그래 봤자 퍼스의 콜스 슈퍼마켓에서 산 반바지와 셔츠보다 나을 것도 없는 옷이었지만 말이다.

그런데 지리에서 예상치 못한 저항을 만났다. 나는 실패에 익숙지 않았고 카터가 그걸 보러 오는 것이 달갑지 않았다. 한두 번, 아이들이 모두 돌아가고 난 후에, 그는 아들딸을 학교에 데려와서 주(州)와 도시 이름을 외우게 했다. 그러니까, 내제자들은 하지 않으려는 것을 그 애들은 할 수 있었다.

나무들이 꽃을 피우기 시작했다. 부시 오렌지는 와틀 나무의 일종이라고 했다. 나는 꽃 이름을 외웠고 아이들과 함께 받아 적었다. 악어와 뱀이 알을 낳을 때는 그걸로 영어 수업을 짜고 아이들에게서 그들의 언어를 배울 기회로 삼았다. 그제야 나는 이 동굴 안에 얼마나 많은 부족어가 있는지 알게 되었다. 깨진 항아리들의 파편을 전부 한꺼번에 쓸어 담은 것과 같아서 그중에는 학살당한 부족의 후손 십여 명 중 한 명인 꼬마 찰리 홉스도 있었다. 그들은 교육부가 언급하지 않는 전쟁 포로였다.

나의 크고 흰 벽에 멜버른에서 시드니까지 가는 길을 추가했다. 이것은 산수 시간에 쓸모가 있었다. 옴 유행은 우리 애들의 완벽한 피부에 칙칙한 검은 자국을 남기고 사라졌다. 그들은 지금은 질주하는 자동차를 그리며 즐거워했다. 내가 고안한 퍼즐이 인기가 좋았는데 그것의 정답은 시속 320킬로미터로 달리는 자동차였다.

뱀이 나올까 봐 걱정됐지만 저물녘에는 홀로 길게 산책하곤 했다. 이 시간의 캠프파이어는 이 세상 것 같지 않은 광채를 내며 타올랐고 나의 낯선 출생지는 교도소 마당만큼이나 우울하고 쓸쓸했다. 목사 아버지는 내 조상의 고향이 절대 독일의 슐로스[154]일 리 없음을 당연히 알았다. 그렇다면 그는 벽에 붙은 판화를 보며 슬퍼하는 내 모습을 보고 무엇을 느꼈을까? 물론 잔인한 감정은 아니었겠지만 그는 거짓말로 나를 키웠다. 내가 독수리 발톱에 집혀서 날아가다가 창문은 모두 박살 나고 차대만 남은 녹슨 자동차와 험피만 있는 캠프에 떨어졌다는 건 알았을까? 내가 마침내 내 유산, 우리 가문의 저택(family seat)으로 우연히 굴러 들어가는 것을 봤다면 언짢아했을까? 내 쓸쓸한 농담을 용서해 주기 바란다. 그것은 저택이 아니라 부서진 자동차에서 전해 내려온 뒷좌석(back seat)이었다. 나는 여기 으스름 속에, 깊은 낙담 속에 앉아 있었다. 왜냐하면 우리 반 아이들에게 지리를 가르칠 수 없었기 때문이다.

그날 캠프의 사냥꾼들은 운이 나빴다. 아니면 가끔 그러듯 저녁 식사를 일찍 했거나 배를 채울 것이 밀가루와 물밖에 없었을 수도 있다. 나는 닥터 배터리가 자기 손자인 올리버 에뮤와 수줍은 꼬마 찰리 홉스와 함께 자기 험피 옆에 앉아 있는 것을 발견했다.

내가 자리에 앉자 닥터 배터리가 안 좋은 눈으로 내 쪽을

---

154) 성(城).

봤다. "저거 보여?" 그가 '큰 집'에서 지평선까지 뻗은 울타리를 가리켰다. "저게 뭐게?"

"저 울타리 말이에요?"

"흑인은 울타리 없어. 울타리 없어, 망할 지도도 없어." 마지막 말이 따끔했다. 내 지도가 친구들에게 공격받는 것을 듣기란. "백인은 울타리와 지도 있어." 닥터 배터리가 말했다.

"백인은 내 고장 조각내." 그가 긴 손가락으로 세면서 말했다. "측량사 지도. 백인 종이. 웨스턴오스트레일리아. 사우스오스트레일리아. 카티야 문 잠가. 흑인 못 들어가."

나는 얼굴이 붉어지는 것을 느꼈다.

"왜 이 아이들 지도 필요해?" 노인이 따졌다. 교사라면 누구나 내가 어떤 기분이었을지 상상할 수 있을 것이다.

"길 잃어버리지 않게요." 나는 주장했으나 그는 나를 봐줄 생각이 없었다.

"어떻게 고장에서 길 잃어? 넌 아무것도 몰라, 윌리." 그가 말했다. 말투도 상냥하지 않았다. 왜냐하면 많은 이야기를 지키는 것이 그의 역할이었기 때문이다. 이 이야기는 아마 뱀이었던 듯한 조상과 관련이 있었다.

올리버가 내 손을 잡자 나는 그의 위로 속에서 나의 실패와 나를 향한 그의 슬픔과 나의 망신을 느꼈다. "뱀과 사람. 둘 다, 함께." 그 애가 말했다.

닥터 배터리가 맞다는 뜻으로 고개를 끄덕였다. 그리고 손가락을 튕겨서 담배 가루 덩어리에서 이물질을 떨어내고는 입술 안쪽에 집어넣었다. 그는 뱀 조상이 자기가 살 곳을 찾고 있었다고 말했다. 조상은 자기 몸에서 부메랑을 꺼내 사방으로 던진 후에 각각이 떨어진 곳의 물을 맛봤다. 이 부메랑으로 범람원을 만들고 그다음에 개천을 만들었다.

올리버는 할아버지가 이야기하는 동안 내내 집중하면서 흙바닥에 막대기로 이야기의 내용을 그렸다. 그게 지도잖아요, 내가 외쳤다. 빌어먹을 지도. 그게 지도가 아니라고요?

"우리는 지도 필요 없어." 닥터 배터리가 말했다. "여기 내 고장이야. 이야기, 그가 율법 지켜, 그가 샘 알아. 그 뱀 사람, 자기 캠프 위해 살아 있는 물 원해. 그거 질라라고 불러. 백인은 그 살아 있는 물, 볼 수 없어. 고장 위한 이야기 몰라. 어쩌면 그 백인 거기서 목마름으로 죽어. 질라 근처, 살아 있는 물 근처에서."

올리버가 또 내 손을 잡았다. 내가 멍청한 백인일까 아니면 이야기를 이어받는 흑인일까 생각했다. 어느 쪽이든 나는 교사였고 장로에게 폄하당하고 싶지 않았다. 그래서 그 이야기가 물을 찾기 위한 지도와 같다고 주장했다.

하지만 늙은이가 나를 도와주려 하지 않았으므로 나는 카터의 말이 옳았고 내가 초등학교 3학년 수준의 지리를 가르치는 데 실패했음을 깨달은 채 캠프를 떠났다.

그날 밤 등유 램프를 켜 놓고 교실 지도의 주 경계선을 지웠다. 해안선도 덧칠해서 완벽한 흰 벽만 남겼다. 여기에 한 곳에서 다른 곳으로 가는 조상들의 혼의 경로를 학생들에게 그리게 할 것이었다. 그리고 그것은 지도라고 부르지 않을 작정이었다.

다음 날 배터리를 교실에 데려와서 반 전체를 위해 이야기를 그려 달라고 부탁했다. 그는 아마 그 방에 초청받은 최초의 흑인 장로였을 것이고 학생들 역시 그 사실을 알았기 때문에 아주 조용히 수업에 집중했다. 그는 나무껍질을 부러뜨려서 붓을 만들었다. 그리고 그것을 잉크에 적셔서 앨처링가[155] 이야기를 벽에 그렸다.

할아버지가 장소 이름을 말하면 올리버 에뮤가 받아 적었다. 꼬마 찰리 홉스는 글자를 몰랐지만 정말로 진지하게 질라라는 글자를 손가락으로 따라 그렸다.

나중에 나는 이 수업을 주제로 1만 단어짜리 에세이를 쓰게 되지만 이때는 그보다 더 중요한 할 일이 있었다. 우선 닥터 배터리를 내 숙소에 초대해서 그와 다른 장로들이 수업을 도와줬으면 좋겠다고 설명해야 했다. 나는 그에게 홍차와 앤잭 비스킷[156]을 대접하면서 내 수업 계획을 설명했다.

그는 아주 주의 깊게 듣더니 질문을 많이 했는데 특히 돈을 얼마 줄 건지 알고 싶어 했다.

나는 미안하지만 돈은 줄 수 없다고 말했다.

나는 빅 케브 리틀의 목동이었어, 그가 말했다. 그는 최고의 목동이었다. 백인 감독 없이 소 집합을 담당할 정도였다. 나중에는 그가 농장을 운영했다고 해도 과언이 아니었다. 그

---

155) 태초에 관한 원주민 신화.

156) 앤잭(ANZAC, Australian and New Zealand Army Corps)은 1차 대전 때 호주·뉴질랜드 연합군을 가리킨다. 당시 여성들이 파병 병사들에게 잘 변질되지 않는 비스킷을 구워 보낸 데서 유래했다.

러던 어느 날 그의 말이 쓰러졌는데 빅 케브는 다리에 복합 골절을 입은 그를 닷새 동안 부시에 그대로 내버려뒀다.

"그는 나를 끝냈어, 윌리. 나는 더 이상 걸을 수 없었어. 어쩌면 네가 지프차 사 줘."

그제야 나는 그것이 그의 가격임을 알았다. 그가 내 교실에 오는 대신, 나는 그에게 지프차 — 그는 모든 자동차를 이렇게 불렀다. — 를 준다. 그러면 나는 그를 그의 고장에 태워다 줄 수 있고 그는 필요한 의식(儀式)을 무엇이든 할 수 있었다. 진심인가? 정말로 내가 그렇게 부자라고 믿는 건가? 아니면 단순히 큄비 다운스에서 자신이 입은 피해에 가격을 매긴 건가?

"만약 저한테 지프차가 있다면요." 내가 말했다. "만약"을 강조했다. 우리는 서로를 완벽하게 이해했다는 데 동의했다.

9

얼마 후 닥터 배터리가 내 수업에 노인 둘을 더 데려오는 대신, 나는 그들에게 사비로 몇 실링씩을 주기로 결정되었다. 이들은 둘 다 '레넥스 아저씨 후원회'라는 모임에서 차출된 사람들로, 그 회원으로는 나(레넥스 아저씨)와 올드 믹과 피터 스톡먼이 있었다. 다소 걱정이 많은 펑카 왈라가 이 모임에서 환영받으리라는 생각은 한 번도 한 적이 없었으나 본인은 그렇게 생각하지 않은 모양이라, 초대하지도 않았는데 다른 상황에서는 그가 입은 것을 한 번도 본 적이 없는 어색한 정장 조끼와 넥타이와 헐렁한 옥양목 바지 차림으로 와서 교실 가장자리를 서성였다. 그러거나 말거나 그들은 그를 무시했으므로 펑카 왈라는 매번 자리를 뜨기 전에 화난 말투의 피진 잉글리시로 한참 뭐라고 하다가 갔는데 영어 단어가 상당수 포함되어 있었음에도 부족어만큼이나 알아들을 수 없었다. 그저 다른 사람들이 자신을 대하는 방식에 대한 불만일 거라 추측할 뿐이었다.

나는 아이들이 '흑인 문화'라는 주제에 관심을 갖게끔 독려하고 아이들이 칭찬받으리라 기대했던, 카우보이와 인도인 그리기는 자제시켰다. 그런데 노인들이 교실에 도착했을 때 학생들은 예상과 달리 평소의 생기를 잃었다. 내가 노인들에게 잉크와 앵글 붓을 주자 아이들은 아주 조용하고 불안해했다. 나는 당연히 애들이 압도된 거라고 생각했다. 자기가 신비로운 율법을 접하기에는 너무 어리다는 걸 알았기 때문이다. 그러나 나중에 한 명씩 몰래 내게 찾아왔을 때 들어 보니 그들은 내가 보스에게 '혼날까 봐' 걱정했던 것이었다.

반면에 노인들은 교실이라는 백인의 공간에서 자신의 대단한 권위가 인정받은 것을 확실히 기뻐했다. 그들의 존재는 이제 이 수업이 여러 언어가 뒤섞인 상태로 진행되어야 함을 의미했으므로 열여섯 살 소녀 수지 셔틀이 믿음직한 통역사가 되어 주지 않았다면 나는 모든 통제력을 상실했을 것이다. 그녀는 영어도 꽤 괜찮게 했지만 어머니는 강 부족 출신이고 아버지는 사막 부족 출신이었기 때문에 피진 잉글리시와 공통 부족어에도 유창했다. 수업을 가능하게 만들어 준 것은 그녀였다. 노인들의 이야기를 통역했을 뿐 아니라 동심원, 여행하는 발을 나타내는 표시, 무지개 뱀[157]의 미끄러지듯 나아가는

---

157) 원주민 신화에 나오는 창조신.

서체 같은 그들의 막대기 말을 해석하도록 도와줬다. 그녀는 이런 데 타고난 재능이 있었고 처벌이 필요하다고 느낄 때는 직접 벌을 주는 것도 마다하지 않았다.

지식 면에서 나는 네 살짜리와 대등했다. 그래서 (멋진 군인식 콧수염을 가진) 잘생긴 올드 믹으로부터, 닥터 배터리가 사실상 내 아버지이기 때문에 내 고장에 대한 정보를 나에게 전하는 것이 그의 역할일 거라는 이야기를 들었다. 그가 나를 질라에게 소개하면 대대로 전해 내려온 의무를 내가 배우게 된다는 것이다.

나는 할 일이 있다고 말했다.

그는 '2~3일'밖에 안 걸릴 거라고 장담했고 그 기간 동안 내가 뭔가를 배우긴 하겠지만 백인 종이는 집에 놓고 가는 것이 좋겠다고 말했다.

닥터 배터리가 토요일 아침의 습한 어둠 속에서 도착했을 때 나는 내 교육을 위한 그의 모든 세심한 계획이 시간 낭비라고 말하지 못했다. 나는 첫 번째 기회를 얻는 즉시 쿰비 다운스로부터 도망칠 작정이었다. 따라서 사실상 결혼식장에 나타날 생각이 없으면서 약혼반지를 받은 것과 같았으므로 그가 굉장히 들뜨고 흥분해서 내 성냥 한 갑과 선샤인 분유 빈 깡통 두 개를 배낭에 싸는 모습을 바라보며 죄책감을 느꼈다.

당신은 분명 내게 물을 것이다. 그의 다리가 의무를 수행하는 데 방해가 되리라는 걸 예상하지 않았나? 하지만 그는 전혀 주저하지 않았다. 원기 왕성하게, 껑충껑충 뛰면서, 허수아비처럼 절그럭거리며 출발했다. 자신 없었던 사람은 나였다.

나는 그저 뒤따라가기만 했다.

그가 쉬었다 간다고 선언했을 때에야 그의 다리가 문제임을 알았다. 그는 두 번 다시 이렇게 걸을 수 없었다. 그가 농장을 등지고 붉은 먼지 속에 앉아 있을 때 그의 목표를 달성하려면 내가 어떻게 해야 하냐고 물었다.

내 질문에 대한 생각에 잠긴 채 그가 모자를 벗었다. "나를 돕고 싶니, 윌리?"

"물론이죠."

"한 가지 나 기억해." 그가 말했다. "어쩌면 우리 그거 해 보자."

"그러죠."

"내가 어렸을 때."

"네?"

"할아버지 그의 배 좋지 않아. 고장 보러 가야 했어." 그가 다시 모자를 썼다. "내 압빠 그를 날라."

나는 뜨겁고 척박한 땅을 바라보면서 내가 한 말을 한 것을 후회했다.

"몇 킬로미터인데요?"

"그렇게 멀지 않아. 네게 달렸어, 윌리."

아직 농장 건물들이 아주 가까웠다. 발전기 소리와 개 짖는 소리가 들릴 정도였다. 물론 나는 그때 집으로 돌아갈 수도 있었다. 누가 나를 비난했겠는가.

그러나 나는 오를라크의 손을 갖고 있었으므로 머뭇거리며 쓸쓸한 마음으로 그를 업었다. 그리고 실종된 탐험가들, 갈증과 허기로 미쳐 버린 버크와 윌스, 자신의 죽음을 향해 비틀거리며 나아갔던 백인들을 떠올렸다.

"네가 물으면 뭐든 말해 줄게, 윌리."

"고마워요. 정말 너그러우시네요."

그렇게 노인은 내 귓가에 대고 계속 이야기했고 나는 질라가 보통은 접근하기 위험한 곳임을 알게 됐다. 그것이 내 냄새를 맡을 것이었기 때문이다. 너는 괜찮을 거야, 그가 말했다. 걱정 마, 그가 말했다. 흙을 겨드랑이에 비벼. 그러면 어떤 나쁜 일도 내게 일어날 수 없었다. 그가 모든 것을 내게 말해 줄 터였다. 내 조상은 긴 수염을 가진 뱀이었고 불운이나 죽음까지도 가져올 수 있었다. 우리는 그에게 다가갈 때 노래를 부를 건데 아무 노래가 아니라 닥터 배터리가 아버지의 형제에게서 배운 바로 그 노래여야 했다.

커다란 태양이 높이 떠오를 무렵에는 닥터 배터리의 무게가 늘어나면서 내가 그를 더 이상 좋아하지 않게 되었다. 그는 내게 서쪽에 있는 낮은 안부(鞍部)[158]를 주시하라고 했다.

나는 힘세고 친절한 — 그가 말했다. — 좋은 사람이었다. 그는 나를 아끼고, 가르치고, 위험으로부터 보호할 것이었다. 이 말은 위안이 되는 듯했다. 내가 안부를 시야에서 놓치기 전까지는 말이다. 너는 빌어먹을 카티야처럼 눈먼 게 분명하구나, 그가 말했다. 나는 내 선의가 남용되었다고 느꼈다.

정오가 지나고 얼마 후에 — 나는 마치 말이 자기를 모는

---

158) 두 봉우리 사이에 안장처럼 쑥 들어간 부분.

사람의 망설임을 느끼듯 느꼈다. — 그는 확신을 잃었다.

"길을 잃었군요."

그는 대답하지 않았다.

"맙소사. 로치. 길 잃었잖아요."

"아니, 여기는 지금 악마악마 고장이야." 그가 말했다. "아픈 고장. 저기 망할 와틀 나무 자라는 거 봐. 좋지 않아."

나는 그가 나를 탓하고 있다고 생각했다. 그는 내 친아버지의 죄에 대한 책임을 내게 물을 생각이 없었지만 나는 아직 그 사실을 알지 못했다. 닥터 배터리는 나의 아버지였고, 나를 질라에게 데려가고 있었으며, 이 고장을 살리는 데 필요한 지식을 내게 전달하고 있었다. 고장은 지금 방치되어 있었다. 도금양 나무가 보이지 않았다. 질라 옆에는 반드시 도금양 나무가 있는데 지금은 없었다. 뭐, 나는 생각했다. 내 잘못은 아니지.

그런데 그가 갑자기 내 등에서 내려오더니 눈에 보일 정도로 심한 다리 통증이 마치 자신을 더 높이 뛰게 만드는 스프링인 양 깡충깡충 뛰면서 멀가 나무 속으로 들어갔다. 그리고 나뭇가지 하나를 꺾어서 바위 사이의 땅바닥을 쓸었다. 이건 죽은 아이들이야, 그가 내게 말했다. 그러니 우리는 곧 도금양 나무를 보게 될 것이었다. 그리고 우리가 가고 있음을 뱀에게 알리기 위한 불을 피울 것이었다.

흰 연기가 하늘로 피어오르자 쐐기꼬리수리 한 마리가 멀가 나무에서 나른하게 날아올랐는데 아마 우리가 그 방향을 따라가야 하는 모양이었다. 멀가 나무 끄트머리에서 땅이 푹 꺼지더니 모래땅이 되었다. 그 유명한 질라를 찾으려 두리번 거렸으나 어떤 위안도, 확신도, 샘이나 우물도 보이지 않았다. 유일한 그늘이라곤 이제 막 파란 새싹이 돋아나는 중인 불탄 나무 그루터기 밑뿐이었다. 나는 생각했다. 내가 이 미친 노인 이 나의 죽음을 초래하게 놔두었구나.

"저기." 닥터 배터리가 손가락으로 가리키며 외쳤다. "도금양 나무다."

참으로 슬픈 광경이었지만 그에게는 아니었다. 아니, 그가 말했다. 나는 길을 잃지 않았어. 내가 있어야 하는 곳에 있어. 그는 고개를 빳빳이 들고 당당하게 서 있었다. 이때 처음으로 그의 가슴이 유별나게 넓다는 사실을 알아차렸다. 그리고 그가 다짜고짜 노래를 하는데 어찌나 열정적이던지 놀라움과 감동을 느꼈다.

그다음에는 그가 뭐라고 중얼거리길래 조상의 혼에게 자신을 소개하고 있나 보다고 추측했다.

"너 뭐가 보여?" 그가 마침내 중얼거림을 멈추더니 내게 물었다. 눈빛이 강렬하고 초롱초롱했다. 그가 내 어깨를 잡고 앞으로 밀었다. "봐, 봐, 뭐가 보여?"

하지만 땅은 죽어 있었다. 물기도 전혀 없고 어디를 봐도 황량하기만 했다.

닥터 배터리가 내 앞으로 걸어가더니 사냥하듯 몸을 웅크리고는 조용히 노래하기 시작했다. 그가 덤불 가지, 마른 멀가나무 잎, 스피니펙스를 모아 불붙이는 것을 보고 부주의하다고 생각했다. 그는 내 주위에서 춤추면서 모슬린처럼 하얀 연기로 나를 둘러쌌다.

"네가 마시기 원하면, 땅 파. 네가 물 원하면, 땅 파." 그가 배낭에서 녹슨 분유 깡통을 꺼내서 내 발치에 던졌다. 하지만 어디를 파란 말인가? 젖은 모래도, 녹색 풀잎도 없었다.

"여기 맞아요?"

"네가 파. 너 힘센 자, 네가 파."

나는 깡통을 들고 팠다. 손끝이 쓰라리고, 목구멍에 먼지가 쌓여서 사포처럼 느껴지고, 모래 색깔이 더 짙은 색으로 변할 때까지. 그리하여 오후에 해가 떨어지기 시작했을 때는 구덩이 안에서 파고 있었다. 넉 자를 내려가자 축축한 모래가 나왔고, 여섯 자를 내려가자 물이 나왔다. 닥터 배터리가 게걸음으로 구덩이 안에 내려왔다. 우리는 가만히 서서 맑은 물이 나올 때까지 기다렸다. 그가 물을 한 입 가득 머금고 고개를 뒤로 젖혀 공중으로 쏘아 올리자 맑은 물이 수염 덥수룩한 먼지투성이 얼굴 위로 떨어졌다. 그리고 그가 벌거벗었다. 그가 두 번째 깡통을 가져와 진흙과 물을 머리에 끼얹어서 가슴과 몸까지 엉망이 되는 것을 보고 (흉한 상처를 가진 부끄럼 많은 자인) 나도 똑같이 따라 했다. 내게 그러라고 부탁하거나 명령한 사람은 아무도 없었다. 진흙은 처음엔 따뜻했다가 곧 시원해졌고 나는 바닥에 쪼그려 앉아서 질라의 살아 있는 물을 마셨다.

이것을 표현할 영어 단어는 없었다.

우리는 불을 켰다. 닥터 배터리가 돌멩이로 커다란 왕도마뱀을 때려잡았다. 멀가 나무로 큰 모닥불을 피운 다음 땅속에 몸을 파묻고 잠들었는데 이른 아침에 추워서 깨어 보니 닥터 배터리가 나를 굽어보는 자세로 앉아 있었다. 어쩌면 자고 있었는지도 모른다.

오늘은 일요일이었지만 상관없었다. 우리는 뱀 조상 — 그 이름을 말하면 안 됐다. — 의 길을 따라가야만 했다. 그것이 우리를 어디로 데려가든, 지리학자 토머스 그리피스 테일러의 지도에 "척박하고 쓸모없다"라고 서술된 고장 속으로 계속 가야 했다. 그 지역은 소들이 많이 지나다녀서 발굽이 땅에 안 좋은 영향을 끼친 결과 땅이 많이 침식되어 있었다. 우리는 울타리 기둥이 지저분하게 널려 있는, 폭탄 터진 자리 같은 폭력적인 현장 주변을 지났는데 그 울타리 기둥의 기념비적인 장붓구멍[159]이 백인들의 어리석음을 여실히 보여 줬다. 내게는 스승을 업어 나르는 것 외에는 다른 선택지가 없었는데 확실히 우리 둘 가운데 상징에 무감각한 사람은 없었다.

마침내 늦은 오후에 연기가 보였고 한 시간쯤 후에 캠프파이어가, 그러고 나서 말도 안 되지만 자동차가 보였다.

"그가 보여, 윌리? 지프차."

그게 아니라 내 눈에는 사람이 보였다. 어마어마한 고독 끝에 그것은 정말이지 낯선 광경이었다.

"어쩌면 너 지금 더 행복해?"

그 사람이 우리를 불렀다. "어이." 나는 생각했다. 저건 빌어먹을 지프차가 아니라 승용차잖아. 그리고 내 피부에 여전히

---

159) 목재에 목재를 끼워 연결하기 위해 뚫은 구멍.

부스러기가 달라붙어 있음에도 물과 진흙의 환상을 전부 잊었다. 나는 생각했다. 이제 곧 퍼스에 갈 수 있어. 그러나 그 꿈꾸는 듯한 순간은 오래가지 않았다. 나는 곧 빌어먹을 엠블럼을 발견했고 그것이 쿰비 다운스에 처음 올 때 봤던 불탄 레넥스 푸조임을 알아차렸다. 그리고 내가 왜 이 차와 마주치기 위해 그토록 힘들게 걸어야 했나 생각했다. 차 옆에 서 있는 사람은 다름 아닌, 카드놀이에서 내 돈을 털어 간 남자였다.

쇠지레가 씩 웃자 그의 입술이, 내 입술이 항상 말려 올라가는 것처럼, 말려 올라갔다. 클로버가 '귀엽다'고 생각했던 신기한 근육이었다. 그가 내 손을 잡고 푸조로 데려갔다. 나는 더웠고 피곤했고 어쩌면 신경질적이었을 것이다. 나는 쇠지레가 대시 보드 밑을 잡아당겨서 전선과 플라스틱 커넥터와 콘덴서가 녹아서 뭉친 덩어리를 빼내는 것을 지켜봤다.

전선에서는 불 냄새와 플라스틱 타는 냄새가 진동했다. 나는 만지고 싶지 않았지만 쇠지레가 마치 그것이 장로들을 위해 빼놓는 별미인 바늘두더지 고기 같은 특별 선물인 양, 내 손에 놓고 꾹 눌렀다.

"우리 그의 형제 찾아, 윌리." 닥터 배터리가 외쳤다. "그리고 우리 그를 가게 만들어."

뭐, 물론 쇠지레가 내 혈족이긴 했지만 닥터가 말하는 '형제'는 다른 것을 의미했다. 푸조의 형제는 폐차장에 있는 똑같은 모델을 말했다.

"우리 네 지프차 만들어." 쇠지레가 말했다. "우리 그의 형제

가져와. 그는 더비에. 똑같은 전선값 60. 그게 다야. 빌어먹을 새것같이 좋아."

나는 기름과 고무와 또 다른 삶의 냄새를 맡았다. 그 말은, 그들이 나를 폐차장에 데려다줄 것이고 내가 도망칠 거라는 뜻이었다.

10

서배스천 래스키

희귀본, 지도, 초기 필사본 감정사.

빅토리아주 박스힐 글렌헤이븐코트 26, 전화: BW-9628.

정말 정말 사랑하는 윌리윌리에게, 그렇게 오랫동안 걱정한 끝에 받은 네 편지는 커다란 기쁨 — 그 애가 살아 있대! — 과, 너도 예상하겠지만, 약간의 짜증을 안겨 주었단다. 우리가 널 사랑한다는 걸 몰랐니? 우리를 5년씩이나 기다리게 했어야 했어? 아니, 더 됐던가? 너에게 대체 무슨 일이 일어난 건지 몇 번이나 궁리했는지 모른단다. 너는 항상 그렇게 제멋대로에 무방비한 아이였지.

너도 예상했겠지만 애덜리나가 끔찍하게 힘들어했어. 물론 우리는 자주 연락을 주고받으면서 그 애가 처한 힘든 상황을 이겨 낼 수 있도록 도우려고 최선을 다했단다. 나도 여자를 떠나 본 적이 있는 남자로서 네 자책감을 과소평가하지는 않겠다만, 네가 했던 어떤 행동도 우리가 너를 덜 사랑하게 만들지

424

는 않았다는 걸 알아 주렴.

그래, 지금 너는 웨스턴오스트레일리아주의 황무지로 흘러 들어갔구나. 예상치 못했던 아버지의 존재를 알게 됐고, 다소 고딕풍인 듯한 교실에서 가르치는 선생님이 되었고 말이야. *테라 아우스트랄리스*[160]에서 생을 마감하게 되리라고는 꿈에도 생각 못 했던 우리는 네 현재 상황이 어느 정도 이해가 간다. 나중에 누구 인생이 더 파란만장하냐를 놓고 경쟁할 수도 있겠네.

너를 만나지 못한 동안 나는 약한 뇌졸중을 앓았어. 심한 건 아니지만 이제는 문손잡이 같은 걸 핸들에 붙이고 운전한단다. 네가 내 말뜻을 안다면 말이지만. 배커스마시까지 운전해서 가는 일은 전혀 어렵지 않고 만약 거기에 책 싣는 것을 도와줄 사람이 있다면 아주 간단한 문제일 것 같구나.

한 가지 묻고 싶은 것은, 그 책들의 최종 목적지가 어디가 되어야겠니? 분명 평범한 장서는 아닐 텐데 어떻게 했으면 좋겠는지 네가 말하지 않았잖아. 그래서 도러티아와 내가 그 책들의 운명에 대해 (끝없는) 토론을 거듭한 끝에 멋진 아이디어를 생각해 냈단다. 멜버른식으로 표현하자면, '실행 가능'하게 될 경우 네게 편지하마.

그나저나 '퀌비'의 어원을 조사 중이었는데 원주민 언어인 것 같긴 하지만 그 지역에서 생겨난 단어는 아니야. 어쩌다 태즈메이니아에서 킴벌리까지 간 걸까?

---

160) 라틴어로 '남쪽 땅', 즉 오스트레일리아.

네 답장이 기대된다. 그리고 옛 친구가 기뻐할 수 있게끔 네 고난과 승리를 더 자세히 설명해 주면 좋겠구나.

우리 둘의 애정을 가득 담아 보내마, 월리월리.[161]

서배스천.

---

161) 월리월리와 같은 뜻.

11

시드니에서 군중이 우리를 기다리고 있을 것이었다. 차 앞유리에 줄무늬가 그려진, 진흙과 모래로 뒤덮인 전사. 지옥에서 돌아온 등등. 그러나 그 전에 우리는 빌어먹을 스노이 산지를 처리해야 했다. 욕해서 미안하다.

첫 300킬로미터는 간단했다. 고속 도로를 따라 정동으로 가기만 하면 됐다. 그런데 오보스트에서 북쪽으로 꺾어 산에 접어들었다. 여기서부터 300킬로미터는 땅에 이미 눈이 쌓여 있었다. "시속 40킬로미터 이상으로 달리면 안전하지 않을 겁니다." 경찰이 말했다.

음울한 오보스트는 비와 소똥 때문에 미끄러웠다. 우리는 연료 탱크를 채웠고 나는 파트너에게 내가 지도를 못 읽는다는 말을 들었다. 그게 당신 장점은 아니야, 그가 말했다. 우리가 함께한 세월 동안 그는 단 한 번도 내게 그런 식으로 말했던 적이 없었다.

나는 운전했다. 운전을 잘했다. 그런데 앞 유리에 낀 성에가 없어지질 않아서 창문을 내린 채로 산길을 달릴 수밖에 없었다. 콧속에 냉동 콩이 들어 있는 것만 같았다. 한편 티치는 자기 아버지의 환생이 되어 버렸다. 영광에 취해, 안달 나서 가만있질 못하고, 결승선을 통과할 때 할 마술을 벌써부터 구상 중이었다. 그러다가 그가 급커브를 외치지 않는 바람에 하마터면 낭떠러지에서 떨어질 뻔했다.

그는 소리를 질렀다. 지도를 탓했다. 그리고 우리는 계속 갔다.

나는 너무 빠르다고 비난당했다. 동시에 너무 느리다는 소리도 들었다. 그는 내가 언니한테 전화할 수 있는 우체국이 있었던 쿠마에서 정차하는 것을 금지했다.

애더미너비로 가는 아찔한 길에서는 앞 유리가 긁히고 줄이 가고 캄캄했다. 눈비가 오는 가운데 가파른 내리막길이 이어졌다. 급기야 텔빙고산(山)을 내려가던 도중에는 브레이크가 밀리기 시작했고 속도를 줄이기 위해 핸드 브레이크와 엔진 브레이크를 사용했는데도 미끄러운 길에서 속도가 60에서 80, 또다시 100킬로까지 올라갔다.

"맙소사, 아이린."

나는 생각했다. 이러다 우리 죽겠구나.

약하게 약하게 차를 가드레일에 부딪치며 가고 있는데 어느 순간 속도를 줄여 줄 가드레일이 사라지더니 진흙과 돌로

쌓은 옹벽이 비명을 지르는 홀든의 차체를 잡아 뜯듯이 긁는 소리가 나기 시작했다.

티치는 뻣뻣하게 굳어서 아무 말도 없었다.

심지어 작은 골을 건널 때는 잠깐이지만 중앙선을 넘기까지 했다. 얘들아, 얘들아, 너희는 무사마귀와 찌든 때와 쓸쓸한 크리스마스와 함께 고아로 자라겠구나.

티치의 눈이 젖은 젤리 같았다. 쌤통이었다.

적어도 나는 윌리는 죽이지 않았다.

홀든이 정지 마찰력을 완전히 잃고 차체가 옆으로 90도 돌더니 바퀴가 배수로에서 튕겨 나왔다. 여기서 지상까지는 300미터였다. 시동이 꺼졌다. 하얀 안개가 껴 있었다. 눈앞에 하얀 토끼 네 마리 외에는 아무것도 보이지 않았는데 알고 보니 그것은 길 한가운데에 서 있는 짐말의 네 발이었다. 안개가 걷히자 한참 밑에 탤빙고 호텔이라고 골함석 지붕에 페인트로 쓰여 있는 낮고 길쭉한 건물이 모습을 드러냈다.

티치가 차에서 내려 손해 사정인처럼 손상 조사를 하기 시작했다.

내가 차 문을 열자 말이 오줌을 누기 시작했다.

잠시 후 우리는 술집으로 내려갔고 그들은 내가 바 안에 들어가서 전화를 쓰도록 허락해 주었다. 나는 떨리는 두 손으로 커다랗고 까만 수화기를 들고 두 교환원이 한 명은 쿠마에서, 한 명은 배커스마시에서 서로 얘기하는 것을 가만히 듣고 있었다.

"그건 티치 봅스의 전화번호인데요." 배커스마시가 외쳤다.

"그 사람은 레덱스 테스트에 참가 중이라 집에 없어요."

"그래요?" 쿠마 교환원이 말했다. "발신자분 본인이신가요? 당신이 홀든이에요?"

"아, 봅스 부인." 배커스마시의 호어 양이 외쳤다. 나는 다른 모든 사람들이 보는 그녀의 모습을 상상할 수 있었다. 점심을 먹으러 집에 가려고 주름치마와 두꺼운 스타킹 차림으로 자전거를 타고 기즈번 길을 달리는 모습 말이다. "벌써 우승하셨나요, 봅스 부인? 우리 모두 자랑스러워하고 있어요."

"엄마 어디야?" 불만스러운 내 딸이 물었다.

"별일 없니?" 내가 물었다. 우리가 하는 모든 말을 호어 양이 그대로 옮기리라는 것은 알고 있었다.

"엄마 집에 오는 게 좋겠어." 이디스가 말했다.

"우리 내일 시드니에 도착해."

"그럼 엄마가 로니한테 그렇게 말해. 엄마가 직접 말하라고. 베벌리 이모는 도망갔어. 사촌 오빠들이 우리를 돌보고 있단 말이야."

창문 너머, 안개 너머로 남편이 보였다. 그는 온수를 한 양동이 들고 나가서 만신창이가 된 차를 닦고 있었다. 머저리, 나는 생각했다. 진흙은 내버려둬. 이디스는 내게 언니가 그 "무슨 아저씨"랑 같이 있었다고 말했다. 그게 누군진 모르겠지만. 나는 지금 당장 이모를 찾겠노라고 약속했다.

호어 양이 배커스마시 경찰의 러치 순경에게 연결해 줬다. 우리 집에서 4킬로그램짜리 퍼치를 가져갔던 그 친구였다.

"제가 해 드릴 수 있는 일이 뭔지 모르겠는데요, 봅스 부인."

내가 왜 그가 오만하게 굴 거라고 예상했겠는가? 그는 예전에는 내게 친절했었고, 지금 나는 배커스마시를 전국에 알리고 있었는데 말이다. "우리 언니 좀 찾아 주실래요?" 내가 물었다.

"그건 제 일이 아니지 않나요?"

그의 짜증스러운 말투를 듣고 당황했다. 그러지 말았어야 했다. 내가 하인 대하듯이 그에게 말하고 있었던 것이다. 내가 신문에 실렸다는 이유로 그보다 우월하다고 생각했다. 언니가 우리 애들만 놔두고 집을 나갔다고 내가 말했을 때 그는 그렇게 느꼈다.

"부인에 대해서도 똑같이 말할 수 있지 않겠어요, 뵙스 부인?"

"저는 레텍스에 참가 중인 거 아시잖아요."

"미성년자의 복리를 위태롭게 한다는 점에서는 마찬가지 아닌가요?"

오 맙소사, 감히 당신의 도움을 필요로 한 나를 용서해 주세요, 나는 생각했다. 전화상의, 그리고 텔빙고 호텔 맥줏집의 모든 사람이 그때 내가 동요했다는 걸 느낄 수 있었다.

"부탁해요, 순경님. 죄송해요. 언니한테 남자 친구가 있는 것 같아요."

"네, 그건 저희도 알고 있습니다, 뵙스 부인."

"해 주실 수 있는 일이 아무것도 없나요?"

"그냥 저한테 맡겨 두세요, 뵙스 부인."

그때 그 말이 무슨 뜻이냐고 그에게 물어볼 수도 있었다.

멜버른《선 뉴스픽토리얼》1면에 실려서 미안하다고 사과할 수도 있었다. 그러나 그는 전화를 끊었고, 나는 쿠마 교환원이 전화해서 통화료를 알려 줄 때까지 기다려야 했다. 술집 주인이 괴로워하는 나를 보고 위스키 한 잔을 따라 줬다.

나는 술을 마시고 전화 한 통을 더 예약했다. 내가 번호를 말했을 때 누구네 집인지 호어 양이 곧바로 알았으리라고 장담해도 될 것이다.

"박후버, W." 그녀가 외쳤다. 우리는 함께 빈집에서 전화벨이 울리는 소리를 들었다.

"괜찮으세요, 봅스 부인? 목소리가 언짢으신 것 같아요."

나는 이 대화를 끝내는 것이 좋겠다고 생각했다.

12

창백한 새벽빛 속에서 영리하게 교사 숙소 밖으로 유인된 나는 베란다에서 레넥스 푸조를 보았다. 그 주위에는 배터리 와 쇠지레, 올리버 에뮤, 찰리 홉스, 매일 아침 샤워 전 모습인 먼지투성이 피부, 엉겨 붙은 머리카락, 칙칙한 황회색 캠프 옷 차림의 우리 반 전체가 모여 있었다.

이미 말했겠지만 쇠지레가 나랑 얼굴이 똑같은 흑인인 것 은 사실이나 그는 엉덩이가 날씬한 카우보이 특유의 으스대 는 걸음걸이 또한 갖고 있었다. 나의 껄끄러운 짝이자 운동 신 경이 좋은 그가 탄력 있는 몸을 접어서 운전석에 앉았고 거기 서는 당연히 열쇠가 그를 기다리고 있었다. 그 금속 괴물은 역 화를 일으키면서 불꽃을 뿜더니 자욱한 기름 연기에 둘러싸 인 채 스프링 위에서 덜덜 떨었다.

이 푸조는 그 후로 영원히 지프차라는 애정 어린 별명으로 불리게 되겠지만 일단 지금은 웬만한 것은 다 떼어 내고 광을 내서 로켓 또는 경주 차 또는 위대한 오스트레일리아제 기관총인, 험악한 금속 탄창이 달린 오언 기관 단총 같은 살벌한 외형을 하고 있었다. 내 말은, 스톡 카[162]가 군용차로 탈바꿈되어 있었다는 것이다. 일단 앞 유리가 없었고, 차가 불탈 때 페인트칠이 가열돼서 물 위에 뜬 기름 같은 무지갯빛으로 변해 있었다. 내부는 연기만큼 매캐했다. 바닥도 금속이 그대로 드러나고, 기어에는 손잡이 없이 녹슨 막대기만이 내 손을 기다리고 있었다.

보잘것없는 프레젠테이션이었다. 쇠지레가 열쇠를 내 몸에 대고 꾹 눌렀다. 그리고 나의 수제자, 통역사이자 조수인 수지 셔틀이 모든 학생을 대표해서 그림을 내밀었다. 그것은 귀신 같은 머리를 한 나, 푸조, 수염 난 뱀을 그린 초상화였다.

그런데 내가 정식으로 한마디 하려는 찰나, 엔진이 쿨럭거리더니 서 버렸다. 연료가 바닥났던 것이다.

"타이펀."이라고 배터리가 말했다.

"사이펀."[163]이라고 수지 셔틀이 고쳐 말했다. 그때 그들이 휘발유를 내게 필요한 만큼 더 줄 수 있음을 알았다.

"훨씬 많은 기름."이라고 닥터 배터리가 말했다. 다 같이 학교로 갈 때 나는 그의 걸음에 보폭을 맞췄다. 철망 울타리로

---

162) 일반 승용차를 경주용으로 개조한 것.
163) 기름통에서 차의 연료 탱크로 휘발유를 옮기는 데 필요한 도구.

둘러싸인 집 앞도 지나갔는데 그곳에서 카터의 아이들은 '방송 통신 학교'[164] 수업 중이었다. 그 불쌍한 아이들은 매일 쳇바퀴를 돌리는 모래쥐처럼 페달 라디오[165] 앞에 앉아 있었다. 우리 일행이 뛰고 구르면서 텁텁한 공기 속을 지나갈 때 보스의 아이들이 교가 부르는 소리가 들렸다. *떨어져 있지만 하나, 떨어져 있지만 하나/우리의 교훈(校訓)이자 가슴속 자부심이라네.*

카터의 딸은 진지하고 성실했지만 — 그 애는 나를 마뜩잖아했다. — 남동생은 저녁 식사 때 두 번 아버지 몰래 내게 배신자의 윙크를 보냈다. 남동생이 내 제자였다면, 특히 지금이었다면 나는 그 애를 사랑했을 것이다. 그 애의 영혼을 구할 수 있었을지 모른대도 과장은 아니리라.

내가 질라에 다녀온 후로 농장은 말을 길들이는 데서 오는 짜릿함에 지배당했다. 동시에 내 동굴의 하얀 벽은 수많은 도해로 뒤덮였고, 나는 계속 가루 잉크에 물을 타고 급하게 나뭇가지와 나무껍질로 붓을 만들어야 했다. 도표는 파란색이었고 뚜렷했으며 여러 갈래로 갈라졌다. 그것은 큄비 다운스의 흑인들이 하나의 부족이 아니라 여러 개의 언어 집단임을 보여 줬다. 그중에 두 부족은 조상 땅을 빼앗겼고, 모든 부족이 제도적으로 목축업자들에게 유린당했다. 나 혼자서는 이것을 가르치지 못했을 것이다. 나는 그들에게서 배웠고, 그들은 서

---

164) 호주는 오지에 사는 아이들이 많아서 오래전부터 저학년도 단파 라디오로 교육을 받을 수 있었다.
165) 자전거 페달처럼 생긴 페달을 밟아서 작동시키는 라디오. 전기가 없는 오지에서도 사용할 수 있도록 개발되었다.

로에게서, 그리고 올드 믹과 피터 스툭먼과 올리버 에뮤의 할아버지이자 여전히 자기 부족의 고장에서 살고 있는 닥터 배터리에게서 배웠다. 대부분의 학생은 영원히 그러지 못할 것이다. 그들의 조상은 학살당했고, 그들의 고장은 더 이상 갈 수 없는 곳이 되었기 때문이다. 나는 이제야 모든 원주민 문화가 고장과 여행과 (지금은 울타리에 의해 산산조각 난) 길에 기반한다는 사실을 알게 되었다. 그리고 큄비 다운스가 일종의 감옥임을 이해했다. 이곳에서는 고장 노래하기라는 도덕적, 종교적 의무를 지키는 것이 불가능할 때가 많았으므로 원주민들의 끔찍한 무기력의 원인 또한 명백했다. 그들은 삶의 의미를 부정당한 망명자였다.

만약 개릿 행어가 우리의 지저분한 도표를 봤다면 그 자리에서 나를 해고해야 해서 대단히 불편해했을 것이다. 실제로 웨스턴오스트레일리아주 교육부는 내게 "퇴보적 믿음"을 강화하지 말라고 콕 집어 지시했다. 그들은 흑인들이 목동이나 하녀나 펑카 왈라로 자랄 거라는 희망을 품고는 과거를 지우라고, 흑인들을 현대화하라고, 가능한 한 백인스럽게 만들라고 내게 일주일에 20파운드를 지불했다.

노인들은 본연의 권위를 되찾자 여자 중재자를 원치 않는다는 사실을 분명히 했으나 그 점은 어쩔 수 없었다. 쐐기꼬리수리가 뱀의 등을 타고 (지금은 이름을 잊어버린) 거대한 강을 만들었다는 이야기를 내게 들려준 사람도 수지 셔틀이었다. 어느 요도에도 나오지 않는 질라 하나하나가 옛날이야기 안의 연결 고리라며, 질라를 왕도마뱀 등뼈의 '관절'에 비유한 사람도 그녀였다. 무지개 뱀이 만든 게이키 협곡도 당구라 부르라고 그녀가 가르쳐 줬다. 이제 내게 지프차가 있으니까 — 그녀가 말했다. — 쇠지레가 당구를 구경시켜 준다며 우리를 데려가서 바위 위에 비곗덩어리를 놓을 것이다. 이 의식을 통해 앞으로도 이곳에 큰입선농어가 풍부할 거라고 장담할 수 있다. 그리고 그는 대홍수 때 협곡 벽에 생긴 자국을 우리에게 보여 줄 것이다. 내가 보기에 이런 열정과 거침없는 투지를 가진 수지라면 몇 대가 지나도 인구에 회자되는 교사가 될 것이 확실했으므로 매일 수업이 끝날 때마다 그녀가 수탈의 상징인 캠프 옷으로 다시 갈아입는 것은 가히 충격적이었다.

내 하루의 마무리는 늘 그랬듯이 빗자루로 발자국과 석회암 먼지를 쓰는 것이었다. 나는 닥터 배터리가 가지 않고 남아 있음을 알아차렸다. 어쩌면 여자들이 들으면 안 되는, 할 얘기가 있는지도 몰랐다. 어쨌든 그는 준비가 되면 밝힐 작정인 뭔가를 마음에 품은 채 식품 찬장 그림자 속에 쪼그려 앉아 있었다.

내가 그에게 윙크했다.

그가 자신의 긴 턱을 긁적였다.

"아주 좋은 지프차예요." 내가 말했다.

그가 고개를 끄덕였다.

내가 그에게 말했다. "이제 저는 남쪽으로 꺼질 수 있겠네요."

그의 입술이 굳었다.

"고맙습니다." 내가 말했다.

노인이 손으로는 담배 주머니를 꺼내면서 멀쩡한 눈으로는 나를 응시했다. "네가 그 지프차 훔친다고 생각해?" 그가 말했다.

뭐, 그것을 '훔친' 사람은 그였고 이제 내가 훔칠 차례였다. 나는 지금이 씩 웃어야 할 시점이라고 생각했다. 그리고 빗자루를 벽에 걸기 위해 돌아섰다. 늙은 악마가 뒤에서 슬금슬금 다가오는 줄도 모른 채. 다시 뒤돌았을 때 그가 코앞에 있는 것을 보고 화들짝 놀랐다.

그는 나를 벽에 쾅 밀어붙였고 나는 그의 팔에서 강력한 분노를 느꼈다. "로치 쾅 화나." 그가 말했다. "하나도 안 웃겨. 빌어먹을 백인 보스야." 그에게서 캠프 냄새가 나고 열기가 느껴졌다. "똑같아 항상. 흑인 선물 줘. 너 아무것도 안 줘."

"제가 업고 갔잖아요." 내가 말했다.

"제가 업잖아요." 그가 비아냥댔다. 그러고는 교실 바닥에 커다란 노란색 니코틴 가래침을 뱉었다. "망할 카티야." 그가 말하면서 돌아섰다. 화의 폭력성 때문에 절뚝거림이 더 과장돼 보였다. 처음에는 캠프로 돌아가는 그를 보내 줄 생각이 없었지만 그가 허리를 굽혀서 녹슨 파이프 하나를 집어 드는 것을 보고 마음을 바꿨다.

캠프는 내가 태어난 곳인지는 몰라도 아무도 내게 설명할 수 없는 규칙에 의해 굴러갔다. 예를 들면, 왜 한 남자는 넓적다리를 찔리는 동안에도 가만히 서 있는가? 왜 싸움의 패자는 여자들에게 공격당하면서도 그들의 주먹질과 발길질을 방어하지 않는가? 왜 이런가? 왜 저런가? 나를 향한 모두의 호의는 이미 바닥나 있었다.

미소와 사과로 사랑을 살 순 없었다. 될 대로 되라지. 나는 휘발유에 대한, 그것을 어떻게 구할 것인가에 대한 걱정으로 머리가 가득 찬 채 숙소로 돌아왔다. 크리켓 카터가 푸조 운전석에 앉아 태연하게 담배를 피우며 나를 기다리고 있는 모습은 당연히 전혀 반갑지 않았다.

"새로운 직장을 구하셨나 보군요."

설교 들을 기분이 아니었다.

"그들이 당신을 바쁘게 만들 겁니다."

누구를 말하는 거냐고 물었다.

"이제 당신은 그들의 운전사예요. 수영 갈 때. 사냥 갈 때. 그들은 당신을 사랑할 거라고요. 이 차 고치는 데 얼마 줬습니까?"

여기서 탈출하는 데 60파운드. 필요했다면 200파운드라도 줬을 것이다.

"당신 전임자한테는 폭스바겐 콤비 밴이 있었어요. 자기 봉급 전부를 휘발유에 썼죠, 불쌍한 친구 같으니. 그들은 그를 미치게 만들었어요. 말 그대로 미쳐 버렸죠." 나는 그의 눈을 빤히 쳐다보다가 시선을 돌렸다. "여기서 휘발유가 얼마나 하는지 알아요?" 궁금하지 않았다. 그럼에도 그는 숫자를 제시했다. 그러고는 미소 띤 채 담배를 조향 칼럼에 비벼 끄더니 내 옆에 와서 섰다. "당신을 가지고 노는 거예요."

"압니다."

"아."

나는 생각했다. 아, 라니 뭐야?

"집사람이 당신 걱정해요. 요즘 뭐 먹고 지내요? 예전에는 저녁 먹으러 왔었잖아요."

"눈치 없이 계속 가다가 미움 사기 싫어서요."

"그런 헛소리 신경 쓸 것 없어요. 당신은 백인이에요, 당신이 어떻게 생각하든."

"제가 어떻게 생각하는데요?"

"에이, 그러지 마요, 윌리. 당신 얘기 모르는 사람 아무도 없어요. 캠프는 당분간 좀 멀리해요, 응?"

"그러고 있어요."

"당신 절름발이 친구는 어떻게 됐어요? 주먹다짐이라도 벌이는 줄 알았는데."

"아무 일도 없어요."

이 가증스러운 인간이 자기 이두박근과 걷어 올린 소매에 끼워 놓은 담뱃갑을 내려다봤다. "그럼 이따 저녁 먹으러 와요."

그는 내게 휘발유를 줄 수 있는 유일한 사람이었으므로 지금 내 인생에서 가장 중요한 사람임이 분명했다. 그래서 당연히 저녁 식사 자리에 갔는데 다른 손님들도 있길래 안도했다. 첫 번째 손님은 경찰관이었다. 버스터 소프라는 이 사내는 노새와 말과 (지금은 캠프에 가 있는) '보이'[166]와 함께 킹레오폴드산맥을 넘어 1,100킬로미터를 여행할 예정이었다. 그다음으

---

166) 하인이나 조수로 고용된 원주민 남자.

로 물론 백인인 젊은 재커루[167] 세 명과 더비에서 윌리윌리 때문에 발이 묶였다는, 다소 지친 모습의 다코타기(機) 조종사가 있었다.

경찰관은 레렉스 푸조를 알아봤다. 그것이 어쩌다 그곳에 버려져 있게 됐는지 설명하는 일과 그 자동차의 법적 상태를 경찰관에게 질문하는 일은 카터가 알아서 하도록 내버려뒀다. 푸조가 법적으로 공도(公道)를 달리면 안 된다는 사실이 확실해지자 카터는 내게 의미심장한 눈빛을 보냈다. 그는 내가 뭘 계획 중인지 알았을까? 솔직히 나는 그가 무슨 생각을 하든 신경 쓰지 않았다. 나는 어둠을 틈타 떠날 것이었고 만약 푸조 때문에 경찰에 체포된다면 그야말로 제 목적을 다한 것이었기 때문이다.

버스터 소프는 평범한 경찰관답게 레렉스 참가자들에게 적대감을 갖고 있었고 그들을 폭주족이라고 표현했다.

나는 찡그려야 하는 순간에 찡그리고, 웃어야 하는 순간에 웃었다. 앨리스가 출입구 커튼 뒤에서 나를 쳐다보는 것이 느껴졌다. 그녀는 내게 음식을 가져다줬다.

오늘 저녁 전까지 카터는 레렉스에 대해 한마디도 이야기했던 적이 없었다. 이 사실이 특이했던 유일한 이유는 그가 평소 남쪽의 스포츠 뉴스를 줄줄이 꿰고 있었기 때문으로, 그 뉴스는 그의 페달 라디오인 QED 큄비 다운스를 통해 얻은 것이었다.

---

167) 장차 농장 주인이나 관리인이 되기 위해 수련 중인 남자.

버스터 소프는 레덱스 차들에 대해, 그들이 어이없는 속도로 시골 마을을 통과한다는 이야기를 했다. 위험한 댄에 대한 이야기도 했지만 그를 직접 만난 적은 없음이 분명했다. 댄이 안에 사람이 있는 쇼그라운드 화장실을 폭파했다나 뭐 그런 얘기를 했다.

카터 부인은 혹시 죽은 사람이 있을까 봐 걱정했다.

카터의 아들 그윈은 바로 그 순간을 골라 손님들에게 미스터 레덱스를 소개하기로 했다. 자기 아빠한테 레덱스에 대해 들었던 걸까? 그럴 것 같진 않았다. 그것은 그 애 혼자만의 급발진일 수도 있고, 아니면 큄비 다운스에도 유명 인사가 있다는 사실에 손님들이 놀라는 것을 보고 싶다는 단순한 소망일 수도 있었다.

"아저씨가 이겼어요(won)." 그 애가 외쳤다. 얼굴이 너무 빨개져서 머리카락 사이로 빨간 두피가 빛나는 것이 보일 정도였다.

나는 생각했다. 설마, 정말로?

"뭘 이겨(won)?" 덩치 큰 버스터 소프가 물었다.

"하나(One)?" 카터가 커다란 맥주병을 높이 들고 일어나면서 외쳤다. 그는 숫자를 세면서 빈 잔을 하나씩 채우고 있었다. "하나, 둘." 그가 말했다. "그리고 셋. 당신까지 넷, 그리고 당신은 없음." 그가 내게 말했다. "당신은 금주가니까 없음."

카터 부인이 내게 잇몸 미소를 보이며 고개를 끄덕였다. 그러니까 작은 마을 출신의 볼시 부부가 전국 챔피언이 된 거였다. 카터 가족은 몇 주 전부터 알고 있었음에 틀림없었다.

"92번 차 말이니?" 나는 아이에게 물었다. "봅스 모터스?"

"아저씨가 이겼어요."

"가서 손 씻어라." 카터가 아들에게 말했다. "어서. 빨리."

QED, 나는 생각했다. 하느님, 환한 얼굴의 봅시 부인, 탱크
톱이 엿보이는 정비복 차림의 봅시 부인을 축복하시길. 그녀
는 밤새도록 내 목에 입 맞췄었다.

13

"아, 봅스 부인, 사랑스러운 남편분은 어디 계세요?"라고 스튜어디스가 나를 좌석으로 안내하면서 말했다.

"남편분이 재주도 참 많으세요." 그들이 내 부은 눈을 확인하며 말했다. "자랑스러우시겠어요, 봅스 부인."

"물론 아이들은 엄마가 보고 싶겠죠." 그들이 말했다. "시드니에서 더 즐기고 가시지 못해서 아쉽네요."

"남편분은 믿으실 수 있나요, 봅스 부인?" 그들이 (내 옆구리를 찌르고 윙크하며) 말했다. 그래서 그들이 그날 자《데일리 텔레그래프》에 실린 사진을 봤음을 알았다. 체커스 클럽에서 소위 이국적인 댄서의 가슴에 얼굴을 파묻고 있는 티치 봅스. 그 밑에는 **승자 독식**이라고 적혀 있었다. 그 사진이 찍힐 때 나도 테이블에 앉아 있었지만 지원 팀 사진에조차 포함되지 않왔다. 지원 팀이란 전 제너럴 모터스 직원 아서 던스턴, 경마계의 유명 인사 F. 그린 씨, 이제는 자기 직업을 *밸러랫의 모텔 소유주*라고 소개하는 조 새커 씨를 말했다.

나도 홀든 지붕 위에 앉아서 패러매타 길의 군중에게 손을 흔들었지만 결국은 호텔 방에서 애들, 아니, 정확히는 딸과 통화했다. 로니는 세탁실에서 '고양이랑 놀다가' 문이 잠겨서 못 나오고 있었다.

나는 남편이 원하는 것을 그에게 줬다는 사실이 자랑스러웠다. 그는 행복했다. 하늘을 나는 기분이었다. 그것이 악몽이었다는 걸 알 사람은 아무도 없었다. 오만 사람이 차를 쾅쾅 두들기고, 1954 레덱스 테스트의 기념품으로 와이퍼를 떼어 갔다. 레덱스는 경주가 아니었지만 체커기[168]가 있었고 티치가 운전석 창문으로 나와서 — 서커스가 따로 없었다. — 지붕 위 내 옆에 앉더니 모두의 앞에서 빨간 스카프 마술을 선보였다. 나는 얼굴이 아플 때까지 미소 짓고 있었다.

승자가 몰래 준비한 것이 있었다.

사진을 보면 멍청하게 생긴 아내 옆에서 그가 지붕을 발로 구르고 있다.

나에게는 가윙스 백화점에서 사 둔 특별한 드레스가 있었다. 새빨간 색깔, 몸에 딱 맞는 보디스, 목에 감는 끈, 가슴을 잔뜩 강조한 디자인이 트러빌라[169] 스타일이라고 판매원들은

---

168) 검은색과 흰색의 바둑판무늬 깃발. 경주가 끝났음을 알릴 때 흔든다.
169) 매릴린 먼로의 영화 의상으로 유명한 디자이너.

말했다. 체커스 클럽에서 굉장한 댄스파티가 있었으므로 일찍 자리를 뜬 내가 바보라고 말할 수도 있을 것이다. 아이들 때문이라고 말했지만 사실은 더럽게 노는 남편 옆에서 등신처럼 웃고 있기 싫었다. 나는 호텔 방에서 울고 또 울었다. 던스턴과 그린이 새벽 4시에 립스틱 자국으로 뒤덮이고 술집 바닥 같은 냄새를 풍기는 남편을 방으로 데려왔다.

그런데 정작 펄펄 뛴 사람은 남편이었다. 이유가 뭐였을까? 내가 자기 꼴을 우습게 만들었다는 거였다.

스튜어디스가 홍차와 비스킷을 가져다줬지만 불과 얼마 전 남쪽에서는 브레이크도 없이 엄청난 속도로 눈 덮인 산을 운전했던 영웅이 지금은 이렇게 훌쩍이는 가련한 처지가 된 것이 창피해서 등을 돌렸다.

사실 이 겁쟁이는 비행기를 한 번도 타 본 적이 없었다. 그리고 지금은 흔들리는 비행기가 크리스마스 날 호바트에 추락한 것과 같은 기종인 비커스 바이카운트라 잔뜩 겁먹은 상태였다.

끝까지 저녁 식사 자리에 남아 있었어야 했다. 그린과 던스턴 사이에 앉아서 가슴을 한껏 내밀고 있었어야 했지만 나는 남편에게 배신당하느라 바빴다.

사실상 그냥 구획된 땅에 불과한, 어두운 에선던 비행장에 착륙했다. 택시 두 대가 빗속에서 기다리고 있었다. 첫 번째 택시 기사는 내가 50킬로미터나 떨어진 배커스마시에 데려다 달라고 했다고 화를 냈다. 돌아올 때 손님을 태우지도 못할 것이고, 티타임도 놓칠 거라는 거였다.

두 번째도 다르지 않았다.

"어디 가세요?"

"배커스마시요."

"아, 거긴 좀 그런데요."

"내가 무슨 뒷좌석에서 애를 낳으려는 것도 아니잖아요."

세상이 어찌나 잔인하게 느껴지던지. 또 전조등 앞에 선 나는 어찌나 한심해 보이던지. 나는 뒷좌석으로 기어들어서 울기 시작했다.

"괜찮아요?" 그가 물었다.

뭐라고 설명해야 내 행동이 정당화되겠는가? 나는 남편이 죽었다고 말하고는 정말로 남편이 죽기라도 한 것처럼 울부짖었다. 록뱅크까지 가는 동안 내내, 댄의 카센터를 지날 때까지도 계속 울부짖고 훌쩍이고 코를 풀었다. 우리는 명예의 거리를 지나 배커스마시로 들어왔다. 나는 러더더그가(街) 가축 경매장에서 택시를 내렸고 내 진짜 인생의 축축하고 차가운 공기를 들이마셨다. 진흙과 겁먹은 소 냄새를 맡자 외바퀴차와 삽을 든, 우리 고상한 윌리 박후버가 떠올랐고 불 켜진 우리 집 창문을 봤지만 그대로 지나쳐서 비에 젖은 옆집 쥐똥나무 산울타리를 손가락으로 훑었다. 물론 윌리는 집에 있었다. 지금쯤이면 돌아왔을 테니까. 그 사실을 뼛속 깊이 느꼈다. 그래서 살금살금 녹슨 대문의 걸쇠를 들어 올리고 소리 나지 않게 천천히 문을 열었다. 나는 웃고 있었다. 진심으로 웃고 있었다. 비에 젖은 뜯지 않은 편지들이 뼈처럼 하얀 앞 베란다 바닥에 놓여 있었다.

삼거리

처음에는 조심스럽게 노크했지만 잠시 후에는 내 감정을
더 이상 감출 수가 없었다.

14

나는 봅스 모터스의 레덱스 우승에 대한 서면 확인을 앨리스에게서 제공받았다. 그녀는 '큰 집' 쓰레기통에 버려진 멜버른 신문을 회수해서 곧장 내 식탁으로 가져온 다음 구겨진 신문을 잘 펴더니 (평소에는 총명한 얼굴이 장난기로 귀여워져서는) 기사와 캡션을 꼼꼼히 읽어서 각 인물과 나의 관계를 파악했다.

내가 그녀에게 달콤한 차를 끓여 주자 그녀는 사진을 만지다가 내 얼굴을 어루만졌다. 우리가 일종의 애정을 공유했다 해도 거짓은 아닐 것이다. 우리는 나를 '대단히 질투'하는 카터에 대한 공통된 감정으로 확실히 단결했다. 그러나 여기 오래 있으면 혼나기 때문에 그녀는 한숨을 쉬며 일어났고 나는 그녀를 대문까지 배웅했다. 그리고 개 짖는 소리가 그녀가 캠프에 도착했음을 알릴 때까지 거기서 기다렸다.

　푹푹 찌는 밤에 나는 또다시 홀로, 벌레들이 부엌 램프에
달려들어 자살하는 것을 보고 있었다. 내가 그 끔찍한 오페라
책을 집어 들었을 때 앞 베란다에서 발소리가 들렸다.

　잠시 후 손님 셋이 차례로 우리 집에 들어왔다. 닥터 배터
리, 쇠지레, 그리고 조끼와 넥타이 차림의, 비쩍 마르고 머리가
먼지투성이인 톰 테일러였다. 그들이 들어올 때 보니 각자가
포트와인을 따라 내고 불그스름하고 투명한 액체[170]를 담은
플래건을 두 병씩 들고 있었다. 휘발유가 틀림없었다.

　화염병이군, 나는 생각했다.

　등의자가 몇 개 있었지만 닥터 배터리는 늘 그렇듯 바닥에
앉는 것을 선호했으므로 나도 따라서 바닥에 앉았다. 그때 처
음으로 그들이 톰 테일러에게 내 이름을 소개했다. 톰은 그렇
게 수많은 밤 동안 두피가 분홍색인 내 머리 위에서 펑카로
공기를 휘저을 때와 똑같은 강렬한 존재감을 뿜냈다. 그런데
그가 내 손을 잡았을 때 눈빛이 매서운 이 남자의 손길이 너
무 부드럽고 예상 외로 순순해서 깜짝 놀랐다.

　펑카 왈라는 폭발물이 들어 있는 플래건 두 개와는 별도로
작은 포대 하나를 더 가져왔는데 닥터 배터리와 귓속말을 속
삭이고 이런저런 신호를 주고받으면서 살며시 옆에 내려놓았
다. 흑인이 백인 숙소를 방문하는 것은 금지되어 있었으므로

---

170) 본래 정제유는 옅은 노란색을 띠나 정부가 면세유 등을 구분하기 쉽도
록 빨간색, 파란색, 녹색 등의 색소를 넣어 판매한다.

이 대표단은 심각한 목적을 가진 것이 분명했다. 그들이 옹송그리고 앉아 회의를 하는 동안 많은 기침과 목청 가다듬기가 있었다.

가장 연장자인 닥터 배터리가 대부분 어린아이 수준인 영어로 말하기 시작했다. 그들이 내게 자동차를 주긴 했지만 내가 그것을 훔쳐서는 안 된다는 데 그들 모두가 동의했다는 것이었다.

게다가 — 그가 말했다. — 나는 내가 속한 이 고장에 남아야만 했다.

천만의 말씀, 나는 생각했다.

어쩌면 쇠지레가 외려 덜 적대적이었다. 그는 내가 이제 어떤 비밀 율법을 배울 수 있다고 했다.

펑카 왈라 톰이 아무 말도 하지 않기에 나는 그가 영어를 못한다고 추측했다. 반면에 나는 피진 잉글리시를 약간 할 수 있었다. 땅, 불, 좋다, 나쁘다, 음식, 앉아, 이리 와를 뜻하는 단어를 알았다. 내가 그에게 고개를 끄덕였는데도 그가 계속 냉담한 것을 보고 나는 마침내 지금부터 협상이 시작되었음을 깨달았다. 그들은 뭔가를 주고 뭔가를 뺏어 갈 작정이었는데 후자가 바로 내 미래의 인생이 걸린 자동차였다.

나는 그들이 내게 주겠다고 제안하는 것의 가치를 내가 잘 알고 있음을 그들에게 보여 줬다. 그들이 나를 가르칠 계획이라는 사실 자체가 영광이라고 말했다. 우리 셋은 — 내가 말했다. — 핏줄로 이어져 있지만 나는 율법을 배우지 못한 채 "자라다, 했다". "그들 복지부 인간들"이 나를 진짜 백인으로 만들었다. 내 처지가 그래서 나는 율법 교육을 받기에는 "너무 망가졌다".(즉 그들의 제안은 쓸모없다.)

그러자 쇠지레가 펑카 왈라에게 말을 걸었고 나는 특정 단어가 반복되는 것을 보고 그가 내 말을 통역하고 있음을 알았다. 그 사납고 키 작은 사내가 쿡쿡 웃다가 나를 똑바로 쳐다보면서 빠르게 말하기 시작하자 나는 불안해졌다. 그것이 쇠지레의 입을 통해 다시 나오기 전에는 아주 심한 말이었을 거라고 추측한다. 쇠지레는 이렇게 통역했다. 펑카 왈라가 어렸을 때 그는 율법과 관련된 일을 겪었고 그 세상이 영원히 계속될 거라고 생각했다. 그런데 이제 그 세상은 끝날 것이다. 그가 지금부터 해야 하는 말을 내가 듣게 해서 미안하다.

아주 오래전에 복지부가 가축 옮길 때 쓰는 우리를 실은 픽업트럭을 타고 찾아왔다. 펑카 왈라는 아마 다섯 살쯤 되었을 것이다. 어머니가 그에게 말했다. 달아나, 달아나, 달아나. 아버지에게 갔더니 아버지는 그에게 흙을 뿌리면서 말했다. 가, 가, 가, 꺼져. 그는 스피니펙스 속에 숨었지만 복지부가 그를 잡아서 우리 안에 던져 넣었다. 그들은 그를 더비의 고아원으로 데려갔다. 가는 내내 그는 외쳤다. 우리 엄마 어디 있어요? 우리 아빠 어디 있어요? 고아원에서 그들은 그에게 독약을 뿌리고 그의 옷을 훔쳐 갔다. 그는 동포 없이 홀로 그곳에서 한참을 살았다. 그런데 고아원이 문을 닫자 복지부는 그를 수양부모에게 데려갔다. 수양어머니는 그들을 침대가 있는 커다란 방으로 데려갔다. 그는 태어나서 그런 것을 한 번도 본 적이 없었다. 복지부조차 놀란 것 같았다. 그것은 왕을 위한 방이었다. 복지부가 떠나자 수양어머니는 날 따라와, 라고 말하고는 그를 뒷마당에 있는 작은 트레일러로 데려갔다. 뒷마당에 가득한 풀은 그녀가 나병이나 — 그는 생각했다. — 매독, 혹은 그 밖의 나쁜 것들을 키울 때 썼다.

그날 밤 한 남자가 트레일러에 왔다. 그가 어린아이에게 한 짓에 대한 기록이 있어, 쇠지레가 바닥을 쳐다보며 말했다. 매일 밤. 그것은 판사의 책에 적혀서 시드니나 빅 런던 아니면 다른 어딘가에 보관되어 있다. 하지만 그 책은 아무 짝에도 쓸모가 없었다. 내 말 알아들어? 그는 매일 밤 착취당하고 강간당했다. 그들이 그를 다른 고아원으로 옮길 때까지. 그는 그때 이미 끝나 있었다. 그가 반항하면, 채찍질을 했다. 그가 도망치면, 밥을 굶겼다. 학교를 떠났을 때 그는 더비의 주정뱅이였고 그 후에는 마도와라의 주정뱅이였다. 감옥을 들락거리다 마침내 어머니를 만났지만 그녀의 언어는 이미 잃어버렸고 그가 가진 것은 짬뽕된 말뿐이었다.

나는 퀸비 다운스에 머물러야만 했다. 그는 그 사실을 내가 알길 바랐다. 나는 아직 율법을 배우기에 늦지 않았다고 통역사가 말했다. 젊은이들은 옛 율법을 잊었고 그는 새 율법의 우두머리였다. 그가 그것을 내게 가르쳐 주겠지만 그 대신 자동차가 필요했다.

이 악당, 나는 생각했다. 나는 《오세아니아》의 독자였다. 게다가 인류학자 테드 스트레일로의 책까지 읽었기 때문에 새 율법이 불가능함을 알고 있었다.

왕이 앞서 나갑니다.

그들의 (원주민) 선조가 너무나 철저했기 때문에 그들 자신이 상상해 낸 동물로 채울 수 있는 빈 장면은 단 하나도 남아 있지 않았다. 종교적, 문화적 영역에서 노인들의 독재와 전통은 모든 창조적 충동을 효과적으로 억눌러 왔다. 그리고 이 은밀한 속박으로부터 원주민들을 자유롭게 해 줄 수도 있었을 외부의 자극은 한 번도 센트럴오스트레일리아까지 닿은 적이 없었다. 이미 수 세기 전부터 토착 신화가 더 이상 창조되지 않았음은 거의 확실하다······ 그들은 여러 면에서 원시인이라기보다는 타락한 종족이다.

"새 율법이란 건 없어요." 퀴즈 쇼의 왕이 말했다.

"그가 우리 모두 망가졌다고 말해." 쇠지레가 말했다. "그가 지금 네게 보여 줘."

펑카 왈라가 넥타이와 조끼를 벗더니 내 어깨 상처 따위는 모기 물린 자국처럼 보이게 하는 흉터를 보여 줬다. 그의 번들거리는 등에는 X 자의, 또는 튀어나온, 또는 살을 파고든 생가죽[171] 채찍 자국이 남아 있었다. 물론 나는 식겁했고 그가 다시 옷을 입었을 때 고마움을 느꼈다.

"네가 그들 아이들 가르쳐." 그가 다시 셔츠를 입으면서 조용히 말했다. "내가 너 새 율법 가르쳐. 너 우두머리한테 배울 거야."

"그는 네 좆 잘라 안 해." 닥터 배터리가 나를 안심시켰다. "그의 율법 자르지 않아. 그는 너 위에 으를 그려, 피 없어."

"그것은 책 율법이야, 윌리." 쇠지레가 씩 웃었다. "너 그것

---

171) 무두질한 가죽보다 뻣뻣하고 딱딱하다.

읽을 수 있어, 레덱스 아저씨. 새 율법."

고문의 증거에 충격받긴 했지만 그렇다고 해서 내 차를 지키고 싶은 욕구가 줄어들진 않았다. 그들은 내게서 그것을 훔치고 싶어 했다. 새 율법이 있다는 그들의 주장은 그 목적을 이루기 위해 지어낸 게 분명했다.

나는 이 새 율법이 어디서 온 거냐고 물었다. 만약 책이라면 성경이어야만 했다.

"땅에서 나왔어." 톰 테일러가 말했다.

"누가 줬어요?"

"캘시."

나중에 나는 그들이 말하는 캘치가 존경받는 인류학자 아서 크리스천 캘치였음을 알게 될 것이다. 그들이 학자를 끌어들인 것은 예상 밖이었지만 나는 정당한 내 소유물인 자동차 때문에 괴롭힘당할 생각이 없었다. 게다가 자칫하면 내 목숨을 위험에 처하게 할 수도 있는 비밀 정보에 손댈 만큼 바보는 아니었다.

쇠지레가 휘발유 플래건의 마개를 열었다. "맡아 봐." 그가 말했다.

"너 우리 도와, 윌리." 배터리가 말했다. 표정이 아까보다 부드럽고 상냥해져 있었다. "우리 너 도와. 이거 너한테 최고야."

"우리 너에게 고장 보여 줘, 윌리. 우리 아직 사냥 가."

나는 그들에게, 이 플래건에 든 것보다 훨씬 많은 휘발유가 필요할 거라고 지적했다.

"너 돈 줘." 쇠지레가 다정하게 말했다. "우리 너한테 많은 휘발유 찾아 줘."

내가 정확히 무슨 거래를 한 건지는 모르겠지만 아무튼 신뢰할 수 없다는 느낌이 들었다. 나는 그들에게 전 재산인 18파운드를 줬다. 그리고 다 같이 악수할 때 그들이 어둠 속에서 떠날 수 있도록 램프를 껐다. 나는 베란다에 앉아서 큄비 다운스의 평범한 밤 소음을 듣고 있었다. 캠프에서 싸우는 소리, 카터의 페달 라디오에서 나는 윙윙거리는 소리. 개들이 짖었다. 부엉이가 울었다. 그때 우리 집 대문에 서 있는 또 다른 검은 형체가 보였다.

앨리스였다. 그녀는 내게 톰 테일러가 아주 나쁜 인간이라는 말을 하려고 돌아온 것이었다. 모두에게 나쁜 인간. 기독교인에게건, 노인에게건. 그의 율법 쓸모없다. 그 미쳤다.

그러더니 그녀가 무릎을 꿇었고 나도 그녀와 함께 무릎 꿇어야 함을 알았다. 하늘에 계신 — 그녀가 말했다. — 우리 아버지.

다시 혼자가 되어 등유 램프를 켰을 때 그제야 바닥에 버려져 있는, 펑카 왈라가 가져온 설탕 포대를 발견했다. 아까 얼마나 조심스럽게 다루는지를 봤기 때문에 그가 깜빡해서 놓고 간 것이 아님을 알았다. 그는 내가 그 내용물을 보길 원했다. 그것은 하얀 무늬 장식이 있고 인모가 분명한 것으로 묶인, 상당히 큰 나무껍질 지갑이었다. 지갑 안에는 성경이 아니라 더 얇고, 피가 묻고, 물에 젖었다 말라서 부풀어 오른 책이 있었다. 나는 한참 후에야 그 기교적인 잉크와 황토 물감 장식 밑에 있는 것이 1952년 10월에 발간된 《오세아니아》 43호임을 알아차렸다. 그리고 황토로 그려진 수많은 표시에 의해 나의 관심은 금방 아서 크리스천 캘치의 「킴벌리 서부의 원주민주의 운동」, 즉 "재단사 톰"이라는 인물을 자주 언급한 학술 논문에 쏠렸다. 나는 솔직히 흥미를 느꼈다.

15

인류학자들은 이러한 사례의 존재에 얼굴을 찌푸리거나 그 가능성조차 부인할지 모르지만 인류학 연구의 대상이 자신에 대한 논문의 최종 버전을 본 경우 또는 《오세아니아》 43호의 수령인이, 그냥 평범한 삶을 사는 사람처럼, 자기 이름이 인쇄되어 나온 것을 보고도 아무런 영향을 받지 않은 경우가 이번이 최초이자 유일하다는 것을 나는 믿을 수 없다.

"재단사 톰"은 분명 톰 테일러 또는 펑카 왈라였다. 이 논문을 내게 찔러줬다는 것은 그가 확실히 "새 율법"을 갖고 있다는 증거였고, 글 쓰는 사람의 관점에서 볼 때, 이것은 상당히 놀라운 경우였다. 즉 오스트레일리아 원주민이 식민 지배로 고통받았던 다른 민족들과 다르지 않다는 최종 증거였다. "외세의 지배를 받는 사회가 그 처지를 조용히 받아들이는 경우는 거의 없다. 이에 대한 반대는 집단적인 반식민 분위기에서, 더 구체적으로는 해방 운동에서 나타난다."

《오세아니아》에 소개된 논문은 킴벌리 서부의 어떤 생존자들이 성경을 습격하고 노아의 방주를 탈취해서 백인 압제자들에 대한 저항의 도구로 바꿨음을 보여 줬다. 그것을 신앙이나 율법 혹은 종교라 불러도 될지는 모르겠지만 그것은 확실히 "책" 안에 있었다.

재단사 톰에게 나타나 이 방주를 준 것은, 《오세아니아》에서 읽은 바에 따르면, 조상의 혼이었다. 방주는 백인의 지도에는 없지만 마도와라 너머의 옛 교역로 근처 어딘가에 있다고 전해졌다. 그리고 그 안에는 금과 보석과 수정이 있었다. 전직 선교회 재단사는 자신이 방주의 율법의 우두머리라고 선언했는데, 이 율법에 의하면 그의 고장에 엄청난 비가 내려서 홍수가 날 텐데 그것은 성수의 비라서 흑인들의 피부를 하얗게 만들 거라고 했다. 흑인들은 폭우에 대비해 있었기 때문에 방주에 올라타겠지만 카티야는 모두 물에 빠져 죽을 것이다. 이 방주는 지어낸 이야기가 아님을 성스러운 석판들이 증명했다. 그것은 실제 장소에 있는 실제 방주였고 그것의 존재는 비밀이었다. 너무 위험한 비밀이라 우연히라도 그것을 본 사람은 죽어야 했다.

펑카 왈라가 캠프에서 인기 있는 인물은 아니었기에 그의 추종자가 많은지는 의심스러웠다. 그래도 그가 어떤 악의적인 힘을 가진 것은 사실이었으므로 내가 그가 조종하려는 대상이 되었음을 알게 된 것은 기쁘지 않았다.

닥터 배터리는 한쪽 눈은 안 좋았지만 다른 쪽 눈은 멀쩡해서 사격술로 존경받았다. 캠프에 돌아올 때마다, 토템[172]에 의해 캥거루 먹는 것을 금지당한 사람들을 위한 음식을 가지고 왔기 때문이다. 그에게 필요한 것은 부시의 사냥터까지 태워다 줄 차였다. 그는 자기가 운전할 줄 안다는 말을 자주 했으므로 나는 내 소중한 도주 수단이 수중에서 안전하게끔 디스트리뷰터 로터[173]를 주머니에 넣어 가지고 다녔다.

쇠지레도 사냥을 했지만 그에게 더 중요했던 것은 그가 네 딸을 둔 아버지라서 자기 나름대로 내 차를 쓸 데가 있었다는 점이었다. 또 다른 교사(불쌍한 내 전임자)는 건기에도 수영할 수 있을 만큼 물이 풍부한 연못이 있는 피프틴마일에 아이들을 데려가곤 했다. 날씨가 참을 수 없을 만큼 더워지자 나는 그의 폭스바겐이 지나갔던 흔적을 따라갔는데 그 푸조에 자그마치 몇 명을 태웠는지 당신은 상상조차 못 할 것이다. 안에 열다섯 명을 태우고 지붕 위에까지 태웠다. 그 행복했던 시절에 내 삶이 전과는 어떻게 달랐는지 나중에 돌이켜 봐도 꽤 놀랄 것이다. (더 빨리, 더 빨리, 레덱스 아저씨.) 그 맨발들이 앞유리 앞에서도, 차 옆에서도 달랑거렸다.

내가 큄비 다운스에 사는 한, 이 책임에서 벗어날 길은 없었다. 카터는 우리에게 휘발유를 조금씩 나눠 줬는데 때로는 공짜로 줬지만 때로는 내 외상 장부에 올렸다. 하지만 절대

---

172) 원시 사회에서 신성시되는 동식물이나 자연물.
173) 이 부품이 없으면 시동이 걸리지 않는다.

18~23리터 이상 주는 법이 없어서 내가 달아나기에는 부족했다. 그 결과 우리는 늘 집에서 몇 킬로미터 떨어진 곳에서 기름이 바닥났고 그러면 연료 탱크 안에 있던 오물이 기화기로 빨려 들어가곤 했다. 그다음 주의 모든 일과는 자동차를 되살리는 데 초점을 맞췄다. 닥터 배터리와 휘발유와 (자동차 부품을 세척할) 플라스틱 대야를 날랐는데 나는 이 일에 동원된 수많은 하인 중 한 명에 불과했다.

내 평생 이렇게 만족스러운 수업을 했던 적은 한 번도 없었지만 그렇다고 해서 탈출 준비를 멈춘 것은 아니었다. 휘발유 담은 병과 플래건을 모아서 광에 쌓여 있는 자투리 목재 더미 뒤에 숨겨 뒀는데 앨리스가 자기 할 일을 하다가 우연히 그곳을 발견했다.

그녀는 내 손을 잡고 그곳으로 데려갔다. 이번만은 무슨 어릿광대짓으로도 그녀를 웃게 만들 수가 없었다. 그녀는 내가 톰 테일러의 나쁜 짓에 연루되었다가 무슨 벌이라도 받을까 봐 걱정했다.

이 사안에 대해서는 대중에게 공개된 것 이상을 밝힐 권한이 여전히 내게는 없지만 백인 인류학자들이 지금껏 부인해 온 원주민 저항의 증거는 내 교실에서도 발견됐다. 그것은 가장 수줍음 많은 제자인 찰리 홉스에게서 나왔다.

찰리는 크고 까만 눈동자를 가진, 체구가 작고 날렵하고 섬세한 아이로, 대개는 몹시 불안해하는 태도를 지녔지만 사랑스러운 미소로 상대방의 기운을 돋우는 힘을 가지고 있었다. 그 애는 교실 앞에서 제일 먼 곳, 바깥에서 제일 가까운 곳, 교실에서 가장 덥지만 빨리 탈출할 수 있는 곳을 골라 앉곤 했는데 어느 날 아침에는 한쪽 옆에는 올리버 에뮤, 반대쪽 옆에는 수지 셔틀과 함께 셋이 바짝 붙어서 그곳에 앉아 있었다.

찰리는 이전에는 회사 소유의 다른 농장에서 일했던 아버지와 함께 이 농장에 왔다. 그 애가 우리 교실에 가져온 이야기는 그 출처인 빅토리아 다운스 농장으로부터 수백 킬로미터를 날아온 나뭇잎과도 같았다. 찰리의 가족은 빅토리아 다운스 농장에서 있었던 학살 사건의 생존자의 후손으로, 카터가 '나는 괴롭히지 않는다'고 말한 사람들 중 한 명이었다.

찰리의 목소리는 나방 날갯짓 소리만큼이나 작아서 나는 그 애가 하는 말을 한마디도 들을 수 없었다. 그 애는 차분하고 가슴팍이 넓고 두툼한 수지 셔틀의 귓가에만 속삭였고, 수지 셔틀은 그 한마디 한마디를 낭랑하고 힘찬 목소리로 다시 말하는, 다른 어느 아이에게도 허락한 적 없는 영예를 찰리에게 주었다. 그러니까 그녀는 그 애의 영어를 교정하지도 않았고, 그 애의 '쿡 선장' 이야기를 역사적 기록 — 실제 쿡 선장은 해안가만 슬쩍슬쩍 돌아다녔다. — 에 맞게 수정하려는 시도도 하지 않았다. 수지는 빈정거림과 분개와 그 밖의 여러 가지 어조로 찰리의 속삭임에 생명력을 불어넣었다. 유감스럽게도 다음 필기에 그것까지 기록되진 않았지만 읽으면서 상상하기란 대단히 쉬울 것이다.

쿡 선장 빅 잉글랜드에서 왔어. 그는 시드니에 도착했지. 그는 빅 잉글랜드의 런던에서 모든 책 가져왔어. 많은 사람, 많은 말, 총, 소 가져와. "아, 이것 좋은 고장. 너 여기 물고기 있어?" 웅, 우리 많은 물고기 캥거루 모든 것 있어. 쿡 선장 둘러봐. "아주 예쁜 고장. 여기 근처 사람 더 있어?"

"웅, 부시에 무리 있어, 물고기 조금과 음식 찾아. 많은 음식 노인들 쉽게 가져."

쿡 선장 큰 배 있어. 그는 부두 있어. 그는 총 내리고, 거기서 아마 3주 동안 쏘고 있어. 모든 사람 쏘고 있어. 여자들 맞아 맞아, 아이들 쓰러져. 그리고 그는 장비 챙겨서 자기 배에 다시 타고 오스트레일리아 빙 돌아서 올라가. 거기서 이 지역 들어가. 원주민 큰 무리, 이 만(灣) 옆에.

"이것 우리 고장. 우리 여기로 백인 오는 거 절대 못 봐. 우리 너희 위해 준비할 수 있어. 큰 무리 창 가졌어."

쿡 선장 탄창에 총알 넣어, 사람들 쏘기 시작해, 시드니랑 똑같아. "정말 아름다운 고장." 쿡 선장 생각했어. "그래서 나 사람들 청소하고 있어, 치워 버려."

쿡 선장 바다 돌아서 따라가. "내 건물 거기 놓고 싶어. 내 말 거기 놓고 싶어."

쿡 선장 그들 보냈어, 많은 사람 쏴. 말들 오스트레일리아 전체 뛰어다녀, 이 모든 사람 사냥해. 계속, 사람들 도망쳤어, 계속. 못 쫓아가. 말 거친 곳이나 동굴에 뛰지 못해.

맞아. 우리 백인들 위해 준비했어. 우리 사람들 정말 정말 화났어. 그들 여기 백인들 원하지 않아. 그들 창으로 때려, 죽여.

그들 백인과 싸웠어. 그들 창 가졌고, 백인 총 가졌어. 만약 백인 왔는데 총 조금 없으면 모든 사람 몰 수 없어, 못 죽여. 그들 절대 기회 주지 않아.

쿡 선장 생각해. "이것 더 이상 흑인 고장 아니야. 나 친구에게 속해." 그가 말했어. "내 장소 놓을 거야. 나 어디든 놓을 수 있어." 바로 여기 지금 그는 빅 잉글랜드에서 많은 책 가져왔어. 그들 쿡 선장 위해 잉글랜드에서 그 책 가져왔어. 그것이 그의 율법이야. 책은 쿡 선장에게 속해. 그 말은, 모든 것 쿡 선장에게 속해.

노인들 빅 잉글랜드에서 오는 백인들 정말 무서워해. 그들 정말 정말 슬프고 불쌍했어. 누구든 아픈 사람, 배 아프거나 머리 아픈 사람, 쿡 선장 명령해. "그에게 약 주지 마. 그에게 약 주지 마. 그들 아픈 노인들 데려오면, 그들 먼저 죽여. 그들 일하러 오면, 맞아, 일 시켜도 돼. 하지만 돈 주지 마. 공짜로 일하게 해. 누구든 애들 오면, 목부 시켜서 죽여. 우리 그들 계속 데리고 있을 거야, 놓아주지 마. 누구든 아픈 사람 오면, 어린애, 그런 것 뭐든, 장님, 그에게 약 주지 마. 마른 도랑에 데려가서 죽여."

수지 셔틀이 찰리의 작은 손을 어루만지며 귓속말했다. "그러고 나서 — 그녀가 말했다.(그리고 닥터 배터리의 손자가 받아 적었다.) — 여자들, 여자들 아기 조금 가졌어, 그 아기 키우게 두지 마. 그 아기 그냥 죽여."

찰리는 이제 몸을 떨고 있었다. 역사의 잔재가 그 애의 앙상한 몸이 감당하기에는 버겁다는 것을 누구나 알 수 있었다. 찰리가 울기 시작하고 수지 셔틀과 올리버 에뮤가 함께 울자

반 전체가 아주 고요해졌다. 나는 내가 저지른 짓에 겁먹었으면서도 동시에 가슴이 먹먹하고 화가 났다. 그래서 내가 할 수 있는 일은 다하겠다고, 지금 시작해서 얼마나 오래 걸리건 간에 이 전설을 벽에 다 쓸 때까지 멈추지 않겠다고 그들에게 약속했다.

그때는 크리켓 카터에 대해서도, 웨스턴오스트레일리아주 교육부에 대해서도 생각하고 있지 않았고 나 자신의 분노에 대해서밖에 생각하고 있지 않았다. 그래서, 독선에 눈멀어서, 내가 예전에 그 벽에 쿡 선장 1770이라고 썼고 그것이 지뢰처럼 흰 칠 밑에 숨어 있다는 사실을 까맣게 잊었다.

16

서배스천 래스키

희귀본, 지도, 초기 필사본 감정사.

빅토리아주 박스힐 글렌헤이븐코트 26, 전화: BW-9628.

사랑하는 윌리윌리에게, 피와 황토 물감으로 뒤덮인《오세
아니아》라고? 그것참 놀랄 노 자로구나. 우리 컬렉션 매니저라
면 그 '신성한 물건'에 장갑 낀 손을 대기 위해 무슨 짓까지 할
까? 그것이 지금은 그의 손이 닿지 않는 (그리고 아마 네 손도
닿지 않는) 곳으로 갔으리라고 추측한다만. 너는 말썽거리를
찾아내는 데 놀라운 소질이 있구나. 이 "말썽거리"는 애덜리나
나 네 아들을 생각하고 쓴 게 아니라 — 물론 나는 한시도 그
두 사람을 생각하지 않을 때가 없다만 — 얼마 전 네 배커스
마시 집주인을 방문했을 때를 생각하고 쓴 거란다. 우리가 찾
아갔을 때 그는 네 연체료 때문에 공황 상태에 빠져 있었어.
이미 네 집을 '공실'로 광고까지 내서 도러티아와 내가 네 장
서를 치우려고 도착하자 좋아서 어쩔 줄을 모르더구나. 그는

(집주인치고는) 꽤 괜찮은 친구 같았지만 자신이 우리에게 수고비를 지불하지 않을 거라는 사실을 두 번이나 상기시킬 필요가 있다고 생각하더라. 동시에 그는 내가 네 물건과 세간살이를 가져가도 된다고 허락할 법적 권리가 자신에게 없음을 강조했는데, 문득 우리가 집 보러 온 손님이라 알아서 주택 검사를 하게끔 자기는 책상에 열쇠를 놓고 나간 걸로 하는 것으로 영리하게 이 문제를 해결했어. 이 말을 하고 나서 그는 주택 검사를 허가함이라고 타자기로 치고 서명을 했고 아마 절도 의도를 가진 것으로 간주된 우리는 언덕 위의 러더더그가로 올라갔지.

그는 네 부엌의 상태에 대해 우리에게 적절한 경고를 했는데 (도러티아에게는 아니었는지 모르겠지만) 내가 볼 때는 너 같은 상황에 처한 무법자에게나 기대할 법한 것이었단다. 어쨌거나 우리는 애서가이지 청소부가 아니고 우리가 거기에 간 이유는 네 장서 때문이었으니 말이다.

이 목적을 위해 우리는 그것을 너에게서 물려받을 꼬마 닐을 함께 데려갔어. 도러티아는 심리학적으로 잘못된 발상이라고 말했지만 애딜리나가 우리의 계획을 꼬맹이에게 말한 후로 그 애는 자기 아버지인 너와 네가 살았던 곳, 그리고 자기 선택에 따라 소장하거나 팔게 될 책에 대한 이야기만 했단다. 나는 이게 정상이라고 생각했지만 도러티아는 특이하다고 생각하더구나.

그 애는 겨우 여섯 살이지만 사우스멜버른 시장에 있는 자기 엄마의 탁자에서 일요일을 보낼 때가 많은 탓에 장사에는

삼거리   467

아주 능숙하단다. 네 아내는, 너도 알아야 한다고 생각한다만, 보기 드문 안목을 가지고 있어서 우리가 방문할 때마다 그 어수선한 탁자에서 항상 보물이 탄생하곤 했지. 우리가 그 탁자를 산 이유는 절대 동정심이 아니라 ― 애덜리나는 틀림없이 그렇다고 생각하지만 ― 그런 아르 누보 양식의 작품이 어쩌다 이렇게 유럽에서 멀리 떨어진 곳까지 오게 되었나 하는 놀라움이었단다. 어쨌든 네 책들이 곧 그 탁자로 향할 것이고 거기서 유용하게 쓰일 거라는 사실에는 의심의 여지가 없다.

꼬맹이는 자기가 물려받을 것에 대한 생각에 집주인의 눅눅한 사무실에서도 세상 환한 얼굴로 안절부절못했는데, 집주인으로 말하자면 아이에게서 눈을 떼지 못했어. 흑인 아이는 난생처음 본다고 소토 보체[174] 내게 말하더구나.

도러티아는 격분했지만 마지막까지 평정을 유지했단다. 닐바로 옆에 서서 그 애의 작고 평평한 어깨에 손을 얹고는 엄청나게 인종 차별적인 일이 곧 일어날 거라고 상상하고 있었던 게 틀림없지만 그런 일은 일어나지 않았지. 네 집에 들어가고 난 후에는 꼭 크리스마스 날 아침 같았단다. 그 애의 영리한 질문, 예를 들면 서류철에 대한 질문을 듣는 게 얼마나 재밌었는지 몰라.

난 의아했어. 어떻게 아들이 먼지 쌓인 책을 통해서 자기 아빠를 사랑할 수 있을까? 하지만 그 애는 그럴 수 있더구나. 또 닐은 이상하게 자기 유산의 가치에 관심이 많아서 내가 책

---

174) 이탈리아어로 '낮은 소리로'.

을 가지고 세인트킬다에 돌아갈 때까지 가격 추정 전면 금지를 선언해야만 했단다.

한편 도러티아는 계속 내가 힘쓰는 일을 못 하게 막았어. 책 한 상자 나른다고 두 번째 뇌졸중을 일으키기라도 할 것처럼 말이야. 터무니없는 생각이지. 물론 '나'라는 기계가 전보다 효과가 떨어진다는 사실은 인정해야겠지만.

그렇게 한창 일하던 도중에 말썽거리를 찾아내는 네 능력에 대해 생각할 새로운 이유가 생겼어. 당돌한 작은 동물이 우리를 습격했기 때문이었지. 스퀘어 댄스[175] 스커트 차림이었음에도 결코 매력 없다고 할 수 없는 그 인물은 옆집 부인이었는데 우리가 도대체 뭐 하는 인간들인지 해명을 요구했어.

우리가 네 고용인이라고 하자 그녀는 사실상 우리를 거짓말쟁이라고 불렀고, 증거를 요구했지만 물론 우리는 증거를 제시할 수 없었지.

네가 배커스마시로 돌아오는 중이라고, 그녀는 기독교인처럼 열렬히 주장했어.

우리가 갖고 있는 정보는 굉장히 다르다고 내가 말했을 때 바들바들 떠는 그녀의 모습에서, 네가 그녀와 친밀한 관계라는 사실이 민망할 정도로 명백해졌지. 도러티아가 내 발목을 걸어챘지만 내 말이 진실이라고 주장하는 것 외에 내가 뭘 할 수 있었겠니. 결국 네 이웃은 괴로워하며 떠났고 우리가 할 일은 작은 밴을 책으로 채우는 것뿐이었단다. 일을 다 마친 뒤

---

175) 네 쌍의 남녀 커플이 사각형 대형으로 서서 추는 춤.

에 나는 경찰이 오면 자초지종을 설명하려고 길에 서서 기다
렸지.

그런데 경찰 대신 옆집 부인이 빨개진 눈과 회한에 찬 얼굴
을 하고 돌아와서 찻주전자와 찻잔과 우유와 비스킷이 담긴
쟁반을 앞 베란다에 내려놨어. 바로 그때 닐이 그녀를 봤는데
두 사람은 멜버른에서 만난 적이 있는 듯했지. 그녀는 렉텍스
드라이버였고 너는, 맙소사, 내비게이터였더구나.

우리가 아는 너는 운전조차 할 줄 몰랐기 때문에 이 새로
운 면모에 우리는 화들짝 놀랐단다. 그리고 더욱더 놀란 까닭
은 당돌한 부인이 닐과 애덜리나와 고결한 매디슨과도 안면이
있는 사이라는 사실 때문이었지. 그런 사정을 모두 알고 나니
그녀가 갈망하는 것을 줘도 문제가 없겠다는 생각이 들더라.
쿰비 다운스의 네 주소 말이야.

지금 내 발목은 파랗게 멍 들었고 아내는 나를 늙은 바보
라고 부르지만 네 숭배자가 너희 집 대문을 두드리러 갈 거라
는 생각은 들지 않는다.

너를 엄청나게 걱정하는 도러티아가 너에게 찌푸린 표정의
사랑을 보낸다고 하는구나. 내가 재채기를 유발하는 네 집에
서 《오세아니아》 몇 권을 구조했는데 네가 새로운 취미에 빠
져 있는 듯하니 네게 보내 주마. 그리고 A. B. 패터슨의 재미
있는 시 일부를 첨부한다. 우리가 너를 정말 그리워한다는 걸
이 시가 나보다 더 잘 말해 줄 거야.

그에게 편지를 썼으나 그가 어디 있는지 알지 못하기에

수년 전 라클런강(江)을 따라가다 그를 만났던 곳으로 보냈다.

내가 그를 알던 시절 그는 양털 깎이였으므로 편지를 보낼 때,

요행을 바라며, 수신인을 다음과 같이 "범람원의 클랜시에게"라고 적었다.

그리고 예상 외의 답장이 도착했다.

(그리고 그 편지는 엄지손톱을 타르에 찍어서 썼다고 생각한다)

편지를 쓴 사람은 양털 깎이 동료였는데 그 내용을 문자 그대로 인용하겠다.

"클랜시는 양을 몰고 퀸즐랜드주로 갔고 우리는 그가 어디 있는지 모른다."[176]

서배스천.

---

176) 「범람원의 클랜시」의 첫 부분. 클랜시는 앞서 나왔던 「스노이강에서 온 남자」의 주인공이기도 하다.

17

배커스마시에서는 밤이 무더워지고 소방대는 바빠졌다. 크리스마스가 코앞이라 코트하우스 호텔의 베란다 기둥에는 소나무 묘목들이 묶여 있었다. 코트하우스 호텔이 저렴한 런치 메뉴(티본스테이크 5실링)를 내놓은 덕에 티치와 그의 '동료들'을 위해 요리하지 않아도 돼서 기뻤다. 티치가 '연방 타이어 할인점'을 사들인다는 계획을 생각해 낸 곳이 아마 여기였을 것이다.

이 거래에서는 새커, 그린, 던스턴과 우리 인생에 내려앉은 모든 검정파리의 악취가 풍겼다. 티치는 혼자 내버려두면 프랜차이즈 딜러가 되는 것으로 만족할 사람이었기 때문이다.

카르텔은 레덱스 도박에서 큰돈을 벌었다. 실제로 딴 금액은 맥주나 달[月]이나 오션그로브의 조수에 따라 올라가기도

하고 내려가기도 했지만 말이다. 이지 그린이 내 손등을 토닥이면서 내가 과민한 작은 생쥐라고 말했다.

그 후로 나는 입 닥치고 배커스마시 대리점이 이 모든 명성과 행운이 지나간 뒤에도 살아남을 수 있게끔 최선을 다했다. 전시장에 나 외에는 아무도 없는 날도 많았다. 물론 손님들은 대리점에 여자가 있을 거라고 기대하지 않았다. 때로는 나를 아예 보지 못하기도 했다. 그들이 세일즈맨을 찾아서 내가 나라고 말하면 그들은 귀머거리가 될 때가 많았다. 관계자 모두에게 힘든 상황이었지만 나는 멋진 미소를 가진 데다 치마를 입기 시작했고 그들의 손에 차 한 잔만 들려 줄 수 있다면 그 시간 동안 내가 이 일에 빠삭하다는 것을 보여 줄 수 있었다. 나는 절대 반박하거나 따지지 않았다. 내가 레덱스 테스트의 공동 우승자인 봅스 부인이라는 말도 하지 않았다. 열 번 중 아홉 번은 "차를 마신 뒤에 사모님 의견도 물어볼 수 있게끔" 자동차를 몰고 유망 고객의 집에 가곤 했다. 때로는 그 집이 벌렁거룩의 감자 농장에 있을 때도 있었고 그러면 그 집 아이들도 한 바퀴 태워 줬다. 나는 티치는 아니지만 전문가였다. 남편이 너그럽게 그렇게 말했고 나는 이 칭찬이 좋았다. 또 전보다 바빠진 것도 좋았다. 인생의 새로운 과제가 실망스러운 일로부터 주의를 돌리게 해 줬기 때문이다. 나는 서른 살이 다 됐고 물론 신혼 생활은 끝나 있었다. 아아, 내가 더 유능해질수록 남편은 더 자유롭게 밖으로 나돌아 다녔다.

인생이 동화 같을 거라고 생각한 적은 한 번도 없었다. 기둥에 묶인 소나무 묘목은 시들고 바늘잎은 떨어졌다. 카르텔은 멜버른 교외에 직영점이 다섯 개 있는 타이어 판매 체인을 사들이기 위해 비상장 유한 회사를 설립했다. 융자금은 "자체 조달" 했다고 그런 씨가 말했다. 그게 무슨 뜻인지는 모르겠지만. 얼마 전 플레밍턴 경마장에서 라이징 패스트가 우승하지 못해서 그가 큰돈을 벌긴 했지만 납득이 가지 않았다. 나는 올 기미가 보이지 않는 그들의 실패를 기다리고 있었다.

하지만 결국엔, 알 게 뭐람.

나는 티치가 오스트레일리아 국립 은행에서 창구원으로 일했던 '사무장'을 고용하게 놔뒀다. 일주일 후 그는 새 직원이 쓸모없다고 결론지었지만 여전히 그를 사무실에 놔두고 자기는 포트필립만에 쾌속정 경주를 하러 가도 된다고 생각했다. 자칭 '사업 관련'이라는 이 경주는 잭 머리와 잭 데이비 같은 레덱스 참가자들로 가득했다.

내가 왜 불평하겠는가?

봅스 타이어스는 「디지의 라디오 퀴즈 쇼」와 같은 방송국인 3UZ에서 30초짜리 광고를 했다. "티치 봅스가 몰래 준비한 것이 있습니다." 바비큐 파티에서 인기를 끄는 데 귀에 착착 붙는 광고 카피만 한 것은 없는 듯하다. 그는 밤마다 마술 연습을 했는데 실제 외모가 아버지를 닮진 않았지만 공연할 때 흥분한 모습은 눈을 번득이고 가지런한 치열을 보이며 웃는 것이 꼭 자기 아버지 같았다.

어느 토요일 아침 내가 전시장에서 거의 확실시되는 계약을 따기 위해 여유롭게 상담하고 있는데 이디스가 "이상사태"[177]라는 것 때문에 전화를 했다.

"나중에 얘기하면 안 되니?"

"엄마한테 달렸어." 그 애가 말했다. "그 사람들이 밴에 물건을 싣고 있어."

유망 고객은 화가 났고, 나중에 들은 바로는, 그 길로 밸러랫에 가서 포드를 현찰로 샀다고 한다. 어쨌든 내가 그 즉시 집으로 가 보니 진입로에 로니가 제 누나 대신 앉아 있었다. 그 애는 용감하게 도둑들을 대면하러 나와 함께 갔다. 그 도둑들, 명백한 발트 한 쌍은 그야말로 야만인 같은 무리였다. 남자는 얼굴에 흉하게 베인 흉터가 있고 몸이 한쪽으로 틀어져 있었다. 그의 아내는 투어(鬪魚)처럼 작고 사나웠다.

"여기는 사유 주택이에요."라고 내가 말했다. 다른 건 별로 기억나지 않지만 당연히 동요했다. 그들의 헛소리를 들으면 들을수록 기분이 점점 더 나빠졌는데 이런 나를 앞 베란다에서 끌고 나와 집으로 도로 데려간 것은 우리 사랑스러운 로니였다. 이디스는 발트들을 위해 차를 끓이기엔 친구와 통화하느라 바빴다.

"재니스야." 그 애가 속삭였다. 그 말은 통화 상대가 새 절친인 재니스 콕스라는 뜻이었다.

다시 옆집 베란다에 가 보니 뜻밖에 그 흑인 아이가 거기 있었다. 내가 그때 뭐라고 말했더라?

"저는 닐이에요." 그 애가 저번에 그랬던 것처럼 한 손을 내밀었다.

---

177) 비상사태.

"나를 기억하니?"

"네."

발트들은 그 애 아빠의 책을 가지러 왔다고 말했다. 나는 멀쩡한 여자인 양 그들과 대화했다. 그들에게 차를 따라 줬는데 우유가 응고돼서 당황했다. 그들은 못 본 척했지만 알고 있었다. 로니가 닐에게 투톤 캐딜락 본 적 있냐고 물었는데 닐이 본 적 없다고 대답하자 둘이 우리 집에 갔다가 반질반질한 미국 카탈로그를 가지고 돌아왔다. 원래 던스턴이 준 물건이었다.

로니가 원래 거칠고 소란스러운 면이 있고 태어나서 한 번도 흑인 아이를 본 적이 없는데도 그 애가 손님한테 집중하는 것을 보자 기뻤다.

틀림없이 이때 내가 아이디어를 떠올렸을 것이다. 그러니까 친절이 내 고통을 덜어 주는 것을 느꼈을 때, 애들이 벽에 등을 기댄 채로 먼지투성이 복도 바닥에 앉아서 반들반들한 캐딜락을 어루만지는 것을 보았을 때, 닐에게 주말을 우리 집에서 보내지 않겠냐고 제안해도 괜찮겠다는 생각을 떠올린 것이다.

티치가 나중에 말한 것처럼 무턱대고 뛰어들진 않았다. 확실히 발트들의 의견을 묻지 않긴 했지만 그 두 아이가 서로 친구가 되기 위해 태어났다는 것은 누가 봐도 알 수 있었다. 나는 모사꾼도 아니고 참견쟁이도 아니었다. 오히려 그 반대였다. 로니의 감정을 먼저 확인한 뒤에 이디스도 확인했다. 그 단계에서는 이디스도 완벽하게 고분고분했다. 불평이 시작된 것은 첫 주말 이후부터였다.

그 애는 내가 창피하다고 했다. "걔한테 웃으면서 알랑대는 거. 그만 좀 할 수 없어, 엄마?"

누구 들어 본 사람 있나? 남자애를 질투하는 여자애라니. 하지만 이디스는 크든 작든 내가 보이는 모든 친절에 분개했다. 감히 그 애의 작은 머리를 토닥였다고, 멜버른까지 가서 그 애를 데려오고 나중에는 집까지 태워다 줬다고 격분했다. "엄마의 애완 원숭이."라는 말에 내가 뺨을 때렸더니 며칠 동안 말을 섞으려 들지 않았다. 제 아빠가 돌아온 뒤에야 다시 인류에 합류하여 아빠 무릎에 앉아서 간지럼 태우기 놀이를 했다. 너는 아빠가 있다는 게 행운인 줄 알아, 내가 말했다. 이것도 엄청난 분노의 원인이었지만 애덜리나가 우리에게 닐 박후버 — 나는 그 애를 이렇게 인식했다. — 를 빌려주는 주말을 내가 고대했다는 말은 꼭 해야겠다. 물론 애덜리나에게는 한숨 돌릴 기회였다. 진짜 남편이 아닌 남편과 살면서 일주일에 엿새를 근무하고 일요일에는 장식품을 팔았기 때문이다.

솔직히 나는 아이의 피부색에 대해 한 번도 생각하지 않았다. 물론 처음 만났을 때는 충격이었지만 그때도 흑인에다 계집애 같고, 좋은 냄새가 나고, 너무 부드럽고 건조한 손을 가진 그 애의 대리 아빠가 더 불편했다.

하지만 가을이 되면서 두 아이를 데리고 멜버른에 자주 가기 시작하자 세간의 의견을 느끼지 않을 수 없었다. 예를 들어 택시 뒷좌석에 앉아 있으면 운전사가 나를 빤히 쳐다보면서 머릿속으로 더러운 생각을 하고 내가 무슨 부도덕한 짓을 하고 다녔나 상상하는 것이 느껴졌다. 어디서 왔냐, 애들이 몇 살이냐, 어느 학교 다니냐는 질문을 몇 번이나 받았는지 모른다.

로니는 시끄럽고 활기찼고 닐은 조심스럽고 꼼꼼했지만 그 아이들은 계속해서 서로를 즐겁게 했다. 윌리가 자신의 금박 찍힌 외서를 아이들이 훑어보는 모습을 볼 기회가 없었다는 게 어찌나 아쉽던지. 하지만 내가 그 사진을 찍었을 때는 이 중 어느 것도 머릿속에 없었다. 어차피 이스트먼코닥사의 브라우니 카메라로 찍은 다른 100만 장의 사진처럼 그리 잘 나온 사진도 아니었다. 수영복 차림의 두 소년, 그들 뒤의 뾰족한 회색 울타리 말뚝, 서로 어깨동무한 팔, 햇빛이 눈부셔 찡그린 눈. 그렇다, 한 명은 흑인이고 한 명은 백인이었지만 내가 코닥 봉투를 찾으러 약국에 갔을 때는 아무도 그 사실을 언급하지 않았다. 그들이 사진을 인화할 때 모든 걸 훑어본다는 사실은 잘 알려져 있는데도 말이다. 어쨌거나 그들이 무슨 나쁜 일을 상상할 수 있었겠는가? 내가 '뭔가 꺼림칙한 일에 가담했다'고. 그런데 꺼림칙한 거 뭐? 대체 뭐 말인가?

나는 그 사진을 봉투에 넣고 수신인에 닐의 아빠를 적었다. 그도 권리가 있었다. 나는 그에게 아무것도 요구하지 않았다. 그 아들과 혈연관계도 아니었으니까. 외로운 남자한테 위안을 제공하는 것이 어디가 그렇게 이상한지 부디 내게 말해 주겠는가?

18

얼마 전까지만 해도 나는 그것을, 우기를 기다렸었다. 그런
데 절절 끓는 아침과 돌이 달궈지는 오후를 매일 겪고서도 여
전히 그것의 밀도, 규모, 지붕의 아우성, 모든 거리감의 상실,
나를 죽일 듯이 폐에서 공기 빨아내기에는 마음의 준비가 되
어 있지 않았다. 이 비는 피와 온도가 같았고 나무줄기는 하
도 씻겨 내려서 광이 났다. 또 빌라봉이 난데없이 캠프 바로
옆에 나타나는가 하면 트럼본 같은 개구리 울음소리, 첨벙거
리는 소리, 웃음소리가 생겨났다. 우리 다문화 학생들은 비를
피하거나 물에 뛰어들거나 부러진 나뭇가지로 이를 닦고는 깨
끗하고 반짝이는 모습으로 자기 자리에 와서 앉았다. 크로싱
다리는 위험하다는 소문이 들렸다. 내 침실 창문에서는 소용
돌이치는 똥색 물 속에 목걸이처럼 점점이 이어진 섬들이 보

였다. 나는 톰 테일러와 그의 방주를 생각했다.

희한하게 바로 이 시기에 가족들이 각자 자기 고장에 돌아가서 여러 가지 의식을 비롯한 율법 관련 일을 하려고 캠프를 떠나기 시작했다. 올리버 에뮤는 아무 데도 가지 않아도 됐다. 여기가 그의 고장이었기 때문이다. 그는 곧 성인식을 앞두고 있었는데 날짜가 흐를수록 그의 불안과 흥분이 말없이 커져가는 것이 보였다. 그러던 어느 날 갑자기 그의 책상이 비어 있었고 그가 선교사들에게 도망쳤다는 이야기를 들었다. 그들은 그를 이 "야만적인 풍습"으로부터 보호하기 위해 받아 주었다고 했다. 꼭 그 여자애들 같구나, 그의 할아버지가 말했다. 그 애들도 늙은 남편에게서 벗어나기 위해 똑같은 짓을 했지. 다 망가졌어, 닥터 배터리가 슬픔에 잠겨 말했다. 그가 올리버를 찾으면 아이는 은신처를 얻게 될 것이었다.

교실 안은 건조했지만 나는 때때로 꿈속에서 석회암 벽 속을 흐르는 물 소리를 들었다. 물론 내 교실이 있는 동굴은 물에 의해 만들어졌는데 침식이 아니라 탄산의 작용, 즉 이산화탄소와 결합한 물에 의해 만들어졌다. *왕이 앞서 나갑니다.* 이 모든 느린 소개(疏開)가 단순히 쿡 선장이 왔기 때문에 끝난 것은 아니라는 생각이 들었다. 동굴은 지금도 계속 만들어지고 있었고 킴벌리 전체가 벌집 같았다. 이런 동굴들 중 하나에 — 나는 생각했다. — 펑카 왈라의 비밀 방주와 모든 보물이 숨겨져 있을 것이었다. 위대한 '영능력자' — 비둘기 또는 잔다마라 또는 검은 네드 켈리[178]로 알려진 — 가 킴벌리 경찰을 공격하기 전에 몸을 숨겼던 곳도 이런 동굴이었다.

잔다마라는 '손가락 말'을 할 줄 알아서 백인 경찰을 미행할 때 그것으로 부하들에게 소리 없이 말했다. '손가락 말'과 '막대기 말'에 대해 알게 된 나는 빌라봉에 물이 차오르는 동안, 한때 돌 많은 마른 도랑이었던 곳으로 냇물이 쏟아져 내려오는 동안 아이들에게 막대기 말로 그림을 그려 보라고 격려했다. 학생들은 남녀 가릴 것 없이 모두가 동물과 파충류의 흔적을 흉내 낼 줄 알았다. 나는 그들에게 손가락을 잉크에 담았다가 종이에 찍으라고 한 다음에 그들이 그림을 망치기 전에 얼른 종이를 치웠다. 그리고 각 아이가 '제일 잘 그린' 그림을 내가 직접 석회암 벽에 옮겨 그렸다.

"공중화장실 같네요." 교실 벽에 있는 그림들을 보고 카터가 말했다. 거기에는 마치 영국 도자기의 버들 무늬 같은 멋진 파란색과 흰색의 그림, 내가 한 줄 한 줄 받아 적은 쿡 선장의 전설, 지상에서 하늘까지 이어진 기둥, 그뿐 아니라 한때 불도저로 밀어서 만든 백인들의 고속 도로가 있었던 깨끗하고 하얀 공간을 가로질러 수평으로 뻗어 나간 조상들의 추적 경로를 그린 지도들도 있었다. "이걸 본 개릿의 표정이 기대되네요." 관리인이 말했다. "아마 기겁할걸요."

그는 평소와 다름없이 불쾌했지만 오늘은 또 다른 뭔가가 황금빛 부리가 달린 그의 얼굴을 환하게 밝혔다. 마치 못된 장난을 생각해 낸 말썽꾸러기가 기뻐하는 표정 같았다. 그는

---

178) 네드 켈리는 강도, 살인 등을 저지른 호주의 악명 높은 백인 범죄자이지만 식민 정부에 대항한 민중의 영웅으로 보는 시각도 있다.

여전히 나를 비실이, 토인 성애자, 튀기 아니면 호모로 여겼으나 내가 아직 미치거나 분통을 터뜨리지 않았다는 점에 감명받았다. 그래서 마치 내가 아직 클라이맥스에 다다르지 않은 훌륭한 이야기인 것처럼 나를 지켜보며 기다렸다. 내가 이렇게 오랫동안 자신의 관심을 끌었다는 사실을 믿을 수 없었다.

물론 개릿이 돌아올 때쯤 나는 이곳에 없겠지만 인간을 교육하는 장소가 교회보다 즐거울 수 있다는 사실을 장학사가 마침내 납득했을 때 그 타협적이면서도 거칠고 까무잡잡한 얼굴이 어떻게 변할지 나도 보고 싶긴 했다. 먼지 쌓인 동굴 학교는 사라지고 그 자리에…… 뭐? 뭐 같다고? 오스만 제국을 피해 숨은 보스니아 기독교도들이 만든 옛 예배당?

폭우가 계속되면서 닥터 배터리는 내 선생님으로 남았다. 그는 내가 진짜 흑인이 되기에 아직 늦지 않았다고 말하길 절대 멈추지 않았다. 그리고 내가 그의 아들이었기 때문에, 우리 부족의 허가를 받은 뒤부터는 나를 비밀 장로회에 데려가곤 했다. 또 험피 안에서 빈 술병들 사이에 쪼그려 앉아 있을 때는, 예를 들면, 하늘을 나는 여우가 앨처링가에 나오는 무지개뱀의 동료라고 가르쳤다. "뱀들이 날으는 여우 냄새 맡으면 때가 된 거 알아. 그는 젊은 친구야, 그 늙은 뱀. 그는 까불어, 윌리. 지금은 많이 바빠, 머리를 물 밖에 내밀고 있느라."

험피 안에서 오텀 브라운 셰리[179]와 하늘을 나는 여우의 머스크 냄새로부터 벗어날 방법은 없었다. 나는 마음의 눈으

---

179) 셰리의 한 종류. 더 오래 숙성해서 색과 향이 짙고 맛도 더 달다.

로 무지개 뱀을 볼 수 있었는데 그것이 갑자기 입을 확 벌리면서 번개와 침을 쐈다.

"그의 침 속에서 올챙이 헤엄쳐." 닥터 배터리가 말했다. 그는 옛 율법을 전하고 있거나, 나를 놀리고 있거나, 그 두 가지를 동시에 하고 있었다.

그 침이 비야, 그가 말했다. 이제 번개 부족이 완전히 깨어났다. "봐라, 레덱스 아저씨야. 번개 여자들이 번개를 더욱더 번쩍여. 지금 그들 봐. 구름 속으로 올라가. 애벌레와 개구리 그들이 비의 우두머리. 그들 더, 더 무지개에 노래해. 아래로 내려와, 비가. 물 어둡고 탁해." 그리고 너는 멍청한 놈이라고 그가 덧붙이더니, 나는 자칫 말려들어서 빠져 죽을 수 있으므로 소용돌이로부터 떨어져 있는 편이 낫다고 말했다. 너무 많은 사람이 떠나고 없으니 캠프가 우울했다.

카터가 여분의 맥주를 냉장고에 넣어 두려고 내 숙소에 왔다. 나는 정말 지나가는 말처럼 ─ 왜냐하면 그것이 그에게 가장 잘 맞는 스타일이었기 때문에 ─ 홍수를 피해서 먼 고장까지 가려면 힘든데 왜 사람들이 1년 중 이때에 휴가를 가냐고 물었다. 확실히 우기에는 아이들이 실내인 학교에 있는 편이 나았다. 건기가 휴가를 가기에는 더 좋을 터였다.

"얼간이 같은 소리 하지 마요." 그가 말했다. "우리는 그들의 편의를 위해 이 사업을 운영하는 게 아니에요."

내가 얼간이구나, 나는 생각했다. 전부 빌어먹을 목축 회사를 위한 것이었다. 지금은 농장 일이 거의 없어서 그들이 소중한 휴가를 쓸 수 있었다. 농장이 일꾼들에게 홍차, 설탕, 소고기, 바구미 밀가루를 주는 비용을 부담하고 있었으므로 휴가는 농장 입장에서도 약간의 비용 절감일 것이 틀림없었다. 그런데 우기가 시작되자 내 친척들은 농장 옷을 가게의 애니에게 반납했다. 그녀는 모든 남녀에게 전표를 써 준 다음 그들이 돌아오면 옷을 찾아갈 수 있도록 브록호프 비스킷 통에 넣어 뒀다. 독수리가 나를 집어 가지 않았다면 내가 이렇게 살았을 수도 있어, 나는 생각했다. 그들의 드러난 몸이 보여 주는 적나라한 진실 — 키 큰, 마르거나 뚱뚱한, 어린아이, 남자와 여자, 쭈글쭈글한, 사람 얼굴만큼이나 뚜렷한, 반박할 수 없는 충격적 사실과 특징 — 은 내게 공포를 불러일으켰다.

캠프 주민 대다수가 떠나자 목부들이 돌아왔다. 옥부라고 그들은 불렀다. 마지막으로 도착한 팀은 폭우가 시작됐을 때 캠프에서 500킬로미터 떨어진 곳에 있었는데 비를 뚫고 오느라 느리고 축축한 여행을 했다. 셔츠와 바지가 흠뻑 젖고, 말들은 수렁에 빠져 허우적거렸다. 물이 불어난 개천의 수원지를 우회하느라 며칠이 지체되었다. 소금에 절인 소고기는 시큼해졌다. 하루의 끝에는 칙칙 소리가 나는 모닥불 주위에 쪼그려 앉아 조니케이크[180]가 젖지 않도록 프라이팬 위로 모자를 들고 있었다.

지금 카터 부인과 아이들은 1년 열두 달이 지나도 검은 얼굴을 볼 일이 없는, 남쪽으로 한참 떨어진 커랭거마이트의 건

---

180) 밀가루와 물만으로 반죽해 야외에서 구워 먹는 납작한 빵. 팽창제는 넣을 수도, 안 넣을 수도 있다.

조하고 뜨거운 평원에 있었다. 그래서 카터가 백인 목부들을 초대한 크리스마스 술잔치 때, 내 냉장고는 금세 비워질 것이고 그들을 말릴 사람도 없을 것이었다.

나는 일이 어떻게 돌아갈지 알면서도 참석할 수밖에 없었다. 우선 나는 일찍, 모두가 맨정신일 때 도착할 것이다. 이 단계에서는 나를 그런대로 괜찮다고, 때로는 재미있다고, 심지어 존경스럽다고까지 생각하겠지만 내 직업은 시간 낭비로 간주하여 머지않아 누군가가 내게 이 말을 꼭 해야겠다고 느낄 것이다. 기분 나빠하지 말고 들어요. 또한 내가 술을 마시지 않는다는 점이 주목받아서 직접 금주가가 아니라고 밝혀야 할 필요가 있을 것이다. "한번 맛본 적도 없나요?" 그들은 알고 싶어 할 것이다.

내가 큄비 다운스의 인종을 일반화하는 것은 부당한 일이겠지만 이 농장의 모든 백인 남자 모임에는 늘 병적인 또는 정신병적인 성향을 가진 일정 수가 있었고 그들이 분위기를 주도하는 듯했다. 그들에게 대놓고 반대할 배짱이 내게 있었다면 상황이 달라졌을 수도 있다. 설득력 없는 변명일진 모르지만 나의 은밀한 생각을 카터가 언젠가 폭로하리라는 것은 알고 있었고 결국 그는 크리스마스 술잔치 때 사찰단을 동굴에 데려감으로써 그 일을 가장 효과적으로 해냈다. 그러니까 그가 내게 목소리를 내라고 강요한 거나 다름없다. 원래는 벽에 쓰인 글이 손님들에게 불러일으킨 충격에 내가 기뻐했어야 했지만 쿡 선장의 전설을 향한 노골적인 적대감에 당황해서 그러지 못했다.

나의 퇴장에 동반된 침묵이 너무 위협적이라 숙소로 돌아와서 문을 잠갔다.

그러나 곧 내 냉장고에 있는 맥주를 달라는 요청이 오면 문을 열 수밖에 없었으므로 식탁에 앉아서 바보 같은 오페라 책을 읽으려 애썼다. '큰 집' 베란다에서 총성이 들렸을 때는 날 향한 것이라 생각지 않았지만, 주차해 둔 내 차에 돌이 떨어졌을 때는 펄쩍 뛰어올랐다. 그다음에는 머리 위에서 쾅 하는 강력한 소리가 났다. 벽돌이라고 생각했지만 뭐든 가능했다. 잠시 후에 문 두드리는 소리가 났는데 너무 힘없고 긁는 듯한 소리라 팔 털이 다 곤두섰다. 나는 환한 등유 램프를 끄고 손전등을 집어 들었다. 자물쇠를 소리 안 나게 열 수는 없었기 때문에 문을 힘껏 열어젖혀서 벽에 쾅 부딪히게 했다. 내 손전등 불빛이 비춘 것은 수지 셔틀이었다. 한밤중인데 깨끗한 학교 옷 차림이었다. 나는 생각했다. 학교에 다녀왔구나, 제일 좋은 옷을 입었구나. 그녀의 이마에 수심이 가득했다.

"그들은 의사가 필요해요." 그녀가 말했다.

손전등을 돌려 보니 아기를 안은 젊은 부부가 있었는데 아기의 왼쪽 눈은 감겼고 고름이 나오고 있었다. 그리고 감염 때문에 얼굴 한쪽이 뜨겁고 부어 있었다.

수지는 그녀의 가족을 사냥에 데려가느라 내가 숨겨 두었던 휘발유를 이미 썼음을 알지 못했다. 또 내가 이 날씨에 차를 몰고 나갔다가 급류에 휩쓸려서 익사할까 봐 무섭다는 것도 알지 못했다.

"이 아기는 죽을 거예요." 그녀가 선언했다.

나는 말 없는 손님들을 식탁으로 안내했고 그들에게 앉으라고 명령해야 했다. 그리고 수지에게 차를 끓이라고 시킨 뒤에 빈 휘발유 플래건을 들고 물웅덩이 사이를 지나갔다. 물론 플래건 하나 가지고는 아무 데도 못 간다는 걸 알고 있었지만 다들 행복하게 크리스마스를 축하하는 중이었으므로 내 임무의 목적도 달성할 수 있길 바랐다. 사람들이 나에 대해 쑥덕거렸다. 그 내용을 여기서 되풀이할 필요는 없을 것이다. 나는 카터가 주먹치기 대결[181]에서 이미 손이 징그러운 파란색으로 멍 든 젊은 재커루를 이길 때까지 기다렸다.

"당신은 얼간이예요." 카터는 승리를 쟁취한 후에 이렇게 말하긴 했지만 주유기를 잠그는 맹꽁이자물쇠의 열쇠를 내게 넘겨줬다.

이때부터 나는 정말로 멀리 떨어진 병원에 갈 것처럼 행동했다. 부모와 아기는 뒷좌석에, 수지는 앞좌석에 밀어 넣고, 앞유리 대신 놓여 있던 골함석 판을 치웠다. 내 무릎이 물에 젖고 자동차에 시동이 걸렸을 때 비가 다시 내리기 시작하자 나는 농장 작업장까지 차를 몰고 가는 것 외에는 아무 생각도 하지 않았다.

나는 그곳에서 배터리 노인과 많은 시간을 보냈는데 그는 당연히 내가 작업장 발전기의 사용법을 배우는 것이 대단히 유용하다는 사실을 깨달았다. 그 결과 지금 발전기가 우르릉

---

181) 한쪽이 포기를 선언할 때까지 번갈아 가며 자기 주먹으로 상대방의 주먹을 때리는 게임.

거리며 돌아가고 조명과 주유기를 작동하는 데 필요한 전기가 들어오기 시작했다. 나는 생각했다. 봅시 부인이 내 유능함에 놀라겠네. 그리고 자물쇠에 열쇠를 넣었다. 맞지 않았다. 나는 생각했다. 아, 살았다. 물에 빠져 죽지 않아도 되겠어. 하지만 그때 아기의 헐떡이는 숨소리가 들리자 나는 또 다른 공포, 즉 내 무능함이 아기를 죽일 거라는 공포의 하수인이 되었다.

수지 셔틀은 '큰 집'에 들어설 때 내 바로 옆에 있다가 앞장서서 카터에게 돌격했다. 우리를 본 카터가 삐죽 내민 입술로부터 몇 센티미터 떨어진 곳에서 맥주병을 멈췄다.

"여기서 뭐 하는 거야?" 그가 물었다. 나는 그가 이 말을 수지에게 했다는 데 놀랐다.

"다른 열쇠를 주셨어요, 보스."

"구멍에 문제가 있나 보지." 카터가 말했다. 술에 취한 말투였다.

"맞는 열쇠가 필요해요." 내가 말했다.

카터가 자기 사타구니를 문질렀다. "나도 그렇게 생각해."

그 전까지는 폭소와 야유가 난무하다가 갑자기 모두가 조용해졌다. 나는 내가 두들겨 맞을 거라고 예상하면서 그 와중에 그래도 상관없다고 생각하는 나 자신에 놀랐다.

"그만둬요." 수지가 말했다. "우리는 망할 열쇠가 필요해요. 아기가 죽을 거라고요."

카터가 그녀의 무릎을 잡으려 했지만 그녀가 뒷걸음쳤다.

"배리." 그녀가 말했다.

"뭐?"

"부인은 어디 있어요, 배리?"

그녀가 그에게 이런 식으로 말하는 것은 있을 수 없는 일이었다. 목소리를 높였을 뿐 아니라 내가 한 번도 들어 본 적 없는, 그의 성이 아닌 이름으로 친근하게 부르다니. 그녀는 겨우 열여섯 살에 불과한, 나의 강인하고 영리한 학생이었지만 불타는 듯한 눈을 가졌고 전혀 두려워하고 있지 않았다. 나는 왠지 모르게 카터가 그녀의 말을 들으리란 것을 알았다.

"좀 취하셨네요." 그녀가 부드럽게 말했다. "하지만 아기를 구할 수는 있어요. 배리, 부탁이에요."

"맘대로 해." 그가 말했다. 농장 관리인이 캠프의 소녀에게 쓰기엔 정말 어울리지 않는 말투라고 생각했다. 그는 주머니를 뒤지더니 비틀거리며 방을 가로질러 자기가 사무실이라고 부르는 난장판으로 갔다. 그리고 거기에서 서류 캐비닛을 뒤적거리더니 마침내 열쇠고리 하나를 꺼내서는 나의 놀라운 학생의 눈앞에서 달랑거렸다.

"하지만 넘겨짚지는 마."

"고마워요." 그녀가 말했다.

"내 말 무슨 뜻인지 알아?"

"네."

"너한테는 진짜 미래가 있어, 수지."라고 말한 뒤에 그는 열쇠를 밤 속으로 집어 던졌다.

19

　달도 없는 어둠 속에서 아픈 아기와 작은 병원 사이에는 잔뜩 불어난 마도와라강이 놓여 있고 그 갈색 물결이 낡은 투마일 다리의 상류 쪽 가장자리에 부딪혀 거품을 일으키고 있었다. 물론 아기의 부모는 이 강을 건너는 위험을 감수해야 했고 나도 마찬가지였다. 하지만 여학생이 언제 물에 휩쓸려 버릴지 모르는 구조물 위로 올라가는 모험을 해야 할 이유는 없었다. 나는 그녀에게 내리라고, 돌아갈 때 너를 다시 태우겠다고 말했다.

　푸조에서는 축축함과 곰팡이와 썩어 가는 걸레 냄새가 났다. 나는 심호흡을 하고 저단 기어를 넣었다. 비가 전조등과 내 눈앞을 완전히 가렸음에도 불구하고 고집 센 소녀의 빛나는 형체가 나를 안내하겠다는 손짓을 하며 다리 위에서 뒷걸음하는 것은 알아볼 수 있었다. 그 다리는 몇 년째 임시인 상태라 난간이 없었지만 물론 나의 강인한 학생은 우기를 수차례 겪었으므로 이런 상황에 익숙할 터였다. 나는 혼잣말했다. 월리, 이건 한 3센티에서 5센티 깊이의 물이야. '남쪽의 기적'은 되지 말자.

우리가 그토록 구하려 했던 아기에 대해서는 솔직히 기억나는 바가 없다. 오직 전조등 앞의 유령 같은 소녀와 그녀가 떠내려갈지도 모른다는 내 두려움만 기억날 뿐이다.

물살은 셌다. 물이 그녀의 정강이까지 치솟았다. 떠내려온 통나무가 차 뒤를 쳐서 뒷바퀴가 옆으로 밀렸다. 아기 엄마가 내 뒤에서 자기 부족어로 빠르게 떠들어 댔다. 내가 감히 소녀에게서 눈을 뗄 엄두를 내지 못한 채 핸들에 꼭 달라붙어 있는데 앞바퀴가 마구 휘돌더니 내 주시의 대상이 재빨리 앞으로 달려 나가기 시작했다.

어두운 병원과 간호사를 찾으려는 나를 공격했던 흉포한 캠프의 개들에 대해서는 흐릿한 기억밖에 없다. 아마 아드레날린에 취했던 것 같다. 아이가 안전한 손에 넘겨졌을 때도 특별한 만족감을 느낀 기억은 없다. 내가 아는 한, 우리가 그 다리를 다시 건너는 위험을 무릅쓸 필요는 없었다. 홍수가 가라앉을 때까지 1주일(보다는 아마 2주일) 동안 그곳에 머물 수 있었고, 다시 강가에 도착해서 물에 잠긴 다리 너머를 건너다보았을 때도 그렇게 하는 것이 정말 가장 현명한 일로 보였다. 하지만 내 승객에게는 그녀만의 개인적인 동기가 있었다.

"기다려요, 보스." 약삭빠르고 영리한 아이가 차에서 내려

차 문을 등 뒤로 닫으며 말했다.

나는 선생이고 그녀는 학생이었지만 이곳은 그녀의 고장이었다. 그러니까 자기가 길 안내를 하겠다는 그녀의 판단을 믿는 것이 미친 짓은 아니었다. 내 눈에 그 강은 아까 건넜을 때와는 다른 짐승처럼 보였다. 수위가 올라갔을 뿐만 아니라 부유물도 늘어나서 지금 타이어가 아주 약간, 한 2센티 안 되게 들렸는데 그 정도도 접지력을 줄이기에는 충분해서 물이 나를 더 잘 쥐고 흔들게 되었다. 강 한가운데에서, 다리 끝은 보이지도 않는 상태로, 나는 푸조가 얼마나 떠내려가고 싶어 하는지를 느끼며 물살 반대 방향으로 핸들을 틀고 있었다.

소녀가 부주의하게 비틀거리며 두 걸음을 내딛었을 때 나는 그녀가 떠내려갔다고 생각했지만 그녀는 다시 일어났고 그 시점부터 우리 두 사람에게 선택지는 강기슭을 향해 조금씩 나아가는 것밖에 없었다. 수지가 두 번째로 넘어졌을 때 나는 그녀를 잃었다고 생각했지만 그녀는 범퍼 바를 붙잡고, 내가 지켜보는 가운데, 마치 강에 사는 생물처럼 김이 나는 보닛 위로 기어올랐다.

그때 내 타이어는 강 건너의 진흙 속에서 돌고 있었고 나는 소녀가 멋진 하얀 이를 드러내며 웃는 것을 봤다. 그녀가 보닛 위를 기어 와서 앞 유리 구멍을 곧장 통과했을 때 그녀의 옷은 흠뻑 젖어서 마치 조각가 작업실의 점토처럼 몸에 찰싹 달라붙어 있었다.

그녀는 앞으로 굴러서 조수석에 앉더니 캔버스화 속에 들어 있던 물을 창밖으로 버렸다. 나는 생각했다. 수지 셔틀, 너는 언젠가 중요한 사람이 될 거야.

그리고 나는 퀸비 다운스로, 나의 '일상'이 되어 버린 생활로 돌아왔다.

첫 번째는 펑카 왈라와 관계된 일이었다. 그는 대문 안이 아니라 밖에 등유 드럼통을 놓고 그 위에 앉아 있었다. 이렇게 이른 시간에는 원래 세탁실에서 일하고 있어야 했지만 카터가 고장 난 풍차를 고치러 가느라 집에 없어서 내 손님은 대담하게 내 대문 앞에 자리를 잡고 앉아 있었던 것이다. 그는 불쾌한 이름의 '보이 와이어(boy wire)'[182]에 무릎이 닿을 듯이 바싹 붙어서 내 현관문을 향해 앉아 있었다. 나를 왜 기다리고 있었는지는 말하려 들지 않았다. 하지만 그는 펑카 왈라였으므로 내가 자기 마음을 읽지 못해서 화가 났다. 차 한잔할래요? 아니, 됐어. 그는 부러질 듯 빈약한 다리를 반대쪽 무릎 위에 올려놓고 있었는데 거기서 굶주렸던 그의 어린 시절이 엿보였고 이제는 나무껍질 같은 정강이의 흉터도 눈에 들어왔다.

수업 시간이 되자 나는 그에게 작별 인사를 했다. 그런데 점심시간에도 그는 여전히 같은 자리에 있었고 그 옆에는 흥분한 자기 친구와 확실히 대조되는 곱슬머리 쇠지레까지 와 있었다. 그래, 윌리, 차 한잔 줘.

내가 차를 들고 돌아와 보니 등유 드럼통이 옮겨져서 탁자

---

182) 고장력강으로 만들어진 철사로, 호주의 시골이나 농장에서 울타리를 칠 때 쓰인다.

가 되고 내가 앉을 자리에는 반쯤 죽은 봉황목 묘목의 작은 그늘이 드리워 있었다.

손님들이 각자 자기 차에 어마어마한 양의 설탕을 넣었지만 나는 더 이상 충격받지 않았다. 그리고 그다음에는 내가 쾀비 다운스에서 알게 된, 사교적인 침묵이 뒤따랐다.

"좋은 자동차지?"라며 마침내 쇠지레가 씩 웃자 나는 생각했다. 역시 우리가 어젯밤에 물에 잠긴 다리를 건너갔다 왔다는 걸 알고 있군.

근처에 주차된 푸조는 누더기가 담긴 양동이처럼 더위에 쪄지고 있었다. "좋은 차예요." 내가 말했다.

그가 모자를 고쳐 썼다. "전기 장치 오케이, 걱정 없어."

"고마워요."

쇠지레가 모자 챙을 뒤로 밀더니 자기가 전기 장치에 방수 처리를 하기 위해 어떤 작업을 했는지 설명하기 시작했다. 이 기술적인 대화를 나는 대환영했지만 펑카 왈라는 참을 수 없었으므로 중간중간에 냉소적인 발언을 섞다가 갑자기 자기가 마시던 차를 땅바닥에 뿌렸다. 그리고 일부러 나와 떨어진 곳에 시선을 고정하고 있다가 침을 뱉었다. 또 공격적인 불평을 한참 늘어놓더니만 불현듯 뚝 그쳤다.

쇠지레는 평소와 같이 침착하게 차를 홀짝였다.

이제 펑카 왈라는 아까보다 높은 톤으로 말하기 시작했고 분노의 진짜 클라이맥스에 다다르자 두 번째로 침을 뱉었다.

이제 됐다. 다시 침묵이 찾아오자 나는 쇠지레에게 내가 무슨 짓을 해서 당신 친구가 화났냐고 물었다.

그는 땅바닥에 뭔가를 그렸다가 긴 손가락을 튕겨서 지웠다. 그리고 톰이 내게 휘발유를 선물로 줬다고 설명했다. 펑카 왈라가 고개를 끄덕이더니 손가락으로 길고 검은 자신의 머리카락을 돌돌 말아서 매듭지었다. 나는 그의 누런 흰자를 들여다봤다. 쇠지레가 통역했다. 그건 선물이었어, 그가 말했다. 그런데 내가 그걸 다 써 버렸다는 것이었다. 내가 진짜 흑인이라면 이럴 때 어떻게 해야 할지 알 터였다.

나는 아기 목숨을 구해야 했다고 말했다.

펑카 왈라는 내 말을 완벽하게 이해했다. "개소리." 그가 말했다. "나 너에게 줘. 너 나에게 줘."

그는 잠시 생각에 잠겼다가 덧붙였다. "아기, 개소리."

나는 가슴에 손을 얹고 선물을 갚겠다고 말했다.

그는 다른 누구도, 로치를 포함한 그 누구도 주지 않을 기회를 내게 주는 거라고 말했다. 그는 나를 진짜 흑인으로 만들 수 있다. 내게 그 방법을 가르쳐 줄 것이다. 이것 없이는 나는 혼자일 것이고, 아무도 나와 결혼하고 싶어 하지 않을 것이며, 아무도 내 자식들을 좋아하지 않을 것이다. 방주에서는 아내를 여럿 둘 수 있다.

이 말이 내 인생의 신경을 얼마나 아프게 눌렀는지 과장하기란 어려울 것이다. 그것은 내가 영원히 뿌리 없는 사람으로 살 거라는, 한밤중에 엄습하는 공포였다. 나로 산다는 것, 즉 밤마다 커다란 공책에 압엽(壓葉)을 붙이고 학생들이 내게 가르쳐 준 식물 이름을 옮겨 적으며 시간을 보낸다는 것, 매일 아침 고립되고 신경이 날카로운 상태로 깨어나 내가 아무 데도 속하지 않는다는 사실을 실감하는 것은 얼마나 외롭고 지치는 일인지 몰랐다.

나는 그에게, 그가 제공하는 것의 가치를 안다고 말했다.

그는 벌떡 일어나서 침을 뱉더니 걸어가 버렸다. 잠시 후 내가 예전에 캠프의 한 남자가 자신이 화났음을 공표하면서, 막대기 혹은 도끼를 휘두르면서, 이 사건에 대한 판단을 내려 달라고 증인들에게 호소하면서, 분노의 원인에게 돌아가는 것을 목격했을 때처럼 그가 나를 향해 와다닥 달려오다가 한 발짝 앞에서 걸음을 멈췄다.

그리고 굳어 있던 이목구비가 풀어지더니 눈이 촉촉해졌다. 그는 내게 기름을 더 가져다줄 것이다. 비밀 방주에 내 자리를 마련해 놓을 것이다. 그는 영어로 아주 분명하게 말했다. 내가 많은 책, 시드니나 빅 런던에서 온 너무 많은 종이, 내가 원하는 물건을 가져올 수 있다고. 그 방주에는 이미 많은 보석과 수정이 있지만 여기 우리 집에서도 물건을 더 가져올 수 있다. 라디오와 등유 냉장고를 놓을 자리도 있다. 내가 이것들을 가져오지 않는다면 전부 떠내려갈 것이다. 내 숙소도, 카터의 '큰 집'도.

나는 그에게 고맙다고 했다.

그런데 그가 내게 줄 것이 무엇인지 내가 제대로 이해한 건가?

나는 그렇다고 생각했다.

그때 그가 내게 한 번 더 말했다. 카터, 카터의 자식들, 재커루들, 경찰들, 복지부, 모든 카티야가 물에 빠져 죽을 것이다.

크리스마스트리는 불탈 것이다. 지금 당장이라도, 그가 말했다. 나는 불타는 크리스마스트리가 하늘로 솟아올라 구름에 삼켜지는 것을 상상했다.

그의 말을 경청하는 것도 중요했지만 나는 수업에 꼭 가야 했다. 그런데 내가 변명을 능숙하게 하지 못했다. 나는 하늘을 가리켰다. 비 없어요, 내가 말했다. 다 갔어요. 그리고 세상의 종말에 대해서는 다른 날 이야기하면 된다는 뜻으로 미소 지었다.

"비 없다, 개소리." 재단사 톰이 완벽한 발음의 영어로 외쳤다. "다 갔다. 하!" 그가 소리쳤다. "하! 하!" 그는 캠프 쪽으로 가다가 다시 돌아왔다. 그리고 봉황목 가지 하나를 꺾었는데 그걸로 나를 후려칠 것처럼 보였다. 하지만 그러는 대신 그걸 짓밟고 그 위에서 쾅쾅 뛰어서 진흙 속에 처박았다. "너 기다려. 너 봐. 큰 비. 그 소녀, 그녀 떠내려갈 거야."

"무슨 소녀요?"

"네가 가진 아내. 그녀 이제 끝났어. 늙은 크리켓이 집에 들였어. 그들, 그의 빌어먹을 침대에서 물에 빠져 죽어."

나는 그에게 복수하기 위해, 빌어먹을 자동차는 어떠냐고, 그것도 떠내려가냐고 물었다.

"이 개새끼." 그가 내게 말했다. 나는 그의 어두운 입속에서 앵무새 혀처럼 생긴, 설태 긴 혀를 봤다. "불쌍하고 어리석은 녀석, 너. 오늘 밤 그 문 잠그는 게 좋아."

톰 테일러는 원래 보통 사람보다 늘 빨리 걸었는데 지금은 내 숙소 옆벽을 따라 종종걸음으로 걷다가 시야에서 사라졌다.

나는 쇠지레에게, 혹시 펑카 왈라가 방금 노래로 나를 죽이겠다고 협박한 거냐고 물었다.

그러자 쇠지레가 고약한 냄새가 나는 씹던 담배 뭉치를 주머니에서 꺼냈다. 그리고 흑인은 흑인만 노래할 수 있다고 말하더니 담배 한 덩어리를 골라서 조심스럽게 볼 안쪽에 넣었다. 만약 흑인이 백인을 노래할 수 있었다면 그들을 죽일 수 있었을 것이고 그랬다면 수많은 카티야가, 예를 들면 카터가, 오래전에 살해당했을 거라고 했다. 빅 케브 리틀은 콩팥 지방을 몽땅 도둑맞고 내장이 뱀과 수정으로 채워졌을 거라고도 했다.

내가 흑인이라는 걸 잊은 거예요?

아 그렇지, 그가 말했다. 그는 내게서 시선을 돌려 부드러운 적운이 다시 모이고 있는 동쪽 지평선을 바라봤다.

"어쩌면 너 그와 함께 가." 그가 말했다. "그가 너에게 율법 조금 가르쳐."

"가짜 율법이겠죠." 내가 말했다.

나는 모르면서 아는 척했다.

"그와 친구인 편이 안전해, 월리."

물론 그 이단자의 추종자가 되었을 때 따라올, 알 수 없는 위험을 직면하고 싶지도 않았지만 그렇다고 그렇게 무서운 녀석이 내 적이 되길 바라지도 않았다. 이러한 이유로 나는 얼마 뒤에 펑카 왈라를 방문했다. 아주 작은 문을 통해 기어 들어갔고 홍차와 설탕을 공물로 가져갔다.

나는 그가 차를 대접할 거라고 기대했다. 하지만 아무것도 안 나왔다. 그래서 — 내게 무슨 선택의 여지가 있었겠는가? — 나는 그의 방주까지 태워다 주겠다고 말했다.

그는 알았다고 했지만 여전히 차는 나오지 않았다.

나는 교사 숙소로 돌아왔고 그 휘발유가 언제 도착할까, 누가 가져올 것인가, 내가 또 누구의 심기를 거스르게 될까 생각했지만 이 모든 복잡한 걱정거리는 마지막 손님이 휘발유가 아니라 자신의 딸 수지 셔틀을 데려왔을 때 금방 잊혔다.

지금에야 비로소 나는 수지에게 퍼스 간호 학교에 들어갈 기회가 생겼는데 그녀의 엄마가 크리켓 카터에게 추천서를 부탁하라고 우겼다는 사실을 알게 되었다. 당시 카터는 굉장히 돕고 싶어 했고 그 자리에서 수지를 방과 후 하녀로 고용했다고 했다.

나는 아이고 맙소사, 라고 생각했지만 다시 한번 엄마의 관점에서 봤다. 선생은 약하고 쓸모없는 인간이었지만 보스가 약속을 지키지 않는 지금은 내가 그녀의 유일한 희망이었다. 카터 씨가 서류를 갖고 있어요. 책상 위에 있었어요.

내가 어떻게 돕지 않을 수 있었겠는가?

20

베넷 애시의 경우 같은 폭발적인 사건이 예외이고 나는 보통 화를 내지 않았다. 오히려 지나치게 그 반대였다. 예를 들면 배커스마시에서 나치 새끼라고 불렸을 때도 다른 사람들의 기분을 상하게 하지 않고 풋볼 팀을 떠날 수 있는 '부상'을 당할 때까지 적절한 공백을 두고 기다리며 온화한 모습을 유지했다. 그것이 내 사회적 습관 또는 장애였다. 그래서 나는 우리가 우호적으로 협상을 마무리 지을 거라고 완벽하게 확신하며 그날 저녁 카터를 만나러 갔다.

나는 카터가 일을 마치고 돌아오길 기다리는 동안 졸았다. 쉐보레 트럭의 불빛이 내 방 벽을 훑고 지나갔을 때는 늦은 시간이었고 일꾼들이 천천히 캠프 쪽으로 이동할 때 그들의 부드러운 목소리가 들렸다.

그에게 씻을 시간을 충분히 줬기 때문에 마침내 '큰 집'에 들어가서 더러운 라이프부이 비누가 있는 세면기를 지나 칙칙 소리를 내는 눈부신 등유 램프 불빛 속에 있는 보스를 봤을 때 그가 홀로 식탁에 앉아 참치 캔을 먹고 있는 것을 보고 놀랐다. 그의 쓸쓸한 얼굴은 기름 얼룩으로 지저분했고 럼주 병은 비누와 엔진 오일에 젖어 있었다. 이 모든 것 위에서 흔들리는 평카의 움직임에 따라 뜨뜻미지근한 공기도 앞뒤로 움직였다. 어둠과 빛 사이의 무인 지대에서 나는 톰 테일러의 눈을 발견했다.

내가 방에 들어서기 전부터 카터는 이야기를 하고 있었다.

"우리 아버지는 — 카터가 말했다. — 워릭너빌의 정비공이었어. 농장 일을 하게 됐을 때 나는 모든 기름투성이 원숭이들로부터 도망쳤다고 생각했지." 그는 그제야 나를 발견했다. "이거 봐." 그가 물이 뚝뚝 떨어지는 두 손을 빛을 향해 들어 올렸다. "풍차. 빌어먹을 풍차 때문이야. 이니고 존스[183]가 죽은 거 아냐?"

이니고 존스는 오스트레일리아에서 가장 유명한 장기 예보 분석관이었다.

"목성." 그가 말했다. "토성, 해왕성, 천왕성. 당신 항문[184]." 그가 말했다. "맙소사, 윌리, 농담이야, 농담."

그는 내가 앉길 원했다. 나는 앉았다. 그가 참치 캔을 내 쪽

---

183) Inigo Owen Jones(1872~1954). 11월 14일 사망. 태양의 자전 주기와 행성들의 공전 주기를 바탕으로 길게는 1년 앞의 장기 예보를 했던 예보관.
184) 영어로 '천왕성'과 '당신 항문'의 발음이 비슷함을 이용한 말장난.

으로 밀었다.

"아, 가족이 그립군." 그가 말했다. "갈 수 있을 때 크리스마스에 집에 갔어야 했는데." 그가 술을 마시더니 "빨리."라고 해서 내게 기름진 생선을 먹으라고 독촉하는 줄 알았는데 그는 자기 머리 위의 평카를 보고 있었다.

그가 톰 테일러에게 말을 걸려고 커다란 자개 의자에 앉은 채로 몸을 틀었다. 톰은 카터의 어깨 뒤에 서서 줄을 당기고 있었다. 평카 왈라가 턱을 들었을 때 그의 속도가 빨라짐에 따라 눈이 가늘어지는 것을 보고 그가 얼마나 농장 관리인을 혐오할까 생각했다. 그가 방금 내게 고개를 끄덕인 건가? 그랬을 수도 있다.

한편 카터는 유리잔을 손으로 쳤지만 어찌어찌 술을 쏟지는 않았다. 이때 나는 침대로 돌아갔어야 했으나 그가 추천서를 쓸 상태가 아님이 명백했기에 어쩌면 내가 그를 대신해서 그 일을 하는 걸 기뻐할지도 모른다고 생각했다.

그가 이미 내 제자와 부적절한 관계를 맺고 있다는 걸 몰랐냐고? 아니, 알았다. 그가 그녀를 보내고 싶어 하지 않으리라는 걸 알았냐고? 그래, 그래, 그렇다. 그렇다면 나는 왜 하필 그 순간에 내가 간호 학교에서 편지를 받았다고 그에게 말했을까?

"아니, 당신은 안 받았어." 그가 말했다.

"저에게 편지가 왔어요." 나는 거짓말하는 법을 배운 적이 없어서 이미 내 한계를 초과해 있었다.

"만약 너한테 편지가 왔다면, 얼간아, 내가 그 빌어먹을 편지를 봤을 거야."

나는 그가 실수로 못 보고 넘어간 게 틀림없다고 말했다. 그리고 그들이 내게 편지를 보낸 이유는 수지 셔틀의 추천서를 아직 받지 못했기 때문이라고 덧붙였다. 그는 이제 소리 내어 웃기 시작했다. 나는 이미 혼란에 빠져서 체스 판 위의 내 말들을 쓰러뜨리고 있었지만 그는 자기만의 쉽고 무질서한 게임, 모든 말이 동시에 세 칸씩 움직일 수 있는 게임을 하고 있었다.

"나 몰래 쿼비 다운스에 드나드는 편지는 없어. 물론 그들이 너한테 편지를 보낸 적도 없고 말이야. 너에 대해 들은 적이 없거든, 이 쪼다 녀석아. 네가 무슨 꿍꿍이인지 알아."

그러니까 나는 이미 실패한 것이었는데 이상하게 카터는 그것 때문에 기분이 좋아졌다. 그래서 실제로 그해 히트곡 중 하나인 「늦은 밤 수지」를 부르기 시작했다.

너희 엄마한테 뭐라고 할래?
너희 아빠는 뭐라고 하실까
창밖에 늘어진 스타킹 밧줄에 대해
우유 배달부는 이제 가고 없네.

이 노래가 끔찍했던 이유는 카터가 음치였기 때문이 아니라 그것이 그가 미성년자 고용인과 성교하고 있음을 명확히 알리는 음담패설이기 때문이었다.

분노가 세포 속으로 홍수처럼 밀려들었다. 나는 더러운 자개 왕좌에 앉은 생물을 바라보면서 그를 죽일 수도 있겠다고 생각했다.

"너는 꼬마 수지가 꼭 추천서를 받게 하려고 온 거야, 그렇지?"

"당신이 바쁘면 제가 쓸 수도 있어요."

"좋은 사람이구먼."이라고 외치면서 그가 의자에서 일어나더니 휘청거리며 돼지우리 같은 책상으로 갔다. 남겨진 나는 텅 빈 왕좌와 그 등받이를 정면으로 보게 됐는데 이제 보니 그것은 배의 명판으로, 조악하지만 게 비슷한 모양임을 알아볼 수 있었다.

그때 그가 책상 위에 있던 물건을 쿵 하고 떨어뜨려서 내가 도우려고 일어났다.

"너나 잘해." 그가 말했다. "도로 앉아. 진정하라고."

그가 내 손에 편지를 욱여넣었을 때 내가 이겼다고 생각했다. 하지만 그것은 추천서를 요청하는 편지에 불과했다.

"내가 바보인 줄 알아?" 그는 내 바로 뒤에서 서성이고 있었다.

"그럴 리가요."

"그 애는 끝내주는 섹파(root)라고. 내가 멍청해 보여?"

root의 어원은 옛 프랑스어 단어인 rut로 '소음, 포효, 고함'이라는 뜻인데 오스트레일리아어에 편입된 이후에도 여전히 거친 성교라는 이미지를 연상시킨다.

"매력적이고 화끈하고 귀여운 섹파지." 그는 이렇게 말함으로써 유죄를 시인했다.

나는 그에게 요청서를 얼마 동안 갖고 있었냐고 물었다.

지지난번 배달 때부터였을 거라고 그는 추측했다. 우기 때문에 마지막 두 번은 우편 배달이 오지 않았다.

누군가가 별채 조리실에 숨어 있었다. 펑카는 앞뒤로 움직였다. 카터는 내가 몸을 틀 때마다 자리를 옮기면서 계속 내 뒤에 서 있었다.

"제가 대신 써도 돼요." 내가 제안했다. "그리고 아침에 와서 서명을 받을게요."

"오, 나한테 직접 가져와 주겠다고, 응? 너도 머리가 회까닥 돌아 버린 거야?"

"그냥 도우려는 것뿐이에요."

"그런 걸 신경 쇠약이라고 하지. 어느 날 갑자기 덮쳐 오는 거야."

"우리 앉는 게 어떨까요?"

"네가 물러나는 게 어때? 그 애한테 한 번만 더 손대면 총으로 쏴 버리겠어."

"배리, 오해하는 거예요."

"카터 씨라고 불러."

"카터 씨."

"그 애는 빌어먹을 간호사가 되고 싶지 않아. 큄비 다운스에 이미 직장이 있잖아. 왜 또 다른 직장이 필요하겠어?"

그리고 마침내 그가 내 눈에 보이는 곳에 나타났다. 창백한 광채가 도는 피부, 벨트 위로 튀어나온 배, 타락한 몸에 구역질이 났지만 나는 여전히 완벽하게 자제심을 발휘하고 있었다.

심지어 그가 편지를 구겼을 때도 평정심을 유지했다.

하지만 그때 그가 내 머리를 때렸고 나는 아주 어렴풋이 기억날 듯 말 듯한 상태에 또다시 빠지고 말았다. 우선 내가 그의 팔을 잡았는데 생각보다 근육질이었다. 그다음에 그가 내 멱살을 잡고 들어 올렸지만 내가 그의 다리를 걸어서 둘이 함께 그의 등 쪽으로 쾅 하고 넘어졌고 우리는 바닥을 이리저리 굴러다녔다. 그의 정찬 식탁 밑에 펼쳐진 내 가족사 위를 굴러다니는 동안 펑카 왈라의 맨발을 봤고, 럼주 냄새를 맡았으며, 역겨운 친밀감을 느꼈다. 다음 순간 그가 자개 의자 다리에 걸리는 바람에 의자가 끈덕거리다가 한쪽으로 기울면서 넘어졌다. 그리고 상감된 자개가 폭죽 속 색종이 조각처럼 발사될 때 종이가 내 입속에 욱여넣어졌다.

"내가 빌어먹을 병원에 데려다주지." 그가 말했다.

나는 구역질했다. 그의 윗입술이 말려 올라가서 앵무새 부리에 닿자 편도선처럼 연분홍색인 잇몸이 드러났다. "너 같은 등신을 어떻게 하는지 알아? 브룸에 도착할 때쯤 너는 신경쇠약에 걸려 있을 거야. 미쳤다는 진단을 받게 해 주지. 그게 얼마나 쉬운지 모를 거다. 네가 원하는 토인은 거기서 얼마든지 가질 수 있어."

구겨진 종이 때문에 입속이 베이고 숨을 쉴 수 없었다. 나는 날뛰었지만 그가 무릎으로 내 양팔을 누른 채 신경을 긁어 댔다.

"잘못했다고 하는 게 좋을걸."

"잘못했어요."

"포기해."

내가 포기한다고 말하자 그는 나를 놔줬지만 그도 이런 결과를 예상했던 건 아니었기에 눈이 이글거리는 동시에 겁에 질려 있었다.

"너처럼 한심한 새끼는 처음 본다." 그가 내게 바짝 붙어 서 있었지만 내가 그에게서 떨어지려 했다면 약해 보였을 것이다. "너 폭행죄로 5년 살 수도 있어."

"백지에 서명해요. 그러면 내가 편지를 쓸 테니까."

"그래." 그가 대답하더니 팔로 내 목을 조르려 했다. 하지만 나는 미꾸라지 같은 인간이라 반대로 그의 무게 중심, 즉 비계와 근육을 손에 넣어서 그의 머리가 외벽의 내력 기둥을 들이받게끔 돌진하다가 케브 리틀의 자개 의자에 부딪혀 쓰러졌다. 그 의자는 숨겨져 있던 약함을 드러내며 금이 가서 쪼개지더니 내 앞에 무거운 다리 한 짝을 대령했다. 그것은 사실상 아주 가는 손잡이가 있는 방망이였다. 이것으로 나는 그 개자식을 후려쳤다.

그의 하얀 팔이 톱날꽃게처럼 박살 났고 종아리뼈도 마찬가지였다. 이와 함께 내 일생이 껍데기를 깨고 나와 그것의 진정한 최종 형태라는 숨겨졌던 비밀을 드러냈다.

공기는 아주 고요했다. 천둥이 쳤다. 부드럽게 펑카 왈라가 나를 부축해서 일으켰고 이제 내가 택할 수 있는 길은 하나밖에 없었다.

카터가 누워서 신음하는 동안 빗방울이 금속 지붕에 볼 베어링 같은 소리를 내며 떨어졌다. 그때 나는 바깥에, 폭우 속에 서 있었고 닥터 배터리가 내게 담배 주머니를 건넸다. 나는 충격에 빠진 채 톰 테일러가 쉐보레 트럭에서 푸조로 직접 휘발유를 옮기는 모습을 지켜봤고 그다음으로 어린 수지와 내 형제 쇠지레를 봤다. 그들이 내 친구이고 지금 나를 버리지 않을 것임이 확실했다. 나는 내 공책들을 챙겼다. 뒷좌석에 플래건 아홉 개를 더 실을 공간이 있었다. 방주는 내 피신처가 틀림없었다.

21

마침내 제 아버지인 윌럼 오거스트 박후버를 만났을 때 저는 열여덟 살이었습니다. 이 첫 번째 만남은 엄청난 폭우가 쏟아지는 가운데 브룸의 간이 활주로에서 이뤄졌고 그 지속 시간은 다가오는 사이클론과 비행기의 재급유 필요성에 의해 결정되었죠. 2년의 자유 시간을 대부분 오스카산맥의 동굴 속에서 보낸 아버지는 흠뻑 젖은 반바지와 티셔츠 차림의 수척한 허수아비 같았어요. 그를 데리러 온 경찰이 창문에 김이 서린 안전한 자동차 안에서 기다리는 동안 그는 혼자서 아무런 보호 장비도 없이 폭풍 한가운데에 있었죠.

저는 귀 한참 위에서 자른, 용수철 같은 담황색 머리카락과 위를 올려다봐야 할 때 아래를 내려다보는 습관을 가진 이 이상한 백인 남자와 제가 연결되어 있다는 어떠한 느낌도 받지 못했습니다.

그는 이상한 경로로 제 의무가 되었습니다. 저의 특별한 보호자가 아니었다면 그가 제 아버지인 줄도 몰랐을 거예요. 매디슨은 원래 저희 어머니의 굉장히 독특한 교육관에 거의 참견하지 않았지만 본인이 친아버지를 사촌으로 알고 자랐기 때문에 이 문제에 있어서는 굉장한 영향력을 행사했어요. 그 결과, 저는 윌리 박후버를 알아야만 했습니다. 그래서 배커스마시에 있는 그의 책을 보러 보내지기도 했고, 그 책들을 이해하려고 많은 시간을 보내기도 했죠. 물론 그것이 딱정벌레들이 단지 유충에게 먹이기 위해 남겨 두는 무정란 같은 것임을 매디슨이 알려 주었을 때는 일부 팔기도 했지만요.

브룸에서의 이 불안한 만남에 참석하기 위해 저는 친구 로니 봅스와 그의 어머니와 함께 멜버른을 출발해서 지루한 비행기를 두 번이나 갈아탔습니다. 저희 어머니는 아버지를 다시는 보고 싶어 하지 않았기 때문에 봅스 부인이 자원했고, 봅스 부인이 모든 푯값을 지불했으며, 오직 봅스 부인만이 지루해하지 않았어요. 오히려 히스테릭했죠.

아버지는, 아주 많은 사람들이 생각했듯이, 오지랖 넓고 선한 의도를 가진 아마추어 인류학자였는지도 모르지만 고학력의 학식 깊은 지성인이기도 했습니다. 단지 정부의 인종 청소로 인해 영혼이 심하게 뒤틀려 있었을 뿐이죠. 그러니까 비행기 통로 건너편에서 엉엉 울고 있는 저 여자와 어울리는 인물은 아니었습니다. 그러나 그녀 편에서 한마디 하자면, 그녀는 항상 아이들에게 따뜻하고 다정했어요. 이를테면 제게 잼 샌드위치를 만들어 주고, 저와 로니를 멜버른 농업 박람회에 데려갔던 그런 사람이었죠. 뭔가 어른의 일이 그녀와 아버지 사이에 있었던 건 분명하지만 정확히 무슨 일이 있었는지는 지금도 모릅니다. 그리고 봅스 씨로 말하자면, 정말로 아는 바가 없습니다. 유명한 자동차 딜러였고, 라디오 방송인이었으며, 한동안 타블로이드지에 오르내렸지만 저는 그가 출연했던 끔찍한 텔레비전 광고를 제외하면 그에 대한 기억이 없어요. 따라서 그가 곡예사 같았고, 빛이 났고, 사람보다 목각 인형에 가까웠다고 말한들 그리 특이한 의견은 아닐 겁니다.

그때 로니는 비행기 안에 남아 있고 저는 그의 어머니에 의해 폭우 속으로 안내되었습니다. 빗물이 따뜻했고 신발이 흠뻑 젖었던 기억이 납니다. 아버지는 우산이 없어서 악수하는 손이 젖어 있었고 제 볼에 입을 맞추지는 않았습니다. 원래 그럴 생각이었다가 중간에 마음을 바꾼 것 같긴 했지만요. 그가 제게 뭔가를 말하고 싶었는데 봅스 부인이 하도 큰 소리로 울어 대서 못했다고 지금도 확신합니다. 하지만 당시에 제가 화났던 이유는 그녀가 저의 자연스러운 만남을 방해했기 때문이 아니라 그녀의 행동이 창피했기 때문이었어요.

그리고 제가 그녀의 행동을 어머니에게 이야기했던 것 같고 그 후로 아마 어머니가 로니와의 모든 수영 약속과 바비큐 파티를 중단해 버린 듯합니다. 제가 배커스마시를 다시는 보지 못한 것은 확실히 제 의사는 아니었습니다. 그리고 그것은 슬픈 상실일지언정 트라우마는 아니었죠. 독일인인 줄 알았던 아버지에게 저를 원주민으로 만드는 유전자가 있었다는 발견과 씨름하는 일이 제게는 더 심각했어요. 매디슨이 있어서 얼마나 다행이었는지 모릅니다. 그는 제 곁에 있기 위해 사생활을 너무 많이 희생했어요.

결국 터무니없는 소리임이 입증됐지만 그때 저는 피부색에 의해 정의되거나 제한받고 싶지 않았습니다. 아무런 영향도 받지 않겠노라고 아주 오랫동안 결심했었고 제 말에 반박하는 사람에게는 바로 발끈하곤 했죠. 그래서 어머니가 제가 의대에 진학하길 바랐을 때도 그렇게 했고 사려 깊게 장학금도 받았습니다. 하지만 오스트레일리아에서 어느 누가 원주민에 대해 공부하지 않고, 즉 백내장, 빈혈, 심장병, 당뇨병, 천식, 폐렴에 대해 공부하지 않고 의학을 배울 수 있겠습니까? 제가 피부색 때문에 병원과 환자를 골랐다고 태평하게 결론짓는 친구들에게 화날 때가 너무 많았어요. 그 이유가 히포크라테스 선서나 만인 공통의 인간애일 순 없는 건가요? 이것들은 합리적으로 고려할 만한 요소가 아닙니까?

아버지는 프리맨틀에서 10년 형을 선고받았습니다. 중상해죄로는 법정 최고형이었죠. 매디슨이 그렇게 정했기 때문에 저는 아버지에게 정기적으로 편지를 썼지만 기숙 학교에 다니는 아이가 쓰는 편지만큼이나 지루하고 의무적이었을 거라고 생각합니다. 저는 제 편지를 쓸 때만큼이나 열의 없이 그의 편지를 읽었으므로 아버지가 퀸비 다운스에 만든 그 '작은 학교'에 대해 말하고 싶어 한다는 걸 누군가가 제게 지적해 줬어야 했어요. 관심을 보이는 것이 왜 그렇게 어려웠을까요? 그가 창피했던 걸까요? 아니면 그의 외로움과 요구가 두려웠던 걸까요? 제가 그의 옛 학교를 방문했으면 좋겠다는 희망을 그가 피력했을 때 제가 그 요구를 인식이나 했는지 의심스럽습니다.

저는 고등학교를 졸업했고 대학 수학 능력 시험에서 우수한 성적을 받았습니다. 그리고 멜버른 대학교 의과 대학에 입학했죠. 아버지는 계속 교도소 선생님으로 일했는데 학생 중에 원주민이 많을 수밖에 없었으므로 비(非)지도와 도표를 그리면서 이야기 수집을 계속했습니다. 나중에 알고 보니 '독수리'라는 필명으로 여행 잡지 《워크어바웃》[185]에도 정기적으로 기고하고 있었더군요.

그 시대에 아버지의 칼럼을 읽은 인류학자가 있긴 했나요? 지금은 그때보다 훨씬 많이 알려졌지만 그렇게 자주 인용되면서 그렇게 꾸준히 폄하되는 작가도 또 없을 것입니다. 지금은 아버지가 백인 식민 지배에 대항하는 비밀 사교(邪敎) 집단에 대해 보고했다고 당당히 말할 수 있지만 당시 전문가들의 의견은 그런 사교 집단이 존재하지 않는다는 것이었습니다. 그것이 존재한다고 주장하는 사람은, 대중 매체의 선정적 취향에 맞추기 위해 원주민의 식인 풍습 이야기를 지어낸 것으로 추정되는 데이지 베이츠 같은 선동가나 거짓말쟁이 취급을 당했죠.

아버지는 선정적 취향과는 완전히 거리가 먼 사람이었습니다. 오히려 충돌하는 두 개의 욕망, 즉 기록하려는 욕망과 비밀을 지키려는 욕망 사이에서 갈팡질팡하는 사람이었죠. 그러

---

185) 352쪽의 '방랑 생활'에서 따온 제목이다.

니까 방주교(敎) 또는 네드 켈리교 또는 쿡 선장 전설을 폭로 하려다가도 엄청난 경이를 엿본 순간 세상으로부터 몽땅 다 숨기는 것이 그의 유일한 희망이 되고 마는 것이었습니다. 이 걸 직접 겪은 저로서는 대단히 화나는 일이었죠.

저는 제가 마침내 큄비 다운스에 방문하느라 든 시간과 비 용에 대해 그가 고마워하지 않아서 기분이 상했습니다. 그 무 렵 마법의 교실은 그의 노력의 흔적이 전혀 남아 있지 않은, 그냥 하얗게 칠한 창고가 되어 있었는데 오직 "쿡 선장"이라는 단어만 물감 성분이 분해돼서 표면으로 올라왔지만 그것도 더 이상 파커 사(社)의 퀸키 블루 잉크의 색상이 아닌 을씨년 스러운 주황색이 되어 있었죠.

지속적인 원주민 보건 위기를 아는 사람이라면 닥터 배터 리와 펑카 왈라가 죽었고 쇠지레는 급성 당뇨병으로 입원 중 이라는 이야기를 들어도 놀라지 않을 겁니다. 물론 아버지의 슬픔은 이해가 갔지만 저도 그의 자식이니까 감사 인사 또한 받고 싶었던 거죠.

그는 프리맨틀에서 풀려났을 때 제게 알리지 않은 채 소총 과 탄약을 사서 자신이 체포되었던 동굴로 돌아갔습니다. 그 리고 거기서 어찌어찌 연명했더군요.

더비에 사는 친구들이 저를 오스카산맥으로 데려가서 윌 럼 박후버와 어른의 만남을 가졌을 때 그는 자신의 또 다른 동굴, 즉 큄비 다운스 교실의 복제품을 보여 줬습니다. 그리고 자신이 오직 저를 위해 이것을 만들었는데 "빌어먹을 헤라클 레스의 과업"[186]이었다고 주장했죠.(고마워요, 아빠.) 석회와 잉크, 잔가지와 붓을 사용해서 그는 학생들이 자신에게 가르쳐 준 쿡 선장 전설과 모든 지도 또는 반(反)지도와 도표를 세밀하게 재연했어요. 또한 여기, 잔다마라의 고장에서 많은 이야기와 앨처링가의 흔적을 배웠기에 우리의 첫 번째 정식 좌담은 보물 창고, 박물관, 또는 호(弧)와 점과 파란 선으로 장식된 그의 머릿속에서 열렸죠.

저는 이것을 있는 그대로, 사랑의 행위이자 믿음의 표시로 받아들였습니다.

하지만 제가 와틀 나무로 뒤덮인 녹슨 레텍스 푸조를 발견했을 때 아버지의 믿음에는 한계가 있었음이 드러났어요. 레텍스 엠블럼도, 62라는 숫자도 여전히 또렷했기에 저는 당연히 흥분했지만 아버지의 첫 반응은 얼렁뚱땅 넘어가는 것이었죠. 아버지의 참가 번호는 92번이었는데 말입니다. 며칠 후에야 그는 이것이 큄비 다운스에서 달아날 때 사용했던 차임을 인정했습니다.

왜 그걸 저한테 말하지 않으려고 한 거예요?

뭐, 흥미로운 얘기가 아니니까.

녹슨 잔해 바로 옆에는 거대한 노두가 있었는데 모양뿐만 아니라, 광대한 데본기 석회암 지역인 이곳에서 철분이 풍부하다는 점 때문에 눈에 띄었습니다. 그것은 풋볼 경기장 정도 길이의 단일 암체로, 도끼날처럼 매끈한 수직 옆면을 가졌다

---

186) 불가능해 보일 정도로 어려운 일. 그리스 신화 속 헤라클레스의 열두 가지 과업에서 따왔다.

고 생각했지만 나중에 돌이켜 보니 뒤집힌 녹슨 배 같다는 생각도 들더군요.

저는 인류학자가 아닌 의사이지만 충분히 공부했기 때문에 그 독특한 암석이 (예를 들면 변신 이야기 같은) 앨처링가 이야기에 자주 등장한다는 걸 압니다. 그러니까, 단순한 바위처럼 보이는 것이 때로는 그 이상일 때도 있다는 거죠.

이 점을 염두에 둔 채 저는 아버지에게 그 큰 바위가 사실은 평카 왈라의 방주 아니냐고 물었습니다. 어쨌든 푸조의 여행은 여기서 끝났으니까요.

아버지는 절대로 지나치게 쾌활한 사람이 아니었지만 이 단순한 질문에는 박장대소하더니 논리적으로 설명할 수 없을 만큼 한참 동안 웃어 댔습니다. 그러고는 헉하고 숨을 들이쉬었다가 침을 뱉고 맙소사를 외치고는 주술이니 뭐니 헛소리하는 백인처럼 말한다고 저를 놀렸죠. 그 후로 며칠 동안 그가 계속해서 본론으로 돌아가는 것을 보고 저는 마침내 제가 옳았음을 확신하게 됐습니다.

하지만 이야기 없는 바위는 뭘까요? 율법 없는 바위는? 의식(儀式) 없는 바위는?

저는 아버지가 이 신비로운 교의를 수집했다고 믿습니다. 동굴 선반에 쌓여 있던 것, 소위 '진흙 책들'과 C90 및 C120 카세트테이프[187] 속에 담겨 있던 것이 바로 이거였던 거죠. 늘어나고 너무 손상돼서 복원 불가능해 보이는 카세트테이프

---

187) 양면의 재생 시간이 도합 90분, 120분인 카세트테이프.

도, 핵심 부분이 아버지가 신경 쇠약일 때 쓰였다고 추측되는 '진흙 책들'도 아마 '전문가들'의 관심 밖일 겁니다.

하지만 저는 그 '진흙 책들'을 직접 읽는 특혜를 누렸습니다. 제가 볼 때 그것은 신경 쇠약의 산물이 아니라 자신이 발견한 것을 보존하고 전수하는 동시에 비밀을 지키는 의무를 다하고 싶은 윌리 박후버의 욕망이 가져온 결과였어요. 그가 방주에 대해 아주 구체적으로 묘사했기 때문에 깨닫는 데 오래 걸렸지만 방주는 펑카 왈라의 사교 집단의 은밀한 본거지가 아니라 아버지가 평생에 걸쳐 악의적인 파괴로부터 보호한 메모, 일기, 테이프, 문화에 대한 기술(記述) 일체를 가리키는 것이었습니다. 만약 아버지의 글이 명쾌하지 않다면, 교수님, 그것은 그가 신경 쇠약에 걸렸기 때문이 아니라 진실을 기록하는 동시에 비밀을 지켜야 했기 때문입니다. 광기의 징후처럼 보이는 것도 연금술 문헌에 익숙한 사람이라면 이해할 수 있을지 모릅니다. 우리 조국이 사실은 다른 이들의 땅이며 우리는 아직 그들의 언어로 말할 권리를 얻지 못했다고 주장하는 암호로 받아들인다면 말이죠.

감사의 말

  이 책은 위대한 편집자이자 우연히 내 아내이기도 한 프랜시스 코디의 너그러움과 믿음 없이는 완성될 수 없었을 것이다. 또한 나는 문외한이었을 때 처음 만난 많은 이들에게 빚을 지고 있다. 이 모든 사람들 가운데 인류학자 캐서린 월런보다 더 중요한 이름은 없다. 프랜시스와 내가 킴벌리를 여행했을 때 캐서린은 우리의 동행이자 선생님이었고 나중에 수십 통의 이메일을 통해 우리의 소중한 친구가 되었다. 브룸에서 그녀는 나를 팻 로와 하워드 페더슨에게 소개했다.(그들과의 협업에서 가장 어려웠던 부분은 와인 병을 따는 것이었지만 그 후로 팻과 하워드의 저서는 나의 가까운 벗으로 남았다.) 피츠로이크로싱(작중에서는 마도와라)에서 캐서린은 나를 캐럴린 데이비, 데이비드 (불런) 로저스와 그들의 딸인 내털리 데이비에게 안내했

518

다. 내 테이프 녹음기는 그들과 가졌던 중요한 만남의 기념물로 남아 있다.

나중에 캐서린은 내 원고를 감수하기에 스티브 키네인만한 적임자는 없다고 했다. 스티브는 킴벌리 동부 미로웅 고장 출신의 '마다 마다'이자 노터데임 대학교 브룸 캠퍼스 눌룽구 연구소의 선임 연구원이다. 또한 주요 상을 수상한 회고록의 저자이기도 하다. 내가 마침내 그를 만난 곳은 바로 그의 저서 『그림자 선』의 우아하고 감동적인 페이지 위였다.

조진 클라슨은 울런공 대학교 역사학과 부교수다. 역사학 박사인 그녀가 가진 자동차 공학 자격증은 내가 예상치 못했던 보너스였다. 조진은 여성과 레덱스 테스트에 관한 폭넓은 글을 써 왔으며 현재는 20세기 전반에 오스트레일리아 국민 문화와 자동차 문화가 어떤 식으로 함께 발전했는가에 대해 연구 중이다. 한마디로 그녀는 과거에도, 지금도 완벽한 취재원이다.

그리고 바로 이 조진이 레덱스 테스트의 역사에 관한 책을 막 마무리 짓고 있던 핼 몰로니에게 나를 소개했다. 또 그녀는 애들레이드의 역사학자 톰 개라와도 아는 사이로, 톰은 내가 이 책을 집필하는 동안 변함없는 조언자가 되어 주었다. 내가 건강상의 이유로 널라버 평원 여행을 못 가게 됐을 때 톰은 내가 책을 통한 여행을 떠날 수 있게 해 주었는데 그중에서도 특히 데버라 버드 로즈의 책은 보물과도 같았다. 데버라는 이 책에서 백인 관점으로 써졌던 식민사 부분, 예를 들면 쿡 선장과 네드 켈리에 대한 부분을 다시 쓰게 만들었다. 작중의 쿡 선장 전설은 호블스 다나이야리의 이야기를 그대로 가져온 것으로, 이는 데버라가 빅토리아 다운스 농장에서 녹음하고 나중에 글로 정리한 것이다. 그녀는 이 이야기가 새로운 독자층을 찾은 것을 호블스가 봤다면 굉장히 기뻐했을 거라는 확신을 줬다. 나는 살짝 편집해서 사용했다.

나는 또한 R. 그레이엄 케리에게도 감사해야 한다. 그는 따스하고 너그러운 할아버지였을 뿐 아니라 오스트레일리아 비행사의 선구자이기도 했는데 허구의 인물인 위험한 댄 봅스와는 전혀 다른 성격이었다. 그리고 시먼 댄과 칼 노이엔펠트, 페트로프 부인에게는 시간 여행 시킨 것을 사과해야 하며,[188] 페르시아의 시인 하피즈의 가잘 열두 편을 번역한 시인 폴 케인 외에도 로이스 즈웩, 킹즐리 파머, 마일스 홈스, 폴 케리, 리언 손더스, 이언 매든, 재니스 케리, 트리스 클래링볼드와 켄 클래링볼드 부부, 케이트 매슈스, 수 스미스와 게리 스미스 부부, 로드 베이커에게 큰 빚을 졌고, 마지막으로 배커스마시 중등학교를 아주 저렴한 비용에 2층으로 증축해 준 L & J 건설에 감사한다.

---

188) 시먼 댄이 실제로 활동한 것은 2000년부터이고, 칼 노이엔펠트는 시먼 댄의 동료 음악가이며, 페트로프 부인이 강제 소환 될 뻔한 날은 4월 19일이지만 작중에는 6월 19일로 되어 있다.

정착민 식민주의 국가의 국민 작가
피터 케리의 숙업

『집으로부터 멀리』는 하나의 질문에서 시작되었다. 오스트
레일리아인의 정체성이란 과연 무엇인가? 한국 같은 단일 민
족 국가에서는 고민할 필요가 없는 문제지만 수백 년 전부
터 여러 민족이 어우러져 살고 있는 복수 민족 국가, 그중에
서도 특히 백인 정착민들이 원주민들을 내쫓다시피 하고 빼
앗은 땅에 건국된 미국, 캐나다, 오스트레일리아, 뉴질랜드 같
은 나라에서는 지금껏 원주민을 완전히 배제했던 백인들만의
역사 또는 정체성에 어떻게 원주민의 역사 및 정체성을 통합
할 것인가가 사회적으로 중요한 이슈다. 이런 움직임의 일환
으로 요즘 이 나라들에서는 공식 행사 식순에 토지 인정(land
acknowledgement)을 포함하는 것이 하나의 관행으로 자리 잡
는 추세다. 토지 인정이란, 정해진 문구나 형식은 없지만, 지금

우리가 사용하고 있는 땅이 본래 원주민들의 땅임을 인정하는 일종의 선언문이다. 오스트레일리아에서는 선언문을 낭독하는 대신 환영식(Welcome to Country)을 하는데 이는 해당 고장의 원주민 장로가 우리 고장에 온 타지인들을 환영하는 의식으로, 연기를 피우거나 — 정화 및 악령 퇴치의 의미 — 춤과 노래를 곁들이기도 한다.

그런데 1980년대에 피터 케리가 참석했던 어느 극작가 콘퍼런스에서 한 유명 원주민 배우는 대부분이 백인이었던 참석자들에게 "우리에 대해 쓰지 마세요."라고 말했다. 비원주민 작가가 아무리 좋은 의도를 가졌다 한들 결국은 항상 잘못된 정보를 전달하기 때문에 차라리 아무것도 쓰지 않는 편이 낫다는 것이었다. 케리는 이 충고를 귀담아듣고 오랫동안 지켰다. 오스트레일리아의 실제 역사와 실존 인물을 다룬 『켈리 갱의 진짜 이야기』 같은 작품도 썼지만 원주민과 관련된 이야기는 의도적으로 멀리했다. 그러나 생각하면 생각할수록 '이게 과연 옳은가?'라는 생각이 들었다. 오스트레일리아 작가가 오스트레일리아의 과거에 대한 소설을 쓰면서 원주민에 대한 이야기만 제외하는 것이 올바른 행동인가? 결국 그는 그것이 자신의 '작가로서의 의무'라는 결론을 내렸다. "왜냐하면 그것이 내 나라의 바탕이 되는, 빌어먹을 현실이기 때문이다."

그러나 비원주민 작가로서 원주민의 이야기를 쓴다는 것은 제 발로 진퇴양난의 늪에 걸어 들어가는 것이나 다름없다. 일례로 영연방 작가상 수상작인 케이트 그렌빌의 『비밀의 강 (The Secret River)』은 19세기 영국에서 온 수형자가 시드니 근교의 시골에 정착하는 과정에서 원주민들에게 저지른 만행을 비판적으로 묘사했는데, 역사학자 잉가 클렌디넌은 "200년 전에 살았던 다양한 영국인들에게는 잘만 공감하면서" 왜 원주민에게는 공감하지 못하냐며, 그렌빌이 원주민의 목소리를 담지 않고 전적으로 백인의 관점에서만 그렸다는 점을 비판했다. 이에 대해 그렌빌은 "그 모든 것은 내가 아닌, 다른 누군가가 해야 할 이야기였다. 그 세계에 들어갈 자격이 있고, 그 이야기를 제대로 할 수 있는 지식을 가진 사람 말이다."라며, 이 경우에는 무엇을 말하느냐가 아니라 누가 말하느냐가 중요하기 때문에 윤리적인 이유에서 일부러 원주민의 관점을 담지 않았다고 답했다. 이러한 소동으로부터 8년 뒤에 『비밀의 강』을 희곡으로 각색한 앤드루 보벨은 비판적 관점을 수용하기 위해 원주민의 관점을 추가했다. 그러자 원주민 배우 겸 연출가인 레이철 매자는 그가 원주민을 과거에만 얽매인 탓에 소멸해 가는 종족으로 묘사했다고 비난했다. 따라서 원주민이 아닌 오스트레일리아 작가는 딜레마에 직면하게 된다. 자신의 작품에 원주민의 관점을 담음으로써 비원주민이 원주민을 대변한다는 비난을 받을 것인가, 아니면 원주민의 이야기는 원주민 작가가 직접 하도록 남겨 둠으로써 오스트레일리아 문학에서 원주민을 배제해 온 잘못된 역사를 답습할 것인가?

이에 대해 피터 케리는 어떻게 보면 영리한 해결책을 강구한 것으로 보인다. 원주민이면서 원주민이 아닌 윌리 박후버를 화자로 삼았기 때문이다. 윌리 박후버는 오스트레일리아에서 도둑맞은 세대(Stolen Generations) 또는 도둑맞은 아이들(Stolen

Children)이라고 불리는, 원주민 차별 정책의 피해자 중 한 사람이다. 이 정책은 한마디로 말하면, 백인과 원주민 사이에서 태어난 혼혈 아이들을 부모로부터 빼앗아 백인 가정에 입양 보내거나 — 이 경우에는 아이가 자신에게 원주민 피가 섞였다는 사실을 아예 모르는 일도 많았다. — 고아원 등의 시설로 보내어 원주민 문화와 단절시키고 백인 방식으로 양육하는 정책이었다. 이 정책은 두 가지 이유에서 발의되었다. 첫째, 백인과 최초로 접촉한 이래 원주민 인구가 급감하기 시작하자 백인들은 순수 혈통 원주민이 곧 멸종하리라 예상했다. 그래서 혼혈아들이 빨리 백인 사회에 동화될 수 있게 만들어야겠다고 생각했다. 둘째, 백인 남자가 원주민 여자를 강간하여 혼혈아를 출산하는 사례가 기하급수적으로 늘어나자 이들이 원주민 방식으로 양육될 경우 지배 문화, 즉 백인 문화에 위협이 될 것을 염려했다. 그 결과, 정부는 18세 이하의 모든 원주민 및 혼혈 아이와 (백인 남자와 결혼하지 않은) 모든 연령의 원주민 여성의 법적 후견인을 '최고 원주민 보호관'이라는 관리로 지정하는 법령을 반포했다. 이로써 정부가 원주민 아이를 부모로부터 빼앗아 올 수 있는 법적 근거를 마련한 것이다.

박후버는 이 중에서 다행스럽게도 백인 가정에 입양되어 본인이 독일인의 후손이라고 철석같이 믿으며 자란 경우에 해당했다. 그런데 아이러니한 것은 이 작품의 배경이 2차 세계 대전 직후라서 오스트레일리아에 반독(反獨) 분위기가 팽배했다는 것이다. 시도 때도 없이 '나치 새끼'라는 욕을 듣고 자란 박후버는 여기는 나의 조국이 아니다, 나의 조국은 독일이다,

라는 생각을 품고 이방인이자 망명자라는 정체성을 가진 어른이 된다. 게다가 두 번째 아이러니는 당시 오스트레일리아 정부가 대외적으로는 백호주의를 감추면서 백인, 그중에서도 이탈리아나 에스파냐계의 라틴 민족조차 제외한 북방 인종만을 이민자로 받아들이기 위해 이들에게 '발트'라는 고의적인 오칭을 붙였다는 사실이었다. 결국 '나치 새끼'까지는 잘 참아 넘겼던 박후버도 인종 차별주의자 학생의 '발트'라는 욕설에는 화를 참지 못하고 제자를 2층 창밖에 매달아 실직하기에 이른다. 그리고 실직자가 된 김에 옆집 봅스 부부와 함께 레덱스 테스트라는 18일간의 전국 일주 경주에 출전하면서 "집으로부터 멀리" 떠난 줄 알았으나 오히려 자신의 진짜 집으로 돌아오게 된다.

지면의 한계상 케리가 작중에서 다룬 모든 원주민적 소재를 다 언급할 수는 없지만 박후버라는 인물의 모험을 통해, 도둑맞은 세대뿐만 아니라 마치 원죄처럼 모든 오스트레일리아인이 잊지 말아야 할 다양한 역사적 사실들을 하나의 이야기로 엮어 냈다는 점이 인상 깊었다. 또한 마지막 장인 '감사의 말'에서 알 수 있듯이 작가가 원주민을 직접 만나서 인터뷰하거나, 그들이 쓴 책을 읽는 등의 자료 조사를 하거나, 원주민의 실제 구술 문학을 인용하거나, 마지막으로 완성된 작품을 원주민에게 감수까지 받은 것을 보면, 비원주민 작가로서 원주민 이야기를 최소한 '틀리지 않게 전하기 위해' 최선을 다했음이 느껴진다. 영미와 같은 영어권임에도 국내에 소개된 오스트레일리아 문학 작품이 굉장히 적은 이유가 평소 궁금했는데 이번 작업을 하면서 알게 되었다. 첫째, 오스트레일리아 영어는 미국 영어와도, 영국 영어와도 다른데 이를테면 옥스퍼드 사전처럼 공신력 있는 온라인 사전이 존재하지 않는다.(옥스퍼드 대학교 출판부에서 이미 종이책으로 출간한 오스트레일리언 내셔널 딕셔너리가 2023년 말에 무료로 온라인에 공개될 예정이었으나 아직까지 감감무소식이다.) 둘째, 오스트레일리아 역사에 대한 지식이 한국인에게 전무하다. 예를 들어 본문에서 오스트레일리아인이라면 누구나 아는 인물이라 작가가 이름 없이 성만 적어 놨는데 나는 한 번도 들어 본 적이 없어서 풀네임을 찾는 데서부터 고생한 경우가 많았다. 당장 떠올려만 봐도 조 바이든, 찰스 3세, 리시 수낵, 에마뉘엘 마크롱, 쥐스탱 트뤼도, 심지어 저신다 아던은 알아도 현 오스트레일리아 총리인 앤서니 앨버니지, 전 총리들인 스콧 모리슨, 맬컴 턴불의 이름은 들어 본 적도 없다. 그 결과 아프리카 문학과 비교해도 번역의 난이도가 결코 낮다고 할 수 없는 수준이다. 아무쪼록 이런 난관들을 극복하고 좀 더 많은 작품이 국내에 소개되어 오스트레일리아가 보다 친숙한 나라가 되었으면 하는 바람이다.

2024년 여름
황가한

작가 연보

1943년   오스트레일리아 빅토리아주 인구 4천 명가량의 마을
               배커스마시에서 태어났다. 그의 부모는 호주 자동차 브
               랜드인 홀든의 딜러로, '케리 모터스'라는 대리점을 운
               영했다.

1948년   마을 학교인 배커스마시 주립학교에 입학하여 열한 살
               이 되던 1953년까지 다녔다.

1954년   기숙 학교인 질롱 그래머 스쿨에 입학하여 1960년에
               졸업했다.

1961년   멜버른의 모나시 대학 과학부에 입학하여 화학과 동물
               학을 전공했으나 교통사고를 크게 당하고 학업에도 흥
               미를 잃어 중퇴했다. 대학에서 첫 아내인 리 위트먼을
               만났는데, 위트먼 역시 대학을 중퇴했다.

1962년   열아홉 살이 되던 해, 광고업계에서 일하기 시작하여
         멜버른의 여러 광고 대행사에서 근무했다. 그러는 중
         에 만난 한 작가로부터 동시대 유럽과 미국 소설들을
         권유받아 읽기 시작했다. 이 시기에 그는 사뮈엘 베케
         트, 윌리엄 포크너, 제임스 조이스, 프란츠 카프카, 가
         브리엘 가르시아 마르케스의 작품들을 탐독했고, 직접
         글을 쓰기 시작했다.

1964년   여자친구 리 위트먼과 결혼했다. 이때부터 그는 본격적
         으로 장편 소설을 집필하기 시작했는데, 『접촉』(1964
         년~1965년), 『여기서 시작하고 여기서 끝내다』(1965년
         ~1967년), 『아랍인』(1969년), 『마리 셀레스트호에서의
         모험』(1971년) 등이다. 이 작품들은 모두 출판을 거절
         당했다. 출간되지 않은 이 장편 소설들과 스물한 편의
         단편 소설들의 원고는 퀸즐랜드 대학 도서관이 보유하
         고 있다.

1970년   케리는 서서히 출판 편집자들과 관계를 형성하기 시작
         하여 잡지와 신문에 단편 소설들을 게재했다.

1974년   위의 단편 소설들을 모아 출간한 첫 작품인 『역사 속
         의 뚱보』가 큰 성공을 거두며 하루아침에 유명인사가
         된다.

1976년   오스트레일리아 브리즈베인 북단의 얀디자 지역으로
         거처를 옮겼다. 이 시기에 그는 『사기꾼』, 『전범』, 『축
         복』 등을 집필했고, 『축복』이 그의 첫 장편 소설로 출
         간됐다. 한 달에 일주일 일하는 조건으로 광고일 역시

이어갔다.

1980년	별거 중이었던 아내 리 위트먼과 이혼했다.
1985년	『사기꾼』으로 처음 부커상 후보에 올랐다. 이 시기에 연극 연출가인 앨리슨 서머스와 결혼했고, 서머스가 연출한 뮤지컬 「환영」의 작사를 맡아 1987년 아리아 어워드에서 작사가 부문에 노미네이트되었다.
1988년	도박에 중독된 아름다운 여성 부호 루신다와 영국에서 건너 온 목사 오스카의 기묘한 사랑 이야기를 그린 『오스카와 루신다』로 부커상과 오스트레일리아 최고 문학상인 마일스 프랭클린 상을 받으며 오스트레일리아 문단을 대표하는 작가가 되었다. 이 작품은 훗날 최고의 부커상 수상작을 뽑는 '베스트 오브 더 부커' 후보에 올랐으며, 케이트 블란쳇과 레이프 파인스 주연의 동명 영화로 만들어져 화제를 불러일으켰다.
	그러나 케리는 『세무 조사원』을 집필하는 데만 집중했다. 그와 그의 아내는 이 시기에 지나치게 높아진 명성과 그로 인한 삶의 고단함에 지쳐 유럽, 이란 등을 여행한 뒤, 런던에서 체류했다. 이 시기까지 그는 광고일과 소설 집필을 병행했다.
1989년	왕립 문학 협회의 멤버로 선출되었다.
1990년	그는 『세무 조사원』을 완성한 후 아내 앨리슨, 아들과 함께 뉴욕으로 거처를 옮겼다. 이 시기에 뉴욕 대학에서 일주일에 한 번 강의를 맡았고 후에 프린스턴 대학 등에서도 강사직을 얻었다. 이 후 3년 동안 『트리스탄

스미스의 비범한 인생』,『잭 매그스』,『켈리 갱의 진짜 이야기』를 집필했다. 이 집필기 동안 그는 미국에 머물면서도 오직 오스트레일리아를 배경과 테마로 한 작품을 쓰는 데 주력했다.

1991년   독일 영화 감독 빔 벤더스의 영화「이 세상 끝까지」의 시나리오를 공동 집필했다.

2001년   오스레일리아 실존 인물이자 민중 영웅인 네드 켈리 이야기를 담은『켈리 갱의 진짜 이야기』로 두 번째 부커상과 영연방 작가상을 수상했다. 이 책은 가디언이 선정한 '최고의 영문소설 100', '21세기 최고의 책'에 올랐다. 또한 그는 오스트레일리아 인문 아카데미 협회의 명예 펠로로 추대되었다.

2003년   헌터 칼리지에서 문예창작을 가르치기 시작했다.

2005년   사 년간의 별거 후 두 번째 아내 앨리슨과 이혼했고, 세 번째 아내인 영국 출판인 프랜시스 코디와 결혼했다.

2007년   결별한 아내와의 이야기를 모티프로 한『도둑: 진짜 사랑 이야기』를 발표했다.

2010년   미국에서 이십 년을 보낸 그는 알렉시스 드 토크빌과 관련된 소설『패럿과 올리비에 미국에 가다』로 처음으로 미국을 배경으로 하는 작품을 펴냈다. 그의 초상이 오스트레일리아의 기념비적 인물을 싣는 두 종의 우표로 발행되었다.

2012년   현대의 런던과 독일의 그림 형제 동화를 결합한『눈물의 화학작용』을 출간했다. 해럴드 D. 버셀 메모리얼 어워드를 수상했다.

2014년 　장편 소설 『기억상실』을 출간했다.

2016년 　미국 예술 문학 아카데미의 멤버로 추대되었다.

2017년 　장편 소설 『집으로부터 멀리』를 출간했다.

세계문학전집 **447**

집으로부터 멀리

1판 1쇄 찍음 2024년 8월 8일
1판 1쇄 펴냄 2024년 8월 20일

지은이   피터 케리
옮긴이   황가한
발행인   박근섭, 박상준
펴낸곳   (주)민음사

출판등록   1966. 5. 19. (제 16-490호)
서울특별시 강남구 도산대로1길 62(신사동) 강남출판문화센터 5층 (우편번호 06027)
대표전화 02-515-2000 팩시밀리 02-515-2007
www.minumsa.com

ISBN 978-89-374-6447-8 04800
ISBN 978-89-374-6000-5 (세트)

* 잘못 만들어진 책은 구입처에서 교환해 드립니다.

세계문학전집 목록

1·2 변신 이야기 오비디우스 · 이윤기 옮김 서울대 권장도서 100선

3 햄릿 셰익스피어 · 최종철 옮김 서울대 권장도서 100선 | 미국대학위원회 선정 SAT 추천도서

4 변신 · 시골의사 카프카 · 전영애 옮김 서울대 권장도서 100선

5 동물농장 오웰 · 도정일 옮김 미국대학위원회 선정 SAT 추천도서 | 《타임》 선정 현대 100대 영문소설

6 허클베리 핀의 모험 트웨인 · 김욱동 옮김 《뉴스위크》 선정 100대 명저

7 암흑의 핵심 콘래드 · 이상옥 옮김 미국대학위원회 선정 SAT 추천도서 | 《뉴스위크》 선정 10대 명저

8 토니오 크뢰거 · 트리스탄 · 베네치아에서의 죽음 토마스 만 · 안삼환 외 옮김 노벨 문학상 수상 작가

9 문학이란 무엇인가 사르트르 · 정명환 옮김

10 한국단편문학선 1 김동인 외 · 이남호 엮음 국립중앙도서관 선정 청소년 권장도서

11·12 인간의 굴레에서 서머싯 몸 · 송무 옮김

13 이반 데니소비치, 수용소의 하루 솔제니친 · 이영의 옮김 노벨 문학상 수상 작가

14 너새니얼 호손 단편선 호손 · 천승걸 옮김

15 나의 미카엘 오즈 · 최창모 옮김

16·17 중국신화전설 위앤커 · 전인초, 김선자 옮김

18 고리오 영감 발자크 · 박영근 옮김

19 파리대왕 골딩 · 유종호 옮김 노벨 문학상 수상 작가 | 《타임》 선정 현대 100대 영문소설

20 한국단편문학선 2 김동리 외 · 이남호 엮음

21·22 파우스트 괴테 · 정서웅 옮김 서울대 권장도서 100선 | 미국대학위원회 선정 SAT 추천도서

23·24 빌헬름 마이스터의 수업시대 괴테 · 안삼환 옮김

25 젊은 베르테르의 슬픔 괴테 · 박찬기 옮김 논술 및 수능에 출제된 책(1998~2005)

26 이피게니에 · 스텔라 괴테 · 박찬기 외 옮김

27 다섯째 아이 레싱 · 정덕애 옮김 노벨 문학상 수상 작가

28 삶의 한가운데 린저 · 박찬일 옮김

29 농담 쿤데라 · 방미경 옮김

30 야성의 부름 런던 · 권택영 옮김

31 아메리칸 제임스 · 최경도 옮김

32·33 양철북 그라스 · 장희창 옮김 노벨 문학상 수상 작가 | 서울대 권장도서 100선

34·35 백년의 고독 마르케스 · 조구호 옮김 노벨 문학상 수상 작가 | 서울대 권장도서 100선

36 마담 보바리 플로베르 · 김화영 옮김 서울대 권장도서 100선

37 거미여인의 키스 푸익 · 송병선 옮김

38 달과 6펜스 서머싯 몸 · 송무 옮김

39 폴란드의 풍차 지오노 · 박인철 옮김

40·41 독일어 시간 렌츠 · 정서웅 옮김

42 말테의 수기 릴케 · 문현미 옮김

43 고도를 기다리며 베케트 · 오증자 옮김 노벨 문학상 수상 작가 | 서울대 권장도서 100선

44 데미안 헤세 · 전영애 옮김 노벨 문학상 수상 작가

45 젊은 예술가의 초상 조이스 · 이상옥 옮김 서울대 권장도서 100선

46 카탈로니아 찬가 오웰 · 정영목 옮김

47 호밀밭의 파수꾼 샐린저 · 정영목 옮김 《타임》 선정 현대 100대 영문소설 | 미국대학위원회 선정 SAT 추천도서 | 《뉴스위크》 선정 100대 명저 | BBC 선정 꼭 읽어야 할 책

48·49 파르마의 수도원 스탕달 · 원윤수, 임미경 옮김

50 수레바퀴 아래서 헤세 · 김이섭 옮김 노벨 문학상 수상 작가 | 국립중앙도서관 선정 청소년 권장도서

51·52 내 이름은 빨강 파묵 · 이난아 옮김 노벨 문학상 수상 작가

53 오셀로 셰익스피어 · 최종철 옮김 서울대 권장도서 100선

54 조서 르 클레지오 · 김윤진 옮김 노벨 문학상 수상 작가

55 모래의 여자 아베 코보 · 김난주 옮김

56·57 부덴브로크 가의 사람들 토마스 만 · 홍성광 옮김 노벨 문학상 수상 작가

58 싯다르타 헤세 · 박병덕 옮김 노벨 문학상 수상 작가

59·60 아들과 연인 로렌스 · 정상준 옮김 《뉴스위크》 선정 100대 명저

61 설국 가와바타 야스나리 · 유숙자 옮김 노벨 문학상 수상 작가 | 서울대 권장도서 100선

62 벨킨 이야기 · 스페이드 여왕 푸슈킨 · 최선 옮김

63·64 넙치 그라스 · 김재혁 옮김 노벨 문학상 수상 작가

65 소망 없는 불행 한트케 · 윤용호 옮김 노벨 문학상 수상 작가

66 나르치스와 골드문트 헤세 · 임홍배 옮김 노벨 문학상 수상 작가

67 황야의 이리 헤세 · 김누리 옮김 노벨 문학상 수상 작가

68 페테르부르크 이야기 고골 · 조주관 옮김

69 밤으로의 긴 여로 오닐 · 민승남 옮김 노벨 문학상 수상 작가 | 미국대학위원회 선정 SAT 추천도서

70 체호프 단편선 체호프 · 박현섭 옮김

71 버스 정류장 가오싱젠 · 오수경 옮김 노벨 문학상 수상 작가

72 구운몽 김만중 · 송성욱 옮김 서울대 권장도서 100선 | 국립중앙도서관 선정 청소년 권장도서

73 대머리 여가수 이오네스코 · 오세곤 옮김

74 이솝 우화집 이솝 · 유종호 옮김 논술 및 수능에 출제된 책(1998~2005)

75 위대한 개츠비 피츠제럴드 · 김욱동 옮김 《타임》 선정 현대 100대 영문소설

76 푸른 꽃 노발리스 · 김재혁 옮김

77 1984 오웰 · 정회성 옮김 《타임》 선정 현대 100대 영문소설 | 《뉴스위크》 선정 100대 명저

78·79 영혼의 집 아옌데 · 권미선 옮김

80 첫사랑 투르게네프 · 이항재 옮김

81 내가 죽어 누워 있을 때 포크너 · 김명주 옮김 노벨 문학상 수상 작가

82 런던 스케치 레싱 · 서숙 옮김 노벨 문학상 수상 작가

83 팡세 파스칼 · 이환 옮김

84 질투 로브그리예 · 박이문, 박희원 옮김

85·86 채털리 부인의 연인 로렌스 · 이인규 옮김

87 그 후 나쓰메 소세키 · 윤상인 옮김

88 오만과 편견 오스틴 · 윤지관, 전승희 옮김 미국대학위원회 선정 SAT 추천도서

89·90 부활 톨스토이 · 연진희 옮김 논술 및 수능에 출제된 책(1998~2005)

91 방드르디, 태평양의 끝 투르니에 · 김화영 옮김

92 미겔 스트리트 나이폴 · 이상옥 옮김 노벨 문학상 수상 작가

93 페드로 파라모 룰포 · 정창 옮김

94 차라투스트라는 이렇게 말했다 니체 · 장희창 옮김 국립중앙도서관 선정 청소년 권장도서

95·96 적과 흑 스탕달 · 이동렬 옮김 국립중앙도서관 선정 청소년 권장도서

97·98 콜레라 시대의 사랑 마르케스 · 송병선 옮김 노벨 문학상 수상 작가 | BBC 선정 꼭 읽어야 할 책

99 맥베스 셰익스피어 · 최종철 옮김 서울대 권장도서 100선 | 미국대학위원회 선정 SAT 추천도서

100 춘향전 작자 미상 · 송성욱 풀어 옮김 서울대 권장도서 100선

101 페르디두르케 곰브로비치 · 윤진 옮김

102 포르노그라피아 곰브로비치 · 임미경 옮김

103 인간 실격 다자이 오사무 · 김춘미 옮김

104 네루다의 우편배달부 스카르메타 · 우석균 옮김

105·106 이탈리아 기행 괴테·박찬기 외 옮김

107 나무 위의 남작 칼비노·이현경 옮김

108 달콤 쌉싸름한 초콜릿 에스키벨·권미선 옮김

109·110 제인 에어 C. 브론테·유종호 옮김 BBC 선정 꼭 읽어야 할 책

111 크눌프 헤세·이노은 옮김 노벨 문학상 수상 작가

112 시계태엽 오렌지 버지스·박시영 옮김 《타임》 선정 현대 100대 영문소설 | 《뉴스위크》 선정 100대 명저

113·114 파리의 노트르담 위고·정기수 옮김 미국대학위원회 선정 SAT 추천도서

115 새로운 인생 단테·박우수 옮김

116·117 로드 짐 콘래드·이상옥 옮김 《뉴스위크》 선정 100대 명저

118 폭풍의 언덕 E. 브론테·김종길 옮김 미국대학위원회 선정 SAT 추천도서

119 텔크테에서의 만남 그라스·안삼환 옮김 노벨 문학상 수상 작가

120 검찰관 고골·조주관 옮김

121 안개 우나무노·조민현 옮김

122 나사의 회전 제임스·최경도 옮김 미국대학위원회 선정 SAT 추천도서

123 피츠제럴드 단편선 1 피츠제럴드·김욱동 옮김

124 목화밭의 고독 속에서 콜테스·임수현 옮김

125 돼지꿈 황석영

126 라셀라스 존슨·이인규 옮김

127 리어 왕 셰익스피어·최종철 옮김 서울대 권장도서 100선 | 《뉴스위크》 선정 100대 명저

128·129 쿠오 바디스 시엔키에비츠·최성은 옮김 노벨 문학상 수상 작가

130 자기만의 방·3기니 울프·이미애 옮김

131 시르트의 바닷가 그라크·송진석 옮김

132 이성과 감성 오스틴·윤지관 옮김

133 바덴바덴에서의 여름 치프킨·이장욱 옮김

134 새로운 인생 파묵·이난아 옮김 노벨 문학상 수상 작가

135·136 무지개 로렌스·김정매 옮김

137 인생의 베일 서머싯 몸·황소연 옮김

138 보이지 않는 도시들 칼비노·이현경 옮김

139·140·141 연초 도매상 바스·이운경 옮김 《타임》 선정 현대 100대 영문소설

142·143 플로스 강의 물방앗간 엘리엇·한애경, 이봉지 옮김 미국대학위원회 선정 SAT 추천도서

144 연인 뒤라스·김인환 옮김

145·146 이름 없는 주드 하디·정종화 옮김

147 제49호 품목의 경매 핀천·김성곤 옮김 《타임》 선정 현대 100대 영문소설

148 성역 포크너·이진준 옮김 노벨 문학상 수상 작가 | 퓰리처상 수상 작가

149 무진기행 김승옥

150·151·152 신곡(지옥편·연옥편·천국편) 단테·박상진 옮김 《뉴스위크》 선정 100대 명저

153 구덩이 플라토노프·정보라 옮김

154·155·156 카라마조프가의 형제들 도스토옙스키·김연경 옮김

157 지상의 양식 지드·김화영 옮김 노벨 문학상 수상 작가

158 밤의 군대들 메일러·권택영 옮김 퓰리처상 수상 작가

159 주홍 글자 호손·김욱동 옮김 서울대 권장도서 100선 | 미국대학위원회 선정 SAT 추천도서

160 깊은 강 엔도 슈사쿠·유숙자 옮김

161 욕망이라는 이름의 전차 윌리엄스·김소임 옮김

162 마사 퀘스트 레싱·나영균 옮김 노벨 문학상 수상 작가

163·164 운명의 딸 아옌데·권미선 옮김

165 모렐의 발명 비오이 카사레스 · 송병선 옮김

166 삼국유사 일연 · 김원중 옮김 서울대 권장도서 100선

167 풀잎은 노래한다 레싱 · 이태동 옮김 노벨 문학상 수상 작가

168 파리의 우울 보들레르 · 윤영애 옮김

169 포스트맨은 벨을 두 번 울린다 케인 · 이만식 옮김

170 썩은 잎 마르케스 · 송병선 옮김 노벨 문학상 수상 작가

171 모든 것이 산산이 부서지다 아체베 · 조규형 옮김 《타임》 선정 현대 100대 영문소설

172 한여름 밤의 꿈 셰익스피어 · 최종철 옮김 미국대학위원회 선정 SAT 추천도서

173 로미오와 줄리엣 셰익스피어 · 최종철 옮김 미국대학위원회 선정 SAT 추천도서

174·175 분노의 포도 스타인벡 · 김승욱 옮김 노벨 문학상 수상 작가 | 《타임》 선정 현대 100대 영문소설

176·177 괴테와의 대화 에커만 · 장희창 옮김

178 그물을 헤치고 머독 · 유종호 옮김 《타임》 선정 현대 100대 영문소설

179 브람스를 좋아하세요... 사강 · 김남주 옮김

180 카타리나 블룸의 잃어버린 명예 하인리히 뵐 · 김연수 옮김 노벨 문학상 수상 작가

181·182 에덴의 동쪽 스타인벡 · 정회성 옮김 노벨 문학상 수상 작가

183 순수의 시대 워튼 · 송은주 옮김 《뉴스위크》 선정 100대 명저 | 퓰리처상 수상작

184 도둑 일기 주네 · 박형섭 옮김

185 나자 브르통 · 오생근 옮김

186·187 캐치-22 헬러 · 안정효 옮김 《타임》 선정 현대 100대 영문소설

188 솔로호프 단편선 솔로호프 · 이항재 옮김 노벨 문학상 수상 작가

189 말 사르트르 · 정명환 옮김

190·191 보이지 않는 인간 엘리슨 · 조영환 옮김 《타임》 선정 현대 100대 영문소설

192 왑샷 가문 연대기 치버 · 김승욱 옮김 퓰리처상 수상 작가

193 왑샷 가문 몰락기 치버 · 김승욱 옮김 퓰리처상 수상 작가

194 필립과 다른 사람들 노터봄 · 지명숙 옮김

195·196 하드리아누스 황제의 회상록 유르스나르 · 곽광수 옮김

197·198 소피의 선택 스타이런 · 한정아 옮김 퓰리처상 수상 작가

199 피츠제럴드 단편선 2 피츠제럴드 · 한은경 옮김

200 홍길동전 허균 · 김탁환 옮김

201 요술 부지깽이 쿠버 · 양윤희 옮김

202 북호텔 다비 · 원윤수 옮김

203 톰 소여의 모험 트웨인 · 김욱동 옮김

204 금오신화 김시습 · 이지하 옮김

205·206 테스 하디 · 정종화 옮김 미국대학위원회 선정 SAT 추천도서 | BBC 선정 꼭 읽어야 할 책

207 브루스터플레이스의 여자들 네일러 · 이소영 옮김

208 더 이상 평안은 없다 아체베 · 이소영 옮김

209 그레인지 코플랜드의 세 번째 인생 워커 · 김시현 옮김 퓰리처상 수상 작가

210 어느 시골 신부의 일기 베르나노스 · 정영란 옮김

211 타라스 불바 고골 · 조주관 옮김

212·213 위대한 유산 디킨스 · 이인규 옮김 서울대 권장도서 100선 | BBC 선정 꼭 읽어야 할 책

214 면도날 서머싯 몸 · 안진환 옮김

215·216 성채 크로닌 · 이은정 옮김

217 오이디푸스 왕 소포클레스 · 강대진 옮김 서울대 권장도서 100선

218 세일즈맨의 죽음 밀러 · 강유나 옮김

219·220·221 안나 카레니나 톨스토이 · 연진희 옮김 서울대 권장도서 100선

222 오스카 와일드 작품선 와일드·정영목 옮김

223 벨아미 모파상·송덕호 옮김

224 파스쿠알 두아르테 가족 호세 셀라·정동섭 옮김 노벨 문학상 수상 작가

225 시칠리아에서의 대화 비토리니·김운찬 옮김

226·227 길 위에서 케루악·이만식 옮김 《타임》 선정 현대 100대 영문소설 | 《뉴스위크》 선정 100대 명저

228 우리 시대의 영웅 레르몬토프·오정미 옮김

229 아우라 푸엔테스·송상기 옮김

230 클링조어의 마지막 여름 헤세·황승환 옮김 노벨 문학상 수상 작가

231 리스본의 겨울 무뇨스 몰리나·나송주 옮김

232 뻐꾸기 둥지 위로 날아간 새 키지·정회성 옮김 《타임》 선정 현대 100대 영문소설

233 페널티킥 앞에 선 골키퍼의 불안 한트케·윤용호 옮김 노벨 문학상 수상 작가

234 참을 수 없는 존재의 가벼움 쿤데라·이재룡 옮김

235·236 바다여, 바다여 머독·최옥영 옮김

237 한 줌의 먼지 에벌린 워·안진환 옮김 《타임》 선정 현대 100대 영문소설

238 뜨거운 양철 지붕 위의 고양이·유리 동물원 윌리엄스·김소임 옮김 퓰리처상 수상작

239 지하로부터의 수기 도스토옙스키·김연경 옮김

240 키메라 바스·이운경 옮김

241 반쪼가리 자작 칼비노·이현경 옮김

242 벌집 호세 셀라·남진희 옮김 노벨 문학상 수상 작가

243 불멸 쿤데라·김병욱 옮김

244·245 파우스트 박사 토마스 만·임홍배, 박병덕 옮김 노벨 문학상 수상 작가

246 사랑할 때와 죽을 때 레마르크·장희창 옮김

247 누가 버지니아 울프를 두려워하랴? 올비·강유나 옮김

248 인형의 집 입센·안미란 옮김

249 위폐범들 지드·원윤수 옮김 노벨 문학상 수상 작가

250 무정 이광수·정영훈 책임 편집 서울대 권장도서 100선

251·252 의지와 운명 푸엔테스·김현철 옮김

253 폭력적인 삶 파솔리니·이승수 옮김

254 거장과 마르가리타 불가코프·정보라 옮김

255·256 경이로운 도시 멘도사·김현철 옮김

257 야곱을 둘러싼 추측들 욘존·손대영 옮김

258 왕자와 거지 트웨인·김욱동 옮김

259 존재하지 않는 기사 칼비노·이현경 옮김

260·261 눈먼 암살자 애트우드·차은정 옮김 《타임》 선정 현대 100대 영문소설

262 베니스의 상인 셰익스피어·최종철 옮김

263 말리나 바흐만·남정애 옮김

264 사볼타 사건의 진실 멘도사·권미선 옮김

265 뒤렌마트 희곡선 뒤렌마트·김혜숙 옮김

266 이방인 카뮈·김화영 옮김 노벨 문학상 수상 작가 | 미국대학위원회 선정 SAT 추천도서

267 페스트 카뮈·김화영 옮김 노벨 문학상 수상 작가 | 국립중앙도서관 선정 청소년 권장도서

268 검은 튤립 뒤마·송진석 옮김

269·270 베를린 알렉산더 광장 되블린·김재혁 옮김

271 하얀 성 파묵·이난아 옮김 노벨 문학상 수상 작가

272 푸슈킨 선집 푸슈킨·최선 옮김

273·274 유리알 유희 헤세·이영임 옮김 노벨 문학상 수상 작가

275 픽션들 보르헤스 · 송병선 옮김 서울대 권장도서 100선

276 신의 화살 아체베 · 이소영 옮김

277 빌헬름 텔 · 간계와 사랑 실러 · 홍성광 옮김

278 노인과 바다 헤밍웨이 · 김욱동 옮김 노벨 문학상 수상 작가 | 퓰리처상 수상작

279 무기여 잘 있어라 헤밍웨이 · 김욱동 옮김 미국대학위원회 선정 SAT 추천도서

280 태양은 다시 떠오른다 헤밍웨이 · 김욱동 옮김 《타임》 선정 현대 100대 영문 소설

281 알레프 보르헤스 · 송병선 옮김

282 일곱 박공의 집 호손 · 정소영 옮김

283 에마 오스틴 · 윤지관, 김영희 옮김

284·285 죄와 벌 도스토옙스키 · 김연경 옮김 미국대학위원회 선정 SAT 추천도서

286 시련 밀러 · 최영 옮김

287 모두가 나의 아들 밀러 · 최영 옮김

288·289 누구를 위하여 종은 울리나 헤밍웨이 · 김욱동 옮김 노벨 문학상 수상 작가

290 구르브 연락 없다 멘도사 · 정창 옮김

291·292·293 데카메론 보카치오 · 박상진 옮김

294 나누어진 하늘 볼프 · 전영애 옮김

295·296 제브데트 씨와 아들들 파묵 · 이난아 옮김 노벨 문학상 수상 작가

297·298 여인의 초상 제임스 · 최경도 옮김 미국대학위원회 선정 SAT 추천도서

299 압살롬, 압살롬! 포크너 · 이태동 옮김 노벨 문학상 수상 작가

300 이상 소설 전집 이상 · 권영민 책임 편집

301·302·303·304·305 레 미제라블 위고 · 정기수 옮김

306 관객모독 한트케 · 윤용호 옮김 노벨 문학상 수상 작가

307 더블린 사람들 조이스 · 이종일 옮김

308 에드거 앨런 포 단편선 앨런 포 · 전승희 옮김 미국대학위원회 선정 SAT 추천도서

309 보이체크 · 당통의 죽음 뷔히너 · 홍성광 옮김

310 노르웨이의 숲 무라카미 하루키 · 양억관 옮김

311 운명론자 자크와 그의 주인 디드로 · 김희영 옮김

312·313 헤밍웨이 단편선 헤밍웨이 · 김욱동 옮김 노벨 문학상 수상 작가

314 피라미드 골딩 · 안지현 옮김 노벨 문학상 수상 작가

315 닫힌 방 · 악마와 선한 신 사르트르 · 지영래 옮김

316 등대로 울프 · 이미애 옮김 《타임》 선정 현대 100대 영문소설 | 《뉴스위크》 선정 100대 명저

317·318 한국 희곡선 송영 외 · 양승국 엮음

319 여자의 일생 모파상 · 이동렬 옮김

320 의식 노터봄 · 김영중 옮김

321 육체의 악마 라디게 · 원윤수 옮김

322·323 감정 교육 플로베르 · 지영화 옮김

324 불타는 평원 룰포 · 정창 옮김

325 위대한 몬느 알랭푸르니에 · 박영근 옮김

326 라쇼몬 아쿠타가와 류노스케 · 서은혜 옮김

327 반바지 당나귀 보스코 · 정영란 옮김

328 정복자들 말로 · 최윤주 옮김

329·330 우리 동네 아이들 마흐푸즈 · 배혜경 옮김 노벨 문학상 수상 작가

331·332 개선문 레마르크 · 장희창 옮김

333 사바나의 개미 언덕 아체베 · 이소영 옮김

334 계걸음으로 그라스 · 장희창 옮김 노벨 문학상 수상 작가

335 코스모스 곰브로비치·최성은 옮김

336 좁은 문·전원교향곡 배덕자 지드·동성식 옮김 노벨 문학상 수상 작가

337·338 암 병동 솔제니친·이영의 옮김 노벨 문학상 수상 작가

339 피의 꽃잎들 응구기 와 시옹오·왕은철 옮김

340 운명 케르테스·유진일 옮김 노벨 문학상 수상 작가

341·342 벌거벗은 자와 죽은 자 메일러·이운경 옮김 퓰리처상 수상 작가

343 시지프 신화 카뮈·김화영 옮김 노벨 문학상 수상 작가

344 뇌우 차오위·오수경 옮김

345 모옌 중단편선 모옌·심규호, 유소영 옮김 노벨 문학상 수상 작가

346 일야서 한사오궁·심규호, 유소영 옮김

347 상속자들 골딩·안지현 옮김 노벨 문학상 수상 작가

348 설득 오스틴·전승희 옮김

349 히로시마 내 사랑 뒤라스·방미경 옮김

350 오 헨리 단편선 오 헨리·김희용 옮김

351·352 올리버 트위스트 디킨스·이인규 옮김

353·354·355·356 전쟁과 평화 톨스토이·연진희 옮김

357 다시 찾은 브라이즈헤드 에벌린 워·백지민 옮김

358 아무도 대령에게 편지하지 않다 마르케스·송병선 옮김

359 사양 다자이 오사무·유숙자 옮김

360 좌절 케르테스·한경민 옮김 노벨 문학상 수상 작가

361·362 닥터 지바고 파스테르나크·김연경 옮김 노벨 문학상 수상 작가

363 노생거 사원 오스틴·윤지관 옮김

364 개구리 모옌·심규호, 유소영 옮김 노벨 문학상 수상 작가

365 마왕 투르니에·이원복 옮김 공쿠르상 수상 작가

366 맨스필드 파크 오스틴·김영희 옮김

367 이선 프롬 이디스 워튼·김욱동 옮김 퓰리처상 수상 작가

368 여름 이디스 워튼·김욱동 옮김 퓰리처상 수상 작가

369·370·371 나는 고백한다 자우메 카브레·권가람 옮김

372·373·374 태엽 감는 새 연대기 무라카미 하루키·김난주 옮김

375·376 대사들 제임스·정소영 옮김

377 족장의 가을 마르케스·송병선 옮김 노벨 문학상 수상 작가

378 핏빛 자오선 매카시·김시현 옮김

379 모두 다 예쁜 말들 매카시·김시현 옮김

380 국경을 넘어 매카시·김시현 옮김

381 평원의 도시들 매카시·김시현 옮김

382 만년 다자이 오사무·유숙자 옮김

383 반항하는 인간 카뮈·김화영 옮김 노벨 문학상 수상 작가

384·385·386 악령 도스토옙스키·김연경 옮김

387 태평양을 막는 제방 뒤라스·윤진 옮김

388 남아 있는 나날 가즈오 이시구로·송은경 옮김

389 앙리 브륄라르의 생애 스탕달·원윤수 옮김

390 찻집 라오서·오수경 옮김

391 태어나지 않은 아이를 위한 기도 케르테스·이상동 옮김 노벨 문학상 수상 작가

392·393 서머싯 몸 단편선 서머싯 몸·황소연 옮김

394 케이크와 맥주 서머싯 몸·황소연 옮김

395 월든 소로 · 정회성 옮김

396 모래 사나이 E. T. A. 호프만 · 신동화 옮김

397·398 검은 책 오르한 파묵 · 이난아 옮김 노벨 문학상 수상 작가

399 방랑자들 올가 토카르추크 · 최성은 옮김 노벨 문학상 수상 작가

400 시여, 침을 뱉어라 김수영 · 이영준 엮음

401·402 환락의 집 이디스 워튼 · 전승희 옮김

403 달려라 메로스 다자이 오사무 · 유숙자 옮김

404 아버지와 자식 투르게네프 · 연진희 옮김

405 청부 살인자의 성모 바예호 · 송병선 옮김

406 세피아빛 초상 아옌데 · 조영실 옮김

407·408·409·410 사기 열전 사마천 · 김원중 옮김 서울대 권장도서 100선

411 이상 시 전집 이상 · 권영민 책임 편집

412 어둠 속의 사건 발자크 · 이동렬 옮김

413 태평천하 채만식 · 권영민 책임 편집

414·415 노스트로모 콘래드 · 이미애 옮김

416·417 제르미날 졸라 · 강충권 옮김

418 명인 가와바타 야스나리 · 유숙자 옮김 노벨 문학상 수상 작가

419 핀처 마틴 골딩 · 백지민 옮김 노벨 문학상 수상 작가

420 사라진 · 샤베르 대령 발자크 · 선영아 옮김

421 빅 서 케루악 · 김재성 옮김

422 코뿔소 이오네스코 · 박형섭 옮김

423 블랙박스 오즈 · 윤성덕, 김영화 옮김

424·425 고양이 눈 애트우드 · 차은정 옮김

426·427 도둑 신부 애트우드 · 이은선 옮김

428 슈니츨러 작품선 슈니츨러 · 신동화 옮김

429·430 세계의 끝과 하드보일드 원더랜드 무라카미 하루키 · 김난주 옮김

431 멜랑콜리아 I−II 욘 포세 · 손화수 옮김 노벨 문학상 수상 작가

432 도적들 실러 · 홍성광 옮김

433 예브게니 오네긴 · 대위의 딸 푸시킨 · 최선 옮김

434·435 초대받은 여자 보부아르 · 강초롱 옮김

436·437 미들마치 엘리엇 · 이미애 옮김

438 이반 일리치의 죽음 톨스토이 · 김연경 옮김

439·440 캔터베리 이야기 초서 · 이동일, 이동춘 옮김

441·442 아소무아르 졸라 · 윤진 옮김

443 가난한 사람들 도스토옙스키 · 이항재 옮김

444·445 마차오 사전 한사오궁 · 심규호, 유소영 옮김

446 집으로 날아가다 렐프 앨리슨 · 왕은철 옮김

447 집으로부터 멀리 피터 케리 · 황가한 옮김

세계문학전집은 계속 간행됩니다.